Die Hexe von Köln

Tobsha Learner

Die Hexe von Köln

Roman

Aus dem Englischen
von Betty Anders

Bibliografische Information Der Deutschen Bibliothek
Die Deutsche Bibliothek verzeichnet diese Publikation in der
Deutschen Nationalbibliografie; detaillierte bibliografische Daten
sind im Internet über http://dnb.ddb.de abrufbar.

Bildnachweis
Umschlag: Georges de La Tour, *La Diseuse de bonne aventure* (Ausschnitt),
© AKG Berlin; Ausschnitt des Mercatorplans, Bildquelle: Rheinisches Bildarchiv Köln
S. 12/13: Rheinisches Bildarchiv Köln

Die australische Originalausgabe erschien 2003 unter dem Titel *The Witch of Cologne*
bei HarperCollins*Publishers*
Copyright © Tobsha Learner 2003

1. Auflage 2004
© der deutschen Buchausgabe: Egmont vgs verlagsgesellschaft mbH
Alle Rechte vorbehalten.
Produktion: Wolfgang Arntz
Umschlaggestaltung: David Haberkamp
Satz: Greiner & Reichel, Köln
Druck: Clausen & Bosse, Leck
ISBN 3-8025-3233-3

Besuchen Sie unsere Homepage:
www.vgs.de

Für Eva und Esther.
In leben zeinen wir ale helden.
Im Leben sind wir alle Heldinnen.

Inhalt

Obwohl in diesem Roman authentische historische Personen auftreten, handelt es sich um eine fiktive Geschichte, die sich gleichermaßen um Genauigkeit und um Pointierung bemüht und mit dem größten Respekt und Zuneigung für meine Figuren sowie die Städte und Länder, in denen sie leben, geschrieben wurde. Ich bitte die Leser, mir alle Fehler zu verzeihen, die ohne jegliche Absicht entstanden sind.

HAUPTFIGUREN

* markiert authentische historische Figuren

DEUTZ

RUTH BAS ELAZAR SAUL	Hebamme, 23, einziges Kind von Elazar ben Saul
MIRIAM	Ruths Gehilfin, 15
ELAZAR BEN SAUL	Ruths Vater, oberster Rabbi der jüdischen Gemeinde von Deutz
SARA BEN SAUL, geb. NAVARRO	Ruths verstorbene Mutter
ROSA	Ruths altes spanisches Kindermädchen
TUVIA HOROWITZ	Elazars Gehilfe, Pole, 21, Anhänger des selbst ernannten Messias Sabbatai Zewi*

KÖLN

DETLEF VON TENNEN	Kanoniker des Hohen Doms zu Köln, 33, Wittelsbacher wie sein Cousin, der Erzbischof Maximilian Heinrich
GROOT	Priester, Detlefs Untergebener
CARLOS VICENTE SOLITARIO	spanischer Dominikanermönch, Inquisitor unter dem Generalinquisitor Pascual de Aragon*
JUAN	Carlos' Sekretär
MAXIMILIAN HEINRICH VON BAYERN* (geb. 1621)	Erzbischof und Kurfürst von Köln aus dem Herrscherhaus der Wittelsbacher
WILHELM EGON VON FÜRSTENBERG*	Minister des Hohen Doms zu Köln, Spion für die Franzosen (wurde 1674 von Leopold I. verhaftet)
BIRGIT TER LAHN VON LENNEP	Detlefs Mätresse, Gattin des Kaufmanns Ter Lahn von Lennep
PETER TER LAHN VON LENNEP*	Birgits Ehemann, Stoffimporteur, einflussreicher Ratsherr

SCHLOSS GRÜNTAL

GRAF GERHARD VON TENNEN	Detlefs älterer Bruder, der den Familienbesitz geerbt hat
HERMANN WOLF	Wildhüter und Geliebter des Grafen von Tennen
PRINZ FERDINAND VON ÖSTERREICH	Kaiser Leopolds fehlgeleiteter Neffe, 17
ALPHONSO DE LORENZO	italienischer Schauspieler, 18, Mitglied einer von den Habsburgern geförderten Wandertruppe

WOLKENHAUS

HANNA	Detlefs Haushälterin auf seinem Landsitz

HOLLAND

BENEDICT SPINOZA* (1632–1677)	portugiesisch-holländischer Humanist, der aus der sephardischen jüdischen Gemeinde von Amsterdam exkommuniziert wurde
DIRK KERCKRINCK* (geb. 1639)	Arzt und enger Vertrauter von Spinoza (In seinen frühen Jahren als Medizinstudent ging Ruth bei ihm in die Lehre.)
FRANCISCUS VAN DEN ENDEN* (1602–1674)	großer Mentor für viele. Der Radikale leitete die Lateinschule, in der Spinoza unterrichtete und Kerckrinck studierte (Ruth ebenfalls).
JAN DE WITT* (1625–1672)	Ratspensionär von Holland von 1653 bis 1672. Regierte die Niederlande nach dem Ende des Unabhängigkeitskriegs.

WIEN

LEOPOLD I.*	Habsburger Kaiser des Heiligen Römischen Reiches Deutscher Nation von 1658 bis 1705
SAMUEL OPPENHEIMER* (gest. 1703)	Hofjude und Generalhändler von Leopold I.

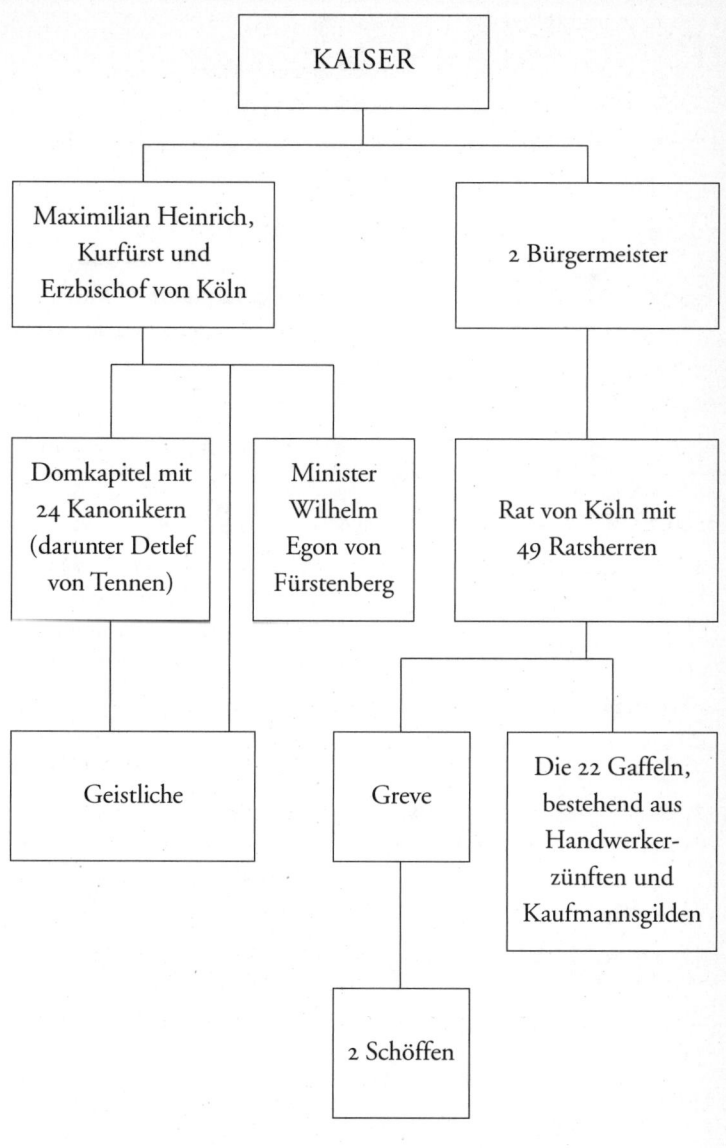

KAISER

Maximilian Heinrich, Kurfürst und Erzbischof von Köln

2 Bürgermeister

Domkapitel mit 24 Kanonikern (darunter Detlef von Tennen)

Minister Wilhelm Egon von Fürstenberg

Rat von Köln mit 49 Ratsherren

Geistliche

Greve

Die 22 Gaffeln, bestehend aus Handwerkerzünften und Kaufmannsgilden

2 Schöffen

Die Machtverhältnisse im Köln des 17. Jahrhunderts

Rhin Fleu

Monastere st Herebert

Le

DUITZ

Ou Coln Ville Imperiale et anseatiques. St Boniface l'Erig a en Archevesche e
del EmpireArchichancelier etLegatné enItalie il a le droitpar la bulle d'or
princes ouComtes elle a 10. Collegiales. 10. Paroisses. 37. Monasteres. un
lal liance de Iulles César. Clovis legrand la remit a la Couronne de Franc
des princes francois rois de germanie elle a un senatquia droit d'instruir
ni les Iustifier. Cela est reservé a lelecteur. Cologne est appellée te elle posse dele sco
les tombaux des 3. rois qui vinrentadorer le Fils de Dieu quon dit y voir ete appo

1. la Tour de Beien .	4. St Penthalon	7. Maison d
2. St Severin Abbaye .	5. St Martin	8. St Marti
3. les Chartreux .	6. l'Eglise aux Apostre	9. Sте Mare

NE

par lautorité de Carloman et de Pepin le bref le Prelat est prince et Electeur
er l'Empreur. Le Chapitre est composé de 60 Chanoines qui sont tous
versité retablie en 388. elle tire son origine des Ubiens qui recherchèrent
ist sous les Rois de la 1re race. sous ceux de la 2de elle de vint le partage
oces des criminels et meme de les faire arrester mais il ne peut les condaners
1000. Vierges qui furent martirisées par les Huns lan 238. avec Ste Ursule elle a auss
Constantinople.

A Paris chez Crepy rue St Jacques a St Pierre

כתר

– KETHER –

DAS UNENDLICHE

»Das Ende ist verwurzelt im Anfang.«
Der Sohar

Die Schwangere krümmt sich, als die Wehen einsetzen, und schreit vor Schmerz. Schweißperlen stehen ihr auf der Stirn. Im flackernden Kerzenlicht ähnelt ihr verzerrtes Gesicht dem der Figur, die über dem Himmelbett hängt: die heilige Ursula, Schutzpatronin der Stadt Köln, die einst als Jungfrau den Märtyrertod erlitt.

»Tief atmen!«

Die Hebamme Ruth bas Elazar Saul, Tochter des obersten Rabbis von Deutz, reibt den prallen Bauch behutsam mit einer Salbe aus Lilienöl, Osterluzei und Safran ein.

»Atmen Sie, das lindert die Schmerzen!«, mahnt sie. Eine Haarsträhne fällt ihr ins Gesicht, die unter ihrer Damasthaube mit zwei Spitzen, der charakteristischen Kopfbedeckung jüdischer Frauen, herausgerutscht ist. Als sie sich vorbeugt, um die Lage des Kindes zu prüfen, heben sich die beiden Spitzen vor der dunklen Wand wie Silhouetten von Hörnern ab.

Die Hebamme lässt ihre Finger in die stöhnende Frau gleiten und untersucht, wie weit sich der Muttermund geöffnet hat. Ihre Gehilfin Miriam, eine unscheinbare Fünfzehnjährige, tupft der Gebärenden die Stirn ab und sieht Ruth besorgt an. Über zwanzig Stunden dauern die Wehen nun schon an, und das Kind hätte längst kommen müssen. Miriam, die sich der Konsequenzen für eine jüdische Hebamme, falls bei der Niederkunft einer reichen Katholikin etwas schief geht, nur allzu bewusst ist, deutet verstohlen mit dem Kopf auf die Geburtshaken: drei gebogene Stahlinstrumente am Herd, die sich im

Schein des Feuers bedrohlich ausnehmen. Sie sind das letzte Mittel, um notfalls das Kind am Kopf zu packen und herauszuziehen.

»Nein, Miriam, noch nicht«, beantwortet Ruth die stumme Frage.

Die junge Frau zuckt plötzlich zusammen. Die violetten Adern auf ihrem gewaltigen Bauch spannen sich, als sie sich an die Bettpfosten hinter ihrem Kopf klammert. Ruth untersucht die Lage des Kindes und versucht, mit ihren langen Fingern die Wölbung des Köpfchens, die kleinen Knoten der Wirbelsäule und die Fußknochen zu ertasten. Mit der hohlen Hand umfasst sie das kleine Gesäß, das zum Muttermund weist. Sanft massiert sie das Kind, damit es sich dreht, aber es weigert sich hartnäckig.

»Steißlage«, raunt Ruth Miriam zu, deren Augen sich vor Schreck weiten.

Die Hebamme wendet sich vom Bett ab und öffnet eine Ledertasche von eigentümlicher orientalischer Machart, die auf der Vorderseite mit einem einzelnen hebräischen Buchstaben verziert ist. Sie kehrt der Frau den Rücken zu und holt ein Rauchglasgefäß mit einem graugrünen Pulver hervor.

Sie geht in die Knie und beginnt, die Asche vorsichtig in einem großen Kreis um die niederkommende Frau und ihre Helferin auf dem Boden zu verstreuen. Während sie den Kreis mit der linken Hand auslegt, murmelt sie die hebräischen Namen der drei Engel – Snwy, Snsnwy und Smnglf.

Obwohl Ruth sehr konzentriert arbeitet, steigt leichte Panik in ihr auf. Es muss Lilith sein, vermutet sie, die ihre Ängste schüren will. Lilith: die Dämonin, die Neugeborene erdrosselt und Müttern bei der Geburt das Leben raubt. Die geheime Verkörperung all ihrer Ungewissheiten und Zweifel, all ihrer Sehnsüchte; das nebulöse Phantom, von dem sie verfolgt wird, seit sie als kleines Mädchen sah, wie ihre Mutter bei ihrer zweiten Niederkunft starb. Ruth glaubt zu spüren, wie sich die Luft über ihr bewegt; sie kann die unsichtbare Anwesenheit des Bösen fast fühlen, kann den schwefeligen Atem fast riechen, der ihr über die linke Schulter weht.

Das sind unvernünftige Gedanken!, schilt die Hebamme und besinnt sich auf die nüchterne Klarheit ihrer medizinischen Kenntnisse, um die Furcht zu verjagen, die sich in ihrem Inneren auszubreiten droht. Aber das Bild der Dämonin lässt sich nicht vertreiben: Die große Verführerin, deren verschwommene Umrisse Ruth aus den Augenwinkeln wahrzunehmen glaubt, scheint sie aus jeder Ecke des mit dunklem Holz getäfelten Zimmers anzustarren.

Von draußen ertönt der unheimliche Ruf einer Schleiereule. Und plötzlich taucht in der grauen Dämmerung ein weiß gefiederter Kopf mit großen Augen vor dem Fenster auf, und die Eule fliegt blindlings gegen die Scheibe. Liliths Totem – das Tier, in das sie sich verwandelt, um an den Brüsten kleiner Kinder oder den Zitzen von Ziegen zu saugen. Miriam kauert neben dem Bett und greift verängstigt nach dem Davidstern, der unter dem Kleid versteckt an ihrem Hals baumelt. Ruth bezwingt ihre Angst und fährt beharrlich mit dem Schutzzauber fort.

Einen Augenblick später huscht ein langer Schatten über die Zimmerdecke. Die niederkommende Frau schreit und bäumt sich vor Schmerz auf. Nur mit Mühe gelingt es Miriam, sie im Bett festzuhalten. Entschlossen beißt Ruth die Zähne zusammen und vollendet den Kreis, während sie ihre Beschwörungsformel immer lauter spricht. Graue Ascheflocken vereinigen sich, als sie endlich den Schutzkreis schließt. Mit einem Seufzer der Erleichterung richtet sie sich auf. Nun hat sie alle erdenklichen Vorkehrungen getroffen, die spirituellen ebenso wie die medizinischen.

Sie geht zur Waschschüssel, um sich die Hände zu waschen, und betritt die an das Schlafgemach grenzende kleine Kammer.

Meister Franz Brassant erhebt sich. Er ist ein großer Mann Anfang fünfzig und mindestens fünfundzwanzig Jahre älter als seine Frau. Dennoch ist er modisch gekleidet wie ein Junger: Er trägt ein Seidenhemd mit bestickter Samtweste, dazu Kniehosen mit Spitzenbesatz – die Kleidung eines wohlhabenden Bürgers. Brassant sitzt als Gaffelmitglied im Rat und unterhält gute Beziehungen zu den vier einflussreichsten Kaufmannsfamilien von Köln.

»Wie geht es ihr?« Ein Geruch nach kaltem Schweiß und Angst steigt aus seinen Kleidern, die von der hastigen Heimfahrt durch den Regen noch dampfen.

Für lange Erklärungen fehlt die Zeit, und so beschließt Ruth, auf die Intelligenz des Mannes zu vertrauen, der vor ihr steht. Sie sieht ihm fest in die Augen und registriert die große Beklommenheit in seinem Blick.

»Ich muss schneiden«, antwortet sie ohne Umschweife.

Schockiert hält Meister Brassant die Luft an. Seine Hände tasten nach dem Rosenkranz seiner Frau aus Korallen und Silber, den er sich um den dicken Hals geschlungen hat. »Für gewöhnlich würde ich einer Jüdin nicht gestatten, meine Frau zu berühren. Nicht einmal ins Haus lassen würde ich sie. Aber man sagt, du bist die Beste im ganzen Rheinland.«

»Ich bin eine ausgebildete Hebamme, keine Wundertäterin.«

»Nicht an Wunder zu glauben ist Blasphemie.«

»Ich glaube an die *scientia nova*, Meister Brassant. An das Wissen und die Natur. Das sind für mich die Kräfte, die sich bewährt haben.«

»Beten und Glauben sind die Aufgaben des Menschen. Aller Menschen.«

»Wir vergeuden kostbare Zeit. Wenn wir uns nicht beeilen, erstickt das Kind und Ihre Frau stirbt.«

Brassant starrt die kleine, dunkelhaarige und seltsam Respekt einflößende Person an, die vor ihm steht. Einer Frau solchen Schlages ist er noch nie begegnet, und nun soll er das

Schicksal seiner jungen Gattin und seines Kindes in ihre Hände legen! Sein Blick bleibt an dem goldenen Halbmond hängen, der an Ruths Hals baumelt – das Zeichen Spaniens. In ihren Adern muss sephardisches Blut fließen. Sofort ist ihm wohler: Mit den spanischen Juden in Amsterdam hat er schon Geschäfte gemacht, ihnen vertraut er.

»Ich gebe meine Erlaubnis. Aber wenn sie stirbt, oder das Kind, dann stirbst auch du.«

Ruth zeigt sich unbeeindruckt; ihre einzige Sorge gilt der jungen Frau. Sie nickt und macht äußerlich ungerührt einen Knicks, der keine Unterwürfigkeit erkennen lässt.

»Ich werde jedenfalls beten«, sagt Brassant noch, als die Hebamme wieder im Schlafgemach verschwindet. In diesem Augenblick schreit die Niederkommende laut auf. Schaudernd bekreuzigt sich der Goldhändler und küsst den Rosenkranz. Er hat bereits zwei Frauen und vier Kinder verloren und fürchtet sich vor einem neuerlichen Verlust.

Er sinkt auf die Knie und macht sich bereit, mit Gott bis zum Äußersten zu feilschen. Immerhin hat er erst im vergangenen Monat hundert Reichstaler für seine Sünden bezahlt, obwohl er Erzbischof Maximilian Heinrich höchst ungern etwas stiftet, der für ihn – und die meisten seiner Mitbürger – eher ein nicht vertrauenswürdiger politischer Gegner ist als ein geistlicher Führer. Die Zeiten sind reichlich verdreht, denkt Brassant, wenn man darauf hoffen muss, dass einem von einer jüdischen Hexe und einem zwielichtigen Franzosensympathisanten im golddurchwirkten Gewand geholfen wird.

Das chirurgische Messer aus Kupfer, das Ruth selbst gefertigt hat, liegt in einem Kessel mit kochendem Wasser, der über dem kleinen Kaminfeuer hängt. Es riecht intensiv nach verbrannten Gewürznelken. Der persönliche Arzt von Meister Brassant hat darauf bestanden, das kleine Schlafgemach einzuräuchern, denn er hält an dem christlichen Aberglauben fest, der Duft vertreibe die bösen Geister, die die Seele des Kindes stehlen wollen, wenn es auf die Welt kommt. Die Hebamme hat Medizin in Amsterdam studiert – in einer Stadt, die bekannt ist für ihre Fortschritte in der neuen Wissenschaft – und hegt ihre Zweifel. Aber kürzlich hat ihr alter Mentor Dirk Kerckrinck ihr einen Aufsatz mit der Theorie geschickt, dass sich Krankheiten über den unsichtbaren Äther verbreiten, mit dem die Luft gefüllt ist. Wegen dieser Hypothese nimmt sie die schwelenden Kräuter des Doktors hin, auch wenn sie einem fast den Atem rauben. Abgesehen davon käme es ihr ziemlich scheinheilig vor, dem Mediziner seine Marotten nicht zu gestatten, wenn sie selbst sich als Vorsichtsmaßnahme auf die alten Lehren beruft.

Ruth betritt wieder den Schutzkreis aus Asche und tastet die Frau zwischen den Schenkeln ab. Das Kind liegt nun tiefer, und die Vulva ist bis zum Äußersten gespannt. Sie wird reißen, wenn Ruth nicht sofort schneidet. Dennoch wird die junge Frau es nicht überleben, wenn das Kind mit dem Gesäß zuerst herauskommt.

Ruth zögert. Sie hat bereits bei einer Steißgeburt assistiert, in einem Elendsviertel am Amsterdamer Hafen. Aber damals war die Gebärende ein unverheiratetes Dienstmädchen und nicht die Gattin eines wohlhabenden Bürgers. Und während Dirk Kerckrinck, Sohn eines Hamburger Adeligen, sich einen solchen Unglücksfall hätte erlauben können, bedeutet nun jeder Fehler für Ruth das sofortige Todesurteil.

Die Hebamme erinnert sich daran, wie Kerckrinck, als er das Kind von außen nicht drehen konnte, beschloss, es von innen zu versuchen. Eine kühne Entscheidung für einen Medizinstudenten mit nur zwei Jahren Ausbildung. Ruth hatte sich dagegen ausgesprochen, während sie sich zu zweit über Galens maßgebliches anatomisches Handbuch beugten, *De usu partium*. Der junge Student ignorierte jedoch ihre Einwände und machte einen Schnitt an der Scheide. Dann schob er seine Hand hinein, um das Ungeborene zu drehen, während Ruth ihn von außen dabei unterstützte. Mutter und Kind kamen beide durch, und zur Erinnerung an die wundersame Rettung taufte Kerckrinck den Kleinen auf den Namen Moses.

Abigail Brassant stöhnt wieder und fleht Ruth an, sie von ihrem Leiden zu erlösen. Trotz großer Schmerzen geht von der jungen Frau ein Leuchten aus, das Ruth an die nordischen Prinzessinnen erinnert, wie sie in Herodots *Historien* beschrieben sind. Sie muss der ganze Stolz des alten Mannes sein, der voller Angst im Nebenraum wartet. Chaucer hätte es als die Vermählung von Januar und Mai bezeichnet: eine Transaktion, bei der romantische Liebe gegen Sicherheit eingetauscht wird. Dieser Gedanke deprimiert Ruth. Trotz ihrer überaus praktischen Veranlagung und ihres scharfen Verstandes hat sie bislang die verlockende Möglichkeit der Existenz eines Seelengefährten nicht aus ihrer Vorstellung verbannen können: die Existenz eines Mannes, der dieselben Ideale und Visionen hat wie sie. Um der unvermeidlichen Enttäuschung vorzubeugen, die ihrer Meinung nach eine vereinbarte Ehe mit sich bringt, hat Ruth sich insgeheim geschworen, ein keusches Leben zu führen.

Sie nimmt das Glasfläschchen, das ein Elixier aus reinem Alkohol gemischt mit Stechapfel und einem Hauch Goldregen enthält. Das Rezept hat sie selbst entwickelt. Sie gibt ein paar Tropfen auf ein Taschentuch und legt es der Frau auf Mund und Nase. Einen Augenblick später wird Abigail Brassant ruhiger. Mit stark erweiterten Pupillen starrt sie hinauf zu der Freske unter der Decke, während Miriam sie stützt. Die Freske zeigt den ehrenwerten Meister Franz Brassant als recht übergewichtigen und schlaffen Perseus bei der Tötung des Drachen, bemerkt Ruth und verzieht spöttisch den Mund.

Sie ruft sich das Schaubild in Erinnerung, das sie in Soranus' Buch über Geburtshilfe studiert hat, nimmt das Skalpell und macht vorsichtig einen diagonalen Schnitt an der Seite der Vagina, um sie weiter zu öffnen. Die betäubte Frau zuckt kaum merklich zusammen, als Blut auf ihre weißen Schenkel spritzt.

Hebamme und Gehilfin arbeiten Hand in Hand, bis endlich die dunkelrote klebrige Wölbung des Kopfes zu sehen ist, und dehnen die Schamlippen so weit, dass sie fast durchsichtig scheinen. Als das Kind langsam herauskommt, sieht Ruth die pulsierende Nabelschnur um seinen Hals.

Wenn es stirbt, sterben auch wir, denkt Miriam und verschließt sich den Mund mit der Faust, um nicht laut aufzuschreien. Aber Ruth nimmt ruhig zwei kleine Kupferhaken zur Hand. Sie dreht den Kopf des Kindes, der aus der stöhnenden Frau herausragt, bis sie die Nabelschnur fassen kann. Sie klemmt die fleischige Rettungsleine an zwei Stellen ab, schneidet sie geschickt durch und befreit das Kind davon. Dann hilft sie ihm behutsam, zuerst mit der einen Schulter, dann mit der anderen herauszugleiten.

»Pressen!«, drängt Ruth die junge Frau, die sich im Delirium befindet. Doch sie unternimmt eine letzte Anstrengung, und das Kind rutscht in die Hände der Hebamme.

Das Neugeborene liegt in ihren Fingern, überzogen mit der weißen, stechend riechenden Käseschmiere, mit geschwollenen, knotigen Genitalien und blauem Gesicht. Leblos.

Ruth legt ihre Lippen auf Nase und Mund des Kindes, saugt den zähflüssigen Schleim aus den Luftwegen und spuckt ihn in eine Schüssel. Geschickt hält sie das Kleine an den Füßen fest, lässt es kopfüber hängen und klopft ihm aufs Gesäß.

Stille. Kein Laut von dem kleinen Körper, der leblos von ihren Händen baumelt. Abigail Brassant stöhnt mit halb geöffneten Augen. In der festen Überzeugung, dass sie beide verdammt sind, fällt Miriam auf die Knie.

Ohne den hysterischen Anfall des Mädchens zu beachten, gibt Ruth dem Neugeborenen noch einen Klaps. Diesmal ertönt ein dünnes Miauen, und der kleine Körper wird von einem Leuchten durchflutet, das die malvenfarbene Haut rosig färbt. Zum ersten Mal seit Stunden lächelt die Hebamme und nimmt das Neugeborene wieder hoch, als es hustet und zu brüllen beginnt.

»Es ist ein Junge«, sagt sie zu Meister Brassant, der im Türrahmen erschienen ist. »Und er ist gesund.«

Der Kaufmann eilt auf sie zu und nimmt das Kind in seine Arme. Das Alter gräbt unvermittelt tiefe Furchen in sein Gesicht. Dann fängt er zu Ruths großer Überraschung an zu weinen.

Plötzlich fühlt sie tiefe Erschöpfung und sinkt zu Boden.

✦ ✦ ✦

Der Ausrufer, ein stämmiger Westfale, der sein linkes Auge im Dreißigjährigen Krieg verloren hat, macht einen großen Schritt über das Abwasser, das am Rand des nassen Kopfsteinpflasters die Straße hinunterfließt. Er umklammert mit seinen dicken Fingern den Griff des großen Messinghorns und bläst hinein, um die fünfte Morgenstunde zu verkünden. Nichts rührt sich, bis auf ein großes Schwein, das in einem Haufen aus gefrorenen Steckrübenschalen und welken Kohlblättern herumschnüffelt, der sich neben einem Wirtshaus auftürmt. Der Ausrufer gähnt, streckt die steifen Glieder und schaut hinauf zu den Fenstern von Meister Brassant. Im Schlafzimmer der Hausherrin ist Licht, und die Magd hat auf dem Balkon eine Girlande aus Wintermohn aufgehängt. Ein Kind wurde geboren, ein Junge! Der Ausrufer lächelt; mit etwas Glück bekommt er einen Krug Bier zu trinken und einen Kuss, wenn er an die Hintertür klopft, vielleicht sogar ein wenig mehr. Pfeifend befördert er die Kohlblätter mit einem Tritt zur Seite und überquert das schmale Sträßchen.

Während er vor den Holzläden wartet, dass die Magd auf sein Klopfen reagiert, tritt Ruth, deren Gesicht von einer großen Kapuze verdeckt wird, in einiger Entfernung aus den Gesinderäumen auf die Gasse. Miriam folgt ihr mit einem zugedeckten Korb voller Geburtshilfe-Instrumente. Ihre grauen Umhänge heben sich kaum von den gedeckten Farben der hohen alten Häuser ab, dieser wackeligen Türme aus Holzbalken und Lehm, die sich über den Durchgang hinweg einander zuneigen zu scheinen, so dass sie den Himmel darüber fast gänzlich verdecken. Die beiden Frauen halten sich unerlaubt in der Stadt auf, das wissen sie nur zu gut, und so sitzt ihnen die Angst im Nacken, als sie über die Straße auf einen wartenden Wagen zueilen. Pferd und Karren sind in dem Nebel, der sich nachts über die Stadt gelegt hat, kaum zu erkennen. Die beiden Frauen bewegen sich geräuschlos und mit einer Routine, wie sie Menschen eigen ist, die über die Jahrhunderte gelernt haben, sich unsichtbar zu machen, um zu überleben.

Ruth nimmt den Korb und hievt ihn auf den Wagen, dann erklimmt sie zitternd die Holzbank, und Miriam setzt sich neben sie.

Der Kutscher schnalzt mit der Zunge, und der Gaul setzt sich gemächlich in Bewegung. Als der Ausrufer das Geklapper der Hufe hört und sich umdreht, verschwindet der Wagen bereits im Nebel.

✦ ✦ ✦

Der Torwächter, ein mürrischer, pockennarbiger Mann, nimmt die fünf Reichstaler Bestechungsgeld von dem Kutscher entgegen und spuckt kräftig in die Gosse. Er drückt zwar bei Juden gern einmal ein Auge zu, der ewigen Verdammnis will er seine Seele jedoch nicht ausliefern. Juden dürfen sich laut Erlass nachts nicht in der Heiligen Freien Katholischen Reichsstadt Köln aufhalten, aber wenn die Reichen sich die hebräischen Ärzte bestellen, dann ist das ihre Sache, findet er. Falls ihn jedoch einmal jemand fragt, dann ist er bereit, darüber zu sprechen – gegen Bezahlung natürlich.

Mit verschlafenen Augen beobachtet er, wie die Kutsche durch das große Holztor fährt. Die Frau mit der Kapuze ist jung und mit ihrem fein geschnittenen Gesichtsprofil, der weißen

Haut und den grünen Augen, die aus der Vermummung hervorschauen, eine beeindruckende Erscheinung. Der Torwächter weiß, wer sie ist: die Hexe von Deutz, die beste Hebamme im ganzen Rheinland. Er winkt seinen Sohn zu sich und nimmt einen Holzstock zur Hand, mit dem er ein Kreuz und zwei Schlangenlinien darunter in den Schlamm zeichnet – ein Symbol, um den bösen Geist der Hexe abzuwehren. Er zeigt auf den Wagen, der zum Hafen hinunterfährt, und erzählt dem Jungen, er habe gehört, die Frau benutze zu ihrem Schutz jüdische Magie, die Kabbala, und könne bei Kranken Geisteraustreibungen vornehmen und sogar einen Golem erschaffen, einen Riesensklaven aus dem Lehm des Flusses.

»Man sagt, auf der Überfahrt opfert sie kleine Jungen und trinkt ihr Blut. Meister Brassant muss sehr verzweifelt gewesen sein, wenn er so eine Frau geholt hat«, flüstert er dem Jungen zu und sieht sich misstrauisch nach Lauschern um.

Verwirrt denkt der Heranwachsende mit dem Pickelgesicht daran, welche Begierde er beim Anblick dieser Frau verspürt hat. Auch eine Folge ihrer magischen Fähigkeiten? Rasch drückt er eine Hand auf seinen ausgebeulten Hosenladen und bekreuzigt sich sicherheitshalber mit der anderen, falls sie ihn mit einem Fluch belegt hat.

✦ ✦ ✦

Ruth lässt sich gegen die Rückenlehne sinken. Hinter ihnen schließt sich das große Holztor mit einem dumpfen Schlag, aber sie sieht sich nicht einmal um.

Es gibt viele in Deutz, die es als Ehre ansehen würden, in die von Mauern umgebene Bastion zu gelangen; Ruth zählt nicht zu ihnen. Die so genannte Freie Stadt mit ihren Kirchen und heiligen Reliquien ist ein wahrer Magnet für die eifrigen Pilger, die jeden Tag auf der Suche nach Erlösung durch die Tore strömen und auf ein Wunder hoffen, während sie übereinander hinwegklettern, um die morschen Knochen der Heiligen Drei Könige zu berühren. Nach den fünf Jahren in Amsterdam, einer Stadt, in der die Aufklärung in vollem Gange ist, wirkt Köln jedoch ziemlich verschlafen auf Ruth. Sie vermisst das Hochgefühl beim Debattieren, die glühende intellektuelle Neugier, die keine Angst kennt, die Reden von einer Republik, einer Demokratie, die nach dreißig Jahren Krieg all die vielen jungen Seelen befreien könnte. Die Kraft der Revolution, der Veränderung! In Köln, in dieser mittelalterlichen Festung, ist der Blick stets nach hinten gerichtet. Gefangen im Mittelalter, stützt sich Köln immer noch auf seinen einstigen Ruhm als Handelsmacht.

Zwar haben das 15. und 16. Jahrhundert der Stadt fette Handelsjahre beschert, das 17. Jahrhundert aber gehört Holland. Die niederländische Toleranz in Religionsfragen, hervorgegangen aus wirtschaftlichem Pragmatismus, leistet der jungen Republik gute Dienste. Die Niederlande sind die neue Achse der Philosophie und des medizinischen und wissenschaftlichen Fortschritts. Ein Magnet für all diejenigen, die über die engen Grenzen einer Welt hinausblicken, in der Kirche und Staat eins sind und die Sonne sich immer noch um die Erde dreht.

Die hölzernen Hafendocks und die Segelschiffe dahinter kommen in Sicht. Als sich der Nebel auflöst, glänzt der Rhein im Schein des Mondes. Zur Rechten liegen die großen hochseetüchtigen Schiffe aus Holland, Spanien, Frankreich, ja sogar aus England vor Anker. Zur Linken die kleineren deutschen Kähne, die ihre Fracht in den Norden nach Münster, Bremen, Hamburg und noch weiter transportieren. Mit dem Umschlaghafen hat Köln seit jeher sein Geld verdient und sich so seine strategische Lage an einem der wichtigsten Handelswege des Mittelalters zunutze gemacht, dem glorreichen Rhein. Wie mag es wohl vor hundert Jahren hier ausgesehen haben?, überlegt Ruth. Ein belebter Hafen voller Aktivität und Faszination. Nun gibt es zwar Gewerbe, aber das Leben ist schwerer geworden, der Hafen ruhiger. Die Entdeckung der großen Gebiete, die hinter dem europäischen Horizont liegen – Indien, China und Amerika –, hat Sitten und Gebräuche verändert. Die neuen Handelswege haben gegenüber den alten an Bedeutung gewonnen, und Köln machen die wirtschaftlichen Verluste zunehmend zu schaffen.

Ruth zählt zehn Hochseeschiffe und eine Fülle von munter schaukelnden Segelbooten, die an den Holzstegen vertäut sind. Es ist nach wie vor ein prächtiger Anblick. Das verblassende Mondlicht erfasst die Kämme der kleinen Wellen auf dem Fluss, klettert die hölzernen Bugs der schlafenden Schiffe hinauf und verwandelt das geölte Tauwerk in geisterhafte silbrigblaue Schlangen. Obwohl sich Ruth bereits an dieses Panorama gewöhnt hat, versetzt es sie jedes Mal aufs Neue in Begeisterung, wenn sie ein Schiff mit seiner geheimnisvollen Ladung wie einen Kranich in den Hafen gleiten sieht.

Am gegenüberliegenden Ufer, außerhalb des katholischen Kölner Territoriums, liegen die Städtchen Deutz und Mülheim. Sie gehören zum protestantischen Gebiet der Hohenzollern. Ruth lässt den Blick flussabwärts Richtung Mülheim schweifen und erkennt den grauen Turm der kleinen Calvinistenkirche, die ganz oben an der Hauptstraße liegt. Das kleine Bauwerk bildet einen krassen Gegensatz zu dem hoch aufragenden, zur Hälfte fertig gestellten Turm des Doms auf der anderen Seite des Flusses mit dem Baukran darauf, der wie ein Schnabel hervorragt.

Südlich von Mülheim liegt Deutz. Ruth ist in den engen, überfüllten Gassen des kleinen Gettos aufgewachsen; in den Überresten dessen, was vor dem infamen Pogrom in der Bartholomäusnacht des Jahres 1349 die blühende jüdische Gemeinde von Köln war. In dieser Nacht wurden fast alle jüdischen Männer, Frauen und Kinder innerhalb der Stadtmauern umgebracht. Die wenigen, die entkamen, zogen in freundlichere Städte wie Frankfurt oder Amsterdam, manche sogar in den

Osten bis nach Krakau. Aber einige Familien harrten aus. Und erschufen, unterstützt von neuen Siedlern, wieder einen kleinen Vorposten am rechten Ufer des Rheins im Gebiet der Protestanten, die ihnen gegenüber ein wenig toleranter eingestellt waren.

Eine Gruppe jüdischer Frauen wartet am Flussufer auf ein Boot, das sie zurück nach Deutz bringt. Wie Ruth vermutet, haben sie ihre Waren — frisch gebackenes Brot und Käse — an die niederländischen und spanischen Matrosen verkauft, die in Quarantäne auf ihren Schiffen bleiben müssen. Obwohl sie selbst die gleiche Tracht trägt, kommen Ruth die orthodoxen Frauen mit ihren Hauben mit den zwei Spitzen, den langärmligen Kleidern und dem obligatorischen gelben Ring auf der Brust recht altertümlich vor. Geistesabwesend streicht sie mit den Fingern über den gelben Ring an ihrem Kleid, den Miriam pflichtbewusst aufgenäht hat. Dieses Zeichen müssen die Juden im Deutschen Reich seit über einem Jahrhundert tragen, und es verbietet Ruth, ohne Erlaubnis nach Köln oder an einen anderen Ort im Rheinland zu fahren. Es ist ein Erlass, der viele Juden nötigt, ihre Wege mit Hilfe von Bestechung oder christlichem Geleitschutz abzusichern.

Der Wagen erreicht das erste von einer langen Kette flacher Boote, die eine Brücke über den Rhein schlagen. Ruth und Miriam steigen ab, und der Kutscher führt das nervöse Pferd auf den ersten Nachen. In der Ferne sind die schaufelnden Wassermühlen zu sehen, während aus den Deutzer Schornsteinen vor ihnen dünne graue Rauchschwaden in den Himmel steigen. Ruth hat das Gefühl, Jahrhunderte von ihrer Zeit in Amsterdam entfernt zu sein.

Nun rollt der Wagen auf den nächsten Nachen. Es ist Januar, und der Fluss, den der geschmolzene Schnee hat anschwellen lassen, rauscht heftig tosend dahin. In den Frostperioden ist es, solange sich Ruth erinnern kann, bitterkalt gewesen, aber ihr Vater hat oft von den Wintern in seiner Kindheit erzählt, die weit weniger eisig und erbarmungslos gewesen sein sollen. Ist das die Strafe Gottes für dreißig Jahre Krieg? Christen gegen Christen, und wozu? Kein Wunder, dass er die Nordsee zufrieren ließ und König Gustav erlaubte, mit seiner Armee schwedischer Spielzeugsoldaten herüberzumarschieren. ›*Altsding lozt zich ois mit a gevain* … Alles endet mit Weinen‹, würde Elazar mit einem philosophischen Gedanken schließen.

Ruth wendet ihren Blick von dem reißenden Wasser ab und konzentriert sich darauf, dem unablässigen Tosen zu lauschen, um ihren Geist zu leeren. Diesen Trick wendet sie immer an, wenn der Vater ihr in den Sinn kommt. Allein mit dieser Methode gelingt es ihr, den überwältigenden Kummer abzuschütteln, den sie verspürt, wenn sie daran denkt, dass er ihr die Flucht nicht verzeihen kann, ihr langes Schweigen und nun ihre Rückkehr in die Heimatstadt. Sie hat stundenlang vor dem Haus gestanden, in dem sie aufgewachsen war, und darauf gewartet, dass der alte Mann den ersten Schritt macht und den religiösen Bann aufhebt. Aber Elazar kann seiner Tochter den Verrat noch nicht verzeihen.

Als Ruth aus Amsterdam zurückkehrte, hat sie nur aufgrund der Bitte ihres Vaters an den Rabbinerrat in Deutz bleiben und als Hebamme praktizieren dürfen. Da sie aber von der Gemeinde als Ketzerin betrachtet wird, kann sie nicht auf Absolution hoffen, wie viele gesunde Kinder sie auch auf die Welt holt. Und als oberstem Rabbi, dem Milde als kühne und politisch gefährliche Geste ausgelegt würde, sind Elazar die Hände gebunden. Dennoch gibt Ruth die Hoffnung nicht auf. Sie sehnt sich danach, bei ihrem Vater zu sitzen und ihm von ihren Reisen zu erzählen; ihm zu versichern, dass die junge Tochter, die er kannte, immer noch lebt. Aber es fällt ihr schwer, sich anzupassen; eigentlich ist es ihr noch nie gelungen. Das Leben in Deutz ist seit ihrer Rückkehr ein ständiger Balanceakt zwischen der Geborgenheit, die Tradition und Aberglaube vermitteln, und der brennenden intellektuellen Neugier, die ihr angeboren ist. Mit der sie geschlagen ist, denkt sie manchmal.

Der Wagen erreicht das gegenüberliegende Ufer und rollt mit knarrenden Rädern in den dicken Schlamm. Ruth weist den Kutscher an, den zentralen Platz zu umfahren, wo der oberste Rabbi Elazar ben Saul wohnt, und klettert mit Miriam wieder auf den Wagen.

Schon bald kommen sie an den Rand der Siedlung und rumpeln eine Nebenstraße hinunter, die von Deutz hinaus aufs Land führt. Die brachliegenden Felder werden mehr und mehr von Wäldern überwuchert, die überwiegend aus jungen Bäumen bestehen und bis an den Stadtrand vordringen. Ruth ist erstaunt darüber, dass sich der Großteil des Landes, besonders der Norden und Nordosten, von den Folgen des Dreißigjährigen Krieges noch immer nicht erholt hat. Hier sieht die Landschaft noch grün aus, aber weiter nördlich liegen verlassene Felder und ausgebrannte Bauernhäuser. Ein Drittel der Bewohner des Deutschen Reiches sind abgeschlachtet, ihre Ländereien immer wieder von Protestanten und Katholiken, von Franzosen, Schweden und Preußen verwüstet worden.

Ruth starrt auf den breiten Rücken des Kutschers. Er wird gekämpft haben, denkt sie, wie alle anderen auch. Aber er hat Glück gehabt. An vielen Orten treten erst langsam wieder Arbeiter in Erscheinung, die meisten von ihnen Flüchtlinge auf der Suche nach einem Neuanfang in den leeren Städten im Norden und Süden. Holländische Calvinisten, Italiener, sogar Schweden sind ins Rheinland geflohen, deren ganzes Leid in ihren hohlen Wangen und dem gequälten Blick offenbar wird. Die einheimische Bevölkerung zeigt sich misstrauisch diesen Fremden gegenüber und geht verbittert in Verteidigungshaltung. Weil sie die eigenen Söhne verloren hat, ist sie voller Ressentiments, sieht sich jedoch gezwungen, die Neuankömmlinge aufzunehmen. In diesen Zeiten haben es Fremde nicht leicht.

Das Pferd wiehert, bäumt sich auf und weigert sich weiterzugehen. Der Kutscher steigt knurrend vom Wagen und stiefelt durch den Schneematsch auf einen mit Raureif überzogenen

Haufen mitten auf der Straße zu. Als er mit der Peitsche hinein-
sticht, fällt ein Arm heraus, der sich fleckig blau und schlamm-
beschmiert vom Schnee abhebt. Der Kutscher weicht zurück
und bedeckt den Mund mit dem Mantelärmel.

»Pest!«

Er stolpert zurück zum Wagen. Ruth steigt aus, um die Leiche zu untersuchen, aber der Kutscher hält sie am Arm fest.
»Eine Berührung und wir sind alle verloren!«

»Beruhigen Sie sich! Ich will wissen, ob es die Pest ist oder
einfach nur Armut – ich habe schließlich eine medizinische
Ausbildung.«

Sie macht sich von ihm los. Vorsichtig fegt sie den Schnee aus
dem verschrumpelten Gesicht des Mannes und findet keine der
verräterischen Flecken oder Schwellungen, die auf den schwarzen Tod hindeuten. Der Tote sieht aus wie sechzig, aber Ruth
schätzt, er ist eher vierzig; einer der Tausenden vom Krieg Ent-
wurzelten, die ihr Leben damit verbringen, von Dorf zu Dorf
zu ziehen, um Nahrung zu betteln und in Gräben und auf dem
freien Feld zu übernachten. Die Verlorenen Mitteleuropas.

»Das ist nicht die Pest, nur der Hungertod. Laden Sie ihn auf
den Wagen, dann beerdigen wir ihn im Dorf.«

»Er ist ein Christ, den könnt *ihr* gar nicht beerdigen.«

»In diesem Fall legen wir ihn vor der Kirchentür ab.«

»Zu viel Umstände. Er ist nur ein Stück Treibholz, keiner
schert sich um ihn.«

»Dennoch hat er eine Seele.«

»Eine protestantische oder eine katholische?«

»Glauben Sie, das kümmert Gott?«

Der Kutscher starrt sie an. Wäre sie ein Mann, würde er sie
schlagen. Aber sie strahlt eine Autorität aus, die ihn einschüch-
tert. Vielleicht stimmt es, dass sie übernatürliche Kräfte hat. Er
hat sie einmal zu dem Haus eines Besessenen gefahren und mit
eigenen Augen gesehen, wie sie den zitternden Kranken geheilt
hat. Mit dem Teufel will sich der Kutscher lieber nicht anlegen.

Widerstrebend und vor sich hin murmelnd bedeckt er die Leiche mit einem Stück alten Sackleinen und hievt sie hinten auf den Wagen. Sie wiegt nicht mehr als ein Bündel Reisig, und es ist nicht einmal genug Fleisch an den Knochen, um den Toten an die Kölner Geheimanatome zu verkaufen. Verflucht sei die jüdische Hexe!, denkt er. Wäre die Bezahlung nicht so gut, würde er sie bestimmt nicht noch einmal fahren.

Die Räder des Wagens setzen sich wieder in Bewegung. Schon bald weichen die hohen, schneebeladenen Kiefern kleinen, ordentlichen Feldern, auf denen die protestantischen Bauern Weizen, Gerste und Hafer anbauen. Nun jedoch sind sie weiß verhüllt. Ruth kennt einige der Familien: Manche sind holländische Calvinisten, andere Lutheraner aus dem Norden. Sie hat ihre Kinder auf die Welt geholt. Sie sind recht gastfreundlich, aber auch zurückhaltend und stets vorsichtig.

Die Kutsche rumpelt auf Deutz zu. Am Himmel zieht ein Falke seine Kreise und hält Ausschau nach Aas. Über den Hausdächern steigt spiralförmig der Rauch von den Backstuben auf. Es ist Freitag, und bereits um sechs Uhr in der Frühe haben die Frauen und Töchter der Gemeinde mit den Vorbereitungen für das Sabbatmahl begonnen.

Ruth wird von Heimatgefühlen überwältigt. Es ist das Gefühl, in Deutz zu Hause zu sein, an diesen Ort zu gehören, das sie zurückkehren ließ und sie in ihrem Wunsch bestärkt, sich mit dem Vater auszusöhnen. Dieses Gefühl ist sogar mächtiger als jenes von zunehmender Freiheit, das sie in Amsterdam erlebte.

JANUAR 1665

Eine dicke flachsblonde Haarlocke ringelt sich um drei lange Finger, die Detlef verschwommen als seine eigenen erkennt. Allmählich rückt auch die purpurne Decke, bestickt mit dem Wappen der entmachteten Familie von Dorfel, in sein Blickfeld. Birgit ... die vergangene Nacht ... der Geschmack des schweren Bordeaux liegt ihm noch auf der pelzigen Zunge. Birgit. Und schon als alle seine vier übrigen Sinne erwachen und er den durchdringenden Geruch seiner Geliebten wahrnimmt, die sanfte, aufreizende Rundung ihres Gesäßes, das gegen sein sich verhärtendes Gemächt drängt, ihr hüftlanges Haar – von dem eine Strähne über sein Gesicht fällt und ihn in der Nase kitzelt –, und schließlich ihr leises Schnarchen, das ihn immer an eine schnurrende Katze erinnert, bestätigen sich seine schlimmsten Befürchtungen: Wieder einmal ist er also im verbotenen Bett seiner verheirateten Mätresse gelandet. Der junge Kanoniker setzt sich ruckartig auf und reißt unabsichtlich die Haarlocke mit.

»Detlef!«

Birgit Ter Lahn von Lennep, geborene von Dorfel, macht ihr Haar von Detlefs Fingern los. Ihr symmetrisches, angenehmes Gesicht ist einen Hauch zu aufgedunsen. Der Zynismus und das gute Leben haben ihre kesse Nase bereits breiter werden lassen. Ihre eisblauen Augen drohen schon bald in ihren runden Wangen zu versinken, die sich einst vornehm nach innen wölbten.

»Willst du mir die Haare ausreißen wie einer Ehebrecherin?«

Lächelnd lässt sie ihre Hand unter die Decke gleiten und greift nach seinem Penis. Detlef lässt sie kurz gewähren, dann schiebt er ihre Hand missmutig fort.

»Ich muss zur Messe.«

»Lass mich dein Sakrament sein.«

»Dafür kommst du in die Hölle!«

Er schwingt die Beine aus dem Bett und sucht seine Robe, die, wie er bekümmert feststellt, wie eine abgestreifte Haut auf den im Schachbrettmuster verlegten Fliesen des prunkvollen Schlafgemachs liegt.

»Unmöglich! Weißt du, wie viele Ablassbriefe genau der gute Kaufmann, mein Gatte Meister Ter Lahn von Lennep, schon für mich erstanden hat?«

Birgit lächelt ihm in dem runden italienischen Spiegel zu, der die verschwenderische Einrichtung des Schlafgemachs, die teuren Wandteppiche und all die Kostbarkeiten reflektiert, mit denen ihr Mann, ein Importeur, sie in dem erfolglosen Versuch, ihre Zuneigung zu gewinnen, überhäuft hat. Ihr Spiegelbild betrachtend, findet sie, dass sie wie die leibhaftige Venus aussieht. Ihr weißer, üppiger Körper wird umrahmt von den maurischen Seidenvorhängen, und ein Sonnenstrahl fällt auf ihre Brüste mit den rosafarbenen Warzen. Sie richtet sich etwas auf, um ihr Profil ins rechte Licht zu rücken – eine kleine Geste einer Frau, die sich ihrer Schönheit bewusst ist. Dazu muss sie nicht einmal den Blick von ihrem Geliebten abwenden, dem einzigen Mann, der in der Lage ist, Gefühle in ihr zu wecken. Der einzige Mensch, der ihr nie gleichgültig gewesen ist – und den sie fürchtet, so ihre erschreckende Erkenntnis, denn sie weiß, sie könnte den Verlust dieser Liebe niemals verschmerzen.

»Vierhundertsechs Ablassbriefe.« Mit seiner raschen Antwort verrät sich Detlef.

Er sieht kurz zur Seite, und sein Blick fällt auf ein kleines Porträt des illustren Ehepaares Ter Lahn von Lennep. Birgit sieht darauf so jung aus, dass man sie fast für unschuldig halten könnte, denkt er und verspürt eine gewisse Genugtuung angesichts der offensichtlichen Zeichen der Alterung, der kleinen Fältchen in den Augenwinkeln der Frau aus Fleisch und Blut, die vor ihm sitzt. Er fragt sich, ob er überhaupt noch zwischen Wollust und Liebe unterscheiden kann oder ob ihm die Trägheit selbst diese Fähigkeit geraubt hat. Aus Angst, sie könne seine Gedanken erraten, sieht er ihr nicht in die Augen.

»Du solltest wissen, dass ich als oberster Kanoniker unter Maximilian Heinrich über alle Spenden an den Dom unterrichtet bin. Dein Gemahl ist ein sehr großzügiger und sehr … besorgter Mann. Er muss dich für eine zwanghafte Sünderin halten.«

Birgit beobachtet, wie er durch den Raum geht. Die natürliche Anmut seiner Bewegungen schürt ihr Verlangen nach ihm. Seine langen, wohlgeformten Beine, auf denen sich hellblonde Härchen kräuseln, die Umrisse seiner schmalen jugendlichen Hüften, die straffe Wölbung seines Gesäßes und schließlich sein großes Gemächt, das gegen seine Schenkel schaukelt und sie mit seiner vollkommenen Schönheit lockt. Einen Augenblick lang hasst sie ihn wegen der Macht, die er über sie hat. Eine Sekunde später ist sie versucht, alles zu gestehen. Sie würde diesen Mann Gottes gern fragen: Ist es eine Sünde zu lieben? Denn angesichts der überwältigenden Zuneigung, die sie verspürt, erscheint es ihr ganz natürlich. Aber ihre uralte aristokratische Erziehung zwingt sie zu Zurückhaltung. Sie kann es nicht wagen, sich zu offenbaren. Sie zieht ihren Morgenmantel an und hört sich antworten: »Wenn ich eine zwanghafte Sünderin bin, dann bin ich machtlos dagegen und daher per Definition frei von Schuld.«

Detlef, der sich seine Robe über die Schultern geworfen hat, muss lachen. Trotz ihrer Verdorbenheit ist Birgit sehr geistreich; eine Eigenschaft, die ihn immer wieder in ihr Bett zieht.

Ein Klopfen an der Tür des Schlafgemachs schreckt die beiden auf. Sie verstummen. Ihre Liaison wird zwar geduldet, darf aber nicht öffentlich werden. Detlef deutet auf die Tür, und Birgit geht schweigend hin, um sie vorsichtig zu öffnen. Eine junge Magd flüstert ihr etwas ins Ohr.

Sie dreht sich zu Detlef um. »Es ist dieser Dummkopf, dein Sekretär.«

Detlef tritt zu ihr. Groot, ein kleiner, stämmiger Mann mit politischen Ambitionen, die seine intellektuellen Fähigkeiten übersteigen, und einem schielenden Auge, drängt sich an der Magd vorbei. Er verbeugt sich ehrerbietig vor Birgit und hält den Blick gesenkt.

»Groot, mich hier in den Gemächern meiner Dame aufzusuchen ist eine große Torheit.«

»Ich bitte um Verzeihung, Kanonikus, aber Sie werden unverhofft noch heute Morgen im Rat erwartet. Der Inquisitor ist eingetroffen.«

»Welcher Inquisitor?«

»Monsignor Carlos Vicente Solitario, der spanische Dominikaner. Er reist im Auftrag von Kaiser Leopold und ist Mitglied des Obersten Rats der Inquisition. Man sagt, der Erzbischof sei nicht in der Stimmung, ihn zu empfangen, und daher hat er Ihnen diese Ehre zuteil werden lassen.«

»Zur Hölle mit den Spaniern!«

»Eine Meinung, die Heinrich gewiss teilt, wenn man bedenkt, wie es zwischen den Franzosen und König Philipp steht.«

»Ein Hoch auf seine Heilige Hoheit Maximilian Heinrich!«

Groot verbeugt sich erneut und verlässt, Entschuldigungen murmelnd, rückwärts die Gemächer.

»Und bitte, machen Sie sich klein wie ein Schatten, wenn Sie dieses Gebäude verlassen!«

Detlef knallt hinter dem errötenden Geistlichen die Tür zu und lehnt sich einen Augenblick lang an das lackierte Holz. Groots Strebsamkeit ärgert ihn. Der Mann würde jederzeit seine Loyalität verkaufen, um vorwärtszukommen, und Detlef wird klar, dass sein Untergebener schon zu viel weiß. Andererseits erregt ihn in seinem tiefsten Innern die Möglichkeit eines Verrats.

Gefahr ist ein Aphrodisiakum. Detlef ist dekadenter, als er zugeben würde, und ein viel größerer Freidenker, als Groot sich je vorzustellen vermag. Er denkt an die revolutionären Abhandlungen, die er in seinen Gemächern versteckt hat: Schriften aus Holland mit den jüngsten philosophischen und religiösen Debatten. Wenn man sie bei ihm fände, würde er als Ketzer verbrannt werden.

Ein Sprichwort seines Vaters kommt ihm in den Sinn: »Wissen ist das Schießpulver, mit dem Imperien errichtet und zerstört werden.« Diesen Satz hat der alte Graf, ein Mann mit einer Leidenschaft für den Krieg, seinem zweiten Sohn eingebläut, den er immer als dummen Idealisten betrachtet hat. Es wäre ratsam, über die Schwächen des jungen Groot Buch zu führen, denkt sich der Kanonikus, für den Fall, dass sein Assistent sich eines Tages aufgrund seiner Ambitionen als vertrauensunwürdig erweisen sollte.

Birgit nähert sich Detlef von hinten, schlingt die Arme um seine Taille und schmiegt sich an ihn. Durch den dünnen Kattunstoff spürt er ihre Brüste.

»Wer ist dieser Inquisitor?«

»Irgendein Fanatiker, den uns Kaiser Leopold auf den Hals gehetzt hat. Wahrscheinlich wieder so ein Schnüffler für den nervösen Herrscher, der sich um die lockeren französischen Sitten von Maximilian Heinrich Sorgen macht. Leopold befürchtet, dass der Erzbischof – wie es typisch für einen Wittelsbacher ist – hinter seinem Rücken mit König Ludwig ins Bett geht und ihn betrügt.«

»So dreist ist Heinrich?«

»Maximilian Heinrich ist Politiker.«

»Ist es ein innerer Widerspruch, Politiker und zugleich ein Mann Gottes zu sein?«

»Ach, nein. Aber Heinrich sieht keinen Unterschied zwischen Feldzügen für Gott und Feldzügen für seine Pariser Freunde.«

»Und du? Sei mein Politiker!«, raunt Birgit verführerisch. Sie lässt ihre Finger über seinen Bauch nach unten gleiten und gräbt sie in sein weiches Vlies. Sie liebt es, ihn zu berühren, ohne ihn zu sehen. Ihn zu umklammern und darüber zu staunen, wie er in ihrer Hand wächst.

Diesmal lässt Detlef sie gewähren und greift ihr über die Schulter ins Haar.

»Soll ich Heinrich von seinem Platz verdrängen?«

Er wickelt sich eine ihrer langen Locken um den Finger, bis sie sich strafft.

»Wie zu hören ist, wird der Neffe des Kaisers, Prinz Ferdinand, deinen Bruder, den Grafen, in dieser Jagdsaison besuchen ...«

»Und ich soll mit ihm sprechen und einen Titel für dich und deinen unfähigen Bürger besorgen?«

Er zwirbelt die Haarsträhne immer fester, während Birgit ihn streichelt.

»Du vergisst, dass ich eine von Dorfel war und mein Stand dem eines Wittelsbachers ebenbürtig – ach was, überlegen!«

Ihre Worte, kühl und losgelöst von ihren Bewegungen, erregen ihn nur noch mehr. Er schließt kurz die Augen und steht ganz still, während sein Körper von Wellen der Lust heimgesucht wird.

»Du irrst, Birgit. Deine Herkunft ist nutzlos, sie gehört in die alte Welt. Die Zukunft ist die neue Welt, und sie gehört den Bürgern und dem einfachen Volk, das Luther folgt.«

Statt zu antworten, öffnet sie seine Kniehose. Sie hält sein Geschlecht in beiden Händen, schmiegt sich fest an Detlefs Rücken und stellt sich vor, sein Körper wäre eine Verlängerung ihres eigenen, das pochende Glied in ihren Händen ein Teil von ihr. Ach, ein Mann zu sein! Alle Pfade des Schicksals offen vor sich zu haben – was hätte ich alles getan, tun können, denkt sie.

Sie lässt sich von der Liebe betören und stellt sich vor, sie wären zu einem einzigen Wesen vereint. Unwiderruflich verbunden durch dieselben Ziele und das Schicksal. Einen Augenblick lang verharrt sie so und hält Detlef umklammert.

»Aber Detlef, wirst du etwa zum Ketzer?«

»Dazu fehlt mir leider die nötige Passion. Wir unterscheiden uns, Birgit. Du bist leidenschaftlich ambitioniert, während es mich nur dazu drängt zu vergessen, was aus mir geworden ist.«

»Besorge mir und meinem Mann den Titel, und ich verspreche, ich werde dir deinen Glauben wiedergeben.«

Ihre Bewegungen werden schneller; sie spürt seine steigende Lust. Er lacht trocken und räuspert sich.

»Glaubst du, es ist meine Berufung, Heinrich zu stürzen und mich zum Erzbischof wählen zu lassen?«

»Ich glaube, wir sollten alle glücklicher sein … und reicher. Du weißt, wie sehr mein Mann dich zu schätzen weiß …«

»Und die ganze Welt liebt einen reichen, betrogenen Ehemann. Aber für dich, und nur für dich, werde ich versuchen, mit dem Prinzen zu sprechen.«

Lächelnd zieht er Birgit an den Haaren und zwingt sie vor ihm auf die Knie. Mit einer ehrerbietigen Geste nimmt sie ihn in den Mund.

Während Detlef durch die belebten Gassen zum Dom marschiert, steht Birgit vor dem Spiegel und lässt sich von ihrem Dienstmädchen in die schimmernden Unterröcke helfen.

Sie ist noch ganz erfüllt von ihrem Geliebten. Sein Geruch haftet an ihren Fingern, eine heimliche Erinnerung, die sie den ganzen Tag begleiten wird. Hinter ihr schnattert das Mädchen unablässig und erzählt den neuesten Klatsch aus der Stadt: Wie schrecklich es ist, dass der Erzbischof von Münster siebentausend seiner Leute als Soldaten an den Kaiser verkauft hat, und dass der gute Kaufmann Brassant endlich einen gesunden männlichen Erben mit seiner jungen Frau zuwege gebracht hat.

Zu ihrer Überraschung merkt Birgit, wie sich ihr Herz zusammenzieht, als sie daran erinnert wird, dass sie selbst schon einmal schwanger war. Aber die Herkunft des Kindes, hätte sie es ausgetragen, wäre zweifelhaft gewesen. Birgit zieht es vor, Detlef die Vaterschaft zuzuschreiben. Aber da der alte Kaufmann einmal im Monat über sie herfällt, hätte es auch sein Kind sein können, eine Vorstellung, die ihr Übelkeit bereitet.

Sie betrachtet im Spiegel ihr Gemach, dann ihr Gesicht, eine prachtvolle Fassade, geweißt mit Blei, eine makellose Maske ohne jedes Gefühl. Und einen Augenblick lang wünscht sie sich, fehlbarer zu sein.

✦ ✦ ✦

Maximilian Heinrich, Wittelsbacher Fürst und in Bonn residierender Erzbischof der Heiligen Freien Reichsstadt Köln, sitzt eingezwängt in dem Thronstuhl mit hoher Rückenlehne. Er ist im Stil Ludwig XIV. gehalten, mit gedrechselten Beinen aus poliertem Walnussholz, und ein kostbares Geschenk des Fürsten von Burgund – kostbar zwar, aber unerträglich unbequem. Den Erzbischof zwickt die Kniehose, und seine Gicht macht sich mit stechenden Schmerzen im Knie bemerkbar. Er sitzt der feierlichen Entgegennahme der üblichen Pacht vor, die von den Bürgern am zwölften Tag eines jeden Jahres an den Erzbischof entrichtet wird: vierhundert Goldflorin und einhundert Scheffel Hafer, wovon bereits ein Sack vor ihm steht. Heinrich beugt sich vor, steckt die Hand in den Sack und lässt die weichen Getreidekörner durch seine Finger rieseln. Der Hafer ist von schlechter Qualität, schlechter noch als im vergangenen Jahr. Eine treffende Metapher für die schwindende Wertschätzung, die Bürger und Erzbischof einander entgegenbringen. Kurz gesagt, der blanke Hohn.

Heinrich spürt als Adeliger ganz deutlich das Misstrauen der Kaufleute ihm gegenüber. Da er insgeheim den Ehrgeiz hat, die alten Patrizierfamilien von Köln, die 1396 entmachtet wurden, wieder zu etablieren, ist ihm die Handwerker-Politik der Gaffeln ein Dorn im Auge. Er vollführt einen schwierigen Balanceakt: Er macht ihnen Zugeständnisse und verfolgt insgeheim seine royalistischen Pläne weiter.

Der Erzbischof versucht sich mit dem Gedanken zu trösten, dass er am kommenden Abend wieder zurück in seiner Residenz in Bonn sein wird. Verärgert über die Welt im Allgemeinen und über den göttlichen Willen im Besonderen, dem er seine derzeitige unliebsame Position verdankt, lässt Heinrich den Blick über seinen Hofstaat schweifen und findet ein Opfer, an dem er seine schlechte Laune auslassen kann.

»Wilhelm! Sei nicht immer so unterwürfig!«

Der Erzbischof nimmt eine Trüffel von einem kleinen Silbertablett und wirft sie dem Mann zu, der vor ihm katzbuckelt. Wilhelm Egon von Fürstenberg, Minister des Hohen Doms zu Köln, fängt die Trüffel, bellt einmal, um den kleinen Dackel nachzuäffen, der zu Heinrichs Füßen liegt, und steckt sich mit einem blöden Grinsen den Leckerbissen in den Mund.

Das kleine Priestergefolge schnappt kollektiv nach Luft und verharrt in Reglosigkeit. Alle starren den Erzbischof an und warten auf sein Einsatzzeichen. Heinrich runzelt die Stirn, und der Moment zieht sich endlos lange hin, während die winterlichen Sonnenstrahlen auf die grauen Rupfenroben und die kahlen Köpfe der zitternden Geistlichen fallen.

»Touché!« Der Erzbischof beschließt, sich belustigt zu zeigen, und beginnt zu lachen, während er gleichzeitig einen Wind streichen lässt.

Erleichtert über seinen Stimmungswechsel, beginnt das Gefolge höflich zu applaudieren. Detlef sieht vom Kreuzgang aus zu, der hinaus in den mit Gras bewachsenen Hof führt. Er lächelt spöttisch und bemerkt zu spät, dass Maximilian Heinrichs schläfriger Blick auf ihm ruht.

»Detlef findet das nicht lustig, seinem blasierten Lächeln

nach zu urteilen. Für ihn sind solche Mätzchen unter der Würde der Kirche.«

»Keineswegs. Auch der Kasper ist ein Geschöpf Gottes«, entgegnet Detlef gewandt.

»Genau wie der Hanswurst«, gibt der Erzbischof zurück und führt den Disput genüsslich weiter. Die wartenden Geistlichen wenden sich allesamt erwartungsvoll zu von Fürstenberg um, der dafür bekannt ist, Beleidigungen nicht auf sich sitzen zu lassen.

»Der Hanswurst ist dumm, Herr von Fürstenberg hingegen ist weitaus berechnender.« Als Detlefs Stimme verklingt, fliegt krächzend eine Krähe über die Männer hinweg.

Im Gesicht des Ministers malt sich ungewohnte Verwirrung. Er ist unsicher, ob Detlef ihn verspottet oder ihm ein Kompliment gemacht hat.

Diesmal schüttelt sich Heinrich vor Lachen; so sehr, dass er die Gicht deutlich zu spüren bekommt.

»Wilhelm, der Kerl ist dir überlegen! Er wird diesen idiotischen Eiferer in die Tasche stecken. Ich bin versucht, selbst hinzugehen, nur um Zeuge der Demütigung des Spaniers zu werden.«

»Exzellenz, ich verbeuge mich gern vor dem überlegenen Geist des Domherrn von Tennen, aber ich habe Zweifel an seinen diplomatischen Fähigkeiten.« Von Fürstenberg ist alles andere als belustigt und wendet dem Erzbischof sein rotes Gesicht zu.

Wilhelm Egon von Fürstenbergs glühender Ehrgeiz ist allgemein bekannt und macht sogar dem Erzbischof Angst. Der Minister hat innerhalb der Gaffeln außer Feinden auch einige enge Verbündete und unterhält zudem geheime direkte Verbindungen zum französischen König. Von Fürstenberg, ein beleibter Mann Mitte vierzig, dessen Achillesferse die Wollust ist, hat als einzigen wahren Verbündeten seinen jüngeren Bruder Franz Egon von Fürstenberg, ein Mann, dem Heinrich weniger denn je vertraut, seit er von ihm vier Jahre zuvor in die Belagerung von Münster hineingezogen wurde. Trotz Heinrichs anfänglicher Vorbehalte hat Franz Egon von Fürstenberg die Stadt Köln überzeugen können, Artillerie und Truppen zu entsenden. Das kostspielige Unterfangen zieht sich jedoch länger hin als geplant, und Heinrich hat den Eindruck, von dem jüngeren von Fürstenberg hinters Licht geführt worden zu sein.

Wilhelm ist allerdings nicht viel besser!, denkt Heinrich. Der mit seiner Stiefelleckerei bei König Ludwig! Manchmal fragt er sich, wohin ihn die gefährliche Anbiederung führen wird. Und für wen Wilhelm eigentlich arbeitet – für den Erzbischof oder für den ambitiösen französischen König? Geistesabwesend spielt Heinrich an dem großen Anhänger, den er um den Hals trägt, einer heiligen Reliquie: Es ist ein Kreuz, das ein getrocknetes Stückchen Zunge der heiligen Ursula enthält. Plötzlich bemerkt er, dass der Hof auf seine Reaktion wartet.

»Ein Grund mehr, Detlef zu schicken. Lassen wir ihn den Spanier beleidigen!«

»Euer Gnaden!« Von Fürstenberg tritt vor. »Darf ich daran erinnern, dass die Inquisition zwar zahnlos, aber nicht ohne Muskelkraft daherkommt! Man muss bedenken, dieser Carlos Vicente Solitario war sogar dem Obersten Rat ein zu sorgfältiger und begeisterter Ankläger. Von allen Inquisitoren hat Solitario die meisten Ketzer und Hexen hingerichtet. Eine Leistung, die der Papst höchstpersönlich anerkannt hat, indem er dem guten Bruder den Titel Monsignore verliehen hat. Das habe ich von Generalinquisitor Pascual de Aragon erfahren. Es muss einen Grund geben, warum der Kaiser ausgerechnet Solitario als seinen Gesandten geschickt hat. Ist es möglich, dass wir auf irgendeine Weise sowohl in Rom als auch in Wien in Ungnade gefallen sind?«

»Wenn ja, dann wärst du der Erste, der es erfährt. Und Wilhelm, darf ich dich daran erinnern, dass Muskeln leicht mit dem Schwert zu zerschlagen sind? Detlef wird gehen«, antwortet Heinrich zornig mit eisiger Stimme.

Von Fürstenberg macht eine knappe Verbeugung vor Detlef,

und aus seinen hervortretenden Augen spricht Sarkasmus, als er seinen Rivalen taxiert.

Heinrich unterdrückt ein Gähnen und entlässt die Versammelten, die wie Gänse auseinander stieben. Detlef wartet ab, während der Erzbischof den grauen Figuren nachsieht, wie sie durch die sanft hinabschwebenden Schneeflocken über die gefrorene Wiese davoneilen. Mit einem lauten Seufzen erhebt sich Heinrich schwerfällig und geht behäbigen Schrittes zu Detlef. Als er nur wenige Zentimeter vor ihm steht, weht Detlef eine betäubende Mischung aus Gewürznelken und Knoblauch entgegen. Dann packt Heinrich ihn an der Soutane und zieht ihn zu sich heran.

»Mein Cousin, wenn du mich enttäuschst, werde ich dafür sorgen, dass dir keine Absolution mehr zuteil wird. Mir ist egal, wie viel Geld die Gattin von Meister Ter Lahn von Lennep spendet.«

Detlef, der den übel riechenden Odem kaum einzuatmen wagt, nickt unmerklich. »Was soll ich tun?«

Die Hand des Erzbischofs hält noch immer Detlefs Robe fest, während er kurz innehält, um nachzudenken. »Mir sind Gerüchte zu Ohren gekommen, wen Solitario festnehmen will. Vier Personen – zwei unserer eigenen Kaufleute und zwei Einwohner, die nicht weiter von Bedeutung sind: ein Holländer und eine Hebamme. Verflucht sei die Inquisition, die sich immer einmischen muss! Können sie nicht innerhalb ihrer eigenen Grenzen bleiben? Finde heraus, was der Spanier will, und dann werde ich über unsere Antwort nachsinnen. Aber ich verspreche dir: Wenn es ein Kopf ist, den die in Wien haben wollen, dann sollen sie ihn bekommen, aber es wird nicht der meine sein!«

Heinrich lässt Detlefs Soutane los und schiebt dem Kanoniker gebieterisch die linke Hand unter die Nase. An seinem plumpen Finger trägt er den Bischofsring, Symbol seiner heiligen Würde. Der riesige, in Gold eingefasste Rubin ist eine Trophäe aus den Kreuzzügen. Detlef senkt den Kopf, kneift die Augen fest zu und küsst den funkelnden Stein.

Ruth gießt kochendes Wasser in die kleine Blechwanne und prüft mit dem Finger die Temperatur. Genau richtig. Sie tritt ans Fenster mit den hölzernen Läden und sieht hinaus auf das karge Feld. Die gepflügten, aufgebrochenen Erdschollen sind mit Schnee bedeckt; die kahlen, knorrigen Bäume wirken vor dem riesigen Himmel winzig klein. Einen Augenblick lang betrachtet sie das graue Firmament, an dem die Sonne als blasse Scheibe erscheint, und die geistige Klarheit, die aus ihrer körperlichen Erschöpfung hervorgeht, schärft ihre Sinne für mannigfaltige Beobachtungen.

An diesem Ort ist das Voranschreiten der Zeit nur an den Jahreszeiten erkennbar, stellt Ruth fest. Wie es immer schon war; sogar, bevor es Menschen gab.

Sie erinnert sich an die lauten, engen Straßen von Amsterdam, die sich an verpesteten Kanälen entlangziehen; die Überschwänglichkeit der holländischen Kaufleute und ihrer Diener, während sie über die Märkte eilen; die frenetischen Rufe der Händler, wenn sie die neuesten Zahlen der *East India Company* ausrufen. Dort hat der Mensch endlich die Jahreszeiten bezwungen, er wird von der Eile der Zukunft mitgerissen, und ihn können höchstens die rauen Stürme der Nordsee oder der englisch-holländische Seekrieg aufhalten.

In ihrem kleinen Häuschen am Rande der Stadt lässt Ruth ihre Gedanken schweifen, und immer neue Erinnerungen und Fragen kommen ihr in den Sinn.

Sie verlebte eine ungewöhnliche Kindheit. Ihr Vater hatte

nicht nur eine Außenseiterin geheiratet – eine spanische Jüdin –, es war obendrein eine Verbindung aus Liebe und keine im Vorhinein vereinbarte Ehe, wie man sie üblicherweise in Deutz einging. Die Wahl, die der junge Rabbi getroffen hatte, erregte Missfallen, und sowohl seine spanische Frau als auch die gemeinsame Tochter hatten unter der Fremdenfeindlichkeit der Gemeinde zu leiden. Sara ben Saul starb bei einer erneuten Niederkunft, als Ruth sechs Jahre alt war, und das kleine Mädchen entwickelte sich zu einer selbstgenügsamen Einzelgängerin, wie es typisch für Kinder ist, die eines Elternteils beraubt werden. Sie lebte allein mit ihrem Vater, bis dessen Bruder Samuel seine Frau verlor und mit seinem einzigen Sohn Aaron in das große Backsteinhaus neben der Schule einzog, in dem zu wohnen Elazar ben Saul als oberster Rabbi berechtigt war. Die beiden Brüder fanden Trost in dem vertrauten Miteinander. Elazar gab dem jüngeren Samuel, dem Extrovertierteren von beiden, die nötige Geborgenheit und Stabilität, und ihre Kinder – beide ohne Mutter – wuchsen fortan auf wie Geschwister.

Der zwei Jahre ältere Aaron, wild, rebellisch und von nahezu gefährlicher Intelligenz, verkörperte all das, was das kleine Mädchen gern sein wollte. Ruth verehrte den hageren Jungen, dessen heftige Wutanfälle sogar dem Vater Angst einflößten. Aaron war ein Träumer und hielt das Mädchen nächtelang wach, um davon zu erzählen, wie er, wenn er erwachsen war, fremde Länder bereisen wollte, die sein Vater noch nie gesehen hatte. Er wollte als Christ reisen und das Recht haben, Land kaufen und nach Belieben Handel treiben zu können. Und er wollte mehr als die einem Juden gestatteten zwei Bediensteten einstellen. Die Kinder wussten, dass sie sich solche blasphemischen Fantasien nur im Schutz der Nacht in ihrem Schlafzimmer zuflüstern durften, das sie sich hoch oben unter dem Dach des schmalen Hauses teilten.

Oftmals machte Aaron dem kleinen Mädchen mit seiner

Kühnheit Angst, und es kroch zu ihm ins Bett und schlief in seinen Armen ein. Ebenbürtig waren sich die beiden Kinder jedoch in ihrem großen Wissensdurst, den die Väter förderten, und so steckte Aaron das kleine Mädchen mit seiner Leidenschaft für aufklärerisches Gedankengut an. Einer Leidenschaft, die eines Tages durch ein Erlebnis auf dem Markt vollends entflammte.

Die Märkte – riesige stadtähnliche Gebilde aus Zelten und Verkaufsbuden, die vor den mittelalterlichen Mauern der Städte wie die Pilze aus dem Boden schossen – waren prächtig gedeihende Zentren geschäftigen Handels. Alle Arten von Gewerbetreibenden, von Juden bis hin zu Zigeunern, boten eine unglaubliche Vielfalt von Diensten an: Geldverleih, Diamantenhandel, Spitzenfabrikation und vieles mehr. Hier wurden Ehen angebahnt, Kriege erklärt und geheime Finanzgeschäfte abgewickelt.

Es hatte sich auf dem Naumburger Markt zugetragen. Ruth wurde, als sie sich unterwegs von ihrem Vater entfernte, in den Bann eines lutherischen Eiferers gezogen, der auf einem alten Karren mit Stroh stand. Das kleine Mädchen beobachtete ihn mit funkelnden grünen Augen und lauschte staunend, wie der Visionär furchtlos von einer freien Gesellschaft sprach, in der alle – Katholiken, Lutheraner, Frauen, Juden und Mauren – gleich waren. Der Mann war schrecklich hager und sein Bart grau vor Schmutz. Er trug eine zerschlissene, tief ins Gesicht gezogene Kappe, unter der seine feurigen Augen hervorblitzten. Seine leidenschaftliche Rede faszinierte das Mädchen. Er sprach sogar unbeirrt weiter, als er mit verfaultem Obst beworfen wurde, bis ihn schließlich zwei Wachmänner von seinem Karren holten.

Als Elazar und Aaron Ruth endlich wiederfanden, stand sie immer noch wie angewurzelt da und starrte auf die Stelle, von der aus der Redner gepredigt hatte. Sie träumte von einer Welt, in der es ihr erlaubt wäre, die Thora zu lesen, wie ein Mann mit ihrem Vater vor dem Thoraschrein zu stehen und ihren Ehemann selbst zu wählen – Dinge, die seinerzeit undenkbar waren.

Die Kleine war auf der Heimfahrt so still, dass der Rabbi insgeheim befürchtete, ein *Dybbuk* habe sich ihrer Seele bemächtigt. Auf gewisse Weise entsprach dies der Wahrheit: Die Welt, die der Glaubenseiferer beschrieben hatte, ließ Ruth nicht los und beflügelte ihre Fantasie. Es war eine Vision, die den Verlauf ihres Erwachsenenlebens lenken sollte.

Als Aaron zwölf war, fiel Samuel, ein kleiner Mann, der berüchtigt für seine Unbeherrschtheit, aber auch seinen Humor war, zu seinem großen Unglück dem »Bund« in die Hände, einer marodierenden Bande von Antisemiten, die über den Rhein gekommen war, um dort dem zu frönen, was sie unter Vergnügen verstand.

Der junge Witwer kehrte gerade mit einem Sack geköpfter Hühner für das Sabbatmahl von dem koscheren Schlachter zurück, als der Pöbel über ihn herfiel. Die Kerle jagten ihn wie einen Hahn und hängten ihn schließlich an einem Baum auf. Aaron, der sich auf dem Karren seines Vaters versteckte, musste das Ganze mit ansehen. Der Junge sollte nie den Klang der Stimme seines Vaters vergessen, der den Erlass verfluchte, welcher es Juden untersagte, Waffen zu tragen, als die jungen Kerle ihm mit ihren Schwertern und Messern zu Leibe rückten. Auch die schreckliche Hilflosigkeit brannte sich ihm ins Gedächtnis, die er unter den leeren Säcken kauernd verspürte, als sie seinen heftig strampelnden Vater an der alten Linde mitten auf dem Marktplatz aufknüpften, während sich alle anderen hinter verschlossenen Türen versteckten.

Ein Jahr später, gleich nach seiner Bar-Mizwa, schloss sich Aaron heimlich einer Gruppe jüdischer junger Männer an, die sich vereint hatten, um die Tragödien zu rächen, die das Waffenverbot nach sich gezogen hatte. Eines Nachts verließen die

Jungen Deutz in dunkler Kleidung und mit rußgeschwärzten Gesichtern. Sie überfielen und töteten einen katholischen Bauern, der vor kurzem eine jüdische Familie abgeschlachtet hatte, weil sie auf seinem Land siedelte.

Ruth war im kleinen Salon und half Rosa, ihrem Kindermädchen, beim Spinnen, als Aaron schmutzig, mit blutigen Händen und einem Schwert an der Hüfte hereingerannt kam. Rosa eilte davon, um Hilfe zu holen, und Ruth versteckte die Waffe rasch in ihrer Mitgifttruhe und versprach ihrem Cousin, ihn niemals zu verraten.

Als die Kölner Wachmänner schließlich ins Haus kamen, saß der dreizehnjährige Junge mit dem Tallit seines Vaters um den Hals aufrecht an dessen Ehrenplatz am Esstisch. Die Würde, die er ausstrahlte, lähmte die Männer für einen Augenblick, aber dann ergriffen sie den schweigenden Jungen und legten ihm die Handschellen an.

Eine Woche später wurden alle sechs Jungen, von denen manche nicht einmal zehn Jahre alt waren, für schuldig befunden. Da setzten Elazar und Hirz Überrhein, der Leiter der Gemeinde, ihre schwarzen Hüte auf und fuhren über den Fluss, um bei den Bürgermeistern der Stadt um Gnade zu bitten. Aber alles Flehen half nicht; die Jungen wurden verurteilt und hingerichtet. Als Warnung für alle, denen der Sinn nach ähnlichen Taten stand, wurden ihre Leichen an den Stadttoren aufgehängt.

Elazar ben Sauls Haar wurde über Nacht schlohweiß. Aus Protest hängte er volle sechs Monate lang seine Fenster zu, um den Anblick des katholischen Köln nicht ertragen zu müssen. Von diesem Tag an war es mit Ruths unschuldiger Kindheit vorbei, denn ihre kleine heile Welt war für alle Zeit zerstört.

Während sich ihr Vater in seinem Leid vergrub, entwickelte sich Ruth von einem neugierigen, optimistischen Mädchen zu einer ernsten, nachdenklichen jungen Frau. Es war, als sei etwas von Aarons Geist auf sie übergegangen. Sie schlief mit dem

Schwert des Jungen unter ihrem Bett, und der gefährliche Wunsch nach Rache begann sich langsam in ihrem Kopf festzusetzen.

Ein Jahr später, als Ruth der Frauwerdung entgegensah, befand Rosa, das Mädchen sei nach all dem Aufruhr reif genug, um das Vermächtnis der Mutter ausgehändigt zu bekommen. Sie hoffte, es würde Ruth nach dem Trauma von Aarons Hinrichtung ein wenig den Rücken stärken. Der Tikkune Sohar, einer der Bände des Sohar, war eine Sammlung mystischer Texte, die sich mit praktischer Magie befassten – sowohl mit schwarzer als auch mit weißer. Er sollte dem jungen Mädchen eine Orientierung bieten und ihm, wichtiger noch, zu Selbstachtung und Wertschätzung seiner kulturellen Herkunft verhelfen.

Als Ruths Mutter im Sterben lag, hatte sie das Kindermädchen gebeten, den Sohar-Band aufzubewahren und ihn Ruth heimlich zu geben, wenn sie alt genug war. Das Buch war das einzige Erbstück, das Sara nach der Auslöschung ihrer Familie hatte retten können. Die Sohar-Ausgabe der Navarros war von dem größten der kabbalistischen Lehrmeister signiert, von Moses de Leon. Das prachtvolle, in Leder gebundene Buch aus dem 14. Jahrhundert mit seinem aufwändigen, mit Edelsteinen besetzten Verschluss war von unschätzbarem Wert.

Der Sohar war gewissermaßen die Bibel eines jeden aufstrebenden Kabbalisten. Aber im Gegensatz zu ihren sephardischen Verwandten hatten die Aschkenasim vereinbart, dass man über vierzig Jahre alt und männlichen Geschlechts sein musste, um die Lehren studieren zu dürfen. Als Tochter eines Rabbis war Ruth sich dieses strengen Gesetzes schmerzlich bewusst. Elazar hatte seiner Tochter immerhin heimlich das Lesen der Thora beigebracht und damit Verdammung und Exkommunikation riskiert, aber er war zutiefst schockiert, als das lerneifrige Mädchen ihn bat, er möge ihr erlauben, auch den Sohar zu studieren. Er wusste nicht, dass Rosa bereits mit Ruths Unterweisung begonnen hatte und ihr mit allegorischen Gute-Nacht-Geschichten den Inhalt der großen Textsammlung erklärte – auf Spanisch, dessen der Rabbi nicht mächtig war.

Als Ruth ihre erste Monatsblutung bekam, nahm Rosa sie mitten in der Nacht mit in die Synagoge. Sie gingen auf die Empore, von der die Frauen hinab in den Hauptsaal schauen durften, auf den Schrein mit den Messingtüren, in dem die Rollen der Thora aufbewahrt wurden, und das Ewige Licht, die kleine, niemals verlöschende Öllampe aus Bronze. Dort unten lag das Reich der Männer, der gesalbten Wächter über die exklusive spirituelle Welt des Judaismus, zu dem Ruth sich sehnlichst Zugang wünschte. Dies wusste Rosa, und so überreichte sie Ruth mit zitternden Händen und in dem vollen Bewusstsein, sämtliche religiösen Gesetze zu brechen, den alten Band des Sohar.

Im schummrigen Licht der Kerzen, in der nächtlichen Stille des Gotteshauses – einem sicheren Ort, dessen war sich Rosa gewiss, denn er war unerhört kühn gewählt –, drehte das junge Mädchen vorsichtig den kleinen goldenen Schlüssel und klappte den alten Deckel aus geprägtem Leder auf. Sofort entstiegen dem geöffneten Buch die Geheimnisse der Kabbala und wirbelten auf dem Balkon umher wie ein Schwarm Schmetterlinge, um alsbald herabzuregnen wie ein Edelsteinschauer und sich auf den zitternden Lippen und den Augenlidern des Mädchens niederzulassen: *Wie man Wasser in Wein verwandelt, wie man eine Lehmfigur zum Leben erweckt, wie man in den Himmel aufsteigt, um die Engel um Rat zu fragen, wie man Tote wieder lebendig macht, wie man einen Dybbuk austreibt, wie man bei Geburten die Dämonin Lilith vertreibt …*

Es war eine in der Ethik des Lebens verwurzelte Magie, für Ruth stellte das Buch jedoch vor allem eine direkte Verbindung zu ihren sephardischen Wurzeln dar; es war die Hinterlassenschaft der Familie ihrer Mutter und der Verwandten, die sie nie kennen gelernt hatte.

Von nun an widmete sich Ruth dem Studium mit Hingabe. Sie erfuhr, dass der Sohar eine Beschreibung des Wesens Gottes ist, das die kabbalistischen Texte als *En-Soph* bezeichnen – »ohne Ende«; ein Begriff, der Gottes Grenzenlosigkeit sowohl in zeitlicher wie auch räumlicher Sicht umfasst. Ruth las über den kabbalistischen Glauben, dass Gott durch zehn Emanationen seines Wesens mit dem Universum in Verbindung steht, bekannt als die *Sephirot*, die zehn Stufen des göttlichen Seins. Der Sohar-Band von Ruths Mutter enthielt zehn Teile, einen für jeden Sephirot, die als Glieder am Leibe des Urmenschen dargestellt werden. Am Anfang eines jeden Kapitels stand eine vergoldete bildliche Darstellung der Emanation. Das Buch ging von der höchsten zur niedrigsten Stufe, die keine voneinander getrennten Gottheiten darstellen, sondern den zehn Namen eines einzigen Gottes entsprechen. Eine Illustration zeigte Gott, wie er mit allem im Universum, auch mit den Menschen, verbunden ist. Diese Vorstellung faszinierte das junge Mädchen, und es studierte das Buch wissbegierig bis tief in die Nacht und erfuhr dabei, wie alle guten und bösen Taten des Menschen den gesamten mystischen Lebensbaum durchdringen und sich auf das ganze Universum auswirken, sogar auf Gott selbst. Ruth lernte den Text auswendig, dann begann sie, kabbalistische Talismane für sich selbst anzufertigen – um ihren Vater zu schützen, damit es regnete oder zur Beendigung eines Unwetters. Jedes Mal notierte sie ihr Anliegen und die tatsächliche Wirkung des Talismans in einem kleinen Tagebuch, das sie zusammen mit dem Sohar-Band versteckte. Dieses Büchlein war gewissermaßen der Vorläufer ihrer späteren wissenschaftlichen Arbeit und Forschung.

Ruth beschloss, mit Hilfe magischer Kräfte die Hinrichtung ihres Cousins zu rächen. Wenn die jüdischen Ältesten in Prag einen Golem erschaffen konnten – einen Riesen aus Lehm vom Flussbett der Moldau –, dann konnte sie Ähnliches zuwege bringen, dachte sie. Angetrieben von dem in ihr nachklingenden Zorn des toten Cousins, durch den sie sich auf ewig mit ihm verbunden fühlte, schmiedete sie einen Plan. Sie hatte selbst die fürchterliche Macht der Dämonin Lilith erlebt, als sie hinter einem Vorhang versteckt zugesehen hatte, wie ihre Mutter verblutet war, nachdem sie einen winzigen, aber vollständig ausgeformten toten Jungen geboren hatte. Wenn Lilith so leicht zwei Leben vernichten konnte, wozu war sie dann wohl noch in der Lage, wenn man sie heraufbeschwor? Das junge Mädchen beschloss, den bösen Geist auf die Kölner Obrigkeit zu hetzen.

Ruth fastete sieben Tage lang, um ihren Körper zur Vorbereitung auf die Geisterbeschwörung zu reinigen. Sie täuschte Rosa und erzählte ihr, der mangelnde Appetit und die merkwürdige Blässe rührten von einer unglücklichen Verliebtheit her. Für diese Erklärung hatte das Kindermädchen allergrößtes Verständnis, Ruth jedoch kam sie vollkommen absurd vor.

Ihr Plan war folgender: Sie wollte ein Amulett zur Abwehr Liliths tragen, die Schriftzeichen jedoch durch Spiegelung umkehren, um die gegenteilige Wirkung zu erzielen – so würde das Amulett Lilith herbeirufen statt sie zu verjagen. Die Beschwörungsformel wollte sie mit ihrem Menstruationsblut schreiben, denn von etwas derart Unheiligem musste die Dämonin doch angezogen werden.

Dann kam die Neumondnacht. Ruth wartete, bis die übrigen Hausbewohner schliefen, und setzte sich, nachdem sie vier schwarze Kerzen den Himmelsrichtungen gemäß in ihrem Zimmer aufgestellt und angezündet hatte, nackt vor einen großen runden Spiegel und begann, die auswendig gelernten kabbalistischen Beschwörungsformeln aufzusagen, um sich in Trance zu versetzen.

Um Schlag Mitternacht betrachtete Ruth sich in dem trüben Spiegel. Ihr dunkles Haar fiel lose über ihre Schultern, und das Amulett – eine selbst gemalte Karte mit den drei Engeln Snwy, Snsnwy und Smnglf darauf – baumelte zwischen ihren knospenden Brüsten. Sie schloss die Augen und wiederholte immer wieder die verschiedenen Namen, die sie für die Dämonin kannte: Lilith, Karina, Tabia, Metze, Gottlose, Betrügerin, Großmutter Satans. Sie merkte, wie ihr schwindelig wurde, und ihr war, als hebe ihr Körper vom Boden ab und beginne zu schweben. Ihre Seele strömte, dem Licht tausender Kerzen gleich, aus ihrem Kopf nach oben durch die Decke des Zimmers in den Nachthimmel hinauf.

Sie befürchtete bereits, es wäre der Tod, den sie spürte, als plötzlich ein übler Gestank durch den Raum fegte. Es war der Geruch von Schwefel und Verwesung, vermischt mit einer ekelhaft moschusartigen, stechenden Süße, die Ruth an alte Rosen erinnerte. Sie öffnete die Augen.

Als sie starr in den Spiegel blickte, glaubte sie zuerst, sie hätte sich die kaum merkliche Bewegung in der Düsterkeit nur eingebildet. Aber als sie genauer hinsah, bemerkte sie plötzlich eine bläulich-weiße Gestalt.

Es war ein schrecklicher Anblick. Die Kreatur, gekrümmt wie ein Krüppel, lag auf der Seite und war mit ihrem eigenen Schleim bedeckt. Sie maß etwa zwei Meter und hatte den Oberkörper einer Frau. Es war eine blendende Schönheit mit blassblauer Haut und großen silbernen Brustwarzen, jedoch vollkommen kahl, und ihre Kopfhaut wirkte wie eine makellose glänzende Haube. Am erschreckendsten aber waren ihre Gliedmaßen. Aus ihrem Geschlecht wuchsen drei lange schwanzartige Fortsätze – es waren Aale, wie Ruth feststellte. Die glänzenden Glieder schlängelten sich zuckend über den Holzboden.

Das junge Mädchen erstarrte vor Angst; es konnte sich nicht bewegen und brachte keinen Laut heraus. Sich ruckartig aufbäumend, streckte Lilith ihren Körper zu seiner ganzen Länge aus, um den riesigen Kopf zu heben. Sie schimmerte im Kerzenlicht wie ein Aquamarin und starrte ihre Beschwörerin durch den Spiegel an. Mit ihren leuchtenden Augen, deren Pupillen smaragdgrün funkelten, nahm sie Ruth scharf ins Visier.

»Tochter, an was für einen Ort hast du mich geholt? Es missfällt mir. Welches Begehren trieb dich, die große Zerstörerin der Schöpfung zu rufen?« Lilith sprach, ohne ihren großen sanften Mund zu bewegen.

Die Stimme der Dämonin hallte im Kopf des jungen Mädchens, und ihr laszives Zischen ließ sie vor Freude erzittern und zugleich würgen vor Angst. An all die Befehle, die sie gelernt hatte, konnte sie sich nicht mehr erinnern, als sich das abscheuliche Wesen offenbarte. Ruth stand völlig unter Schock und versuchte zu schreien, aber es kam kein Ton aus ihrem Mund.

Der Körper der Dämonin wogte vor Empörung, als sie das verängstigte Mädchen ansah. »Du hättest meinen Namen nicht missbrauchen dürfen, Kind. Von diesem Augenblick an gehört deine Seele mir.«

Ruth zitterte am ganzen Körper, aber plötzlich fand sie ihre Stimme wieder, und ihre Angstschreie hallten durch den Raum.

Einen Augenblick später erwachte sie zitternd in ihrem Bett, und Rosa beugte sich über sie.

»Es war nur ein Traum, mein Kind, ein Albtraum«, flüsterte sie und wiegte das weinende Mädchen an ihrer Brust.

Sie gab Ruth ein Glas heiße Milch mit Gewürznelken zu trinken und verließ das Zimmer erst, als sie überzeugt war, dass Ruth tief und fest schlief. Als sie auf Zehenspitzen zur Tür schlich, rutschte sie auf einem Stück Schilf aus, das mit Wasser aus dem Fluss benetzt war. Sie rätselte, woher es wohl stammte, steckte es aber ein, denn sie spürte, es hatte auf irgendeine Weise mit den Fantastereien zu tun, über die ihr Schützling nicht hatte reden wollen, und konnte später einmal gegen Ruth verwendet werden, wenn sie es nicht beseitigte.

Wochenlang wollte Ruth nicht allein schlafen, und sie schwor sich, dem Sohar und seiner Hexenkunst nie wieder respektlos zu begegnen, insbesondere der Magie der Dämonin Lilith nicht. Aber der Wunsch, sich den bösen Geist nutzbar zu machen und ihn zu besiegen, begann sich in ihr festzusetzen. Sie fing an, Rosa mit Fragen über den Tod ihrer Mutter zu plagen. Da sie nun wusste, dass Lilith die Mörderin Neugeborener war und die Seelen niederkommender Frauen raubte, wollte sie herausfinden, ob bei der zweiten Niederkunft ihrer Mutter die richtigen Vorkehrungen getroffen worden waren und ob ihr Tod hätte verhindert werden können.

Das alte Kindermädchen, das zwischen handfestem Pragmatismus und stoischem Respekt vor dem Aberglauben hin- und hergerissen war, wich den Fragen immer wieder aus, bis es schließlich zermürbt die Wahrheit gestand: Elazar, dem der Mystizismus der Konvertitenfamilie seiner spanischen Gattin nicht geheuer war, hatte die Amulette weggeworfen, die Rosa zur Abwehr von Lilith aufgehängt hatte, als sie merkte, wie sehr Sara sich quälte. Schockiert fragte Ruth nach, ob demnach ihr Vater schuld am Tod der Mutter sei. Rosa erklärte ihr jedoch eilig, Sara sei sehr schmal in den Hüften gewesen und die Geburt daher schwierig. Ihrer Meinung nach war der Quacksalber verantwortlich, den der verzweifelte Elazar in letzter Minute herbeigeholt hatte, um Mutter und Kind zu retten. Ein richtiger Metzger, der Geburtshaken verwendete, erzählte sie Ruth und unterstrich das Gesagte mit anschaulichen Gesten.

In Ruth begann der Wunsch aufzukeimen, Frauen bei Geburten zu helfen und ihre Retterin zu werden. Sie hatte das Gefühl, als Hebamme könne sie die glücklose Niederkunft der eigenen Mutter immer wieder auf wunderbare Weise zu einem guten Ende bringen, um sie in all den gesunden Müttern mit einem feisten rosigen Kind – ihrem Bruder – an der Brust weiterleben zu sehen.

Nach monatelangem Drängen war Rosa endlich bereit, Ruth zu der Niederkunft einer guten Freundin mitzunehmen. Die junge Frau bekam heftige Wehen, und man hatte auch den Gemeindearzt Isaak Schlam zu Hilfe gerufen. Rosa assistierte dem hektisch hantierenden Doktor und bat Ruth, die verängstigte Gebärende zu beruhigen. Das junge Mädchen meisterte die

Aufgabe ganz hervorragend, denn es besaß, wie sich herausstellte, eine kostbare Gabe: Die große Ruhe und Gelassenheit, die sie ausstrahlte, wirkte sich sofort tröstend und beruhigend auf die werdende Mutter aus.

Es war ein faszinierendes Erlebnis für Ruth. Sie fand es erstaunlich, wie aus Schmerzen eine solche Freude hervorgehen konnte. Von diesem Tag an stand ihr Ziel eindeutig fest: Sie wollte Hebamme werden. Keine Metzgerin, sondern eine, die Kräuter und Kunstgriffe anwandte.

Allmählich klang der Kummer über Aarons Tod ab. Aber um sein Andenken in Ehren zu halten, holte sie jeweils an seinem Todestag sein Schwert hervor und redete mit ihm, als sei es der Junge selbst. Flüsternd vertraute sie ihm all die dunklen Geheimnisse an, die sie als Heranwachsende in ihrem Herzen bewahrte, ohne zu ahnen, dass sie dieses Schwert eines Tages offen tragen sollte.

Elazar bemühte sich seit geraumer Zeit darum, seine Tochter auf die Hochzeit mit dem Sohn eines in Hamburg lebenden Gelehrten vorzubereiten. Nachdem er Ruths intellektuelle Neugier insgeheim gefördert und ihr Zugang zu seiner großen Sammlung religiöser und philosophischer Schriften gewährt hatte, sah sich der Vater nun plötzlich mit der Aufgabe konfrontiert, aus einer Rebellin – die für seinen Geschmack zu männlich geraten war – eine traditionelle jüdische Ehefrau zu machen. Ruth musste also das Weben und Sticken und die Zubereitung traditioneller Feiertagsgerichte erlernen, aber auch die Grundlagen der Buchführung, um die Haushaltsausgaben überwachen zu können. Das Schlimmste jedoch war, dass sie auch auf ihre heimliche Lektüre der Thora verzichten musste. Es war ein schwerer Schock für die eigensinnige Heranwachsende, die Weben stumpfsinnig und langweilig fand und sich oft von der mystischen Bedeutung der Zahlen in ihrer Buchführung ablenken ließ und darüber die eigentliche Abrechnung vergaß. Frustriert und insgeheim besorgt, seine Tochter könne sich als unverheiratbar erweisen, wandte Elazar extreme Mittel an. Er prügelte sie mit dem Rohrstock und sperrte sie in ihrem Schlafgemach ein, bis sie ihre Aufgaben erledigt hatte.

Der Hochzeitstermin rückte näher. Obwohl Elazar Lobeshymnen auf den jungen Mann sang und aus Hamburg ein kleines Gemälde geschickt worden war, das nun über ihrem Bett hing, verspürte Ruth nichts als Angst. Ihr drängte sich das Gefühl auf, dass ihr Leben, wie sie es sich vorstellte, dem Ende entgegenging.

Von dem Fenster ihres Schlafgemachs war der Freiheit verheißende Hafen zu sehen, und dort erblickte die fünfzehnjährige Ruth schließlich das holländische Schiff mit der am Mast flatternden Flagge in Rot, Weiß und Blau. Als sich eine Wolke vor die Sonne schob und ihr Schatten auf Ruths gequältes Gesicht fiel, stand plötzlich die Entscheidung fest: Sie musste fliehen.

Noch in derselben Nacht zog sie sich Aarons Kleider an und schlich sich mit ihren spärlichen Ersparnissen, dem Schwert ihres Cousins und einem unter dem Hemd versteckten Amulett, auf dem das kabbalistische Wort für Stärke geschrieben stand, heimlich aus dem Haus.

Sie bestach den Fährmann, damit er sie durch den schlafenden Hafen schipperte, und bewarb sich als Schiffsjunge an Bord des holländischen Schiffes, wobei sie lediglich den Namen Aaron angab. Der alte Kapitän der Handelsmarine wollte sie nur mitnehmen, wenn sie sich bereit erklärte, als Gegenleistung für eine kostenlose Passage das Kochen zu übernehmen. An Bord freundete sie sich mit einem deutschen Ritter an, der bereits für die Holländer und die Spanier gekämpft hatte und es auch für jeden anderen tun würde, der ihm genug dafür zahlte. Der zynische, verbitterte Mann überhäufte den Jungen mit Kriegsgeschichten, die von Hunger und Vergewaltigung, Plünderung und Herrschaft berichteten.

»Die Staatsmacht ist eine Hure und die Religion ihr Zuhälter«, erklärte er und wunderte sich insgeheim über die zarte Haut des Jungen. »Lass dir von niemandem etwas anderes einreden, Kleiner!«

In der dritten Nacht streckte er, als sie nebeneinander in einer schmalen Holzkoje lagen, die Hand nach dem vermeintlichen Jungen aus und war so schockiert, als er an dem sich wehrenden Körper Brüste ertastete, dass er nicht mehr in der Lage war, seine unlauteren Absichten in die Tat umzusetzen. Mit allen möglichen Tricks gelang es Ruth, sich vor ihm zu verstecken, bis das Schiff am nächsten Morgen in Amsterdam anlegte.

Mit den geringen Holländischkenntnissen, die sie bei Besuchen von Verwandten aus Amsterdam erworben hatte, schlug sie sich zu dem Studentenquartier der neuen Medizinschule im Heiligeweg durch. Es goss wie aus Eimern, als sie zitternd vor Kälte und Hunger an die massive Holztür klopfte, bis endlich ein großer Kerl mit klugen, humorvollen Augen den Riegel zurückschob. Er sah Ruth erstaunt an, als sie ihr Anliegen in drei Worten auf Latein zum Ausdruck brachte. »Wissen suche ich.«

Dirk Kerckrinck, der damals erst achtzehn war, lachte herzlich über die gebrochene Aussprache, aber da verlor Ruth plötzlich das Bewusstsein und brach auf dem Gehsteig zusammen, wo sie wie ein Sack Lumpen liegen blieb. Der Medizinstudent, der die deutschen Insignien auf der Brust der schmutzigen Uniformjacke des Fremden erkannte, hob den ohnmächtigen Jungen auf und brachte ihn in sein bescheidenes Quartier. Er legte ihn vor dem Ofen ab, und als er sah, wie der Junge sich anstrengte, wieder zu sich zu kommen, entschied er, dass eine solche Entschlossenheit belohnt werden musste. Ohne weitere Fragen zu stellen, ernannte er den Fremden zu seinem Kammerdiener.

Als Ruth sich später ihm gegenüber als Frau und Jüdin zu erkennen gab, war Dirk Kerckrinck begeistert. Er lief zwar Gefahr, vor Gericht gestellt zu werden, weil er einer Jüdin Zuflucht gewährte, aber das kümmerte den jungen Radikalen nicht, dessen Risikobereitschaft nur noch von seiner intellektuellen Neugier übertroffen wurde. Darin glich ihm, wie er schnell herausfand, sein neuer Kammerdiener, den er den anderen schelmisch als Felix van Jos, einen schüchternen Calvinisten aus Utrecht, vorstellte.

In den folgenden Monaten nahm Dirk Kerckrinck Ruth zum Lateinunterricht im Hause seines Lehrers Franciscus van den Enden am Singel-Kanal mit. Van den Enden war ein flämischer Radikaler, der die Veröffentlichung seiner revolutionären Ideen finanzierte, indem er den Kindern wohlhabender, vornehmer Bürger Lateinunterricht gab. Seine eigenen Töchter hatte er so gut erzogen und geschult, dass sie sich beim Debattieren mit den freimütigen jungen Intellektuellen, die unter seinem Dach Schutz suchten, durchaus messen konnten. Falls van den Enden je Zweifel an der Identität des verlegenen Jungen kamen, den Kerckrinck unbedingt zu seinen Kolloquien mitbringen wollte, so sprach er seinen Verdacht jedoch nie aus. Dem charismatischen Lehrer, der vielen ein Mentor war, fiel freilich auf, dass der junge Mann sich nicht rasierte und eine verdächtig hohe Stimme hatte. Aber der Junge war intelligent und unglaublich lerneifrig; annähernd so eifrig wie ein anderer von van den Endens Wunderknaben: Benedict Spinoza.

Der zierliche dunkelhaarige junge Mann mit dem hübschen Gesicht war bereits durch seine öffentliche Exkommunikation aus der sephardischen Gemeinde aufgefallen. Mittlerweile hatte Spinoza nach dem Verlust von Familie und Freunden nicht nur seinen hebräischen Namen Baruch gegen die lateinische Entsprechung Benedict eingetauscht, sondern sich zudem ganz unverhohlen eine neue Familie aus gleichgesinnten Intellektuellen geschaffen. Es waren Söhne von Kaufleuten, die wie er der Ansicht waren, es müsse jenseits von Geschäften und schnödem Wohlstand, der die holländischen Neureichen hatte laff und selbstgefällig werden lassen, noch einen größeren Sinn im Leben geben. Spinoza spürte, dass Felix van Jos ebenfalls jüdischer Herkunft war, und freundete sich rasch mit dem Jungen an, dessen wahres Geschlecht ihm verborgen blieb.

Er ließ es sich nicht nehmen, den jungen Kammerdiener selbst zu unterrichten, in dessen frühreifem Wesen er etwas von sich selbst wiederzuerkennen glaubte. Wenn er mit Kerckrinck nach dem Lateinunterricht in die Schankstuben zog, um Bier zu trinken und über Politik zu diskutieren, bestand er stets darauf, den schüchternen Jungen mitzunehmen. Dann nämlich hielt Spinoza Hof und verkündete seine Theorie von einem Gott, der die ganze Natur umfasst, das ganze Universum, und stellte die noch strittigere Behauptung auf, dass die Macht dieses Gottes nicht derjenigen eines Königs entspreche, sondern vielmehr der Macht der Natur, der Macht des Lebens.

Ruth beobachtete mit Faszination, wie Spinoza nachdenklich innezuhalten pflegte und dabei ein leeres Bierglas so ins Licht hielt, dass es wie von einem Prisma gebrochen wurde. Dann fuhr er mit seiner Rede fort, ohne die lärmenden Feiernden ringsum überhaupt wahrzunehmen.

»Alles kommt von Gott, aber wir sind beschränkt in unserer Wahrnehmung, weil wir unsere menschlichen Vorstellungen auf ihn übertragen. Unser Gottesbild ist bestimmt von dem Bild, das wir von uns selbst haben, aber dieses Bild ist falsch. Nehmen wir beispielsweise die Illusion der Freiheit: Es ist gar nicht unser so genannter freier Wille, der uns etwas wollen oder verlangen lässt, sondern die Verfassung unseres Geistes und unseres Körpers zu einem bestimmten Zeitpunkt. Unsere einzige Freiheit besteht darin, den Verstand in so hohem Maße zu gebrauchen, dass wir die passiven Gefühle und wirren Vorstellungen, die uns zum Sklaven machen, in ein klares Bewusstsein für unsere Motivation umwandeln. Der Verstand weiß ganz genau, was getan werden muss. Das darfst du nie vergessen, kleiner Felix!«

Während Spinozas Rede hatte Ruth das Gefühl, als wäre die Luft plötzlich erstarrt und fest geworden und dann in tausende Scherben von leuchtender Klarheit zersprungen. Sie erkannte, wie sie Spinozas Philosophien auf ihr eigenes Leben und den Weg anwenden konnte, den sie zur Mehrung ihres Wissens eingeschlagen hatte.

Dort, in dieser verrauchten Schänke, inmitten lärmender Studenten und Huren, beschloss Ruth bas Elazar Saul alias Felix van Jos, ihre Gefühle fortan im Zaum zu halten und Gott durch eifriges und rationales Streben nach Wissen und den Verzicht auf alles andere zu dienen.

Wenn Spinoza den Jungen mit den zarten Wangen und den leuchtenden grünen Augen betrachtete, fragte er sich des Öfteren, warum er niemals Bier trank und in beklommenes Schweigen verfiel, wenn das Gespräch auf Frauen und die jüngsten Liebesabenteuer kam. Weil der Philosoph annahm, der Junge sei noch unschuldig, wollte er Kerckrinck schon vorschlagen, zusammenzulegen und Felix mit ins Bordell zu nehmen, aber da gestand ihm Dirk eines Abends betrunken, dass es sich bei seinem jungen Kammerdiener um eine Frau jüdischer Herkunft handelte und – was noch schlimmer war – er begonnen hatte, sie zu begehren.

Zutiefst schockiert kam Spinoza, für den Frauen naturgemäß minderwertige Wesen waren, zu dem Schluss, Ruth müsse eine Laune der Natur sein, ein anormales Wesen mit dem Geist eines Mannes, der in dem schwachen Körper einer Frau steckte. Er wies Dirk an, nie wieder das wahre Geschlecht seines Lehrlings zu erwähnen. Erst als sich große Betroffenheit in Dirks freundlichem Gesicht malte, bekam der Philosoph Mitleid und riet dem liebeskranken Medizinstudenten lächelnd, sich eine weniger gefährliche Liebschaft zu suchen.

Als sie jedoch eines Abends an einer Übersetzung vom Holländischen ins Lateinische arbeiteten und Ruth sich über Dirk beugte, geschah es, dass er sich zu ihr umdrehte und ihren Hals mit Küssen liebkoste. Obwohl sie protestierte, ließ er seine Lippen leise keuchend zu ihrem Mund hinaufwandern.

Erstaunt gewahrte Ruth die aus dem tiefsten Inneren ihres Körpers hervorbrechenden Wellen der Lust und war nicht imstande, Dirk wegzustoßen. Sie schmeckte seine Zunge und betrachtete mit zärtlicher Verwunderung sein Gesicht. Die vielen Monate des Zusammenlebens, in denen sie einander sehr vertraut geworden waren, spülten über sie hinweg und flossen wie vergossenes Quecksilber über die blanken Bodendielen, um ihre Gliedmaßen miteinander verschmelzen zu lassen, ihre Haut und ihre Münder. Als Dirk Ruth voller Begierde hochhob und sie zu seinem Bett tragen wollte, flehte sie ihn jedoch an, er möge nicht das zerstören, was sie sich vorgenommen habe, und ihr zugleich ihre Jungfräulichkeit rauben.

Am ganzen Körper zitternd gab der junge Mann sie wieder frei. Er entschuldigte sich überschwänglich und bat sie um Vergebung, aber Ruth brachte ihn mit einem Kuss zum Schweigen und lief mit vor Sehnsucht schmerzenden Lenden davon.

Verwirrt wanderte sie stundenlang durch die überfüllten Straßen, an Kanälen entlang, über Brücken. Sie überlegte hin und her und ging bei der Prüfung ihrer Situation so sorgfältig vor, als seziere sie eins der kleinen Tiere, bei deren Präparation sie Dirk einmal zugesehen hatte. Es war, als suchte sie ein imaginäres Organ, das auf irgendeine Weise die Liebe zwischen ihnen ermöglichte. Sie wusste, diese Liebschaft hatte keine Zukunft, aber das überwältigende sinnliche Erlebnis machte ihr bewusst, dass sie ihr Geschlecht und ihre Sexualität nicht länger leugnen konnte. Und so beschloss sie, nach Deutz zurückzukehren, um sich mit ihrem Vater zu versöhnen und ihrer Gemeinde mit dem medizinischen Wissen zu dienen, das sie erworben hatte.

Drei Stunden später fand sie sich vor Spinozas Tür wieder. Sie redeten bis zur Morgendämmerung, und Ruth war sehr erleichtert, als der Philosoph sich schließlich bereit erklärte, ihr weiterhin als Mentor zur Verfügung zu stehen. Obwohl ihr Entschluss wegzugehen Spinoza betrübte, hatte er Verständnis dafür und bot ihr an, den Dialog mittels Korrespondenz fortzusetzen. Obwohl er Ruth als Abweichung von der Norm betrachtete, wie er gestand, respektierte er ihre Intelligenz und ihren philosophischen Ehrgeiz. Er versprach, ihr stets die neuesten Abhandlungen und Schriften zu schicken, damit sie in Deutz nicht von allen Informationen abgeschnitten war.

Sie verabschiedeten sich mit einer Umarmung voneinander, einer rauen Geste, wie sie unter Männern üblich war. Als Dirk am Abend zu einer Vorlesung ging, packte Ruth ihre Sachen, hinterließ ein paar Zeilen und verschwand, ohne den jungen Medizinstudenten noch einmal zu sehen.

✦ ✦ ✦

»Alle Menschen und Geschöpfe sind in den Augen der Natur gleich, und die Natur ist Gott.« Die Erinnerung an Benedict Spinozas weiche, wohlklingende Stimme spendet Ruth Trost, als sie zitternd am offenen Fenster in der Kälte steht. Die moralische Verantwortung für das eigene Handeln übernehmen – ist es nicht das, wofür der Philosoph eintritt wie zuvor Descartes? Wenn alle Menschen vor Gott gleich sind und wenn Gott die Natur ist und die Natur Gott, dann ist der Mensch keine Marionette, die ein vorherbestimmtes Schicksal erduldet, sondern sein eigener Herr und kann sein Leben selbst gestalten. Ruth lebt das Leben, das sie gewählt hat. Nun muss sie lernen, es auch zu genießen, denkt sie und zieht die hölzernen Fensterläden zu.

Im Kerzenlicht schält sie sich müde aus ihren Kleidern, die von der anstrengenden Nacht und dem Morgentau feucht sind. Als sie durch das Zimmer auf die bereitstehende Wanne zugeht, erblickt sie sich in der Spiegelscherbe, die sie als Kind von ihrer

Mutter geschenkt bekam. Sie sieht ein blasses, ovales Gesicht, nachdenklich, umrahmt von einer langen schwarzen Mähne. Große Augen, die als unscharfe Farbtupfer aus Weiß und Grün erscheinen, getrübt von weit entferntem, ungeahntem Leid. Ruth bringt dieses Gesicht gar nicht mit sich selbst in Verbindung. Sie hat kein Bild von sich: Schon vor vielen Jahren, als sie im Alter von zwölf nicht mehr nur ihrer Schönheit wegen geachtet werden wollte, hat sie aufgehört, sich im Spiegel anzusehen. Ihr genügte es von da an, mit den Händen die Gesundheit ihres Körpers zu erspüren; alles andere war unwichtig. Sie wollte nicht mehr über ihre Körperlichkeit definiert werden, sondern über ihren Verstand.

Sollte sie je ein Mann haben wollen, dann würde er sich für ihr inneres Wesen interessieren müssen, nicht nur für ihre Gestalt, denkt Ruth, als ihr weißer Fuß die Oberfläche des warmen Wassers durchbricht und dann ihr übriger Körper untertaucht.

Während sie bei schummriger Beleuchtung badet, lauscht sie auf die fernen Geräusche der erwachenden Stadt: Hahnenschreie, leises Meckern von Ziegen, das lauter werdende Klappern ihrer Hufe, als sie am Haus vorbeigetrieben werden, weiter weg das Läuten von Glocken, protestantischen Glocken, das Lachen von Kindern, gedämpfte Klänge eines hebräischen Liedes, ein Abzählreim, den sie aus der Kindheit kennt. Und ganz allmählich, während sich alles zu einer Geräuschkulisse geschäftigen Treibens vermischt, stellt sich bei Ruth ein wohliges Gefühl von Abgeschiedenheit ein.

Die junge Frau betrachtet ihren Körper: ihre Brüste an der glitzernden Oberfläche des Wassers; ihre schmalen Hüften mit dem schwarzen Haarbüschel zwischen ihren Lenden, das sich wie ein belebtes Wesen an ihre Schenkel schmiegt; ihre mädchenhaft schlanken, langen Beine. Diesem Körper fehlt die fruchtbare Üppigkeit, der sich ihre Patientinnen erfreuen. Es ist ein jungfräulicher Körper ohne jede Spur des Verschleißes durch die Liebe. Und auf einmal ist es, als halte der ganze Raum, sogar die Zeit selbst, die Luft an, um die spärlich hereinfallenden Sonnenstrahlen, das plätschernde Wasser und Ruths weißen Körper festzuhalten und zu einem Traumbild erstarren zu lassen. Dann scheint dieses Bild, dieser Augenblick der Stärke, ebenso plötzlich eine feste Gestalt anzunehmen und gräbt sich ihr einem winzigen Splitter gleich ins Gedächtnis.

So fühlt sich Zufriedenheit an!, denkt Ruth und taucht im Badewasser unter.

Lieber Benedict,

danke für die Schriften von Descartes. Seinen »Discours de la méthode« habe ich gelesen, und ich finde ihn höchst aufschlussreich. Wie soll man solche Bestrebungen in dieser kleinen Stadt umsetzen! Dieser Ort hinkt den Studien von Franciscus van den Enden tausend Jahre hinterher, aus denen die Visionen wie Engel mit stählernen Schwingen emporsteigen. Visionen von Demokratie, von einer Republik, in der alle gleich sind, in der Politik wie auch im Geiste.

Heute Morgen war ich als Hebamme für die junge Gemahlin eines Bürgers in Köln tätig. Es ist grausam, sich des widerrechtlichen Betretens der Stadt so bewusst zu sein. Ich hatte vergessen, was demütiges Verhalten ist, und es widerstrebt mir, es erneut anzunehmen.

Du würdest deinen kleinen Felix nicht wiedererkennen – ich habe langes Haar und bin gezwungen, den Kopf zu bedecken. Ich bin eine Frau. Der gelbe Ring, den ich an der Brust trage, kommt mir wie ein obszönes Stigma vor. Aber all das nehme ich hin. Denn ich hoffe, ich kann mit meinem bescheidenen Wirken vielleicht eine Wendung zum Besseren bewirken. Ich bin vorsichtig, denn ich möchte, anders als du, in meiner Gemeinde bleiben, obwohl man mich als Hexe bezeichnet. Nachts liege ich oft wach und bekomme es mit der Angst zu tun – wovor? Vor Gottes Strafe? Nur vor der Strafe ihres Gottes, eines eifersüchtigen Gottes, der nicht der meine ist. Dennoch habe ich den kabbalistischen Lebensbaum mit den zehn Sephirot über mein Bett gehängt und einen Beutel mit

Knoblauch an die Hintertür. Und die Frauen verlangen immer noch von mir, diese Talismane zu den Geburten mitzubringen, um die Dämonin Lilith und andere Gräuel abzuwehren. Das gibt ihnen Kraft und lässt sie auf meine Fähigkeiten vertrauen. Bin ich ein Scharlatan, wenn ich mir derart billige Magie zunutze mache? Der Glaube rettet Leben und verleiht dem Tod Würde; aber das ist sicherlich nur eine Rechtfertigung. Ich höre schon, wie du mich schiltst, Benedict. Ich erinnere mich so deutlich an deine Worte über die Kabbalisten, als wären sie in meine Haut geätzt: »Tändler, deren Wahnsinn mich unaufhörlich in Erstaunen versetzt. Was für eine Arroganz steckt hinter ihrer Überzeugung, sie allein hätten Zugang zu den Geheimnissen Gottes!«

Vergib mir, Meister, aber über Deutz liegt immer noch die Dämmerung. Das Licht der Aufklärung hat diese eingefallenen Mauern noch nicht erreicht. Lass meinem Volk seine Träume! Sie zählen zu den wenigen Dingen, die den Menschen noch geblieben sind.

Richte Dirk Kerckrinck meinen Glückwunsch zu seiner Beförderung zum Oberarzt aus (Mitleid seinen armen Patienten!).

Bitte schreibe mir zurück, fast jede Woche kommt ein holländisches Schiff, und deine Weisheit ist mir immer eine große Unterstützung und Aufmunterung.

Immer dein

»Felix van Jos«

✦ ✦ ✦

»Ich sehe mit Bedauern, dass Seine Exzellenz der Erzbischof mir nicht die Ehre seiner erhabenen Anwesenheit zuteil werden lässt, sondern stattdessen einen Dienstboten schickt.«

Carlos Vicente Solitario, Inquisitor, Dominikanermönch und Berater des großen Kaisers Leopold I., hört aufmerksam zu, als Juan, sein Sekretär, den Satz vom Spanischen in schlechtes Deutsch übersetzt. Beide Seiten haben es abgelehnt, Lateinisch zu sprechen, was darauf schließen lässt, dass die Unterredung nicht geistlicher, sondern politischer Natur ist.

Carlos, ein kleiner, kahlköpfiger Mann in den Sechzigern, der mit seiner mediterranen Konstitution unter der beißenden Kälte der Winter im Norden leidet, steht frierend in dem spartanischen Raum, den die Jesuiten ihm zugewiesen haben. Die Selbstsicherheit und Ausstrahlung des Kanonikers, den Erzbischof Maximilian Heinrich geschickt hat, machen den Inquisitor nervös. Es liegt eine Arroganz in der Schönheit des blonden Detlef, eine hochnäsige Intelligenz in seinem Blick, die der Dominikaner als nicht vertrauenswürdig empfindet.

Solitario war bereits einmal im Deutschen Reich, allerdings weiter im Osten, in Breslau. Dort hat er erfahren müssen, dass die Preußen mit ihrer stoischen Ruhe im Vergleich zu ihm mit seinem südländischen gefühlsbetonten Temperament strategisch im Vorteil sind: Anders als er sind sie auf dem diplomatischen Parkett zu Täuschungen fähig. Diesmal ist der Inquisitor jedoch entschlossen, bei seiner Mission auch nicht den kleinsten Kompromiss zu machen. Er beugt sich vor und setzt ein zutiefst naives Grinsen auf.

Gelassen reagiert der junge Kanoniker mit einem ausdruckslos-höflichen Lächeln. Eine Pattsituation.

Mit einer auffordernden Geste erteilt Detlef seinem Untergebenen die Erlaubnis, für ihn zu sprechen. Groot räuspert sich wichtigtuerisch und beginnt.

»Der Kanoniker Detlef von Tennen ist kein Dienstbote. Er ist ein Wittelsbacher und der Cousin des Erzbischofs. Somit ist es eine Ehre, dass der Erzbischof ein Familienmitglied geschickt hat, um Monsignor Solitario zu empfangen.«

»Besonders, da der Adel in Köln so große Macht hat«, entgegnet Carlos sarkastisch in perfektem Deutsch.

Groot ist entsetzt über die bewusste Unverschämtheit des Inquisitors, sich erst jetzt des Deutschen mächtig zu zeigen, aber auch über das Wissen des Spaniers um die Kölner Verhältnisse:

Die ortsansässigen Adeligen, einst der einflussreichste Stand in Köln, werden mittlerweile zu ihrem großen Verdruss gerade einmal von den Bürgern toleriert. Groot dreht sich rasch zu Detlef um, aber dessen besonnene Miene bleibt unbewegt.

Hinter dem Inquisitor fällt plötzlich die Kapuze einer schwarzen Robe herunter, die in der Ecke der weiß getünchten Zelle neben einer Reisetruhe hängt. Daneben steht eine Gambe. Die auseinander gefaltete Kapuze verströmt Amberduft, der sich schnell im Raum ausbreitet.

»Ich habe Freunde in Breslau. Sie übermitteln ihre Grüße und bedauern, dass es zu gefährlich für sie ist, Sachsen zu durchqueren, um Sie zu begrüßen«, entgegnet Detlef in gutem Spanisch. Es sind die ersten Worte, die er seit Betreten des Zimmers äußert.

Ein Anflug von Angst zeigt sich im Gesicht des Inquisitors. Nun ist es an ihm, besorgt zu sein. Der Gesandte spricht fließend Spanisch und scheint bestens über Carlos' Vergangenheit informiert. Detlef hat ihn mit Absicht an die Demütigung erinnert, die er in dieser unwirtlichen Stadt im Osten erlebte, und an seinen erzwungenen Exodus. Er hat ihn zugleich an die Einnahme Sachsens durch die Lutheraner erinnert, eine Eroberung, die Rom immer noch zu schaffen macht.

Einen Moment lang stellt sich Carlos vor, wie dieser Mann wohl aussähe, wenn man ihn foltert, und ob sein Gesicht dann immer noch eine solche Gelassenheit ausstrahlt. Der Gedanke erregt ihn – wie es die Ausübung von Macht immer tut –, und sein Unterlegenheitsgefühl schwindet.

»Da wir beide dieselben Sprachen sprechen, darf man davon ausgehen, dass wir eine gute Grundlage für diplomatische Beziehungen haben«, sagt er.

»Dieselbe Sprache zu sprechen heißt noch nicht, dieselbe Gesinnung zu haben.«

»Erzbischof Maximilian Heinrich fehlt es an beidem.«

»Ich richte nicht über meinen Herrn.«

»Aber es gibt einen Herrn über Ihrem Herrn. Er ist dem Kaiser Rechenschaft schuldig – nicht Frankreich.«

»Ist Leopold unzufrieden?«

»Wir sind besorgt um die Untreue des Erzbischofs, sähen uns jedoch geneigt, darüber hinwegzusehen, wenn er bereit ist, einer Bitte von unserer Seite nachzukommen.«

»Welche Beweise besitzt denn der päpstliche Rat dafür, dass der Erzbischof französische Neigungen habe?«

»Glauben Sie mir, Domherr von Tennen, unsere Spione arbeiten ebenso effektiv wie Ihre.«

Carlos nickt seinem jungen Sekretär zu, der eine Schriftrolle unter seiner wallenden scharlachroten Robe hervorholt. Er rollt sie auf und breitet sie auf dem nackten Holztisch vor ihnen aus. Detlef muss nicht einmal näher kommen, um die verschnörkelte Schrift des Erzbischofs zu erkennen. Wer das Schriftstück verfasst hat, ist eindeutig: Das Siegel von Maximilian Heinrich neben dem Stempel von König Ludwig XIV. ist Beweis genug. Detlef verflucht innerlich die Leichtsinnigkeit des Erzbischofs und sieht den Inquisitor an.

»Wie lautet Ihre Bitte?«

»Es gibt zwei Einwohner von Köln und zwei aus der Umgebung, deren Machenschaften sowohl Leopold als auch dem Hohen Rat der Inquisition zu Ohren gekommen sind. Machenschaften, die nicht nur unkatholisch sind, sondern zudem auf Teufelswerk schließen lassen.«

»Monsignor Solitario, Sie müssen wissen, die Bürger von Köln sind nicht gerade für ihre Toleranz gegenüber äußerer Einflussnahme bekannt, selbst wenn es um Leopold geht. Sie widersetzen sich insbesondere jeder Einmischung in ihren geliebten Tauschhandel. Wäre man zynisch, könnte man denken, der Gott dieser Menschen sei der Handel.«

»Wäre man zynisch, sollte einem mehr an seinem Leben liegen als an seiner Einstellung.«

»Mir liegt an beidem.«

»Gut, in diesem Fall finden wir vielleicht einen Kompromiss.«

»Um welche Bürger handelt es sich?«

Detlef bemerkt die Erregung im Blick des Inquisitors und den Speichel in seinen Mundwinkeln. Gott sei den Angeklagten gnädig!, denkt der Domherr. Er selbst glaubt nicht so recht an die körperliche Manifestation des Bösen und hält sich lieber an die grundsätzliche Schuldhaftigkeit des pflichtvergessenen Menschen. Aber wie mächtig kann der Glaube sein, wenn der Mensch ihn mit Aberglauben durchdringt, denkt er und erinnert sich daran, wie er Zeuge wurde, als ein Bauer mit einem Fluch getötet wurde und die Frucht auf den Feldern eines verhassten Mannes plötzlich durch Hexerei verdarb. Das angstverzerrte Gesicht einer Händlerin kommt ihm in den Sinn, die vor vielen Jahren als Hexe hingerichtet wurde. Der Vater hatte Detlef in dem Bestreben, das moralische Gewissen des empfindsamen Fünfjährigen abzuhärten, zu der Verbrennung mitgenommen. Die voyeuristische Hysterie, die in den Gesichtern der Zuschauer stand, hat sich dem Kind unauslöschlich eingeprägt. Ebenso das Grauen, das ihn am ganzen Leib erzittern ließ, als er sah, wie die Haut der sich aufbäumenden Frau schwarz wurde, und sich ihrer Qualen bewusst wurde.

Frustrierte Fanatiker sind die Gefährlichsten unter den Menschen, stellt er wieder einmal fest. Wegen dieses nach Hass riechenden Mannes, der da vor ihm steht, wird der Hohe Rat der Inquisition von Aragon schließlich bekommen, was er fordert. Der Kanoniker wendet seinen Blick von dem Inquisitor ab, dessen unschuldiges Lächeln nur von einem leichten Zucken unter dem rechten Auge getrübt wird, und nickt Groot widerstrebend zu, der sofort seine Feder zückt, um mitzuschreiben.

Der Untergebene des Inquisitors tritt vor und zählt die Namen auf. »Hermann Müller, Stoffhändler aus Köln, heimlicher Lutheraner und Hexer. Matthias Voss aus Köln, Silberschmied, heimlicher Lutheraner und Hexer.«

Das Kratzen des Federkiels auf dem Pergament klingt in Detlefs Ohren wie die Verkündung des Todesurteils.

»Und die Leute von außerhalb?«, fragt er.

»Jan van Dorf aus Mülheim, Gewürzhändler. Verdacht auf Paktieren mit dem Teufel, um seine Geschäfte anzukurbeln. Und die Jüdin Ruth bas Elazar Saul.«

»Wie lautet die Anklage?«

»Hexerei.«

»Und der Beweis?«

Solitario schiebt Juan beiseite und spricht direkt mit dem Kanoniker. »Zweifeln Sie etwa die Quellen des Hohen Rats der Inquisition an?«

»Derlei Zweifel stehen mir nicht zu. Ich frage mich nur, ob es tatsächlich Zeugen gibt.«

»Mein Orden hat viele Augen.«

»Wie man hört, war ihre Mutter Spanierin, aus der Provinz von Aragon wie Sie.«

»Und?«

»Ach, ich habe eine Schwäche für Zufälle. Die Frau, die Sie anklagen, ist eine der besten Hebammen im Rheinland. Es gibt viele, die ihre Praktiken verteidigen würden.«

»Gehören Sie dazu? Mir ist zu Ohren gekommen, die Reihen des deutschen Klerus seien mit heimlichen Satansverehrern durchsetzt.«

Diese Drohung verfehlt ihre Wirkung nicht. Wütend zwingt Detlef sich, diplomatisch zu bleiben.

»Ich verbeuge mich vor Ihrem großen Wissen über das Teufelswerk und bewundere, wie die Wege Gottes Sie zu solch außergewöhnlichen Einsichten geführt haben. Ich ziehe es vor, auf das Gute im Menschen zu vertrauen; das inspiriert mich unendlich mehr als die Verfolgung des Bösen. Für den Augenblick schlage ich Ihnen vor, die luxuriösen Gemächer von Voss und Müller aufzusuchen. Sie zählen zu den erfolgreichsten Kaufleuten in unserer schönen Stadt.«

»In der Tat, ich denke, die päpstlichen Wachen und ich werden in Kürze beiden Männern unsere Aufwartung machen.«

»Und was ist mit den anderen beiden? Sie wissen, dass die Ländereien jenseits des Rheins nicht der Kölner Gerichtsbarkeit unterstehen? Das Gebiet gehört den Hohenzollern, es ist protestantisch. Und die Hebamme ist Jüdin.«

»Ich habe einen Beweis dafür, dass sie getauft wurde.«

Detlef sieht überrascht auf. Die Behauptung, die Tochter des obersten Rabbis von Deutz sei getauft, klingt haarsträubend, aber wie er weiß, ist Zwangstaufe jüdischer Kinder leider kein gänzlich unbekanntes Phänomen.

Der Mönch grinst hämisch angesichts der gelungenen Überraschung. »Ihre Mutter war Spanierin und ursprünglich eine Konvertitin. Anscheinend hatte sie, als das Mädchen zur Welt kam, einen plötzlichen Gesinnungswechsel. Die Taufe wurde in aller Heimlichkeit vollzogen. Ich nehme an, der Rabbi weiß nicht einmal etwas davon.«

»Dafür gibt es einen unanfechtbaren Beweis?«

»Ich habe die eidesstattliche Erklärung des Priesters, der die Taufe zelebrierte. Und da sie christlich getauft ist, hat die Inquisition das Recht, sie festzunehmen. Was den Holländer angeht, wurden die Hohenzollern bereits informiert. Sie sind bereit, ein Auge zuzudrücken. Schließlich ist er nur ein fahrender Händler.«

Detlef sieht den kleinen Mann vor ihm nachdenklich an. Er verzichtet auf höfliche Floskeln und wechselt von der blumigen spanischen Sprache ins nüchterne Deutsche, um seine Meinung klarer zum Ausdruck zu bringen.

»Der Erzbischof wird sich nicht für die Jüdin und den Holländer einsetzen, aber die beiden Kaufleute sind Mitglieder der Gaffeln sowie des Stadtrats und sehr beliebt bei den Bürgern. Und Sie können mir glauben, Beliebtheit ist das, worauf der Erzbischof am allermeisten bedacht ist.«

»Das gilt sicher nicht nur für Köln, sondern auch für Wien?«

»Ich werde Ihre Befehle Seiner Exzellenz überbringen.«

»Domherr von Tennen, lassen Sie uns übereinkommen, dass es der Etikette durchaus gebührt, wenn der Erzbischof rasch handelt. Etikette ist ein französisches Wort, nicht wahr?«

Trotz der versteckten Drohung bewahrt Detlef die Fassung. Sein Gesicht ist maskengleich. Wieder überlegt Solitario, ob das fachgerechte Zufügen von Schmerzen die undurchschaubare Schönheit des Deutschen brechen könnte. Er verfällt in Tagträumerei und stellt sich vor, wie sich das Blut des Kanonikus dunkel von seiner unglaublich zarten Haut abheben würde. Rasch verbannt er diese Gedanken wieder und wendet sich mit einer auffordernden Geste an Juan, der sogleich eine dunkelgrüne Weinflasche aus einem Lederbeutel hervorholt.

»Als Zeichen unseres guten Willens und in dem Wissen, dass der Erzbischof einen Sinn für solche Dinge hat, habe ich diesen Wein aus dem Benediktinerkloster in Najera mitgebracht, das im Herzen von Rioja liegt. Es ist ein süßer Roter von einem Jahrgang, den ich persönlich empfehlen kann. Ich hoffe, der Erzbischof wird das Geschenk zu schätzen wissen.«

»Der Erzbischof kennt sich mit Wein wie mit der Natur des Menschen aus, und daher können Sie vollkommen auf sein Urteil vertrauen.«

Mit einer leichten Verbeugung entlässt der Inquisitor den Kanoniker und seinen Untergebenen.

Detlef reagiert mit einem kaum merklichen Nicken und rauscht verärgert aus dem Raum. Draußen fährt er zu Groot herum. »Für den Wein brauchen wir einen Vorkoster, diesem Mann traue ich ebenso wenig wie Luzifer!«

Carlos lauscht auf die verhallenden Schritte, dann schickt er seinen Sekretär fort. Als er allein ist, fällt er in sich zusammen: Er lässt die Schultern sinken, die Maske der Gelassenheit fällt von seinem Gesicht ab. Die Spuren der Sorge über seinen dicken Augenbrauen, auf den eingefallenen Wangen und der kugelförmigen Nase werden offenbar. Die auffällige Narbe, die vom Augenwinkel aus quer über eine Wange verläuft, färbt sich zornrot.

Er seufzt schwer, geht an seine Reisetruhe und klappt ächzend den Deckel hoch. Auf mehreren Bibeln und gebundenen Manuskripten liegt eine kleine schwarze Holzschatulle, in deren Deckel zwei hebräische Buchstaben geschnitzt sind. Sie verströmt einen fast penetranten Zederngeruch.

Carlos atmet tief ein – als sei der Duft die junge Spanierin selbst, das Objekt seiner obsessiven Begierde. Sein Heiliger Gral, für den er in den vergangenen zwei Jahrzehnten kreuz und quer über den Kontinent gereist ist. Er lässt einen Augenblick lang die Hand auf dem Deckel liegen und schließt die Augen. Ich bin meinem Ziel so nah!, denkt er. Es ist zwar zu spät, die Mutter zu vernichten, aber es ist nicht zu spät, die Tochter und mit ihr das gesamte dämonische Geblüt der Navarros auszulöschen.

Der Dominikaner setzt sich auf einen Schemel – die einzige Sitzgelegenheit in der Klosterzelle – und öffnet mit zitternden Händen die Schatulle. Es ist das dritte Mal in seinem Leben, dass er sie aufmacht. Sein ganzer Körper ist von einem intensiven stetigen Brennen erfüllt wie vor dem Höhepunkt der geschlechtlichen Erregung. Mit einem kaum hörbaren Quietschen geht der geschnitzte Deckel auf, und in den Zedernduft, der bereits im Raum hängt wie eine unsichtbare Wolke, mischt sich eine andere, schwächere Duftnote, zitronig mit einem Hauch von Orangenblüten. Die ineinander übergehenden Düfte beschwören in ihm das Bild von geklöppelter Spitze herauf, die mit Blut durchtränkt wird. Für den zitternden Mönch symbolisiert dieses Bouquet die weit zurückliegende Jugend: der Duft von Orangenblüten, der in den langen Sommern von Aragon auch in der Abenddämmerung nicht verflog; der leichte süßliche Schweißgeruch aus der Armbeuge einer jungen Frau; zerdrücktes Gras unter weichem Leder.

Stöhnend wirft Carlos den Kopf in den Nacken. Dies ist der Duft, in dem die größte Freude und zugleich die größte Tragödie seines Lebens offenbar wird.

Er schaut in das leere Holzkistchen und fährt mit dem Finger die Innenwände entlang, über die gerippte Maserung des Holzes, von dem er sich vorstellt, es wäre ihre seidige Haut, ihr schweres Haar, ihre trockenen, warmen Handflächen. Langsam und feierlich nimmt er die Schatulle und hält sie sich dicht vors Gesicht. Seine Nasenflügel blähen sich.

Der Inquisitor atmet tief ein und erinnert sich an den Duft der Haut, die strahlende Intelligenz in den großen schwarzen Augen und den scharfen Verstand des Mädchens, das die hoffnungsvolle Seele eines jungen Musiklehrers zerstörte, dem nur noch Besessenheit und Bitterkeit geblieben sind. Sara Navarro von Aragon, später Sara bas Elazar Saul, die Gemahlin des Rabbis von Deutz, Elazar ben Saul.

✦ ✦ ✦

Dreißig Jahre zuvor hatte Carlos als junger mittelloser Ordensbruder zur Aufbesserung seiner mageren Einkünfte damit begonnen, Unterricht im Spiel der Gambe zu erteilen, seiner zweitgrößten Liebe. Er bewarb sich um eine Stelle als Musiklehrer bei den Navarros. Die luxuriöse Villa und die Kultiviertheit der Familie – alle bereisten regelmäßig das europäische Ausland – flößten dem Burschen vom Lande Respekt ein. Er war schüchtern und stotterte und verschwieg aus Scham seine Abstammung von einer Bauernfamilie im kargen Süden.

Isaak Navarro war einer der reichsten Diamantenhändler von Saragossa in der Provinz Aragon. Er und seine Angehörigen waren Konvertiten, die wie viele andere jüdische Familien einige Generationen zuvor durch einen Erlass von König Philipp und Königin Isabella zwangsweise zum katholischen Glauben bekehrt worden waren. Sie hatten ihren jüdischen Namen de Halevi abgelegt und den spanischen Namen Navarro angenommen, und der gewitzte Patriarch Isaak förderte ihre Integration zusätzlich, indem er enge Beziehungen zu der örtlichen Aristokratie unterhielt und sie mit Edelsteingeschenken und privaten Krediten versorgte. Als die zweite Welle der religiösen Verfolgung einsetzte und die spanische Obrigkeit beschloss, unter dem Vorwand, sie seien Scheinchristen, gegen die Konvertiten anzugehen, war Isaak sicher, seiner Familie könne nichts geschehen. Schließlich hatte er der katholischen Kirche bereits ein Vermögen gespendet, seine Kinder saßen im Unterricht neben Fürstensöhnen, und die Einladungen zu seinen Banketten waren die begehrtesten in der ganzen Stadt.

Zu dieser Zeit wurde Carlos Vicente Solitario als Musiklehrer für Sara Navarro eingestellt. Isaak dachte, es sei gut für seine Tochter, in Begleitung eines jungen ernsthaften Ordensbruders gesehen zu werden. Zudem verbesserte es seiner Meinung nach die Aussichten der hochbegabten Zwölfjährigen auf eine profitable Heirat noch mehr, wenn sie Gambe spielen konnte. Das junge Mädchen, das mit einer Ehrfurcht gebietenden Schönheit gesegnet war, beherrschte vier Sprachen, konnte sticken wie ein Engel und war berühmt dafür, die Verehrer an die Wand zu tanzen, so viel Schwung hatte sie. Die Gambe sollte Saras drittes Instrument werden, nachdem sie bereits mit der Laute und dem Klavichord vertraut war. Isaak hatte jedoch nicht mit dem Fanatismus des jungen Lehrers gerechnet, den er tragischerweise mit Fleiß verwechselte.

Mit siebenundzwanzig war Carlos immer noch unschuldig und seine Welt viel kleiner und dunkler als die von Sara Navarro, deren Attribute bereits legendären Ruhm erreicht hatten. Als der junge Ordensbruder seiner Schülerin vorgestellt wurde, saß sie unter einem Torbogen aus Marmor, der in einen Innenhof mit üppigen Bougainvilleen und Mandelbäumen führte.

Carlos erinnerte sich an das Plätschern von Wasser. Und daran, wie das schräg hereinbrechende Sonnenlicht auf die zartgliedrigen Hände der jungen Frau fiel, die auf den Saiten einer Laute ruhten. Ihr Gesicht lag im Schatten, wodurch ihre Züge rätselhaft und undeutlich erschienen, und ihr Kopf war umrahmt von einem Heiligenschein aus Licht, der ihrer dichten schwarzen Lockenpracht einen bedrohlichen animalischen Anschein gab. Erst als Sara Navarro sich erhob und hinaus in die Sonne trat, gewahrte der Mönch in ihr das herrlichste Wesen, das er je gesehen hatte. Sie taxierte ihn mit glühenden Blicken und schien seine verborgene Verwundbarkeit und Verlegenheit zu ahnen, als er mit seinem breiten Bauerndialekt die üblichen Förmlichkeiten hinter sich brachte. Er sah ihr in die Augen, und in diesem Moment überkam den jungen Geistlichen das Gefühl, sein Schicksal habe plötzlich eine entscheidende Wendung erfahren.

In den folgenden Monaten bemühte er sich mit Hilfe der ihm angeborenen intellektuellen Neugier und seines bäuerlichen Charmes um eine gute Beziehung zu der Familie in der weißen Marmorhazienda oben in den Bergen. Und als sie ihm langsam vertrauten, stieß er auf eine Kette interessanter Beweise, die Bruchstücke eines Mosaiks. Er fand winzig kleine Schriftrollen in einer Spieldose und Steine mit seltsamen eingeritzten hebräischen Symbolen. Ein paar Mal, als er unangemeldet kam, störte er die Familie beim Essen, das verdächtig nach einem Sabbatmahl aussah. Die Hinweise führten ihn zu dem Schluss, dass Sara Navarro eine Scheinchristin war und mit ihrer Familie weiterhin heimlich dem jüdischen Glauben anhing.

Inzwischen war der junge Ordensbruder jedoch vollkommen vernarrt in seine Schülerin. Was machte es schon, dass sie im Verborgenen immer noch ihren Glauben ausübten?, fragte er sich jede Nacht in den kalten Mauern seiner Klosterzelle. Die Navarros waren doch Katholiken, noch dazu die frommsten, die er kannte. Señor Navarro war der Hauptwohltäter von Carlos' Orden, seine Gemahlin ein ergebenes Mitglied der Kirchengemeinde. Abgesehen davon war die Tochter das reinste Wunder, der Inbegriff von Heiligkeit, fand der Ordensbruder. Ihre Anmut war außergewöhnlich, ihre Schönheit erhaben und ihr musikalisches Talent außerordentlich. Nach zwanzig Unterrichtsstunden hatte sie Carlos auf der Gambe bereits überflügelt und damit begonnen, selbst Sonaten zu komponieren. Ab der dreißigsten Stunde spielten sie gemeinsam von ihr geschriebene Duette. Obschon noch nicht ganz ausgereift, wiesen die Arbeiten eine seltene Musikalität auf, die nach Carlos' Dafürhalten weit über die Fähigkeiten ihres Geschlechts hinausging.

Als der junge Mann zitternd die zarten Hände des Mädchens über das Instrument führte, dachte er daran, was für eine seltene Fügung ihre Beziehung war; die Vermählung von Gefühl und Kunst. Eine Vereinigung, die nicht durch die sündigen Feuer der Lust beschmutzt wurde, sondern eine heilige Verbindung, die Verschmelzung zweier Seelen. Er war sich der Erwiderung seiner Liebe ganz sicher. Hatte Sara während des Vortrags etwa nicht ihren Schenkel gegen seinen gepresst? Noch dazu war sie nicht zurückgewichen, als er den Druck erwiderte. War dies nicht ein Zeichen, dass sie ihn auch liebte? Und als sie mit funkelnden Augen im Unterricht ihr Schultertuch ablegte, um ihr Dekolletee zu entblößen? Als hätte sie den jungen Geistlichen locken wollen, auf den berauschenden Duft zu reagieren, der daraus emporstieg. Der Anblick hatte Carlos fast den Verstand geraubt. Er schlug die Beine übereinander und dankte Gott für seine lange wallende Soutane, die sein steifes Geschlecht verhüllte.

Danach hatte er eine Woche lang nicht geschlafen und wurde jede Nacht von den unmöglichsten Versuchungen gequält. Um sich zu reinigen, fastete er und richtete endlose Bittgebete an den heiligen Dominik, den heiligen Antonius und sicherheitshalber auch an den heiligen Judas Thadäus, den Schutzpatron für verzweifelte Lagen aller Art. Erst nach vielen Gebeten und mehreren hingestotterten Beichten kam der junge Mönch schließlich zu der Überzeugung, dass es, sollte seine Schülerin ihm noch einmal ihre Zuneigung zeigen, richtig sei, seine Liebe zu gestehen.

Der Musiklehrer traf zitternd und voller Erwartung zur nächsten Unterrichtsstunde ein. Heftig kichernd präsentierte die Zwölfjährige, deren gelocktes Haar sich wieder einmal von dem schlichten Häubchen auf ihrem Kopf zu befreien suchte, dem errötenden Geistlichen einen Liebesbrief, den sie geschrieben hatte und ihn nun auf Grammatikfehler zu lesen bat. Carlos' Herz hüpfte, als sie erklärte, ihre heimliche Liebe sei ein belesener Mann, weshalb sie keine Fehler machen wollte.

»Es ist eine Zuneigung, die sich nicht zu offenbaren wagt«, vertraute sie ihm mit großen ernsten Augen an.

Sich der Erwiderung seiner Liebe gewiss, schlang Carlos ohne Rücksicht auf das Protokoll die Arme um sie und küsste sie leidenschaftlich. »*Mi corazón, mi tesoro, me llenas el ama.* Ich wusste, du würdest zu mir finden.«

Entsetzt stieß das Mädchen ihn weg und gab ihm eine Ohrfeige. Der Schlag ging Carlos durch Mark und Bein. Zutiefst beschämt hielt er sich die gerötete Wange, während das junge Mädchen wütend vor ihm auf und ab marschierte.

»Ich werde meinem Vater nichts von Ihrem Tun verraten, weil Sie ein großer Lehrer und Musiker sind, aber wenn Sie noch einmal Hand an mich legen, werde ich von Ihrer schrecklichen Unverschämtheit berichten. Was für ein Mann Gottes sind Sie, dass Sie an so etwas denken?«

»Zuerst einmal *bin* ich ein Mann, trotz dieser Soutane. Und zweitens hatte ich gedacht …«

»Was? Dass ich Sie liebe? Sie sind ein Bauer, mein Herr, ein Bauer in einer Soutane. Vergessen Sie Ihre Stellung nicht!«

Diese Demütigung schmerzte mehr als die Ohrfeige.

In der folgenden Nacht saß Carlos die Erniedrigung im Nacken wie eine böse Hexe, die er nicht abzuschütteln vermochte. In tiefer Beschämung warf er sich auf der Heupritsche in seiner kleinen Zelle hin und her. Als die Klauen der Schande ihn endlich losließen und der Schlaf barmherzig über ihn kam, erschien ihm eine Frau in seinen Träumen. Eine wunderschöne Kreatur, über zwei Meter groß mit wallendem schwarzem Haar, deren Geschlecht, ein pulsierender duftender Busch, seine Blicke und Hände anzog und deren wogende Brüste mit aufgerichteten Brustwarzen vor ihm zu tanzen schienen, während sie auf ihm ritt wie eine wilde Furie. Als der junge Ordensbruder am Morgen erwachte, entdeckte er an seinen Schenkeln beschämt die Flecken seines Samens. Ein Dämon hat mich heimgesucht!, dachte er und bekreuzigte sich in dem Versuch zu reinigen, was unrein geworden war. Sie hat meinen Samen gestohlen, und den Verstand wird sie mir auch noch rauben!

Am nächsten Abend ließ er sich von einem der Priester die Handgelenke fesseln, damit er sich im Schlaf nicht versehentlich berührte. Aber das Böse kam dennoch über ihn, lachte höhnisch über die Lederschnüre und nahm sein Geschlecht in Mund und Hände, bis der gequälte Mönch sich schließlich bebend der Lust ergab.

Nachdem ihn die Erscheinungen eine Woche lang gequält hatten, lieh sich Carlos, der hohläugig und schmal geworden war, einen der klostereigenen Esel und ritt drei Stunden, um das Priesterseminar in Villanueva de Gállego zu besuchen, das berühmt für seine Bibliothek mit der größten Sammlung von Schriften über Hexerei war, die es in der gesamten christlichen Welt gab.

Als er in dem großen gotischen Athenäum, in dessen Gewölbe aus behauenem Granit sich erdachte teuflische Ungeheuer tummeln, eine illustrierte Handschrift durchblätterte, identifizierte Carlos endlich den bösen Geist, der über ihn gekommen war: Lilith, die erste Frau Adams, die Verführerin, die Mörderin neugeborener Kinder. Lilith, die sich der nächtlichen Ergüsse unschuldiger Männer bemächtigte, um damit ihre dämonischen Kinder zu zeugen. Lilith, die Großmutter des Teufels. Kaum hatte er diese Entdeckung gemacht, sprang Carlos auf und lief hinaus in den von der Sonne verbrannten Garten, wo er sich zitternd zwischen knorrigen Weinstöcken übergab.

Von einem mysteriösen Schüttelfrost heimgesucht, wanderte der junge Ordensbruder stundenlang durchs Gelände, bis die glühenden Augen der Dämonin und ihr Moschusduft sich mit dem Geruch der Ziegen und Kakteenblüten und der sengenden Glut der Mittagssonne vermischten und er schließlich ohnmächtig in den weichen Sand stürzte.

Stunden später erwachte er in seiner Zelle, als er spürte, wie von einem Schwamm, der zwischen seinen verbrannten, sich schälenden Lippen steckte, Wasser in den Mund tropfte. Ein Schäfer hatte ihn gefunden und ihn, weil er seinen Orden an der Robe erkannt hatte, im Kloster abgeliefert.

An diesem Abend, als die Schatten länger wurden und die Dunkelheit hereinbrach, bat Carlos seinen Prior flehentlich, ihn ans Bett zu fesseln, damit er nicht nach dem Grauen greifen konnte, das über ihn kommen würde. Der Prior weigerte sich und schlug ihm mit strenger Miene vor, er solle lieber inbrünstig zu beten beginnen, sobald er der Heimsuchung ansichtig werde. Später, als Carlos sich schweißgebadet hin und her warf, kam die Dämonin zu ihm, aber diesmal, als sie mit schlüpfriger Leichtigkeit seinen sich windenden Körper bestieg, verwandelte sich ihr Gesicht plötzlich in das seiner jungen Schülerin. Mit geröteten Wangen und zerzaustem Haar sah Sara in unerträglicher Unschuld auf ihn herab.

Sein eigener lauter Schrei ließ den Geistlichen aus dem Schlaf hochschrecken. Entschlossen, die Hexe auf frischer Tat zu ertappen, rannte er durch die verlassenen Straßen von Saragossa zu der Hazienda der Navarros.

Er eilte an dem sprudelnden Springbrunnen in dem mondbeschienenen Innenhof vorbei, kletterte an den Weinreben hinauf zu Saras Balkon und betrat ihr Schlafgemach. In der Dunkelheit sah er sich um und suchte nach einem Beweis dafür, dass sie auf magische Weise in seine Zelle geflogen war. Aber außer einer Feder, die verloren auf dem Marmorboden lag, fand er nichts. Es war die Feder einer Eule. Einer Schleiereule: Liliths Totem. Als Carlos sich bückte, um die Feder aufzuheben, hörte er die leisen Atemzüge des Mädchens hinter dem Vorhang des Himmelbetts.

Der junge Geistliche trat näher, um durch das feine Seidengewebe Saras weiße Brüste und ihr schwarzes Haar zu betrachten, das sich über das Kissen schlängelte. Urplötzlich verwandelte sich das Gesicht der Schlafenden in Liliths Fratze, und Carlos warf sich auf sie, um die Besessenheit ein für alle Mal zu besiegen, und riss ihr das Nachthemd auf, um ihr zwischen die Beine zu greifen.

Schreiend wurde Sara wach und schlug um sich, wobei sie ihm mit ihrem Ring eine Schramme quer übers Gesicht verpasste. Schmerzgepeinigt ließ Carlos von ihr ab, und kurz darauf stürmten die Dienstboten herbei, die Saras Schreie gehört hatten.

Am folgenden Tag entließ Isaak Navarro den Musiklehrer. Und am Tag danach trat Carlos Vicente Solitario vor den Inquisitionsrat und zeigte die Navarros als Scheinchristen und Satanisten an.

Ruth steht vor dem schmalen Haus, das eingezwängt zwischen der Synagoge, der Mikwe und dem kleinen Gemeindehaus steht, das den jüdischen Jungen des Ortes als Schule dient. Sie sieht zu dem Fenster hinauf, hinter dem, wie sie weiß, ihr Vater sitzt; sie spürt seinen verborgenen Blick. Ein Junge, der einen Reifen vor sich her treibt, läuft vorbei, dann bleibt er stehen und sieht sie an.

»Der Rabbi ist da, aber er wird dich nicht sehen wollen.«

»Ich weiß.«

»Du bist eine Unberührbare, haben sie uns in der Talmudschule gesagt, aber ich finde, du siehst harmlos aus. Meine Mutter sagt, du bist eine gute Frau.«

Ruth erkennt den Jungen mit seinen elfenhaften Gesichtszügen, der weißen Haut, dem pechschwarzen Haar und den russischen, schräg gestellten Augen wieder.

»Du bist Rebeccas Sohn Benjamin, nicht wahr? Ich kannte deine Mutter, als sie in deinem Alter war.«

»Sie hat mittlerweile vier Söhne.«

»Gott gewährt ihr eine reiche Ernte.«

Derart ermutigt kommt der Junge näher. Er sieht zu der mächtigen Eichentür mit der Mesusa darüber. Der Löwe von Juda aus Messing, der als Türklopfer dient, starrt drohend auf die beiden herab. Einen Moment betrachtet Ruth die Tür mit den Augen des Kindes und erkennt, was für ein Symbol unangefochtener Autorität der prachtvolle Eingang für die kleine Gemeinde darstellt.

»Warum hast du nicht geklopft? Außer deinem Stolz hast du nichts zu verlieren«, sagt der Junge mit unschuldiger Hellsichtigkeit.

»Ich habe früher schon einmal geklopft, daher weiß ich, es wird mir nicht aufgetan.«

Sie legt die Wange an das kühle Mauerwerk, schließt die Augen und denkt an ihre Mutter Sara. Eine junge Spanierin mit wilder Mähne, die schwarzen Augen mit Kohle ummalt, den Kopf trotzig unbedeckt, deren goldene Ohrringe die Sonne des Südens in den grauen Himmel des Nordens zu zaubern schienen. Ihre überwältigende Anmut hatte die Frauen der Aschkenasim eingeschüchtert und ihnen bewusst gemacht, wie derb sie daherkamen, wenn sie in ihren besten Kleidern zur Synagoge paradierten.

»Die ausländische Frau des Rabbis«, flüsterten sie und zogen sich dabei die Schleier vor die Gesichter, als wäre ihre Exotik ansteckend. »Sie soll wie ein Mann sein, sie kennt sowohl die Geheimnisse der Kabbala wie auch die der Christenbibel.« Sie achteten darauf, nicht mit der *Anusa* in Berührung zu kommen, weil sie fürchteten, ihre mystische Art könne auf sie abfärben.

Sara Navarro, die nach ihrer Flucht nach Amsterdam wieder zum jüdischen Glauben übergetreten war, stieß ihre spanischen Verwandten in Holland vor den Kopf, indem sie einen Aschkenasim heiratete – das war unter der Würde einer Sephardim! Eine noch deutlichere Ablehnung bekam sie zu spüren, als sie mit Elazar nach Deutz ging und dort darum kämpfte, von seinen Leuten akzeptiert zu werden, was ihr nie gelang.

Dann erinnert sich Ruth daran, wie sie als sechsjähriges Mädchen – mager war sie und misstrauisch – mit der Mutter vor dem alten Haus stand und sich hinter ihren Beinen versteckte, als die Frauen vorbeigingen, ohne sie zu grüßen.

»Ruth«, pflegte Sara stets in gebrochenem Jiddisch mit ihrem weichen spanischen Akzent zu sagen, »du musst dich nicht verstecken, du bist die Tochter von Königen!« Schon damals begann sich das kleine Mädchen vorzustellen, was es alles sein könnte – wenn es ein anderes Geschlecht hätte und einen anderen Glauben.

Kurz darauf kam Elazar ben Saul aus dem Haus gefegt, jung und gut aussehend mit seiner Robe und dem Tallit über der Schulter. Er war der wichtigste Mensch in ihrem Leben. Sein Gesichtsausdruck war ernst, aber er zwinkerte seiner Tochter kurz zu, während er zielstrebig auf das Gotteshaus zuging. Dort, in der bescheidenen Synagoge, betete er dann inbrünstig und trug dabei den Tallit, den ihre Mutter selbst bestickt und in dessen Saum sie einen kleinen kabbalistischen Talisman für Gesundheit und Glück versteckt hatte. Nur Ruth wusste von diesem Amulett, denn nur sie war dabei gewesen, als ihre Mutter es in den Saum eingenäht hatte.

Eines Tages war Ruth allein in die Synagoge gegangen und hörte, als sie sich unter einer Bank auf der Frauenempore versteckte, plötzlich einen geheimnisvollen Schrei. Weil sie die Stimme ihrer Mutter erkannte, spähte sie zwischen den Balustern nach unten und sah entsetzt, wie ihre Eltern ineinander verschlungen auf dem Boden lagen und sich mit den Beinen zu einem merkwürdigen Tanz umklammert hielten, den das kleine Mädchen zu der Zeit nicht zu deuten wusste. Das Haar der Mutter fegte über den Boden, ihre Wangen waren so rot wie ihr Mund, und der Vater, der sich die Robe bis zur Hüfte hochgezogen hatte, lag auf ihr. Die fahlen Halbkugeln seines Gesäßes glichen im Kerzenlicht den sanften Hügeln der Dünen am Meer. Die himmlische Schönheit der Bewegungen ließ das Kind in Ehrfurcht erstarren und hinderte es, nach den Eltern zu rufen. Fasziniert sah es zu, wie der Tanz immer rasender wurde. Das rhythmische Seufzen und Keuchen schwoll zu einem Crescendo an und stieg zu den Dachsparren auf wie das Feuerwerk, das Ruth einmal über den Stadtmauern von Köln gesehen hatte. Mit vor Staunen weit aufgerissenen Augen stand das kleine Mädchen da und kam zu dem Schluss, dass die Eltern wohl den geheimnisvollen Weg der Andacht gewählt hatten, von dem der Vater einmal sprach: Tanzen als Form der Gottesverehrung.

Siebzehn Jahre später, nachdem derlei Erinnerungen Ruth wieder nach Deutz zurückgelockt hatten, verspürte sie den Wunsch, ihren Vater in seinem hohen Alter beschützen zu wollen.

Ihre schändliche Flucht hatte Elazar damals fast umgebracht. Wie konnte er den Ältesten das plötzliche Verschwinden eines jungen Mädchens am Vorabend seiner Hochzeit erklären, noch dazu, wenn es sich um die Tochter des Rabbis handelte? Es kursierten Gerüchte von einem christlichen Liebhaber, von Schwangerschaft und Entführung. Aber Elazar ben Saul weigerte sich, dazu Stellung zu nehmen, ließ sich den Bart wachsen, rieb sich Asche auf die Stirn und hüllte sich in seinem Gram in eisernes Schweigen. »Mein Kind ist tot«, antwortete er den Gemeindevorstehern lediglich auf ihre Fragen. Für ihn war das Kind, das er liebte, zu einem Geist geworden und die Frau, zu der es sich entwickelt hatte, bedeutungslos.

Das Gemecker einer Ziege reißt Ruth aus ihren Gedanken. Zwei Witwen von außerhalb binden ihre Tiere gerade vor der Mikwe fest. Beide sind ein wenig aufgeregt angesichts des bevorstehenden rituellen Bades und der allmonatlichen Gelegenheit, die neusten Klatschgeschichten austauschen zu können. Ruth dreht sich nach dem Jungen um, aber der ist verschwunden und läuft mit seinem Reifen zwischen den Gänsen und hinabfallenden Schneeflocken umher.

»Ruth!« Eine kräftige Altstimme ruft trotzig den verbotenen Namen.

Rosa, ihr altes Kindermädchen, eine geschäftige, dralle Mittfünfzigerin, deren hennagefärbtes Haar auf skandalöse Weise unter ihrer Haube hervorlugt, steht im Eingang der Mikwe. Sie trägt die Kluft einer Badewärterin.

»Steh nicht herum und glotz auf das Unbetretbare! Komm rein und setz dich zu mir, hier ist es warm!«

Als Ruth das Badehaus betritt, schließt Rosa sie überschwänglich in die Arme und drückt sie an ihr gepudertes Dekolletee, wie sie es schon getan hat, als Ruth noch klein war.

»Ich habe Neuigkeiten über deinen Vater«, flüstert die Spanierin ihr verschwörerisch zu und führt sie durch einen niedrigen Torbogen in den Umkleideraum, hinter dem das erste Tauchbad liegt.

Frauen jeden Alters und unterschiedlichster Gestalt, die einen halb, die anderen ganz ausgezogen, sitzen hier in Grüppchen beieinander oder lehnen an den Wänden. Sie unterhalten sich gedämpft, und gelegentlich erklingt ein ganz und gar unheiliges Gelächter. Dies ist das Refugium der Frauen. Schon vor tausend Jahren versammelten sie sich zum rituellen Bad, wie sie es auch in den nachfolgenden tausend Jahren tun werden.

Ruth setzt sich neben Rosa auf ein niedriges Holzbänkchen und legt ihre Kopfbedeckung ab. Das dicke schwarze Haar fällt ihr über die Schultern bis zur Taille. Augenblicklich breitet sich ringsum Schweigen aus.

»Deine Schönheit jagt ihnen Angst ein«, flüstert Rosa ihr auf Spanisch zu.

»Sei still! Du weißt, es ist nicht meine Schönheit, sondern mein Ruf, der ihnen Angst macht. Sie denken, ich wäre ein weiblicher Baal Schem und könnte Dämonen heraufbeschwören.«

»Sie sollen denken, was sie wollen! Für mich wirst du immer ein eigensinniges kleines Mädchen bleiben«, erwidert die alte Frau und bekommt feuchte Augen.

»Wie geht es meinem Vater?«

»Nicht so prächtig. Der Rabbi spürt sein Alter, und das ist gut so, denn vielleicht begreift er jetzt, wie töricht es war, sein einziges Kind zu verbannen.«

»Ist er krank?«

»Ruth, dein Vater ist fast sechzig, und es ist alles in Ordnung mit ihm. Nur von der Religion hat er zu viel, und er isst zu wenig. Er würde dir vergeben, wenn du dich zu einer Heirat entschließen könntest.«

»Zu einer Heirat? Wer will mich denn noch haben, nachdem ich einmal das Hochzeitsversprechen gebrochen habe?«

»Rabbi Tuvia.«

»Tuvia! Er ist doch noch ein Junge.«

»Mittlerweile ist er ein Mann und ein Schüler deines Vaters.«

»Ich kann es nicht tun, es wäre unehrlich.«

»Unehrlich?«

»Ich liebe ihn nicht und werde es auch nie.«

»Seit wann hat die Ehe denn etwas mit Liebe zu tun? Abgesehen davon kommt dieses oft überbewertete Gefühl mit der Zeit von allein.«

»Vieles kommt mit der Zeit von allein, Warzen zum Beispiel. Jedenfalls würde Tuvia mir niemals gestatten, meine Studien fortzuführen. Nein, Rosa, es soll nicht sein.«

»Sei gewarnt: Mach dir Tuvia nicht zum Feind!«

»Das sagst du über den Mann, den ich deiner Meinung nach heiraten soll?«

Rosa zieht Ruth ein Stück näher zu sich. »Dein Vater hört auf ihn und der Rest der Gemeinde auch.«

Von den übrigen Frauen ist gedämpftes Gemurmel zu hören. Sie tuscheln auf Jiddisch miteinander, manche starren Ruth ganz unverhohlen an, andere sehen zur Seite – das spanische Gerede macht sie misstrauisch.

Ruth weiß, was in ihren Köpfen vorgeht, denn das Netz des Klatsches und der üblen Nachrede spannt sich über die jüdischen Gemeinden von Arles im Süden bis Minsk im Norden. Ist die Tochter des Rabbis als Jungfrau zurückgekehrt? Ist es wahr, dass sie mit einer Formel aus dem Sohar für einen männlichen Nachkommen sorgen kann, dass sie sich mit dem Ketzer Benedict Spinoza zusammengetan hat und, schlimmer noch, mit Christen? Und was ist mit Rachels Kind, das stumm geboren wurde und seit zwei Sommern noch keinen Laut von sich gegeben hat? Mit welchem Fluch hat die Hexe diese unschuldige Seele belegt? Stimmt es, dass sie insgeheim die Dämonin Lilith anbetet?

Das Gemurmel wird lauter, und wie es sich innerhalb der glänzenden Wände des Bades erhebt, klingt es wie eine Beschwörung. Rosa schnaubt vor Empörung und ergreift Ruths Hand.

»Beachte sie nicht, mein Schatz! Sie sind in einer kleinen Stadt geboren und so klein, wie ihr Verstand ist, so dick sind ihre Bäuche. Der Herr weiß, wie sehr ich Aragon vermisse! Damals hatten die Menschen noch Kultur!«

Eine junge Frau mit Pockennarben im Gesicht und einem verräterischen Bluterguss unter einem Auge tritt aus dem nebeligen Dampf. Ruth erkennt die üppige Gestalt. Es ist Vida, die vierte Frau von Bäcker Schmul. Das junge Ding übernahm die sechs Kinder ihres Gatten und bekam noch ein eigenes dazu. Der Bäcker ist zwar kein brutaler Mann, doch er hat so viel Geld, dass er sich nach Belieben aufregen kann, wie es ihm gerade passt. Das blaue Auge von Vida ist der Beweis für seine Unbeherrschtheit, aber dennoch sind sie einander verbunden. Die Verbindung lebt von der Zuneigung der Beschützten gegenüber dem Beschützer, was Ruth anerkennt und respektiert.

Vida macht einen Knicks. Ruth kann sich ein Grinsen nicht verkneifen. Die Förmlichkeit erscheint ihr absurd, da die junge Frau vollkommen nackt ist.

»Fräulein Saul, es ist eine Ehre, eine so große Hebamme in der Mikwe zu treffen. Der Allmächtige schütze und segne Sie!«, sagt Vida laut, wobei sie sich der im Raum aufkommenden Missbilligung vollkommen bewusst ist.

»Und Sie, Vida? Wie geht es dem Kind?«

»Dank Ihnen hat er eine Lunge wie Josua, als er mit seinen Trompeten die Mauern von Jericho zum Einsturz brachte. Möge mir weiterhin solches Glück beschieden sein!«

Es war eine schwierige Geburt gewesen, und die Größe des Kindes hatte zusätzlich für Komplikationen gesorgt. Aber es lebte, und Schmul war so dankbar, dass er Ruth einen ganzen Monat lang kostenlos mit Challah versorgte.

Es war die erste von vielen Geburten gewesen, zu denen Ruth gerufen wurde. Zuerst als Medizinerin, später dann, nachdem sie an Ansehen gewonnen hatte, als Hebamme.

Und mittlerweile sucht sogar Betseba, die alte Hebamme, die Ruth vor dreiundzwanzig Jahren auf die Welt holte, ihren Rat. Aber dennoch glauben die Leute, es wäre die Hexenkunst, die Ruth zu einer guten Geburtshelferin macht, und nicht ihr Wissen. Sie versucht den Frauen ihre Feindseligkeit zu vergeben, als sie Vida missbilligend schnalzend fortziehen und Ruth die nass glänzenden Rücken zukehren.

»Ruth, versprich mir, sehr vorsichtig zu sein. Ich hatte letzte Nacht einen Traum. Du warst wieder ein Säugling und wurdest mir aus den Armen gerissen. Deine Mutter, gesegnet sei ihre Seele, würde es mir nie verzeihen, wenn dir etwas zustößt.« Rosa wendet den Blick von den Frauen ab.

»Abergläubischer Unsinn! Mit der Arbeit geht es gut, ich werde akzeptiert. Erst letzte Nacht wurde ich nach Köln gerufen, um ein Kind zur Welt zu bringen.«

»Mag sein. Aber der Wind kann schnell die Richtung ändern, einfach so. Hier ...«

Rosa drückt Ruth ein kleines Steinamulett in die Hand. Den Blicken der anderen entzogen, dreht sie es um. Der Schild Davids, ein Stern mit sechs Zacken, umgeben von sechs Kreisen mit kabbalistischen Zeichen, ist in die weiche Oberfläche des Steins geritzt.

»Mögen meine Liebe und die Liebe deiner Vorfahren dich beschützen«, murmelt das alte Kindermädchen und wendet sich ab, um einer anderen Besucherin ein Handtuch zu reichen.

Als Ruth nach hinten in die Baderäume blickt, ist sie überzeugt, einen Augenblick lang die verschwommenen Umrisse des Geistes ihrer Mutter zwischen den Dampfwolken schweben zu sehen.

✦ ✦ ✦

»Unerhört! Wie kann diese verschlagene spanische Ratte es wagen, dem Erzbischof Befehle zu erteilen, dem Hüter der Gebeine der Heiligen Drei Könige! Und wie kann er es wagen, meine persönliche Korrespondenz abzufangen!«

Maximilian Heinrich schreitet energisch den Mittelgang des Doms hinunter, in den durch das halb fertige Dach die Sonne hereinscheint, und sein grünes Wochentagsgewand flattert hinter ihm her. »Zur Hölle mit Leopold!«

»Exzellenz! Ich bitte Euch zu schweigen, es gibt überall Spione!«

Wilhelm Egon von Fürstenberg heftet sich an seine Fersen. Der Erzbischof erreicht den Altar und sieht hinauf zu der gewaltigen Eichenholzskulptur des gekreuzigten Jesus, aus dessen Händen und Füßen leuchtend rotes Blut tropft. Der Märtyrer ist edel, denkt Heinrich, doch er selbst wird bedauerlicherweise immer unter den Feiglingen zu finden sein. Er liebt das Leben viel zu sehr, um es als von der Welt vergessene ermordete Schachfigur zu beschließen.

Die Tage der Habsburger sind gezählt, und dennoch plagen ihn Schuldgefühle, weil er Frankreich als potenziellen Verbündeten gegen den österreichischen Kaiser hofiert. Die Zukunft liegt in den Händen des französischen Königs. Ludwig wird die neue Befehlsgewalt werden. Soll Heinrich, ein echter Wittelsbacher, sich still verhalten wie ein Schoßhündchen? In diesem Dilemma befindet er sich schon seit Jahren, und es quält ihn auch an diesem Tag wieder. Er sieht von Fürstenberg an und denkt an die schmeichlerische Art und Weise, mit der er von ihm in dieses byzantinische Wirrwarr aus Informationen und Intrigen hineingezogen wurde. Wie geschickt er Heinrich und zugleich auch seine Informanten am französischen Hof manipuliert hat! Bedrängt von den Forderungen der Bürger auf der einen und den Erwartungen der Adeligen auf der anderen Seite, hat Heinrich manchmal das Gefühl, kaum mehr zu sein als eine Marionette, an der tausend unsichtbare Fäden zerren. Plötzlich macht ihn die Kompliziertheit der Lage zornig.

»Nein!«, ruft er laut. Ein Schwarm Tauben flattert von den Dachsparren auf. Von Fürstenberg gibt einem jungen Messdiener ein Zeichen, der sofort losläuft, um eine Flasche guten Wein zu holen – des Erzbischofs liebstes Tonikum.

Der Minister wartet, bis Heinrichs Wutanfall abgeflaut ist, dann beugt er sich mit seinem korpulenten Körper heimlichtuerisch vor.

»Exzellenz, habt Geduld! Kaiser Leopold ist ein junger Mann und voller jugendlichem Eifer. Er wird schon bald erkennen, dass es besser ist, sich König Ludwig zum Verbündeten zu machen und nicht zum Feind.«

»In der Zwischenzeit opfert man mich diesen plebejischen holländerfreundlichen Bürgern, die mich für die jüngsten Verhaftungen kreuzigen werden.«

»Vielleicht gibt es eine Möglichkeit, größeren Schaden abzuwenden«, flüstert von Fürstenberg ihm verführerisch wie ein Weib zu. Angewidert bemerkt Heinrich, wie seinem Gegenüber die Konspiration förmlich aus den Augen springt – der einzige Jagdsport, für den von Fürstenberg etwas übrig hat, wie er mit Verbitterung feststellt.

»Drück dich klar aus, Wilhelm, die Gicht lässt mich schnell die Beherrschung verlieren.«

»Voss und Müller könnten doch plötzlich als Gauner entlarvt werden, die schlechte Ware als gute verkaufen und so den Ruf ihrer Zünfte beschmutzen.«

»Das könnte man arrangieren?«

»Alles ist möglich unter Gottes großem Firmament.«

»Und als Erzbischof muss ich mich der göttlichen Intervention natürlich beugen.«

»Natürlich.«

In diesem kurzen Augenblick der Einigkeit fangen beide an zu lachen. Aber Heinrich hält hustend inne, um den Minister nicht über die Gebühr zu ermutigen.

»Wilhelm, dein Talent ist in der Kirche verschwendet.«

Von Fürstenberg zögert; das Kompliment hat einen doppelten Boden. »Vielen Dank, Exzellenz.«

Er verbeugt sich, dann nutzt er die Gunst der Stunde und kommt noch näher an den Erzbischof heran. »Ich habe nur eine Bitte. Darf ich vorschlagen, dass Detlef von Tennen den Hohen Dom bei den Festnahmen vertritt? Der Erzbischof täte gut daran, einen angemessenen Abstand zu diesen Vorgängen zu halten.«

Bevor Heinrich antworten kann, kommt der Messdiener und schenkt ihm ein Glas Wein aus. Heinrich riecht daran, dann wirft er es empört zu Boden. »Direkt aus den Kellern von St. Pantaleon! Riecht wie abgestandene Ziegenpisse! Bring mir einen französischen!«

Eine Minute später kehrt der Junge mit einer neuen Flasche zurück. Der Erzbischof schlürft vorsichtig an dem Wein, dann nimmt er einen Schluck und behält ihn einen Augenblick im Mund, bevor er ihn hinunterschluckt. Ein wohliges, vertrautes Gefühl überkommt ihn, als der schwere, ausgereifte Bordeaux durch seinen Körper rinnt. Heinrich genießt es, rülpst und streicht über das Geschwür, das ihm unter der Robe im Magen sitzt.

Detlef von Tennen. Heinrich sieht seinen Cousin im Alter von sechzehn vor sich, als in seinem vom Kampf ausgemergelten Gesicht kaum Bartstoppeln zu erkennen waren. Es ist, als wäre es erst gestern gewesen: Sein Cousin und Gefährte aus Kindertagen Graf Gerhard von Tennen stellt seinen jüngeren Bruder vor und stößt ihn dabei arrogant auf die Knie. »Mein

Bruder hat eine Berufung, die in zwei Kriegsjahren niemand aus ihm herausprügeln konnte«, hatte der junge Adelige gespottet.

Beide von Tennens hatten im Bayerischen Heer gedient. Aber während Gerhard sich mit großer Freude an Kameradschaft und Blutvergießen beteiligte, hatte sein Bruder, dem das Elend der ihm unterstehenden Soldaten bewusst war, gelitten. Mit vierzehn war Detlef mit der Überzeugung in den Krieg gezogen, er kämpfe für Gott und die katholische Kirche. Zwei Jahre später verließ er das Schlachtfeld, denn die Korruption, die sinnlose Vernichtung von Menschenleben und die Unfähigkeit der adeligen Generäle, deren veraltete Kampfstrategien oftmals dafür sorgten, dass Hunderttausende einen unnötigen Tod starben, widerten ihn an.

Heinrich erinnert sich, wie der junge Detlef zitternd und mit gesenktem Kopf um eine Anstellung bei ihm gebeten hatte. Er war damals ein ehrgeiziger junger Prälat gewesen, über den man munkelte, er werde eines Tages Erzbischof. Angerührt von dem Enthusiasmus und dem festen Glauben seines Cousins hatte Heinrich seine Karriere gefördert und ihm spirituelle Führung zuteil werden lassen. Über die Jahre beobachtete er jedoch, wie aus diesem leidenschaftlichen jungen Mann ein ganz anderer wurde: ein Politiker und Zyniker, dessen Vertrauen in den Erzbischof mit jeder strategischen Wendung schrumpfte, zu der jener sich gezwungen sah, um den erdrückenden Machtgewinn der Bürger heil zu überstehen. Hin- und hergerissen zwischen seinen Pflichten als Erzbischof und seiner Loyalität als Wittelsbacher Fürst, hatte Heinrich zu verhindern versucht, dass die großen Adelsfamilien weiter ihrer Macht und in manchen Fällen sogar ihres Landes beraubt wurden. Er hatte versagt. Der Untergang der alten Ordnung war nicht aufzuhalten. Er war unvermeidlich, aber dem Erzbischof missfiel es sehr zu sehen, wie die Verherrlichung in Detlefs Blick der Glut eines verlöschenden Feuers gleich dahinschwand. Wie gern gewänne er sie zurück!

Blutsbande sind immer stärker als ein Treueschwur, denkt Heinrich und betrachtet den eifrigen von Fürstenberg. So ist der Mensch nun einmal angelegt. Mit Detlef verbinden ihn Blut und Geist. Es ist nicht zu leugnen: Er liebt den jungen Kanoniker immer noch.

»Ich werde meinen Cousin nicht opfern.«

»Ich verspreche, Exzellenz, dass dem guten Namen der Wittelsbacher kein Schaden zugefügt wird.«

»Brich dein Versprechen, Wilhelm, und ich breche dir das Genick!«

Das Pferd bläht in der eiskalten Nachtluft die samtenen Nüstern. Ungeduldig mit den Hufen scharrend, schüttelt der Braune den Kopf, als der junge Karabinier ihn aufzäumt. Der Mond ist nicht zu sehen, und seine Begleiter sind nur schattenhaft im Licht der Fackel zu erkennen, die von einem Mönch gehalten wird. Der Schein der Flammen spiegelt sich in den stählernen Musketen und glänzenden Schwertern, die an den Gürteln der Soldaten hängen.

Es sind fünfzehn berittene Soldaten – junge Männer, die im Waisenhaus des Klosters St. Peter rekrutiert wurden. Der Karabinier ist zwanzig Jahre alt und hat Vater und Großvater im Dreißigjährigen Krieg verloren. Er zieht das Kettenhemd glatt, das er über seinem Lederwams trägt, dann rückt er die breite rote Satinschärpe zurecht, die darauf hinweist, dass er an diesem Morgen im Dienste des Kaisers unterwegs ist. Es ist ein gutes Gefühl. Ein Gefühl der Macht. In dieser Uniform ist er ein Mann, der dazugehört; ein Mann, der bereit ist, sein Leben für das große Heilige Römische Reich und Kaiser Leopold zu lassen. Ein Mann mit einem Ziel, kein verängstigter Junge, der nackt vor einer brennenden Hütte hockt, in der die geschändeten Leichen seiner Mutter und seiner Schwester an den Dachsparren baumeln.

Der Karabinier setzt einen Fuß in den silbernen Steigbügel und schwingt das andere Bein elegant über den Rücken des Hengstes.

Detlef sitzt in einem scharlachroten Umhang, der ihm bis zu den Fußknöcheln reicht, auf seinem Pferd, einer wunderschönen schwarzen Hannoveranerstute, und führt die Reiterschwadron an. Sein Gesicht ist ernst, er verbirgt die Abscheu, die er empfindet. Er sieht sich um und ist insgeheim entsetzt darüber, wie jung die Soldaten sind, die hinter ihm im Schein der Fackel warten. Ihre erwartungsvollen Gesichter erinnern ihn nur allzu lebhaft an das Gemetzel, das er selbst miterlebt hat: wie der Tod allem Schönen die Kehle durchschnitt und überall auf den verlassenen Feldern aufgeschlitzte Körper wie seltsam anmutende Früchte herumlagen und ausbluteten. Wie der Pflug im Schlamm versunken dastand und auf eine Ernte wartete, die niemals kommen sollte. Ein endloser Krieg, der Detlefs Weltbild in Stücke schlug. Und wozu das alles? Um aus dem Deutschen Reich einen bunten Haufen kleiner Fürstentümer zu machen, die allesamt um Macht rangeln.

Detlef blickt auf das Banner der Habsburger, das von einem Burschen getragen wird. Darauf ist der schwarze doppelköpfige Adler mit einer Krone auf jedem Haupt zu sehen. Als Symbole für die Kirche und den Staat hält er in einer Klaue ein Zepter, in der anderen ein Schwert. Auf der Rückseite des Banners ist ein einfaches schwarzes Kreuz auf weißem Grund: das Wappen der Erzbischöfe von Köln.

So manches Mal hat Detlef das Gefühl, in eine ungünstige Zeit hineingeboren worden zu sein. Die edlen Werte des vergangenen Jahrhunderts, als Köln sich auf dem Höhepunkt seiner Macht befand, sind untergegangen. Übrig geblieben ist nicht mehr als eine schrumpfende Stadt, ein veralteter Apparat, befallen von jämmerlichen Rivalitäten und Aufgeblasenheit. Und doch spürt der Domherr, dass große Veränderungen bevorstehen, denn es zeigen sich erste kleine Lichtblitze an einem von Verwirrung und Unwissen verdunkelten Himmel. Insgeheim hegt Detlef die große Hoffnung, die in Aussicht stehende Revolution noch miterleben zu können.

Der Kanoniker sieht sich nach dem Inquisitor um, der neben dem Kutscher vorn auf dem Gefängniswagen sitzt, einem Karren mit einem Käfig aus Eisenstangen darauf, dem gefürchteten Symbol für den nahe bevorstehenden Tod.

Wie die Mutter, so die Tochter!, denkt Carlos. Es ist seine Pflicht, alles Böse auszurotten. Er weiß, er hat Gottes Segen; warum sonst sind seine Gebete erhört worden? Denn es war doch ein Wunder, dass der deutsche Geistliche sich daran erinnert hatte, die Hebamme von Deutz, die man beschuldigt, kabbalistische Riten zu praktizieren, vor vielen Jahren als schwarzhaarigen Säugling getauft zu haben. Der Priester, der an seinem Lebensende von Schuldgefühlen geplagt wurde, verriet den Inquisitoren, wo sich die Hexe aufhielt, und so wurden die Ermittlungen im Fall Navarro unter Carlos' Leitung wieder aufgenommen. Ja, eine solche Kette von Ereignissen konnte nur durch göttliche Fügung zustande gekommen sein. Nach diesem ersten Segen hatte Gott den Inquisitor nach Wien geführt, wo er Leopold den Fall schilderte. Weil seine Spione ihn darüber informiert hatten, dass der Kaiser verärgert über Maximilian Heinrich und seine Hurerei mit dem französischen König war, hatte Carlos angeboten, als Leopolds Vertreter und Vollzugsbeamter zu handeln und die Verhaftungen auf kaiserlichen Befehl hin durchzuführen. Leopold stimmte dem Plan zu und ergriff die Gelegenheit, die feindlichen, französisch gesinnten Spione in Köln zu vernichten. Er stellte Carlos sogar eine Kutsche und Geldmittel zur Verfügung. Und so ist der Inquisitor nun ein Abgesandter Gottes und zugleich der Wachtmeister des Kaisers, wie er selbstgefällig feststellt.

Er fragt sich, ob die Tochter wohl wie die Mutter aussieht und ob er dasselbe Hochgefühl beim Anblick ihrer Augen, ihres Haares, ihrer Lippen verspüren wird. Die freudige Erwartung erregt ihn.

Schon bald wird er von seinen Sünden losgesprochen, denn

er wird die Hexe mit den eigenen Mitteln schlagen: Er wird Lilith heraufbeschwören, um das Böse mit dem Bösen zu bekämpfen. Die Aussicht, von dieser Besessenheit befreit zu werden, die bereits über dreißig Jahre andauert, gibt ihm ein Gefühl der Leichtigkeit. Er trommelt mit dem Fuß gegen den Wagen und fängt leise an zu summen.

Angewidert von seinem despektierlichen Benehmen, wirft Detlef einen missbilligenden Blick auf den Mönch. Der hält inne und lächelt Detlef hochnäsig an.

Der Kanoniker kann so wütend sein, wie er will, denkt Carlos. Ich bin ein Soldat Gottes und als solcher befugt, für Recht und Ordnung zu sorgen. Ich werde Erleuchtung über diese provinziellen deutschen Tölpel bringen und ihnen das Wirken der Armee Gottes vorführen. Ich werde mich für die von der Mutter verursachte Schmach an der Tochter rächen!

Mit diesem trotzigen, alles beherrschenden Gedanken im Kopf drückt er den Erlass fest an seine Brust.

Fast geräuschlos weichen die Reiter mit ihren Pferden auseinander, als Maximilian Heinrich aus dem Dom kommt. Im feierlichen Ornat schreitet der Erzbischof die Steinstufen hinunter und bleibt vor den Gesandten stehen, ohne Notiz von den stampfenden Hufen zu nehmen, von der nächtlichen Kälte, die über den Männern und den Flanken der zitternden Tiere liegt, und von dem Weihrauchduft, der aus dem goldenen Rauchfass strömt, das ein Ministrant hinter ihm herträgt.

Heinrich hebt die Hände und segnet die Soldaten. Ehrfürchtig neigen sie die Häupter. Viele der jungen Gesichter sind bartlos.

»Meine Söhne, Jesus Christus sei mit euch! Zieht aus in dem Wissen, dass ihr im Kampf wie im Geiste des Herrn seid. Amen.«

»Amen«, wiederholen die jungen Männer leise, und das Echo ihrer Stimmen hallt in der Morgendämmerung nach.

Möge ihnen Gott ihren Glauben erhalten!, betet Detlef.

Heinrich kommt auf ihn zu. »Schnell und ohne großes Aufsehen, mein Cousin! Der Spanier wird Blut sehen wollen. Es ist deine Aufgabe, dafür zu sorgen, dass keines fließt.«

Dann verschwindet der Erzbischof mit flatternden Gewändern rasch wieder im Dom, aber es ist, als schwebte er noch eine Weile wie eine geisterhafte Erscheinung über den Soldaten und den scharrenden Pferden.

Die Morgendämmerung hat eingesetzt, und am Himmel zeigen sich erste Spuren des anbrechenden Tages. Die Sperlingskolonien in den Platanen, von denen der Platz gesäumt ist, beginnen mit ihrem Morgengesang. Wie eine Hand voll Silber, die man in den Himmel wirft, steigt ihr Gezwitscher in die Höhe.

Detlef nimmt die Zügel auf und reitet an der Spitze der Prozession. Sie zieht über den großen Platz in die Komödienstraße zum Haus eines Angeklagten. Die Stute geht langsam, weil sie den Widerwillen ihres Reiters spürt, und beschleunigt erst, als plötzlich Wind aufkommt und den Geruch des fernen Meeres vom Rhein herüberträgt.

✦ ✦ ✦

Meister Matthias Voss träumt von Fröschen. Von tanzenden Fröschen in silbrig glänzenden Kniehosen. Sie singen ein Lied, und Meister Voss lauscht angestrengt, um es zu verstehen. Er dreht sich auf die Seite und schmiegt sich mit seinem dicken Hinterteil an seine Frau Gretel. Im Schlaf lächelt sie den massigen Körper des Mannes an, den sie liebt, und schlingt ihre starken Arme um seinen Bauch. Inzwischen plagt sich Meister Voss weiter mit dem Amphibienballett: Er hat gedacht, sie sängen davon, im Suppenkessel gekocht zu werden, aber das Lied ist auf Französisch, und Voss ist unsicher, ob er das Wort *consommé* vielleicht missverstanden hat. Plötzlich wandelt sich der Gesang zu Gebrüll, und die Frösche fliegen in alle Richtungen davon. Der träumende Voss will losstürzen, um sie zu fangen, bemerkt jedoch zu seinem großen Verdruss, dass er nackt ist.

Da reißt ihn lautes Klopfen aus dem Schlaf. Gretel fährt auf, und die langen grauen Zöpfe fallen ihr zwischen die schlaffen Brüste.

»Matthias! Was ist das? Vielleicht ist etwas mit Mathilde, vielleicht ist sie uns genommen worden! Oh, mein armes Kind, so jung zu sterben!«

»Sei nicht albern, Frau!«, entgegnet der Kaufmann, der Mühe hat, seinen Traum abzuschütteln. Einen Augenblick lang sitzt er wie erstarrt im Bett, während seine Frau neben ihm weint, und ist nicht in der Lage, eine vernünftige Erklärung für das fürchterliche Klopfen unten im Haus zu finden.

»Ich werde nachsehen.«

»Nein! Lass die Dienstboten gehen! Bitte, Matthias!«

Aber der alte Kaufmann ist schon auf den Beinen. Seine Nachtmütze aus Pelz sitzt ihm tief in der faltigen Stirn, das zerknitterte Seidennachthemd fällt über seinen geäderten Bauch und das empfindliche Gemächt auf die knotigen Füße herab, die schon auf Sand und Gras, auf poliertem Holz, auf Marmor und Stroh gegangen sind. Bevor Meister Voss sich jedoch seinen alten, mit Nerz besetzten Umhang überwerfen kann, stürzt sein Kammerdiener ins Schlafgemach, gefolgt von drei jungen Domwachen und einem kleinen, aufgeblasenen Mönch mit südländischem Aussehen.

Einen Augenblick lang glaubt Meister Voss, sie wären gekommen, um seine Frau zu schänden. Er denkt nicht daran, dass sie mittlerweile alt und grau ist, und wirft sich schützend vor ihren nackten Körper. Ein Soldat wendet sich kichernd ab.

Bebend vor Selbstgefälligkeit tritt der Mönch nun vor und ergreift auf Deutsch mit einem schweren spanischen Akzent das Wort. Als Voss endlich richtig wach wird und ihm langsam dämmert, was der Mann sagt, erkennt er in ihm den Inquisitor

Carlos Vicente Solitario wieder, den Geistlichen, über den er sich erst am Vorabend mit befreundeten Bürgern im Wirtshaus lustig gemacht hat.

»... erhebt der Hohe Rat der Inquisition von Aragon gegen Sie Anklage wegen des zweifachen Verdachts auf Hexerei, wegen des Verdachts auf Verschwörung gegen das Heilige Römische Reich und wegen des Verdachts auf Verschwörung mit dem Teufel selbst«, schließt Carlos.

»Sie aufgeblasenes Stück religiöse Scheiße! Sie haben kein Recht dazu!«, ruft Voss, der sich inzwischen den Umhang über die Schultern geworfen hat.

»Matthias! Bitte! Mach sie nicht noch wütender!«, fleht ihn seine Frau an, aber der alte Mann hat sich in voller Größe aufgerichtet und stiert den Mönch zornig an.

»Dies ist eine freie Stadt, Sie haben keine Macht über uns Bürger! Wenn die Gaffeln davon hören, werden sie Ihren scheinheiligen kahlen Schädel dazu benutzen, sich die Ärsche abzuwischen!«

Domherr von Tennen tritt zwischen den Wachen hervor, und Voss hält inne. Diesen Mann kennt und respektiert er. Da er sich Detlefs Anwesenheit nicht erklären kann, denkt der alte Mann verwirrt darüber nach, ob der Kanoniker vielleicht gekommen ist, um ihn mit der Letzten Ölung zu versehen.

»Ich bitte um Verzeihung, Meister Voss, für die Unannehmlichkeiten unseres Besuchs, aber die Gaffeln sind über die Anklagen informiert. Sie wissen auch über diese andere Sache Bescheid – den Verkauf von minderwertigem Silber an einen gewissen portugiesischen Kaufmann.«

»Was für minderwertiges Silber? Ich habe noch nie in meinem ganzen Leben mit schlechtem Silber gehandelt!«

»Dennoch müssen wir den Beschuldigungen nachgehen.«

»Sie wissen, es handelt sich um erfundene Anklagen! Sie wissen es!«, protestiert Voss, und in seiner Baritonstimme schwingt Zuversicht. Aber Detlef, der seinen fadenscheinigen Auftrag als zutiefst beschämend empfindet, hat sich bereits wieder hinter die Wachen zurückgezogen.

Meister Voss sieht sich verzweifelt um. Zum ersten Mal in seinem Leben steht er allein da und hat niemanden, der ihn verteidigt. Instinktiv will er nach seinem Schwert greifen, aber er hatte vergessen, dass er immer noch im Nachthemd dasteht. Die Soldaten kommen auf ihn zu und packen ihn grob an den Armen. Seine Frau klammert sich schreiend an ihn.

»Nein! Nein! Nicht mein Mann!«, ruft sie, ohne sich offenbar ihrer Nacktheit bewusst zu sein. Einige der Soldaten wenden verlegen ihren Blick ab, während sie den Kaufmann nach draußen zerren.

Voss sitzt der Schock in den Knochen, und ihm fällt plötzlich auf, dass die Frösche in seinem Traum nicht gesungen, sondern gekreischt haben. Als man ihn seine eigene reich verzierte Holztreppe hinunterdrängt, wird ihm in einem Augenblick absoluter Klarheit bewusst, dass er immer schon geahnt hat, wie sich eines Tages seine übelsten Befürchtungen bewahrheiten werden und dadurch sein ganzes Leben, das er bis dahin gelebt hat, bedeutungslos wird.

Draußen, auf dem Rücken seines Pferdes, zittert Detlef vor Wut. Er fasst sich an die Schläfen, und es gelingt ihm nur mit größter Mühe, dem überwältigenden Verlangen zu widerstehen, den feisten Spanier zu Boden zu strecken, der triumphierend beobachtet, wie sein erster Gefangener in den Wagen verladen wird.

✦ ✦ ✦

Die Katze räkelt sich auf einem Ballen indischer Seide, der mit einem Schiff der *East India Company* nach Köln gekommen ist. Die ersten Strahlen der Morgensonne wärmen der Katze den Bauch, die vor Freude zu schnurren beginnt.

Plötzlich regnet es Glasscherben. Erschreckt springt sie zum

Fenster hinaus, als die Soldaten in den Laden einfallen. Irgendwo in der oberen Etage knallt eine Tür, als die Söhne losrennen, um Hermann Müller zu wecken.

Sein Jüngster, vierzehn ist er, stampft die schmale Treppe hoch, die auf den Dachboden und zum Schlafgemach seines Vaters führt. Der sechzehnjährige Bruder ist direkt vor ihm. Vor Angst schlägt ihnen das Herz bis zum Halse, als sie in den dunklen Raum stürmen. Aber Hermann Müller ist schon auf den Beinen. Der Witwer, der nur für seine Söhne lebt, zieht die beiden Jungen an seine Brust.

»Hört zu, ihr müsst sofort fliehen, alle beide! Fahrt zu eurem Onkel in Paris. Sagt ihm, er soll zum König gehen. Um jeden Preis! Man hat mich verraten ...«

Die hämmernden Schritte der Soldaten rücken näher. Der Jüngere fängt an zu weinen; der Ältere, schon fast ein erwachsener Mann, will den Vater beschützen.

»Nein, Günter, dann nehmen sie dich auch mit. Geht jetzt!«

Müller schubst seine beiden Söhne zu einem kleinen Fenster. Als er die Läden aufstößt, sind die Dächer von Köln zu sehen, ein graues Gebirge aus glänzendem Schiefer und Ziegelsteinen.

»Was ich auch getan habe, vergebt mir.«

Er kann den beiden nicht in die entsetzten, bekümmerten Gesichter sehen, und so schnappt er sich den Jüngeren und schiebt ihn durch die schmale Öffnung. Der Ältere dreht sich um und gibt dem Vater noch rasch einen Kuss auf die Lippen, bevor er hinter seinem Bruder herklettert.

Der Vater beobachtet, wie die beiden über die rutschigen Dachziegel kraxeln, und der Kummer schnürt ihm das Herz zusammen. Er hält die Luft an, als der Jüngere ausrutscht und sein Bruder ihm schnell die Hand reicht. Die Befürchtung, dass er seine Kinder vielleicht niemals wiedersieht, lässt dem Kaufmann die Knie weich werden. Er lehnt sich an die Wand, denn seine zitternden Beine können ihn kaum noch tragen.

Einen Augenblick später hören die beiden Jungen, als sie gerade das steile Dach hinaufhuschen, die erstickten Schreie ihres mit den Soldaten ringenden Vaters.

✦ ✦ ✦

Kaum rumpelt der Käfigwagen von der Floßbrücke auf den schlammigen Weg, der zu dem kleinen Calvinistenvorposten Mülheim führt, springen die Dorfkinder bereits hinter ihm her.

Sie sind mager und schmutzig und bestaunen mit sehnsüchtigen Blicken die purpurroten Schärpen der Soldaten, das goldene Horn am Hals des Trompeters, das satte Violett des Habsburger Banners mit den Seidenfransen. Dann wenden sich die zerlumpten Rangen dem Käfig auf Rädern zu und äffen die verwirrten Gesichter der beiden Gefangenen nach, die sich in ihren Nachthemden frierend an die Gitterstäbe klammern, um nicht in das faulig riechende Stroh zu fallen, mit dem der Boden des schaukelnden Karrens ausgelegt ist.

»Das sind Leute von der anderen Seite, aus dieser unerreichbaren glanzvollen Stadt, und nun seht sie euch an! Dreckig wie die Affen!«, rufen die Kinder auf Holländisch und Flämisch und laufen voraus.

Der Gefängniswagen holpert über den kleinen Marktplatz mit dem trostlosen Ententeich in der Mitte, vorbei an dem Holzpranger vor dem schmucken Rathaus und der Fischbude, deren Waren ihren Geruch in alle Winde verströmen. Dann fährt er an der protestantischen Kirche vorbei, die im Sonnenaufgang in calvinischer Strenge erstrahlt, und an der weißen Schule mit dem steilen, roten holländischen Dach, am Fischgeschäft und der Bäckerei. Endlich bleibt der Wagen mit quietschenden Rädern vor dem Haus von Jan van Dorf stehen, dem wohlhabendsten Kaufmann von Mülheim.

Den Kindern steht vor Verwunderung der Mund offen – bestimmt haben die Soldaten die falsche Adresse. Ein gottesfürchtiger Mann wie van Dorf, dessen jährliche Spenden die kleine

Schule am Leben halten, ein solcher Mann gerät doch nicht in Konflikt mit der Obrigkeit! Jeder in Mülheim weiß, van Dorf ist unangreifbar. Er ist der einzige Holländer im Ort, der mit den katholischen Kaufleuten von Köln auf Du und Du steht. Er fährt sogar hinüber in die Stadt und handelt ganz offen mit den Frachtschiffen, und er besitzt die Ehrenmitgliedschaft in der Zunft der Goldschmiede, wie das stolze Schild mit den goldenen Kesseln in seinem Fenster beweist. Aber der Gefängniswagen hat tatsächlich vor dem vornehmen Geschäft angehalten, und der Mönch klettert herunter und geht zur Tür. Die Kinder rotten sich staunend hinter den dampfenden Flanken der unruhigen Pferde zusammen.

Einen Augenblick später kommt van Dorf aus dem Laden gerannt, ein gut aussehender Mann Anfang dreißig. Sein rundes flämisches Gesicht ist rot vor Wut. Er grüßt den kleinen Priester und den großen eleganten blonden Mann höflich, aber schon bald schreit er die beiden auf Deutsch an. »Hexe!«, »Hexer!« und »Inquisition!« hören die verängstigten Kinder.

Sie verstehen nur jedes dritte Wort, aber an von Dorfs Gesicht und dem säuerlichen Geruch der Angst, der in der Morgenluft liegt, ist zu erkennen, dass die Welt plötzlich aus den Fugen gerät wie ein zur Seite kippendes Schiffswrack. Furchtsam weichen sie zurück, als die Soldaten vorrücken.

Unerwartet flitzt van Dorf los und jagt die Straße hinunter. Er verdreht die Augen wie ein Hase auf der Flucht und trägt seinen runden, wabbeligen Körper auf stampfenden Beinen davon. Entsetzt über den merkwürdigen Anblick, verstummen die Kinder, nur ein kleiner Junge fängt laut zu weinen an. Die Soldaten wenden ohne Hast ihre Pferde, als sei van Dorfs Flucht nur ein geringes Ärgernis. Dann verwandeln sich die berittenen Wachen jedoch in prächtige Zentauren mit fliegenden Quasten und donnernden Hufen, deren Schweife durch die klare Morgenluft peitschen. Mit dampfenden Drachennüstern und weit vorgestreckten Köpfen nehmen die Pferde die Verfolgung auf.

Kurze Zeit später fangen die Soldaten den Holländer und schleifen ihn mit der Nase im Schlamm zurück zu dem Gefängniswagen.

Und die umstehenden Kinder glauben, der Himmel wäre auf die Erde gefallen, denn wenn sie van Dorf holen können, dann ist niemand mehr sicher. Auch die Jüngsten von ihnen richten den Blick in die Höhe und warten auf eine Erscheinung; das grimmige Gesicht Gottes oder ein Blitz oder irgendein anderes göttliches Zeichen, damit klar wird, dass soeben ein schrecklicher Fehler begangen wurde. Aber stattdessen beginnen die Kirchenglocken zu läuten, und irgendwo ertönen die Wehklagen einer Frau.

Ruth hockt sich mit hochgezogenen Röcken neben ihrem Kräutergarten hin und uriniert auf den gefrorenen Boden. Sie sieht hinüber zu den Schneeballsträuchern und Nesseln, die an langen, in die harte Erde getriebenen Holzpflöcken festgebunden sind. Hier baut sie ihre Heilpflanzen an – Herzgespann für Stillende, Helmkraut gegen Schmerzen, Rosmarin gegen Entzündungen im Unterleib.

Vor ihrem kleinen Grundstück liegt ausgebreitet das Tal. Der winterliche Wald, der sich dahinter über sanfte Hügel zieht, wird von einem kleinen Flüsschen durchbrochen, das silbrig glänzt, als am Horizont die Sonne aufgeht. Ruth schüttelt sich und lässt ihre Röcke wieder herunter. Vor ihr erstreckt sich unberührtes, von Menschen verlassenes Land. Aus dem brach liegenden Ackerland sprießen junge Bäume hervor. Ruth liebt den Ausblick auf die unbefleckte Natur, auf diesen vermeintlichen Garten Eden, der für sie der Verkörperung des göttlichen Wesens entspricht. Sie hält inne, schließt die Augen und lauscht. Sie hört das Rauschen der Äste in den Bäumen, den Schrei eines Falken in der Ferne, das Blöken der Schafe und, ja, vielleicht auch Flügelschläge.

Plötzlich reißt eine schreiende Frauenstimme Ruth aus ihrer Tagträumerei. Miriam kommt kreischend aus dem Haus gerannt, gefolgt von zwei jungen Soldaten, die sie lachend an den Röcken festhalten und zu Boden werfen. Ein dritter Soldat fegt durch die Tür, sieht sich um und entdeckt die Hebamme. Die Empörung steigt ihr wie bittere Galle in die Kehle, aber von einer furchtbaren Angst ergriffen bleibt sie zunächst wie angewurzelt stehen.

Dann jedoch läuft sie unvermittelt los. Sie stürzt sich auf den Rücken des jungen Soldaten und reißt ihn von Miriam herunter, deren Gesicht so weiß wie der Schnee ist, in den sie gestoßen wurde. Ruth ist so entgeistert, dass sie den Fausthieb kaum spürt, den der Soldat ihr verpasst. Sie liegt mit aufgeworfenen Unterröcken auf dem Boden, gedemütigt und unglaublich niedergeschlagen, weil sie nicht stark genug ist, um sich zu wehren. Benommen rappelt sie sich hoch auf die Knie und nimmt verschwommen das warme Blut wahr, das ihr über die Wange rinnt.

»Was wollt ihr von uns?«, schreit sie.

Sie kriecht auf Miriam zu. In blanker Bestürzung starrt die Gehilfin sie an. Ihre weißen Beine sind grotesk nach außen verdreht wie die Porzellanbeine einer Puppe, während der Soldat sie brutal vergewaltigt. Bevor Ruth das junge Mädchen erreicht, bekommt sie von einem Lederstiefel einen Tritt an die Schulter und stürzt in den schmutzigen Schnee. Unter Schmerzen rollt sie sich zusammen und macht sich auf den nächsten Tritt gefasst. Aber der bleibt aus.

»Ruth bas Elazar Saul, du siehst genauso aus wie deine Mutter!«

Ruth vernimmt fassungslos die spanischen Worte, die wie aus großer Höhe auf sie herabregnen, und wischt das Blut fort, das ihr über die Augen rinnt.

»Wer sind Sie?«, stößt sie mühsam hervor. Sie hat einen bitteren Geschmack im Mund.

Über ihr taucht ein Gesicht auf. Olivfarbene Haut. Ein Gesicht, das von einer dünnen roten Narbe verunstaltet ist. In den Augen lodert Hass. Ruth überlegt verzweifelt, ob sie diesen Mann kennt, und versucht sich trotz der lähmenden Schmerzen darauf zu besinnen, ob sie ihn vielleicht beleidigt oder ihm Unrecht getan hat; irgendetwas, das die Gewalt erklärt, die ihr und ihrer Gehilfin angetan wird.

Der Geistliche lächelt in gespielter Gutmütigkeit. »Ich bin dein Retter. Ich werde dein Beichtvater sein, *bruja*, und du wirst mir alles anvertrauen.«

Die spanischen Worte segeln wie Löwenzahnsamen auf sie herab, und Ruth fällt es schwer, die Sanftheit seiner Stimme mit dem stechenden Schmerz zu verbinden, der das Innere ihres Körpers durchfährt.

Das Gesicht der Jüdin zeigt zwar gewisse Ähnlichkeiten mit dem ihrer Mutter, aber es gibt Unterschiede, stellt Carlos fest. Es ist ebenso schmal um das Kinn, und die Wangenknochen gehen weit auseinander. Die Augen sind mandelförmig wie die der Mutter, jedoch nicht tiefschwarz, sondern grün, und es spricht ein anderer Geist aus ihnen. Die Tochter scheint misstrauischer und verschlossener zu sein. In seinem tiefsten Innern keimt der Wunsch nach einer neuerlichen Erscheinung auf; der Wunsch, sich körperlich mit der toten Frau zu vereinigen, die er geliebt und gejagt hat. *Bruja*, Hexe, wie verführerisch sind die Verlockungen des Fleisches!, denkt er. Sara ... Er spürt ihre Nähe so deutlich, als müsse er nur die Hand nach ihr ausstrecken, um sie zu zerquetschen.

Voller schmerzlicher Begierde richtet sich der Geistliche auf. Mit einem kaum merklichen Nicken erteilt er einem der jungen Soldaten einen Befehl. Raue Hände stoßen Ruth auf den gefrorenen Boden. Ihr werden die Beine auseinander gerissen. Einen Augenblick lang sieht sie es vor sich, wie sie mit ausgestreckten Armen und Beinen daliegt, eine kleine Gestalt mit weißer Haut in schwarzem und rotem Baumwollstoff, und dann reißt der Mann ihr das Kleid auf.

»Genug!«

Detlef packt den Soldaten an den Haaren und zieht ihn von der Jüdin herunter. Die junge Frau bleibt still liegen. Gebrochen, wie eine Strohpuppe. Einen Augenblick lang ist er unsicher, ob sie überhaupt noch lebt oder ob sie vor Angst gestorben ist wie ein gefangener Vogel.

»Nicht die Hebamme!«, bellt er dem uniformierten Jungen ins gerötete Gesicht.

Wütend und mit vor Aufregung hochrotem Kopf schaltet sich Carlos ein. »Sie ist die Brut des Teufels, sie muss bestraft werden!«

»Es ist noch nichts bewiesen! Abgesehen davon ist sie die Tochter des Rabbis, und es ist nicht klug, sie zu schänden!«

Detlef zieht Ruth die Röcke wieder über die Beine. Als er sich aufrichtet, wischt er sich die Hände an der Hose ab. Es ist ihm unangenehm, mit den Abgründen männlicher Verderbtheit konfrontiert zu werden. Der Anblick der ausgestreckt auf dem Boden liegenden, halb bewusstlosen Frau ist ihm ebenso zuwider. Ihre Kleidung und ihre ganze Art stoßen ihn ab, aber er weiß, dass ihr Vater den Respekt der Hafenhändler genießt und es dem Erzbischof nicht gut anstünde, eine solche Erniedrigung zu gestatten. Die Vergewaltigung der Dienstmagd nimmt jedoch hinter ihm ihren Lauf.

»Ich nehme an, Sie haben ein Interesse daran, diese Kreatur zu schützen, Kanonikus.«

»Ich habe kein anderes Interesse, als den Ruf des Erzbischofs zu schützen.«

»Der Erzbischof ist ein Judenfreund?«

»Diese Frage ist der Antwort nicht wert. Darf ich Sie daran erinnern, dass wir uns auf protestantischem Gebiet befinden? Unsere Anwesenheit hier ist heikel. Nehmen Sie sie fest, damit wir wieder fahren können, Monsignor Solitario, bevor mir die Geduld ausgeht.«

Detlef tritt zur Seite, um den Soldaten vorbeizulassen, der die Hebamme zum Gefängniswagen trägt. Miriam lassen sie bewusstlos im Schnee liegen, den ihr Blut rot färbt.

Die drei Männer in dem Käfig, von denen jeder in seinem Leid mit sich beschäftigt ist, weichen an die Gitterstäbe zurück, als die Soldaten die junge Frau hineinschieben. Ihr Gesicht ist vor Schmutz und Blut kaum zu erkennen. Der Holländer sieht sie an und senkt dann beschämt den Kopf, während Müller empört ins Stroh spuckt, weil eine Jüdin mit ihm im Wagen sitzen soll. Nur Voss, der die Hebamme von Deutz erkennt, die seinen Enkel auf die Welt geholt hat, nimmt sich der schmutzigen, vor Schmerz würgenden Frau an und bedeckt ihre Brüste mit seinem Umhang.

»Mein Kind, steh auf! Noch sind wir nicht auf dem Scheiterhaufen«, flüstert er ihr zu und hilft ihr auf die Beine. Benommen hält sie sich an den Gitterstäben fest und schaut zurück auf ihr Haus, bis es allmählich nicht mehr zu sehen ist.

»Wenn sie erfahren, wer wir sind, lassen sie uns frei. Es muss sich um einen schrecklichen Irrtum handeln, ganz bestimmt! Um einen schreckliche Irrtum!« Immer wieder murmelt der alte Kaufmann diese Worte, als könne er damit ändern, was nicht rückgängig zu machen ist.

Der Gefängniswagen holpert über das Kopfsteinpflaster auf das Dorf zu. Wo der grausige Käfig vorbeifährt, kommen die Familien an die Fenster und starren ihm hinterher. Manche Leute stehen in den Türen. Andere nehmen die Kinder und laufen ins Haus, denn sie erinnern sich voller Furcht an die Gräuel der Vergangenheit.

Ruth schaut in den Himmel und fragt sich, warum die Sonne zu tanzen scheint. Warum ziehen die Frauen, wenn sie zu ihnen hinunterblickt, beschämt die Schleier vor ihre Gesichter? Und warum fährt der Wagen mit den Gefangenen auf der Hauptstraße so langsam?

Carlos blickt den schlammigen, unebenen Weg hinunter, die Hauptdurchgangsstraße von Deutz. Er ist entsetzt über die düsteren Häuser und die Talmudschüler mit ihren absonderlichen Stirnlocken, die ihre exotischen schmalen Gesichter einfassen, und den seltsamen langen schwarzen Mänteln. Der Dominikaner ist überzeugt, dass diese Fremden ihn hasserfüllt anstarren, und ganz gewiss würden sie ihn, verließe er den Wagen, wie ausgehungerte Hunde in Stücke reißen. Teufelsanbeter, die Mörder unseres Herrn Jesus Christus, alles verlorene Seelen!, denkt er.

Der Wagen schaukelt heftig, als er über ein Schlagloch fährt, und der Mönch wird fast herausgeschleudert. Rasch klammert er sich an das hölzerne Geländer und bekreuzigt sich energisch.

Als sie an der Synagoge ankommen, bedeutet der Inquisitor dem Kutscher anzuhalten. Ruckartig kommt der Wagen zum Stehen, und die Gefangenen purzeln in dem Käfig übereinander wie Bohnen in der Kiste. Carlos betrachtet das kleine Gotteshaus mit dem Davidstern aus Messing auf der Kuppel und wartet ab.

Hinter ihm klammert sich Ruth an die Gitterstäbe. Immer mehr Neugierige erscheinen auf der Straße. Sie fühlen sich durch Ruths Festnahme in ihrer Einstellung bestätigt und kommen aus den Häusern und den Seitenstraßen gekrochen. Die sensationslüsternen Gaffer glauben, ihre Rolle als Zeugen mache sie auf wundersame Weise immun gegen die Winkelzüge des Schicksals. Fasziniert schleichen sie wie mondsüchtige Schlafwandler auf den Gefängniswagen zu und starren auf die nackten, mit Blutergüssen übersäten Beine der Hebamme, auf ihre entblößten Schultern und das offene Haar.

Ruth weiß, der Wagen steht vor dem Haus ihres Vaters, und sie kann kaum atmen, so gedemütigt fühlt sie sich. In der unerträglichen Stille flattert plötzlich ein erschrecktes Huhn unter dem Wagen hervor. Allmählich erhebt sich Gemurmel, und die Menge beginnt, Ruth auszuzischen. Jemand bewirft sie mit einer alten Rübe, aber sie reagiert kaum. Sollen sie sie töten! Lieber die eigenen Leute als die Deutschen.

»Hexe!«

»Hure!«

»Schande! Du bringst Schande über uns!«

Ruth hält verzweifelt nach vertrauten Gesichtern Ausschau und entdeckt Vida, die unter dem Vordach der Bäckerei steht. »Vida! Vida!«, ruft sie heiser.

Von Ruths verwirrtem, irrem Blick getroffen wendet sich die junge Frau des Bäckers beschämt weinend ab.

Detlef beobachtet die Szene vom Pferderücken aus. Er unternimmt nichts, um der Jüdin zu helfen. Sollen ihre Leute ruhig über sie urteilen, denkt er, aber warum hat der Inquisitor vor der Synagoge Halt gemacht? Ein Mann, der einen persönlichen Rachefeldzug führt, ist höchst gefährlich, findet er, denn er ist unberechenbar. Detlef entgeht nicht, wie gespannt und aufgeregt Carlos darauf wartet, ob sich hinter den geschlossenen Fenstern der Synagoge etwas tut, und er fragt sich, in welcher Beziehung der Dominikaner wohl zu der Jüdin stehen mag. Es interessiert ihn sehr, warum eine derart unbedeutende Frau die Aufmerksamkeit weit entfernter Mächte wie Aragon und Wien auf sich zieht.

Plötzlich drängt sich ein gebrechlicher alter Mann mit Krückstock durch die Zuschauermenge.

»Ruth! Ruth!«

Schweigen breitet sich aus, und die Leute weichen auseinander, um den obersten Rabbi durchzulassen, dessen wirres weißes Haar wie ein Heiligenschein auf dem Kopf sitzt. Sein bestickter Tallit schleift hinter ihm durch den Matsch. Er bleibt stehen und starrt ungläubig in den Käfigwagen. Als er strauchelt, springen ihm sofort zwei junge Männer, die noch einen Augenblick zuvor wüste Beschimpfungen riefen, zur Seite und stützen ihn. Der alte Mann stößt sie weg und tritt an die Gitterstäbe. Fast erkennt er die verängstigte Frau nicht wieder, die dahinter kauert.

»Ruth, mein Kind, was haben sie dir angetan?«

Er steckt seine krummen arthritischen Finger zwischen die Eisenstangen und versucht seine Tochter zu erreichen. Er kann nicht glauben, dass dieses stumme Geschöpf, das ihn mit verwirrtem Blick anstarrt und in dessen geschwollenem und blutendem Gesicht nicht mehr viel von der einstigen Schönheit zu sehen ist, die stolze Ketzerin sein soll, die von zu Hause weglief und Regeln brach, die er, wie sie wusste, selbst niemals hätte verletzen können – auch die nicht, bei denen es ihn vielleicht insgeheim danach drängte.

Elazar beugt sich weiter vor und flüstert auf Hebräisch: »Haben sie dir die Seele geraubt? Haben sie dich gebrochen?«

Aber Ruth, die ihren Vater nach drei Jahren zum ersten Mal wiedersieht, kann nicht antworten. Ihre Zunge ringt zwischen geschwollenen Lippen, Schleim und Angst mit den Worten.

»Vergib mir, Tochter! Vergib mir, dass ich dir nicht vergeben habe.«

Weinend greift der alte Rabbi durch die Stäbe und streicht über Ruths langes schwarzes Haar, das er einst selbst gekämmt hat. Nun ist es blutverklebt. Und plötzlich gibt es keine Eisenstäbe mehr, keinen Käfig; nichts ist mehr zwischen Vater und Tochter außer Milde.

Viele Betrachter schlagen die Augen nieder, denn sie können den quälenden Anblick derart ungeschützter Intimität nicht ertragen.

Aber die Hebamme bleibt stumm. Unter Tränen bemerkt Elazar ben Saul den Riss im Kleid seiner Tochter und die blutenden Schrammen darunter. In seinem mageren Körper wallt ein unglaublicher Zorn auf, und in diesem Augenblick, als er sich zu ihren Peinigern umdreht, trägt ein plötzlicher Windstoß die Antwort seiner Tochter in die Straße. »Ich liebe dich, Abba«, flüstert sie auf Jiddisch, der Sprache der Frauen. Aber der alte Mann ist außer sich vor Wut und hört sie nicht.

Er marschiert nach vorn zu dem Inquisitor, holt mit dem Krückstock aus und schlägt damit gegen den Wagen.

»Was ist das für ein Skandal? Wissen Sie überhaupt, wen Sie da in ihrem erbärmlichen Käfig haben?«, brüllt der Rabbi.

Alle umstehenden Juden fahren erschreckt zusammen und fürchten, er könne den Zorn Kölns über die ganze Gemeinde bringen. Der alte Mann hat in seiner Wut vergessen, wen er anschreit, wer die Macht hat. Unbewegt blickt der Dominikaner auf ihn herab.

»Wer sind Sie?«, fragt der Rabbi.

»Ich war der Beichtvater Ihrer Frau, und ich werde der Ihrer Tochter sein. Mein Name ist Carlos Vicente Solitario. Ich bin der Inquisitor von Saragossa und handele im Auftrag des Obersten Rats der Inquisition und im Auftrag von Kaiser Leopold. Ihre Tochter wird der Hexerei bezichtigt.«

Die kühle, sachliche Art des Inquisitors steht im krassen Gegensatz zur Verzweiflung des alten Rabbis. Überrascht hält Elazar ben Saul inne und späht kurzsichtig zu dem Mann hinauf.

»Aber hier haben Sie keine rechtliche Befugnis, sie ist Jüdin!«

»Rabbi, Ihre Tochter wurde christlich getauft.«

Entsetzt fährt Elazar auf, dann fasst er sich wieder. »Haben Sie einen Beweis dafür?«, fragt er mit angstvoller, brüchiger Stimme.

Carlos greift in seine Robe und holt die eidesstattliche Erklärung heraus, beugt sich vor und hält sie dem alten Mann vor die Nase. Der Rabbi liest sie und bricht schockiert zusammen.

Zwei Talmudschüler eilen dem Alten sogleich zu Hilfe, ziehen ihn auf die Beine und stützen ihn. Mit eingefallenem Gesicht sieht Elazar dem Käfigwagen hinterher, wie er in Richtung Rhein und Köln davonfährt.

חכמה

- CHOCHMA -

Weisheit

Der junge Schauspieler mit dem weiß geschminkten Gesicht, den rot gefärbten Wangen und den mit Kohle ummalten dunklen Augen sieht sehr gut aus. In einem griechischen Gewand, das um seine schmale Taille gegürtet ist, steht er vor den Gästen, drückt mit der einen Hand ein verängstigtes Lamm an sein unechtes Dekolletee und hält in der anderen einen goldenen Stab. Hinter dem prächtigen Hintergrundprospekt mit einem idealisierten Panorama des Olymp, das den Hügeln der Toskana jedoch verdächtig ähnelt, blöken und meckern die restlichen Mitglieder der Truppe. Plötzlich springt ein Mann mit einem wuchtigen Stierkopf auf den Schultern, dessen muskulöser Oberkörper mit Öl eingerieben ist, auf die Bühne. Seine Lenden sind nur mit einem knappen Rock bedeckt, und zwischen den Ohren der Stiermaske ist als zusätzliche Absurdität ein kleiner Türkenhut befestigt. Die junge Schäferin fällt in Ohnmacht, als der Stier näher kommt.

»Die Entführung der Europa!«, ruft Graf Gerhard von Tennen aus der ersten Zuschauerreihe. Er steht auf und verneigt sich zu höflichem Applaus. Der Graf trägt rote Seidenstrümpfe und Pantalons, seine schmale Brust ist in eine sehr enge bestickte Weste gezwängt, und er hält sich eine Maske von Pan vors Gesicht, als er das Wort an die Feiernden richtet.

»Natürlich gibt es da noch eine kleine Spitzfindigkeit. Seht nur, die abscheulichen Insignien der verhassten Osmanen!«

Der Schauspieler, der Zeus verkörpert, neigt das Haupt, damit alle den Türkenhut zwischen seinen Pelzohren sehen können.

»Und das Wappen unseres armen geschändeten Böhmens!«

Nun rafft Europa frech die Röcke und beugt sich vor, um Pumphosen zu enthüllen, die mit dem doppelköpfigen Adler des Kaisers geschmückt sind. Jeder Kopf sitzt strategisch günstig auf einer Gesäßbacke. Entzückt heulen die Zuschauer vor Lachen.

Detlef, der sein Gesicht hinter einer finsteren Wolfsmaske verbirgt, wendet sich seiner Geliebten zu. Birgit trägt einen Kopfschmuck aus Satin und eine Maske, die dem Kopf eines weißen Pfauen ähneln. In ihrem cremeweißen Ballkleid aus Seide mit dem bestickten, mit Staubperlen überladenen Bruststück bietet sie einen prächtigen Anblick und ist sich dessen auch vollkommen bewusst.

»Dürfen wir annehmen, dass der junge Prinz amüsiert ist?«, fragt Detlef trocken.

Birgit sieht unauffällig zu Prinz Ferdinand hinüber, dem Neffen von Kaiser Leopold I., der zwischen Graf Gerhard von Tennen und seinem Wildhüter Hermann Wolf sitzt, einem gewaltigen Preußen, von dem man munkelt, er habe nicht nur in das Jagdschloss des Grafen Einzug gehalten, sondern auch in sein Bett.

Der Prinz ist ein kränklicher pickeliger Junge, der ins Rheinland geschickt wurde, um sich zu erholen und, wichtiger noch, um ihn von den verderblichen Einflüssen des Wiener Hofes fernzuhalten, weil er dort mit beginnender Adoleszenz nichts anderes hervorzubringen verstand als einen gesunden Appetit auf beiderlei Geschlecht.

Der Siebzehnjährige ist ein merkwürdiger Gast für den älteren Grafen, bietet ihm aber die willkommene Gelegenheit, sich bei Leopold beliebt zu machen. Auf der ansonsten beherrschten Miene des Grafen zeigt sich nur ein leichtes Zucken, als er sich an die Demütigung erinnert, die er bei seinem letzten Besuch in Wien durch den jungen Kaiser erfuhr. Leopold hatte ihm eine Audienz versprochen, das Treffen jedoch viermal verschoben und war schließlich gar nicht mehr erschienen. Der Graf hatte verlegen und peinlich berührt vor den arroganten Wiener Höflingen gestanden. Als dann Monate später der kaiserliche Bote mit der Bitte auf Schloss Grüntal eintraf, der Graf möge Prinz Ferdinand zur Winterjagd einladen, damit sich seine Gesundheit bessere – der Prinz litt immer noch an den Folgen einer alten Verletzung aus einem Turnierkampf –, war Gerhard verständlicherweise erleichtert. Nun hatte er die einmalige Chance, sich beim Kaiser zu profilieren und ganz deutlich zu zeigen, dass er den Habsburgern treu verbunden ist; im Gegensatz zu Maximilian Heinrich, dessen Gunst nach Südwesten abdriftet, nach Frankreich.

Der junge Österreicher gähnt und wirkt gelangweilt, lächelt aber auf ein Klopfen seines Höflings hin und hebt die Hände, um zu applaudieren. »Drollig, sehr drollig, Graf von Tennen. Wie lautet der Name der entzückenden Europa?«

»Alphonso, Eure Hoheit.« Der Graf senkt die Stimme. »Und er ist höchst zugänglich.« Er klopft mit seinem Fächer und wie aufs Stichwort macht der junge Schauspieler einen Knicks und wirft dem Prinzen ein schamloses Lächeln zu, bevor er hinter der Bühne verschwindet.

Birgit wendet sich wieder Detlef zu. »Dein Bruder kennt sich sehr gut mit den Feinheiten des Wiener Hofes aus. Aber wo ist denn bitte die Gräfin?«

»Die schwer geprüfte Gemahlin meines Bruders residiert nun dauerhaft in Bonn. Sie tröstet sich mit der Gesellschaft ihres Mündels, Fräulein Drecker. Wie du weißt, führen die beiden eine Zweckehe. Eine blutleere, herzlose Angelegenheit.«

Detlef fragt sich, ob der Kaufmann Ter Lahn von Lennep begreift, dass diese Beschreibung auch auf seine Ehe zutrifft.

Birgit stupst ihren Mann an, der damit beschäftigt ist, gierig eine gebratene Gänsekeule zu verschlingen. Schuldbewusst wischt sich der dicke Mann Mitte sechzig, der mit einem wachen Gespür für seine mangelnde Kultiviertheit gestraft ist, das

Fett vom Kinn und setzt seine Maske ab – die nicht sehr geglückte Nachahmung eines Hahnes! –, die seine Gemahlin für ihn ausgesucht hat.

»Prinz Ferdinand sollte uns Provinzlern als Vorbild dienen«, fährt Birgit fort und streicht unter dem Tisch mit der Hand über Detlefs Schenkel. »Natürlich hat man solche Manieren im Blut. Eine solche Eleganz kann man nicht kaufen.«

Meister Ter Lahn von Lennep, der vor Verlegenheit ganz rot geworden ist, rülpst in seine Serviette.

Detlef tut es Leid, was für ein lächerliches Kostüm der schwer geprüfte Kaufmann zu tragen gezwungen ist, und eilt ihm zur Rettung.

»Da würden viele widersprechen. Wenn man Absolution kaufen kann, warum nicht auch Vornehmheit?«

»Der Kanoniker hat Recht. Gerüchten zufolge soll die Urgroßmutter von Leopold zum Beispiel eine Kammerzofe gewesen sein.«

»Still, lieber Mann, sogar Tische haben Ohren!«

»Und Beine, glaube ich«, wirft Detlef ein. Weil Birgit ihn mit ihren geschickten Fingern bereits erregt hat, rückt er unauffällig von ihr ab.

»Was ist der Grund für den Besuch des jungen Prinzen?«, fragt der Kaufmann, dem es nach dem Essen unangenehm eng in seiner mit Goldfaden bestickten Weste und den samtenen Kniehosen wird. »Wie ich hörte, soll Leopold ihn geschickt haben, damit er seinem Spießgesellen hinterherspioniert, diesem ambitiösen Inquisitor. Kanonikus, ich glaube, sie waren bei der Festnahme der bedauernswerten Herren Voss und Müller dabei?«

»In der Tat.«

»Die Gaffeln sind höchst unzufrieden. Maximilian Heinrich wird sich für diesen jüngsten Skandal verantworten müssen, das kann ich Ihnen versichern.«

»Köln untersteht immer noch der Gerichtsbarkeit des Papstes. Voss und Müller sind der Hexerei angeklagt. Der Erzbischof ist der Inquisition verpflichtet.«

»Und Sie dem Erzbischof«, entgegnet der Kaufmann und fragt sich, warum der Domherr plötzlich von seiner Frau abgerückt ist.

»Der Prinz ist hier, um auf Wildschweinjagd zu gehen«, wechselt Birgit das Thema und wedelt mit ihrem Fächer, um ihren Verdruss über Detlefs Zurückweisung zu kaschieren. Alle drei sehen wieder zu dem Prinzen hinüber, der inzwischen mit Europa zu schmusen begonnen hat, der aufgeplustert und kichernd auf seinem Schoß sitzt.

»Er ist ein großer Freund der Jagd«, bemerkt Detlef trocken.

»Offensichtlich. Aber wird er sich auch als großer Freund der aufstrebenden Bürger erweisen?«, fragt der Kaufmann.

»Er hat eine Schwäche für feine persische Seide, glaube ich.«

Detlef weiß sehr gut, dass der Kaufmann in diesem Monat eine solche Schiffsladung erhalten hat.

»In diesem Fall müssen wir ihn um eine Audienz bitten und ihm einen Ballen allerfeinste Seide zum Geschenk machen. Und er hat auch gewiss Einfluss auf seinen geschätzten Onkel, den Kaiser?«

»In ausreichendem Maße.«

Die Pelzohren der Wolfsmaske wippen elegant, als Detlef sich noch ein Glas Wein nimmt. In diesem Augenblick gibt der Graf den Musikern ein Zeichen, und sie beginnen zu spielen. Detlef und Birgit stehen auf und nehmen, als sich auf dem Gesicht des Kaufmanns ein nachsichtiges Lächeln zeigt, auf der Tanzfläche ihre Plätze für die Quadrille ein. Der Klaviermeister beginnt zu spielen, und die Tänzer machen ein paar Schritte rückwärts, dann vorwärts und verneigen sich steif.

Von Tanzpartnerin zu Tanzpartnerin wandernd sieht sich Detlef die jüngsten Renovierungsarbeiten an, die der Graf unternommen hat.

»Ich kann nicht glauben, dass mein Bruder einen solchen

Frevel erlaubt. Dieser Saal bestach einst durch seine Schlichtheit«, flüstert er Birgit zu, als er mit ihr an einer prunkvollen Statue eines nackten, Flöte spielenden Pan vorbeitanzt.

»Aber er war altmodisch, gotisch. Es wurde Zeit, dass der Graf etwas in die aktuelle Mode investiert.«

»Dieser italienische Künstler ... wie heißt er noch?«

»Philibert Lucchese. Er hat die Hofburg für Leopold mit Stuckarbeiten vollkommen umgestaltet und ist durchaus seinen Preis wert.«

»Wie gut sein Ruf auch sein mag, Schloss Grüntal hat er jedenfalls ruiniert. Mein Vater wäre schockiert gewesen.«

Er sieht sich um und entdeckt eine barocke Monstrosität nach der anderen. Es ist ihm unbegreiflich, wie man einen einfachen mittelalterlichen Speisesaal in einen Ballsaal voller bacchantischer Übertreibung machen konnte. Das Jagdschloss war im 16. Jahrhundert gebaut worden, eine klobige Mischung aus italienischer Renaissance und rheinischer Architektur. Die Mauern um den mit Kieselsteinen ausgelegten Innenhof waren ursprünglich mit Gemälden verziert, die eine Vielzahl von Jagdmotiven mit allen Arten von Beutetieren zeigten: die traditionelle englische Fuchsjagd, eine Hirschjagd, eine Wildschweinjagd, ein Falkner, der seinen Falken hinter einem Hasen herschickt, und sogar Hannibal, der mit seinen Elefanten merkwürdigerweise Tiger jagt. Es war der Tribut an die Schrullen des alten Grafen, der sich gern als weltmännischen Jäger von erlesenem Geschmack sah.

Als Detlef nach oben blickt, sieht er sich mit einer panoramaartigen Darstellung des Wittelsbacher Sieges bei den Kreuzzügen konfrontiert, mit der das Deckengewölbe geschmückt wurde. Detlefs Urururgroßvater, ein recht kleiner, stämmiger Mann, hat sich dort auf wundersame Weise in einen Patriarchen von beeindruckender Statur verwandelt. Und wo einst einfache Kandelaber aus Eichenholz und Eisen hingen, blitzen nun kunstvolle Kronleuchter aus venezianischem Kristallglas und Gold.

Als kleiner Junge hat Detlef auf Schloss Grüntal viele Stunden mit seinem Lehrer im Innenhof verbracht, der ihn dort die Kieselsteine auf Latein zählen ließ. Sein Bruder und sein Vater bildeten eine Insel der Männlichkeit, von der Detlef vollkommen ausgeschlossen war. Da die beiden oft unterwegs waren, um die umliegenden Ländereien zu begutachten, verbrachte Detlef eine einsame Kindheit, in der ihm die Dienstboten und die Bauernkinder aus dem Ort oftmals die einzigen Gefährten waren. Aber wie sich später zeigte, war damit der Keim gelegt, aus dem sich die Liebe des Kanonikers für die gewöhnlichen Menschen entwickelte.

Am liebsten hielt sich der kleine Junge in der Hauskapelle auf. Der kleine Raum im Westflügel war dem heiligen Hubertus gewidmet, dem Schutzpatron aller Jäger, und für Detlef ein Ort voller magischer Geheimnisse. Über dem Altar hing ein wunderschönes Kreuz – aus in den Kreuzzügen erbeutetem eingeschmolzenem Gold – mit einem Jesus, in dessen Dornenkrone echte Rubine und Saphire eingearbeitet waren. Daneben stand eine ungewöhnlich dralle Madonna; eine blonde, flämische Schönheit, deren üppige Brüste mehr als einmal durch Detlefs pubertäre Fantasien geistert waren.

Seine Mutter, Gräfin Katharina von Tennen, eine fromme Frau, die sich, vernachlässigt von ihrem Ehemann, in den Glauben geflüchtet hatte, fühlte sich bestärkt durch die Begeisterung ihres Sohnes für die Kapelle und war von seiner Berufung für das Priesteramt überzeugt. Zudem war die Kirche von jeher das Schicksal der zweitgeborenen Söhne, und da die Mutter wusste, wie wenig dem Grafen an dem Jungen lag, sorgte sie sich um sein Wohlergehen nach ihrem Tode.

Als Detlef zehn war, wurde die unglückselige Frau von der Pest dahingerafft, und an ihrem Grab schwor sich der kleine Junge, den Wunsch der Mutter zu erfüllen. Vier Jahre später wurden die Wittelsbacher Männer vom Bayerischen Hof einberufen, um mit den Habsburgern gegen die Lutheraner zu kämpfen, und Detlef blieb keine andere Wahl, als sich eines der Kettenhemden überzuziehen, die der Vater für die Söhne hatte fertigen lassen, und loszureiten.

Als der erste Tanz dem Ende zugeht, verbeugt Birgit sich kokett vor Detlef. Ihre Hüften schwingen verführerisch unter den bauschigen Röcken, und ihr Busen hebt sich weit aus dem bestickten Bruststück. Sie findet es aufregend, den Familiensitz ihres Geliebten zu besuchen. Wenn sie seine graublauen Augen, die Patriziernase und die hohen Wangenknochen betrachtet, sieht sie darin das ganze Geschlecht der Wittelsbacher und stellt sich vor, wie sie selbst eines Tages mit Detlef auf dem Podium steht und liebenswürdig die kostümierten Gäste begrüßt.

Mit dem schwarzen Hermelin auf seinem blonden Haar und dem kurzen schwarzen Umhang, den er verwegen über eine Schulter geworfen hat, wirkt Detlef geheimnisvoll und wundersam auf sie. Die Verkleidung erregt sie. Ergriffen von dem Verlangen, auf dem Familiensitz ihres Geliebten vor der Nase ihres unfähigen Mannes einen lästerlichen Akt zu begehen, zieht Birgit Detlef in den Säulengang, der hinaus in den Innenhof führt.

Der Mond steht tief am Winterhimmel wie ein großes gelbes Tor in eine bessere Welt. In dem weichen Licht wirft alles reglose, lange Schatten. In der Luft liegt schwerer Moschusduft, und auf den Pflastersteinen sind dicke Bündel Rosmarin und Lavendel verteilt. Birgit sieht mit den im Mondlicht schimmernden Federn ihrer Maske und ihrem überirdisch anmutenden Dekolletee aus wie ein magischer Paradiesvogel. Das Kostüm weckt die Begierde ihres Geliebten, und die Heimlichkeit ihres Tuns erregt auch ihn. Aber Detlef ist nicht von der Gefahr, entdeckt zu werden, berauscht, sondern auch von der heidnischen Atmosphäre des Festes: Tanzmusik, betörende Duftwolken, schwerer Rotwein. Er würde sich gern dem Drängen seiner Lenden hingeben, um sich von all der Heuchelei, den

Machenschaften und der Taktiererei zu befreien, mit denen er ständig zu tun hat.

Er schiebt Birgit hinter eine der Säulen und küsst sie leidenschaftlich. Er weiß, dass nur zwei Schritte weiter, auf der anderen Seite, Peter Ter Lahn von Lennep über die Auswirkungen des englisch-holländischen Seekrieges auf den Handel diskutiert. Bei der Vorstellung, erwischt zu werden, verspürt Detlef Erregung. Er nimmt seine Maske ab, beißt Birgit in eine Brustwarze und schiebt ihre Röcke hoch. Nun sind Zeit und Ort vergessen, und für beide existiert nur noch das Verlangen, über den Körper des anderen herzufallen. Detlef befreit Birgits Brüste aus dem Mieder und liebkost sie, während sein Mund über ihr Dekolletee wandert. Dann kniet er sich hin und verschwindet unter ihren Röcken.

Darunter mischen sich Rosmarin und Lavendel mit ihrem Duft, einer Mixtur aus Zibet und Myrrhe, die unter dem Namen »Aphrodites Tränen« bekannt ist. Birgit trägt Seidenstrümpfe, und Detlefs Hände wandern nach oben, bis er ihren goldenen Schopf erreicht, um sie zu streicheln, bis sie anschwillt. Dann presst er seine vollen Lippen gegen ihr Geschlecht, sucht mit der Zunge nach der kleinen verhärteten Erhebung und beginnt zärtlich daran zu spielen und zu saugen.

Birgit stöhnt und lehnt sich haltsuchend an die Säule. Ihr Mann auf der anderen Seite glaubt, eine Katze gehört zu haben. Rasch schnürt sie ihre Brüste wieder ein und lässt sich von Detlef an die Balustrade des offenen Balkons schieben. Da steht sie nun und wedelt mit dem Fächer und lächelt ihren Gemahl, der nur ihren Oberkörper sehen kann, geheimnisvoll durch den offenen Säulengang zu. Unter den Röcken hat sie die Beine gespreizt und lässt sich heimlich von Detlef auf die Weise verwöhnen, die sie ihn lehrte, bis sich wonnige Schauer zu einer überwältigenden Lust steigern. Birgit nimmt grimmig die Gestalt ihres Ehemannes ins Visier, der mit seiner korpulenten Figur in der engen modischen Kleidung ein absurdes Bild abgibt und obendrein beim Sprechen unelegant mit den Händen rudert. In diesem Augenblick hasst sie ihn. Sie denkt daran, wie sie als junge Frau zu dieser Ehe gezwungen wurde, um den Besitz ihres Vaters vor dem Ruin zu retten. Es war ein einfacher Tausch: ihre Vornehmheit gegen Peter Ter Lahn von Lenneps Geld. Es spielte keine Rolle, dass er dreißig Jahre älter war als sie oder dass Birgit seine unverhohlen geldgierige Art als Affront gegen das vornehme Benehmen empfand, das man ihr anerzogen hatte. Unwichtig auch, dass sie in der Hochzeitsnacht weinend dalag, während der alte Mann in sie eindrang. Die Erinnerungen vergehen erst, als sie unter den Liebkosungen ihres Geliebten erzittert und alle Gefühle der Unzufriedenheit, Sinnlosigkeit und Langeweile von einer Flut der puren Freude fortgespült werden. Überwältigt nimmt sie ihre Maske ab und lehnt ihr glühendes Gesicht für einen Augenblick an das kalte, vom Mond beschienene Mauerwerk.

Ein Stück weiter hat der Kaufmann gerade sein Gespräch beendet und freut sich, einen weiteren Abnehmer für seine Waren gefunden zu haben. Sie sieht aus wie die Venus, so schön und rosig, denkt er, als er seine Frau im Säulengang stehen sieht, und er gratuliert sich wohl zum hundertsten Mal an diesem Abend zu der guten Wahl, die er getroffen hat.

Detlef wischt sich mit der Hand über den Mund und schnuppert verstohlen an seinen Fingern, bevor er sich noch einen Kelch Wein holt. Ringsum wird kräftig gefeiert. Die tanzenden Paare wirbeln im Schein der Kerzen, und die Masken geben ihnen ein halb menschliches, halb animalisches Aussehen. Detlef muss an ein altes Höhlengemälde denken, das er in Frankreich gesehen hat; es ist, als hätten die Anwesenden zu lange untergegangenen Urformen der Götterverehrung zurückgefunden. Detlef macht es sich in seinem Sessel bequem und genießt den wundersamen Anblick, der sich ihm bietet.

»Bruder, auf ein Wort!«

Unvermittelt ist das haarige Ziegengesicht von Pan vor ihm aufgetaucht, das körperlos vor einem Hintergrund aus glänzenden nackten Gliedern zu schweben scheint. Das gedämpfte Lachen seines Bruders holt Detlef auf den Boden der Tatsachen zurück, und er steht auf, um den Grafen zu begrüßen.

Mit einem geheimnisvollen Lächeln im Gesicht hakt sich Gerhard bei seinem Bruder unter, und Ziege und Wolf gehen an den Tänzern vorbei, die sich dem Rausch der Hemmungslosigkeit hingeben. Achtsam weichen sie herumschwingenden Armen und Beinen aus und halten auf Prinz Ferdinand und seine Speichellecker zu. Die Österreicher wollen an einem langen Tisch zwischen den Silbertabletts, auf denen sich fettglänzende, halb abgenagte Geflügelknochen und Schalen von Früchten türmen, zwei junge Hähne um die Wette laufen lassen.

»Inquisitor Solitario ist eine interessante Person«, murmelt der Graf. »Wie man hört, soll er ein außerordentlicher Musiker sein, aber er hat kein Herz. Ich frage mich, wie er wohl über das Schicksal der beiden Kaufleute entscheiden wird. Was hältst du von diesen Festnahmen?«

»Reine Erpressung. Aber solange sich der Zorn der Bürger in Grenzen hält, hat Heinrich nichts zu befürchten.«

Als die beiden Brüder an den Tisch kommen, wird Detlef von einem Narren, der ein Affenkostüm mit zwei riesigen Brüsten aus Gips trägt, in einen Sessel gedrängt.

»Wenn es nur so einfach wäre! Ich befürchte, das ist es leider nicht.«

Der Narr hält zwei Hähne hoch – einen roten und einen schwarzen – und bittet um die Wetteinsätze. Der Graf wettet zehn Reichstaler auf den roten Hahn und Detlef fünf auf den schwarzen. Nachdem sie die Münzen auf den Tisch geworfen haben, wendet sich der Graf seinem Bruder zu.

»Die drei festgenommenen christlichen Kaufleute sind nicht das, was sie zu sein scheinen«, tuschelt er ihm zu.

»Was willst du damit sagen?«

»Voss hat schon seit Jahren enge Beziehungen zu dem französischen Hof, und Müller ...«

Der Wildhüter des Grafen hält ein Zierjagdmesser hoch, damit der Graf es bewundern kann: Der Griff ist aus dem Horn eines Schafbocks geschnitzt und hat die Form eines Penis. Der Graf legt die behandschuhten Finger um das kräftige Handgelenk des Mannes, zieht das Messer zu sich und küsst feierlich und mit ernster Miene das Griffende, damit ihm das Messer Glück bringt. Im Gefolge des Prinzen ertönt anerkennendes Gebrüll, aber der gut aussehende Hermann wartet gelassen, bis der Graf, der dem Wildhüter fest in die Augen sieht, das Zeichen gibt. Mit flinken Bewegungen schneidet Hermann den Hähnen die Köpfe ab. Unter kreischendem Gelächter und den Anfeuerungsrufen der Spieler liefern sich die kopflosen Hähne ein makabres Rennen. Während sie über den Tisch wetzen, spritzt ihr Blut über die Leinentischtücher.

Der Graf wendet sich erneut seinem Bruder zu. »Müllers richtiger Name lautet Metain. Er war als Höfling für Heinrich tätig und ist ein persönlicher Günstling von König Ludwig.«

»Und als Nächstes wirst du mir noch sagen, dass auch der Holländer ein Spion ist.«

Statt zu antworten zuckt der Graf nur mit den Schultern und schnippt eine Feder von seinem Spitzenärmel.

Der schwarze Hahn strauchelt und bricht zusammen; seine letzten Blutstropfen rinnen auf die Tischdecke. Der rote Hahn rennt weiter, als wolle er dem Tod davonlaufen. Er erreicht die Tischkante, flattert blindlings los und fällt dann tot zu Boden wie ein Stein.

Die Feiernden jubeln und pfeifen, und der Graf streicht seelenruhig die gewonnenen Münzen ein.

»Wirklich, Detlef, ich bin enttäuscht von dir. Heinrich sollte dich besser informieren, schließlich wirst du als sein Nachfolger gehandelt. Oder wird nun dem guten Wilhelm Egon von Fürstenberg diese zweifelhafte Ehre zuteil?«

Detlef, dem der Zynismus in den Augen des Grafen nicht entgeht, fragt sich, ob sein Bruder jemals echte Zuneigung für ihn empfunden hat. Oder ist er für ihn eher eine ärgerliche Figur in dem endlosen Schachspiel zwischen Kirche und Staat, Bischof und Fürst, bei dem er mitspielen muss, um seine Macht innerhalb des komplizierten Flechtwerks aus den unterschiedlichen Treueverpflichtungen zu erhalten, in das der Familienbesitz der von Tennen eingebunden ist?

»Noch nicht. Aber bitte, kläre mich auf, warum diese jüdische Frau verhaftet wurde. Sie ist doch sicherlich in Wien gänzlich unbekannt.«

»Natürlich. Ich glaube, es ist ein persönlicher Rachefeldzug des Dominikaners, auch wenn es der aalglatte Spanier geschafft hat, mit Leopold und dem Obersten Rat der Inquisition zugleich ins Bett zu steigen. Es ist ein Jammer – sie soll eine begabte Medizinerin und Hebamme sein.«

»So sagt man.«

Der junge Prinz Ferdinand, dessen Gesicht von Alphonsos Küssen karminrot verschmiert ist, beugt sich betrunken vor.

»Eine begabte Medizinerin? Genau das brauche ich!«

»Die Beste in der Region.«

»Warum habe ich dann noch nicht von ihr gehört?«

»Vielleicht, weil sie Jüdin ist«, entgegnet der Graf.

Alphonso hört auf, am Ohr des Prinzen zu schlecken, und bereichert das Gespräch mit einer höchst frechen Bemerkung. »Dann ist sie bestimmt die Beste.«

Der Prinz, der seine Finger immer wieder durch das lange Haar des Schauspielers gleiten lässt, ist neugierig geworden und hält inne. »Wo kann ich sie finden?«

»Majestät, die besagte Ärztin ist zur Zeit eingekerkert im Verlies des Hohen Doms zu Köln und steht unter der gütigen Obhut von Monsignor Carlos Vicente Solitario. Ich glaube, der armen Frau wird Hexerei vorgeworfen.«

»Solitario ist ein frömmlerischer Flegel, der gern ein Menschenleben opfert, wenn es seinem persönlichen Fortkommen dient. Unglücklicherweise hat er in einer besonders frommen Zeit die Gunst meines Onkels gewonnen. Wir haben alle unter der plötzlichen Tugendhaftigkeit des Kaisers zu leiden.«

Der Prinz schnippt verdrießlich einen Knochen vom Tisch. Einer der darunter lauernden Jagdhunde springt auf und schnappt sich die Beute.

»Der Diözese von Köln ist es immer eine Freude, den Wünschen der Heiligen Inquisition zu entsprechen«, entgegnet Detlef diplomatisch, weil er eine Falle spürt.

»Selbstverständlich, Kanonikus, ein jeder dient der Inquisition. Komm, meine schöne Europa, wir wollen die nächste Quadrille anführen.«

Ferdinand geleitet Alphonso zur Tanzfläche, und das Gewand des Schauspielers schleift hinter ihm über den Marmorboden. Die übrigen Tänzer stellen sich auf und warten auf das Zeichen des Prinzen, während die beiden jungen Männer ihre Plätze in der Mitte einnehmen. Die glänzenden goldenen Augenlider der göttlichen Europa und ihr roter Mund sind ein erhabener Anblick. Der Prinz, der ausnahmsweise einmal hoheitsvoll aussieht, hebt Europas Hand, und so verharren sie einen Augenblick, bevor die Musiker zu spielen beginnen.

Sie haben etwas Unschuldiges, Verletzliches an sich. Das liegt an ihrer Jugend, denkt Detlef, als wären die beiden nicht Prinz und Schauspieler, sondern einfach nur zwei Verliebte, die am Anfang ihres Lebens stehen.

Da spielt bereits der Geiger die ersten Töne, Europa klappt den Fächer zu, und der Tanz beginnt.

Lieber Benedict,

ich schreibe dir in völliger Dunkelheit. Ich sitze tief in den Eingeweiden des Kölner Gefängnisses, und als Gast der Inquisition erwartet mich ein Empfang des Grauens. Man beschuldigt mich der Hexerei und Ketzerei. Ist es Ketzerei, zu glauben, aber nicht an das anerkannte Bekenntnis? Ist es Hexerei, wenn man sich bei dem einen auf Kräuter, bei dem anderen auf dessen Glauben stützt? Wenn ja, dann bin ich in beiden Fällen schuldig.

Hier unten herrscht ewige Finsternis. Es gibt nur den Schein einer Kerze, der ganz schwach jenseits der Gitter meines Verlieses flackert. Ich starre ihn nun schon so lange an, dass er für mich die Sonne verkörpert, Gott und all meine Hoffnung. In dem schwachen Licht, das die Kerze auf die Wände wirft, sehe ich, wie feucht es hier ist, und habe in dem schmutzigen Sägemehl bereits Gottes Nagetiere entdeckt. Sie grinsen mich an und zeigen mir die langen gelben Zähne. Merkwürdig, aber ich habe keine Angst vor diesen Kreaturen. Eines der Tiere, ein geflecktes räudiges Exemplar, scheint älter zu sein als die anderen. Es ist der Salomon des Rattenreiches und wird wohl Stunden damit zubringen, mich aufzufressen. In meinem Wahn frage ich mich, ob in ihm nicht die wiedergekehrte Seele eines alten Vorfahren wohnt. Es sind solche Gedankenspiele, mit denen ich mir meine geistige Gesundheit erhalte. Da es kein Licht gibt, an dem ich die Zeit ablesen könnte, bin ich in ein zeitloses Delirium gefallen. Den einzigen Menschen, den ich sehe, ist der Gefängniswärter, der mir eine dünne Haferschleimsuppe bringt und den Eimer mitnimmt. Ich habe versucht, mit ihm zu reden, aber dieses Wesen scheint stumm zu sein und geistig beschränkt.

Um mich noch mehr zu demütigen, haben sie mir nicht nur die Freiheit geraubt, sondern auch meine Kleider. Ich bedecke meine Blöße mit einem alten Sack; ich bin abgemagert bis auf die Knochen. Die Verzweiflung lauert hinter jeder Wendung, die meine Gedanken nehmen, und sie wartet darauf, mich in einen tiefen Abgrund zu ziehen. Davor bewahrt mich jedoch mein Zorn. Vielleicht wird er sogar zu meinem Retter. Er hält mich warm und beruhigt meinen knurrenden Magen. Sie werden mich nicht brechen. Mein Wille wird sich über meinen Körper hinwegsetzen. Aber ach, wie sehne ich mich danach, die Stimme eines Freundes zu hören; irgendetwas, das mich daran erinnert, dass ich nicht völlig allein bin …

Plötzlich nimmt Ruth durch die geschlossenen Augenlider ein aufflackerndes Licht wahr. Sie unterbricht den Brief, den sie in Gedanken schreibt, und überlegt, ob sie die Augen öffnen und sich ihre Fantasie der Freiheit von der harten Realität zerstören lassen soll. Bevor sie sich entscheiden kann, wird das rötliche Leuchten stärker. Es ist ein tanzender Punkt, der sie zu locken scheint: Augen auf, Augen auf …

Zögernd blinzelt sie und spürt die Anwesenheit des Unbekannten sofort.

Oh Schrecken, wo bist du?, fragt sie sich und staunt über die unglaubliche Ruhe, die sich über ihre Sinne legt, denn vor ihr sitzt ein Geist.

Es ist ein großer Junge mit rabenschwarzem Haar und schmalem Gesicht. Unter seinen schwarzen Augen liegen dunkle Schatten der Erschöpfung. Er sitzt auf der Kante der Strohpritsche und starrt missmutig ins Nichts. An seinen Füßen sind schwere Ketten und seine Arme und Handgelenke von Foltermalen gezeichnet. Wie Ruth ist er ein Gefangener in dem Verlies, aber im Unterschied zu ihr nimmt er seine Umgebung nicht wahr.

»Aaron?«, flüstert sie, ist jedoch keineswegs überrascht, als er nicht reagiert. Er atmet lediglich tief aus; ein Seufzer völliger Resignation. Als er sich bewegt, rasseln seine Ketten zu Ruths Erstaunen nicht. Es ist, als könne sie nur die Laute hören, die von dem Geist selbst ausgehen.

»Haben sie dich noch nicht hingerichtet?«, flüstert sie, und in ihrem Herzen brennt schmerzliche Liebe. »Aaron?«

Sie wartet ab, hin- und hergerissen zwischen Freude und der lähmenden Angst, der Geist könne auf der Stelle wieder verschwinden, wenn er seinen eigenen Namen hört. Aber er ist ganz in seiner Welt versunken und scheint sich ihrer Anwesenheit in keinster Weise bewusst zu sein.

»Vergib mir, Ruth«, flüstert er zu sich und vergräbt das Gesicht in den Händen. Seine dünnen, zerbrechlichen Gelenke, die Last der Verzweiflung auf seinen schmalen Schultern, die widerspenstigen schwarzen Locken, die ihm über die verletzten Handknöchel fallen, all das zu sehen setzt in Ruth eine Flut von Erinnerungen frei. Es ist, als wären sie in ihrem tiefsten Innern versunken gewesen und nun durch diesen Anblick wieder hervorgekommen – und mit ihnen eine große Trauer.

Ruth kriecht auf ihn zu, um diese unerreichbare Seele zu berühren, zu halten und zu trösten.

Das Klappern von Schlüsseln lässt sie auffahren. Als sie sich wieder umdreht, ist Aarons Geist verschwunden.

Erneut erschreckt sie das Klimpern von Metall. Es ist das lauteste Geräusch, das sie seit vier Tagen gehört hat. Sie kauert sich vor ihre Liegestatt, als ein heller Lichtstrahl über den Boden wandert und über die Haufen aus Schmutz, alten Lumpen und feuchtem Sägemehl gleitet. Er erfasst Ruth und blendet sie vollkommen. Blinzelnd versucht sie zu erkennen, wer da gekommen ist.

»Aufstehen, Hebamme!«

Streng ertönt der Befehl aus der Finsternis. Mit geschwollenen Gelenken und verletzten, eiternden Füßen rappelt sich

Ruth mühsam auf. Ein Wächter tritt vor und steckt eine brennende Fackel in die Eisenhalterung an der Wand. Die ganze Zelle ist nun erleuchtet, und Ruth erkennt die zahllosen Inschriften, die in den unterschiedlichsten Sprachen in die Wände geritzt sind: auf Latein, Deutsch, Holländisch, Arabisch, Spanisch und sogar auf Hebräisch.

10. Januar 1636. Möge Gott meinem Leben ein rasches Ende setzen und mich auf Engelsflügeln davontragen …

Ich sterbe für König Philip von Spanien, möge er lange regieren …

Für alle, die Zeugnis abgelegt haben: Ich bin meinem Wort treu geblieben …

Und schließlich, in einer Schrift, die Ruth sofort erkennt:
Ruth, vergib deinem Aaron.

Plötzlich hat sie das Gefühl, als wäre ihr Leben bereits vorüber und nur noch eine in Kalkstein gemeißelte Botschaft von ihr übrig. Der Raum füllt sich mit dem Flüstern der Verfolgten, der Vergessenen, der Hingerichteten. Ihr wird schwindelig, und sie ist der Ohnmacht nahe. Mit weit aufgerissenen Augen liegt sie im Dreck und saugt das Licht in sich auf, das ihr so lange vorenthalten wurde. Alle Empfindungen fallen von ihr ab, und sie fühlt sich vollkommen leer. Sie will dort liegen bleiben, in dieser wunderbaren inneren Stille, in der sie sich sicher fühlt; an diesem Ort des Nichtseins, an dem sie nichts wahrnimmt außer dem Rauschen ihres Blutes in den Ohren.

»Ich sagte: Aufstehen, Hexe!«

Schon brechen ihre Ängste mit verheerender Wucht über sie herein. Von großer Todesangst ergriffen, kann sie das Wasser nicht halten, als sie sich aufrappelt.

»Weißt du, wer ich bin?«

Sie nimmt nur verschwommen wahr, wie die warme Flüssigkeit an ihren Beinen hinunterläuft, und schüttelt benommen den Kopf.

Angeekelt baut sich Carlos Vicente Solitario in der dunklen Robe des Verhörers vor ihr auf. Die nackten Schultern der jungen Frau sind mit Schlamm beschmiert, ihr Haar ist verfilzt, und sie stinkt nach ihren Exkrementen, aber dennoch steht er dicht vor ihr und atmet den Gestank ein. Er sieht in dieser Nähe eine perverse Form des Martyriums: Es ist seine heilige Pflicht, sich mit den Verdorbenen, den Bösen, den Unreinen zu befassen. Ein Gefühl der Reinheit überflutet ihn. Er ist auf einem Kreuzzug, auf einem gerechten Feldzug, der ihn über die anderen Menschen erhebt. Der Mönch schiebt den Unterkiefer vor und glüht förmlich vor Selbstgerechtigkeit.

Ruth starrt ihn an. Zwar ist ihr Erinnerungsvermögen von Schmerzen getrübt, aber die schwarzen Augen erkennt sie wieder.

Detlef, der hinter Solitario steht, sieht beschämt zu Boden. Die Hebamme ist fast wahnsinnig vor Angst, hat den alten Sack fallen lassen, ohne es zu merken, und steht nun ganz nackt vor ihnen. Der Kanoniker tritt vor und zieht ihr behutsam den dreckigen Lumpen wieder über die Schultern. Dabei hält er ungewollt die Luft an.

»Und siehe da, schon nach kurzer Zeit hat sich das wahre Wesen der Hexe enthüllt! Sehen Sie nur: Sie gleicht nun eher einem Tier denn einer Frau. Deshalb ist es so wichtig, für die *limpieza de sangre* Sorge zu tragen«, erklärt der Inquisitor Detlef und dem Wächter, als sei er gekommen, um eine Rede über die Methoden zur Entlarvung der Verdammten zu halten.

Zweifelsohne hat er solche Reden schon vor dankbareren Zuhörern gehalten, denkt Detlef, den der nicht zu übersehende Rauschzustand des Dominikaners anwidert; die glänzenden Augen, die hässlich pulsierende rote Narbe, die Speichelfäden in den Mundwinkeln.

»Um Himmels willen, sie ist doch irr vor Angst!«

»Eine solche Kreatur kennt keine Angst.«

»Eine solche Kreatur ist genauso menschlich wie wir alle.«

»Darüber zu urteilen obliegt der Inquisition.«

Plötzlich ergreift Ruth mit heiserer Stimme das Wort. »Ich erkenne Sie an Ihrer Grausamkeit. Sie sind der Rachegott, der es auf meine Rasse abgesehen hat.«

»Ich habe es nur auf diejenigen abgesehen, die den Teufel anbeten und mit ihrer Hexerei schlichte Gemüter manipulieren. Wenn Sie nicht dazugehören, haben Sie nichts zu befürchten.«

»Sie wissen, dass ich nicht dazugehöre! Sie haben auch gar keine Beweise – abgesehen von Aberglaube und Ängsten, dem Futter der fetten Kühe der Inquisition.«

Carlos nickt und der Wächter tritt vor, um Ruth einen Schlag ins Gesicht zu verpassen, unter dem sie ins Taumeln gerät.

Detlef schreitet ein. »Genug! Sie sollte doch wenigstens für die Verhandlung am Leben bleiben. Es gibt viele in dieser Stadt, denen sie gute Dienste geleistet hat.«

»Gehören Sie dazu, Domherr von Tennen?«

»Reden Sie keinen Unsinn! Ich habe die Frau nie zuvor gesehen.«

An den jüngeren Geistlichen erinnert sich Ruth dunkel. Es liegt eine Intelligenz in seinem Gesicht, durch die sie ihm instinktiv vertraut. Als sie sich zu ihm umdreht, rinnt Blut aus ihrer Nase. »Bitte, Kanoniker, sagen Sie mir, was für Beweise es gibt!«

Aber der Inquisitor stellt sich zwischen die beiden. »Sie werden bei allen Verhören mit mir – und nur mit mir – sprechen, Señorita Navarro.«

»Ich heiße Ruth bas Elazar Saul.«

»Ihr Status als Jüdin wird von der Inquisition nicht anerkannt, daher spreche ich Sie mit dem Familiennamen Ihrer Mutter an. Verstanden?«

Auf ein Zeichen des Inquisitors hebt der Wächter erneut die Faust.

Ruth zuckt zusammen und nickt.

»Wenn das so ist, wie rede ich Sie dann an?«

»Monsignor Carlos Vicente Solitario.«

Der Wächter schubst sie auf einen Hocker. Mit unbewegter Miene klappt er einen kleinen Holztisch aus, stellt eine Flasche Wein darauf und legt einen Laib frisch gebackenes Brot dazu. Es duftet so stark, dass Ruth es fast schmecken kann. Als sie danach greifen will, schlägt der Wächter ihr auf die Hand.

»Wenn ich Ihnen erlaube zu essen, antworten Sie, verstanden?«

Sie nickt und beginnt hastig, Stücke von dem Brotlaib abzureißen und sie sich in den Mund zu stopfen, aber binnen kurzem erstickt sie fast daran.

Detlef schenkt einen Becher Wein aus und hält ihn ihr hin. Ruth laufen Tränen übers Gesicht, als sie danach greift und mit gierigen Schlucken trinkt. Detlef fällt auf, wie schön ihre Hände unter all dem Dreck aussehen müssen, und ist angetan von ihren feingliedrigen Fingern. In diesem Augenblick wird ihm bewusst, dass dieses verdreckte Geschöpf vielleicht doch eine gewisse Schönheit in sich birgt.

Die kalte Stimme des Inquisitors reißt ihn aus seinen Gedanken. »Zwei Frauen haben ausgesagt, dass Sie bei der Geburt ihrer Kinder kabbalistische Amulette verwendet haben. Eines der Kinder hat, seit es vor zwei Jahren auf die Welt kam, noch kein Wort gesprochen; das andere war eine Totgeburt, dessen Seele vom Teufel geraubt wurde, ein Handel, für den Sie zweifelsohne verantwortlich sind.«

»Frau Schmidt«, flüstert Ruth und erinnert sich an den schrecklichen Augenblick, als sie der Mutter das tote Kind mit der blauen, fleckigen Haut zeigen musste.

»Also gestehen Sie es?«

»Nein, das tue ich nicht. Das Kind war bereits im Leib der Mutter gestorben. Manchmal nimmt sogar Gott ohne jeden Grund.«

»Frau Schmidt sagt, Sie haben hebräische Symbole über das Bett gehängt und sich mit teuflischen Instrumenten an ihr zu schaffen gemacht.«

»Die Instrumente sind aus Amsterdam, es sind Geburtshaken, die von dem angesehenen Chirurgen Doktor Deyman entwickelt wurden.«

»Und welche Qualifikationen berechtigen Sie, eine Frau, dazu, solche Geräte zu verwenden?«

»Erfahrung und Ausbildung.«

»Ich wüsste nicht, dass es Frauen – insbesondere Jüdinnen – irgendwo in der ganzen Christenheit gestattet wäre, eine Universität zu besuchen.«

Der Wein hat Ruth gestärkt und gibt ihr für einen Moment Mut. »Ich habe sie besucht, als Assistent und … nicht ganz als die, die ich bin.«

»Was hat das zu bedeuten? Dass Sie sich verwandelt haben?«

Ruth zögert. Die Wahrheit bringt sie nicht weiter als eine Lüge, aber ihr Vater hat sie dazu erzogen, immer ehrlich zu sein, wie unbequem es auch sein mag. *A halber emes iz amol a gantser ligen* – die halbe Wahrheit ist eine ganze Lüge, lautet das Lieblingssprichwort ihres Vaters. Ruth holt zitternd Luft und nimmt all ihren Mut zusammen. »Ich war der Assistent eines Studenten dort. Mein Name war Felix van Jos.«

»Sie haben mit Hilfe der Magie ihre weibliche Gestalt in die eines Mannes verwandelt? Hören Sie, Domherr von Tennen, eine weitere Blasphemie!«

»Das habe ich nicht! Ich habe mir lediglich die Kleider eines Mannes angezogen.«

»Ich soll glauben, dass Sie über eine gewisse Anzahl von Jahren als Mann gelebt haben, Señorita Navarro?«

Der Inquisitor streckt die Hand nach ihr aus und reißt ihr das derbe Sackleinen vom Körper, um ihre Brüste zu entblößen. Der Wächter fängt an zu lachen.

»Gott hat Sie mit dem Körper einer Frau gesegnet. Dieser

Fluch lässt sich ohne Zuhilfenahme von Hexerei nicht verschleiern!«

Mit zitternden Händen bedeckt Ruth sich wieder und zeigt keine Regung, um ihre Würde nicht zu verlieren. Ihre ernste Miene lässt den Wächter betreten verstummen.

»Meiner Erfahrung nach ist die Wahrnehmung maßgeblich vom Auge des Betrachters abhängig, Monsignor Solitario. Der Mensch sieht das, was er sehen will. Sie sehen eine Hexe, wo andere einfach nur eine hervorragende Hebamme sehen.«

Auf ein Zeichen des Inquisitors schlägt der Wächter ihr ins Gesicht. Ruth spürt den Schlag kaum. Sie hat sich ganz weit in sich selbst zurückgezogen und lässt nur ihren Verstand arbeiten; eine lebensrettende Methode, die sie über die Jahre perfektioniert hat.

Die Leere in Ruths Augen macht Carlos wütend; diesen in die Ferne gerichteten Blick kennt er schon von der Mutter. Die Leidenschaft brennt in seinem Leib, und es drängt ihn, den Willen der Navarro-Frauen ein für alle Mal zu brechen.

»Ich nehme an, dies ist eine Philosophie des Ketzers, dessen Schülerin Sie waren. Benedict Spinoza, dieser Jude, wurde sogar von seinen eigenen Leuten exkommuniziert.«

»Ich bin eine Anhängerin von ihm, das kann ich nicht leugnen.«

»Dieser Mann ist das leibhaftige Böse, er glaubt nicht an die Sünde. Er glaubt weder an Himmel und Hölle noch daran, dass der Mensch eine Seele hat. Er ist gottlos, Señorita, wie Sie selbst!«

»Lügner! Ich bin nicht gottlos, ebenso wenig wie Spinoza. Er glaubt, dass man Gottes Wesen begreift, wenn man die Wissenschaft der Natur versteht. Und wenn man das Wesen Gottes in der Schöpfung erkennt, begreift man Gott selbst, denn Gott ist in jedem sichtbaren Geschöpf! Auch in Ihnen, Monsignore.«

»Ich weiß, was ich bin.«

Aber Detlef bemerkt ein Zögern bei dem Inquisitor, als sei er – wie der Kanoniker selbst – überrascht von dem tadellosen Deutsch der jungen Frau und ihrer gewandten Darstellung der revolutionären Ideen. Es sind Konzepte, die Detlef heimlich in den illegal ins Land gelangten Schriften studiert hat, die Maximilian Heinrich regelmäßig konfiszieren lässt. Die ketzerischen Abhandlungen der englischen Quäker und holländischen Mennoniten strömen von Amsterdam her über die Grenze wie das Licht einer hinter dem dunklen Horizont versunkenen Stadt. Die Verzückung, in die Detlef beim Lesen dieser Schriften gerät, ist durchaus vergleichbar mit erotischen Gefühlen. Die Philosophie des Pantheismus, die Verschmelzung von *scientia nova* und Religion, die Vorstellung, der Mensch könne sein Schicksal durch die Besinnung auf den Verstand selbst gestalten, all das begeistert den jungen Kanoniker maßlos. Zum ersten Mal in seinem Leben hegt er Zweifel an der Rechtmäßigkeit der Adelsherrschaft – eine Hierarchie, in die er hineingeboren wurde und von der er profitiert hat. Gelegentlich hat er sogar schon um seine Seele gefürchtet.

Und nun steht dieser Mensch vor ihm – noch dazu eine Frau –, der bei den großen Revolutionären der Aufklärung, die nicht nur den Glauben in Frage stellen, sondern ein ganzes Weltbild, studiert und mit ihnen diskutiert hat. Was ist sie – eine Hexe oder eine Philosophin?

Der Inquisitor lässt sich jedoch nicht beirren und hält das Geburtshilfewerkzeug hoch. Das Instrument, eine Art gebogener Löffel, mit dem der Muttermund geöffnet wird, blitzt dämonisch im Kerzenlicht auf.

»Der menschliche Körper und alles, was darin ist, zählt zu den großen heiligen Geheimnissen«, sagt er. »Es ist eine Sünde, die Verkörperung Gottes zu entweihen und aufzuschneiden.«

»Ich bin kein Anatom, Monsignore, und das behaupte ich auch gar nicht, aber wie mein Lehrmeister Spinoza glaube ich, dass Gott auch im Wissen und in der Wissenschaft lebt, denn sind nicht unser Verstand und unsere natürliche Neugier ebenfalls Manifestationen Gottes?«

»Benedict Spinoza weiß gar nichts über den wahren Gott. Er erkennt die Göttlichkeit der Bibel nicht an, und als Gipfel der Blasphemie verleugnet er die Existenz der Seele. Er ist zudem ein Befürworter der Republik von de Witt.«

»Sie irren: Er glaubt, dass es sich bei der Seele um ein sich seiner selbst bewusstes Wesen handelt. Das Bewusstsein jedoch ist ohne den Körper nicht fähig zu Vorstellungskraft und Erinnerungsvermögen. Und er glaubt, dass wir uns den Zutritt zum Himmelreich nicht erkaufen können, wie viel Bußgeld wir auch zahlen.«

»Genug! Ich will mich nicht weiter von den Ideen dieses Ketzers und Anti-Royalisten verunreinigen lassen!« Carlos greift in seine Robe und holt einen kleinen Stein hervor, den er Ruth vorsichtig hinhält. »Erkennen Sie das?«

Der Stein ist voller rostroter Blutflecken, aber darunter erkennt Ruth den Schild Davids, das kabbalistische Symbol für Schutz und Stärke. Es ist das Amulett, das Rosa ihr im Badehaus gegeben hat.

»Dies wurde eingenäht in den Saum Ihres Kleides gefunden, Señorita Navarro. Wollen Sie leugnen, dass es sich um einen Schutzzauber oder ähnliches Teufelswerk handelt?«

Ruth sieht sich aufgebracht in dem Kerker um und versucht, eine Antwort zu finden, mit der sie sich nicht noch mehr belastet, aber ihr Bewusstsein trübt sich zunehmend.

»Es ist etwas Hebräisches.«

»Das weiß ich.«

»Tragen denn die Christen nicht ein Bild des heiligen Christopherus, um für ihre Sicherheit auf Reisen zu sorgen?«

»Doch, das tun sie«, wirft Detlef ein.

»Die Juden haben ähnliche Talismane – dieser hier dient dem Schutz.«

»Eine Lüge! Es sind mystische Zahlen aus der Kabbala. Nur Hexen und Hexer tragen solche Dinge am Körper.«

Carlos dreht sich zu dem Wächter um, der ihm einen in Wachstuch gewickelten Gegenstand reicht. Mit großem Zeremoniell rollt der Inquisitor es auf und holt ein spitzes Messer hervor, an dessen Ende sich eine merkwürdige Skala mit lateinischer Beschriftung befindet.

»Wissen Sie, was das ist?«

»Nein.« Aber als Ruth erkennt, dass es sich um ein Folterinstrument handelt, wird ihr übel vor Angst.

»Dieses Instrument wurde von einem anderen großen Mann entwickelt, einem Engländer namens Matthew Hopkins. Haben Sie schon von ihm gehört?«

Ruth schüttelt den Kopf; die Angst hat ihr die Kehle zugeschnürt.

»Er ist auch bekannt als Englands Generalhexenjäger und hat jenseits der Nordsee Wertvolles auf seinem Gebiet geleistet. Sein Instrument wird Hopkins' Dolch genannt und dient dazu, das verborgene Mal zu finden, mit dem der Teufel seine Frauen, die Hexen, markiert. Es ist zwar kein angenehmer *modus operandi*, aber ein sehr effektiver, wie ich Ihnen versichern kann.«

»Sie wollen mich mit Folter zu einem Geständnis zwingen?«

»Bitte, Señorita Navarro, dieses Verhör dient der Wahrheitsfindung! Aber ein sofortiges Geständnis würde natürlich die Verwendung solcher Methoden überflüssig machen.«

Ruth verfällt in Schweigen. Sie denkt an ihre Mutter und ihren Vater: Sie kann ihre Abstammung und ihren Glauben nicht verraten. Ihr Blick wandert zu dem Dolch. Sie weiß, man wird sie verletzen und schänden, bis das Blut an ihr herunterläuft; man wird ihren Kopf in eine Eisenmaske stecken, um ihre Augen gewaltsam offenzuhalten, oder ihr die Zunge herausreißen; man wird sie wieder und wieder in die Nähe des Todes bringen und sie jedes Mal wieder zurückholen. Ihr ist klar, dass es vernünftig wäre, ein Geständnis abzulegen und den schnelleren Tod auf dem Scheiterhaufen zu wählen. Aber sie wird kein Geständnis ablegen. Verflucht seien sie!, denkt sie. Sie wird schweigend sterben und ihrer Philosophie und dem Geist der Zukunft treu bleiben. *Besser tsu shtarben shtaiendik aider tsu leben oif die knien* – Besser aufrecht sterben als auf Knien leben. Verflucht seien sie!

Carlos betrachtet die junge Frau, die vor ihm sitzt, und erkennt die eisige Hülle der Willenskraft, in die sie sich eingeschlossen hat. Das hat er schon einmal gesehen, und ihn erfasst dieselbe Erregung wie damals bei der Mutter. Er wird die Seele der Hebamme brechen, und wenn er selbst dabei zugrunde geht. Er wird sie vernichten und damit auch die letzten Spuren von Sara Navarro in seinem verfinsterten Herzen auslöschen.

»Diese Sturheit ist typisch für Ihre Familie und Ihre ganze Rasse. Also gut, wir werden uns verabschieden und Ihnen Zeit geben, über die Beweise nachzudenken, die ich dargelegt habe. Leider sieht es so aus, dass nicht einmal die Philosophien eines Benedict Spinoza Sie jetzt noch retten können.«

Der Wächter wickelt den Dolch wieder ein und schubst Ruth grob von dem Hocker. Sie fällt in das schmutzige Sägemehl. Mit einer spöttischen Verbeugung verlässt der Inquisitor die Zelle.

Detlef zögert. Er würde der Hebamme gern aufhelfen. Er würde ihr gern den Schmutz vom Gesicht waschen und das Blut von ihren Lippen spülen und sie dann noch einmal reden hören. Dennoch wendet er sich ab.

Der Wächter knallt die Eisentür zu, und Ruth ist wieder allein. Das Klappern des Schlüssels im Schloss hallt durch die undurchdringliche Finsternis.

Auf der anderen Seite der schweren Tür bleibt Detlef stehen. Er kann sich nicht vom Fleck rühren. Den Grund für seine Verwirrung sieht er in der Offenbarung, die über ihn gekommen ist. Sie hält seinen Körper gefangen. So schickt er den Wächter fort und wartet ab, während die schweren Schritte in dem langen Gang verklingen.

Diese Frau hat das ausgesprochen, was er selbst gern äußern würde. Sie tritt für Ideen ein, mit denen er sich heimlich seit über zwei Jahren beschäftigt. Was soll er tun? Kann er es zulassen, dass ein solcher Geist von einem primitiven Rächer vernichtet wird?

Detlef ist zwischen edler Gesinnung und politischem Kalkül hin und her gerissen, aber nun scheint ihn jeglicher Pragmatismus verlassen zu haben. Sie kann keine Hexe sein, sagt er zu sich. Hexen studieren keine Philosophie und sie praktizieren keine *scientia nova*. Sie gehört einem neuen Zeitalter an, einer Zukunft, die er herbeisehnt und an der er teilhaben will.

בינה

– BINA –

Einsicht

Detlef starrt den Globus an, der auf seinem Schreibtisch steht; ein Geschenk der Schiffbauergilde als Dank für seine vermittelnde Hilfe bei gewissen Steuerangelegenheiten. Es ist eine kunstvoll gestaltete Kugel, bemalt mit Sienagelb und venezianischem Blau. Die Städte sind mit Blattgold markiert, wobei Rom – als Achse des Christentums – natürlich den Mittelpunkt der Welt darstellt. Er dreht den Globus, bis er Spanien vor sich hat, und versucht mit den Fingern die Entfernung zwischen Aragon und Köln zu messen. Als er den Daumen auf die Freie Reichsstadt legt, haben sich Ruths grüne Augen bereits wieder in seine Gedanken gedrängt.

Wer ist sie? Und was stellt sie für den Inquisitor dar? Die anderen drei Festnahmen sind für Detlef nachvollziehbar, weil er nun weiß, dass die beiden Kaufmänner der Spionage verdächtigt werden und der Holländer ein aktiver Anhänger von de Witt ist, aber die Verhaftung der Hebamme bleibt ihm ein Rätsel. Ihm kam bereits die Idee in den Sinn, sie sei vielleicht eine Informantin für die spanischen Niederlande, aber dieser Gedanke ist einfach zu absurd – und wenn es so wäre, würde sie sich gewiss nicht in einem jüdischen Getto aufhalten. Abgesehen davon glaubt er ihre Geschichte. Trotz der ihr zugefügten körperlichen Härten war es ihr gelungen, sich klar auszudrücken.

Detlef hat schon viele gebildete Frauen kennen gelernt, aber sie bewiesen ihre Gelehrtheit immer nur durch kultivierte Gespräche bei den Banketten oder durch Auftritte bei den Konzerten, die von den wohlhabenderen Bürgern veranstaltet wurden.

Niemals hatte eine derart gefährliche Vorstellungen angesprochen wie die von einer demokratischen Gesellschaft oder einem Universum ohne Gott. Aber diese Ruth bas Elazar Saul hat die Leidenschaft eines Mannes, die intellektuelle Disziplin eines Gelehrten und das Durchhaltevermögen eines Weisen. Einen solchen Menschen hat er noch nie kennen gelernt. Sonderbar ergriffen versucht er, seine Gefühle zu ordnen. Verdammt sei die Hexe! Die Gedanken an sie durchdringen seinen Verstand wie ein betörender Duft. Sie darf nicht in den Fängen der Inquisition sterben! Die Worte seines Vaters kommen ihm wieder in den Sinn: Informationen bedeuten Macht; sie sind das Feuer, dem der Funke der Intrige entspringt. Man muss alle Fakten kennen und das Feuer austreten. Entmystifizierung.

Detlef dreht den Globus erneut. Dann steht er unvermittelt auf, reißt die Tür seines Gemachs auf und ruft nach Groot.

✦ ✦ ✦

Dem Ritter spritzt Bier über die violette Jacke. Lachend greift er sich die bedienende Magd und zieht sie auf seinen Schoß. Das Mädchen, fast noch ein Kind, erbleicht, als er ihm mit der Hand unter die Röcke geht. Sofort ist die Wirtin des Etablissements zur Stelle. Die stämmige Geschäftsfrau mit der Rauheit eines Kriegers reißt die zitternde Magd von dem Soldaten weg und schilt den Hünen, als sei er ein kleiner Junge. Dann bringt sie ihm mit einem auffordernden Lächeln eine üppige Blondine mit roten Wangen und einem großzügigen Dekolletee über dem engen Mieder. Derart beschwichtigt verbeugt sich der Ritter vor der Dirne und lädt sie mit einer eleganten Handbewegung ein, mit ihm zu trinken. Bevor er sich wieder hingesetzt hat, steht bereits eine teure Flasche Wein auf dem Tisch.

Das Bordell, das den Namen »Schwert des Orion« trägt, liegt unmittelbar vor den Toren der Stadt. Das alte Gebäude, das aus der Römerzeit stammt, liegt strategisch günstig zwischen Hafen und Fischmarkt. Die Kundschaft ist eine bunte Mischung aus Katholiken und Protestanten, Seeleuten und den Soldaten vom Heeresstützpunkt in Mülheim. Die Eichevertäfelung an den Wänden ist mit unzähligen Hirschgeweihen geschmückt; Jagdtrophäen, die zufriedene Kunden als Geschenke mitgebracht haben. Die Kandelaber hängen tief über den Tischen, auf denen purpurrote Decken liegen. Von dem verbrennenden Kerzenwachs hängt ein Dunst im Raum, der die Sinne benebelt und den Männern das Geld aus der Tasche locken soll.

Der Ritter, ein flämischer Söldner, dem jede Loyalität fremd ist, sieht zu den drei Männern an dem Tisch in der Ecke hinüber. Sie tragen die groben Wollkutten der Leibeigenen, und einen Augenblick lang überlegt er, ob es vielleicht Spione sind, aber dann kommt er zu dem Schluss, dass nicht einmal Spione sich so entsetzlich kleiden würden. Dann lenkt ihn jedoch eine Hand in seinem Schritt ab, aber wäre er neugieriger gewesen, hätte er bemerkt, dass die schlichten Gewänder nicht zu der würdevollen Ausstrahlung des großen blonden Mannes passten und es sich bei den anderen beiden eindeutig um Männer der Kirche handelte, wenn auch von niederem Rang.

Detlef nickt kaum merklich der Magd zu, die sofort den Krug auffüllt, der vor dem Sekretär von Inquisitor Solitario steht. Juans Gesicht ist bereits gerötet, aber er ist noch nicht betrunken genug, um die Maske des Diplomaten fallen zu lassen.

»Was ist mit der da?« Er stößt Groot mit dem Ellbogen in die Rippen und zeigt auf ein großes, hageres Mädchen, deren strähniges dunkles Haar unter ihrem Kopftuch hervorschaut.

»Oh, ich bin sicher, sie wäre zu haben, Señor.«

Der junge Spanier starrt das Mädchen sehnsüchtig an, dann seufzt er theatralisch. Er wendet sich wieder Detlef zu. »Wenn nur das Gehalt, das mir das Inquisitionsgericht bemisst, nicht so mager wäre ...«, sagt er in wehleidigem Ton.

»Ich denke, es ist nur gerecht, wenn der gute Geistliche kostenfrei das Beste von Köln bekommt, nicht wahr, Groot?«

»In der Tat«, entgegnet Groot und legt dem jüngeren Mann einen Arm um die Schultern. »Wie man hört, könnte sie sogar einen Zuchtbullen trockenmelken«, flüstert er ihm heiser ins Ohr. Vor Lüsternheit geifernd dreht sich der Sekretär nach der Frau um, die sich zwischen den Feiernden hindurchschlängelt. Schon sieht er vor sich, wie er von weißen Schenkeln geritten wird, spürt ihre vollen Brüste an seinem Gesicht, schmeckt ihr Salz auf seiner Haut. »Sie könnte schneller unter Ihnen sein, als ein Hund zweimal mit dem Schwanz wedeln kann ... Im Austausch gegen eine kleine Information. Ihr geschätzter Herr, Monsignor Carlos Vicente Solitario ...?«

Juan lässt sich nicht lange bitten. »Er ist weniger wert als der Bastard einer pockenbefallenen Hure! Ein heuchlerischer Puritaner. Was immer Sie wissen wollen, ich sage es Ihnen«, entgegnet er nicht ohne Genuss.

Detlef, der insgeheim entsetzt darüber ist, mit welcher Leichtigkeit der Sekretär seinen Vorgesetzten hintergeht, füllt erneut den Krug des Spaniers.

»Die vier Festnahmen – drei davon verstehe ich, aber die vierte ...«

»Die Jüdin?«, bellt Juan, nun sichtlich betrunken.

Detlef nickt und beugt sich vor. »Junger Herr, Sie täten gut daran, leise zu sprechen. In diesem Haus verkehren die besten und die übelsten unserer geschätzten Mitmenschen.«

»Gewiss, gewiss. Die ersten drei Festnahmen waren, wie Sie einsehen werden, strategisch notwendig. Der gute Inquisitor Solitario tanzt nach zwei Pfeifen: nach der von Generalinquisitor Pascual de Aragon und der von Kaiser Leopold. Aber Sie müssen verstehen, dass die Inquisition nervös geworden ist. Sie weiß, dass sie ein alternder Löwe mit stumpfen Zähnen ist. Sie teilt Leopolds Befürchtung, noch mehr Wittelsbacher Fürsten könnten zu den Protestanten überlaufen, wodurch das Heilige Römische Reich weiter an Größe verlieren würde. Deshalb hat man die Taten von Monsignor Solitario gebilligt, obwohl er mit seiner Grausamkeit sogar den Inquisitionsrat bestürzt hat. Die alte Hüterin des Katholizismus befürchtet, der Traum von einer säkularen Republik könne ansteckend sein: Die Krankheit breitet sich überall aus, sogar in Frankreich.«

»Und die Hebamme?«

»Ein persönlicher Rachefeldzug. Ihre Mutter war Sara Navarro, und die Navarros sind die Achillesferse meines Herrn ... Aber vielleicht gebe ich da schon zu viel preis.«

Er hüllt sich in feierliches Schweigen, und Detlef bemerkt mit einem schmalen Grinsen, dass der Sekretär seine Betrunkenheit zum Teil vortäuscht. Er winkt die große Brünette herbei, und innerhalb von Sekunden steht sie vor ihnen.

»Der Herr ist zu Besuch in unserer Stadt und hätte gern einmal von der berühmten rheinischen Gastfreundschaft gekostet.«

Seine höfliche, förmliche Art und sein auffällig gutes Aussehen lassen die Dirne wahrhaftig erröten. Mit einem zögernden Lächeln setzt sie sich neben den grinsenden Geistlichen, fängt an, seine Kniehosen aufzuknöpfen und macht sich bereit, unter den Tisch zu rutschen.

»Aber erst, wenn der Herr uns eine wertvolle Information über sein glorreiches Land geliefert hat«, sagt Detlef und hält ihre Hand fest. Die Frau richtet sich sogleich wieder auf und lockt den heftig erregten Sekretär mit ihren hochgeschnürten Brüsten.

»Die Navarros waren einst die wohlhabendste Marranenfamilie in Aragon«, erklärt er und beginnt vor Aufregung zu stottern. »Sie wurden vor vierzig Jahren gezwungen zu konvertieren. Solitario war noch ein junger Mönch und verfolgte sie, um Rache zu nehmen, nachdem er bei ihnen als Musiklehrer angestellt war. Das musikalische Talent meines Herrn wird nur von seiner sadistischen Neigung übertroffen.«

Er beugt sich vor, und Detlef weht eine üble Geruchsmischung aus biligem Moschus und Wein ins Gesicht. »Es gab Gerüchte über eine versuchte Vergewaltigung und eine verschmähte große Liebe. Welche Beweggründe er auch gehabt haben mag, unser lieber Mönch war jedenfalls entschlossen, die Navarros zu denunzieren, und das tat er auch. Für seine Bemühungen wurde er mit dem begehrten Posten eines Inquisitors belohnt. Die Navarros wurden als Scheinchristen angeklagt und der Teufelsanbetung und Hexerei bezichtigt. Der Vater, ein angesehener Diamantenhändler, kam auf der Folterbank um, als man ihn zu einem Geständnis zwang, die Mutter wurde verbrannt, und der Sohn – ein Junge von fünfzehn Jahren – brachte sich um, bevor man ihn festnehmen konnte. Nur die Tochter Sara entkam – jedoch erst, als Solitario sie verhört und seine Spuren auf ihrem Körper hinterlassen hatte. Und was hatte sie für einen Körper! Damals hieß es, der strahlendste Diamant in Señor Navarros Truhen sei seine Tochter. Sie war so schön wie der Mond und so geheimnisvoll wie das Meer.«

»Mein Herr, Ihre dichterischen Fähigkeiten in allen Ehren, aber der Sinn Ihrer Rede ist unklar«, unterbricht Groot ihn ungeduldig. »Wie ist die Tochter denn nun entkommen?«

»Sie soll die Gefängniswärter mit einem riesigen Diamanten ihres Vaters bestochen haben. Den hatte sie in ihrer Unterwäsche eingeschmuggelt.« Um diesen Punkt zu verdeutlichen, geht er dem Mädchen an seiner Seite unter die Röcke, das zwar quietschend aufschreit, ihn aber gewähren lässt.

»Wohin ist die gute Frau geflohen?«, fragt Detlef.

»Nach Holland, wo sie wieder zum jüdischen Glauben übertrat, zu Solitarios großem Ärger. Der Teufel soll ihn holen! Er ist ein kleinlicher, jämmerlicher Bastard mit so viel Menschenliebe wie ein Haufen Ziegenscheiße.«

»Dieser Vergleich spricht nun wirklich von großem dichterischen Talent!«

Die beiden Geistlichen brechen einvernehmlich in lautes Gelächter aus und bespritzen sich in trunkener Fröhlichkeit gegenseitig mit Wein. Unvermittelt beugt Juan sich vor und packt Detlef am Kragen seiner Kutte.

»Mein Herr hat einen Handel mit dem Kaiser geschlossen.

Er ging mit der Erlaubnis des Hohen Rats der Inquisition nach Wien, um neue Beziehungen zwischen Österreich und Spanien zu knüpfen. Weil er weiß, dass Heinrich dem Kaiser ein Dorn im Auge ist, hat er angeboten, gleich vier Fliegen mit einer Klappe zu schlagen: die französischen Spione, den heimlichen Republikaner und die Hexe.«

»Also will sich unser misanthropischer Freund an der Tochter rächen, weil er die Mutter nicht vernichten konnte?«, überlegt Detlef laut.

»Eins kann ich Ihnen sagen, der alte Bastard wird sie foltern, bis sie fast tot ist, und dann noch ein bisschen länger. Und was die Jüdin auch aussagt, ich schwöre beim Leben meiner Mutter: Sie wird brennen.«

»Aber der Fall unterliegt doch der Kölner Gerichtsbarkeit«, wendet der Domherr ein.

»Das wird die Frau nicht retten. Abgesehen von der Hexerei soll sie zudem eine Verbündete des Ketzers Benedict Spinoza und des holländischen Royalistengegners Franciscus van den Enden sein. Wenn er sie verbrennt, landet Monsignor Solitario mit einer Hexe zwei Treffer. Aber warum kümmert Sie das? Sie ist nur eine jüdische Bäuerin. Soll der alte Bastard seinen Spaß haben, vielleicht werden wir ihn dann endlich los. Und nun bin ich, wie ich glaube, mehr als bereit, die rheinischen Freuden zu genießen.« Er schiebt den Stuhl zurück und erhebt sich schwankend.

Detlef wirft der Dirne ein paar Reichstaler zu, die sie mit einer ehrerbietigen Geste an sich nimmt. Sie hakt sich bei dem Spanier unter, um ihn zu stützen, und führt ihn zu der Hintertreppe, die zu den kleinen Schlafkammern im oberen Stockwerk führt. Bevor die beiden verschwinden, dreht sie sich noch einmal um und zwinkert Detlef kokett zu.

Detlef greift nach dem Rheinwein und schenkt sich ein großes Glas ein, um es in einem Zug zu leeren. An diesem Abend will er sich bis zur Besinnungslosigkeit betrinken. Groot beobachtet ihn neugierig. So hat er seinen Herrn noch nie gesehen.

Begeistert von der Möglichkeit, Nutzen aus einer neuen Schwäche ziehen zu können, schenkt er Detlef sofort wieder nach.

»Herr, soll ich vielleicht Erkundigungen einziehen, ob der gute Kaufmann Ter Lahn von Lennep sich auf See befindet? Es könnte sein, dass seine Gemahlin dringend der geistlichen Fürsorge bedarf ...«

»Warum nicht? Obwohl ich es heute bin, der eher der geistlichen Fürsorge bedarf.«

»Derartige Erleuchtung findet man offenbar – wenn auch nur für den Augenblick – sowohl im Weibe wie auch in der Flasche. Aber was weiß ich schon davon«, erklärt Groot fromm.

Deprimiert greift Detlef wieder nach dem Wein. Obwohl sein Glaube schon oft durch die Verstrickungen und die Heuchelei der Kirche in Frage gestellt wurde, sehnt sich sein romantisches Herz im Grunde nach dem Hochgefühl eines bedingungslosen Glaubens. Priester einer kleinen Gemeinde irgendwo im Rheinland zu sein, ein einfacher Seelenhirt, unbehelligt von Machtschiebereien, das war das Leben, das er sich als kleiner Junge erträumt hatte. An das komplizierte Netz aus Intrigen und Taktiereien, in dem Menschen aus politischer Berechnung geopfert werden, hat er dabei nicht gedacht. Sogar die einfache Sprache, die Luther in Wertschätzung der gewöhnlichen Menschen verwendet, erscheint ihm in diesem Augenblick reizvoll.

Er wundert sich, ob er nun plötzlich zu seinen Prinzipien zurückfindet, und leert sein Glas, um alle weiteren quälenden Gedanken im Keim zu ersticken. Wenn er zu seiner Geliebten geht, wird ihm das zumindest etwas Zerstreuung bescheren.

Zwei Stunden später ist Detlef bei Birgit, in deren verdunkeltem Schlafgemach sich schwerer Moschusduft mit dem Geruch ihrer Körper mischt. Er liegt zwischen ihren Schenkeln und dringt mit ungewohnter Heftigkeit in sie ein. Birgit umklammert ihn mit den Beinen, hebt ihren Unterleib und schlingt die Arme um seinen Hals.

Es liegt eine Verzweiflung in seinem Liebesspiel, die ihr befremdlich erscheint; mit jedem Stoß wundert sie sich mehr.

Zum ersten Mal denkt ihr Geliebter nur an das eigene Vergnügen und kümmert sich nicht um das ihre. Mit neuerlichem Ungestüm erreicht er den Höhepunkt und verletzt mit einem lauten Aufschrei das gewohnte Protokoll des Stillschweigens und der Heimlichkeit. Dann rollt er von ihr hinunter und wendet ihr den Rücken zu. Birgit wartet ab und empfindet ein perverses Vergnügen bei der Beobachtung der Kluft zwischen ihnen beiden, die mit jedem Atemzug tiefer zu werden scheint. Als sie es nicht mehr aushält, zieht sie an Detlefs Schulter, damit er sich wieder umdreht. Zögernd schmiegt sie sich an seine feuchte Brust und lauscht seinem heftig klopfenden Herzen.

»Es tut mir Leid«, flüstert er. »Ich bin deiner Zuneigung nicht länger wert.«

Birgit bringt im ersten Moment kein Wort heraus, so groß sind die Verlustängste, die unvermittelt über sie hereinbrechen. Sie hat das Gefühl, einen steilen Abhang hinunterzustürzen. Sie zögert und überlegt, welche Strategie nun die richtige ist.

»Mein Lieber, du wirst ihrer immer wert sein.«

»Aber wohin führt uns das, Birgit? Wir finden keine Erfüllung mehr in unserer Beziehung. Wir frönen nur noch unserem Zynismus und sind uns einig in der Verdammung der Anmaßungen dieser Welt, dabei verkörpern wir sie selbst!«

Nun setzt sich Birgit kerzengerade auf. Noch nie hat Detlef so offen gesprochen. »Wir teilen Freude, Geistreiches, Humor und ein ungeheures Vergnügen«, entgegnet sie vorsichtig, denn sie ist sich schmerzlich des Risikos bewusst, das sie mit jedem Wort eingeht. »Das ist doch sicherlich Rechtfertigung genug?«

»Dessen bin ich mir nicht mehr sicher.«

Birgit starrt in die Dunkelheit und überlegt, wer wohl ihr neuer Widersacher ist. Handelt es sich um eine Frau aus Fleisch und Blut oder um einen plötzlichen Anfall von Sittenstrenge, der wie ein Dämon über ihren Geliebten gekommen ist?

Lieber Benedict,

ich bin immer noch eingekerkert, aber die dünne Haferschleimsuppe wurde inzwischen ersetzt durch Fleisch von einem alten Hammel. Ich fürchte, mit diesem Zugeständnis soll ich nur lange genug am Leben gehalten werden, damit man mir unter Folter ein Geständnis abringen kann. Ich bin offiziell angeklagt worden und muss mich nun dem grausamsten aller Verhöre unterziehen. Ich kann die Schreie der armen Männer hören, die mit mir festgenommen wurden, aber seltsamerweise kommt mir meine Abgeschiedenheit noch grauenerregender vor. Hier in dieser Einsamkeit beginne ich zu vergessen, wer und was ich bin. Die Umrisse meines Lebensraumes verschwimmen in der feuchten Luft und dem spärlichen Licht, in dem man nichts klar erkennen kann. Ich schütze mich davor, verrückt zu werden, indem ich philosophiere und deine Thesen ein ums andere Mal durcharbeite.

Wenn, wie du erklärst, Gott nicht den Lauf der Dinge lenkt, dann ergeben meine Gefangenschaft und das mir wahrscheinlich bevorstehende Martyrium im großen Schicksalsgefüge keinen Sinn. Ich versuche mich mit deiner Erklärung zu trösten, dass für die Menschen die biologische Notwendigkeit besteht zu glauben, Gott verfolge bestimmte Absichten, da sie selbst der Illusion unterliegen, aus freiem Willen heraus zu handeln.

Wir wissen nichts über die wahre Natur der Dinge und werden von dem Verlangen gelenkt, das zu tun, was nützlich für uns ist. Wir machen uns etwas vor, indem wir denken, wir seien frei und unser Handeln sei von dem bestimmt, was uns Nutzen bringt. Wir *haben sogar die Arroganz zu glauben, Gott greife zu unserem Vorteil in die Ereignisse ein, da wir das Schicksal nicht selbst lenken können …*

Ich weiß, du führst die Theorie, dass Gott nicht in das Schicksal eingreift, noch weiter. Wie du sagst, sind nur die guten, vollkommenen Dinge und Wesen ganz nah bei Gott. Daraus schließe ich, dass meine Gefangenschaft zu weit von Gott entfernt sein muss, um irgendeine direkte Bedeutung für ihn zu haben. Wenn das so ist, warum bin ich dann? Und welche Bedeutung haben mein Leben und mein Tod?

Solche Gedanken kreisen unaufhörlich in meinem Kopf und bewahren mich davor, dem Wahnsinn zu verfallen …

Während Ruth in Gedanken diesen Brief schreibt, um sich Trost zu spenden, stellt sie sich Benedict Spinoza vor, wie er in seinem kleinen Häuschen in Rijnsburg sitzt. Sie sieht sein schmales, gut aussehendes, vor Begeisterung strahlendes Gesicht vor sich und glaubt fast, seine tiefe Stimme mit der melodischen portugiesischen Färbung zu hören.

»Ruth …« Eine vertraute Stimme ertönt leise in der Finsternis.

Einen Augenblick lang befürchtet sie schon, die Einsamkeit treibe sie in Wahnvorstellungen, und dreht sich misstrauisch um.

Da steht Rosa, ihr altes Kindermädchen, in dem Gefängnisgang. Sie hält sich eine Kerze über den Kopf und späht in die Zelle. »Mein Kind, bist du da drin? Oder bist du in diesem Dreck schon eingegangen?«

Hastig stürzt Ruth zu ihr, gerät ins Stolpern und fällt. Rosa kniet sich hin und versucht ihre fleischigen Arme durch die Gitterstäbe zu quetschen.

»Was haben sie dir angetan?«, flüstert sie auf Spanisch.

Der Wächter, ein stämmiger junger Kerl mit kahl rasiertem Schädel, tritt mit rasselnden Schlüsseln aus der Dunkelheit. Er schiebt Rosa brüsk zur Seite und öffnet die Pforte.

»Sprich deutsch, sonst muss ich dich als Spionin einsperren. Und das wollen wir doch nicht, oder?« Er lacht schallend und schlägt Rosa gutmütig auf den Hintern.

»Vergiss nicht, wen du vor dir hast!«, fährt sie ihn zu Ruths Verwunderung an und betritt mit größter Unbefangenheit die Zelle, als betrete sie einen Marktstand. Kopfschüttelnd schließt der Wächter die Pforte hinter ihr zu.

»Du hast eine Viertelstunde, Rosa, nicht mehr und nicht weniger. Ich will meinen Kopf nicht wegen so einer alten jüdischen Kuh verlieren!« Er stellt seine Laterne ab und geht davon.

Ruth bleibt wie angewurzelt stehen. Sie befürchtet, das Kindermädchen könne verschwinden wie der Geist von Aaron, wenn sie sich bewegt.

Rosa erkennt das Bündel aus Haut und Knochen mit dem verfilzten Haar und den glühenden Augen kaum, das vor ihr kauert. In der Befürchtung, Ruth habe vielleicht den Verstand verloren, ergreift die Alte zuerst das Wort.

»Ich habe mit seiner Mutter das Brot gebrochen, sie ist eine gute Frau«, sagt sie mit einem Nicken in die Richtung des fortgehenden Wächters. Doch dann kann sie sich nicht mehr beherrschen und schließt Ruth in ihre Arme. »Bleibe stark!«, flüstert sie ihr zu, diesmal auf Jiddisch, und lässt sich ihr Entsetzen über Ruths magere Gestalt und den unerträglichen Gestank ihres ungewaschenen Körpers nicht anmerken.

In Rosas starken Armen – der ersten zärtlichen Berührung, die sie seit Wochen erfährt – bricht Ruth in Tränen aus. Rosa wiegt sie, bis sie aufhört zu schluchzen.

»Stell dir immer vor, es ist nur ein schlechter Traum, und auch der wird vorübergehen. Aber ich habe dir auch etwas ganz Nützliches mitgebracht ...«

Sie holt unter ihrem Umhang eine Challah hervor und eine kleine zugedeckte Tonschüssel mit Harissa, einem wohlschmeckenden Brei aus Weizen und Fleisch, angereichert mit geschmolzenem Fett und Zimt. Ruth fällt darüber her, und Rosa beobachtet sie beim Essen, während sie ihr über das verfilzte Haar streicht.

»Dein Vater hat um eine Audienz beim Erzbischof gebeten. Heinrich hat noch einige Schulden bei Hermann Hossern, dem Geldverleiher, abzuzahlen. Hermann hat sich einverstanden erklärt, auf die Begleichung zu verzichten, wenn du freigelassen wirst. Es ist ein Wagnis, aber besser als nichts.«

Ruth wischt sich mit dem Handrücken über den Mund. Sie schämt sich, in diesem Zustand gesehen zu werden, so schmutzig und erniedrigt.

»Warum? Hermann Hossern hat sich doch noch nie für mich interessiert.« Sie misstraut der plötzlichen Großzügigkeit des Geldverleihers. Hossern ist in ganz Deutz für seine Rücksichtslosigkeit und Menschenverachtung bekannt.

»Er tut es nicht deinetwegen, sondern aus Respekt gegenüber deinem Vater. Abgesehen davon ist Tuvia sein Neffe und einziger männlicher Nachkomme.«

»Will Tuvia seiner Werbung erneut Nachdruck verleihen?«, fragt Ruth. Sie sieht den klapperdünnen jungen Mann vor sich, dessen unglückseliges Gesicht von geradezu akrobatischen Zuckungen heimgesucht wird.

Da ist sie wieder, die alte Widerspenstigkeit. Rosa zögert. Sie wird sich bewusst, dass die Stärke der jungen Frau in ihrer Willenskraft und ihrem Mut liegt und Ruth eine Idealistin ist, keine Pragmatikerin. Die möglichen Folgen dieser Leidenschaftlichkeit lassen sie um Ruths Sicherheit und um ihre Seele fürchten. Hätte das Kind doch nur mehr von der Mutter und weniger vom Vater! Sara war eine Überlebenskünstlerin, eine Frau, die ihre Einstellung jederzeit anpassen und verschleiern würde, um frei zu kommen. Aber das kann Rosa nicht aussprechen, weil sie Ruth ihre Illusionen über die Mutter nicht zerstören will.

»Kind, dein Vater hat seine Zustimmung und seinen Segen gegeben.«

»Aber das kann er doch nicht tun!«

»Er ist ein alter Mann, und deine Einkerkerung wird ihn noch ins Grab bringen. Er glaubt, dass du nach deiner Freilassung nur unter der leitenden, starken Hand eines Ehemannes in Sicherheit bist. Es wird eine vereinbarte Heirat geben, wie du sie schon vor vielen Jahren hättest eingehen sollen.«

»Niemals!« Ruth kann ihren Zorn nicht verbergen.

»Wie ich sehe, ist dein Mut ungebrochen. Vielleicht ist unter all dem Schmutz doch noch etwas Fleisch an diesen Knochen.«

»Vergib mir, ich stinke, ich weiß es. Ich kann meinen eigenen Gestank nicht aushalten. Ich würde jemanden töten für einen Fluss, in dem ich mich waschen kann.«

»Ich würde schon für sehr viel weniger töten. Aber, mein Kind, hör mir zu! Du musst verstehen, dass die Gemeinde gespalten ist. Viele haben sich gegen dich ausgesprochen: Sie sagen, du bringst neuerliche Gewalttaten über uns, wie sie sich damals in der Bartholomäusnacht ereignet haben. Sie befürchten, aus ihren Häusern gejagt und abgeschlachtet zu werden. Dein Vater hat immer noch einigen Einfluss, aber die Hochzeit mit Tuvia würde den Leuten zeigen, dass du keine Ketzerin mehr bist und bereit, dich an die Gesetze der Thora zu halten und eine gehorsame Ehefrau und Hausherrin zu werden, mit Gottes Segen.«

Rosa lässt sich von den eigenen Worten mitreißen und beginnt von einem neuen Zeitalter der Beständigkeit und Fruchtbarkeit im Hause Saul zu träumen. Sie sieht sich bereits Ruths Kinder auf ihren Knien schaukeln, doch die junge Frau reißt sie aus ihren Träumen.

»Mein Vater scheint ja sehr auf meine Freilassung zu vertrauen, wenn er sich auf eine solche Vereinbarung einlässt.«

»Dein Vater hat nur noch seinen Glauben. Er ist krank. Wenn du sehen könntest, wie aufmerksam Tuvia ihn Tag und Nacht versorgt, würdest du nicht so vorschnell urteilen.«

»Vielleicht kann ich die Verlobung noch eine ganze Weile hinauszögern.«

»Aber nicht ewig.«

»Ich werde darüber nachdenken.«

Rosa gibt ihr einen Kuss. »Jetzt benutzt du den Kopf, den du auf den Schultern trägst.«

Ruth lächelt, als sie sieht, wie Rosa beim Sprechen Muster in die Luft zeichnet. Die alte Frau ist ihr so vertraut, und es ist, als hätte sie Ruths glücklichere Tage mit in die Gefängniszelle gebracht.

»Und was ist mit Miriam? Ist sie unter den Lebenden?«, fragt Ruth plötzlich mit einem schlechten Gewissen, weil sie ihre Gehilfin ganz vergessen hat.

»Sie lebt, aber sie hat seit der Schändung kein Wort gesprochen. Es ist zum Heulen, jetzt findet sie keinen Ehemann mehr. Sie wohnt bis zu deiner Freilassung bei uns. Sorge dich nicht, wir kümmern uns um sie.« Rosa senkt ihre Stimme. »Die Anklage lautet auf Hexerei, nicht wahr?«

»Ich werde beschuldigt, mit dem Teufel zu paktieren, um für gute Geburten zu sorgen; ich werde beschuldigt, Rinder zu vergiften und schweben zu können. Ich werde beschuldigt, zwei kleine Kinder verhext zu haben und mit der Dämonin Lilith zu verkehren …«

Rosa schnappt nach Luft. »Über Lilith darfst du nichts sagen«, flüstert sie Ruth zu, als könne der böse Geist das Gespräch belauschen. Irgendwo in der Ferne klappt ein Tor zu. Die alte Frau rückt näher. »Uns bleibt nicht mehr viel Zeit, Kind, aber hör zu: Ich kenne diesen Mann, den Inquisitor, noch aus Aragon. Er hat als Lehrer im Hause deines Großvaters gearbeitet. Er war der Judas, der die Familie deiner Mutter vernichtet hat, und er hätte auch sie selbst vernichtet, wenn sie sich nicht ihren klaren Verstand bewahrt hätte.«

»Er hat die Familie meiner Mutter auf dem Gewissen?« Ruth wird übel, als sie sich an den Hass im Blick des Spaniers erinnert.

»Er hat sie verraten, alle verraten, nachdem sie ihm ihr Vertrauen geschenkt haben.«

»Aber Rosa, wie ist es möglich, dass die Inquisition nach Deutz kommen und mich einsperren kann? Sie hat keine Macht über das jüdische Viertel.«

Das alte Kindermädchen sieht Ruth in die Augen, aus denen ehrliche Verwirrung spricht, und nimmt sie bei der Hand. »Ruth, du wurdest getauft.«

Fassungslos und wie betäubt steht Ruth da. »Getauft? Wie?«

»Es war vor vielen Jahren, als du noch ein Säugling warst. Man befürchtete Ausschreitungen gegen die Juden, und Sara hatte große Angst. Du musst wissen, sie hat mit angesehen, wie ihr Vater gefoltert wurde und ihre Mutter auf dem Scheiterhaufen verbrannte. Sie konnte die Vorstellung nicht ertragen, dass dir auch ein solches Schicksal widerfährt.« Rosa gerät ins Stocken. »Sie wollte dich nur für den Fall schützen, dass die christlichen Soldaten kämen ...«

»Weiß mein Vater es?«

»Er hat es bei deiner Verhaftung erfahren – es hat ihn fast umgebracht. Auf ihrem Totenbett ließ mich Sara schwören, dass ich es ihm niemals verrate. Ich war die einzige Zeugin. Mein Kind, du musst dich dazu überwinden, ihr zu vergeben. Es war die verzweifelte Tat einer verängstigten Mutter, die nur das Leben ihres Kindes schützen wollte. Nun verstehst du, warum du Tuvia heiraten solltest – er nimmt dich trotzdem, und dadurch wird die Gemeinde dich wieder aufnehmen.«

»Falls ich freikomme ...«

»Du bist in großer Gefahr! Wenn der Inquisitor dich ansieht, sieht er deine Mutter. Du musst ihn beschwichtigen, so lange es nur geht, denn er will dich schnell auf dem Scheiterhaufen brennen sehen. Dein Vater braucht Zeit, um über dein Leben zu verhandeln. Es waren schon Soldaten im Haus, die nach Beweisen gesucht haben.«

»Der Sohar meiner Mutter?«, formt Ruth mit den Lippen. Sie haucht die Worte nicht einmal, denn wenn sie jemand hört, käme das einer Bestätigung der Anklagen und ihrem sofortigen Todesurteil gleich.

»Er ist in Sicherheit«, beruhigt Rosa sie, »aber versprich mir: Was immer Solitario dir antut, du darfst nicht gestehen, eine Hexe zu sein oder irgendwelche ketzerischen Dinge zu tun. Wenn du gestehst, wirst du sofort zum Tode verurteilt, und dann kann dein Vater nichts mehr tun, um dich zu retten.«

»Das weiß ich bereits.«

Schritte erklingen vor der Zelle, und der Wächter ruft nach Rosa.

»Glaube, mein Kind! Der Glaube hilft dir, alles zu überstehen.«

Rosa schließt Ruth ein letztes Mal in ihre Arme.

✦ ✦ ✦

Der Erzbischof von Köln schreitet durch die engen schmutzigen Straßen seiner Diözese und biegt in die Streitzeuggasse, über der das stolze Seidenbanner der Gilde der Waffenschmiede weht. Die kleinen Geschäfte sind voll gestopft mit einer großen Auswahl an Schilden, Schwertern und anderen Waffen. Die gleichmäßigen Hammerschläge der Schmiede auf dem Amboss, die Rufe der Männer, die Informationen über den jüngsten militärischen Konflikt weitergeben, das Pfeifen der Blasebälge und das Läuten der Kirchenglocken vermischen sich zu einer unglaublichen Geräuschkulisse. Und genau aus diesem Grund hat Maximilian Heinrich diese Straße gewählt: Der Lärm ist genau das, was er braucht, um nachzudenken.

Seine beiden Untergebenen haben Mühe, ihm zu folgen. Vorsichtig tänzeln sie um Schweinekot und die vor den Schmieden liegenden verbogenen Metallteile herum und fragen sich voller Sorge, von welchem politischen Drama ihr Herr wohl nun wieder besessen ist.

Heinrich, ein hochgewachsener Mann, ist bekannt dafür,

sein Marschtempo zu verdreifachen, wenn ihn etwas bedrückt. Die Untergebenen haben allen Grund zu Beunruhigung. Er kommt gerade von der Kirche St. Mariä Himmelfahrt, die den Jesuiten gehört, wo er widerwillig ein Gespräch mit dem Obersten hatte, dem steifen, alten Pater Hummerlich. Der preußische Fanatiker, stolze Veteran des Dreißigjährigen Krieges und leidenschaftliche Luther-Hasser hatte seine tiefe Sorge über die Verhaftungen zum Ausdruck gebracht. Er legt Wert auf eine rasche Durchführung der Prozesse und Hinrichtungen. Stets auf ihren politischen Vorteil bedacht, sehen die Jesuiten die öffentliche Verurteilung der drei heimlichen Lutheraner als Gelegenheit, die recht träge katholische Gemeinde von Köln aufzurütteln.

»Wir müssen den Leuten zeigen, dass Beichte und Buße der wahre und einzige Weg zur Erlösung sind. Wir müssen für unsere Sünden bezahlen; der Ablasshandel ist ein notwendiges Übel. Wir wollen solche Verräter nicht unter uns haben, im Herzen der Gemeinde, die im Stillen die entsetzliche Blasphemie dieses Mannes unterstützen, dieses ...« Vor Zorn hochrot im Gesicht hatte der Priester den Satz nicht vollenden können.

Heinrich genoss die Frustration des alten Mannes und wartete eine ganze Minute, bevor er ihn erlöste.

»Diesen Luther meinen Sie?« Der Erzbischof ließ sich den Namen genüsslich auf der Zunge zergehen, denn es bereitet ihm stets Freude, wenn er einen Jesuiten quälen kann.

»Genau!«, schleuderte ihm Hummerlich entgegen.

»Aber Pater, den beiden Kölner Kaufleuten wird abgesehen von heimlichem Protestantismus auch Hexerei vorgeworfen. Die Jüdin nicht zu vergessen ...«

»Die Jüdin ist unwichtig. Wir wissen beide, dass die Anklagen wegen Hexerei nur vorgeschoben sind. Ich möchte wissen, was Ihr als Oberhaupt der katholischen Kirche dieser Stadt in dieser Angelegenheit zu tun gedenkt!«

Heinrich klingeln immer noch die Ohren von dem wütenden Geschrei des Jesuiten, und ihn plagen heftige Kopfschmerzen. Alles in allem ist die Lage katastrophal. Auf der einen Seite lechzen die Jesuiten und alle anderen katholischen Fanatiker nach Blut, und auf der anderen schreien die Gaffeln nach Gnade für die verhafteten Kaufleute. Zudem sind auch die augenblicklichen weltlichen politischen Interessen zu bedenken. Verdammt seien die Holländer und die Franzosen, und verdammt sei Leopold mit seinen Spießgesellen, allen voran dieser schmierige Sadist Solitario!, denkt der Erzbischof.

Zuletzt hat der Spanier sich zu der Ungeheuerlichkeit hinreißen lassen, das domeigene Exemplar des infamen *Malleus maleficarum*, des so genannten Hexenhammers, aus der Versenkung zu holen und zu entstauben. Eine Schrift der deutschen Dominikaner Heinrich Institoris und Jacob Sprenger aus dem Jahre 1487 über die Identifikation, Verfolgung und Exekution solcher Personen, die der Hexerei verdächtigt werden. Solitario besaß die Dreistigkeit, Heinrich zu sagen, er wolle Köln ehren, indem er das Buch zu Rate ziehe. Der Erzbischof ist insgeheim entsetzt. Van Dorf und Voss, die Armen, sind mit den rigorosen Foltermethoden aus diesem Buch bereits halb zu Tode gequält worden.

Aus diesem Grund sind Heinrichs Diensträume in der vergangenen Woche von der gesamten Familie Voss einschließlich mehrerer schreiender Säuglinge belagert worden. Die Söhne von Müller sollen sich in Paris aufhalten, wo sie sich um eine Audienz bei König Ludwig bemühen. Nun leben Heinrich und von Fürstenberg in der Angst, dass Müller aussagt, wie viel sie mit seinen geheimen Tätigkeiten für die Franzosen zu tun haben. Dann wären sie beide verdammt. Kurz gesagt ist die ganze Situation unerträglich.

Der Erzbischof verpasst einer struppigen Katze, die ihm um die Beine streicht, einen Tritt. Was soll er tun? An wen kann er sich wenden? Er vertraut niemandem, am wenigsten von Fürstenberg, dessen Idee es überhaupt war, Müller in die Gilden einzuschleusen. Müller – in Wahrheit ein Franzose namens Metain – wurde fünfzehn Jahre zuvor angeheuert, und Heinrich hat sich so daran gewöhnt, mit geheimen Informationen versorgt zu werden, dass er die Gefahren ganz vergessen hat, die ein solcher Emissär mit sich bringt. Ohne den Spion fühlt er sich benachteiligt, als hätte er keine Ohren und Augen. Schließlich ist er auf jede Information angewiesen, die er bekommen kann, denn es ist ihm nicht gestattet, länger als drei Tage ohne die Erlaubnis der Bürger in der Stadt zu verweilen.

Was haben die Handwerkerzünfte überhaupt vor?, fragt er sich. Es ist unmöglich, über alle Machenschaften der verdammten zweiundzwanzig Gaffeln auf dem Laufenden zu sein. Kaum ein Mitglied ist darunter, das profranzösisch eingestellt wäre oder den Adel unterstützt, aber der Hass auf den Erzbischof eint sie alle. Und nun wird Müller, ein Royalist, paradoxerweise angeklagt, ein heimlicher Protestant und, schlimmer noch, ein Unterstützer von Jan de Witts republikanischer Partei zu sein. Müller ist natürlich wütend und hat bereits um eine Audienz beim Erzbischof und seinem machiavellistischen Minister gebeten. Heinrich weiß, er wird eine Entschuldigung verlangen, die sie nicht aussprechen können. Ja, es ist eine gefährliche, erbärmliche Situation, und es muss etwas getan werden, und zwar schnell.

Frustriert richtet er den Blick gen Himmel und regt sich nur noch mehr auf, denn er erblickt den Turm des Rathauses, ein Bau, den die triumphierenden Bürger mit dem beschlagnahmten Geld der vertriebenen Patrizierfamilien finanziert haben. Für Heinrich ist der Anblick eine ständige und ärgerliche Erinnerung an die eigene Machtlosigkeit.

In dem Moment – tock, tock – schlägt etwas gegen sein Bein. Als er nach unten sieht, erblickt er einen schmutzigen fleischigen Stummel, der ihm entgegengestreckt wird, um ihn näher zu betrachten. Ein Krüppel, wahrscheinlich ein Opfer des Krieges, hockt in der Gosse und bettelt um Almosen. Heinrich ist jedoch alles andere als wohltätig gestimmt und schlägt dem Mann den Zinnbecher aus der Hand. Die Münzen fliegen durch die Gegend. Ungerührt setzt der Erzbischof seine Wanderung fort.

Seine beiden Untergebenen sammeln hastig das verstreute Geld wieder auf und beschwichtigen den Bettler mit ein paar zusätzlichen Reichstalern, während mehrere Umstehende das Ganze missbilligend beobachten.

Heinrich stößt die Holztür der St. Severinskirche auf. Die einfache Andachtsstätte, die ohne die barocken Spielereien der Himmelfahrtskirche und den gotischen Ehrgeiz des Doms auskommt, ist Heinrichs persönliche Zuflucht. Die kleine Kirche spricht mit ihrer asketischen Ausstrahlung sein bayerisches Herz an: Die weißen Wände, die einfachen Holzbänke und der schlichte Altar zeugen von Demut und einem rechtschaffenen Glauben, nach dem sich Heinrich insgeheim sehnt.

Er nickt einer der Nonnen zu und geht rasch auf das Altarbild zu, eine schlichte Holzschnitzerei mit dem Motiv der Kreuzigung. Heinrich schätzt diese Darstellung von Jesus besonders: Das Gesicht ist realistischer, als er es je woanders gesehen hat. Die strengen germanischen Züge spiegeln sich, wie er findet, in seinem eigenen Gesicht wider. In diesem Mann erkennt er sich wieder; es ist jemand, der wie er mit den komplizierten und kompromittierenden politischen Verhältnissen seiner Zeit konfrontiert wurde, sich aber durch geistige Erleuchtung darüber hinwegsetzte und triumphierte. In dieser Allegorie sucht der Erzbischof des Öfteren Trost.

Er bekreuzigt sich und kniet sich hin, wobei er vorsichtig sein gichtgeplagtes Knie auf den kalten Steinen aufsetzt. Dann stützt er die Ellbogen auf das Bänkchen vor ihm und faltet die Hände zum Gebet. Die hereinfallenden Sonnenstrahlen streifen seinen kahlen Schädel, und über ihm schwebt einen Moment lang eine dicke Weihrauchwolke.

Eine Stunde später hat er sich immer noch nicht vom Fleck gerührt. Hinten in der Kirche tuscheln seine beiden Untergebenen ehrfürchtig mit der Nonne. Noch nie haben sie ihren Herrn so andächtig beten sehen. In Wahrheit hat sich der ehrwürdige Erzbischof von der Stille und der spärlichen Wintersonne, die ihm in den Nacken scheint, einlullen lassen und ist eingeschlafen.

Er träumt, er spreche mit Jesus Christus, dem Erlöser. Der Galiläer, der seltsamerweise nach Art des französischen Königshofes gekleidet ist, rät ihm, sich keine Sorgen mehr um das Brot zu machen und stattdessen auf das Blut zu vertrauen. Heinrich ist zu Tränen gerührt über die Tiefsinnigkeit dieser Aussage, die er, wie er ein wenig zu spät bemerkt, überhaupt nicht verstanden hat.

Verwirrt sieht er auf und staunt über das Leuchten, das den Kopf des Heilands umgibt. Es ist kein starkes, helles Licht, wie er immer angenommen hat, sondern ein diffuser Lichtschein, der ihn an seine allerfrüheste Kindheit erinnert: das helle Aufleuchten der Brüste der Mutter, an denen er saugte, oder vielleicht auch das Licht, das die Haut ihres Leibes durchdrang, in dem er auf seine Geburt wartete. Was es auch ist, es lenkt ihn jedenfalls völlig ab, und er vergisst, Jesus nach der genauen Bedeutung seiner Parabel zu fragen, obwohl der ihm freundlich zuzwinkert.

»Exzellenz?« Die schmeichelnde Stimme seines Assistenten reißt den Erzbischof aus seinen Träumen.

»Was ist?« Er erhebt sich schwerfällig und ringt mit den Schmerzen, die durch seinen Körper schießen.

»Der Vater der Hebamme, der oberste Rabbi, wartet an der Tür. Er bittet um eine Audienz.«

Der Erzbischof sieht zum Eingang. Draußen steht Elazar und späht mit bangem Gesicht in die Düsterkeit der Kirche. In seinem traditionellen Gewand sieht er aus wie der archetypische Jude, der aus dem christlichen Tempel vertrieben wurde. Heinrich kann nur ahnen, welche Demütigungen der Rabbi erlebt haben muss, als er ohne Begleitung von Deutz nach Köln gekommen ist. Auch aus der Entfernung erkennt Heinrich den Matsch an seinem Tallit. Der alte Mann ist vollkommen erschöpft.

»Mit einem Nein wird er sich nicht zufrieden geben«, fügt der Geistliche überflüssigerweise hinzu.

Seufzend humpelt Heinrich durch den Mittelgang zum Eingang, denn er weiß, der Rabbi wird die Schwelle nicht übertreten, aus Respekt und aus Aberglauben. Auf seinem Weg versucht er, sich eine vernünftige Erklärung für die Festnahme von Ruth bas Elazar Saul einfallen zu lassen.

Über die Jahre hat er die trockene Art und das strategische Talent des Rabbis schätzen gelernt. Der alte Mann ist zudem ein potenzieller Verbündeter. Seine holländischen Kollegen setzen sich für Wilhelm von Oranien ein – alle Juden sind Royalisten, ruft Heinrich sich in Erinnerung. Das macht den Rabbi zu seinem Bundesgenossen, auch wenn sie ein merkwürdiges Gespann darstellen. Wie Heinrich nicht weiß, hat sich Elazar diese Illusion allerdings ganz schnell zu Nutze gemacht.

»Mein Armer!« Heinrich fasst den Rabbi an den zitternden Händen. »Ihnen muss ja furchtbar kalt sein. Kommen Sie, kommen Sie!«

Mit einer gebieterischen Handbewegung verjagt der Erzbischof die neugierigen Stadtwächter, die dem alten Juden durch die vereisten Straßen gefolgt sind. Er führt Elazar in die kleine Kammer hinter der Kanzel und schickt, nachdem er dem alten Mann in einen Sessel geholfen hat, die Nonne nach zwei Krügen Bier.

Elazar, dessen lange Nase in der Kälte rot angelaufen ist, während der Rest seines Gesichts geisterhaft blass erscheint, kann noch gar nicht glauben, dass er am Ziel seiner Reise angekommen ist. Wut und Verzweiflung haben ihn hierher getrieben, aber nun, da er tatsächlich da ist, sind all die flehentlichen

Reden dahin, die er sich in den dunklen Tagen seit der Verhaftung seiner Tochter zurechtgelegt hat. Er ist sprachlos. Ein gewaltiger Schauder überläuft seinen gebrechlichen Körper.

Heinrich, wie immer aufmerksam und seit seinem himmlischen Gespräch besonders milde gestimmt, ergreift erneut die schmalen weißen Hände des alten Mannes. »Rabbi, wir mögen zwar unterschiedlichen Glaubens sein, aber wir sind beide Geistliche. Ich schlage vor, wir beten zusammen. Wir wollen um Klarsicht und Fürsorge in einer schwierigen Lage bitten, auf die nicht einmal ich Einfluss habe.«

Damit neigen beide Männer das Haupt und beginnen zwei Gebete: eines auf Hebräisch, eines auf Latein; der eine bittet flehentlich um Gnade, der andere um politisches Geschick. Die beiden alten Sprachen winden sich umeinander in einem merkwürdigen lautmalerischen Tanz und steigen gemeinsam in die Höhe, um sich wie heiliger Rauch zwischen den geschnitzten Dachsparren niederzulassen.

Die Nonne kehrt zurück, stellt eingeschüchtert von der Meditation die beiden Zinnkrüge auf einem Tisch ab und schwebt geräuschlos davon. Der Geruch des Bieres lenkt den Erzbischof ab, und sein Magen beginnt höchst pietätlos zu knurren.

»Amen«, beendet er hastig das Gebet, weil er befürchtet, dass die hebräische Litanei sich sonst in die Länge zieht. Elazar blinzelt mit einem Auge, folgt dem Beispiel des Erzbischofs und bricht sein Gebet vorzeitig ab.

»Unter uns gesagt befürchte ich, Gott ist taub«, flüstert Heinrich dem Rabbi verschwörerisch zu, als er ihm das Bier reicht. Aber Elazar steht der Sinn nicht nach Späßen.

»Bei allem Respekt, taub ist er nicht, aber wie es von meiner Seite des Rheins aussieht, versteht er ganz sicher kein Hebräisch«, entgegnet er mit dem Anflug eines Lächelns auf den Lippen.

Es entsteht eine Pause. Heinrich staunt noch darüber, wie viel frische Kraft die metaphysische Begegnung seinem Glauben beschert hat, und fühlt sich inspiriert, einmal mehr seine Güte und sein Wohlwollen unter Beweis zu stellen.

»Ich bitte vielmals um Entschuldigung, mein Freund. Ich hatte keinen Einfluss auf die Festnahme. Selbst für den Erzbischof von Köln gibt es eine höhere Macht, der er sich beugen muss. Es tut mir unendlich Leid.«

Elazar, dem Heinrichs ungewohnte Wärme und Herzlichkeit Angst machen, beginnt so heftig zu zittern, dass er seinen Tallit mit Bier bekleckert. »Sie ist mein einziges Kind, Exzellenz, das Licht meines Lebens.«

»Und eine gute Hebamme, wie ich gehört habe.«

»Sie ist zu gut. Wäre sie unter ihresgleichen geblieben, hätte es nie so weit kommen können.«

»Wenn die Beschuldigungen nicht so schwer wiegen würden – Bestechung oder Diebstahl zum Beispiel –, könnte ich mit dem Bürgermeister reden, aber Hexerei …«

»Sie ist unschuldig!«

»Wollen Sie die Weisheit und Urteilskraft des Obersten Rates der Inquisition und obendrein die des Kaisers anzweifeln?«

Elazar zögert; er spürt eine Falle. »Es steht mir nicht zu, eine so ehrwürdige Institution in Frage zu stellen, aber meine Tochter ist keine Hexe.«

»Dessen bin ich gewiss, Herr Saul, aber wie ich schon sagte, kann ich in diesem Fall nichts tun.«

Heinrich erhebt sich, um das Ende der Audienz anzuzeigen, aber der Rabbi reagiert nicht.

»Hört mich an, Exzellenz. Ich habe ein Angebot.«

»Vergeben Sie mir, Rabbi, aber Sie sind nicht in der Position, Angebote zu machen.«

»Es geht um das geliehene Geld.« In Elazars Stimme schwingt Verzweiflung; er kann sich nicht verstellen.

Sofort setzt Heinrich sich wieder hin. Die Schulden, die der Erzbischof bei Herr Hossern, dem jüdischen Geldverleiher, gemacht hat, sind eine vertrauliche, pikante Angelegenheit. Mit dem Geld finanziert er seine heimlichen Bemühungen, dem Adel im Rheinland wieder zu seinen alten Rechten zu verhelfen. Zudem handelt es sich um eine beträchtliche Summe.

»Reden Sie!«

»Herr Hossern ist bereit, Euch die gesamten fünfhundert Reichstaler zu erlassen, wenn meine Tochter freigelassen wird.«

»Die gesamten fünfhundert?«

»Ich gebe Euch mein Ehrenwort. Die komplette Schuld ist nichtig. Und mehr noch: Es wird vor und nach Abschluss des Handels kein Wort darüber verlauten«, verspricht Elazar händeringend.

Heinrich ist in Versuchung geführt. Die Aufhebung seiner Schulden könnte ihm unter Umständen große Peinlichkeiten ersparen. Er lässt sich zwar höchst ungern von den Juden in die Verantwortung nehmen, aber die Erlassung der Schulden ist ein verlockendes Angebot. Rasch überdenkt er die möglichen Schwierigkeiten: Der Inquisitor ist fest entschlossen, daran besteht kein Zweifel, aber vielleicht kann er ihn übergehen und direkt in Wien ein Gesuch vorbringen.

»Bitte, Erzbischof, ich appelliere an Eure Menschlichkeit. Meine Tochter ist mein Ein und Alles.«

Der Rabbi streckt die Hand aus und zupft an einer Falte der erzbischöflichen Robe, eine Geste voller Demut, die Heinrich beschämt.

»Geben Sie mir eine Woche. In der Zwischenzeit werde ich jede erdenkliche Ausrede vorbringen, um zu verhindern, dass der Spanier mit seinem erbärmlichen ›Verhör‹ beginnt, das verspreche ich.« Heinrich begleitet Elazar zur Tür.

»Gott segne Euch auf all Euren Wegen!« Der alte Rabbi ergreift die Hand des Erzbischofs und beugt sich vor, um den ihm dargebotenen Ring zu küssen.

»Und er segne auch Sie, Elazar ben Saul.«

Lieber Benedict,

Du sagst, du bist ein Apostel der Vernunft, aber hier unter meinen Mitmenschen ist die Vernunft nur schwer auszumachen. Du hast die Furcht vor der Hölle als den größten aller Irrtümer beschrieben – die Hölle ist eine Lüge, ein Bremsklotz für das Schicksal der Menschen und macht ihnen Angst, ihr Leben selbst in die Hand zu nehmen, meinst du. Hier sehe ich jedoch, dass das Leben, das wir führen, die Hölle ist. Ich erlebe es selbst. Außer dem Kampf gegen meine Ängste und dem beständigen Atmen ist mir nichts geblieben, und doch lebe ich trotz aller Entbehrungen weiter.

Du hast mir einmal gesagt, so wie die Rabbis, die dich exkommuniziert haben, von der Inquisition gezwungen werden, sich von ihrem Glauben abzuwenden, erwartet man von dir, dich von der Vernunft loszusagen. Von mir verlangt man nun, dass ich meine Überzeugung und mein Erbe verrate und ein unaufrichtiges Leben führe, statt einen ehrlichen Tod zu sterben. Ich ziehe den Tod jedoch vor. Ist das vernünftig?

Aber wenn Gott alles ist – die Natur selbst –, entscheide ich mich dann nicht dafür, mich in Nichts aufzulösen, in eine nicht fassbare Materie, die noch viel weniger ist als eine körperlose Seele?

Wie du siehst, sind meine Zweifel meine Dämonen geworden. Ich bin entsetzt über meine Schwäche. Man kann leicht theoretisieren, wenn man sich nicht der Folterbank stellen muss – oder Schlimmerem gar. Mein Wächter hat mir gesagt, sogar der Inquisition sei das unmenschliche Bestreben meines Verfolgers zu viel.

Ich kann nur hoffen, meine Sinne und mein Bewusstsein verlassen mich, wenn der Folterer sein schreckliches Handwerk beginnt.
  Bete für mich zu deinem vernünftigen Gott.
  In lebendigem Glauben,
    dein guter Freund »Felix van Jos«

✦ ✦ ✦

Durch den dunklen Gang des Kerkers geistern lange, unheilvolle Schatten. Unter der Decke schlagen die Fledermäuse unruhig mit ihren ledernen Flügeln. Die in Gruppen nebeneinander hängenden Tiere geben wie benommene Irre schrille Schreie von sich, als das Licht der Fackeln die verborgenen Winkel erhellt.

Es ist eine finstere Prozession, die von einem Priester angeführt wird. Sein weißes Ornat und das feierliche Gesicht deuten auf eine wichtige Aufgabe hin. Ihm folgt ein weiterer Geistlicher, der ein dickes altes Buch unter dem Arm trägt. An seinem Hals baumelt ein Ziegenlederbeutel mit Schreibfedern. Hinter ihm müht sich ein Diener mit einer Gambe ab, deren Bauch aus poliertem Kastanienholz im Kerzenlicht glänzt. Die Nachhut bildet ein Ungeheuer besonderer Art, ein gedrungener, kräftiger Mann in einem groben Wams mit einer Lederschürze darüber. Seine nackten muskulösen Unterarme sind mit Narben übersät. Ist er als Soldat im Krieg gewesen? Ist er ein Schmied? Oder Mitglied in einer ungewöhnlichen Vereinigung? Seine Schürze deutet darauf hin, dass er sich vor etwas schützen muss. Vor Feuer? Vor heißem Öl? Oder kochendem Wasser? Und warum trägt er eine Kapuze, durch deren Schlitze seine Augen kaum zu erkennen sind?

Es ist in der Tat ein eigenartiger Zug. Man könnte meinen, es wäre ein Trauerzug, aber die Leiche ist noch lebendig; ein verängstigtes menschliches Wesen, das zwischen zwei Wachmännern vorwärtsstolpert.

Ruth spürt die Steine unter ihren nackten Füßen kaum. Vor

Angst krampfen sich ihr die Eingeweide zusammen, und alle Scham und aller Stolz sind dahin. Um nicht in Ohnmacht zu fallen, spricht sie ein Gebet, das der Vater sie in der Kindheit lehrte. Es flattert in ihrem Kopf herum wie eine der Fledermäuse unter der Decke des Kerkers, aber die Worte stärken sie und machen ihr Mut.

Der Wächter zu ihrer Rechten sieht seinen Kameraden nervös an. Er befürchtet, dass es sich bei dem hebräischen Gemurmel um eine magische Formel handelt und ihn ein schrecklicher Fluch treffen wird, der ihn lahm oder taub oder im schlimmsten Fall sogar blind macht. Dabei hat er den Posten nur angenommen, weil er von Armut bedroht war. Aber sein Kamerad, der älter und erfahrener im Umgang mit den Verschrobenheiten der Verurteilten ist, scheint das Gemurmel der Jüdin mit dem wilden Blick gar nicht wahrzunehmen. Also strafft der Jüngere die Schultern und versucht, seine Ängste zu vertreiben, indem er sich auf die energischen Schritte des Dominikaners konzentriert, der vor ihm geht. Wenn sie von der Kirche festgenommen wurde, dann muss es seine Richtigkeit haben, denkt er und greift der unglaublich abgemagerten Jüdin mit neuem Mut unter die Arme, um sie mit seinem Kameraden zur Folterkammer zu schleppen.

Sie bleiben vor einer massiven Tür stehen, hinter der ein niedriges Kellergewölbe liegt. Auf dem Boden ist Sägemehl verstreut, in dem dunkle Flecken von getrocknetem Blut zu sehen sind. In der Mitte des Raumes hängt von der Decke ein eiserner Käfig mit Metallbändern, die um den Körper gelegt werden. Eine große Folterbank aus Holz steht in der Ecke und daneben ein Rad mit einem Durchmesser von über zwei Metern.

Die Wachmänner setzen Ruth behutsam auf einen großen Stuhl, und sie betrachtet die absonderlichen eisernen und hölzernen Gerätschaften: Ruhend wirken sie merkwürdig unschuldig, wie riesiges Spielzeug, das ein zwei Jahre alter Riese achtlos in die Ecke geworfen hat.

»Das Rad, die Folterbank, die eiserne Jungfrau, der Tauchstuhl«, flüstert sie auf Latein, als verlören die Werkzeuge durch das Aussprechen der Namen ihre Macht.

Zwar wusste sie von diesen Schreckensinstrumenten, aber sie hat sie nie zuvor gesehen. Sie erinnert sich an die Geschichten, die ihrem Vater manchmal von verzweifelten Besuchern im Salon des Hauses zugeraunt wurden. Er streichelte ihnen väterlich die verletzten Hände, während sie wie unter Schock mit monotoner Stimme von den Grausamkeiten berichteten, die man ihnen angetan hatte. Sie kamen auf der Suche nach Erlösung zu ihrem Rabbi; in der verzweifelten Hoffnung, die Erinnerungen könnten durch seinen Segen auf wunderbare Weise aus ihrem verstörten Bewusstsein gelöscht werden. Nun steht Ruth selbst ein solches Verhör bevor, das sie, wie sie weiß, für immer verändern wird.

Plötzlich bemerkt sie, wie ihre Knie heftig zu zittern beginnen. Im Geiste knetet sie ihre Ängste zu einer kleinen Kugel zusammen und schiebt sie ganz tief in ihre Magengrube, wo sie zwar für Übelkeit sorgen, aber doch beherrschbar bleiben.

Der Inquisitor rückt mit seinem Stuhl ganz dicht an sie heran. Sein Atem weht ihr ins Gesicht; eine abstoßende Mischung aus Knoblauch und schalem Wein. Er blickt ihr direkt in die Augen. Seine lange gerötete Nase ist von den knolligen Spuren der Syphilis gezeichnet, jede Pore ist sichtbar, und aus den Nasenlöchern wachsen weiße Borsten. Sein akkurater Spitzbart ist grau meliert, und seine kleinen dunkelbraunen Augen haben um die Pupillen eine merkwürdige gelbe Färbung. In diesen Augen ist nicht die geringste Regung, und Ruth fühlt sich durch diesen Blick verletzt, als versuche der Inquisitor, in ihren Körper einzudringen. Wie sie erkennen kann, ist er zutiefst von der Rechtmäßigkeit seiner Mission überzeugt, und aus ihr unerklärlichen Gründen erfüllt diese Erkenntnis sie mit Schamgefühl. Schließlich wendet sie sich ab.

»Wissen Sie, was das ist?« Der Dominikaner hält ihr ein altes, in Leder gebundenes Buch hin.

»Offensichtlich eine Schrift aus grauer Vorzeit.«

Mit ihrem Sarkasmus versucht Ruth, ihre Angst zu überspielen, aber es gelingt ihr nicht.

»In der Tat, eine höchst wertvolle Schrift: Sie enthält Anweisungen dazu, wie man das in einem weiblichen Dämon versteckte Böse aufspürt. Das Buch wurde von zwei gelehrten Kirchenmännern geschrieben – Rheinländer, glaube ich – und heißt *Malleus maleficarum* ...«

»Der Hexenhammer«, ergänzt Ruth sogleich. Ihre hervorragenden Lateinkenntnisse hat sie zuerst bei ihrem Vater und später bei Franciscus van den Enden erworben.

»Genau, und es hat sich beim Verhör Ihrer Mitgefangenen als sehr nützlich erwiesen. Dem Holländer haben wir bereits ein Geständnis entlockt, und Meister Voss steht kurz vor der Erlösung.«

»Wenn er eine Zunge hätte, mit der er sich erlösen könnte«, fügt der Mann mit der Kapuze kehlig lachend hinzu.

»Ich glaube, Sie wurden noch nicht offiziell mit Herrn Bull bekanntgemacht.«

Der Mann verbeugt sich höflich und mit einer für seine Stämmigkeit erstaunlichen Eleganz.

»Herr Bull ist ein Meister seines Fachs. Er hat schon jenseits und diesseits der Nordsee gearbeitet und stand, glaube ich, bei der Besetzung Irlands in Cromwells Diensten. Natürlich hat er keinerlei politische oder kirchliche Verpflichtung. Und er hat sogar etwas Spanisch gelernt ...«

»*El potro* und *la garrucha*, die Folterbank und die Streckbank«, unterbricht Bull stolz, verunstaltet die spanischen Worte jedoch mit seinem schweren Akzent.

Carlos lächelt ihm gönnerhaft zu, dann wendet er sich wieder an Ruth. »Sie können sich glücklich schätzen, in den Händen eines derart kultivierten Mannes zu sein.«

»Fräulein, ich bin bekannt dafür, die Leute an den Rand des Todes zu bringen und sie wieder ins Leben zurückzuholen, um ihnen weitere Verzückungen zu bereiten. Natürlich passiert auch mal ein Fehler, aber im Großen und Ganzen kann ich Ihnen eine lange und beschwerliche Reise versprechen, die Ihnen an den Eingeweiden reißt.« Bull verbeugt sich erneut und tritt zurück in die Schatten.

»Im Umgang mit Worten ist er nicht gerade ein Künstler, aber mit den Schrauben schon. Wir wollen nicht länger trödeln! Juan, bitte fang an!«

Der Sekretär holt eine kleine Schriftrolle aus dem Ärmel, rollt sie auf und liest laut vor. »Ruth Navarro, gegen Sie liegen eine Anklage wegen Verkehrs mit dem Teufel und der Dämonin Lilith vor, zwei wegen Mordes unter Verwendung von Zauberei und fünf Anklagen wegen Hexerei. Haben Sie etwas zu Ihrer Verteidigung vorzubringen?«

»Das ist doch unzulässig! Komme ich nicht vor Gericht?«

»Das Verhör gibt Ihnen die Möglichkeit, Ihre Seele von Sünden zu befreien, bevor Sie vor Gericht gehen. Das ist die übliche Reihenfolge.«

»Ich wiederhole: Komme ich nicht vor Gericht?«

»Nicht vor dem Verhör.«

»In diesem Fall habe ich nichts zu sagen, außer, dass ich unschuldig bin.«

Ihre Worte bleiben einen Moment lang trotzig in der Luft hängen, bevor sie von einem Orkan panischer Angst weggeweht werden. Sie staunt über ihren Mut, denn sie ist sich bewusst, dass sie ihre Familie und ihr ganzes Volk verrät, wenn der Inquisitor ihr unter der Folter ein Geständnis abringt.

Der Inquisitor zeigt auf die Wachen, die sie zu dem Tauchstuhl bringen.

Dann wird es also das Wasser sein, denkt sie und beißt sich auf die Zunge, um nicht laut aufzuschreien oder zu jammern zu beginnen.

Sie wird auf den Holzstuhl gebunden, der am Ende eines Balkens befestigt ist. Dann schwenkt man sie dicht über den mit eisigem Wasser gefüllten Bottich. Ruth blickt hinunter und sieht ihr bleiches ovales Gesicht, das sich im Wasser spiegelt: Es ist so verzerrt vor Angst, dass sie sich nicht wiedererkennt. Im selben Augenblick wird sie auch schon untergetaucht.

Die Luft weicht aus ihren Lungen, und ihr ganzer Körper schmerzt, als stächen tausende Messer auf sie ein. In ihren Kopf bohrt sich ein eiskalter stählerner Dolch. Sie weiß, dies ist erst der Anfang, als das eisige Wasser durch ihren Körper jagt. Verzweifelt zerrt sie an ihren Fesseln und starrt mit weit aufgerissenen Augen zur erhellten Wasseroberfläche. Sie droht zu ersticken, aber sie darf um keinen Preis den Mund öffnen. Sie hat das Gefühl, ihre Brust explodiert vor Schmerz, so drängend ist das Verlangen zu atmen. Aber obwohl sie fast bewusstlos ist, weiß sie, dass sie ertrinkt, wenn sie es tut.

Carlos greift nach seiner Gambe. Genüsslich zieht er ganz langsam den Bogen über die Saiten aus Katzendarm und beginnt, eine Kantate zu spielen, die einst Sara Navarro sehr liebte.

✦ ✦ ✦

»Du möchtest die Jüdin selbst verhören? Was um Himmels willen lässt dich glauben, du hättest auch nur im Entferntesten die Qualifikation für das Inquisitorenamt?«

Maximilian Heinrich lehnt sich mit einer gewissen Selbstgefälligkeit in seinem Sessel zurück und genießt die ungewohnte Verwundbarkeit seines Cousins.

Detlef hat nur Augen für die große Uhr hinter dem Erzbischof, deren Stundenzeiger nun kurz vor der Sechs steht. Er ist selbst überrascht von seinem Tatendrang. Heinrich hat Recht. Warum gibt ihm diese Frau das Gefühl, er sei zu einem Kreuzzug aufgebrochen? Das Gefühl, sie sei der Schlüssel zu seiner

Befreiung? Als die Uhr schlägt, schreckt er aus seinen Gedanken auf. Wie ihm ein mitfühlender Wachmann verriet, hat das Verhör der Hebamme fünfzehn Minuten zuvor begonnen, und Detlef versucht sich auf den Erzbischof zu konzentrieren, obwohl er sich schmerzlich bewusst ist, wie rasch die Zeit verrinnt.

»Ich bin Kanoniker und befugt, die Beichte abzunehmen. Ich bin selbstverständlich dazu in der Lage, das Böse zu erkennen und zu beurteilen, ob jemand schuldig oder unschuldig ist«, erklärt er mit der gebotenen Vorsicht.

Heinrich zieht ungläubig eine Augenbraue hoch. »In der Tat. Wie ich hörte, kommt die fromme Meisterin Ter Lahn von Lennep sehr oft zu dir zur Beichte, und ich habe keine Zweifel daran, dass die Strafen, die du ihr auferlegst, schon mehr als einmal ihr Seelenheil gerettet haben.«

Der Erzbischof ist amüsiert über seinen Witz und lehnt sich wieder zurück – eine Geste, die von dem umstehenden Gefolge als Erlaubnis zum Lachen interpretiert wird. Detlef bekommt rote Ohren, aber er zwingt sich, ruhig zu bleiben.

»Bitte, Eure Exzellenz! Ich habe Grund zu glauben, dass die Motive des Inquisitors persönlicher Natur sind. Immerhin ist die Frau Deutsche, auch wenn sie Jüdin und die Tochter einer spanischen Konvertitin ist. Ich verstehe nicht, warum sie eine Bedrohung für das Heilige Reich sein soll, und ich halte sie ehrlich gesagt nicht für eine Hexe. Vielmehr ist der gute Monsignore wahrhaftig von ihr besessen. Leider stellte sich heraus, dass die Frau christlich getauft wurde, weshalb es der Inquisition überhaupt möglich war, sie festzunehmen.«

»Detlef, dein logisches Denkvermögen lässt nach. Du hast doch früher nie dazu geneigt, politische Dinge zu vereinfachen. Vielleicht ist die Tochter des Rabbis eine Hexe. Und vielleicht ist Monsignor Solitario nicht der einzige Besessene hier.«

Wieder ist Detlef der Lächerlichkeit preisgegeben, und mehrere der jüngeren Geistlichen verbergen ihr Grinsen hinter den langen Ärmeln ihrer Roben. Langsam wandert der Stundenzeiger der Uhr weiter. Verzweifelt beschließt Detlef, sich darauf zu verlassen, wie wenig der Erzbischof eigentlich über Ruth bas Elazar Saul weiß.

»Exzellenz, wir wissen beide, dass die sephardische Gemeinde von Amsterdam über Verbindungen zum Königshof verfügt. Wie ich hörte, hat der berüchtigte Dominikaner in jungen Jahren bereits die Mutter der Angeklagten verfolgt, die sich in den Niederlanden in Sicherheit brachte. Und sie soll in dieser Gemeinde sehr geachtet gewesen sein. Den Juden in Amsterdam wird das Martyrium ihrer Tochter gar nicht gefallen – und den Geldverleihern auch nicht.«

Heinrich zuckt zusammen. Detlef greift die Gelegenheit beim Schopf und streut Salz in die offene Wunde.

»Es wäre unverschämt von mir, dem Hohen Dom zu unterstellen, bei einem jüdischen Geldverleiher in der Schuld zu stehen, aber wenn derartige Gerüchte in die Öffentlichkeit gelangen ...«

Es herrscht eisiges Schweigen, während der Erzbischof überlegt, ob Detlef dieses eine Mal zu weit gegangen ist. Aber das Zweckdenken siegt über seinen Stolz. Schwerfällig erhebt sich Heinrich und geht zum Fenster. Der Nachmittag neigt sich dem Ende zu, und er muss sich bald mit der Kutsche nach Bonn aufmachen. Alle Wege scheinen in dieselbe Richtung zu führen. Er überlegt, ob es eine elegante Möglichkeit gibt, Detlef als Verhörer einzusetzen und zugleich den Kaiser und den unglücklichen Vater der Jüdin zu beschwichtigen. So viel Wirbel um eine verherrlichte jüdische Bäuerin – es ist einfach zu ärgerlich! Plötzlich macht sich die Gicht in seinem Bein mit stechenden Schmerzen bemerkbar und er fährt zusammen.

Was verspricht sich Detlef von der Freilassung der Jüdin? Es muss etwas dahinterstecken, auf das er selbst noch nicht gekommen ist. Ganz gewiss handelt Detlef nicht aus purer Rührseligkeit heraus. Vielleicht ist mehr an der Tochter des Rabbis, als es den Anschein hat. Und wenn ja, was wäre der politische Vorteil – oder Nachteil –, wenn er als Erzbischof dem Inquisitor einen Strich durch die Rechnung macht? Mit der ihm eigenen Umsicht beschließt Heinrich, das Wagnis einzugehen und einfach abzuwarten, was geschieht. Falls nötig, kann er Solitario später immer noch zurückholen.

Detlef schaut wieder zur Uhr und versucht seine zunehmende innere Aufruhr zu verbergen.

Plötzlich fällt Heinrich sein Traum vor dem Kruzifix in der St. Severinskirche wieder ein. Christus hatte ihm geraten, Vertrauen in das Blut zu haben und sich nicht mehr um das Brot zu sorgen. Nun ist auf einmal alles klar: Als sein Cousin steht Detlef für das Blut. Könnte das Brot für Wien stehen – für den Inquisitor und alle anderen Verpflichtungen des Erzbischofs?

»Ich werde Vorkehrungen treffen, damit du die Vernehmung von Ruth bas Elazar Saul für einen Monat übernehmen kannst. Ich werde die Zuständigkeit der Inquisition anzweifeln, obwohl die Frau getauft ist. Mein Argument wird das der Staatsangehörigkeit sein: Als Einwohnerin von Köln hat die Frau das Recht, hier von Deutschen verhört zu werden. Mit diesem schwachen Vorwand können wir den Eiferer nur für eine gewisse Zeit behindern, aber ich denke, ich weiß, wie ich ihn für die Dauer des Verfahrens ganz aus dem Verkehr ziehen kann. Zum Glück sind die Straßen zwischen Köln und Wien immer noch schrecklich vom Krieg gezeichnet, und allein der Herr weiß, welche Gefahren unterwegs auf einen Kurier lauern.«

Heinrich bekreuzigt sich fromm. Ein Rascheln von gestärktem Leinen und Seide geht durch den Raum, als die Geistlichen seinem Beispiel folgen.

»In diesem Fall, gütiger Herr, brauche ich Eure Unterschrift umgehend. Monsignor Solitario ist genau zu dieser Stunde am Werk, und ich befürchte, die Jüdin überlebt ihre erste Folter nicht.«

Überrascht sieht Heinrich seinen Assistenten an, der die Information mit einem Nicken bestätigt. Der Erzbischof klatscht

in die Hände, und sofort tritt ein Diener mit Feder und Schriftrolle vor und kniet sich hin. Heinrich breitet die Rolle auf dem
Rücken des Jungen aus, kritzelt eine eilige Notiz und setzt seine unverkennbare verschnörkelte Unterschrift darunter. Er wedelt das Schriftstück, um die Tinte zu trocknen, und reicht es
Detlef, nachdem er es zusammengerollt und mit einem Tropfen
rotem Wachs versiegelt hat.

»Nun geh schnell, und Gott sei mit dir! Ich werde doch nicht
zulassen, dass der Hohe Dom mit dem Blut einer Unschuldigen
befleckt wird«, fügt er theatralisch hinzu und gefällt sich sicht-
lich in der Rolle des rechtschaffenen Kämpfers für das Gute.

Detlef, der noch gar nicht recht glauben kann, wie mühelos
er sich durchgesetzt hat, schiebt die Schriftrolle rasch in seine
Soutane und eilt zur Tür. Groot heftet sich an seine Fersen; begeistert von dem Triumph seines Herrn, strahlt er übers ganze
Gesicht.

Brennen. Weiße Schmerzblitze. Gedämpfte Musik von irgendwo. Ruth ist kurz davor aufzugeben. Die Schmerzen sollen aufhören. Ihr Körper schreit nach Erlösung. Blinzelnd späht sie in
das blassgrüne Licht. Das liebevolle Gesicht ihrer Mutter dringt
durch die Wasseroberfläche. Sie lächelt auf sie herab wie die geschnitzte Galionsfigur eines untergegangenen Schiffs. Sara lockt
sie: Ein Atemzug und du bist bei mir … Komm! Komm! Erinnerungen an ihren Geruch, ihre sanfte Stimme und die Wärme
von Zuhause tanzen verführerisch in Ruths Kopf. Als sie gerade einatmen will, dringen gläserne Dolche überall in ihren Körper ein. Die Kälte ist so lähmend, dass sie nicht denken kann.
Ihr Bewusstsein klammert sich an eine letzte innere Mahnung:
nicht einatmen … nicht einatmen … Wie lange noch? Wieder
erscheint das Gesicht ihrer Mutter. Aus ihrer Haube löst sich
eine schwarz glänzende Haarlocke und fällt auf sie herab, wie in
der Dunkelheit schimmerndes Ebenholz. Ruth muss an Jakobs
Leiter denken. Wenn sie nach ihr greift und sich daran festhält,
wird sie die Schmerzen, die Kälte und Dunkelheit hinter sich
lassen und in die Sicherheit verheißenden Arme der Mutter finden. Sie muss sich nur ergeben und atmen, bis sie in Bewusstlosigkeit versinkt. Plötzlich taucht ein Klumpen über ihrem
Kopf auf. Ruth beobachtet, wie daraus ein Bündel glitschiger,
sich windender Aale wird. Eine weiße Hand kommt aus den zuckenden Fischen. Lilith! Ruth reißt verzweifelt an ihren Fesseln,
aber es ist zu spät. Auf die Hand folgt das Gesicht der Dämonin mit den großen leuchtenden Augen. Sie streckt Ruth ihre

Finger entgegen und packt ihren Körper. Ihr Mund öffnet sich, die Zähne blitzen und sie stürzt sich auf die Gefesselte.

Mit der Gambe zwischen den Knien beobachtet Carlos gelassen, wie Blut an die Oberfläche des dunklen Wassers steigt. Er wirft einen Blick auf das Stundenglas, das auf dem Tisch aus Walnussholz neben ihm steht: Der Sand ist bereits vor zwanzig Sekunden durchgelaufen. Sein Bogen zittert in der Luft, bevor er ihn herabschwingt, um eine neue Strophe zu beginnen.

Juan blickt zu Boden und beobachtet, wie eine Küchenschabe an einem Büschel Menschenhaar mit einem Stück Haut daran knabbert. Auf diese Weise vermeidet er, die Tauchfolter mit ansehen zu müssen. Er ist ein abergläubischer Mann, der seine geistliche Berufung trotz seiner promiskuitiven Neigung sehr ernst nimmt, und er fürchtet um seine Seele. Wird er für seine Beteiligung an derart unchristlichen Verhören verdammt werden, auch wenn er nicht selbst Hand anlegt? Er sieht kurz auf und ist erleichtert, als Carlos dem Folterknecht endlich ein Zeichen gibt.

Bull drückt den schweren Holzbalken nach unten und Ruths gefesselter Körper taucht aus dem eiskalten Wasser auf, das an ihr herunterläuft. Ihr langes schwarzes Haar klebt an ihrem Körper, ihre Haut ist bläulich weiß und aus ihrer Nase und den Ohren tropft Blut. Ihre violetten Lippen sind schmerzverzerrt, als sie keuchend einatmet und gleich darauf einen Schwall klaren Schleim spuckt. Fachmännisch schüttet ihr der Folterknecht einen Eimer warmes Wasser über den Kopf, von dem sie Schüttelkrämpfe bekommt.

Der Inquisitor hält ihr ein Stück Pergament hin. »Gestehe, Ruth Navarro, und deine Seele wird erlöst. Die Qualen werden enden. Versteck dich nicht hinter vornehmem Schweigen, du bist zu intelligent, um einer törichten Gesinnung zuliebe zu sterben. Die Beweise sind unanfechtbar. Warum noch länger leiden, wenn ich dir Erlösung und Seelenfrieden verspreche?«

»Seelen … Seelen …«, krächzt Ruth vornübergebeugt und von Krämpfen geschüttelt. Immer wieder muss sie würgen, und neuer Schleim kommt ihr hoch.

Carlos packt sie an den nassen Haaren. Sie fühlen sich gut an, findet er, wie kühle Seide. Ihr zerbrechlicher Eindruck, verstärkt durch das geringe Gewicht ihres Schädels, erregt ihn. Er reißt ihren Kopf zurück.

»Du bist eine Hexe! Unterschreib dein Geständnis!«

Ruth starrt ihn ausdruckslos an. Ihre Pupillen erweitern sich, denn sie wünscht sich an einen anderen Ort. Weit weg von diesem Keller mit den hässlichen Männern, weit weg von den Schreien, die sie benommen als die ihren erkennt.

Angewidert lässt der Dominikaner ihr Haar los. Der Kopf sackt ihr auf die Brust, aber sie ist bei Bewusstsein.

»Noch einmal untertauchen!«

Bull begutachtet Ruths schlaffen Körper mit geschultem Auge. »Angesichts des Gewichts und der Größe des Subjekts wäre es ratsam, noch fünf Minuten zu warten …«

»Untertauchen!«

Bull zuckt mit den Schultern. Die Überspanntheit des kleinen Mönchs beginnt ihn zu verärgern. Wenn sie die Hexe jetzt verlieren, geschieht es dem aalglatten Spanier nur recht! Es gehört ein gewisses Geschick zu diesen Dingen, und es regt ihn auf, wenn seine Kunden sich erlauben, ihm mit ihren Gemütsbewegungen ins Handwerk zu pfuschen. Dennoch lässt er seine Muskeln spielen und drückt den Balken zu Boden. Ruth steigt mit dem Holzstuhl, an den sie gefesselt ist, in die Luft. Der Folterknecht schwingt sie über den Bottich und versenkt sie mit einem Ruck im eiskalten Wasser.

Carlos sieht zu, wie Ruths Haare und ihr Kittel versinken, und dreht die Sanduhr noch einmal um.

Der junge Wachmann neben ihm denkt sehnsüchtig an sein Abendessen, denn seine Geliebte (die Gemahlin seines Wirts) erwartet ihn mit einem Hammeleintopf mit Kümmel und Kastanien. Er sieht mit Sorge, wie das Wasser aus dem geteerten Fass spritzt. Wenn die Hexe stirbt, muss er bei der offiziellen Meldung beim Erzbischof als Zeuge aussagen, und dann dauert die Sache noch ein paar Stunden länger. Der Wunschtraum, von seiner Geliebten, deren üppiger Busen aus dem Ausschnitt hervorschaut, einen dampfenden Teller hingestellt zu bekommen, rückt in immer weitere Ferne. Zu seiner Verwunderung stellt er fest, dass er insgeheim hofft, die Hexe möge das Verhör überleben.

Der Inquisitor nimmt sich die Sanduhr und hält sie auf dem Schoß. Er blickt von oben durch das Glas und sieht, wie die Sandkörner zur Mitte strömen und in den Strudel gerissen werden. Fasziniert meditiert er über dem Gerät und ist begeistert von diesem Sinnbild des Lebens. So viele Taten des Menschen scheinen keine unmittelbaren Auswirkungen zu haben, aber im Verborgenen tun sie doch das ihre, bis sich schließlich alles zu einem weit verzweigten Netz von Ursache und Wirkung verknüpft. Genau wie in diesem Augenblick, in dem sich alles gefügt hat und er das Leben der Tochter jener Frau in den Händen hält, die ihn fast um den Verstand gebracht hat. Die Vorsehung ist von erhabener Eleganz, denkt er, und beobachtet, wie die letzten Sandkörner eine Mulde formen und dann durch den schmalen Hals der Sanduhr hinabstürzen, um nur noch Leere zu hinterlassen. Aber letztlich ist Macht das stärkere Aphrodisiakum, befindet Carlos.

»Exzellenz, sie stirbt«, wagt Juan nervös einzuwerfen.

Der Inquisitor taucht ruckartig aus seiner Träumerei auf und bemerkt, dass alle Anwesenden, sogar die Wachen, ihn anstarren. Der Diener, in dessen jungem Gesicht sich blankes Entsetzen malt, bricht zu einem zitternden Häufchen zusammen. Carlos lässt ihn unbeachtet.

»Das wird sie nicht, ihre Sorte ist störrisch. Vertrau mir, ich kenne ihre Vorfahren.«

»Was ist sie – ein Übermensch?«, wirft Bull ohne Rücksicht

auf das Protokoll ein. »Denn falls nicht, müssen wir sie rausholen, wenn ich meine Arbeit machen soll, andernfalls wird es Zeit für den Sarg und den Priester.«

»Wir warten.«

Alle drehen sich wieder zu dem Fass um: der junge Wachmann, der sich um sein Abendessen sorgt; der Diener, der sich fast in die Hosen macht; Juan, der überlegt, was Detlef wohl sagt, wenn er von dem Ertrinken der Jüdin hört; Bull, der entsetzt ist über die Vergeudung seines Talents, und der ältere Wachmann, der weiß, dass es seine Aufgabe sein wird, später die Leiche aus dem Wasser zu holen und das Fass sauberzumachen.

Wenn der Allmächtige es wünscht, wird sie leben. Wenn nicht, wird sie sterben, denkt Carlos. Insgeheim wünscht er sich, dass der Geist der Mutter erscheint, um die Tochter zu retten. Sieh nur, Sara, sieh, wo dein Kind jetzt ist! Mit geschlossenen Augen stellt sich Carlos vor, wie die Spanierin auf das an der Wasseroberfläche schwimmende schwarze Haar blickt und all ihre Schönheit dem Grauen weichen muss.

Plötzlich ertönt ein Klopfen an der Tür. Ehe der Inquisitor sichs versieht, stürmen mehrere Wachen, gefolgt von Detlef und Groot, herein. Einen Augenblick lang bleiben sie überwältigt von dem Gestank nach Kot, Urin, Blut und Angst wie angewurzelt stehen.

Detlef späht ungläubig in den dunklen Raum. Es ist das reinste Höllenspektakel. Das düstere Gewölbe mit den grausamen Folterinstrumenten und der schuldbewusste Blick des Inquisitors, als sei er bei einer Missetat ertappt worden, verwirren den jungen Kanoniker. Beunruhigt sieht er sich um und fragt sich, wo sie die Hebamme wohl versteckt haben. Erst als Solitario sich vor das große Fass mit Wasser stellt, wird Detlef schlagartig klar, dass sie darin versenkt wurde.

»Lassen Sie die Angeklagte sofort frei!«

»Auf wessen Befehl?«

Detlef streckt den Spanier mit einem Schlag zu Boden und

drückt rasch den Balken nach unten. Als sich der Stuhl aus dem Wasser hebt, eilen ihm Bull und die Wachmänner zu Hilfe. Gemeinsam machen sie die bewusstlose Hebamme los und legen sie auf den nassen Steinboden. Ihr Kopf fällt schlaff zur Seite.

»Schnell, eine Fackel!«

Im Schein der Flamme sieht Detlef, dass die Frau leblos ist, die Augen rollen bereits nach innen. Er packt sie fassungslos an den schmalen Schultern. Sie kann doch nicht so rasch gestorben sein! Nicht sie!, fleht er stumm. Verzweifelt reißt er ihren Kittel auf. Der Anblick ihre leichenblassen Brust mit den violetten Knospen darauf macht ihm schmerzlich bewusst, wie jung sie ist. Detlef legt eine Hand auf ihre Rippen und beginnt, ihr Herz zu massieren. Nichts geschieht.

Groot, der neben ihm kniet, legt die Finger um ihr schlaffes Handgelenk und tastet nach ihrem Puls. »Herr, der Geist der Hebamme hat uns verlassen.«

Aber Detlef will nicht auf ihn hören und müht sich weiter ab. Jedes Mal, wenn er auf die Brust der Hebamme drückt, hallt der Stoß dumpf in seinem Innern wider. Es ist, als würde alles, was von Wichtigkeit ist, durch diese eine Bewegung offenbar: seine riesige Hand auf ihrem zarten Brustkorb; die aufgeweichte Haut, die wie Lehm nachgibt; der Schmutz an ihrem Körper, der seine Finger überzieht und ihre Erniedrigung auf ihn überträgt.

Lass sie leben!, betet er zu seinem Gott. Erfülle mir diesen einen Wunsch!

Groot, den die Hartnäckigkeit seines Herrn ängstigt, will ihn wegziehen, denn es zeigen sich bereits Blutergüsse auf der Haut der Hebamme. Aber der Kanoniker macht mit aller Entschlossenheit weiter.

Plötzlich hebt sich auf wunderbare Weise ihr Brustkorb und sie hustet. Aus ihrem violetten Mund kommt ein Schwall Wasser.

»Herr, sie lebt!«, ruft Groot erstaunt.

Detlef rollt sie auf die Seite. Obwohl es sehr kalt in dem Keller ist, steht ihm der Schweiß im Gesicht. Als er sieht, wie sich zitternd ihre Rippen heben, wird er gewahr, dass tatsächlich Leben unter seinen Händen ist, und es erfüllt ihn zum zweiten Mal in seinem Leben ein großes Gottvertrauen.

»Also lebt die Hebamme und kann einem weiteren Verhör unterzogen werden.«

Carlos' Stimme durchdringt die Stille und holt Detlef zurück in die raue Wirklichkeit. Er blickt in die kalkweißen Gesichter seiner erschrockenen Zuschauer.

»Vielleicht wäre es besser gewesen, sie sterben zu lassen«, bemerkt der Mönch grinsend.

Detlef nimmt seinen Umhang von den Schultern und wickelt Ruths zitternden Körper darin ein. Einmal mehr wundert er sich über ihre zerbrechliche Statur. Wie schmal sie ist! »Von nun an werde ich die Angeklagte selbst verhören.«

»Auf wessen Befehl?«

Groot reicht Juan die Schriftrolle, der sie wiederum an Carlos weitergibt. Mit geschürzten Lippen liest der Inquisitor, dann zerknüllt er das Schreiben.

»Ein Wort an den Kaiser wird die plötzliche Zuneigung des Erzbischofs zu der Hexe rasch wieder zum Abflauen bringen.«

»Mag sein.«

Detlef gibt einem seiner Wachmänner ein Zeichen, der daraufhin die halb bewusstlose Hebamme aufhebt. Sein Gesicht ist unbewegt und sein Blick starr auf Detlef gerichtet.

Der Domherr wendet sich an den Inquisitor. »Ich glaube, wenn Sie sich beeilen, erreichen Sie gerade noch den Nachtkurier nach Wien. Die Kutsche fährt um Mitternacht ab.«

Carlos taxiert Detlefs Soldaten, von denen einige nach ihren Schwertern greifen. Er gibt sich geschlagen und dreht sich zu Juan um, der mit empörter Miene die Gambe aufhebt.

»Ich werde Ihren kometenhaften Aufstieg zum Inquisitor gewiss nicht vergessen, Domherr von Tennen. Und ich bete für

Sie, dass Sie es nur von zeitweiliger Dauer sein werden.« Mit diesen Worten rauscht der Inquisitor, gefolgt von seinem Sekretär, aus dem Keller.

Bull zieht sich die Kapuze vom Kopf. Sein Gesicht ist zwar pockennarbig, aber überraschend freundlich. »Mein Herr, werden Sie meine Dienste noch benötigen? Denn wenn nicht, erwartet mich meine bessere Hälfte zu Hause.«

»Sie können gehen.« Detlef dreht sich zu den Wachen um. »Sie auch!«

Nachdem die Hauptakteure verschwunden sind, weicht die Spannung aus dem Kellergewölbe wie die Luft aus einem Ballon.

Detlef verpasst der Folterbank einen Tritt. »Holz und Eisen, Groot – damit kann man vielleicht den Körper eines Menschen brechen, nicht aber seinen Geist. Der Geist wird immer unantastbar bleiben.«

Aber Groot läuft es kalt über den Rücken, als er unvermittelt von einer dunklen, unbestimmten Vorahnung heimgesucht wird. Er verdrängt das ungute Gefühl und bekreuzigt sich rasch.

✦ ✦ ✦

Der geschwungene Bogen aus Eschenholz streicht über die straff gespannten Saiten und entlockt der Gambe ein leises Wehklagen. Dann folgt ein wütender Schwall von Sechzehntelnoten, eine Sequenz aus einer ungarischen Rhapsodie, die Carlos einem Zigeuner gestohlen hat, den er unbeabsichtigt zu früh zu Tode folterte. In seiner spartanischen Zelle spielt der Spanier, der sich zuvor ausgezogen und mit Myrrhe eingerieben hat, mit ganzer Leidenschaft, und seine Musik durchdringt die klösterliche Stille. Er hält das glänzende Instrument zwischen seinen knochigen Schenkeln und wirft mit geschlossenen Augen den Kopf in den Nacken. Seine Verzückung ist zugleich geistiger wie musikalischer Natur.

Ich hielt ihr Leben in meinen Händen, wettert er, und er hat sie mir weggenommen. Dafür soll er bezahlen, ich werde sie beide vernichten. Die Töne schwellen zu einem Crescendo der Rache an. Nun wird er sich die Macht der Hexe zu Nutze machen. Er wird die Dämonin heraufbeschwören und sie seinem Willen unterwerfen. Sein Stuhl steht mitten in der eiskalten Zelle, und sein zitternder nackter Körper ist bar jeden Gefühls, während er sich in die reinste Raserei hineinsteigert.

Es gibt nur eine Lichtquelle in der düsteren Zelle: ein glimmendes Häufchen Weihrauch, das er extra für die heimliche Beschwörung besorgt hat. Das brennende Harz erfüllt die Zelle mit würzigem Rauch. Auf dem Steinboden liegt ein mit Edelsteinen besetztes Amulett aus Marmor. Auf der Unterseite ist ein Bildnis von Lilith eingraviert, das sie in Ketten gelegt und mit einem Smaragd im Nabel zeigt. Die Seite, die nun oben liegt, zeigt Lilith jedoch befreit von den Ketten, mit siegesgewiss erhobenen Flügeln und Händen. Darunter steht auf Aramäisch: »Erhört mich und ich werde triumphieren; betet mich an und ich werde euch dienen«. Carlos ließ die Gravuren bereits zwanzig Jahre zuvor auf einem Markt in Istanbul anfertigen – in Nachahmung eines Amuletts, das er bei der Festnahme der Navarros als Beweisstück beschlagnahmte und das nach Isaak Navarros Hinrichtung auf geheimnisvolle Weise verschwand.

Die Musik schwingt sich auf zu wirbelnden Arabesken, um in Arpeggien herabzuregnen, bevor sie in ein eindringliches, gefühlvolles Liebeslied übergeht. In seiner Schönheit ist es unvereinbar mit der grotesken Erscheinung des nackten alten Mannes, wie er mit seinem Instrument gleichsam einen Liebesakt vollzieht.

»Komm, mein Weib, komm zu mir!«, murmelt Carlos leise auf Aramäisch. Die Sprache hat er in den trostlosen Jahren nach Saras Flucht nach Amsterdam im Kloster von Villanueva de Gállego gelernt. Mit dieser Sprache erschlossen sich ihm auch die mystischen Lehren und illustrierten Texte, die es jenseits der

Kabbala gab, denn auch er hatte in dem verzweifelten Versuch, sich dem Objekt seiner Begierde, seiner Nemesis, zu nähern, mit dem Studium des Sohars begonnen.

In den Weihrauchschwaden erscheinen die glänzenden Schenkel einer nackten Frau: Lilith. Mit wiegenden Hüften tanzt sie verführerisch zu der Musik. Von ihrem Kopf fallen lange Schleier zu Boden. In strahlendem Weiß flattern sie durch die Luft, und Carlos erhascht immer wieder einen Blick auf Teile ihres herrlichen Körpers. Er öffnet die Augen und passt seinen Rhythmus ihren Bewegungen an, und seine Erregung wächst mit jeder neuen Enthüllung.

Die Dämonin ist sehr groß, über zwei Meter misst sie. Ihre Brüste sind prall wie bei den maurischen Sklavenmädchen, die er auf dieselbe Weise tanzen sah; ihr üppiger Körper ist rund und einladend wie eine reife Frucht. Ihr Gesicht wirkt unglaublich jung, und die täuschend unschuldigen Augen, groß und schwarz, stehen im krassen Gegensatz zu ihrem verlockenden Körper. Carlos weiß, diesem Paradox wird er immer wieder erliegen.

»Meine Geliebte, mein Untergang, ich rufe dich an! Schließ dich mit mir zusammen und hilf mir, die Hebamme zu vernichten!«

Die Dämonin wirbelt herum, und ihr unverhülltes Geschlecht blitzt einen Augenblick im Lichtschein des verbrennenden Weihrauchs auf. Ihre zischende Stimme steigt dem Mönch zu Kopf wie ein betörender Duft, vor dem es kein Entkommen gibt. »Ich werde es tun, aber du weißt, wenn du mit Lilith tanzt, gibst du mehr als nur deinen Samen.« Ihre Antwort erfasst er nicht mit dem Gehör, sondern mit allen Sinnen, und es ist, als sei ihre Stimme eine Klinge, die ihm ins Fleisch sticht.

Bevor er etwas erwidern kann, greift sie mit ihren glühenden Händen nach seinem Gemächt. Zitternd vor Wonne lässt Carlos seinen Bogen fallen.

Vor der Zellentür haben sich neugierige Jesuitennovizen versammelt. Ihre jungen Gesichter sind vor Aufregung gerötet, ihre Blicke gespannt. Sie möchten mehr von der wunderbaren Musik des Mönchs hören, die durch den dunklen Korridor schallte und sie aus ihren Zellen gelockt hat. In der nun herrschenden Stille ist das laute, lustvolle Stöhnen des Inquisitors deutlich zu hören, aber für die Jungen klingt es nach großen Schmerzen.

»Der spanische Geistliche muss mit Satan selbst ringen«, flüstert einer von ihnen ehrfürchtig. Er ist kaum älter als vierzehn. Seine Kameraden nicken weise und bekreuzigen sich ergriffen.

חסד

– CHESSED –

GNADE

♃

Müller liegt auf dem Rücken und zählt die Wassertropfen, die an der Steinwand seiner Zelle hinunterlaufen. Er hat sich vorgenommen, wieder nach dem Wächter zu rufen, wenn der fünfzigste schmutzige Tropfen auf den Granitboden fällt.

Sie sollten längst da sein, denkt er; von Fürstenberg hat es ihm versprochen. Zwanzig Jahre Dienst sind doch gewiss nicht unerheblich. Er ist mehr als nur ein einfacher Beauftragter; er ist ein Vertrauter. Er hat dem Minister einmal das Leben gerettet, und im Gegenzug verlässt Müller sich nun auf ihn. Von Fürstenberg hatte erklärt, Müllers Festnahme sei ein Fehler gewesen, ein plumper Versuch des Kaisers, den Erzbischof das Fürchten zu lehren. Er hatte versprochen, alles zu regeln – bei Morgengrauen sollte er abgeholt und heimlich nach Paris zu seinen Söhnen gebracht werden. Zu seinen strammen Jungen. Warum also ist immer noch keiner gekommen?

Plötzlich hört Müller das Klappern von Schlüsseln. Er setzt sich auf und bemüht sich, das Stroh aus seinem Haar zu entfernen und die zerrissenen Kleider glatt zu streichen, die er seit über einer Woche trägt.

»Herr von Fürstenberg?«, ruft er. Niemand antwortet, aber als seine Worte verhallen, hört er Schritte in dem finsteren Gang vor seiner Zelle.

Ein Mann, dessen freundliches Gesicht im Schein seiner Laterne zu sehen ist, taucht aus der Dunkelheit hinter dem Gitter auf. »Gleich haben wir Sie draußen, geht ganz schnell«, sagt er fröhlich und stellt die Laterne ab, um die Tür aufzuschließen.

Erleichtert verlässt Müller die Zelle. Unvermittelt reißt ihm der Mann den Kopf nach hinten und schneidet ihm blitzschnell die Kehle durch.

✦ ✦ ✦

Eine Hand liegt in ihrem Schoß, die andere ruht auf der Lehne des schlichten Holzstuhls. Mit halb geöffneten Augen starrt Ruth in das Feuer, das in dem kleinen Kamin brennt.

Detlef steht an dem vergitterten Fenster und sieht hinaus in den Nachthimmel. Vor vier Tagen hat er den geschundenen Körper der Hebamme aus dem eiskalten Wasser gezogen. Es waren vier lange Tage, in denen er immerfort an sie denken musste. Nun ist er da und steht vor ihr. Während er hinausblickt, ordnet er seine Gedanken. Durch die Äste der Pappeln blickt er auf den leeren Marktplatz. Die Fenster sind von goldgelbem Kerzenschein erleuchtet. Der Abendgottesdienst ist bereits vorüber, und die meisten Leute machen sich bereit, ins Bett zu gehen: Der Küchentisch wird abgeräumt, das Feuer gelöscht, die Decken werden zurückgeschlagen, und die Familien wappnen sich gegen die bitterkalte Nacht. Eine Frau geht mit einem Säugling im Arm an einem der Fenster vorbei. Lächelnd dreht sie sich um. Zu wem? Zu einem Mann? Ihrem Gemahl?

Detlef denkt an all das, was er sich versagt: ein Leben ohne ständiges Reglement; die Sicherheit, bedingungslos geliebt zu werden; eigene Nachkommen – es sind die einfachen Dinge, die ihm in diesem Augenblick zutiefst reizvoll erscheinen.

Als Ruth hustet, dreht er sich zu ihr um. Sie ist wach und krallt ihre Hände in den Morgenrock, den der Kanoniker ihr bringen ließ. Detlef verspürt plötzlich eine gewisse Scheu, als ihm klar wird, wie wenig er über die Frau weiß, die auf dem Stuhl kauert. Er geht auf sie zu, aber sie zuckt verängstigt zusammen.

Er kniet sich hin und spricht mit größtmöglicher Sanftheit zu ihr. »Haben Sie keine Angst mehr! Bei mir sind Sie sicher.«

Beklommen wartet er auf ihre Antwort. Ihre Stimme, gebrochen von der Folter, ist nur noch ein raues Flüstern.

»Warum haben Sie mich gerettet – um mich erneut zu foltern?«

»Es gibt menschlichere Verhörmethoden, Fräulein Saul.«

Ruth ist die förmliche Anrede nicht mehr gewöhnt und wundert sich tatsächlich im ersten Moment, mit wem ihr Gegenüber spricht. Sie sieht an ihrer sauberen Kleidung herunter und fragt sich, ob er sie nackt gesehen hat. Sie kann sich nicht daran erinnern, wie sie aus dem Wasser kam; sie weiß nur noch, wie kalt es war und wie sehr es schmerzte. Schaudernd zieht sie den Morgenrock fester um ihren Körper und sieht sich im Raum um. Es ist zwar eine Gefängniszelle, wirkt jedoch mit dem kleinen Kamin, einem alten Teppich, zwei einfachen Stühlen und einer Strohmatratze in der Ecke eher wie ein Zimmer in einem Gasthaus. Über dem Kaminsims hängt sogar ein Holzkreuz. Diese Bleibe ist viel bequemer als ihre vorherige, und Ruth fragt sich, warum dieser Mann das alles tut.

»Wo ist Monsignor Solitario?«

»Er ist seiner Funktion bei Ihrer Vernehmung enthoben.«

»Aber die Verhöre gehen weiter?«

»Nein, ich habe jetzt die Aufgaben des Inquisitors übernommen.«

Es klopft an der Tür. Detlef öffnet, und ein junger Diener reicht ihm eine Schüssel mit heißer Suppe.

»Hier, Sie müssen essen!«

Als Ruth den Holzlöffel ergreifen will, merkt sie, dass sie ihre geschwollenen, steifen Finger kaum bewegen kann. Unbeholfen nimmt sie die Schüssel in beide Hände, um die Suppe zu trinken. Es ist ihre erste richtige Nahrung seit über einer Woche. Die heiße Flüssigkeit wärmt ihren tauben Körper und weckt ihre Lebensgeister.

Der Kanoniker setzt sich auf den Stuhl ihr gegenüber. »Der Inquisitor würde Sie verbrennen, ungeachtet der Wahrheit. Aber der Erzbischof und ich, wir sind Wahrheitssucher. Wir wollen nicht, dass die Unschuld einem Rachefeldzug zum Opfer fällt, ganz gleich, ob er religiöser oder politischer Natur ist.«

Ihr unverhohlener Hunger lässt ihn an Begierden anderer Art denken. Aus Angst, sie könne seine Gedanken lesen, blickt er auf ihre nackten, umeinander geschlungenen Füße: Sie sind schmal, die Zehen lang und kindlich. Obwohl er für gewöhnlich ganz ungeniert mit seinen sinnlichen Begierden umgeht, verspürt er nun eine merkwürdige Beschämung, und diese innere Zurückhaltung amüsiert und verblüfft ihn zugleich. Ein Lächeln spielt um seine Mundwinkel, als er daran denkt, dass er sich sein Verlangen später am Abend zusammen mit seiner Geliebten austreiben wird.

Ruth missversteht seine Belustigung. »Sie machen sich einen Spaß aus mir.«

»Sie zweifeln an meinen Beweggründen?«

»Ich denke, Sie verschweigen mir die Wahrheit«, entgegnet die Hebamme, und ein Tropfen Graupensuppe läuft ihr übers Kinn. »Sie kenne ich nicht, aber das Verhalten seiner Exzellenz, des Erzbischofs Maximilian Heinrich, habe ich beobachtet. Durch seine Taten, aber auch seine Tatenlosigkeit, sind schon viele Menschen umgekommen. Daher fürchte ich, der Hohe Dom hat bestimmte Hintergedanken. Ich bin sicherlich bestimmt für den Galgen oder den Scheiterhaufen, also gestehen Sie es mir ruhig gleich, dann können Sie und ich mit einem reinem Gewissen sterben.«

Detlef ist von ihrer Kühnheit überrascht. Er kann sich nicht erinnern, jemals so direkte Worte von einer Frau vernommen zu haben. Einerseits ist er enttäuscht, weil sie ihm als ihrem Lebensretter keine Dankbarkeit erweist, andererseits zutiefst fasziniert.

»Sie tun meinem Herrn Unrecht, Fräulein. Mit seinen Verpflichtungen und Bestrebungen ist es nicht so einfach. Abgesehen davon ist in Ihrem Fall noch nichts bewiesen. Wir legen Wert darauf, dass Sie so lange leben, bis Ihre Schuld oder Unschuld bewiesen ist. Die Absicht von Monsignor Solitario war eindeutig eine andere.«

»Sagen Sie, Kanoniker, glauben Sie an die Existenz von Hexen?«

»Ich glaube an die Existenz des Bösen.«

»Aber glauben Sie daran, dass es den Teufel gibt, die Hölle und die ewige Verdammnis?«

»Natürlich. Ich bin Katholik, und diese Konzepte gehören zu meinem Glauben.«

»Aber haben Sie auch Beweise dafür?«

»Ich habe im Krieg gesehen, welch höllische Dinge Menschen einander antun. Ich habe gesehen, wie Vieh durch einen Fluch verendete und wie die ganz allgemeinen Übel wie Neid, Eifersucht, Gier und Machtstreben die Seelen der Menschen verderben. Ich kann nicht nach einer höheren Existenz streben, ohne zu glauben, dass über unsere Taten sowohl in diesem Leben wie auch in dem nachfolgenden gerichtet wird.«

»Warum übernehmen wir nicht ausschließlich in diesem Leben die moralische Verantwortung für unsere Taten? Warum sollen wir an der Vorstellung festhalten, dass wir nur im Leben nach dem Tode Erlösung finden? Sehen Sie es denn nicht ein? Mit dieser Vorstellung werden doch nur die Enteigneten, die Armen und die Bauern geknechtet, denen man beibringt, dass sie jetzt leiden müssen, damit sie später in den Himmel kommen.«

»Sie sind wahrhaftig eine Ketzerin, wenn Sie derart respektlos von einem Universum ohne Gott sprechen.«

»Ich spreche nicht von einem Universum ohne Gott, sondern von einem, in dem die Menschen nach Gleichheit streben.«

»Eine Ketzerin, Republikanerin und Hexe! Ruth bas Elazar Saul, mit Ihren Worten belasten Sie sich zusätzlich.«

»Soll ich etwa lügen, damit ich weiterleben kann? Die letzte der gegen mich vorgebrachten Anklagen ist falsch. Es gibt vieles, was wir uns noch nicht erklären können: Die Magie der Natur, was den Menschen antreibt, wie der Glaube vieler das Leben eines Einzelnen verändern kann. Vielleicht gibt es sogar Hexen, Kanoniker, aber ich bin keine, das versichere ich Ihnen.«

Plötzlich geht ein Hagelschauer nieder, und die Körner prasseln auf das Schieferdach. Ein glühendes Stück Kohle rollt vom Kaminrost und kommt Ruths nackten Füße bedrohlich nahe. Detlef befördert es mit einem Tritt wieder ins Feuer. Er weiß nicht, was er antworten soll. Er hat schon oft über das Wesen des Glaubens nachgedacht und darüber, wie er sich auf die Wahrnehmung des Menschen auswirkt.

Als er klein war, kam einmal der Wildhüter, ein mürrischer Italiener, der über dreißig Jahre im Dienste der Familie von Tennen stand, zur Gräfin und klagte darüber, dass alle Kaninchen auf den Feldern verhext worden seien und vor ihren Höhlen verendeten. Er machte dafür eine Witwe aus dem Dorf verantwortlich und behauptete, sie sei eine Hexe, die sich nachts in einen Fuchs verwandele. Die Frau lebte schon so lange auf dem Grund des Herrenhauses, wie Detlef zurückdenken konnte. Ihre bescheidene Hütte lag mitten im Jagdgebiet und war daher dem Wildhüter ein Dorn im Auge. Um die Sache aufzuklären, ritt die Gräfin eines Morgens in aller Frühe mit dem damals achtjährigen Detlef aus. In der Morgendämmerung gingen sie von Kaninchenbau zu Kaninchenbau und untersuchten die Tiere, die offenbar vom Tode überrascht worden waren: Sie lagen friedlich beieinander, manche aneinander geschmiegt, andere mit Jungen an den Zitzen. Alle schienen dasselbe Kraut gefressen zu haben. Die Gräfin ließ die harmlos aussehenden Pflanzen überall ausreißen, und die Kaninchen starben nicht mehr, aber dennoch ließ sich der Wildhüter nicht von der Unbescholtenheit der Witwe überzeugen. Dass derlei zufällige Umstände zu Anschuldigungen aus niederen Beweggründen führen, erlebt Detlef tagtäglich, und man verlangt von ihm als Vertrauensperson seiner Gemeinde, seine Zweifel nicht zu äußern.

»Wie erklären Sie dann, dass Sie von der Kabbala Gebrauch machen, Fräulein? Mir sind ihre Wirkweisen nicht unbekannt.«

»Die Kabbala ist ein Gefüge aus mystischen Zahlenwerten, mit denen jeder Buchstabe des hebräischen Alphabets von unseren alten Gelehrten belegt wurde. Es ist ein Regelwerk für das Leben. Nicht mehr und nicht weniger.«

»Wenn sie keine Macht hat, warum benutzen Sie sie dann bei der Geburtshilfe?«

Ruth dreht sich zum Fenster um. Ihr Gesichtsprofil hebt sich scharf von ihrem schwarzen Haar ab. »Es ist eine stürmische, schöne Nacht. Die Natur ist bezaubernd, nicht wahr?«

Detlef wartet schweigend ab. Aus der sich ausbreitenden Stille erwächst unvermittelt ein sinnlicher Augenblick. Detlef ertappt sich dabei, wie er verstohlen Ruths schlanken Hals betrachtet und ihre Zartheit bestaunt, ihr schmales Gesicht und die hohen Wangenknochen, die für ihn allesamt eine fremdartige Verlockung darstellen. Er schlägt die Augen nieder, und sein Blick fällt auf ihr Handgelenk. Er erkennt die blauen Adern unter der weißen, durchscheinenden Haut und sogar das Pochen des Blutes – ihre pulsierende Lebenskraft, um die er gekämpft hat.

Ruth bemerkt seine Verwirrung, kann sich den Grund dafür jedoch nicht erklären. Ihr eindringlicher Blick bringt Detlef in Verlegenheit, und er kann das Gefühl nicht abschütteln, dass sie die Stärkere von ihnen beiden ist. Er wendet sich hüstelnd ab und bemüht sich, die Fassung zu wahren.

»Die Kabbala«, fordert er streng.

»Wie wir beide wissen, ist der Aberglaube – das Bedürfnis, den Dingen einen Sinn zu geben – ein Mittel des ungebildeten Menschen, mit dem er sich seiner hilf- und machtlosen Lage zu erwehren versucht.«

»Sie sprechen von einem Glauben, auf den Sie nicht vertrauen?«

»Das habe ich so nicht gesagt. Abgesehen davon bin ich Pragmatikerin, Domherr von Tennen.«

Detlef bemerkt verwundert, wie er Herzklopfen bekommt, als Ruth seinen Namen ausspricht. Sie hat ihn sich gemerkt! Er sieht ihr in die grünen Augen, die gegen ihre schwarzen Wimpern und Brauen erstaunlich hell erscheinen.

»Wären Sie tatsächlich eine, dann befänden Sie sich jetzt nicht in dieser Lage, Fräulein.«

»Vielleicht, aber andererseits ist auch am Martyrium etwas Pragmatisches – dem würde sogar Jesus Christus zustimmen«, entgegnet sie mit einem Lächeln.

Dieses Lächeln verändert ihr ernstes Gesicht von Grund auf. Wieder wird sich Detlef ihrer Ausstrahlung bewusst, die nichts mit der klassischen Schönheit seiner Birgit gemein hat, sondern eher in ihrem Mienenspiel und ihren Gesten begründet ist.

»Stimmt es, dass Sie bei Benedict Spinoza gelernt haben?«

»Und?«

Detlef schluckt. Kann er ihr vertrauen? Wenn er sich offenbart, wird sie es dann auch tun? Gewiss doch, versucht er sich einzureden, er hat ihr doch das Leben gerettet.

»Ich bin an den Vorgängen westlich der Grenze interessiert. Manche Leute sagen, es stünden große Veränderungen bevor«, formuliert er vorsichtig, um sich seine jugendliche Begeisterung nicht anmerken zu lassen.

Ruth zögert. Der Kanoniker hat sich unversehens in einen ganz normalen Mann verwandelt: Er ist zu einem Menschen geworden, den sie anerkennen und wertschätzen kann, denn die hinter seiner Arroganz verborgene Intelligenz ist zum Vorschein gekommen. Seine Selbstsicherheit ist nur gespielt, stellt sie fest, und er vertuscht damit erstaunliche – und überaus interessante – Schwächen.

Plötzlich nimmt sie einen schwachen Duft wahr, der ihr zuvor entgangen ist: seinen männlichen Geruch. Sie ist wie vom Schlag getroffen. Nur ein einziges Mal in ihrem Leben hat sie etwas so berührt: in einer kleinen Dachstube in der Nähe der Kalverstraat. Dirk Kerckrinck. Seine Umarmung. Es ist ein Geruch, der sie vollkommen entwaffnet. Langsam wandert ein rosiger Schimmer über ihren Hals, breitet sich auf ihren Wangen aus und färbt sogar ihre Ohrläppchen. Um sich gegen die Erregung zu wehren, die sie verspürt, setzt sie eine ernste Miene auf.

»Für jeden aufgeklärten Menschen ist es gut, in die Niederlande zu blicken. Dort findet man die geistige Freiheit, um sich philosophisch zu bilden; um an einen Gott zu glauben, den man nicht bestechen kann und der Seite an Seite mit dem Wissen existiert; um von zivilisierten Staaten zu träumen, von einer Demokratie, in der es keine Sklaven und Herren mehr gibt ...«

»Schscht! Auch Wände haben Ohren ... und lose Zungen.«

Detlef beugt sich vor, und Ruth spürt aufgeregt, wie sein Atem ihre Haut streift.

»Dann sollte ich besser flüstern.«

»Oder leise Lateinisch sprechen. Die Sprache beherrschen Sie doch, nicht wahr?«

»Ich beherrsche und liebe sie«, entgegnet Ruth auf Latein.

»Haben Sie Ihr Vaterland verlassen, um diese neuen Ideen zu studieren?«

»Mein Wissensdurst hat mich dazu getrieben.«

»Tatsächlich? Mich hat man gelehrt, dass Frauen der Drang nach Wissen fehlt und ihre Rolle daher auf die Kindererziehung und in Ausnahmefällen den Handel beschränkt ist – aber vielleicht haben sich meine Lehrer geirrt.«

»Ganz offensichtlich. Denn ich bin eine Frau und verfüge über ein umfangreiches Wissen, was die neuen Philosophen angeht.«

Detlef lacht erfreut. Auch auf Ruths Gesicht malt sich ein Lächeln. Wieder wird das Verlangen in seinen Lenden wach. Von neuer Zuversicht erfüllt, rückt er näher.

»Erzählen Sie mir von Spinoza! Was ist er für ein Mensch?«

Ruth hält die Luft an: Der Kanoniker hat eine Grenze übertreten. Da sein Interesse offenbar persönlicher Natur ist, fragt sie sich, was er von ihr will – eine Aussage, die zu ihrer Verurteilung führt, oder Informationen aus erster Hand über den einsiedlerischen Philosophen? Warum sollte sich ein Kanoniker des Hohen Doms für einen jüdischen Ketzer interessieren, der von seiner eigenen Gemeinde verstoßen wurde? Will er ihr eine Falle stellen?

»Warum fragen Sie? Aus eigenem Interesse oder im Auftrag des Kaisers?«

»Ich komme Ihnen vielleicht wie eine Marionette vor, aber von diesem Augenblick an sind die Fäden durchtrennt. Sie können mir vertrauen.«

»Vertrauen muss man sich verdienen.«

»Ich habe Ihnen das Leben gerettet.«

»Sie zögern nur meine Hinrichtung hinaus.«

»Das will ich nicht hoffen, Fräulein. Ich versichere Ihnen, Sie können mir vertrauen. Ich schwöre es auf die Bibel: Ich werde Sie nicht verraten.«

»Ein großes Versprechen! Interessiert Sie dieser Mann so sehr?«

»Er fasziniert mich. Ich glaube, er hält möglicherweise den Schlüssel zu einer Brücke zwischen zwei Welten in den Händen: der alten Ordnung, der ich angehöre, und einer neuen, die unsere Zukunft werden könnte.«

Ruth stützt ihren Kopf mit der Hand. »*Deus sive natura*. Die Natur ist Gott, Gott ist die Natur. Alles, aus dem die Natur besteht, setzt sich zu einem grenzenlosen göttlichen Wesen zusammen, das über unendliche Erscheinungsformen verfügt – das ist Spinozas Glaube. *Amor intellectualis Dei*: die vernunftbestimmte, im Denken erschlossene Liebe zu Gott. Sind wir zu ihr fähig, werden wir uns stets dem göttlichen Wesen zugehörig fühlen.«

»Ihr Mentor ist ein strenger Meister. Sind Sie fähig, Ihre Gefühle und Triebe im Zaum zu halten und sich einem so nüchternen Glaubensmuster zu unterwerfen? Wäre es nicht einfacher, Trost in Ihrer eigenen Religion zu suchen?«

»Kanoniker, ich bin in erster Linie eine Denkerin. Ich habe schon zu viel gelernt und kann mich nicht mehr auf den Pfad der Unkenntnis und des Mystizismus zurückziehen. Spinozas Vorstellung von Gott passt sehr gut zu dem, was ich durch eigene Beobachtungen erfahren habe.«

»Sie sind eine höchst ungewöhnliche Frau. Ich habe noch nie jemanden wie Sie kennen gelernt.«

»Verzeihen Sie mir meine ungewöhnlichen Vorstellungen; verurteilen Sie mich dafür nicht zum Tode!«

Draußen verkündet der Ausrufer die zehnte Stunde, und der Hagelschauer vergeht so rasch, wie er gekommen ist. Irgendwo knallt eine Tür. Detlef hat das Gefühl, er wird diesen Augenblick niemals vergessen: die Form ihre Hände; wie der Schein des Feuers ihr Profil umschmeichelt; den Klang ihrer Stimme, sanft, aber tief und so melodisch, dass er sich kaum auf ihre Worte konzentrieren kann; ihr ganzes Erscheinungsbild, das den Beschützer in ihm weckt. Unter dem Einfluss all dieser Eindrücke erscheint ihm die Welt in einem strahlenden Licht.

Innerlich überwältigt fehlen Detlef die Worte. Er ist einfach froh, bei ihr zu sein, ihre Nähe und den Anblick ihrer im Licht schimmernden schwarzen Haarpracht zu genießen, während die Zeit verrinnt.

»Ich habe nichts gesehen«, sagt Ruth in die Stille hinein.

Detlef sieht sie verständnislos an.

»Als ich zu ertrinken drohte, habe ich nichts gesehen – keinen Todesengel, keinen Heiligen Geist. Einen Augenblick lang glaubte ich, meine Mutter zu sehen, aber es war bestimmt nur eine Bewusstseinstäuschung.« Ihre Stimme klingt unsicher.

»Wie können Sie ohne Glauben leben?«

»Sie irren sich, Kanoniker. Ich habe einen Glauben. Ich glaube an die Natur, an das Wissen und trotz allem auch an die Gutwilligkeit des Menschen.«

»In diesem Fall, mein Fräulein, ist Ihr Glaube größer als meiner.«

Nachdem er gegangen ist, liegt Ruth auf ihrer schmalen Matratze und starrt an die Decke. Sie beobachtet die Schatten, die das Feuer auf die rußbeschmutzte Fläche wirft. Die Ereignisse der letzten Tage waren so bedeutsam, dass sie den Eindruck hat, es seien mehrere Leben gewesen und nicht eine einzige Woche.

Ein glühendes Holzstück lodert auf, und sie muss an die in der Synagoge betenden Männer und an ihren Vater denken. Ob Elazar jetzt wohl schläft? Wird er ihre Gefangenschaft überdauern? Wird sie ihn je wiedersehen?

Ein plötzliches Zwicken am Bein lässt sie auffahren. Und sie untersucht ihre Decke, die nur so wimmelt von Läusen. Sie versucht, eins der kleinen Insekten von dem grauen Baumwollstoff zu entfernen, aber ihre Finger sind immer noch steif von der Folter und nicht beweglich genug, um das kleine Biest zu zerquetschen. Achselzuckend zieht sie die Decke bis ans Kinn. Ein schwacher Hauch des Geruchs ihres Besuchers weht über ihr Gesicht. Aufreizend. Verführerisch. Verblüffend. Eingehüllt in Detlefs Duft, ergibt sie sich schließlich der Erschöpfung und versinkt in tiefem, traumlosem Schlaf.

Der Wind peitscht Detlef ins Gesicht, bringt sein Blut in Wallung und reinigt seinen Geist. Er gibt seiner Stute die Sporen und treibt sie mit lauten Rufen an. Hinter ihm versinkt die von Mauern umgebene Stadt im dichten Nebel. Nur der Baukran auf dem zur Hälfte fertiggestellten Turm des Doms, abgewinkelt wie der Arm einer riesigen Vogelscheuche, ist noch zu erkennen. Detlef lässt das freie Feld hinter sich und reitet auf den dichten dunklen Wald zu. Der unbefestigte Weg ist gefährlich, denn viele Straßenräuber treiben dort ihr Unwesen. Aber Detlef, den die Gefahr in Hochstimmung versetzt, galoppiert weiter. Die kaum erkennbaren niedrigen Mauern zu beiden Seiten der schmalen Straße sind die einzige Orientierungshilfe. Es ist schon viele Jahre her, seit er zuletzt etwas so Unbesonnenes getan hat, und das Donnern der Pferdehufe, sein laut klopfendes Herz und das Rauschen des Bluts in seinen Ohren vermischen sich zu einem Tosen, wie er es von der stürmischen See kennt. Er bewegt sich von der Vergangenheit in eine aufregende Zukunft und stürzt sich von der Sicherheit kopfüber in die Ungewissheit. Und zum ersten Mal in seinem Leben ist ihm richtig wohl in seiner Haut.

Einige Meilen entfernt, auf der anderen Seite des ruhig dahin-
fließenden Flusses, brennt eine Kerze im Fenster. Hinter der
Scheibe, die von der Wärme im Raum beschlagen ist, sitzt ein
alter Mann an seinem Schreibtisch. Rabbi Elazar ben Saul findet keinen Schlaf. Seit seiner Audienz beim Erzbischof hat er
nicht mehr geschlafen; sein Kopf gestattet es ihm nicht. Er befürchtet, wenn er sich dem Schlaf ergibt, könne sein Bewusstsein sich entspannen und aufhören, seine Tochter zu beschützen – als verlange der Schutzkreis, den er um sie gezogen hat,
ständige Wachsamkeit. Er leidet und ist immer noch zornig
über den Verrat, den Sara begangen hat. Ihre Tochter ohne sein
Wissen taufen zu lassen – es könnte kaum eine größere Sünde
geben.

Eine Miniatur liegt vor ihm auf dem kleinen Holztisch. Sie
ist im Stil der italienischen Renaissance gehalten, und die Por-
trätierte scheint an dem Betrachter vorbei in weite Ferne zu blicken – vielleicht ist sie sogar in Trance. Sie ist wunderschön,
aber es ist schwer zu sagen, was ihre Schönheit ausmacht. Es
ist nicht die Symmetrie ihres Gesichts, denn bei genauerer Betrachtung erweist es sich als asymmetrisch: Ein Auge ist etwas
tiefer als das andere, der Mund leicht verzogen und die Nase
kräftig. Es ist nicht ihre Gesichtsform, die wegen der sehr hohen Wangenknochen spanisch oder orientalisch anmutet. Auch
nicht die Augenbrauen, die zu dünnen Linien gezupft sind, wie
es zwanzig Jahre zuvor Mode war, oder das aus der hohen Stirn
zurückgehaltene Haar. Vielleicht ist es ihr aufmerksamer Blick

aus tiefschwarzen Augen, in dem ein Hauch von Traurigkeit liegt, oder ihre würdevolle, stolze Ausstrahlung, die sie älter wirken lässt. Oder ist es der Anflug eines ironischen Lächelns, das um ihre Lippen spielt und von Klugheit zeugt? Was immer es auch ist, die Frau ist eine zweifellos atemberaubende Erscheinung.

Der Firnis des Porträts weist bereits Risse auf, und das Blattgold, mit dem ihr purpurrotes Kleid besetzt ist, blättert ab. Die rosige Färbung ihrer Wangen und Lippen – aufgetragen mit winzigen Pinselstrichen – ist verblasst. Aber für den alten Mann ist es, als säße die junge Frau leibhaftig vor ihm. Mit nachdenklicher Miene legt sie den Kopf schräg, wie sie es immer tat, wenn sie verschmitzt Bedenken gegen seine große Ernsthaftigkeit vorbrachte.

»Elazar, alle Propheten hatten Humor. Warum bin ausgerechnet ich mit so einem Jeremia verheiratet?«

»Das Leben ist eine sehr ernste Sache.«

»Das Leben ist sehr kurz, mein Liebling, und es bringt Freud und Leid. Es lohnt nicht, ständig zu grübeln. Das Lachen erlaubt uns kurze Augenblicke der Freude und vor allem des Vergessens.«

»Also ist es nicht genug, wenn ich gelegentlich lächle?«

»Nein, nein, das ist es nicht!«

Und dann hört er ihr glockenhelles Lachen. Elazar hört es so deutlich, dass er über seine Schulter blickt, weil er befürchtet, es habe das ganze Haus aufgeweckt. Aber alles bleibt ruhig, unberührt von der Anwesenheit des schillernden Geistes.

Er hat Angst aufzusehen, um die Erscheinung seiner toten Gemahlin nicht zu vertreiben, denn der Geist ist ganz bestimmt da, gleich auf der anderen Seite des Schreibtischs. Das Gemach ist von Lilienduft erfüllt. Diesen Duft hatte Sara in ihrer neuen Heimat für sich gewählt, um alle anderen Gerüche zu vertreiben, die sie an die Schrecken der Vergangenheit erinnerten. Sie trug den Duft auch, um ihrem jungen gelehrten Ehemann zu gefallen, der so schüchtern war, dass sie sich nur in völliger Finsternis unter der Bettdecke liebten, bis sie sich schließlich beschwerte, sie könne genauso gut mit dem Engel Gabriel oder dem Propheten Elias schlafen, wenn sie so wenig von ihrem Mann sehe. Elazar lächelt angesichts der Erinnerung, aber er traut sich immer noch nicht aufzusehen. Der alte Mann hält seinen Blick auf die Miniatur und die Kette aus Perlen und Korallen gerichtet, die er um seine Finger geschlungen hat und die in dem Porträt seiner Frau mit winzigen silbrig-weißen Emailtröpfchen dargestellt ist.

Nun greift eine zarte Hand nach der Kette und nimmt sie ihm ab. Das Wiedererkennen der langen, schlanken Finger ist so schmerzlich, dass Elazar das Herz schwer von Tränen wird.

Nun wagt er es, seine Frau anzuschauen. Sara. Sie sieht genauso aus, wie er sie in Erinnerung hat. Alle Einzelheiten ihres Gesichts, von der kleinen Narbe am Kinn zu den feinen schwarzen Härchen ihrer geschwungenen Augenbrauen, werden offenbar durch die Liebe. Und als er sie ansieht, vergisst er, dass sie schon seit über fünfzehn Jahren tot ist.

»Ich bin hier, um dich um Vergebung zu bitten, Elazar.« Die Stimme des Geistes, unverkennbar in ihrer Art, erfüllt den alten Mann mit Gram.

»Warum, Sara?«

»Aus Angst, Liebling. Es war die Angst einer Überlebenden.«

»Du hast eine Sünde begangen, eine große Sünde. Sie gehört uns beiden.«

»Ich wollte sie nur schützen und in Sicherheit bringen. Ich habe aus Liebe gehandelt, das musst du mir glauben. Vergib mir!«

Elazar sieht ihr ins Gesicht und verliert sich in ihrer langen gemeinsamen Geschichte, die sich wie ein Traum hinter ihren pechschwarzen Augen auszudehnen scheint.

»Habe ich dir je etwas abschlagen können?«

»Nein.« Und dann lächelt sie, zärtlich und ironisch zugleich, und dieses Lächeln versetzt Elazar augenblicklich in seine Jugend zurück.

»Was nun, Sara?«

»Nun warten wir. Unsere Tochter ist stark.«

»Aber der Inquisitor hat sie.«

»Nicht mehr. Was sein wird, steht bereits geschrieben. Das hast du mir doch immer gesagt, nicht wahr?«

Der Geist legt behutsam die Kette auf die polierte Platte des Schreibtischs und steht auf. Sara trägt das purpurrote Kleid, das sie damals für den italienischen Porträtmaler wählte, weil es ihren anschwellenden Bauch besonders gut verbarg – sie war damals zum zweiten Mal schwanger gewesen. Als sie so vor ihm steht, sieht Elazar die Wölbung ihres Leibes und muss die Augen schließen, um die Erinnerung an Saras blutüberströmte Schenkel und den totgeborenen Sohn zu verdrängen, um den sie ihre weißen Arme schlang, als Elazar ihr angsterfülltes Gesicht küsste, bevor sie starb.

»Elazar! Elazar!« Der Geist reißt den gekrümmt auf dem Stuhl sitzenden Mann aus seinen Gedanken und kommt auf ihn zu. »Elazar, mein Liebster, du darfst noch nicht aus diesem Leben scheiden, du wirst noch gebraucht.«

»Aber ich bin so müde.«

Tatsächlich scheint jede einzelne Zelle seines mageren Körpers nach der Gnade des Vergessens zu rufen.

»Du musst noch ein Weilchen stark bleiben. Ruth braucht dich.«

Sara gräbt ihre zarten Finger in sein silbriges Haar, und sein alter Körper erinnert sich an längst vergessene Sehnsüchte. Ungestüm ergreift Elazar ihre schmalen Hände und bedeckt sie mit Küssen.

»Mein Liebling, wie ich mich nach dir sehne! Du warst mein Herzblut, mein ganzes Glück.«

»Und du meines.« Ihre Stimme klingt nun wie eine leise Melodie.

Sie erlaubt ihm, seinen Kopf an ihre Brust zu schmiegen. Er legt die Hände um den prallen samtumhüllten Leib. Der alte Mann wähnt sich bereits im Himmel, so wunderbar vertraut sind der Duft ihrer Haut und ihre Berührung. Er gräbt sein Gesicht in ihr kühles Dekolletee und bemerkt, dass etwas anders ist. Es fehlt etwas. Da wird ihm schockartig klar, dass es das Schlagen eines lebendigen Herzens ist.

Draußen im Korridor sucht Tuvia, dem die Blase zu platzen droht, nach einem Nachttopf. Als er an Elazars Stube vorbeistolpert, sieht er das Licht unter der Tür. Neugierig legt er ein Ohr an das Holz und hört, wie der alte Mann in lautes Schluchzen ausbricht.

SCHLOSS GRÜNTAL

Prinz Ferdinand liegt auf dem Himmelbett, gehüllt in eine Decke mit dem fürstlichen Wappen der Wittelsbacher – einem Adler, der eine Schlange in den Klauen hält –, die mit Wein und Spermaflecken besudelt ist. Ein schwerer Samtvorhang schützt den steinernen Alkoven vor den Strahlen der Morgensonne, die bereits versuchen, unter dem dicken Stoff hindurchzuschlüpfen. In der Ecke steht eine Kerze, deren Flamme in einem schwarzen Tümpel aus flüssigem Wachs flackert. Bis auf das leise, kehlige Schnarchen des jungen Prinzen ist alles still. Alphonso, dessen Wangen immer noch rot verschmiert sind, liegt neben ihm und hält ihn umklammert. Seine schmalen, eleganten Beine sind mit denen des Prinzen verschlungen, und die Hände hat er hinter Ferdinands vernarbtem Rücken verschränkt.

Der Schauspieler ist hellwach. Er starrt unter die Decke, an der im schwachen Kerzenschein ein Gemälde von Zeus zu sehen ist, wie er Adonis verführt. In dem gedämpften Licht erscheint Adonis als hübscher dunkelhäutiger Junge mit gefühlvollem Blick. Zeus jedoch strotzt unvermindert vor teutonischer Stärke. Alphonso wünschte, er und der Prinz könnten wie diese beiden Sagengestalten sein, unsterblich und, wichtiger noch, geheiligt und anerkannt. Er ist froh, dass der Graf am Vorabend die Bediensteten angewiesen hat, sich von den Gemächern des Prinzen fernzuhalten. Verständlicherweise ist der Graf stets wachsam, was die Dienerschaft angeht. Liebe zwischen Männern darf, obschon geduldet, nicht offen gezeigt werden, und der Graf hat viele Feinde, die jede ausgeplauderte Indiskretion zu ihrem Vorteil nutzen würden.

Der Schauspieler wendet seine Aufmerksamkeit wieder dem schlafenden Geliebten zu. Er lässt die Finger über zwei noch nicht sehr alte Narben gleiten, die über die Schultern des Prinzen verlaufen. Er weiß genau, woher sie stammen: Es sind die Folgen einer Auspeitschung. Beim Liebesspiel hat er die versteckte Furcht im Blick des jungen Prinzen gesehen. Alphonso musste nicht fragen: Natürlich wurde Ferdinand auf Befehl des Kaisers, seines Onkels, ausgepeitscht, zur Strafe für ein viel geringeres Vergehen als das, mit einem Mann zu schlafen – schlimmer noch, mit einem Schauspieler.

Alphonso ist achtzehn, nur ein Jahr älter als der Prinz, und auch er hat schon die Peitsche zu spüren bekommen und entkam dereinst nur mit knapper Not dem Galgen. Er hat erkannt, dass die Trägheit, die Ferdinand zur Schau stellt, nur eine Maske ist, die er aus Verzweiflung aufsetzt, um sich vor weiteren Schmerzen zu schützen, körperlichen wie seelischen. Als Waisenjunge musste sich Alphonso ab dem sechsten Lebensjahr allein in dem überfüllten Getto von Venedig durchschlagen und entwickelte sich so zu einem Meister des Doppelspiels. Diese Begabung fiel Samuel Oppenheimer auf, dem Hofjuden des Kaisers, als die Theatertruppe Wien besuchte, und seit dieser Zeit steht Alphonso in Oppenheimers Diensten. Es ist seine Aufgabe, bei den Gastspielen an den verschiedenen Höfen Informationen zu sammeln: Hinweise in Bezug auf den Handel und geplante militärische Strategien, Klatsch über zerrüttete Ehen und Intrigen aller Art. Diese Informationen verschaffen Oppenheimer Vorteile gegenüber seinen Rivalen und bewahren ihm die Gunst des Kaisers. Aber für den jungen Schauspieler ist die Lage prekär. Wenn sein Treiben auffliegt, kann nicht einmal Samuel ihn retten.

Wie Alphonso so neben dem jungen Prinzen liegt, in den er sich zu verlieben im Begriff ist, schwört er, ihn um jeden Preis zu verteidigen. Dann lächelt er über die Unsinnigkeit und Kühnheit dieses Gedankens: Der Prinz könnte ihn mit einem

Befehl auf der Stelle verhaften lassen. Alphonso kann nur in seiner Funktion als Schauspieler von Nutzen sein. Er ist wandelbar wie ein Chamäleon und kann dank dieser Begabung jeden beliebigen europäischen Hof unterwandern.

Ferdinand dreht sich auf den Rücken und murmelt etwas auf Wienerisch, dann träumt er weiter. Alphonso küsst ihn sanft auf den Mund und schlüpft aus dem Bett. Er nimmt den großen Pelzumhang, der auf dem kalten Marmorboden liegt, wickelt sich darin ein und tappt leise hinaus in den taufeuchten Innenhof. Dort lehnt er sich an eine Steinsäule und entblößt, nachdem er sich umgeschaut hat, ob niemand in der Nähe ist, sein beschnittenes Glied und erleichtert sich. Er blickt auf den verräterischen Körperteil und fragt sich, wie lange er noch seine Religionszugehörigkeit und seine Gefühle vor dem misstrauischen Gefolge seines Prinzen verbergen kann.

Ein großer Rabe beobachtet ihn von einem Holzbalken aus. Als Alphonso fertig ist und abschüttelt, fliegt der Vogel davon. Laut krächzend steigt er in den trüben Himmel auf. Alphonso beschleicht das ungute Gefühl, dass es sich um ein schlechtes Omen handelt.

✦ ✦ ✦

Der Keiler rast in die schlammige Mulde und gräbt sich mit den kurzen stämmigen Beinen verzweifelt in den weichen Boden, um sich im Matsch zu verstecken. Grunzend hält er inne und nimmt in der Frühlingsbrise Witterung auf. Er kann den Schweiß von Pferden und Menschen riechen und, schlimmer noch, den stechenden Geruch der Hunde – nasses Fell, Kot und das Blut des letzten Opfers, das von ihren Lefzen tropft. Plötzlich schlagen die Hunde an, und es erklingen die tiefen Töne des Jagdhorns. Ängstlich quiekend macht das verschreckte Tier kehrt, der Schaum fliegt von seiner haarigen Schnauze, und es rennt über die offene Lichtung davon. Es hat nur ein Ziel vor

Augen: die Sonnenstrahlen zu erreichen, die in die vor ihm liegende Schlucht fallen.

Die Jäger kommen näher, und das Durcheinander aus Rufen, Gerüchen und klappernden Hufen hat den Keiler fast erreicht. Er überwindet einen umgestürzten Baumstamm und springt den Abhang hinunter, der sich vor ihm auftut. Schwerfällig landet er mit eingeknickten Beinen. Aber schon sind die ausgehungerten Hunde über ihm. Ein langbeiniger beige-brauner Jagdhund gräbt seine Zähne in den Pelz am Hals des Keilers, zwei weitere beißen sich an seinem Kopf fest. Im hohen Bogen spritzt Blut in den bläulich weißen Schnee. Der Keiler, ein Prachtexemplar von mindestens drei Jahren, schüttelt den Kopf und wehrt sich nach Leibeskräften. In nackter Angst rollt er die aufgerissenen Augen. Die Hunde lassen ihn nicht los und reißen ihm sogar ein Ohr ab. Grunzend stößt das blutende Tier gegen einen Baumstamm, als es sich von seinen Angreifern befreien will.

Plötzlich zischt ein Stahlpfeil durch die Luft und trifft den Keiler mitten ins Herz. Das kapitale Tier erstarrt und kippt dann mit sonderbarer Anmut auf die Seite. Es bleckt die gelblichen Hauer und verzieht das Maul zu einem eigenartig gutmütigen Grinsen. Der Möglichkeit beraubt, ihr Werk zu beenden, stehen die Hunde enttäuscht um den erlegten Keiler herum.

Als das Horn ertönt, ziehen sie sich widerstrebend zurück, schnüffeln an dem versickernden Blut und trippeln ungeduldig hin und her, während die Jäger an die Schlucht herangeritten kommen.

»Bravo, Eure Hoheit, ein meisterhafter Schuss!«

Graf Gerhard von Tennen, der ein hautenges Jägerwams und Kniehosen aus Leder trägt, lüftet seinen mit Federn geschmückten Hut und salutiert vor Prinz Ferdinand, der mit einem verblüfften Grinsen im Gesicht immer noch die Armbrust umklammert, als fürchte er, der Beweis seiner Fähigkeiten könne ihm jeden Augenblick entrissen werden.

»Erstaunlich«, murmelt er und wundert sich über seine Treffsicherheit.

Direkt hinter ihm steht Wildhüter Hermann Wolf, der dem Grafen zuzwinkert und rasch seine Armbrust in der Satteltasche verschwinden lässt. Der Graf beobachtet mit Bewunderung, wie der Wildhüter von seinem Hengst steigt und den Abhang zu dem toten Keiler hinunterklettert. Einen Augenblick lang verharrt Hermann triumphierend über dem blutigen, noch zuckenden Tier, dann stößt er einen kurzen Speer in seinen Körper. Der Graf winkt ihm anerkennend und wendet sich Ferdinand zu.

»Eure Hoheit, wo habt Ihr gelernt, so zu schießen? Ihr könnt Euch ja mit Herkules selbst messen.«

Auf dem meist verdrießlichen Gesicht des Prinzen malt sich ein schüchternes Lächeln. »Ich habe gar nicht ... Ich meine, der Onkel hat mich gezwungen, ein paar Stunden zu nehmen, aber ich muss zugeben, dass ich bis zum heutigen Tage keinerlei Talent für die Jagd unter Beweis stellen konnte.«

»Dann bekommt Euch offenbar die gute Luft im Rheinland. Und Ihr müsst dem Kaiser von Eurem Erfolg berichten. Er wird sehr stolz sein«, entgegnet der Graf. »Hermann! Bring dem Prinzen doch seine Trophäe!«, ruft er dem Wildhüter zu.

Nun wird der junge Kerl Leopold wohl hoffentlich erzählen, wie belebend und stärkend sein Besuch auf Schloss Grüntal war, denkt er, und dann stehen die von Tennens wieder in der Gunst des Kaisers. Er fragt sich, ob er Hermann zumuten kann, dieses heldenhafte Täuschungsmanöver am folgenden Tag bei der Fasanenjagd, die er für seinen hohen Gast geplant hat, noch einmal zu wiederholen.

Eine Sänfte, die von zwei schwitzenden Dienern getragen wird, erscheint oben am Rand der Schlucht. Alphonso, aufwändig verkleidet als Königin von Saba mit einem prächtigen Federkopfschmuck, streckt den Kopf aus dem Fenster.

»Sieh nur, Alphonso, dein Prinz hat tatsächlich etwas geschossen!« Ferdinand zeigt triumphierend auf den toten Keiler.

Das Banner des Wiener Hofes kommt in Sicht, und drei Kammerherren des Prinzen reiten heran. Sie lassen die Zügel los, um höflich zu applaudieren, und zeigen sich tief beeindruckt von der auf dem Boden ausgestreckten Jagdbeute.

Aus der Sänfte taucht ein wohlgeformter Fuß in einem für den Wald denkbar ungeeigneten purpurroten Schühchen auf, dann ein goldener lederner Überstrumpf und schließlich der Rest des Schauspielers. »Vortrefflich, mein Prinz! Ganz vortrefflich!« Alphonso wirft Ferdinand eine Kusshand zu.

Einer der Höflinge schürzt missbilligend die Lippen und schleudert dem Schauspieler einen toten Hasen vor die Füße. Sofort stürzt sich die Hundemeute auf das kleine Tier und zerfetzt es innerhalb von Sekunden. Alphonso wird über und über mit Blut und Fellstückchen bespritzt, weicht entgeistert zurück und fällt hin.

Einige der Höflinge lachen hinter vorgehaltener Hand, als der Prinz in großer Hast sein Pferd herumreißt, um nachzusehen, ob Alphonso verletzt ist.

»Es ist nichts passiert! Nur ein paar Spritzer Blut!« Mühsam rappelt sich der Schauspieler mit schief sitzendem Kopfschmuck auf. Er ist sich seiner Lächerlichkeit schmerzlich bewusst und wischt mit den Händen ein ums andere Mal über sein beflecktes Kostüm. »Kümmere dich nicht um mich! Schau nur, der Wildhüter, er wird dich ehren!«

Der Prinz blickt nervös in die Schlucht, wo der Wildhüter neben dem toten Keiler kniet. Mit einer schwungvollen, männlichen Bewegung schneidet er dem Tier das verbleibende Ohr mit dem Messer ab. Der Applaus der berittenen Zuschauer hallt durch den Wald, und ein Schwarm Vögel steigt aus den Baumkronen auf. Mit energischen Schritten kehrt Hermann Wolf zur Gruppe zurück, und unter seiner edlen grünen Hose, die er zu den Reitstiefeln mit silbernen Sporen trägt, malen sich seine muskulösen Beine ab.

Ferdinand steigt unbeholfen ab und geht so hoheitsvoll, wie

es die dicken Polster in seiner Kleidung zulassen, auf den Wild-hüter zu, um das Ohr entgegenzunehmen. Mit einer gebieteri-schen Handbewegung zieht er die Trophäe vom Messer und hält sie triumphierend hoch. Auf ein Zeichen des Grafen wird das Jagdhorn geblasen.

Ferdinand dreht sich zu Alphonso um, kniet vor ihm nieder und macht ihm das Ohr des Keilers zum Geschenk. Der Schau-spieler ist ehrlich gerührt, zugleich genießt er seine Rolle sicht-lich und tut so, als wandele er am Rande der Ohnmacht. Dann nimmt er das Ohr mit spitzen Fingern an und gibt vor, an dem blutigen Klumpen zu knabbern. Das Gefolge ergeht sich in höf-lichem Gelächter, aber der Prinz macht keine Anstalten, sich wieder zu erheben.

»Mein Geliebter«, flüstert Alphonso ihm zu, »du musst auf-stehen, der Boden ist zu kalt.«

Ferdinand lässt den Kopf hängen und rührt sich nicht. »Ich kann nicht«, stöhnt er mit zusammengebissenen Zähnen.

Alphonso befürchtet schon, sein Spielchen habe bei dem Prinzen einen seiner berüchtigten Wutanfälle hervorgerufen, und beugt sich zu ihm vor. Plötzlich kippt Ferdinand auf die Seite und hält sich den Bauch. »Schnell! Schnell! Er stirbt!«, kreischt der Schauspieler.

Binnen Sekunden sind drei Höflinge bei dem Prinzen und knöpfen ihm in Windeseile die Jacke auf, um nach einer Ver-letzung zu suchen.

»Ich bin nicht verwundet, ihr Idioten! Es ist die alte Ge-schichte, mein Magen!« Von Krämpfen geschüttelt bekommt der junge Prinz kaum noch Luft.

Der Graf denkt mit Grauen an die Unannehmlichkeiten, die auf ihn zukommen, wenn Ferdinand stirbt, und trabt auf sei-nem Pferd heran. »Ein Arzt! Ein Arzt! Wo ist der verdammte Arzt?«

Der Ruf des Grafen wird durch die Reihen weitergegeben, bis er die Nachzügler der Jagdgesellschaft erreicht, die gerade erst am Rand der Schlucht eintreffen. Bedienstete und berittene Höflinge weichen auseinander, um einen hageren Mann auf einem alten Esel durchzulassen.

»Ich bin hier, Herr!«, ruft er mit einer Gelassenheit, die den Grafen nur noch mehr zur Verzweiflung bringt.

»Kümmern Sie sich um den Prinzen! Sehen Sie nicht, dass seine Hoheit darniederliegt?«

Der Arzt, dessen lange schlaksige Beine vom Rücken des Esels bis in den Matsch reichen, steigt von seinem störrischen Reittier ab und schlurft zu dem Prinzen. Mit seinem schwarzen Umhang und dem hohen Hut sieht der Arzt wie der leibhaftige Sensenmann aus, was auch Ferdinand nicht entgeht, als sich der Quacksalber über ihn beugt und mit konzentrierter Miene seine schwarz angelaufenen Zähne bleckt.

»Ahhh! Ich bin noch nicht bereit! Bitte, mein Herr, ich bin noch jung!«, ruft er verzweifelt.

Ohne sein Geschrei zu beachten, tastet ihn der Arzt unter der gepolsterten Jacke ab. Ferdinand glaubt, der Todesengel greife schon nach seinen lebenswichtigen Organen, und wehrt sich mit glühendem Gesicht. Aber der ältere Mann, der in die Ferne starrt, während er mit seinen knochigen Fingern die Erkrankung in dem vernarbten Bauch den Prinzen aufzuspüren versucht, zeigt sich ungerührt.

Die Jagdgesellschaft erstarrt vor dem Hintergrund der Bäume zu einem Tableau aus Rot und Grün und wartet atemlos auf das Urteil des Mediziners. Nur das Flattern der Banner im Wind ist zu hören. Endlich ergreift der Arzt mit betroffener Miene das Wort.

»Er muss zur Ader gelassen werden, wir müssen ihn so schnell wie möglich ins Schloss bringen. Ich glaube, es handelt sich um eine Blutvergiftung.«

Die Diener eilen mit der Sänfte zu dem am Boden liegenden Ferdinand, der laut aufschreit, als sie ihn hineinquetschen wollen.

»Vorsicht! Ihr bringt ihn noch um, ihr Narren!« In seiner Angst fällt Alphonso aus der Rolle, und seine Stimme ist um drei Oktaven tiefer als gewöhnlich.

Mit dem Kopfschmuck in der Hand hastet er über seine langen Röcke stolpernd neben der Sänfte durch den Matsch, die von den Dienern eilends zurück zum Jagdschloss getragen wird.

WOLKENHAVS, EINIGE MEILEN VOM LANDSITZ DER VON TENNENS ENTFERNT

Detlef liegt ausgestreckt auf einem kleinen Diwan, der an der weißen Wand des schlichten Salons steht. Es gibt wenig Mobiliar in dem großen Raum mit den hohen Decken, der nur noch schwache Spuren seiner einstigen Erhabenheit trägt. In seiner Kahlheit strahlt er eine asketische Demut aus. Am anderen Ende ist ein großer Kamin mit einem prachtvollen Marmorsims in die Wand eingelassen. Darüber hängt ein Porträt von Detlefs Tante, dargestellt als dralle Jägerin, das jedoch zusehends verstaubt und dringend der Restauration bedarf.

Am Fenster steht ein Tafelklavier, dessen einst prächtige, vergoldete Bilder von Nymphen und Satyren nun verblasst sind wie die vergangene Schönheit einer alten Jungfer. Daneben steht ein bayerisches Schränkchen. Es ist kunstvoll verziert und zeigt ein kitschiges Gemälde der Verführung von Hephaistos durch Aphrodite. Die zierlichen Beine des Möbels wirken in dem kahlen Raum seltsam schutzlos. Ein zerschlissener mittelalterlicher Wandteppich mit losen Fäden hängt an der gegenüberliegenden Wand und verleiht dieser Seite des Raumes einen seltsam orientalischen Anstrich. Zwei Kinderspielzeuge, ein Lederball und ein bunter Kreisel, liegen achtlos in der Ecke.

Detlef hat sich seinen Umhang übers Gesicht gezogen, und während er schläft, kommt eine dicke schwarz-rosa Sau mit mehreren Ferkeln hereinspaziert. Sie trottet ungeniert um den schlafenden Mann herum, schnüffelt an dem getrockneten Mist an seinen Reitstiefeln und marschiert dann auf den Lederball zu. Die Ferkel folgen ihr quiekend.

»Brunhilde!« Eine matronenhafte Frau mit schmutzigem Kittel und derben Holzschuhen kommt hereingelaufen und droht der Sau mit ihrem Strohbesen. »Dieses Haus ist für Menschen, nicht für Schlachtplatten auf Beinen!«

Die Sau weicht in eine Ecke zurück, grinst ihre Herrin schief an und furzt trotzig. Die Geräusche und Gerüche dringen quer durch den Raum bis in Detlefs Träume. Er bewegt sich, und sein rechtes Bein rutscht von dem Diwan.

»Oh!« Die Haushälterin fährt herum und hebt den Besen, um sich vor dem vermeintlichen Eindringling zu verteidigen. Bestimmt hat ein erschöpfter Wanderbursche Schutz vor der Kälte gesucht! Auf Zehenspitzen tritt sie an ihn heran und sieht das Wappen, mit dem der Umhang bestickt ist. Verunsichert zieht sie dem Eindringling vorsichtig den feuchten Stoff vom Gesicht. In diesem Moment öffnet Detlef ein Auge.

»Herr Detlef!«

Der Kanoniker blinzelt, reibt sich den Schlaf aus den Augen und späht misstrauisch zu dem erhobenen Besen auf. »Willst du mich damit erschlagen, oder handelt es sich um dein neues Fortbewegungsmittel?«

»Ich bitte um Verzeihung, Herr Detlef, Ihre Hanna ist doch keine Hexe«, sagt sie und lässt den Besen sinken. »Ich dachte nur, Sie wären einer von diesen Landstreichern, die sich überall einschleichen.« Um ihre Verlegenheit zu überspielen, beginnt sie zu fegen. »Wenn ich gewusst hätte, dass Sie kommen, hätte ich Feuer gemacht und eine Suppe gekocht.«

»Nun, jetzt bin ich eben da.«

»Ja, das sind Sie. Es ist herzlich wenig von den Wintervorräten in der Speisekammer übrig, aber ich kann rasch bei meinem Bruder ein paar Rüben und eingesalzenes Fleisch borgen, und in einer Stunde ist es hier mollig warm.«

»Wie wäre es mit einem Stück Speck?« Detlef sieht die alte Sau an, die seinen Blick mit unverhohlener Feindseligkeit erwidert.

»Da werden Sie noch ein paar Monate warten müssen, bis die Kleinen so weit sind. Es war ein harter Winter und die meisten Leute leben nur noch von Getreide. Brunhilde hat bereits einige Entführungsversuche abgewehrt, nicht wahr, mein Schatz?«, sagt die Haushälterin mit rauer Zärtlichkeit zu dem Schwein.

»In diesem Fall bin ich natürlich für die Suppe, wie du Brunhilde versichern kannst.«

Gähnend steht Detlef auf und streckt die steifen Glieder. Er stinkt nach altem Schweiß und der feuchten Nacht. Hanna scheucht die Sau und ihre Sprösslinge durch die Diele zurück zu den Gesinderäumen.

Detlef sieht sich um und verspürt eine Welle der Zuneigung für das Wolkenhaus, die kleine Zuflucht auf dem Lande fernab von Köln, wo die Schwester seiner Mutter einst ihre vornehmen Literaturzirkel abhielt. Seine unverheiratete Tante, die sich trotz des großen Drucks ihrer Familie geweigert hatte, ins Kloster zu gehen, machte aus dem Haus einen ungewöhnlichen Zufluchtsort für die gelangweilten Gemahlinnen wohlhabender Bürger und sogar einige weibliche Händler. In Begleitung weniger Diener unternahmen sie oft die Reise mit der Kutsche oder zu Pferde und blieben mehrere Tage. An den Abenden versammelten sie sich, um Gedichte vorzulesen und Musik zu machen und, was noch viel wichtiger war, um wertvolle Informationen über ihre Männer und über das Netz der Macht auszutauschen, das die Rangordnung innerhalb der Stadt bestimmte.

Als die Tante starb, hinterließ sie den Besitz ihrem Lieblingsneffen. Nun ist das Landhaus Detlefs ganz privates Zuhause, sein Refugium, wenn er den Anforderungen der Stadt und den Affären seines Bruders entfliehen möchte, dessen Jagdschloss einige Kilometer entfernt ist. Sie standen sich noch nie sehr nahe, aber über die Jahre ist die Kluft zwischen den beiden Brüdern noch größer geworden. Gerhard betrachtet Detlefs Nachsicht gegenüber Heinrichs schwankender Loyalität als Schwäche, während Detlef schon seit langem die Hoffnung aufgegeben hat, hinter der glänzenden Politikerfassade seines Bruders auf etwas Menschliches zu stoßen. Sie erhalten zwar den Anschein brüderlicher Zuneigung aufrecht, aber in Wahrheit haben beide den Respekt voreinander verloren. Inzwischen fällt es Detlef schwer nachzuvollziehen, wie verzweifelt er sich nach Gerhards Anerkennung sehnte, als er jünger war.

Der leicht heruntergekommene Zustand des Wolkenhauses entspricht seinem Alter. Die Felder hinter dem Garten liegen nach der Verwüstung durch den Dreißigjährigen Krieg immer noch brach. Detlef, dem die trostlose Landschaft gefällt, ließ auch den Garten verwildern, und so sind mittlerweile die hohen Mauern und die geharkten Kieswege völlig überwuchert. Nun sieht das Landhaus zu seiner Befriedigung von außen so vernachlässigt aus, dass man nicht einschätzen kann, ob der Kanoniker gerade anwesend ist oder nicht.

Nachdem Detlef ein Bad genommen hat, nimmt er, bekleidet mit einem einfachen Damasthemd und einem Wams aus gerippter Seide, an dem runden Holztisch in der großen Küche Platz.

»Das wird Ihnen die Kälte aus den Knochen vertreiben«, sagt Hanna und setzt ihm eine Schüssel Eintopf vor. Ängstlich beobachtet sie, wie der Kanoniker zögernd in den knorpeligen Fleischstücken herumstochert, bis schließlich der Hunger über seinen Feinschmeckergaumen siegt und er zu essen beginnt.

»Hervorragend, Hanna!«, lügt er. Erleichtert widmet sich die Haushälterin wieder dem Einsalzen.

Während Detlef die fettige Suppe löffelt, betrachtet er die stämmige Frau mit ihrem befleckten Kittel und dem schmuddeligen Mieder. Sie wirkt so zufrieden und scheint ihm bedingungslos ergeben. Ist es möglich, dass sie die gleichen Bestrebungen und geistigen Sehnsüchte hat wie er? Er muss an Ruth bas Elazar Saul denken: Sie ist zwar keine Bäuerin, aber immerhin eine Frau und ihre Stellung weit unter der eines Wittelsbachers. Woher stammen dann ihre Klugheit und ihr Wissensdrang? Aus dem Äther? Von Gott? Von ihren Vorfahren?

»Hanna, glaubst du, dass wir gleich sind, du und ich?«, fragt er unvermittelt.

Hanna sieht schockiert von ihrem Topf auf und lässt vor Schreck ein Stück Fleisch auf den Boden fallen.

»Das ist keine Fangfrage, ich bin nur neugierig. Glaubst du, deine Seele ist meiner ebenbürtig oder auch der meines Bruders, des Grafen? Oder sogar der des Kaisers?«

»Herr, sind Sie betrunken?«

»Nein, ich bin völlig nüchtern. Ich war noch nie nüchterner. Aber ich muss es wissen: Glaubt ihr, du und die Bauern, die du kennst, jenseits von aller Unterwürfigkeit vielleicht, dass ihr uns Herren gleich seid?«

»Nun, wir haben alle zwei Arme, zwei Beine und einen Bauch, aber das ist es auch schon, wenn Sie mich fragen. Zum Beispiel die Damen, die Ihre Tante hierher einlud: Nicht nur ihr Leben war anders, sondern auch ihr Denken. Ich bin zufrieden mit meinem Los. Ich wurde geboren, um zu dienen, genau wie meine Mutter und ihre Mutter davor. Sind wir deshalb schlechter oder besser? Ich weiß es nicht. Aber gleich sind wir nicht. Sie können ja auch Brunhilde nicht mit Matti, dem Jagdhund, vergleichen! Was kommt als Nächstes, Herr Detlef? Hoffentlich nicht dieser Luther! Sie sind für das Herrenhaus geboren wie ich für die Küche. So war es schon immer, und so wird es auch bleiben.«

»Die holländischen Republikaner hätten es gern anders.«

»Zur Hölle mit den Republikanern und den Lutheranern. Wer hat Sie denn aufgestachelt, Herr Detlef?«, fragt sie frei heraus und vergisst, dass der Adelige vor ihr kein siebenjähriger Junge mehr ist, der die Gänse durch den Obstgarten jagt.

»Das würde mich auch interessieren.«

Detlef fährt herum. Im Sonnenlicht, das durch die offene Tür hereinfällt, steht Birgit. Sie trägt Reitkleidung, Hut und

Schleier und kommt mit selbstbewusster Miene in die Küche, die über ihre Sorgen hinwegtäuscht.

Hanna macht einen tiefen Knicks. »Meisterin!«

Birgit klatscht die Reithandschuhe auf den Tisch. »Spar dir die Förmlichkeiten, Hanna, du kennst mich schon seit meiner Kindheit.«

»Dennoch sind Sie jetzt eine verheiratete Frau und noch dazu eine wohlhabende, also bleibe ich bei den Förmlichkeiten, wenn es Ihnen nichts ausmacht.«

In Hannas Stimme liegt ein missbilligender Unterton. Nach einem weiteren Knicks verlässt sie mit dem Topf Salzfleisch in der Hand den Raum.

Detlef betrachtet seine Geliebte. Mit gespielter Gleichgültigkeit zupft Birgit an ihrer Hutfeder. »Ich wusste, du bist hier.«

»Warum?«

»Weil du dich hierher zurückziehst, wenn dich etwas in Aufruhr versetzt hat. Du bist auch hergekommen, als wir zum ersten Mal zusammen geschlafen haben.«

Sie setzt sich hin und drapiert sorgsam ihren dunkelroten Ferrandinerock auf der harten Bank, um sich von ihrer wachsenden Beunruhigung abzulenken.

»Du bist von Köln hergeritten, Birgit?«

Er macht immer noch keine Anstalten, sich ihr zu nähern. Birgit ist bekümmert über seinen distanzierten Tonfall, beschließt aber, seiner kühlen Art zunächst keine Beachtung zu schenken. Mit einem koketten Lächeln gießt sie sich Wein in einen Zinnbecher und trinkt ihn durstig aus.

»Nicht von Köln, von Schloss Grüntal aus. Und ich habe schlechte Nachrichten. Prinz Ferdinand ist heute Morgen bei der Jagd zusammengebrochen.«

»Ist die Verletzung schlimm?«

»Es ist keine Verletzung, sondern irgendein geheimnisvolles Leiden. Gerhards Arzt versorgt ihn.«

»Ha, dieser Quacksalber! Gerhard muss sehr besorgt sein.

Wenn sich der Zustand des Prinzen verschlechtert, könnte ihn das in höchste Verlegenheit bringen, und wir alle wissen ja, wie sehr mein Bruder solche Unannehmlichkeiten hasst.«

»Der Prinz wird nicht sterben.«

»Du bist gekommen, um mir das zu berichten?«

»Das und anderes. In der Stadt kursieren Gerüchte, dass Kaufmann Voss auf den Scheiterhaufen kommt. Die Bürgermeister und die Gaffeln sind höchst empört. Ist es denn wahr? Wird Maximilian diese Bürger tatsächlich opfern?«

»Ich befürchte es.«

»Aber die Männer sind unschuldig!«

»Sei nicht einfältig, Birgit, das steht dir nicht! Aber nun sag, woher wusstest du, dass ich hier bin?«

»Eine Wette mit meinem Herzen. Das sichere Gespür einer Frau, durch das sie mit ihrem Geliebten verbunden ist. Man könnte auch sagen, ich kenne deine Gewohnheiten.«

Trotz seiner Zurückhaltung legt sie ihm die Hand auf den Schenkel. Überrascht stellt Detlef fest, dass die Geste keine Wirkung auf ihn hat. Um zu prüfen, wie weit seine Gleichgültigkeit reicht, reagiert er nicht.

»Ich bin hergekommen, um allein zu sein. Ich muss über vieles nachdenken und will nicht abgelenkt werden.«

»Ich werde dich nicht stören, versprochen!«, antwortet sie leichthin und gleitet mit der Hand über seinen Schenkel. Er schiebt sie sanft zur Seite. Rasch überspielt sie die Zurückweisung, indem sie ein Taschentuch aus dem Ärmel zieht.

»Was ist mit den anderen drei Festnahmen? Der Holländer ist allen egal; Müller hat nicht genug Einfluss, als dass die Gaffeln seinetwegen protestieren würden, und was die Hexe angeht...«

»Ihre Schuld ist noch nicht bewiesen«, entgegnet Detlef ein wenig zu schnell.

»Also ist es wahr? Du hast die Rolle des Inquisitors übernommen?«

»Es war notwendig. Der Spanier ist nicht unvoreingenommen.«

»Natürlich ist er das nicht. Es gibt keine Unvoreingenommenheit! Es wäre dumm, das Gegenteil zu behaupten. Aber die Leute fangen an zu reden, Detlef. Es ist ungewöhnlich, wenn sich ein Domherr zum Beschützer einer jüdischen Frau aufspielt. Wenn du so weitermachst, wirst du noch die Erhebung meines Mannes in den Adelsstand gefährden!«

»Mir wurde die Frist von einem Monat gesetzt, um ihre Schuld oder Unschuld zu beweisen. Ich habe vor, meiner Verpflichtung nachzukommen.«

Seine Sturheit macht Birgit neugierig. Sie überlegt, wie die Hebamme wohl aussieht. Sie kann sich nicht vorstellen, dass eine unkultivierte Heidin vom rechten Rheinufer einen Reiz auf Detlef ausübt, also muss hinter seiner augenblicklichen Verfassung noch etwas ganz anderes stecken, etwas viel Heimtückischeres, das unendlich viel schwerer zu bekämpfen sein wird. Macht Detlef gerade eine Glaubenskrise durch? Ist er letztlich seiner Rolle als Kanoniker und als Politiker überdrüssig geworden? Nachdenklich streicht sie ihm über das lange blonde Haar. »Freust du dich, mich zu sehen, mein Liebling?«

»Wie immer.«

Er gibt ihr einen Handkuss, steht auf und wendet sich ab. Es ist erst früher Nachmittag, aber mit der kalten Brise weht bereits der Geruch der allabendlichen Ofenfeuer herein.

»Es ist schon spät, solltest du dich nicht auf den Rückweg machen? Dein Diener wird warten.«

Sie schlingt die Arme um seine Taille. »Ich habe eine Stunde.«

Die Sonne scheint Detlef ins Gesicht, und er bleibt reglos stehen. Birgit greift ihm in die Hose, aber sein Gemächt ist schlaff und weich. Sie sieht ihm in die Augen und beginnt ihn sanft zu streicheln. Ihre langsamen Liebkosungen erregen ihn, aber noch immer rührt er sich nicht. Birgit achtet darauf, Abstand zu ihm zu halten und ihn nur mit ihren kühlen Händen zu berühren, deren Bewegungen seine Oberschenkelmuskulatur erzittern lassen. Endlich reagiert ihr Geliebter auf ihre Berührung, aber er fasst sie nicht an.

»Umarme mich!«, flüstert sie ihm zu, aber er schiebt sie weg.

»Birgit, ich habe es schon gesagt: Ich bin hier, um allein zu sein. In diesen Zeiten ist das ein großer Luxus.«

Verletzt streicht sie ihren Rock glatt.

»Ich hoffe, deine innere Unruhe hat nichts mit Herzensangelegenheiten zu tun, denn ich bin heute Morgen weit geritten.«

»Ich bin nicht in der Stimmung für Liebe.«

»Aber dein Körper schon.«

»Körper und Geist sind nicht dasselbe.«

»Ich werde dich alles vergessen lassen«, lockt ihn Birgit mit funkelnden Augen.

Detlef macht sich von ihr los und geht aus der Küche. Birgit nimmt ihre Reitpeitsche und folgt ihm.

Nachdem Detlef die Diele durchquert hat, tritt er in den verwilderten Vorgarten. In der Mitte der mit alten Steinen eingefassten Rasenfläche liegt ein kleiner Zierteich, der fast mit Gräsern zugewachsen ist. Eine einzelne Gans schwimmt traurig darin herum. Hinter der Mauer befindet sich der auch im Winter mit grünem Efeu überwucherte Obstgarten. Ein kalter Nordwind rauscht durch die hohen Eichen und Buchen. Wachttürmen gleich sind sie mit großen Raben besetzt, die aufgeplustert im kahlen Geäst kauern und wie schwarze Tintenkleckse aussehen.

Detlef holt tief Luft und lässt sich tüchtig von dem kalten Wind durchpusten. »Ich möchte nicht vergessen, nicht heute«, antwortet er schließlich mit fest zusammengekniffenen Augen und streckt die Arme weit aus.

Birgit lehnt sich an einem Baumstamm und überlegt, ob Detlefs Niedergeschlagenheit vielleicht der Vorbote einer Krankheit ist. Mit diesem für sie tröstlichen Gedanken hält sie nach ihrem Diener Ausschau, der geduldig vor dem Haus wartet.

»Ich muss Dienstagmorgen zurück in der Stadt sein und werde am Sonntag zur Beichte kommen. Dann bist du wohl wieder in Köln, nicht wahr?«

»Natürlich.«

Birgit nickt förmlich und verlässt ihn mit bestürzter Miene.

Detlef sieht ihr hinterher, wie sie die Straße hinunterreitet. Die Bäume zu beiden Seiten biegen sich im Wind, und Birgits Schleier hebt sich als roter Streifen von den Grauschattierungen der Landschaft ab. Ihm wird klar, dass seine Zuneigung für sie zu schwinden begonnen hat.

Carlos' Hand saust durch die Luft und landet laut klatschend auf Juans Wange. Der Sekretär gerät leicht ins Taumeln, fasst sich aber rasch wieder. Da er öfter unter der gewalttätigen Neigung des Inquisitors zu leiden hat, hasst er es, ihm schlechte Nachrichten überbringen zu müssen.

»Klär mich auf, Juan: Du willst sagen, dass Herr Müller ermordet wurde, bevor ich von ihm ein Geständnis und wichtige Informationen für den Kaiser bekommen konnte?«, fragt der Inquisitor nun mit trügerisch sanfter Stimme, als wäre nichts gewesen.

Juan versucht, die Tränen des Schmerzes zu unterdrücken, und reagiert mit einem stummen Nicken. Carlos versetzt ihm zornig einen Tritt gegen das Bein.

»Was für eine unerhörte Dreistigkeit, die Inquisition in ihrer Pflichterfüllung zu behindern. Wissen die denn nicht, mit wem sie es zu tun haben? Erst die Hebamme und jetzt dies – das ist einfach unverschämt!«

Der Sekretär humpelt an den Schreibtisch. »Soll ich eine Antwort aufsetzen?«

»Unsere Antwort werden wir mit dem Schwert geben, nicht mit der Feder.« Wütend tritt Carlos gegen den Kasten seiner Gambe und bedauert es sogleich wieder.

»Sie wollen von Fürstenberg zum Duell fordern?«, fragt der Sekretär ungläubig.

Carlos sieht ihn scharf an. »Warum glaubst du, es war von Fürstenberg? Hast du Informationen, die ich nicht habe?«

»Ich … ich …« Stotternd erkennt Juan, dass er in der Falle sitzt, und weiß nicht, was er antworten soll. Carlos verpasst ihm noch eine Backpfeife, diesmal auf die andere Seite.

»Den Gerüchten zufolge soll Müller für von Fürstenberg gearbeitet haben«, erklärt Juan mit dünner Stimme.

Der Inquisitor tritt nachdenklich ans Fenster und blickt über den gepflegten Obstgarten hinter dem Kloster. Gedankenverloren beobachtet er, wie ein Bauernjunge das gemähte Gras zusammenharkt, bis plötzlich ein kleiner Käfer quer über die Fensterscheibe krabbelt.

»Ausgezeichnet«, sagt er leise und gefasst. »Dann wissen wir jetzt mehr über unsere Feinde. Wir werden den richtigen Augenblick abwarten, aber ich schwöre, wenn er gekommen ist, dann werden wir diesem Erzbischof seine Überheblichkeit schon austreiben, und seinen Cousin erledigen wir gleich mit.«

Entschlossen zerquetscht Carlos den Käfer mit dem Daumen an der Scheibe.

✦ ✦ ✦

Als wäre heute ein Feiertag!, denkt Maximilian Heinrich bitter, als er beobachtet, wie aus den Fenstern der Häuser in den engen Gassen von Köln Palmwedel und Lilienblüten geworfen werden. Der finster gestimmte Erzbischof reitet im purpurroten Ornat, das er immer trägt, wenn er in juristischer Funktion unterwegs ist, hinter dem offenen Karren mit den zwei Gefangenen. Die strahlende Frühlingssonne scheint sich regelrecht über ihre kahl geschorenen Schädel und bestürzten Gesichter lustig zu machen. Die weißen Blüten regnen vor die Wagenräder, um von dem nachfolgenden Zug aus berittenen Wachen und majestätisch einherschreitenden Geistlichen zerquetscht zu werden.

Heinrich blickt durch die herabfallenden Blüten nach oben. Manche der Frauen auf den Balkonen und an den offenen Fenstern tragen Festtagskleidung. Das Volk liebt Hinrichtungen, stellt er angewidert fest, und ihm kommt die verrückte Idee in den Sinn, sie zukünftig auf Feiertage zu legen – zumindest könnte man so die Massen anlocken. Seiner Entmutigung zum Trotz strafft er die Schultern und versucht, sich auf die Verherrlichung durch seine ihm zujubelnden Schäfchen zu konzentrieren.

Das Autodafé, das Ketzergericht, war eine ernüchternde Veranstaltung gewesen, besonders nach der grausigen Ermordung Müllers, die der Erzbischof keinesfalls billigt. Von Fürstenberg ist außer Rand und Band, denkt er bedrückt und spürt, wie sich panische Angst in seinen Eingeweiden ausbreitet. Er hatte zwar den Minister angewiesen, das Problem aus der Welt zu schaffen, aber eine mysteriöse Flucht in eine der weit entfernten Kolonien hätte ihm genügt. Doch kein Mord! Wilhelm ist wirklich ein Rohling!, denkt er.

Der Prozess, dem er selbst als oberster Richter vorsaß, lastet ihm schwer auf dem Gewissen. Er war die reinste Farce! Sein Greve hatte ebenfalls auf der Richterbank gesessen, zusammen mit seinen beiden Schöffen und einer kleinen Auswahl Bürger, die Solitario persönlich bestimmt hatte. Wie Heinrich nur ungern zugibt, hatte der Dominikaner hervorragende Arbeit geleistet und nur Kaufleute aufgenommen, die Handelsbeziehungen mit Spanien oder England unterhielten und wegen der Folgen des englisch-holländischen Seekrieges erbitterte Gegner der Holländer waren. Der Inquisitor hatte sogar die Kühnheit besessen, den Erzfeind von Voss dazuzunehmen, einen Geschäftskonkurrenten, der von dem Ableben des Kaufmanns nur profitieren konnte.

Beschämt und schwitzend hatte Heinrich in dem überfüllten Gerichtssaal sitzen und die Bekenntnisse über sich ergehen lassen müssen, die Solitario den Zeugen entlockte. Der Inquisitor hatte sogar die Geliebte des Holländers in den Zeugenstand gerufen. Die harmlose Dirne, Frau Plum hieß sie, hatte unter Tränen gestanden, dass von Dorf eines Nachts zu schweben begonnen hatte, als er auf ihr lag. Die arme Frau, deren Handgelenke verdächtige Blutergüsse aufwiesen, wurde scharlachrot vor Verlegenheit, als sich im ganzen Saal brüllendes Gelächter erhob. Sie brachte es nicht über sich, ihrem ehemaligen Geliebten in die Augen zu sehen, der mit hoch erhobenem Kopf auf der Anklagebank saß und sich nicht von der Masse demütigen lassen wollte. An einem Fuß, der verbunden war, fehlten ihm mehrere Zehen, die während seines Verhörs »verloren gegangen« waren.

Nachdem man den Angeklagten mit Daumenschrauben und anderen Hilfsmitteln Geständnisse abgerungen hatte, fand die Verhandlung schließlich ein Ende, und die Aufgabe des Inquisitors war erfüllt.

Die Gefangenen stehen aneinander gekettet in dem Karren, der über die holprige Straße rumpelt, und werden immer wieder gegen die Seitenwände geschleudert. Zudem haben sie das Gelächter und den Spott der Menge zu ertragen. Sechs Domwachen folgen dem Karren zu Fuß, dahinter reitet der Erzbischof, der sich zwischen den Brüdern von Fürstenberg reichlich eingeengt fühlt. Wilhelm findet die Begeisterung der Volksmenge eher beunruhigend und befürchtet, dass seine Neigungen zu Frankreich durch eine unbedachte Äußerung aufgedeckt werden könnten. Daher sitzt er recht steif auf seinem Pferd. Er macht sich in die Hosen!, stellt der Erzbischof mit einer gewissen Befriedigung fest. Geschieht ihm ganz recht, denkt er, schließlich haben wir die schwierige Lage an erster Stelle ihm zu verdanken.

Er wendet seine Aufmerksamkeit wieder den Gefangenen zu. Voss ist nur ein alter Mann, der sich, wie viele seiner Kollegen, im Laufe der Zeit ein paar Feinde gemacht hat. Eine andere Erklärung für seine Festnahme gibt es nicht. Es ist unwahrscheinlich, dass der Kaiser von ihm weiß, obwohl Voss, wie gemunkelt wird, einmal schlechte Seide an die Kaiserin verkauft haben soll, allerdings unbeabsichtigt. Der alte Kaufmann klammert sich an die Gitterstäbe und versucht den faulen Tomaten und Rüben auszuweichen, mit denen er beworfen wird. Man hat ihm die Zunge herausgerissen, und sein verquollenes Gesicht ist blutig und voller blauer Flecke. Er sinkt in die Knie und faltet zum Gebet die Hände über dem Kopf. Seine Frau, der das graue Haar wirr um den Kopf steht, zerrt aus Verzweiflung an ihren Kleidern, während sie mit verweintem Gesicht hinter dem Karren herstolpert.

Der Holländer steht neben Voss und scheint sich in sein Schicksal ergeben zu haben. Wahrscheinlich glaubt van Dorf, dies sei sein vorherbestimmtes Los, denkt der Erzbischof, denn das ist die typische Einstellung eines Calvinisten. Van Dorf ist der lebende Beweis für die absurde Überzeugung, der Mensch werde mit einem seiner Seele aufgebürdeten Schicksal geboren. Heinrich missbilligt diese Philosophie. Mit einer gewissen Gehässigkeit fragt er sich, ob der Holländer immer noch so würdevoll bleibt, wenn er erst auf den Scheiterhaufen gezerrt wird. Zur Hölle mit Luther und Calvin!, denkt er und winkt freundlich einer Reihe jubelnder Hutmacher am Straßenrand zu.

Carlos kommt auf einem Maulesel herangetrabt.

»Gott segnet uns mit einem herrlichen Wetter, Exzellenz!«, ruft er über das Geschrei des Pöbels hinweg. Studenten, Wanderburschen und betrunkene junge Männer laufen johlend neben dem Zug her.

»In der Tat, aber ich befürchte, den Frühlingsbeginn mit Menschenverbrennungen anzukündigen verheißt nichts Gutes.«

»Ach, es ist immer gut, das Ungeziefer zu vernichten. So bereitet man das Haus auf die Fastenzeit vor.«

Der Inquisitor will Heinrich so lange wie möglich in ein Gespräch verwickeln, denn in seiner Gesellschaft gesehen zu werden kann seinen Ruf bei der Bevölkerung nur verbessern.

»Wo ist denn Euer Cousin?«, fährt er fort. »Ich dachte, es sei angemessen, dass er als Neuling unter den Inquisitoren auch dabei ist.«

Heinrich, der zu vermeiden versucht, mit seinem gichtgeplagten Bein die schaukelnde Flanke seines Pferdes zu berühren, runzelt verärgert die Stirn. »Domherr von Tennen ist vor zwei Tagen verschwunden. Ich nehme an, er hat sich auf seinen Landsitz zurückgezogen, um die unterschiedlichen Verfahrensweisen zu überdenken, die ihm als Inquisitor zur Verfügung stehen – obwohl ich bei allem Respekt bezweifle, dass er der spanischen Tradition folgen wird. Wenn Sie nicht darauf bestanden hätten, die Hinrichtungen so bald durchzuführen, wäre er natürlich gekommen.«

»Wie schade! Er verpasst eine gute Verbrennung!«, entgegnet der Mönch. Seine Begeisterung widert den Erzbischof an.

Der Zug kommt am Rathaus vorbei, dann am Dom. Er biegt um eine Ecke und bewegt sich entlang der alten römischen Stadtmauer auf das Zeughaus zu, an das ein hohes, schmales altes Lagergebäude anschließt. Heinrich kann sich nicht helfen: Er muss aufsehen und entdeckt die Hebamme an einem Gitterfenster im zweiten Stockwerk. Ihr Gesicht erscheint als blasses Oval, umrahmt von schwarzem Haar. Trotz der Gefühlskälte, die mit seiner Machtposition einhergeht, empfindet Heinrich Mitleid.

»Ist das nicht die Herberge, in der Ihr die jüdische Hexe untergebracht habt?«, spottet der Inquisitor und unterbricht Heinrichs Gedanken.

Am liebsten würde der Erzbischof mit seinem Pferd den kleinen Maulesel rammen und sieht schon vor sich, wie der Dominikaner aufs Kopfsteinpflaster stürzt. Aber er beißt die Zähne zusammen und bittet innerlich um Vergebung für seine blutrünstigen Gedanken. Er beschließt, zu seinem eigenen Vorteil die Form zu wahren.

»Es ist keine Herberge, sondern das Zeughaus, und ich darf

Sie vielleicht daran erinnern, dass mein Cousin mit meiner Zustimmung handelt, Signor Solitario.«

»Ich habe einen Boten nach Wien entsandt. Ich freue mich darauf zu hören, was der Kaiser von *Eurem* Eingreifen hält.«

»Ich hoffe inständig, dass Ihr Bote diesseits der Grenze auf ungefährlichere Straßen stößt als meiner. Aber wenn ich etwas Angenehmeres bemerken darf: Ich habe Fürsorge getragen, damit Sie und Ihr Sekretär mich auf meiner Reise zu den berühmten Weinbergen des Klosters Eberbach begleiten können. Es ist mein Dank für die ausgezeichnete Flasche aus Najera: Was dem Wein an Jahren fehlt, macht er mit seinem Charakter wett. Kloster Eberbach verfügt über einen herausragenden Weinkeller, der gewiss Ihren Beifall findet.«

Damit gibt er dem Pferd die Sporen und galoppiert voraus. Carlos sieht ihm nach und dreht sich noch einmal zu dem Zeughaus um. Er schaut nach oben zu Ruth und deutet spöttisch eine Verbeugung an.

Wenn es so etwas wie das leibhaftige Böse gibt, dann sind Sie es, Monsignor Solitario!, denkt Ruth. Beim Anblick ihres Peinigers bekommt sie es mit der Angst zu tun, den er ruft Erinnerungen an die ihr zugefügten Schmerzen wach.

Zwei Wochen sind seit Detlefs Besuch vergangen. Seitdem hat sie nur den Burschen gesehen, der ihr das Essen bringt und den Nachttopf ausleert. In den ersten Tagen hat sie nur auf der Pritsche gelegen und ihren Körper gesunden lassen, so gut es ging. Sie überredete sogar den Burschen, ihr etwas Arnika zu bringen, um die Blutergüsse zu heilen. Und mit der Wiedererweckung des Fleisches kehrte auch ihre Tatkraft zurück. Zu ihrer Verwunderung ist ihr Überlebenswille nun stärker als je zuvor und sie gelangt zu der Erkenntnis, dass ihre Ängste und Sehnsüchte genauso menschlich sind wie die der Frauen, die sie behandelt. Angesichts des ihr möglicherweise bevorstehenden Martyriums keimt ein bislang ungekannter Wunsch in ihr auf:

der Wunsch, eine einfache Frau zu sein mit Haus und Hof und einem Ehemann.

Der Inquisitor reitet davon, und Ruth zwingt sich, die Gefangenen anzuschauen. Voss kauert an den Gitterstäben. Ruth erinnert sich an seine Freundlichkeit und bemerkt entsetzt, wie sehr der kräftige Mann zusammengefallen ist. Die Haut hängt in Falten an ihm herunter, und wo früher sein Mund war, klafft nun ein schwarzes Loch in seinem entstellten Gesicht. Der Holländer hält sich mit stoischer Ruhe an dem Holzgeländer fest und zieht den Kopf vor dem verfaulten Gemüse ein, das auf seinen Rücken prasselt.

So werden auch meine letzten Stunden verlaufen, denkt Ruth. Sie wird auf einem schaukelnden Karren stehen und jedes einzelne Bild aufnehmen, die letzten Augenblicke ihres Lebens in sich aufsaugen: den Horizont, die Sonne und das Universum.

Plötzlich klatscht ein fauler Apfel gegen das Gitterfenster, und matschige Stückchen fliegen in den Raum. Ruth duckt sich und späht dann ängstlich nach draußen. Unten steht eine Horde Studenten und Bettler.

»Jüdische Hexe, bald bist du an der Reihe!«, ruft ein großer Junge in der einfachen schwarzen Kluft der Jurastudenten und grinst heimtückisch. Ein anderer Kerl, er hat ein verkrüppeltes Bein, kratzt einen Pferdeapfel von der Straße und schleudert ihn mit hassverzerrtem Gesicht in die Höhe.

Niedergeschlagen lässt Ruth sich auf die Strohmatratze sinken und zieht sich ihre dünne Decke über den Kopf.

✦ ✦ ✦

Der Galgenberg hinter Mülheim ist ein trostloser Ort. Ratten und streunende Hunde, die sich tagsüber in kleinen Höhlen am Rheinufer verstecken, machen sich nachts über die verwesenden Leichen der Hingerichteten her, die am Strick oder auf dem Scheiterhaufen verrotten. Am Himmel kreisen ständig schreiende Krähen und wetteifern miteinander um die beste Position, um herabzustürzen und ein milchig blaues Auge aus einem grünen Gesicht zu picken, eine violette Sehne aus einem verdrehten Bein oder ein Stück Darm aus einem gevierteilten Leib. Das Gelände zeugt von blutigem Gemetzel, ihm fehlt jedoch die bizarre Ordnung der Schlachtfelder und der Höfe der Pestopfer, wo das Kind neben der Mutter liegt und der Enkel neben dem Großvater. Auf diesem ungeordneten, makabren Ausstellungsgelände erzählt jeder Galgen, jeder Beilklotz und Scheiterhaufen eine andere Geschichte.

Hier hängt eine Mörderin, deren schwarz angelaufenes Gesäß unter dem zerschlissenen Rock zu sehen ist und deren blondes Haar als schauriger Überrest ihrer Weiblichkeit auf dem eingefallenen Schädel sitzt. Dort liegt ein Mann, der seine Steuern nicht bezahlt hat. Sein kopfloser, halb von den Hunden aufgefressener Oberkörper ragt aus einer flachen Kuhle heraus, und der Kopf liegt mit aufgerissener Mundhöhle wie achtlos zur Seite geworfen einige Meter weiter. Dahinter befindet sich der Verbrennungsplatz mit seiner absonderlichen Ansammlung von Scheiterhaufen, aus denen die Holzpflöcke aufragen wie Todesbäume mit den verkohlten Knochen und schwelenden Fleischresten als schwarzen Früchten.

Hier wurden zwei neue Scheiterhaufen errichtet, über denen an frisch geschlagenen Birkenstämmen das Banner der Stadt Köln flattert.

Die Menschen strömen bereits herbei. Manche kommen aus Mülheim; sie tragen die triste Kleidung der Protestanten. Andere sind von Deutz, die jüdischen Ältesten beispielsweise mit den Stirnlocken und ihren bis auf die Brust reichenden Bärten. Sie halten ihre jungen Schüler an den Händen, die unter den hohen Hüten unruhig mit den schwarzen Augen rollen. Auch Eltern sind mit ihren Kindern gekommen, um ihnen eine lebendige Lektion über die Sterblichkeit zu erteilen.

Die Katholiken sind in rauen Mengen gekommen. Manche haben Körbe mit Brot und Leberwurst dabei, andere werden von Dienern begleitet und bringen sogar Stühle mit. Sie sind in Festtagsstimmung, tragen die weiße Lilie der Madonna am Dekolletee oder im Knopfloch und sind fest entschlossen, sich zu vergnügen.

Elazar ben Saul arbeitet sich auf seinen Stock gestützt mühsam über das felsige, verbrannte Gelände vor, auf dem anscheinend nichts wachsen will.

»Sie müssen sich diese Barbarei nicht ansehen, Rabbi«, sagt Tuvia und fasst den alten Mann am Arm, als er stolpert.

»Ich will sehen, wie groß der Hass des Spaniers ist«, entgegnet Elazar. Er schiebt sich durch die Menge und versucht die quälenden Schmerzen in seinen arthritischen Beinen nicht zu beachten.

Rosa kommt schnaufend hinter ihnen her und holt zu ihnen auf. Sie ist schwarz gekleidet, aus Trauer über die Gefangenschaft ihres kleinen Lieblings. Sie hat sich eine Reiseflasche mit Met auf den breiten Rücken geschnallt und trägt einen kleinen Hocker für den Rabbi.

»Bei allem Respekt, Rabbi Saul, das verstehe ich nicht. Der Mann ist der Teufel in Person. Er war schon damals in Spanien ein übler Saukerl und ist mit den Jahren nur noch niederträchtiger geworden. Mögen ihn die Pocken dahinraffen!«

Rosa spuckt aus, bleibt einen Moment stehen und stemmt die Hände in die Hüften. Vor dem Hintergrund des glitzernden Rheins kann sie bereits die beiden Scheiterhaufen sehen.

»Wenn ich Christin wäre, würde ich mich jetzt bekreuzigen«, murmelt sie, aber der Rabbi hat sie gehört.

»Möge dein Gott – der jüdisch ist – dir vergeben, Rosa!« Er lässt sich auf den Hocker fallen, den sie ihm hingestellt hat.

»Gott kann tun, was ihm gefällt, denn ehrlich gesagt, Rabbi, gibt es nicht viel, was er mir noch nicht angetan hat – oder Ihnen, wenn Sie so wollen ...«

Das alte Kindermädchen hält inne. Trompetenbläser in der Ferne verkünden die Ankunft der Verurteilten. Es erklingen drei schaurige Signale in fallender Tonhöhe. Die Menschenmenge dreht sich zu der kleinen Anlegestelle am Rhein um, wo die Prozession von Bord einer Fähre geht.

Tuvia beugt sich über den Rabbi und setzt ein entschlossenes Gesicht auf. »Wenn Ihre Tochter meine Frau wird, schwöre ich Ihnen als ihr Vater, dass wir schon im nächsten Jahr alle im Heiligen Land in Sicherheit sein werden, der Zuflucht unseres Volkes. Sabbatai Zewi ist der wahre Messias; ich habe selbst die Zeichen im Himmel gelesen!«

Rosa schnaubt abschätzig, aber Elazar schweigt und überlegt, was er dem leidenschaftlichen jungen Mann antworten soll.

Gott möge uns vor solchem Fanatismus schützen!, denkt er. Dieser Sabbatai Zewi, dieser junge Glaubenseiferer aus Kleinasien, der sich für den neuen Messias hält – wer ist er überhaupt und welche Wunder hat er bisher vollbracht? Er ist nur ein Scharlatan von vielen, der den überspannten Irrglauben einer verzweifelten Gemeinde ausnutzt. Aber er besitzt Macht. Seine Schwindeleien breiten sich wie eine Krankheit in Polen und Russland, im Deutschen Reich und sogar bei den Türken aus. Zu viele Menschen haben bereits zur Vorbereitung des Aufbruchs ins Heilige Land Pakete mit Nahrung und Leinen nach Hamburg geschickt. Mögen Tuvia die Augen geöffnet werden, bevor er Ruth heiratet!, betet Elazar insgeheim.

»Es hat schon viele Messiasse gegeben, und keiner von ihnen war echt. Wir sind ein verfolgtes, unterdrücktes Volk, und die Menschen sehnen sich nach neuer Hoffnung. Was unterscheidet Zewi von den anderen?«, formuliert der alte Rabbi vorsichtig, denn er weiß, dass diejenigen, die zu zweifeln wagen, sehr schnell von Zewis Anhängern verurteilt werden.

»Wozu haben wir seit 1648 gelitten, seit die Spanier begannen, unser Volk zu verfolgen? Wozu haben die Juden in Polen gelitten? Es steht doch in der Kabbala geschrieben: Die Geburt des Messias wird schmerzhaft sein, aber sie nimmt ein glorreiches Ende – die Befreiung des Heiligen Landes. Und Sabbatai Zewi ist der Mann, der uns anführen wird. Seine Ankunft wurde prophezeit!«

Elazar nimmt den jungen Mann am Ärmel. »Scht! Die Ältesten … Hör mir zu, Tuvia: Ruth sei dir versprochen, aber zuerst müssen wir sie aus dem Gefängnis befreien, denn sonst gibt es keine Erlösung und kein Heiliges Land, und mein Kind wird das erbärmliche Schicksal derer teilen, die auf diesem Todeshügel geopfert werden.«

Der Zug mit den Gefangenen kommt näher. Der Scharfrichter, eine maskierte Gestalt in schwarzem und rotem Leder, führt ihn an. Er thront stolz auf seinem Ross und wird von zwei päpstlichen Wachen mit Bannern flankiert. Eine Schwadron berittener Soldaten folgt, dann kommt der grausige Wagen mit den Verurteilten. Kreidebleich und stumm stehen sie da; nun hilft kein Beten mehr. Hinter dem Wagen reiten der Erzbischof und seine Priester und am Ende des Zuges der Inquisitor.

Als der Wagen an ihm vorbeikommt, murmelt Elazar für jeden der Angeklagten ein Kaddisch und bittet darum, dass sie einen möglichst schnellen, schmerzlosen Tod finden. Mitten im Satz erblickt er Heinrich, der furchtbar unter seinem hohen Hut schwitzt und finster dreinblickt. Ohne nachzudenken stolpert der alte Mann vorwärts und versucht den Erzbischof auf sich aufmerksam zu machen. Unmittelbar vor den Pferden stürzt er zu Boden. Rosa und Tuvia eilen ihm zur Hilfe und reißen ihn zurück, bevor er zwischen die Hufe gerät. »Eure Exzellenz! Eure Exzellenz!«, ruft der Rabbi, aber seine Rufe gehen in den Fanfaren und dem Geschrei der Menschen unter.

Heinrich blickt angestrengt in die Menge, weil er von irgendwo eine ihm vertraute Stimme gehört hat. Er erhascht einen Blick auf den obersten Rabbi, dem fast der Hut vom Kopf rutscht und der von zwei Seiten gestützt wird. Aber bevor er reagieren kann, wird Elazar schon von der vorwärts drängenden

Menschenflut verschlungen, denn die Gefangenen werden soeben zu den Scheiterhaufen gebracht.

✦ ✦ ✦

»Die beiden Angeklagten, Meister Matthias Voss und Herr Jan van Dorf, sind der Hexerei und Korruption überführt worden und nach Artikel 410 der *Constitutio criminalis carolina* der Staaten des Heiligen Römischen Reiches Deutscher Nation zum Tode auf dem Scheiterhaufen verurteilt.«

Der Herold, ein stattlicher Mann mit wichtigtuerischem Gebaren, hält inne, um ein Taschentuch mit aufgesticktem kaiserlichen Wappen hervorzuholen und sich den Schweiß von der Stirn zu wischen.

Die Verurteilten werden an die Pfähle auf den Reisighaufen gebunden. Voss lässt den Kopf hängen, aber der Holländer blickt aufrecht in die Ferne, als habe er sein Bewusstsein an einen anderen Ort befördert. Ein kleiner rothaariger Junge drängt sich zwischen den Zuschauern hindurch und schlüpft den Wachen durch die Beine.

»Vater!«, schreit er, bevor die Männer ihn schnappen können. »Vater! Mutter sagt, du fährst in den Himmel! Sag, dass es nicht wahr ist, Vater!«

»Tobias!« Van Dorf zerrt an seinen Fesseln. »Tobias!«

Aber nun ergreift einer der Wachmänner das zappelnde Kind, das beherzt gegen den Brustharnisch seines Peinigers trommelt. Lachend trägt der Soldat den Jungen zu seiner weinenden Mutter, die ihre Arme aus der Menge streckt, um ihn in Empfang zu nehmen.

Das grausige Wehklagen des Holländers bringt die Menge zum Verstummen.

Heinrich wedelt mit seinem Taschentuch, und ein junger Hornist tritt vor. Um jeden Scheiterhaufen stehen Männer, die mit hoch erhobenen brennenden Fackeln auf das Einsatzzeichen warten. Gespannt verfolgen alle, wie der Erzbischof schließlich mit einem müden Winken seine Erlaubnis erteilt. Das Horn ertönt, und es geht ein Raunen durch die Menge, als die Flammen gierig von den trockenen Reisigbündeln Besitz ergreifen und hoch auflodern.

Elazar steht auf seinem Hocker und späht über die Köpfe der Zuschauer hinweg. Er ist entschlossen, alles mit anzusehen. Bestürzt beobachtet er, wie die Flammen an dem Pfahl zu lecken beginnen, an den Voss gefesselt ist. Dieser Mann, von dem man sagt, er habe Elazars Tochter an dem schrecklichen Tag ihrer Verhaftung helfend beigestanden, ist im selben Alter wie der Rabbi.

»Möge Gott ihm einen schnellen Tod schenken!«, flüstert er und schließt die Augen, als Voss in seinem Todeskampf laut aufschreit. Die Flammen werden dunkler, und der alte Kaufmann verliert das Bewusstsein. Sein Körper hängt schlaff an dem Pfahl, die Haut wird schwarz und platzt auf. In der Luft liegen dicker Rauch und der ekelerregende, süßliche Geruch von verbranntem Fleisch.

Einige Zuschauer brüllen vor Lachen, als dem Toten ein Augapfel aus dem Schädel springt, zerplatzt und gleich darauf zusammenschrumpft wie ein Stück Speckschwarte.

Tuvia zupft an Elazars Gewand. »Rabbi Saul, es genügt. Es ist nicht gut zuzusehen.«

Aber der Rabbi ist wie gelähmt von den vielfältigen Gefühlen, die ihn überkommen. Als die untergehende Sonne dicht am Horizont steht, ist er immer noch da und starrt reglos auf die verkohlten Klumpen, die einst Menschen waren.

»Rabbi Saul, wir müssen gehen, bevor die Aasfresser kommen«, drängt Tuvia.

Endlich löst sich Elazar aus seiner Erstarrung. Er scheint um zehn Jahre gealtert, als er mit eingefallenem Gesicht von seinem Hocker steigt und sich von Tuvia und Rosa nach Hause bringen lässt.

גבורה

– GEBURA –

Strenge

»Aaahh!«

Ferdinand krümmt sich ruckartig, und ein Blutegel segelt durch die Luft. Sein Nachthemd ist bis zu den Schultern hochgeschoben, und zwischen seinen Rippen sitzen ganze Kolonnen voll gesaugter Parasiten. Sein vernarbter Bauch ist aufgebläht und ragt wie eine groteske Frucht aus seinem mageren Körper hervor. Es stinkt nach abgehenden Blähungen. Der Arzt drückt mit abgewandtem Gesicht seinen Patienten wieder in die Seidenlaken und sammelt rasch den Blutegel ein, der in Alphonsos Schoß gelandet ist.

»Er macht so einen geschwächten Eindruck!«

Der Schauspieler blickt ängstlich in das weiße Gesicht seines Geliebten. Seit zwei Tagen leidet der Prinz nun schon an der geheimnisvollen Krankheit. Er hat dunkle Ringe unter den Augen und ist in Besorgnis erregendem Maße abgemagert.

»Das ist ganz natürlich. Wenn sich seine Organe wieder aufgefüllt haben, wird er sich erholen«, erklärt der Arzt in seiner quälend langsamen schweizerischen Mundart.

Neben ihm steht der Graf und betrachtet den Prinzen mit sichtlichem Widerwillen. Als er die scheußlich violette Färbung seines Mundes und die gelbe Zunge bemerkt, zieht er den Arzt zur Seite. »Ist es vielleicht die Krankheit der Venus? Oder der schwarze Tod? Oder vielleicht die Auszehrung?«, flüstert er und bekreuzigt sich aus Angst vor Ansteckung.

Der Arzt wirft einen Blick auf den Prinzen, dem Alphonso die schlaffe Hand streichelt, und wendet sich wieder dem Grafen zu. Ohne etwas zu sagen, verlässt er das Schlafgemach. Der Graf macht sich auf das Schlimmste gefasst und folgt ihm. Draußen stecken sie in einer Nische, in der eine Figur des heiligen Lukas aus dem Besitz von Gerhards Mutter hängt, die Köpfe zusammen.

»Wäre es Ersteres, Herr, würden sich Schwachsinn und ein fleckiger Ausschlag einstellen. Und was den schwarzen Tod angeht – er hat keine Geschwulste und nässenden Wunden. Und wenn es die Auszehrung wäre, müsste er stündlich Wasser lassen.«

»Was in aller Welt ist es dann, guter Arzt? Sie wissen, dass der Prinz in der Erbfolge die vierte Stelle hinter dem Kaiser einnimmt – wenn er stirbt, steht unser beider Leben auf dem Spiel, nicht zu vergessen das unserer Familien.«

Der Arzt windet sich nervös und zwängt sich aus Angst vor Spionen noch tiefer in die Nische. »Ich glaube, es handelt sich um eine Erkrankung des Darms. Es muss eine Verstopfung sein.«

»Die Verstopfung haben Sie im Kopf! Wenn sich sein Zustand nicht heute noch bessert, enthebe ich Sie Ihres Postens!«

Ferdinand öffnet die blutunterlaufenen Augen, sieht Alphonso benommen an und versucht sich aufzusetzen.

»Scht, vergiss die Förmlichkeit, du bist viel zu schwach!« Alphonso schiebt dem Prinzen behutsam zwei Kissen unter den knochigen Rücken.

»Weiß es mein Onkel schon? Ich fürchte, er denkt, es ist die Krankheit der Venus.«

»Es wurde ein Bote geschickt. Die Nachricht besagt nur, dass du Fieber bekommen hast.«

»Dennoch glaube ich, du solltest dafür sorgen, dass die Dienstboten eine rote Kerze für den heiligen Fiacrius anzünden. Er ist doch der Schutzheilige für Geschlechtskrankheiten, nicht wahr?«

»Das ist er, mein Geliebter. Aber den wirst du nicht brauchen«, entgegnet Alphonso flüsternd.

Der Prinz versucht den Kopf zu drehen, um zu sehen, wer noch im Raum ist, aber selbst dazu fehlt ihm die Kraft. Niedergeschlagen raunt er seinem Geliebten zu: »Schick die Diener fort!«

Alphonso nimmt eine Haltung ein, die er in seiner Rolle als König Lear zu wählen pflegt, winkt hoheitsvoll und erhebt die Stimme: »Sie können jetzt alle gehen.«

Unsicher, ob sie seinem Befehl gehorchen sollen, verbeugen sich die beiden Diener und der persönliche Kammerdiener des Prinzen zögernd und verlassen dann rückwärts das Gemach. Sobald sie verschwunden sind, lässt sich Ferdinand totenblass in die Kissen fallen.

»Ich fürchte, ich werde sterben.«

»Aber mein Liebling, der Arzt ist zuversichtlich.«

»Ich kenne mich. Seit gestern bin ich noch viel schwächer geworden. Was, wenn es die Krankheit der Venus ist?«

»Die habe ich schon aus der Nähe gesehen. Bei dir gibt es keine Anzeichen dafür.«

»Ich möchte noch so viel erreichen, Alphonso! Was, wenn mir keine Zeit mehr bleibt?«

Überrascht von der ungewohnten Lebhaftigkeit des Prinzen und zugleich geschmeichelt, eine derartige Vertrautheit mit ihm zu erleben, sucht Alphonso nach einer ermutigenden Antwort. »Du wirst Zeit haben. Du hast dein Leben noch vor dir, ganz gewiss! Wir suchen einen anderen Arzt für dich – vielleicht einen, der sich besser mit dem Bauch auskennt.«

»Ich wollte immer einen heldenhaften Tod sterben, auf dem Schlachtfeld oder als alter König, zumindest aber als Herzog. Der Onkel hat mir ein Herzogtum in Flandern versprochen. Dort will ich leben, und du wirst meine Königin sein, die Rebekka meiner seidenen Laken, und wir werden uns ganz offen lieben. Wir werden zusammen Araberpferde züchten, und sie werden rot und golden erstrahlen mit Mähnen aus feinstem Silber ...«

Als Ferdinand erneut im Fieberwahn versinkt, pflückt Alphonso, der wie seine Vorväter nicht an den Nutzen des Blutschröpfens glaubt, die vier dicksten Blutegel vom Körper des Prinzen. Er wirft sie in eine Schüssel mit Salz neben dem Bett, und die mit Blut voll gesaugten Würmer winden sich auf den weißen Kristallen. Während er beobachtet, wie sie sterben, denkt er aufs Neue darüber nach, ob nicht jemand versucht, den Prinzen zu vergiften. Seit Ferdinand krank wurde, ist er diesem Verdacht immer wieder nachgegangen und hat etwas von dem Essen des Prinzen an den Leibhund des Grafen verfüttert. Bislang zeigte sich jedoch keine Wirkung bei dem Tier.

Am Vortag hatte sich Alphonso einen jüdischen Hausierer vorgeknöpft, der in den Gesinderäumen Pelze und Schmuck aus Moskau verkaufte. Nachdem er ihn von dem in seinen Waren schwelgenden Küchenpersonal weggezogen hatte, bekam der Händler fast einen Herzanfall, als Alphonso ihn in fließendem Hebräisch ansprach. Rasch fragte er ihn über die in der Region ansässigen jüdischen Mediziner aus.

»Es gibt nur zwei«, hatte ihm der Mann mit der Hakennase im wettergegerbten Gesicht gesagt. Wegen seines schweren slawischen Akzents war er schlecht zu verstehen. »Beide leben auf der anderen Rheinseite. Salomon Moses aus Mülheim und Isaak Schlam aus Deutz. Aber der Beste, den wir haben, ist gar kein Mann.«

»Ich habe von ihr gehört – Ruth bas Elazar Saul, die Hebamme?«

»Die Leute sagen, sie kann zaubern. Sie kann durch Handauflegen heilen. Aber die werden Sie nicht bekommen, die Christen wollen sie nämlich verbrennen.«

»Wann?«

»Wer weiß? Letzte Woche haben sie zwei von ihren eigenen Leuten verbrannt. Ich war dort, eine solche Begeisterung habe ich seit Weihnachten nicht mehr gesehen. Es hat die Leute tatsächlich aufgeheitert. Der Mensch ist ein merkwürdiges Wesen – der Himmel und die freie Natur sind mir viel lieber.«

Alphonso drückte dem Mann zwei Reichstaler in die staubtrockene Hand. »Ich heiße Alphonso de Lorenzo, ich bin Christ«, flüsterte er ihm zu.

»Für zwei Reichstaler sind Sie von mir aus auch ein osmanischer Muselmane«, entgegnete der Hausierer fröhlich und steckte das Geld ein.

Als Alphonso nun den geschwächten Prinzen betrachtet, kommt er zu dem Schluss, dass die Hebamme vielleicht Ferdinands einzige Rettung ist. Mit geschlossenen Augen lehnt er sich zurück und geht in Gedanken die Handlungen aller großen Stücke durch, in denen er bislang gespielt hat. Plötzlich kommt ihm ein Werk in den Sinn, das im Vorjahr den Wiener Hof begeisterte: *Tartuffe*, geschrieben von dem bekannten französischen Schauspieldichter Molière, dem Meister der verstrickten Handlung und der hohen Kunst der Farce, dem Schöpfer ausgezeichneter Gesellschaftssatire. Er sieht eine gewisse Ähnlichkeit zwischen der Nachsicht des Kaisers gegenüber dem Inquisitor Carlos Vicente Solitario und der verheerenden Begeisterung des wohlhabenden Pariser Bürgers Orgon für den frömmlerischen Heuchler Tartuffe bei Molière. Angeregt durch diesen Vergleich, denkt sich Alphonso seine eigene Geschichte aus. Er wird sich an Samuel Oppenheimer wenden und ihn bitten, im Interesse des kränkelnden Prinzen einzugreifen.

Sofort setzt er sich an den Schreibtisch des Prinzen. Das Möbel in Form einer mittelalterlichen Burg, die von Hans Stethaimer, einem berühmten Baumeister des 15. Jahrhunderts, gebaut wurde, ist eines der wenigen Geschenke, die der Prinz von seinem lang verstorbenen Vater bekam. Da der Tisch Ferdinand sehr viel bedeutet, nimmt er ihn überallhin mit. Alphonso streicht zärtlich über die Platte aus lackiertem Rosenholz, die mit kleinen Bastionen eingefasst ist und über der auf dem oberen Regalbrett eine Miniaturzugbrücke thront. Was gäbe ich dafür, wenn ich als Adeliger leben und mich mit solchen Kunstwerken umgeben könnte!, denkt er traurig.

Mit einer feierlichen Bewegung glättet er eine neue Schriftrolle und genießt schnuppernd den Duft des frischen Pergaments. Dann greift er zu der Schreibfeder, die noch in dem vergoldeten Tintenfass mit dem Monogramm des Prinzen steckt.

An Samuel Oppenheimer, den großen ehrenwerten Hofjuden von Wien:

Ich, Ihr Blutsbruder und Ihre geheime rechte Hand, grüße Sie und schicke Ihnen dieses kleine Dichtwerk, von dem das Leben eines Menschen – des Neffen des großen Kaisers, nämlich Prinz Ferdinand von Habsburg – und seine Genesung von einer geheimnisvollen plötzlichen Krankheit abhängen.

Eine Rebekka – er wählt den Namen als Huldigung für den ihm von Ferdinand zugedachten Spitznamen – des Rheinlandes, eine Retterin vieler, soll goldene Hände haben; sie soll ein Midas für die Heilung des Bauches sein. Schnell herbei mit ihr!, sage ich, denn mein Prinz leidet sehr, aber zu allem Unglück welkt unsere Rebekka im Zeughaus dahin, denn mit ihrer Zauberkunst hat sie bei den Christen Anstoß erregt und ich fürchte, sie wird verbrannt sein, bevor es meinem Prinzen besser geht. Kann der Löwe von Juda das Junge des doppelköpfigen Adlers retten?

Unterzeichnet: Alphonso de Lorenzo

Alphonso lächelt stolz und rollt dann behutsam das Pergament zusammen. Ganz vorsichtig versiegelt er es mit einem Tropfen rotem Wachs und drückt das goldene Siegel des Prinzen hinein, dann seinen eigenen Siegelring.

Nachdem er noch in gut lesbarer Schrift »Samuel Oppenheimer, Kaiserlicher Hofjude in Wien« daraufgeschrieben hat, sorgt er heimlich dafür, dass ein loyaler Edelmann und Kindheitsgefährte von Ferdinand, dem er als Einzigem im Gefolge des Prinzen traut, die Rolle nach Wien bringt.

✦ ✦ ✦

Lieber Benedict,
es sind zwei Wochen vergangen, seit ich dir zuletzt schrieb, und seitdem ist viel geschehen. Die Bedingungen meiner Gefangenschaft haben sich sehr gebessert. Dafür schulde ich Detlef von Tennen Dank, einem Kanoniker des Hohen Doms und Wittelsbacher Adeligen. In der Tat ein ungewöhnlicher Verbündeter, und ich habe seine Beweggründe noch nicht durchschaut. Es genügt wohl, wenn ich sage, dass er Interesse an den »ketzerischen« Philosophien westlich der Grenze bezeugt und sogar gestanden hat, deine Schriften gelesen zu haben. Soll ich einer solchen Begeisterung trauen? Ich glaube, besser nicht. Warum auch immer er die Rolle meines Inquisitors übernommen hat (keine ungefährliche Tat), er schützt mich jedenfalls für eine gewisse Zeit vor dem Dominikaner. Deshalb lebe ich nun länger und bequemer, aber ich bin zunehmend verwirrt. Ich kann den guten Kanoniker nicht beurteilen und sage nur, dass er mich zutiefst beunruhigt, weil er voller Unstimmigkeiten und Widersprüche ist.

Er ist ein junger Mann – das heißt, er ist älter als ich, aber noch nicht einmal im mittleren Alter. Als Zweitgeborener ist er der hiesigen Tradition gefolgt und wurde Geistlicher, aber er hat sich seine Gelübde zu Herzen genommen und zeigt eine aufrichtige Nächstenliebe. Er möchte die Menschen weiterbringen, aus diesem Bestreben heraus sucht er philosophische Erleuchtung. Aber Benedict, ich spüre genau, dass er vor allen Dingen ein Mann ist, und wie sehr ich mich auch auf seine dunklen Roben verlasse, fürchte ich, darunter ist viel weniger Reinheit, als man glaubt.

Ist er mein Retter? Ich weiß es nicht. Vor einer Woche wurden zwei der armen Männer verbrannt, die mit mir verhaftet wurden. Den dritten hat man unter verdächtigen Umständen in seiner ei-

genen Zelle umgebracht. Der Zug kam am Fenster meines neuen Gefängnisses vorbei, und es war ein schrecklicher Anblick. Abends stiegen dann zwei Rauchsäulen am Himmel auf und, obwohl ich für die Aufnahme der Seelen in den Äther betete, muss ich beschämt eingestehen, dass ich starr vor Angst um mein eigenes Leben war.

Der Tod beraubt alle Menschen der Würde, und es wäre eine Lüge, anderes zu behaupten. Die Hinrichtung ist eine hundertfache Demütigung. Wenn meine Zeit kommt, möchte ich mich lieber mit Schierling vergiften, als auf das Klopfen des Scharfrichters zu warten.

»Fräulein?«

Detlef steht in der Tür; seine Hand verharrt zögernd auf der Klinke. Unter dem Arm trägt er Schriftrollen und einen kleinen Lederbeutel mit Federn und Tintenfässern. Ruth sitzt mit dem Rücken zu ihm. Sie trägt einen blassblauen Kittel aus Serge, und ihr langes schwarzes Haar fällt ihr bis auf die Hüften. Als sie ihn sieht, keimt heimliche Freude in ihr auf.

»Verzeihen Sie mir meine lange Abwesenheit, aber ich habe mich auf meinen Landsitz zurückgezogen und mir Zeit genommen, um einen Plan zu ersinnen.«

»Einen Plan?«

Statt zu antworten breitet er die Rollen auf dem Holzboden aus.

»Ich habe mir die Beweise angesehen. Von allen Frauen, die vor dem Inquisitor ausgesagt haben, ist Abigail Brassant für unsere Verteidigung die Nützlichste.«

»Die junge Frau von Meister Brassant?«

»Sie behauptet, das Kind sei tot geboren worden, aber dann hätten Sie es durch Zauberei wiederbelebt.«

»Bei der Geburt stellte ich fest, dass die Nabelschnur um den Hals des Kindes gewickelt war, und ich musste schneiden, um Mutter und Kind zu retten. Nachdem ich den Säugling herausgeholt hatte, waren sein Mund und seine Nase verstopft. Ich habe nur den Schleim herausgesaugt und damit die Atmung angeregt.«

»Wenn ich beweisen kann, dass Sie aufgrund Ihres medizinischen Wissens eine gute Hebamme sind und nicht durch Hexerei, dann bekommen wir Sie vielleicht frei.«

»Aber wie wollen Sie das beweisen, ohne dem Gericht eine Geburt vorzuführen?«

Detlef öffnet den Lederbeutel und holt Federn und Tinte heraus. »Könnten Sie mir Ihre Methoden vielleicht einmal erklären?«

»Ich kann es versuchen.«

»Gut, denn auf diesen Punkt wird es ankommen. Schließlich hat niemand etwas von Schweben, Teufelswerk oder Totenerweckung gesagt. Es sind nur Ihre ungewöhnlichen Methoden, die Argwohn erregt haben.«

»Den der Inquisitor mit seinem Eifer noch schürt. Aber sagen Sie mir, Kanoniker, warum lässt er mich nicht umbringen wie Müller?« Sie versucht zornig zu klingen, um ihre Angst zu überspielen.

Detlef sieht sie scharf an. »Wer hat Ihnen denn davon erzählt?«

»Ihr Bursche. Schimpfen Sie nicht mit ihm, er ist ein netter Junge, und ich habe Talent dazu, den Leuten Informationen zu entlocken.«

Detlef zögert und überlegt, ob er ihr vertrauen soll.

»Ich denke nicht, dass der Inquisitor verantwortlich für den Mord an Müller ist.«

»Wer denn sonst?«

Das Schweigen des Domherrn bestätigt Ruths schlimmste Befürchtungen.

»Der Erzbischof? Warum werde ich dann nicht auch seiner Politik geopfert? Und warum sollte ich Ihnen vertrauen? Sie stehen in seinen Diensten.«

»Ich gebe Ihnen mein Wort. Mehr kann ich nicht tun. Bitte, Fräulein, ich bin Ihre einzige Hoffnung.«

Ruth sieht ihn mit großen Augen an und fragt sich, ob auch sie – wie Müller – im Morgengrauen ungebetenen Besuch bekommen wird.

»Ich habe keine andere Wahl. Aber Kanoniker, warum bin ich mehr wert als die anderen? Und wenn sich meine Unschuld herausstellt, welcher politische Vorteil erwächst dadurch dem Erzbischof – oder auch Ihnen?«

Was soll er darauf antworten? Warum hat er darum gekämpft, ausgerechnet ihren Fall zu übernehmen, wo es vor ihr doch schon viele gab, die ebenso unschuldig waren? Sind ihm die moralische Verderbtheit und der Rückgang seines Glaubens derart zuwider, oder verkörpert diese Ruth bas Elazar Saul eine edlere Moral, nach der er sich sehnt? Oder stecken vielmehr ganz fleischliche Begierden dahinter, die er nicht wahrhaben will?

»Warum ich darum gekämpft habe, Sie zu verteidigen? Das kann ich selbst nicht beantworten. Aber täuschen Sie sich nicht: Auch ich habe Feinde. Als Signor Solitario sicher war, dass ich Köln verlassen hatte, drängte er sofort darauf, die Hinrichtungen zu beschleunigen. Die beiden Todesurteile waren eine Warnung von Leopold an Maximilian, damit er aufhört, sich mit den Franzosen zu verbrüdern.«

»Unschuldige wurden für unbedeutende Staatsangelegenheiten geopfert.«

»So ist die Welt, in der wir leben, Fräulein.«

»Dann klären Sie mich auf: Was stelle ich, eine einfache Jüdin ohne Einfluss, für den Inquisitor dar?«

»Die kaiserliche Belohnung, weil der Spanier so ein braver Schoßhund ist«, entgegnet Detlef schonungslos und bedauert seine Ehrlichkeit sofort.

Damit er nicht merkt, dass ihr Misstrauen ihm gegenüber schwindet, wendet sich Ruth von ihm ab.

»Ihr Fall ist beileibe nicht hoffnungslos, Fräulein. Ich kann

Nutzen aus dem Zorn der Gaffeln ziehen. Meister Voss war einer von ihnen und genoss großen Respekt. Seine Hinrichtung wird als direkte Einmischung Leopolds empfunden, und wie Sie wissen, lassen sich die Kölner nun mal nichts von außen aufzwingen, selbst vom Kaiser nicht. Sie haben in den Mauern dieser Stadt viele Christenkinder auf die Welt geholt, und Sie stehen auf jeden Fall nicht ohne Unterstützung da, ob Sie nun Jüdin oder Hexe sind oder nicht. Meister Brassant selbst hat mir gesagt – unter vier Augen und nicht ohne Gefahr für die eigene Person –, dass er, ohne genannt werden zu wollen, für alle Bemühungen aufkommen wird, die Ihre Unschuld beweisen.«

»Es gibt noch etwas, das Sie wissen sollten.«

»So sprechen Sie!«

»Es gibt eine Frau in meiner Stadt, eine Mutter, die mir das Leid noch nicht verziehen hat, was Gott ihr und ihrem Kind aufbürdete. Das Kind, das ich vor ungefähr zwei Jahren auf die Welt holte, spricht kein Wort. Und die Mutter redet in ihrem Kummer von Hexerei. Sie ist überzeugt, dass ich bei der Geburt die Dämonin Lilith heraufbeschworen habe.«

»Und, haben Sie das?«

»Kanoniker, ich hänge immer Amulette zur Abwehr der Großmutter des Teufels auf, und ich schwöre, ich habe die Dämonin nicht gerufen. In Wahrheit spricht das Kind nicht, weil es nicht hören kann.«

Erstaunt über die seltsame Mischung aus praktischem Wissen der *scientia nova* und der Anwendung alter Methoden, beschließt Detlef erneut, sich von seinem Inneren leiten zu lassen.

»Ich glaube Ihnen. Ich werde diese Frau ausfindig machen und mich darum kümmern, dass für ihr Kind und ihr Schweigen Sorge getragen wird.«

»Ihre sachliche Art beruhigt und betrübt mich zugleich, Kanoniker«, entgegnet Ruth mit einem Augenzwinkern.

Detlef muss grinsen. »Möchten Sie vielleicht Ihren Inquisitor zurückhaben?«

»Nein, das möchte ich nicht.«

Wieder liegt eine gewisse Spannung in der Luft und umfängt die beiden wie Spinnweben. Verlegen tritt Detlef zurück.

»Es gibt noch etwas anderes zu berichten. Ihr Vater hat beim Erzbischof ein Gesuch eingereicht.«

»Mein Vater?«, fährt Ruth bewegt auf. »Wie geht es ihm?«

»Das kann ich Ihnen nicht sagen, aber soviel ich weiß, hat er Maximilian Heinrich den Erlass seiner Schulden im Austausch gegen Ihre Freiheit angeboten.«

»Die Schulden hat der Erzbischof bei Herrn Hossern, und bei dem Handel geht es auch um meine Hand.«

»Um Ihre Hand? Aber ich dachte, Sie seien schon ...«

»Versprochen?«

»Verzeihen Sie mir, ich kenne mich mit den Gebräuchen Ihres Volkes nicht aus.«

»Ich bin unverheiratet und habe mir geschworen, keine Verbindung mit einem Mann einzugehen.« Dann fügt sie schelmisch hinzu: »Und mit dem Teufel auch nicht.«

Überrascht sieht Detlef weg. Was hat er sich denn vorgestellt? Wie er einmal mehr erkennen muss, hat er keine Ahnung von ihrem Leben.

»Dann werden Sie den Geldverleiher heiraten?«

»Es ist Tuvia, der Assistent meines Vaters, der mich heiraten möchte.«

»In diesem Fall müssen wir für Ihre Freilassung sorgen, damit Sie zu Ehemann und Vater zurückkehren können.«

»An der Freiheit liegt mir, nicht aber an einem Ehemann. Mein Vater hat schon früher versucht, mich zu verheiraten. Das war einer der Gründe, warum ich nach Holland geflohen bin.«

Sie setzt sich auf einen kleinen Hocker, er auf einen Stuhl, und sie sehen sich an. Und für einen Augenblick sind sie nicht mehr Kanoniker und Ketzerin, sondern einfach nur ein Mann und eine Frau.

»Spielen in dieser Welt die Bedürfnisse einer Frau überhaupt eine Rolle?«, fragt sie leise, aber es klingt eher wie eine Feststellung, eine enttäuschte Klage.

»Es steht geschrieben, dass Frauen zu ihrem eigenen Wohl der Führung bedürfen und ihnen diese am besten durch einen Ehemann und die Sicherheit von Heim und Herd gewährt wird. Die meisten werden bereits mit fünfzehn verheiratet, Fräulein, und Sie sollten sich glücklich schätzen, in Ihrem Alter noch einen Verehrer zu haben.«

»Ich bin dreiundzwanzig!«

»Zehn Jahre jünger als ich.«

»Aber Sie sind ein Mann der Kirche und brauchen sich um solche Angelegenheiten nicht zu kümmern. Wenn ich ein Mann wäre, würde ich mein Leben der Philosophie und der Medizin widmen.«

»Aber Sie sind keiner, Sie sind eine Frau. Und ich bin Geistlicher.«

»Sie sind mehr als das, denke ich, genau wie in mir mehr steckt, als Sie wissen, Domherr von Tennen«, fügt sie aufsässig hinzu und beugt sich zu ihm. »Sie sind genauso neugierig wie ich. Sie dürsten nach Wissen!«

Das ist es, sein großes Geheimnis!, denkt Ruth, als sie bemerkt, wie Detlef rote Ohren bekommt. »Was haben Sie gelesen?«

»Obacht, Fräulein, wissen Sie, was Sie da fragen? Wenn ich verbrannt werde, wer kann Sie dann noch retten?«

»Nehmen Sie es als Vertrauensbeweis. Gestehen Sie, wie ich Ihnen gestanden habe, dann sind wir quitt. Ich schwöre beim Leben meines Vaters, dass ich Sie niemals verraten werde.«

»Auch nicht auf der Folterbank?«

»Nicht einmal, wenn man mir die Knochen meiner Arme vom Körper reißt.«

Und als Detlef Ruth ansieht, durchströmt ihn ein unbeschreibliches Hochgefühl. Er verspürt eine überwältigende Erleichterung und fühlt sich von der Last der heimlichen Inspiration durch Vorstellungen befreit, die er als wilde Spinnereien abgetan hatte, bis er jene belastenden Pergamentrollen las, von denen eine schon genügt, um einen Mann an den Galgen zu bringen. Eine ungeheure Erregung, sexuell in ihrer Intensität, erhebt sich in ihm.

»Unter anderem de Witt, Spinoza, John Milton und die englischen Leveller William Everard und John Lilburne«, zählt er mit zitternder Stimme auf und fragt sich, wie sie ihn derart verhexen und ihm eine derart belastende Aussage entlocken konnte.

»Und wie steht ein Aristokrat und einflussreicher Katholik zu derart radikalen Vorstellungen von Humanismus und Demokratie? Sind er vielleicht ein heimlicher Unterstützer der Republik?«

»Wollen Sie mich noch tiefer in Verdammnis stürzen, Fräulein, oder spielen Sie nur mit meinen Schwächen?«

»Seien Sie beruhigt, mein Herr, ich mache keine Scherze. Mich treibt nur eine verhängnisvolle Neugier.«

»Verhängnisvoll, das ist sie in der Tat. Was meine Robe und meine Stellung angeht, verstricke ich mich in immer stärkere innere Widersprüche. Manchmal frage ich mich, warum ich im Dreißigjährigen Krieg gekämpft habe, warum all diese junge Männer abgeschlachtet wurden. Wozu war das gut? Wie ist es möglich, dass Anschauungen Menschen auseinander bringen und vernichten können? Warum ist der eine qua Geburt mehr wert als der andere? Diese Fragen haben mich dazu gebracht, heimlich die Schriften zu studieren. Und ich entdeckte einen größeren philosophischen Ehrgeiz an mir, als ich erwartet hatte. Nun bin ich voller innerer Unruhe. Viele andere Geistliche wären mit meiner Position mehr als zufrieden.«

»Die Reichtümer, zu denen Sie Ihr Verstand führen wird, sind viel größer und lohnender als ein Bischofsamt im Rheinland, das verspreche ich Ihnen.«

»Da macht die Gefangene dem Wärter Versprechungen«,

entgegnet er amüsiert über Ruths Ernsthaftigkeit. Um ihre Mundwinkel spielt ein kleines Lächeln, bevor sie wieder nachdenklich wird.

»Sagen Sie, was haben Sie von Benedict Spinoza gelesen?«

»Ich habe diese kurze Abhandlung über Gott, Mensch und Wohlergehen gelesen, und ich teile seine Vorstellung, dass wir unser Leben unter dem Aspekt der Ewigkeit, *sub specie aeternitatis*, betrachten sollten, damit wir unseren Problemen den Stellenwert beimessen, der ihnen tatsächlich aus einer größeren, universalen Perspektive betrachtet zukommt. In dieser Vorstellung finde ich großen Trost: Unser kurzes Leben ist endlich und für das Universum in seiner Gesamtheit zweifelsohne unbedeutend«, entgegnet Detlef zögernd.

»Dann sind wir einer Meinung.«

»So scheint es. Und daher liegt mir an Ihrer Freilassung.«

»Ich fühle mich geschmeichelt.«

»Nun, auch katholische Kanoniker sind mitunter in der Lage, einen großen Geist zu erkennen.«

»Dann unterstützen Sie also die Republik?«, fragte Ruth.

»Nur, wenn der gewöhnliche Mensch die für die Selbstbestimmung nötige Bildung erhält, sonst wird es nicht gelingen.«

»Aber eine Republik, in der Diener und König gleichgestellt sind und der Besitz dem Gemeinwesen gehört, eine solche Nation würde das Volk mit Bildung versorgen«, erwidert Ruth.

»Mag sein, aber ich fürchte, die Menschen sind von Natur aus ungleich, und alle Bildung wird diese Ungleichheit nicht aufheben können. Es ist das grausame Gesetz des Waldes, des Rudels oder des Hahnenkampfs, wenn Sie so wollen«, antwortet Detlef angespornt von ihren Worten.

»Aber wenn wir den Versuch einer Republik nicht wagen, werden wir es nie erfahren.«

»Wohl wahr. Aber sagen Sie, stimmt es, dass Benedict Spinoza ein Mennonit ist?«

»Er hockt in Rijnsburg mit ihnen zusammen. Sie treffen sich

wöchentlich *in collegia,* und jeder darf frei seine Thesen vortragen. Gleichgesinnte Menschen, die ihre Visionen von einer neuen Zukunft austauschen. Sie haben mehr Geistesgröße als ich«, erklärt sie, wobei sie nicht vermeiden kann, dass Bedauern in ihrer Stimme klingt.

»Fräulein, ich werde Ihre Unschuld beweisen!«

Nun nimmt er all seinen Mut zusammen und ergreift ihre Hand, um sie trotz des körperlichen Verlangens, das ihn urplötzlich überkommt, väterlich zu tätscheln.

»Und ich Ihre Heldenhaftigkeit«, entgegnet sie und sieht ihm tief in die Augen.

✦ ✦ ✦

Samuel Oppenheimer, Hofjude und Generalhändler von Leopold I., beugt sich über den Tisch und schiebt mit einem langen Messingstab, an dessen Ende eine geschnitzte Hand aus Holz befestigt ist, das Modell des englischen Schiffs *The Diamond* auf die kleine holländische Flotte zu. Bunt bemalt in Rot, Weiß und Blau, den Farben ihres Landes, sind die Miniaturschiffe in Pfeilformation inmitten einer Nordseekulisse aufgestellt. Oppenheimer ist ein großer, gut aussehender Mann Mitte Dreißig mit edlem Profil; eine elegante Erscheinung. Er streicht sich über die silbernen Locken seiner beeindruckenden Perücke, dann schlägt er die langen Spitzenärmel zurück, die ihm bis über die gepflegten Fingernägel hängen.

»Joseph!«, ruft er.

Sein Sohn, gerade einmal acht Jahre alt, schreckt auf dem Sofa aus dem Halbschlaf auf.

Oppenheimer zeigt gebieterisch auf die englische Flotte, die von der Seite her die holländischen Schiffe anzugreifen droht. »Wer soll gewinnen, Joseph?«

»Die Engländer«, antwortet das Kind wohlerzogen.

Kaiser Leopold sieht von einem barocken Sessel mit hoher

Rückenlehne aus zu. Er beugt sich vor und stützt sich auf seinen Stock, den ein goldener Griff ziert. Auf dem markigen Gesicht mit dem kantigen Kinn zeigt sich ein Lächeln, und das wenig einnehmende Antlitz wirkt sogleich freundlicher. Oppenheimer, dem Leopolds Interesse nicht entgeht, will das Spielchen noch ein wenig weitertreiben.

»Und warum, mein Kind?«, fragt er.

»Weil wir die Holländer nicht mögen«, antwortet Joseph leicht verunsichert.

Leopolds meckerndes Lachen tönt durch das kleine Gemach.

»Und ...?«, hakt der Generalhändler nach. Nachdenklich legt der Junge die Stirn in Falten, wie der Vater es immer zu tun pflegt. Als der Kaiser das sieht, lacht er erneut.

»Weil uns ein Teil der *East India Company* gehört hat?«, entgegnet das Kind nervös.

»Ausgezeichnet!« Der Kaiser klatscht Beifall. »Sie haben das Kind sehr gut erzogen. Wenn nur die Engländer so willfährig wären!«

»Die Protestanten sind nicht für ihre Fügsamkeit bekannt, aber sie verstehen sich hervorragend auf die Beeinflussung der Massen.«

»In der Tat, das haben wir ihrer Druckerpresse zu verdanken.«

Leopold verfällt ernüchtert in Grübelei und betrachtet besorgt die Spielzeugkulisse. Der englisch-holländische Seekrieg tobt in der Nordsee, und die türkischen Truppen mit ihren grünen Turbanen umlagern Österreich, während sich die Franzosen auf kleinen schwarzen Pferden an den Grenzen seines Reichs und denen von Brandenburg aufgestellt haben. Kurz gesagt ist Europa der reinste Flickenteppich aus sich gegenseitig bekriegenden Ländern.

Samuel ahnt, was in seinem Gebieter vor sich geht, und da er seine Begeisterung für taktische Spielereien kennt, schiebt er die Hälfte der holländischen Flotte an die Ostküste von Schottland.

»Ich habe Informationen über den nächsten Schachzug«,

verkündet er geheimnisvoll. »Die Holländer werden von Norden angreifen. Aber ...« Mit der anderen Hand dreht er einige der Schiffe Karls II. zu den holländischen Schiffen um. »... nicht nur ich habe Spione.«

Wieder bricht Leopold in lautes Lachen aus. »Samuel, Sie tun mir mehr Gutes als jeder approbierte Arzt«, japst er, bemüht sich jedoch gleich darauf wieder um Haltung. »Ich bin ruiniert, erschöpft und beinahe entthront. Zur Hölle mit den Verstrickungen, denen man heutzutage als Staatsmann ausgesetzt ist. Ich bin das alles leid!«

Die Ankunft eines Dieners lässt ihn innehalten. Der Junge, der nichts von der Anwesenheit des Kaisers im Raum wusste, errötet und verbeugt sich ein ums andere Mal.

»Was gibt es, Fritz?«, fragt Samuel verärgert. Ich wünschte, der Junge würde aufhören, sich wie ein Narr zu gebärden, denkt er bei sich.

»Besuch aus dem Rheinland. Er sagt, er hat einen wichtigen Brief an den Hofjuden.«

»Der Hofjude ist da.« Leopold zeigt gebieterisch auf Samuel. »Der Kaiser allerdings nicht.« Und schon verschwindet er augenzwinkernd hinter einem bemalten chinesischen Wandschirm.

»Auch wenn Ihr fern seid, ist Euer Ohr mir nahe?«, flüstert Samuel in seiner gewohnt geistreichen Art durch den dünnen Seidenstoff. Auf der anderen Seite kichert der Kaiser.

Einen Augenblick später winkt der Diener den Boten herein. Seine Reitstiefel sind staubig, und er schlägt seinen Umhang zurück, um tief in seine Hose zu greifen und eine durchgeschwitzte Schriftrolle hervorzuholen, die er Samuel überreicht.

»Dieses Schreiben kommt von einem der Ihren. Es ist eine Botschaft von höchster Wichtigkeit, denn es geht um ein Mitglied der kaiserlichen Familie«, verkündet er gespreizt. »Mir wurde aufgetragen, umgehend mit einer Antwort zurückzukehren.«

Samuel hat bereits das Siegel von Alphonso neben dem des Prinzen entdeckt und sieht den Reiter an. »Sie können draußen warten.«

»Und dann bekomme ich die Antwort? Die Sache ist dringend, Seine Hoheit ist ernstlich krank.«

»Sie haben mein Wort.«

Samuel wartet mit dem Öffnen der Rolle, bis er allein ist. Nach einer kurzen Durchsicht des Schreibens schiebt er den Wandschirm zur Seite und überrascht den Kaiser, der seine lange, kunstvolle Perücke abgesetzt hat und sich hingebungsvoll den kahlen, schorfigen Schädel kratzt.

»Majestät, ich denke, dies wird Euch amüsieren.«

»Mehr jedenfalls als das leidige alte Thema, wie ich hoffe.« Leopold setzt sich seine Perücke wieder auf, allerdings schief.

»Der Verfasser ist ein junger Schauspieler, der in meinen Diensten steht. Da er Ehrgeiz hat, schreibt er im Stil von Molière, diesem französischen, warmen Kopisten von geringem Talent. Man kann ihm aber auf jeden Fall vertrauen«, versichert Samuel dem Kaiser mit ernster Miene.

»Ferdinand.« Der Kaiser sieht betrübt von dem Brief auf und denkt mit Sorge an seinen fehlgeleiteten Neffen und seinen Hang zu Skandalen. »Ich habe gehofft, dass die Jagd im Rheinland seiner Männlichkeit förderlich sein würde, aber das ist offenbar nicht der Fall. Seine Heirat mit der schwer geprüften Maria von Champagne hat zwar dem Reich gedient, sein Temperament aber nicht zügeln können.«

Leopold seufzt schwer, als Samuel auf Alphonsos verschnörkelte Schrift blickt.

»Ich befürchte, Ihr habt Recht, Majestät.«

Die beiden Männer denken schweigend über die Last der Verantwortung gegenüber der Familie nach. Das leise Schnarchen von Samuels Sohn reißt sie schließlich aus den Gedanken.

»Der Inquisitor Carlos Vicente Solitario ist doch im Auftrag Eurer Majestät nach Köln gereist, nicht wahr?«, fragt Samuel.

»Ja, aber auch im Auftrag des Generalinquisitors, der als Ankläger auftritt. Erzbischof Maximilian Heinrich hat mich bitter enttäuscht, und ich bin gezwungen, ihm auf seine flatterhaften Hände zu schlagen, mit denen er ständig diesem dreisten König Ludwig zuwinkt.«

»Aber was ist mit dieser Rebekka des Rheinlands?«

»Sie ist ein Niemand, eine jüdische Hexe, und der Inquisitor ist von ihr besessen. Als Dank für seinen Gehorsam habe ich sie ihm zum Geschenk gemacht.«

Oppenheimer streichelt seinen Lieblingsdackel. Wenn es einen Mann am Hofe gibt, den er hasst, dann ist es Carlos Vicente Solitario. Der Dominikaner verkörpert die schlimmste Seite des religiösen Eifers, und Samuel kennt viele sephardische Familien, manche Konvertiten, manche nicht, die unter dem berüchtigten Inquisitor zu leiden hatten. Es ist nicht die Judenfeindlichkeit des Mannes, die ihm zu schaffen macht; die ist etwas Alltägliches. Jeder erfolgreiche Jude hat gelernt, damit zu leben und Menschen mit derlei unerschütterlichen Einstellungen zu umgehen. Es ist vielmehr die offensichtliche Dummheit und Unkenntnis des Spaniers, seine kriegerische altertümliche Vorgehensweise, mit der er das schlechte Gewissen des Kaisers wegen seines heimlichen Mangels an katholischem Glauben auszunutzen versteht. Religiöse Schuldgefühle sind die Achillesferse von Leopold, und der gerissene Spanier hat es verstanden, Vorteil daraus zu schlagen.

Alphonso bezieht sich zu Recht auf Molière, denkt Samuel bei sich. Solitario ist in der Tat ein Tartuffe, ein Heuchler – ein viel schlimmerer jedoch mit weitaus gefährlicherem politischen Einfluss. Erneut überfliegt Samuel den Brief. Er kann sich keine Feinde leisten; das ist sein Grundsatz. Andere Amtsträger beschwichtigt er zuweilen mit Edelsteingeschenken oder er erlässt ihnen die Schulden, aber Solitario ist von Hass getrieben. Und wie Samuel nur zu gut weiß, ist Hass die einzige Gemütsbewegung, der mit Bestechung nicht beizukommen ist.

Der Generalhändler zwirbelt die rote Schnur an der Schriftrolle zwischen den Fingern. Nun bietet sich ihm die einmalige Gelegenheit, dem Spanier eins auszuwischen – wenn er seine Worte sorgfältig wählt.

»Majestät, sollte es denn möglich sein, dass der junge Prinz wirklich krank ist, vielleicht sogar auf dem Totenbett liegt? Er scheint doch schrecklich zu leiden.«

»Schrecklich gelitten hat Ferdinand in seinem Leben bisher nur ein einziges Mal, und zwar, als er es geschafft hat, sich diese lächerliche Verletzung bei dem Turnierkampf zuzuziehen. Er könnte sich natürlich eine Geschlechtskrankheit eingefangen haben. In diesem Fall ist es am besten, wenn er in einem unbedeutenden Jagdschloss im Rheinland leidet statt hier, vor den Augen des ganzen Reichs. Er ist kein gutes Vorbild, Samuel, das wissen Sie.«

»Aber sein Vater war ein großer Held im Krieg gegen die Lutheraner.«

»Wofür er mit der zweifelhaften Ehre belohnt wurde, meine Schwester heiraten zu dürfen. Gott sei seiner Seele gnädig. Aber auf was wollen Sie hinaus?«

»Vielleicht ist es nicht ratsam, den Sohn sterben zu lassen, wo wir doch Helden für den Kampf gegen die Ungarn und wahrscheinlich auch gegen die Türken brauchen.«

»Anders gesagt, wir sollten ihn für später aufsparen?«

»Mit dem Namen seines Vaters wird er viele kriegswillige Männer anlocken.«

»Möglich. Obwohl Ferdinand zu Pferde wahrlich keinen erhebenden Anblick bietet und er sich trotz der besten Lehrmeister des ganzen Reiches immer noch nicht mit Schwert, Armbrust und Bogen auskennt.«

»Es muss ihn ja niemand im Gefecht sehen. Wir können es wie die Lutheraner machen und die Druckerpresse einsetzen, um Geschichten über seinen Heldenmut verbreiten. Majestät, die Habsburger könnten einen neuen Helden gut gebrauchen!«

»Ein interessanter Gedanke. Wie beendet denn der aufstrebende Dichter sein Gesuch?«

»›Kann der Löwe von Juda das Junge des doppelköpfigen Adlers retten?‹ – Ich glaube, die Hexe verfügt über eine medizinische Ausbildung; wie ich hörte, war sie in Amsterdam.«

»Als Nächstes erlauben sie den Frauen noch, an die Universitäten zu gehen! Das ist alles zu viel für ein Jahrhundert!«

»Majestät, soll ich ein Schreiben aufsetzen, damit sie freigelassen wird?«

»Gibt es eine Möglichkeit, wie ich als Befehlsgeber unerkannt bleiben kann?«

»Vielleicht, wenn Alphonso mit einer geheimen Botschaft zum Erzbischof geht …?«

»Vielleicht.«

»Und wenn Maximilian Heinrich heimlich und rasch den Prozess anstrengt und ihr zu einer guten Verteidigung verhilft, ist die ganze Angelegenheit in Windeseile erledigt, und die Hebamme könnte Eurem Neffen zur Seite stehen. Schnelligkeit und Diskretion sind bei dieser Sache das Wichtigste. Und was hat das Leben einer Jüdin im Vergleich zu dem eines Mitglieds der kasiserlichen Familie schon für einen Wert – es sei denn, sie kann Letzterem das Leben retten?«

»Samuel, Sie versetzen mich einmal mehr mit Ihrem Einfühlungsvermögen in meine Person in Erstaunen.«

Mit diesen Worten beugt sich der Kaiser vor und kippt mit seinem dicken Daumen vergnügt die Hälfte der holländischen Flotte um.

Maximilian Heinrich, den man von der Sonntagsmesse wegge-rufen hat, die er zelebrierte, rückt sein grünes Ornat zurecht und schlägt seinen kurzen Umhang über die Schultern nach hinten. Der aus dem Osmanischen Reich importierte Stoff ist mit arabischen Schriftzeichen bestickt, die den Ruhm Moham-meds verkünden – eine Tatsache, die sich dem Erzbischof ent-zieht, da er nur der deutschen und der lateinischen Sprache mächtig ist.

Er schwitzt heftig und weist den jungen Geistlichen an sei-ner Seite an, ihn von dem lästigen Chormantel mit dem grell-farbenen Auferstehungsmotiv zu befreien, der ihm am Rücken klebt. Während der junge Novize mit zitternden Fingern unge-schickt den Umhang vom Hals des Erzbischofs losbindet, bevor er den Rest der schweren Gewänder in Angriff nimmt, mustert Heinrich den jungen Jesuitenpriester, der mit reichlich respekt-loser Haltung vor ihm steht.

»Junger Mann, als ich zuletzt meine Sonntagspredigt abge-brochen habe, ging es um den enthaupteten englischen König. Ich kann gar nicht beschreiben, wie sehr es die Bürger verärgert hat. Das war es fast wert!«

Der Erzbischof schert sich nicht um das Protokoll und ta-xiert den jungen Besucher eingehend. Er sieht südländisch aus, wahrscheinlich steckt er mit diesem grässlichen Dominika-ner unter einer Decke, spekuliert Heinrich grimmig. Verärgert nimmt er die schwere Kette mit dem Brustkreuz ab, das die hei-lige Reliquie der Zunge der heiligen Ursula birgt.

»Eine Angelegenheit von großer Vertraulichkeit und Dringlichkeit, was?« Er knallt die Reliquie auf den Holztisch. »Von allergrößter Wichtigkeit?«, fährt er hämisch fort. Ruckartig zieht er sich sein Gewand über den Kopf und steht nun in einem einfachen Baumwollunterhemd und langen Unterhosen vor seinem Besucher. Er furzt, seufzt erleichtert und lässt sich von dem jungen Geistlichen ein Taschentuch geben, mit dem er auf den Schweißflecken herumtupft, die sein Unterhemd verunzieren. »Was bitte sollte ein junger Spund wie Sie, obendrein ein Jesuit, dem Erzbischof von Köln zu sagen haben, hm?«

Der Jesuit, dessen hübsches Gesicht fast feminin wirkt, macht einen bestürzten, zutiefst eingeschüchterten Eindruck. Er lässt eine leidenschaftliche Tirade auf Italienisch vom Stapel, wobei er gleichzeitig stottert und spuckt. Entsetzt wischt sich Heinrich die Speicheltröpfchen aus dem Gesicht. »Um Himmels willen, sprechen Sie wenigstens Deutsch!«, ruft er und befürchtet schon, der junge Jesuit sei geistesgestört.

Plötzlich ändert sich das Gebaren des jungen Mannes jedoch vollkommen. Er strafft die Schultern, richtet sich auf und wirft sich in die Brust. Auf wundersame Weise hat er nun eine sehr selbstsichere und sogar humorvolle Ausstrahlung.

Jetzt ist Heinrich überzeugt, dass er es mit einem gefährlichen, verrückten Mörder zu tun hat, und ergreift seinen Bischofsstab, um sich zu schützen, während der Novize hinter seinem korpulenten, fast nackten Herrn Schutz sucht. Lachend setzt der Jesuit seine Kapuze ab, und plötzlich fallen ihm dicke schwarze Locken auf die Schultern.

»Was ist das für eine Hexerei?«, schreit Heinrich.

»Keine Hexerei, nur das Werk eines talentierten Schwindlers, eines Schauspielers«, entgegnet Alphonso und macht eine tiefe Verbeugung.

Heinrich überspielt seine Verlegenheit, indem er kräftig mit seinem Stab auf den Boden pocht. »Und wessen Marionette sind Sie? Gehören Sie zu den Franzosen oder zu unserem guten Kaiser?«

»Weder noch, Exzellenz. Als reisender Schauspieler bin ich mein eigener Herr, aber in diesem besonderen Fall überbringe ich die Wünsche unseres guten Kaisers Leopold.«

Alphonso greift in seine Kutte und holt eine Rolle des allerfeinsten Papiers hervor. Heinrich schnüffelt misstrauisch daran, als er sie überreicht bekommt.

»Ihr werdet sehen, sie ist echt.«

Aufmerksam prüft Heinrich das Siegel – der doppelköpfige Adler mit den Kronen scheint authentisch. Vorsichtig bricht er es mit dem Brieföffner auf und breitet das Schreiben vor sich aus. Hinter seinem Rücken winkt Alphonso fröhlich dem errötenden Novizen zu.

Heinrich lässt sich in einen Sessel fallen und greift instinktiv zu der Flasche Hattenheimer Engelmannsberg, einem Riesling der Zisterzienser, der immer auf seinem Schreibtisch bereitsteht. Seufzend schenkt er sich ein Glas ein. Konzentriert runzelt er die schwammige Stirn, als er zu lesen beginnt. Draußen vor der kleinen Kammer sind die Gemeindemitglieder zu hören, die sich beim Verlassen des Doms unterhalten: über die Ernte, das Handelsregister der *East India Company* und die Auswirkungen des englisch-holländischen Seekriegs. Auch Beschwerden über den Kaiser sind zu hören, der mit dem Gold von Köln seinen Krieg gegen die Türken bezahlt. Irgendwo lacht eine junge Frau, und eine andere ermahnt sie, still zu sein.

Nach einer Weile sieht Heinrich wieder auf. Mit einer knappen, gebieterischen Geste entlässt er seinen Novizen und wendet sich dann Alphonso zu. »Das ist in der Tat ein ernstes Problem, das sich nicht so leicht lösen lässt.«

»Exzellenz, es muss sein. Prinz Ferdinand liegt auf dem Sterbebett. In einer Notlage wie dieser muss man zu ungewöhnlichen Mitteln greifen.«

»Sie wissen, dass Fräulein Saul der Hexerei angeklagt ist? Sie soll zum Zwecke einer glücklichen Niederkunft mit dem Teufel verkehren und sich mit der Dämonin Lilith verbündet haben, um einem armen Kind die Stimme zu rauben ...«

»Wirklich schlimm, aber wenn sie einem gesetzlichen Erben des Kaisers das Leben retten kann ...«

»Eine Hexe ist eine Hexe, mein Herr. Ich nehme an, dem Kaiser ist bewusst, dass ich meine Stellung und meinen Ruf aufs Spiel setze, wenn ich tue, was er wünscht?«

»Der Kaiser ist seinem Neffen höchst zugetan und wird auf ewig in Eurer Schuld stehen, wenn Ihr seine Wünsche erfüllt.«

Alphonso wendet den besten aller Kunstgriffe für eine überzeugende Lüge an und sieht dem Erzbischof mit festem Blick in die Augen. Heinrich, der in Sachen Täuschung ebenfalls kein Anfänger ist, lächelt gelassen.

»Und wie wir beide wissen, ist die Zuneigung des Kaisers zu seinem Neffen wirklich legendär.« Mit einem zynischen Grinsen fügt er hinzu: »Ich freue mich, ihn in seiner großen Liebe zu dem Jungen unterstützen zu können. Aber es gibt da ein kleines Hindernis: diesen Eiferer Carlos Vicente Solitario ...«

Alphonso schlüpft in eine andere Rolle aus seinem Repertoire und gibt den Othello: »Leopold wird sich um den Inquisitor kümmern. Wenn Ihr die Hebamme befreit, damit sie Ferdinand versorgen kann, und zwar schnell, dann werden all Eure Mühen entlohnt«, verkündet er nun mit voller Baritonstimme.

Die tiefe maurische Stimmlage verwirrt den Erzbischof. Der Schauspieler schnappt sich dreist eine Weintraube vom Tisch und beugt sich vor, um Heinrich tief in die blutunterlaufenen Augen zu schauen.

»Darauf hat mir der Kaiser sein Wort gegeben.«

Nachdem der Schauspieler ihn verlassen hat, starrt Heinrich gedankenverloren zu dem kleinen Buntglasfenster hinaus, das zeigt, wie der Erzengel Gabriel der Jungfrau Maria die Geburt ihres Sohnes verkündigt. Durch die blau-goldene Engelsgestalt hindurch sind die Zweige eines Weinstocks zu sehen, den die Zisterzienser dem Erzbischof einige Jahre zuvor geschenkt haben. Die Ranken erinnern ihn an den schönen Weinberg, aus dem die Pflanze stammt. Plötzlich kommt ihm eine Idee, und er weiß, wie er alle seine Probleme lösen kann.

Erfreut lacht er laut auf und brüllt nach Detlef.

✦ ✦ ✦

Ganz oben auf dem Weinberg stehen ein niedriger Marmortisch und eine alte Steinbank. Im rötlichen Lichtschein der Laterne wirken die Gesichter der um den Tisch versammelten Mönche erhitzt. Es dämmert bereits, aber der Mond steht noch als schmale Sichel am Himmel. Carlos friert trotz der Pelzjacke, die er über seiner Kapuzenrobe trägt. Heinrich, der sich ausgesprochen fröhlich und gesellig gibt, nachdem er sich seit seiner Ankunft an dem besten Rheinwein gütlich getan hat, hält das kahle Haupt zum Gebet gesenkt. Ihm macht der kräftige Wind, der vom Rhein heraufweht, nichts aus.

»Möge dieses Jahr eine reiche Weinernte bringen, Wohlergehen für unsere Gemeinde und Fruchtbarkeit für das Rheinland. Mit den unvergänglichen Worten unserer heiligen Hildegard: *Mann macht den Menschen gewund, der Wein macht den Menschen gesund.* Amen«, beendet er das Gebet.

»Amen«, murmeln die Zisterziensermönche, die in ihren weißen Gewändern wie Geister aussehen.

Plötzlich gähnt der Erzbischof und breitet die Arme weit aus. Wie er so auf dem Gipfel des Rüdesheimer Berges steht, hebt er sich wie ein imposantes Kreuz vor dem weiten Himmel mit den letzten verblassenden Sternen und dem Mond ab. Es ist fünf Uhr in der Frühe, und Heinrich hat darauf bestanden, dass der Inquisitor ihn und eine Gruppe von sieben Mönchen des Klosters, von denen jeder eine Steingutflasche mit Wein und Gläser mitgebracht hat, um vom höchsten Punkt des alten, mit Mauern eingefassten Weinbergs aus die Geburt des neuen Tages zu beobachten.

Es ist der Morgen des dritten Tages ihrer Reise und doch fühlt sich Carlos, obwohl er der Einladung des Erzbischofs mit einigem Misstrauen gefolgt ist, verführt von der sanften Lebensart und der Kameradschaft der weißen Mönche. Die vielen Jahre, in denen sie zusammen leben und arbeiten, haben aus ihnen eine perfekt aufeinander eingespielte Kolonie von ausgezeichneten Weinbauern gemacht. Ihre Disziplin und wie sie seine Anwesenheit unhinterfragt annehmen; die steilen, in Stufen zum Fluss abfallenden Weinberge; die mustergültig gepflegten alten Weinstöcke, die mit zartem Frühlingsgrün geschmückt sind; die einfache Schönheit des Klosters aus weiß und rot gestrichenem Holz mit dem alten Kelterhaus, in dem eine alte Weinpresse aus dem Mittelalter steht – das alles ist Balsam für seine spanische Seele. Zum ersten Mal seit seiner Ankunft fühlt sich der Inquisitor willkommen in Deutschland. Und zu seiner Überraschung verspürt er, wenn auch widerwillig, eine gewisse Dankbarkeit gegenüber seinem Gastgeber.

»Ach, da verblasst die Venus, die erste und letzte der himmlischen Göttinnen!« Der Erzbischof zeigt auf den Planeten, dessen Funkeln immer schwächer wird, bis es plötzlich verschwunden ist.

Carlos sieht hinauf in den Himmel, der sich über ihnen auftut wie ein riesiger, wogender Wandteppich, bestickt mit den zartesten Gold- und Silberfäden. Einmal mehr fällt dem Inquisitor die ihm fremde Position der Sterne auf, und er sehnt sich nach seinem spanischen Himmel.

»Dieses Jahr verspricht nichts Gutes, Exzellenz. Sie müssen ihn im Januar gesehen haben, ebenso wie wir in Wien, diesen Unheil verheißenden Kometen, der seine leuchtende Spur über ganz Europa zog. Ein schlechtes Zeichen, fürchte ich. Das Jahr wird viel Leid bringen und vielleicht noch mehr Krieg.«

Carlos blickt grimmig in den heller werdenden Himmel, den

die ersten Sonnenstrahlen vom Horizont her rosig zu färben beginnen.

Heinrich sieht den Spanier an. In den letzten Tagen war es ihm vergönnt gewesen, den Fremden genauer zu beobachten. Nun kennt er seine Befindlichkeiten im Detail. Etwas Tragisches muss bleibende Narben auf der Seele dieses Mannes hinterlassen haben, vermutet der Erzbischof, denn in seinen Gesprächen ist er immer wieder auf dieselbe unüberwindliche Hürde gestoßen: ein Felsengebirge aus Hass, das den Mann umgibt wie eine uneinnehmbare Insel.

»In der Tat«, entgegnet Heinrich. »Mein persönlicher Astrologe ist jedoch optimistischer als jene Schmierfinken, die Geld damit verdienen, Verdammung und Untergang zu prophezeien. Er weissagt einen heißen Sommer und eine gute Ernte – das ist für meinen Geschmack genug Zukunft. Wir können uns die Zeit nicht aussuchen, in der wir leben. Ebenso wie wir uns manchmal nicht aussuchen können, wen wir lieben.«

»Von solch weltlichen Dingen verstehe ich nichts. Meine einzige Liebe gilt Jesus Christus, unserem Herrn, der für unsere Sünden am Kreuz gestorben ist«, erwidert der Inquisitor eine Spur zu sittsam.

»Ach, ich weiß nicht. Ich denke, die Grundsteine des Glaubens sind die Nächstenliebe und die menschliche Güte. Der Hass ist nichts Christliches; er ist ein Gift, das wie ein Geschwür in der Seele wuchert, meinen Sie nicht, Monsignor?«

Die Sonne taucht nun als leuchtend roter Halbkreis hinter den gräulich schimmernden Weinbergen auf. Der Inquisitor wendet sich von dem Erzbischof ab. Er fühlt sich wie ein Krebs, den man seiner Muschel beraubt hat. Hin- und hergerissen zwischen der Versuchung, sich das Herz zu erleichtern, und der Angst, sein Innerstes preiszugeben, zögert er und blickt in den aufsteigenden Feuerball, an dem sich eine graue Wolke vorbeischiebt. Sie sieht aus wie Ares, der Kriegsgott, denkt der Mönch und stellt sich vor, die dünnen Dunstfäden seien die feurigen

Rösser und der junge Gott mit dem wallenden goldenen Haar und dem muskulösen vollkommenen Körper folge seinen Rössern in seinem Streitwagen aus purem Gold. Könnte ich je so heldenhaft sein?, fragt sich Carlos. War ich je so ungestüm? Er fürchtet sich vor der Antwort, die aus seinem tiefsten Innern aufsteigt, aber er dreht sich wieder zu Heinrich um.

»Ich bringe Glauben und Liebe für meine Mission mit, Exzellenz. Es ist keine leichte Aufgabe, bei der ich sehr oft ein Herz aus Stein brauche. Rechtschaffenheit darf man nicht mit Hass verwechseln«, erklärt er, und es ist, als ziehe er sich in seine Muschel zurück.

Enttäuscht, dass er ihm nicht mehr entlocken konnte, gibt Heinrich den wartenden Mönchen ein Zeichen. Schweigend stellen sie die sieben Flaschen Wein auf den Tisch, dazu jeweils zwei Weingläser.

»Ich habe zu unserem Vergnügen eine kleine Weinprobe ausgerichtet, Monsignor Solitario. Sieben Flaschen für sieben Stationen im Leben unseres Herrn Jesus Christus. Ich liebe diese Allegorie sehr und habe einige Jahre darüber nachgedacht. Ich hoffe, Sie haben Freude daran.«

Der Dominikaner muss angesichts des vergnügten Funkelns in den Augen des Erzbischofs lächeln. »In der Tat, ich fühle mich geehrt.«

Der Erzbischof nimmt die erste Flasche. Er schenkt zwei Gläser aus und hält dann eins ins Sonnenlicht. Der Wein leuchtet blassgelb.

»Dieser steht für die Taufe unseres Herrn durch Johannes den Täufer. Ich stelle mir den Galiläer vor, voller Glauben, aber seiner Berufung noch nicht gewiss, wie er bis zu den Knien im klaren Wasser des Jordan steht und ihn die mystischen Worte seines schwarzäugigen Vetters mit dem wilden Haar bis ins Innerste bewegen. Der Wein ist ein einfacher, unschuldiger Weißer, ein jugendlicher Chasselas aus dem Elsass, der auch dem englischen Schauspieldichter Shakespeare gemundet hat. Noch jung zwar, aber trocken, weich und leicht fruchtig – er birgt gro-ße Hoffnungen in sich, ebenso wie unser Herr und auch wir selbst in jungen Jahren.«

Er geht zu der zweiten Flasche, und diesmal schenkt er einen dunklen Roten aus.

»Die Versuchungen Christi in der Wüste. Die sündigen Ver-führungen des Satans, die vor den Augen unseres Herrn wir-beln.«

Heinrich wirft einen Seitenblick auf den Spanier und sucht in seinem Gesicht nach einer Reaktion, denn er ahnt, dass die fleischlichen Sünden möglicherweise die Schwäche des Inqui-sitors sind. Aber Carlos' Gesicht ist zu einer ausdruckslosen Maske erstarrt.

»Die Qualen, die Christus erlitten hat, erleidet jeder junge Mönch, wenn er sich entschlossen hat, seiner Berufung zu fol-gen. Schließlich sind wir unter der Robe doch alle Männer, nicht wahr?«

Heinrich lacht, aber als Carlos unbewegt bleibt, tut er die plötzliche Frostigkeit des Inquisitors mit einem Schulterzucken ab und nimmt sich sein Glas, um daran zu schnuppern.

»Natürlich habe ich einen roten Wein von den Benediktinern in Savigny-les-Beaune ausgewählt. Die Weinberge gehörten einst den Templern, die Schuld auf sich luden, indem sie allen möglichen Versuchungen erlagen, bis sie schließlich von König Philipp IV. der Unzucht und vieler anderer Sünden angeklagt wurden. Dieser Wein blickt also auf eine Geschichte gefährli-cher Versuchungen zurück. Unverschämt vollmundig ist er und verweilt auf der Zunge wie ein schlüpfriger Traum.«

Carlos nimmt sein Glas und riecht daran. Das Aroma des Weins ist voll und durchdringend, und die Art, wie es ihn in der Nase kitzelt, erinnert ihn an etwas. Heftig errötend stellt er fest, dass er an den Geruch des Geschlechts einer Frau denkt. Heinrich zwinkert ihm wissend zu und widmet sich der nächs-ten Flasche.

»Nun etwas Fröhlicheres, die Wunder Christi. Nach langer Überlegung entschloss ich mich für das Wunder, das unser Herr auf der Hochzeit in Kanaan vollbrachte, als er Wasser in Wein verwandelte. Eine schwere Entscheidung, aber ich stelle mir vor, dass der Wein einen leichten, festlichen Charakter hatte, der den Jubel seiner Herde symbolisiert, als sie unseren Erlöser als den Messias erkannte. Daher habe ich einen Mosel-Ruwer ausgesucht, einen Maximin Grünhäuser Abtsberg. Ein delikater Tropfen, unglaublich fein und doch von so intensivem Aroma und Geschmack, wie ich es bei einem derart steinigen Boden nicht für möglich halten würde – es sei denn, Gott und unsere Benediktinerbrüder helfen ein wenig nach.« Während er spricht, gießt er den hellroten Wein in die mundgeblasenen Kelchgläser und nimmt die nächste Flasche.

»Und dann kommt das Letzte Abendmahl. Stellen Sie sich die Stimmung vor, eine schmerzliche Mischung aus Freude und Trauer: Freude über das, was Christus mit seinen Jüngern bisher erreicht hat, und Trauer wegen seiner Verkündung, dass er von einem unter ihnen verraten werden wird. Daher habe ich einen dezenten Wein mit poetischem Hintergrund ausgesucht: einen Roten aus St. Emilion. Die Stadt ist ein Labyrinth aus alter Zeit, ein Abbild ihrer spirituellen Vielfältigkeit. Der Wein birgt eine fast süße Trauer in seinem dunklen Charakter. Man kann sich vorstellen, wie Jesus das Glas erhebt und die unvergänglichen Worte ›Das ist mein Blut‹ spricht.«

Er hebt das Glas, und ein Sonnenstrahl, der die dunkle Flüssigkeit durchdringt, wirft einen geheimnisvollen rötlichen Schatten über seine Augen. Carlos beschleicht das ungute Gefühl, er selbst hätte an jenem Tisch der Judas sein können. Der Bann des Augenblicks ist gebrochen, als das Horn eines Schäfers unten im Tal ertönt. Heinrich stellt sein Glas auf die kalte Marmorplatte.

»Und nun gehen wir zu dem zentralen Ereignis der Geschichte der Christenheit, der Kreuzigung. Unser Heiliger Vater hat seinen Sohn geopfert, der aus Liebe zu den Menschen zum Märtyrer wurde. Wenn ich mir die Kreuzigung vorstelle, denke ich immer an das Hochgefühl geistiger Erleuchtung durch intensives körperliches Leiden und Schmerz. An diesen Augenblick vollkommener Freude, den Jesus erlebt haben muss, als er seinen Geist und sein Leben weggab. In ehrendem Andenken habe ich deshalb einen Wein aus Madeu gewählt, das ist in der Nähe von Perpignan in Roussillon. Die Trauben dort sind saftig, und ich muss sagen, ich empfinde die Süße dieses schweren Weins als etwas Göttliches.«

Er schenkt zwei Gläser des süffigen Roten ein. Das Aroma steigt Carlos in die Nase, und ihm läuft das Wasser im Munde zusammen. Heinrich lächelt ihn an, als könne er seine Gedanken lesen.

»Geduld, mein Freund, wir haben noch zwei Stationen vor uns.«

»Auferstehung und Himmelfahrt«, murmelt Carlos, den der korpulente Deutsche mit seiner Schilderung mittlerweile völlig in seinen Bann gezogen hat.

»Genau. Welchen Wein hätten Sie für die Auferstehung gewählt?«

Carlos überlegt und stellt sich vor, wie der von Kopf bis Fuß in Tücher gehüllte Leib Christi in einer Höhle liegt und plötzlich wieder Leben in ihn kommt, als warmes Blut durch das kalte Herz pumpt.

»Einen weißen vielleicht?«

»Exakt mein Gedanke! Der Heilige Geist ist frisch und rein und schwebt in der Luft. Daher habe ich einen samtweichen Weißwein vom Liebfrauenstift ausgewählt, in Erinnerung an die Freude von Maria, als sie ihren auferstandenen Sohn sah. Die Weinberge liegen um die Wormser Liebfrauenkirche, und der Wein ist leicht und lebendig zugleich. Und als Letztes, für die Himmelfahrt?«

»Einen roten?«

»Rot, vollmundig und außergewöhnlich. Eine kraftvolle Aussage, die mit Glockengeläut und Engelstrompeten in alle Städte getragen wird – und doch hat der Wein zugleich etwas von der Leichtigkeit des Aufstiegs Christi in die Arme seines Vaters. Es ist ein 1540er Würzburger Stein aus Würzburg am Main, und um diesen Jahrgang rankt sich eine wundersame Geschichte. In diesem Jahr nämlich trocknete der Rhein aus, und der Wein war billiger als Wasser. Deshalb hat man diesen Jahrgang über hundert Jahre in Fässern im Keller des Erzbischofs von Würzburg gelagert, der mir diesen Tropfen hier höchstpersönlich zum Geschenk gemacht hat.«

»Ich fühle mich doppelt geehrt.«

»Das dürfen Sie auch, aber nicht zu sehr, denn ich habe noch einige Flaschen davon im Keller.«

Lächelnd schenkt er die letzten beiden Gläser Wein vor dem Dominikaner aus. Mittlerweile ist die Sonne aufgegangen und steht als blutrote Kugel am Himmel, von der die Wolken in wunderbarem hellem Weinrot eingefärbt werden. Carlos dreht sich wieder zu dem Tisch um und zählt sieben Gläser Wein, die für ihn ausgeschenkt wurden. Ihn ergreift das Verlangen, laut zu schreien und zu lachen und die Herrlichkeiten zu feiern, die der neue Tag bringen wird.

»Was nun?«, fragt er. In der kalten Morgenluft steht ihm der Atem als schwaches Nebelwölkchen vor dem Mund.

»Nun trinken wir«, entgegnet der Erzbischof und grinst ihn breit an.

Carlos lehnt sich an die große Weinpresse. Aus den Poren des Eichenholzes der alten Maschine dringt in der feuchten Nachmittagsluft das Aroma hunderter Weinlesen.

»Sie war keine bloße Kreatur aus Fleisch, sondern etwas viel Feineres, Undefinierbares. Alles an ihr war schön: ihre Musik, ihre anmutigen Bewegungen, ihr scharfer Verstand – und all das war nicht von dieser Welt, sondern von einer weit entfernten ...«

Er hält inne und fragt sich, warum er plötzlich das Gefühl hat, die Weinpresse kippe zur Seite. Heinrich, der das Zögern des Dominikaners bemerkt, füllt ihm sofort wieder das Glas. Es ist spät am Tag, und die beiden haben seit der frühmorgendlichen Weinprobe kräftig gezecht. Dem Erzbischof haben die Jahrzehnte des Trinkens jedoch eine gestählte Leber beschert, weshalb er weitaus weniger betrunken als der in Bescheidenheit lebende Spanier ist. Darauf hat er spekuliert, und er ist entschlossen, diese Situation auszunutzen.

»Und sie war wirklich des Teufels?« Er beugt sich vor, um den schwankenden Dominikaner mit seinem starken Arm zu stützen.

»Oh, vollkommen. Bei einem musikalischen Vortrag sah ich, wie sie mit den Füßen mindestens eine Hand breit über dem Boden schwebte, ich schwöre es! Nicht zu vergessen ihre Art, mich mit ihren Brüsten, ihrem Duft und den flatternden Bewegungen ihrer langen weißen Finger zu verzaubern – alles Hexerei!« Carlos schwingt die Hüften, um das Gesagte zu verdeutlichen.

Wieder so ein Idiot, der mit dem Schwanz denkt!, stellt Heinrich fest, trägt jedoch eine mitfühlende Miene zur Schau.

»Es muss schrecklich für Sie gewesen sein! Sie waren doch gerade erst Novize und mussten schon mit solch dämonischen Kräften ringen. Aber Monsignore, ich glaube, Sie haben gesiegt, denn es ist Ihnen gelungen, die Welt von dieser bösen Familie zu befreien. Sicherlich wäre es christlich von Ihnen, der Tochter zu vergeben und sie wieder in ihrem jüdischen Sumpf in Deutz verschwinden zu lassen. Schlussendlich würde es der Kaiser nicht einmal bemerken, da wir doch die anderen beiden Angeklagten verbrannt haben, oder?«

»Ich kann sie nicht freilassen«, verkündet Carlos, der mittlerweile auf die Weinpresse geklettert ist, mit lauter Stimme.

»Sie können nicht … oder wollen nicht?«, hakt der Erzbischof nach, denn die Gelegenheit ist günstig.

Dem Dominikaner dreht sich alles vor den Augen, und er späht schwankend in die Tiefe. Er findet, der Erzbischof sieht aus wie eine kleine Gestalt am Ende eines Teleskops, dieser neuen Erfindung des italienischen Ketzers Galileo.

»Ich will nicht! Ich bin Gott und dem Land verpflichtet!«, schreit er, und dann stürzt er volltrunken von der Weinpresse.

Missbilligend schnalzend geht Heinrich zu ihm und betrachtet den auf dem Boden liegenden Mönch, der mit hochgerutschter Kutte laut zu schnarchen begonnen hat. Was für eine Verschwendung!, denkt er. Schlimm, wie die Besessenheit das Herz eines guten Mannes verderben kann! Dabei greift er sicherheitshalber – für den Fall, dass es sich um ein ansteckendes Leiden handelt – nach seinem Rosenkranz.

Die Zuschauer haben sich bereits in dem kleinen, mit Holz vertäfelten Gerichtssaal versammelt, dessen kunstvolle Decke in geschnitzte Reliefs der Schilde der Kölner Gilden unterteilt ist.

Die beiden Zeugen rutschen unruhig hinter dem Geländer auf der Zeugenbank hin und her. Kaufmann Brassant fühlt sich in seinem engen Wams aus Samt denkbar unwohl. Der hohe, mit Buckram verstärkte Kragen scheuert an seinem Kinn, und die neuen französischen Kniehosen, die ihm seine junge Frau aufgezwungen hat, zwicken ihn im Schritt. Abigail steht in einem cremefarbenen Leinenkleid neben ihm. Ihr Haar ist unter einer weißen Haube hochgesteckt, und sie trägt goldene Ketten und Schnallen. Sie drückt ihren friedlich schlafenden Säugling an sich, der gar nicht wahrnimmt, was ringsum vorgeht.

Gegenüber sitzen die Geschworenen: vier Bürger und zwei Vertreter des Stadtrats, allesamt wohlwollend und gut von Detlef vorbereitet. Neben ihnen thront der Greve, flankiert von seinen beiden Schöffen. Der Greve, Heinrichs Marionette und ein schrecklich übergewichtiger Klotz von einem Mann, ist berühmt für die Unmengen von Bier, die er während einer Sitzung verträgt. Im nüchternen Zustand ist er ein unerträglicher Pedant, und so versuchen seine Kollegen, ihn ständig betrunken zu halten, damit sich die Gerichtsverfahren nicht unnötig in die Länge ziehen. Nun sitzt er eingezwängt in dem schmucklosen gotischen Richterstuhl. Seine Füße stecken in lächerlichen, mit Stickereien überladenen türkischen Pantoffeln und baumeln gut zehn Zentimeter über dem Boden. Er scheint völlig betrunken zu sein.

Vor dem Podest sitzen auf harten Holzbänken die Zuschauer: ganz vorn mit grimmigen Gesichtern Elazar ben Saul und Tuvia, dahinter einige wenige neugierige Verwandte der Geschworenen und in der letzten Reihe, voll verschleiert, Birgit Ter Lahn von Lennep.

Die Neugier hat Birgit vom Lande, wo sie überlicherweise die Fastenzeit verbringt, wieder in die Stadt getrieben. Sie muss unbedingt die Ursache für die ungewohnte Zurückhaltung ihres Geliebten herausfinden. Versteckt hinter ihrem Schleier beobachtet sie, wie der Kanoniker seinen Platz vor dem Gericht einnimmt. Groot ist an seiner Seite.

Detlef hat in der Robe des Inquisitors eine autoritäre Ausstrahlung. Er spürt Birgits Blick und dreht sich rasch zu ihr um. Ihre Anwesenheit verärgert ihn. Vertraut sie ihm denn nicht? Die besitzergreifende Art, die seine Geliebte neuerdings an den Tag legt, ist ihm zutiefst unangenehm. Er schiebt diese Gedanken jedoch beiseite und sieht zu dem Rabbi hinüber.

Elazar ben Saul starrt Ruth an, als wolle er etwas von seiner Kraft auf sie übertragen. Der Kanoniker ist gerührt von der offensichtlichen Zuneigung zwischen Vater und Tochter. Ruth selbst, eine kleine Gestalt auf der Anklagebank, sieht sich ängstlich um. All ihre Tapferkeit und Entschlossenheit sind plötzlich dahin, und die Ketten an ihren dünnen Handgelenken wirken vollkommen absurd.

In diesem Augenblick betritt der Minister des Hohen Doms zu Köln mit seinem Sekretär den Gerichtssaal. Was will von Fürstenberg hier?, fragt sich Detlef. Heinrich hatte versprochen, es werde keine Zuschauer und keine Spione geben. Auch er selbst ist der Verhandlung ferngeblieben. Beunruhigt ordnet Detlef die Blätter mit seinen Notizen und hofft, dass der Plan mit den bezahlten Geschworenen aufgeht.

Damit der Prozess wunschgemäß ausgeht, hat Heinrich mit

dem Inquisitor die versprochene Reise zu den Weinbergen des weiter rheinaufwärts liegenden Klosters Eberbach unternommen. So kann Detlef das Scheinverfahren ungehindert durchführen. Vor seiner Abreise hat der Erzbischof jedoch die strenge Anweisung an den Greve und den Kanoniker ausgegeben, binnen einer Woche zu einem Freispruch zu kommen. Es war sein Vorschlag gewesen, den Prozess in die Fastenzeit zu legen, da die meisten Leute mit Fasten und Beten beschäftigt sind und keine Zeit für andere Dinge haben.

Von Fürstenberg täte gut daran, sich aus dem Verfahren herauszuhalten, denkt Detlef. Auch ohne seine Einmischung wird es schwer genug, die Unschuld der Hebamme zu beweisen. Als könne er seine Gedanken lesen, wendet der Minister Detlef sein feistes Gesicht zu und nickt grimmig.

Die Luft in dem fensterlosen Gerichtssaal ist schlecht. Eben wegen der unbehaglichen Atmosphäre hat Detlef auf diesem Saal bestanden, denn alle Beteiligten werden das Verfahren so schnell wie möglich hinter sich bringen wollen, um wieder frische Luft zu atmen. Er sieht zu den Geschworenen hinüber. Einer von ihnen, ein Schmied mittleren Alters aus der einflussreichen Gilde der Metallarbeiter, döst bereits mit nach hinten gekipptem Kopf, und seine Samtkappe ist ihm über ein Auge gerutscht.

»Guter Meister Brassant, ist es wahr, dass Fräulein Saul die Entbindung Ihrer Frau am 31. Januar im Jahre 1665 unseres Herrn durchgeführt hat?«, beginnt Detlef mit lauter Stimme seine Befragung.

Der Kaufmann sieht Ruth an. Zögernd erwidert sie seinen Blick und versucht sich ihre Angst nicht anmerken zu lassen. Abigail Brassant sieht fort, aber Meister Brassant lächelt die Hebamme entschuldigend an, denn ihre Demütigung ist ihm peinlich. Er zeigt auf den schlafenden Säugling. »Es ist wahr. Wenn sie nicht gewesen wäre, hätten wir jetzt den kleinen Franz nicht.«

»Sie oder ihre Zauberei«, wirft Abigail Brassant ein und reißt theatralisch die blauen Augen auf.

Ihr Gemahl schnaubt abschätzig. »Mir ist es piepegal, ob es Hokuspokus war oder nicht. Das Kind lebt und ist gesund, darauf kommt es an!« Er wendet sich an Detlef. »Verzeihen Sie meiner Frau, sie ist jung, und die jungen Menschen sehen überall Dämonen. Sie war die Tochter meiner Haushälterin, bevor ich sie heiratete, und sie hat sich noch nicht an ihre neue Stellung gewöhnt.«

Das Gelächter im Gerichtssaal lässt Abigail Brassant erröten. Mit gesenktem Kopf starrt sie Ruth böse an. »Ich weiß, was ich gesehen habe.«

»Wenn das so ist, solltest du besser sehen, was da in deinen Armen schläft, und dankbar sein!«, entgegnet Brassant knapp. »Es tut mir Leid, Kanoniker, aber ich habe schon fünf Kinder verloren und finde, man muss Wunder dankbar annehmen. Denn Wunder sind Wunder, woher sie auch kommen!«

Um seine wichtigste Zeugin nicht zu verschrecken, wählt Detlef einen väterlichen Tonfall. »Ich glaube, aus diesem Grund sind wir hier: um herauszufinden, ob das Kind durch die *scientia nova* gerettet wurde oder in der Tat durch etwas Übernatürliches.«

»Aber sie hat Amulette verwendet! Ich habe es doch selbst gesehen!«, ruft die junge Frau.

Schweigen breitet sich im Saal aus. Ruth erbleicht. Detlef überlegt kurz, wie er das Verhör fortsetzen soll.

»Ist das wahr, Fräulein?«, fragt er Ruth ernst und hofft inständig, dass sie ihre demütige Haltung beibehält.

»Ich habe alles verwendet, was mir nützlich erschien, um Mutter und Kind das Leben zu retten«, antwortet Ruth mit leiser Stimme.

Hervorragend!, denkt Detlef, sie spielt weiter die Märtyrerin. Aus den Augenwinkeln sieht er jedoch, wie von Fürstenberg seinem Sekretär etwas zuflüstert, der eifrig mitschreibt. Verrat liegt in der Luft, befürchtet Detlef.

»Haben Sie sich der Hexerei bedient, um jemandem zu schaden?«

»Ich schwöre, das habe ich nicht.« Die Hebamme senkt ihr glühendes Gesicht.

Elazar will empört aufspringen, aber Tuvia zieht ihn zurück auf die Bank und tätschelt ihm beschwichtigend die Hand.

Detlef nickt Groot zu, der dem Gericht eine Puppe vorführt. Sie hat die Gestalt eines Kindes und ist grob aus Baumwollstoff zusammengeheftet. Aus den Nähten schauen Strohhalme von der Füllung hervor. Das Gesicht ist mit ein paar Strichen auf die Beule aus dünnem Stoff aufgemalt, die den Kopf darstellt. Mit einer dramatischen Geste hält Groot dem Greve die Puppe hin.

»Dieses Bündel hier soll als grobes Modell des Neugeborenen dienen«, erklärt Detlef.

Der Richter blickt verschlafen auf die Puppe, dann auf den pausbäckigen Säugling in den Armen der Kaufmannsgattin. »Wunderbar getroffen, Kanoniker, gute Arbeit!«, lobt er wichtigtuerisch mit einer überraschend tiefen Stimme für solch einen kleinen Mann.

»Vielen Dank, Euer Ehren.« Detlef dreht sich zu den Zeugen um. »Damit die Geschworenen es verstehen, Meisterin Brassant, beschreiben Sie doch bitte, was Fräulein Saul nach der Geburt mit dem Kind gemacht hat!«

»Aber das kann sie nicht. Ich hatte ihr ein Mittel gegen die Schmerzen gegeben«, wirft Ruth ein, die befürchtet, den Hirngespinsten der Frau zum Opfer zu fallen.

»Trotz des Mittels habe ich gesehen, was geschah.«

»Und was war das?«, fragt Detlef freundlich, um die Zeugin zu beschwichtigen.

»Mein Kind kam blau und leblos zur Welt. Ich sah mit eigenen Augen, wie die Hexe das arme Ding an den Füßen festhielt. Es war tot. Als ich das sah, fing ich an zu schreien.«

»Das Kind hatte die Nabelschnur um den Hals, als es zur Welt kam, Kanoniker. Das kommt häufiger vor. Ich musste die

Schnur noch während der Geburt durchschneiden, um Mutter und Kind zu retten. Ich wusste, das Kind würde leben, wenn ich es schnell genug von der Nabelschnur befreie und Luft in seine Lungen pumpe.«

Die Geschworenen sind erfreut, dass plötzlich Bewegung in die Sache kommt, und setzen sich auf, als Ruth nachdenklich auf die unförmige Puppe blickt.

»Fräulein Saul, würden Sie vorführen, wie Sie das Kind ins Leben zurückgeholt haben?«

Ruth nimmt zögernd die Puppe zur Hand. »Als der Kopf des Kindes herausschaute, habe ich ihn gedreht, um an die Nabelschnur zu gelangen. Ich habe sie an zwei Stellen abgeklemmt, um Mutter und Kind vor dem Verbluten zu bewahren. Dann habe ich dem Kleinen zuerst mit einer Schulter herausgeholfen, und der Rest kam von allein wie bei einer normalen Geburt. Als Nächstes habe ich meine Lippen auf Mund und Nase des Neugeborenen gelegt, um den Schleim aus den Luftwegen zu saugen. Nachdem ich ihn ausgespuckt hatte, habe ich Luft in den kleinen Mund geblasen.«

»Was geschah dann?«

»Das Kind fing endlich an zu atmen.«

»Es wurde keine Hexerei oder Zauberei verwendet?«

»Kanoniker, ich bin eine Hebamme. Ich verwende nur die Methoden meines Handwerks und das medizinische Wissen, das ich in den Niederlanden erworben habe.«

»Aber ich habe etwas gesehen!«, platzt Abigail Brassant heraus. »Da war ein Kreis aus Asche, und dann hat sie einen Talisman, so ein Hexending, am Fuß des Bettes aufgehängt ...«

Meister Brassant schubst seine Frau wieder auf ihren Platz. »Schweig, Frau, du bist ja voller Spinnereien!«

»Bin ich nicht! Ich habe Lilith gesehen, ich schwöre es! Das Weib des Teufels schwebte vor mir und streckte seine langen Klauen nach mir aus, in denen es die glänzende Glocke des Hades hielt – es waren die Klauen einer Schleiereule!«

»Nun, es waren nicht die Klauen von Lilith, die Meisterin Brassant gesehen hat, sondern ein Instrument der *scientia nova*, das sie unter dem Einfluss des Schmerzmittels nicht richtig erkannte. Es ist ein Gerät, mit dem ich die Herztöne hören kann, ein wunderbares Hilfsmittel, das mir aus Holland geschickt wurde. Ich musste die Lebenskräfte von Mutter und Kind überwachen.«

Detlef beobachtet die Geschworenen, als Groot dem ersten Bürger das Gerät reicht, das aus einem langen Stück Kuhdarm besteht, an dessen Ende eine kleine runde, medaillonartige Kappe aus Messing befestigt ist. Der stattliche Schneider schnuppert an dem Gerät, niest und drückt sich die Messingkappe aufs Handgelenk.

»Das Ende steckt man sich ins Ohr, und die kleine Kappe legt man auf die Brust«, erklärt Ruth aus Sorge, dass das Gerät falsch angewendet wird.

Amüsiert steckt sich der Schneider das Ende des Schlauchs ins Ohr und legt dem Bürger neben ihm, einem dürren Leichenbestatter, die Messingkappe auf die Brust. Erschreckt von dem lauten Herzschlag, der plötzlich in seinem Kopf dröhnt, reißt er sich das Gerät vom Ohr.

»In der Tat ein wunderbares Ding!« Er sieht den Bestatter an. »Wim, für eine ausgemergelte halbe Portion hast du wirklich eine donnernde Lebenskraft!«

Das Gerät wird eifrig von den anderen Geschworenen untersucht, die sich einer nach dem anderen gegenseitig das Herz abhören.

»Meine Herren, meine Herren!«, ruft Detlef über den Lärm hinweg. »Wie Sie alle sehen, ist es definitiv die *scientia nova* und nicht die schwarze Kunst, der es Fräulein Saul verdankt, so ein wichtiges und höchst erfolgreiches Mitglied ihres Berufsstandes zu sein.«

»Das ist wahr!«, ruft der dritte Geschworene aus, ein kräftiger, rotgesichtiger Seemann Mitte zwanzig aus der einflussreichen Gilde der Fischhändler. »Sie hat meine Maria von Zwillingen entbunden, und beide sind prächtig und rundum gesund. Es wäre ein Verbrechen, eine so tüchtige Hebamme hinzurichten. Ich würde sagen, wir sprechen sie unverzüglich frei«, erklärt der junge Mann energisch und wiederholt mit einfältiger Ernsthaftigkeit die Worte, die Detlef knapp zwei Stunden zuvor mit ihm einstudiert hat.

Die anderen Bürger, die sich freuen, so rasch aus dem unerträglich stickigen Saal befreit zu werden, bekunden mit eifrigen Rufen ihre Zustimmung.

Siegesgewiss sieht Detlef den Richter an, der mit einem Nicken reagiert. Er hebt den Hammer, der in seinen kleinen Händen riesig wirkt, und knallt ihn auf sein Pult. »Ruhe im Gericht!«

Sofort hören die Kaufleute auf zu schwatzen. Der Richter, den es unheimlich freut, dass er seine große Autorität unter Beweis stellen konnte, strafft die Schultern und setzt ein grimmiges Gesicht auf, das keinen Zweifel an seiner Entschlossenheit lässt.

»Ich weise alle Klagen unter einer Bedingung ab: dass die Hebamme Ruth bas Elazar Saul nie wieder innerhalb der Mauern dieser schönen Stadt als Hebamme arbeitet.«

Sofort ist Elazar auf den Beinen. Tuvia umarmt ihn, während es unter den Zuschauern laut wird. »Die Verhandlung ist geschlossen!«, ruft der Richter in die Menge.

Erleichtert dreht sich Detlef zu Ruth um. In ihrem Gesicht malt sich ungläubiges Staunen, als ihr Vater auf sie zukommt, um sie zu umarmen. Hinter ihnen verlässt von Fürstenberg eilends den Gerichtssaal, gleichzeitig schlüpft auch Birgit unbemerkt hinaus.

In ihrer Kutsche lüftet Birgit ihren Schleier. Noch nie hat sie Detlef so leidenschaftlich erlebt, nicht einmal auf der Kanzel. Dafür bewundert sie ihn: Er ist ein größerer Menschenfreund, als sie je gedacht hätte. Sie beschließt, ihm eine Nachricht zu-kommen zu lassen und an diesem Abend auf ihn zu warten.

Und was die Jüdin angeht – Birgit bezweifelt ernstlich, dass Detlef sie in ihrer Schlichtheit überhaupt als weibliches Wesen wahrnimmt. Sie liefert ihm lediglich den Schlüssel zu neuen geistigen Werten und die Antwort auf die moralische Leere, die Detlef letzthin verspürte. Mit dieser tröstlichen Erkenntnis weist Birgit den Kutscher an loszufahren und denkt voller Vor-freude daran, wie sie ihren Geliebten für seinen Sieg vor Ge-richt belohnen wird.

In der schaukelnden Kutsche ist nur das Rascheln von Ruths bauschigen Röcken zu hören, deren Säume an dem Holzrahmen der mit Leder überzogenen Sitzbank reiben. Sie trägt ein schlichtes schwarzes Kleid aus Seide, dessen Rockteil vorn offen ist und den Blick auf einen cremefarbenen Spitzenunterrock freigibt. Weil sie derart elegante, weibliche Kleidung nicht gewöhnt ist, rutscht sie beklommen hin und her. Detlef hat ihr, unterstützt von Groots Hauswirtin, die Garderobe zusammengestellt, denn wie er meinte, könne sie dem Prinzen nicht in ihrem Wollumhang und dem einfachen Rupfenkleid gegenübertreten.

Seit Aarons Bar-Mizwa war sie nicht mehr so hübsch zurechtgemacht, und sie ist sich ihres Körpers und ihres Geschlechts schmerzlich bewusst. Noch viel weniger kann sie jedoch die Tatsache verdrängen, dass sie den gelben Ring nicht trägt, das obligate Abzeichen der Juden. Als sie in Männerkleidung nach Holland reiste und dort lebte, war sie in die Rolle des Felix van Jos geschlüpft. Diese Tarnung hatte sie aushalten können, weil sie so vollkommen gewesen war. Nun jedoch, da sie verkleidet als adelige Christin durch das Deutsche Reich reist, kommt sich Ruth wie eine Betrügerin und Verräterin ihrer Leute vor.

Zu ihren Füßen steht die Tasche mit der medizinischen Ausrüstung. Ruth betrachtet sie und fragt sich, ob sie tatsächlich über die nötige Ausbildung verfügt, um den jungen Prinzen zu heilen. Wie sie bislang lediglich erfahren hat, muss es sich um eine Erkrankung im Bereich des Unterleibes handeln. Sie hat viel von Dirk Kerckrinck gelernt und Galens maßgebliche Schrift über Anatomie studiert, aber da nun ihr Leben von dem Heilerfolg abhängt, nagen plötzlich Zweifel an ihr.

Die Kutsche schaukelt heftig, als die Räder in tiefe Furchen geraten. Der Fuß des Kanonikers rutscht über den Boden und stößt gegen ihren. Erschreckt sieht Ruth ihn an. Detlef schläft jedoch tief und fest und verzieht keine Miene.

Er trägt an diesem Tag nicht sein Kanonikerornat, sondern reist als Adeliger. Ruth sieht ihn zum ersten Mal in dieser Verkleidung, und zuerst hat sie die gepuderte Perücke mit dem Zöpfchen als völlig geckenhaft empfunden. Nun jedoch, als sie seine schweren Augenlider betrachtet, die Krümmung seiner Patriziernase und die vollen, sinnlichen Lippen, spürt sie, wie sich in ihrem tiefsten Innern etwas zu regen beginnt. Verlegen schlägt sie den Blick nieder, aber da fallen ihr Detlefs wohl geformte Beine in den engen Hosen auf. Entsetzt von ihren fleischlichen Gedanken, schließt sie die Augen und beginnt in Gedanken eine besonders schwierige Passage von Ovid auf Latein aufzusagen. Ovid! Es muss etwas weniger Sinnliches her! Sie wechselt rasch zu Vergil über, dem durchgeistigtsten der alten Meister, und ist heilfroh um diese Ablenkung.

Detlef tut nur so, als schliefe er, und beobachtet sie verstohlen blinzelnd durch seine Wimpern. Seit Ruth widerstrebend dieses Kleid angezogen hat, befindet sich der Kanoniker im Zustand äußerster Verwirrung. Die Hebamme hat sich auf wundersame Weise in eine Adelige seines Ranges verwandelt, in eine Frau, die er unter normalen Umständen mit Vergnügen auf dem überfüllten Tanzboden eines Ballsaals oder sogar im kleineren Rahmen eines literarischen Salons verführen würde. Die Verschmelzung der beiden Wesen – einerseits Visionärin, die den Schlüssel zu dem Wissen in der Hand hält, von dem er schon lange träumt, andererseits Frau – macht aus ihr plötzlich ein begehrenswertes Geschöpf. Detlef ist überwältigt von Verlangen; noch nie war er in Anwesenheit einer Frau so unsicher.

Und so befindet er sich in höchster Unruhe, nachdem er unaufhörlich über eine Stunde lang auf ihre schlanke Taille gespäht hat; auf den Rock, der sich über erstaunlich breite Hüften bauscht; ihre schmalen Fußknöchel, die zarten weißen Handgelenke, das Netz aus Adern unter der durchscheinenden Haut und das erbarmungslose Pulsieren ihres Blutes in der Beuge ihres schlanken Halses. Der quälendste Anblick aber ist die Wölbung ihrer Brüste, die runden milchweißen Erhebungen, die er im Traum schon tausendmal liebkost hat. Als er sie unbeabsichtigt mit dem Fuß anstößt, stellt er sich vor, wie sie mit ineinander verschlungenen Beinen daliegen, wie er sie umarmt und wie er kostet, was zwischen ihren Schenkeln liegt.

Wieder rumpelt die Kutsche heftig, und Detlefs lange Weste, mit der er die wachsende Schwellung in seiner Hose verdeckt, rutscht zu Boden. Rasch zieht er sie wieder hoch und sieht Ruth an. Zum Glück hat sie die Augen immer noch fest geschlossen. Detlef schlägt die Beine übereinander und sieht hinaus auf die vorbeiziehende Landschaft, um sich abzulenken.

Angesichts der kurzen Schatten der Bäume schätzt er, dass es auf die Mittagszeit zugeht. Sie haben Köln im Morgengrauen verlassen, um so schnell wie möglich nach Grüntal zu kommen und um fort zu sein, bevor die Stadt erwacht.

Auf Anweisung von Maximilian Heinrich, der sich um die Gunst der Gaffeln sorgt, weil sie immer noch außer sich sind über die Hinrichtung von Voss und Müller, ging die Abreise in aller Heimlichkeit vonstatten. Nachdem der Inquisitor bei der Rückkehr aus den Weinbergen wütend feststellte, dass der Prozess gegen die Hebamme ohne ihn über die Bühne gegangen war, fühlt sich der Erzbischof nun von allen Seiten angegriffen und will den Dominikaner nicht noch mehr erzürnen. Bei einem geheimen Treffen versprach er der Hebamme, sie sicher zu ihrem Vater zurückzubringen, wenn ihre Mission erfolgreich verläuft. Am selben Tag wies Heinrich Detlef in einer privaten Audienz an, die Jüdin genau zu beobachten. Wenn sie einen

Fehler macht, der zum vorzeitigen Ableben des Prinzen führt, hat das katastrophale Folgen für Heinrich und seinen Posten als Erzbischof. Wenn sie jedoch den Prinzen heilt, wird Leopold sich ihm verpflichtet fühlen, und ein Kaiser, der in seiner Schuld steht, ist genau das, was Heinrich braucht, um ungehindert seine heimlichen Beziehungen zu den Franzosen pflegen zu können.

Ruth ist es als Jüdin nicht erlaubt, den Prinzen zu berühren, und Detlef hat Heinrich versprochen, auf die Einhaltung des Gesetzes zu achten. Wie er vorschlug, sollen bei der Behandlung des Prinzen die Anweisungen der Hebamme von dem fähigsten der Diener des Grafen ausgeführt werden.

Die Kutsche fährt an einem Torfstecher vorbei. Detlef beobachtet den einsamen Mann mit kurzem Kittel und Kniehosen, der sich die Mütze fest über die frierenden Ohren gezogen hat und kleine schwarze Vierecke aus dem nassen Boden sticht. Ein Stück weiter steigt eine einzelne blaugraue Rauchfahne aus dem Schornstein einer baufälligen Bauernkate; kaum mehr als drei krumme Wände, die dem Wind trotzen. In dem gefrorenen Schlamm davor spielt ein in Lumpen gehülltes Kind, und ein kleiner Hund jagt seinem Schwanz nach. Es ist eine Szene, wie es sie schon vor hundert Jahren gab und auch in hundert Jahren noch geben wird, denkt Detlef. Ihm kommen die Bauernaufstände von 1525 in den Sinn, eine blutige und schändliche Episode in der deutschen Geschichte, die sein Großvater als Sieg des Geburtsrechts über den niederen tierischen Instinkt darzustellen pflegte. Während Detlef noch einen Blick auf den bemitleidenswerten Mann wirft, der gegen die Elemente kämpft, fragt er sich, ob er selbst wohl Hacke und Beil erhoben hätte, um für persönliche Freiheit und Selbstverwaltung einzutreten.

»Sind wir schon auf dem Besitz Ihrer Familie?«

Ruth holt Detlef in die spannungsgeladene Atmosphäre der Kutsche zurück.

»Nein, da müssen wir noch einige Meilen fahren. Möchten Sie anhalten, um sich zu erfrischen?«

»Nein, danke. Die Stäbe in meinem Korsett unterdrücken alle Körperfunktionen einschließlich des Hungers.«

Detlef ist unsicher, ob er Spott in ihrer Stimme gehört hat, und weiß nicht weiter. »Fühlen Sie sich nicht wohl?«

»Ich bin solche Kleidung nicht gewöhnt. Und ich bin nicht der Ansicht, dass Frauen für die Schönheit leiden sollten.«

»Ungeachtet Ihrer Überzeugung steht Ihnen das Kleid. Nun sehe ich, dass Sie an erster Stelle eine Frau sind und erst an zweiter eine Renegatin.«

»Ich wäre lieber eine Renegatin, die es bequem hat, statt einer leidenden Schönheit.«

»Vielleicht sind Sie eines Tages beides.«

»Ich fürchte nicht, zumindest nicht in diesen Zeiten. Kanoniker, wenn ich versage ...«

»Das werden Sie nicht.« Seine Antwort ist direkt, und er scheint entschlossen, ihr die Angst zu nehmen, die in ihr aufkeimt. »Sie dürfen nicht versagen, um Ihrer selbst willen und um meinetwillen.«

Wieder verfallen sie in Schweigen.

Ruth beobachtet, wie sich die Äste der Linden im Wind biegen, der durch die hervorsprießenden Blätter rauscht wie das Wasser durchs hohe Schilf. Was, wenn sie es nicht schafft? Was, wenn der Prinz unheilbar krank ist, was dann? Eine bange Frage zieht unzählige nach sich. In Erinnerung an Spinozas Philosophie, die Gefühle mit der Disziplin der Vernunft zu bezwingen, bemüht sie sich um Beherrschung. Sie darf ihre Arbeit nicht von ihren Gefühlen beeinträchtigen lassen. Sie wird den Prinz behandeln wie jeden anderen Patienten. Vor ihrem geistigen Auge tauchen Bilder von der Anatomie des Bauches auf: der lange verschlungene Dickdarm, der Dünndarm, der Magen, die Milz. Ob das Leiden des Prinzen mit der Verdauung zu tun hat?, überlegt sie, als Detlef erneut das Wort ergreift.

»Wissen Sie, in diesem Kleid könnte man Sie für eine bayerische Prinzessin halten.«

»Aber warum sollte ich das wollen?«

»Ich meinte nur …«

»Sie meinten, ich sehe nicht mehr wie eine Jüdin aus?«

Detlef errötet, denn genau das hat er gemeint. »Ich wollte Sie nicht kränken.«

»Sie haben Recht, Kanoniker, in diesem Kleid könnte ich als dunkelhaarige Süddeutsche oder vielleicht als Österreicherin durchgehen. Aber sobald ich einen Bankettsaal oder einen Hof betreten würde, verriete mich mein Verhalten. Ich kann mir nicht vorstellen, wie es ist, zu reisen und ein freies Leben zu führen, ohne dass jemand meiner Volkszugehörigkeit Beachtung schenkt. Ich kann mir ebenso wenig vorstellen, wie es ist, ein Graf oder Gutsherr oder eine Gräfin zu sein, die in dem Glauben leben, qua Geburt eine höhere Stellung als andere zu haben. Mein Vater hat mich gelehrt, an die Fähigkeiten des Geistes und die Weisheit zu glauben und an das geschriebene Wort. Aber er hat mich in einer Welt aufgezogen, in der wir unerwünscht sind und man uns misstraut und wir lernen mussten, unsichtbar zu werden, um zu überleben.« Sie lächelt wehmütig. »Ich war eine schlechte Schülerin. Sie sehen also, nicht einmal in diesem Kleid könnte ich sorglos an Ihrer Seite gehen.«

Detlef versucht sich die Welt aus Ruths Sicht vorzustellen. Ruth fasst sein Schweigen als Zustimmung auf und fährt fort.

»Er hat auch versucht, mich zu einer guten jüdischen Ehefrau zu erziehen, die keine Fragen stellt und den Männern von der Empore aus beim Gebet zusieht. Vergeblich hat er mit mir gerungen, um mich dazu zu bewegen, die Grenzen meines Geschlechts zu respektieren, und als er mich schließlich verheiraten wollte, bin ich geflohen.«

»Sie sind ein ungewöhnlicher Mensch. Einer Frau wie Ihnen bin ich noch nie begegnet.«

»Es würde mich auch überraschen, wenn ein Geistlicher viele Frauen kennt, natürlich abgesehen von denen, die den Gottesdienst besuchen.«

»Fräulein Saul, mein Streben gilt der Lauterkeit der Seele, nicht der Reinheit des Körpers.«

Er sieht sie freimütig mit augenfälligem Verlangen an. Plötzlich weiß Ruth mit absoluter Gewissheit, dass er sie will. Zitternd wartet sie ab.

Detlef beugt sich zu ihr vor, nimmt ihre Hand und beginnt die Staubperlen am Verschluss ihres Lederhandschuhs aufzuknöpfen. Mit den Fingerspitzen malt er kleine Kreise der Verzückung auf ihre Haut und streichelt ihre Handfläche so zärtlich, als erahne er die Wellen der Freude, die sie durchströmen, während er sie unverwandt ansieht und ein wissendes Lächeln um seinen Mund spielt.

Es ist das Lächeln des Kenners, der seine Kunstfertigkeit genießt, denkt Ruth und erzittert bei dem Gedanken an das Versprechen, das diese geschickten Hände in sich bergen. Nach einer Ewigkeit erreicht er ihr nacktes Handgelenk, wo er um Erlaubnis bittend innehält. Verwirrt zieht sie die Hand zurück und bemüht sich, den Handschuh wieder zuzuknöpfen.

»Über die Seele weiß ich einiges.« Sie versucht, ihre Verunsicherung mit Worten zu überspielen. »Aber über den Körper nicht, außer aus medizinischer Sicht. Vielleicht ist es mir bestimmt, so zu sterben. Ich sehe mich nicht als Ehefrau.«

»Wenn es einem Mann gelingt, Ihre Fantasie zu beflügeln, dann verdient er Ihre Hand.«

»Vielleicht.« Errötend wendet Ruth sich ab.

Die Kutsche fährt eine Steigung hinauf. Ruth beobachtet, wie der dichte Wald lichter wird und niedrigerem Buschwerk weicht, das mit Fichten und jungen Kiefern durchsetzt ist. Eine Herde zerzauster Ziegen, die im Unterholz weidet, kommt in Sicht, als die Kutsche weiter dem aufgewühlten, schlammigen Weg folgt. Schließlich tut sich eine windige, karge Ebene vor ihnen auf. Hier beginnt der vereiste Schnee erst wegzutauen, während die ersten Frühlingsboten das fleckige Weiß mit hellgrünen Trieben durchwirken.

Detlef klopft mit seinem Stock gegen das Kutschendach. Der Kutscher ruft den Pferden etwas in einem kehligen Dialekt zu, und sie galoppieren langsam aus und bleiben stehen.

»Verzeihen Sie, ich bin leider unter meiner Kleidung nur allzu menschlich«, sagt Detlef und steigt aus.

Ruth lässt ihm etwas Zeit, dann folgt sie ihm. Die frische Bergluft fährt ihr in die Lungen, und sie atmet befreit durch. Einige Meter weiter lässt Detlef Wasser, während Ruth das vor ihr liegende Panorama genießt.

Die Straße führt weiter den Berg hinauf, und unterhalb von ihnen liegt ein Tal, durch das sich ein breiter Fluss schlängelt. Ruth beobachtet, wie die Sonnenstrahlen über die Waldgebiete an den Hängen streifen und die dunkelgrünen Bäume in einem strahlenden Smaragdgrün aufleuchten, wenn ihre sich im Wind biegenden Kronen von dem Licht erfasst werden.

»Sehen Sie das da?« Detlef zeigt nach unten auf die glänzenden Dächer einer kleinen Siedlung, die sich in eine Flussbiegung schmiegt. »Dort beginnt der Besitz meines Bruders. Als Kind bin ich durch die Sträßchen dieses Dorfes geritten. Das Jagdschloss liegt hinter dem nächsten Tal. In diesen Wäldern kann man im Winter sehr gut Wildschweine jagen und im Frühjahr Fasane. Mein Bruder geht außergewöhnlich gern auf die Jagd. Wenn er nur seinen Leibeigenen ebenso zugetan wäre!«

»Haben Sie denn keinen Einfluss?«

»Fräulein, ich bin der Zweitgeborene. Die einzige Möglichkeit, wie ich zu Einfluss kommen konnte, war die Kirche.«

»Vielleicht ist das ein Segen. Und Ihnen wird zumindest noch die Freude zuteil, Onkel zu werden.«

»Die Wahrscheinlichkeit, dass mein Bruder einen Erben zeugt, ist höchst gering. Er führt eine kinderlose Scheinehe, und daran wird sich wohl nichts ändern. Nein, ich fürchte, der Besitz geht nach dem Tod des Grafen an meinen Cousin.«

»Wünschten Sie, es wäre anders?«

»Ich wünschte, ich könnte Änderungen herbeiführen.«

Detlef zeigt wieder hinunter, und Ruth blinzelt von der Sonne geblendet, als sie sich den Flickenteppich aus Feldern ansieht, von denen die meisten brachzuliegen scheinen.

»Der Graf hat seine Pflichten zu lange vernachlässigt. Bis vor dem Krieg wurde dieses Land ordentlich bewirtschaftet. Nun gibt es viel Krankheit und Armut unter unseren Bauern, aber mein Bruder tut nur wenig, um ihr Leid zu lindern.«

»Wenn ich Zeit habe und Ihr Bruder es erlaubt, könnte ich die Bauersfrauen besuchen. Vielleicht kann ich etwas tun, um ihnen das Dasein zu erleichtern.«

»Seien Sie gewarnt: Mein Bruder ist ein Geschöpf der Politik, ihm mangelt es an Empfindsamkeit.«

Hinter ihnen schnaubt eines der Pferde ungeduldig. Ruth sieht sich um. Der Kutscher sitzt auf dem Kutschbock und kaut Tabak. Er späht misstrauisch zu ihr herüber, weicht ihrem Blick aber aus. Ruth dreht sich zu Detlef um.

»Es gefährdet Ihr Ansehen, wenn Sie mit mir gesehen werden. Sogar der Kutscher denkt, ich hätte Sie verhext.«

Detlef lacht und bricht einen Zweig von einem großen Busch Bergsalbei ab. Er hält ihn sich unter die Nase und riecht daran. Er will nicht an die Schwierigkeiten denken, die vor ihm liegen. Am liebsten würde er ewig neben Ruth stehen bleiben, um sich das Hochgefühl und die Besinnlichkeit zu erhalten, die er in diesem Augenblick empfindet.

Ruth spürt, wie er sie mit seiner jungenhaften Selbstvergessenheit anzustecken droht. Besorgt fragt sie sich, ob er weiß, wie gefährlich die Lage für sie beide werden könnte. Plötzlich hält er ihr den Zweig hin.

»Salbei.«

»Das Kraut gegen alle Krankheiten«, entgegnet sie lächelnd.

Der Kutscher spuckt seinen Kautabak aus und ruft sie herbei. Er will weiterfahren, denn die Pferde sind unruhig. Detlef steckt sich rasch noch einen Salbeizweig in die Umhangtasche. Auf dem Weg zur Kutsche ergreift Ruth unvermittelt das Wort.

»Kanoniker, ich habe gelogen … was die Niederkunft von Frau Brassant angeht. Ich hatte ein Amulett …«

Detlef denkt an den wachsamen Kutscher und führt Ruth kurz an einen plätschernden Bach, damit sie unbelauscht reden können.

»War es Hexerei, Ruth? Sagen Sie es mir ganz ehrlich.«

Verwirrt, weil Detlef sie auf so vertraute und liebevolle Art beim Vornamen genannt hat, zögert Ruth. Eine sonderbare Erregung überkommt sie. Soll sie ihm von Lilith und dem Schutzkreis erzählen, den sie um die leidende Gebärende gezogen hat? Wird er es verstehen, wenn sie ihm erklärt, wie ihr Leben von der Dämonin überschattet wurde? Kann sie ihm anvertrauen, welche große Furcht sie plagt, oder wird er sie dafür in Stücke reißen, wie es andere gern täten? Sie kennt ihn noch nicht gut genug, befindet sie. Er gehört einem anderen Volk an, einer anderen Welt. Er wird sie nie verstehen.

»Das ist so eine Schwäche von mir, ich kann nicht von den Gebräuchen meiner Mutter lassen. Das Amulett dient dem Schutz von Mutter und Kind. Die drei Engel Snwy, Snsnwy und Smnglf, dazu das kabbalistische Zeichen für Gnade, *Chessed*, das ist alles«, antwortet sie vorsichtig.

»Keine Beschwörung, keine Anrufung des schwarzen Meisters?«

»Keine, ich schwöre!«

»Dann ist es ein Brauch und keine Zauberei, ein harmloses Mittel, das Sicherheit geben soll, und so muss niemand außer uns davon erfahren.«

»Denken Sie jetzt, ich sei schwach? Bei all meinem Vertrauen in die *scientia nova* muss Ihnen so etwas doch einfältig vorkommen.«

»Nicht schwach, sondern menschlich.« Er hilft ihr in die Kutsche. »Und das erleichtert mich ungemein, denn ich hatte schon fast daran gezweifelt.«

Der Kutscher schnalzt mit den Zügeln, und die sechs schwarzen Hengste spannen die Muskeln an und setzen sich in Bewegung.

Ruth blickt zum Fenster hinaus, damit sie Detlef nicht ansehen muss. In ihrem Kopf hallt tausendfach seine Stimme wieder, wie sie ihren Namen flüstert.

Die schweren Vorhänge sind zugezogen und schützen vor der Kälte des Nachmittags. Zwei Kammerhunde liegen schlafend und in rauer Zuneigung übereinander drapiert vor dem Kaminfeuer. Es riecht nach verbrannten Gewürznelken und Kampfer: Der Duft soll vor Krankheiten schützen und den furchtbaren Gestank vertreiben, den der leidende Prinz verströmt. Eine Magd nimmt die kupferne Wärmepfanne aus dem Bett, holt die auskühlenden Kohlen heraus und wechselt sie gegen rotglühende heiße aus.

Der Graf, bekleidet mit einem Persianerhausmantel, sitzt lesend in einem Sessel. Plötzlich lacht er laut auf. Alphonso, der sich über den erschöpften Kranken beugt und ihm den Schweiß vom leblosen Gesicht tupft, ermahnt ihn, ruhig zu sein. Der Graf sieht schuldbewusst auf und stekkt die Nase wieder in sein Buch, einen Abenteuerroman: *Der sinnreiche Junker Don Quijote de la Mancha*. In der spannungsgeladenen Stille ist plötzlich das Getrappel von Hufen zu hören.

✦ ✦ ✦

Das Gesicht des Prinzen ist grau und fleckig, die Haut trocken und um Mund und Nase herum geschuppt. Ruth beugt sich vor. Sie müsste den Puls des Patienten messen, aber das ist ihr nicht erlaubt.

Hinter ihr warten der Graf, Alphonso und Detlef mit besorgten Mienen. Alphonso sieht die Hebamme an, als sei sie die Fleisch gewordene Hoffnung, und genau das ist sie in diesem Augenblick auch. Ruth bemerkt die Lippenfarbe ihres Patienten und bittet Alphonso, die Augen des Prinzen zu öffnen. Mit leicht zitternden Fingern schiebt der Schauspieler die Lider hoch. Darunter ist nur das Weiße der Augäpfel zu sehen.

»Wurde er geschröpft?«

»Täglich seit einer Woche«, entgegnet der Graf abweisend und betrachtet misstrauisch den Lederbeutel, den die Hebamme an dem Himmelbett abgestellt hat, als erwarte er, dass sie jede Minute mit irgendeiner lächerlichen Quacksalberei beginnt. Ruth beachtet ihn jedoch nicht und holt das Instrument zum Abhören hervor, das sie vor Gericht erklärt hat.

»Was ist das?« Der Graf weicht erschreckt zurück.

Detlef, den die ungewohnte Reaktion seines sonst so beherrschten Bruders amüsiert, ergreift beschwichtigend seinen Arm. »Keine Angst, Gerhard, es ist ein Instrument der *scientia nova.*«

»In der Tat. Ich glaube, ich habe so etwas auch schon am Hof des französischen Königs gesehen«, entgegnet der Graf wenig überzeugend in dem Versuch, den peinlichen Augenblick zu überspielen.

Ruth ahnt, dass sie sich am besten schützt, wenn sie möglichst wenig sagt, und zeigt Alphonso, wie er den Messingkopf des Geräts auf Ferdinands Brust legen muss. Während sie aufmerksam lauscht, zieht der Graf Detlef zur Seite.

»Wenn er stirbt, ist der Ruf unserer Familie in Gefahr, das ist dir hoffentlich klar! Ganz zu schweigen davon, dass wir die Leiche auf unsere Kosten nach Wien befördern müssen. Leopold will bestimmt ein Staatsbegräbnis.«

»Der Prinz wird nicht sterben.«

Die beiden Männer beobachten, wie Ruth, die konzentriert die Augen geschlossen hat, leicht zu schwanken beginnt. Kein besonders beruhigender Anblick, wie der Graf findet.

»Aber trotz allem wirst du mir den Gefallen tun, ihm nötigenfalls die Letzte Ölung zu geben?«, flüstert er seinem Bruder zu.

»Selbstverständlich.«

Ruth bittet Alphonso, das Nachthemd des Prinzen hochzuziehen, damit sie seinen Bauch sehen kann. Beim Anblick seines vernarbten Leibes, der angeschwollen und aufgeblasen ist wie bei einer schwangeren Frau, wenden sich beide Männer ab, während der Schauspieler fürsorglich die Leinenlaken um Ferdinand glattstreicht.

»Woher stammen die Narben?«, fragt Ruth und wundert sich über die verkrusteten Linien, die kreuz und quer über den Bauch verlaufen.

»Von einer alten Verletzung in der Jugend«, erklärt Alphonso.

»Möglicherweise rührt die Erkrankung daher. Entfernen Sie bitte alle Blutegel«, ordnet Ruth an, aber der Graf hält Alphonsos Hand fest.

»Mein Arzt hat gesagt, es sei eine Verunreinigung des Blutes.«

»Mein Herr, bei allem Respekt, der Prinz ist erschöpft, sein Herzschlag schwach. Das Schröpfen beraubt ihn nur weiter seiner Kräfte.«

Widerwillig gibt der Graf seine Zustimmung, und Alphonso entfernt vier aufgequollene Blutegel von den Leisten und dem Hals des Prinzen. Ruth sieht sich den geschwollenen Bauch genauer an: Unterhalb des knochigen Brustkorbs, auf der rechten Seite des aufgedunsenen Magens, befindet sich eine deutlich sichtbare Wucherung. Nun erklärt Ruth Alphonso, wie er diese Stelle abtasten muss.

»Sie müssen mir ganz genau beschreiben, was Sie unter ihren Fingerspitzen fühlen. Vielleicht kann ich so die Ursache der Erkrankung herausfinden.«

Aus Angst, seinem Geliebten wehzutun, traut sich Alphonso fast nicht, ihn zu berühren. Zögernd legt er die Hände auf seinen Bauch.

»Das ist wie ein Stein, es ist ganz hart.«

»Liegt darüber ein Muskelstrang?«

Alphonso hält inne, als Ferdinand stöhnt.

»Bitte, Sie müssen weitermachen, wenn wir ihn retten wollen!«

Während Alphonso beschreibt, was er ertastet, fertigt Ruth mit hastigen Federstrichen auf einem Stück Pergament eine anatomische Zeichnung an. Detlef sieht ihr über die Schulter und bewundert ihre Vorstellungskraft und ihr Wissen. Es ist, als könne sie selbst spüren, was Alphonso beschreibt. Die Genauigkeit der Zeichnung – die Wände des Magens, die verschlungenen Wege des Dickdarms und Dünndarms – legt nahe, dass sie bei Leichenöffnungen anwesend war, die im altertümlichen Köln unter Todesstrafe stehen, in Amsterdam jedoch praktiziert werden.

Der Graf wirft einen Blick auf die Zeichnung der Hebamme und sieht Detlef missbilligend an. »Bruder, wenn wir vorankommen wollen, müssen wir uns auf Neuerungen einlassen«, flüstert Detlef ihm zu und beobachtet fasziniert, wie Ruth kräftige Federstriche ausführt, die ihrem zarten Erscheinungsbild so gar nicht entsprechen wollen.

»Aber ist es Wissen oder Alchemie?«, fragt der Graf, als Ruth die dämonische Wucherung einzeichnet, die auf dem Bauch des Prinzen zu sehen ist.

»Sie ist in Amsterdam von den besten Ärzten der Niederlande ausgebildet worden, vertrau mir.«

»Hauptsache, er stirbt nicht – dann werden wir alle leben.«

Endlich ist Ruth mit ihrer Zeichnung fertig. Ein Diener wirft einen Holzscheit ins Feuer, während Ferdinand wie ein schlafendes Kind die Hände ineinander legt. Sein ungleichmäßiges, röchelndes Schnarchen hallt durch den warmen Raum. Ruth legt ihre Zeichnung neben seinen Bauch.

»Die Erkrankung rührt von einem Knoten aus altem Narben-
gewebe her, der gegen den Magen drückt und ihn abklemmt.
Daher kommt die Vergiftung des Bluts.«

»Wird er sterben?«

»Wenn man ihn nicht behandelt, ja. Vielleicht ist es sogar
schon zu spät, etwas zu tun. Mit Ihrer Erlaubnis kann ich die
Wucherung herausschneiden, aber dazu muss ich mich mit meinen Händen und dem Messer an Seiner Hoheit zu schaffen machen.«

Der Graf blickt auf Ruths Zeichnung. Er ist zwar von ihrem
Können beeindruckt, aber noch zögert er – alle Anwesenden
wissen schließlich, dass sie sich strafbar machen, wenn sie der
Jüdin erlauben, den Prinzen zu berühren.

»Und wenn ich nein sage?«

»Dann ist er morgen früh tot.«

»Und wenn Sie versagen, Madame, sind Sie morgen früh
tot.«

»Dann trifft das, was mir bestimmt ist, eben vorzeitig ein«,
erklärt sie mit seinem freundlichen Lächeln in Richtung ihres
neuen Patienten, »und ich genieße den Vorzug, dabei in Gesellschaft zu sein.«

»Hoffen wir, dass Sie genauso flink mit dem Messer sind wie
mit der Zunge.«

Der Graf deutet eine Verbeugung an. Nachdem er seine Diener angewiesen hat, alles bereitzustellen, was die Hebamme benötigt, verlässt er erleichtert das Gemach.

Alphonso deckt den Prinzen fürsorglich zu, während Ruth
Kräuter, ein Skalpell, Reinigungsmittel und eine Nadel aus ihrem Beutel holt.

»Vor meinem Bruder kann ich Sie nicht schützen.«

Detlef hält einen Augenblick ihre Hand fest, und Alphonso
wendet sich diskret ab.

»Das erwarte ich auch nicht von Ihnen.« Ruth zieht die
Hand fort. »Ich werde saubere Tücher brauchen, einen gro-

ßen Kessel mit kochendem Wasser und neue Laken. Niemand bleibt hier außer dem Kammerdiener des Prinzen.«

Mit ihren strengen Anordnungen befreit sich Ruth aus der peinlichen Situation. Der Schauspieler bemerkt die Spannung zwischen den beiden und tritt vor.

»Da ich mich weigere, den Raum zu verlassen, können Sie mich als Krankenschwester einsetzen. Ich bin gut im Umgang mit kleinen Instrumenten und falle beim Anblick von Blut nicht in Ohnmacht – ich habe einmal drei Spielzeiten lang den Macbeth gegeben.« Mit seinem zerzausten Haar und dem seit einer Woche nicht rasierten Gesicht wirkt er ehrlich verzweifelt. »Und wenn der Prinz sterben sollte, was Gott verhüten möge, möchte ich an seiner Seite sein.«

Ruth nickt langsam. Sie hat bereits die Operationswerkzeuge auf einem sauberen Stück Stoff ausgelegt. »Ich komme zu Ihnen, sobald ich fertig bin«, sagt sie leise zu Detlef.

Er nickt und ist insgeheim froh, den Raum mit dem Übelkeit erregenden Krankengeruch verlassen zu können. Vor der Tür bleibt er stehen. Er spricht ein Gebet zum Schutz aller Beteiligten, dann geht er durch den mit Kerzen beleuchteten Korridor zu der kleinen Hauskapelle, die der Graf dem heiligen Hubertus und den Opfern von Jagdunfällen gewidmet hat.

✦ ✦ ✦

Die über Kreuz vernähten Baumwollfäden halten die angeschwollenen Ränder der durchschnittenen Haut fest zusammen. Ruth macht mit vor Hitze gerötetem Gesicht und dunklen Ringen unter den Augen den letzten Stich und verschließt den Schnitt mit der Geschicklichkeit einer Näherin. Ihre Schürze und die Unterarme sind rot verschmiert.

Die Luft im Raum ist verbraucht, es stinkt nach Alkohol und Blut. Der Patient ist immer noch bewusstlos und sabbert leicht; sein Kopf ist wie bei einem Betrunkenen nach hinten gekippt.

Neben dem Bett steht eine Schüssel, in der die bösartige Geschwulst liegt. Das Wasser in dem Kessel über dem Feuer kocht, und an seiner Oberfläche schwimmen zahlreiche schmutzige Instrumente.

Alphonso ist blass vor Müdigkeit und säubert den blutverschmierten Bauch des Prinzen mit einem sauberen Lappen. Stundenlang haben Ruth und er zusammengearbeitet, und es hat sich unmerklich eine sehr vertrauensvolle Beziehung zwischen ihnen entwickelt.

Völlig erschöpft zieht Ruth die Vorhänge auf, um die schweren Fensterläden zu öffnen. Die Morgendämmerung malt rosafarbene Hoffnung in den Himmel.

Im schwachen Lichtschein wirkt das Gesicht des Prinzen wie aus Porzellan. Der Schauspieler beugt sich über ihn, um sorgfältig die letzten Blutstropfen von der Wunde zu tupfen. »Ich liebe ihn«, sagt er leise, aber bestimmt.

»Ich weiß«, entgegnet Ruth, der diese Art der Liebe zwischen Männern nicht neu ist.

Aber Alphonso hat noch etwas auf dem Herzen. Es scheint, er hoffe auf Absolution durch diese Frau, die ihm nun wie eine Wundertäterin vorkommt. Er setzt alles aufs Spiel.

»Denken Sie nicht, Fräulein, dass Ihre Hände die ersten jüdischen sind, die den Prinzen berührt haben.«

Überrascht sieht Ruth ihn an und schließt ihn wortlos in die Arme.

Maximilian Heinrich erwacht, als die Kirchenglocken zur frühmorgendlichen Messe rufen. Einen Augenblick lang glaubt er,
er sei in Köln, aber dann fällt ihm die überstürzte Fahrt nach
Bonn am Vorabend wieder ein. Fünf Glockenschläge – fünf
Uhr. Die Hebamme wird die Behandlung des Prinzen beendet
haben. Der schläfrige Erzbischof dreht sich noch einmal auf seiner klumpigen Federmatratze um. Er hat keine Lust, die Augen
zu öffnen und sich dem Sumpf seiner Amtspflichten zu stellen,
in dem er zu versinken droht.

In der Ferne kräht ein Hahn, und der Geruch von frischen
Pferdeäpfeln weht durch die halb geschlossenen Fensterläden.
Heinrich zieht sich die Federdecke bis unter sein kräftiges Dop-
pelkinn und kneift die Augen fest zu. Kaum erwacht ringt er
bereits mit den Problemen seines Machterhalts. Die Hebamme.
Was für ein Interesse mag Detlef nur an dieser einfachen kleinen Jüdin haben? Er weiß zwar um die Leidenschaft seines
Cousins für das schwache Geschlecht, aber dass sein Handeln
von romantischen Gefühlen bestimmt sein soll, kann er sich
nicht vorstellen. Mit ihrem niederen Rang ist die Hebamme für
den Erzbischof gar keine richtige Frau, eine begehrenswerte
schon gar nicht. Nein, Detlef muss es mit seinem Glauben und
der Nächstenliebe in jüngster Zeit sehr ernst meinen; etwas anderes kann es nicht sein.

Heinrich lächelt zufrieden mit geschlossenen Augen. Sein
Kammerdiener, der leise das Schlafgemach betreten hat, bemerkt den freudigen Gesichtsausdruck des Erzbischofs und ver-

lässt den Raum sofort wieder, weil er befürchtet, seinen Herrn in einem morgendlichen Augenblick des sinnlichen Vergnügens zu stören. Inzwischen denkt Maximilian Heinrich weiter nach. Er hegt fast väterliche Gefühle gegenüber dem jungen Kanoniker. Im Alter hat er begonnen, sich an der Leidenschaft der Jüngeren zu erfreuen, die auch ihn früher angetrieben hat. Die Vorstellung, zu einer gerechten Welt beizutragen, in der alles, auch die alltäglichsten Vorkommnisse, eine Bedeutung haben, hat ihn immer begeistert. Die leidvolle Erfahrung, wie sein Vater seines Landes und seiner Güter beraubt wurde und ihm nur noch sein Titel blieb, brachte Heinrich schon in jungen Jahren dazu, nach Macht zu streben, um die alte Ordnung unter der Führung des Adels wiederherzustellen.

Die strenge Hierarchie der Kirche mit all ihrem Pomp und Prunk schien eine Stabilität zu bieten, die ihm in den chaotischen Zuständen nach der Reformation höchst willkommen war. Zu spät erkannte der idealistische junge Heinrich, dass die theologische Ordnung ebenso korrupt war wie jede andere. Als alter Mann erfreut er sich nun an der Vorstellung, dass Detlef sich seine Leidenschaft und sogar seinen Glauben bewahrt hat.

Der Erzbischof öffnet ein Auge. Von einem kleinen Beistelltisch blickt ihn die Uhr an, die er von seinem Vater geerbt hat. Sie schlägt wieder. Diesmal klappen die vergoldeten Türen auf, und es kommen zwei Figuren heraus: der Tod, ein Skelett mit Kapuze, der mit der Liebe ringt, einer üppigen barbusigen Jungfrau. Heinrich beschleicht bei diesem Anblick das ungute Gefühl, es könne sich um ein schlechtes Omen handeln. Um seine Ängste zu besiegen, beschließt er, den läutenden Zeitmesser nicht zu beachten und sich wieder seinen Überlegungen zu widmen.

Wenn die Hebamme den Prinzen rettet, ist Detlef ein Coup gelungen, mit dem er Heinrich, der Stadt Köln und vor allem dem Kaiser einen enormen Dienst erweist. Es handelt sich zudem um eine Tat geistiger wie auch ethischer Größe. Dieser Mann ist ein geborener Anführer; *er* ist sein Nachfolger, nicht dieser Hanswurst Wilhelm Egon von Fürstenberg. Es sei denn, Detlef versagt. In diesem Fall müsste Heinrich ihn so lange in die Verbannung schicken, in ein entlegenes bayerisches Kloster, bis der Name von Tennen aus dem Gedächtnis dieses lächerlichen Schnösels Leopold entschwunden ist.

Nachdem aus seiner angenehmen Tagträumerei ein ausgewachsener Alptraum geworden ist, setzt sich Heinrich mit dem grässlichen Gedanken auf, dass Ferdinand tatsächlich sterben könnte, und greift nach seiner Schreibfeder.

Einige Minuten später eilt er, bekleidet mit Reitstiefeln und einem langen Samtumhang über dem Nachthemd, über den schlammigen Hof seiner Landresidenz zum Taubenschlag. In der Hand hält er die hastig hingekritzelte Bitte an den Grafen, jede Verbindung zwischen dem Hohen Dom und Ruth bas Elazar Saul zu leugnen, sollte der Prinz sterben. Sein Falkner, der sich im Laufen die Hose hochzieht, versucht ihn einzuholen und stolpert zwischen einer Schar von Gänsen hindurch.

Der Taubenschlag, ein Bauwerk aus Eisen und Holz im Stil eines orientalischen Palastes, steht über einem Stall mit ein paar Ziegen neben der Falknerei des Erzbischofs. Einige Falken, die lederne Hauben auf den Köpfen tragen, recken in der kühlen Morgenluft verschlafen die Hälse, als Heinrich schnaufend herankommt. Er pflanzt sich breitbeinig vor dem Stall auf und betrachtet die gurrenden Tauben.

Der Falkner bleibt keuchend neben ihm stehen und überlegt fieberhaft, was für einen schrecklichen Fehler er wohl begangen hat, wenn es den Erzbischof so früh heraustreibt. Schließlich dreht sich Heinrich zu dem zitternden Vogelpfleger um.

»Graf von Tennen hat eine Taube hier, nicht wahr?«

»Ja, Exzellenz.«

»Bringen Sie mir das Tier!«

Der Falkner setzt seinen Hut auf, klettert die schmale, wacklige Holzleiter hoch, die seitlich an dem Taubenschlag lehnt, und öffnet die kleine Gittertür. Unten fängt Heinrich zwei Federn aus der Luft und beobachtet, wie sich der Falkner in eine Ecke hockt und leise zu gurren beginnt. Binnen Sekunden haben sich die aufgeschreckten Vögel wieder beruhigt. Vorsichtig bewegt sich der Mann zu einer kleinen grauen Taube und fängt sie ein.

»Ein gutes Tier, und schnell dazu.«

»Wie schnell?«

»Bei Tage ist sie in zwei Stunden beim Grafen, nach meiner Berechnung.«

Heinrich nimmt die Taube entgegen und birgt sie mit ungeahnter Zärtlichkeit in seine großen Pranken. Furchtlos legt die Taube den Kopf schräg und mustert mit neugierigem wachem Blick die knollige, gerötete Nase des Erzbischofs, die sie für eine saftige Raupe hält.

✦ ✦ ✦

Das Dienstmädchen wirft ein Laken über das Balkongeländer und schüttelt es kräftig aus. Unten sieht sie die Hebamme, der das schwarze Haar offen über den Rücken fällt, zur Familienkapelle hinübergehen. Weil sie die schweren Röcke nicht gewöhnt ist, wirkt ihr Gang schwerfällig. Was für eine hässliche Frau!, denkt die Magd und fragt sich, ob die Jüdin tatsächlich eine Hexe ist – vielleicht hat sie unter den langen Röcken sogar einen Ziegenfuß. Sollte die Hexe tatsächlich dem Prinzen das Leben gerettet haben?, überlegt sie.

Das junge Mädchen hat bereits vom Koch erfahren, dass sich die Hebamme und der italienische Schauspieler über Nacht im Gemach des Prinzen eingeschlossen haben und man durch das Schlüsselloch sah, wie sie eine schwarze Messe abhielten. Wie kann eine derart mickrige, unbedeutende Frau eine solche Macht haben? Es muss ja Hexerei sein. Das Mädchen bekreuzigt sich und richtet rasch ein Gebet an die heilige Zita, die italienische Schutzpatronin der Dienstboten. Während sie noch ihre flehentliche Bitte ausspricht, kommt plötzlich eine einzelne Taube von Osten herangeflogen. Der Vogel, ein kleiner, aufsässiger Ball aus grauen Federn, landet neben ihr und plustert sich auf. Aus Angst, er könne ihr auf die sauberen Laken kacken, scheucht die Magd ihn eilends fort.

Die Taube segelt in den Hof hinunter und fliegt im weiten Bogen auf den Verschlag zu, in dem der Graf seine geflügelten Boten hält.

Ruth bemerkt den Vogel kaum, der über ihren Kopf hinwegfliegt. Sie steht an der Tür der kleinen Kapelle, die sie nicht zu betreten wagt. Detlef kniet mit gesenktem Haupt in einer Bank und bemerkt sie nicht. Die Statue am Altar stellt die Jungfrau Maria dar, mit gütig ausgestreckten Händen. Das gelb bemalte Haar, die rosigen Wangen, das prächtige blaue Kleid, all das kommt Ruth völlig fremd vor, aber die Ernsthaftigkeit, die der Domherr ausstrahlt – wie seine Hände das Eisengeländer umklammern, wie er inbrünstig betend den Kopf neigt, die wehrlos anmutenden Schultern –, seine ganze Haltung berührt sie bis ins Innerste.

Ein Mann im Gebet. Ein Mann in direkter Zwiesprache mit seinem Gott, denkt sie. Es spielt keine Rolle, dass er eine andere Gottheit verehrt als sie, denn sie fühlt sich angezogen von seinem geistigen Streben und seinem Ansinnen, sich einer höheren Macht zu ergeben. Die Demut, die in seinem Kniefall liegt, rührt sie über alle Maßen.

Schließlich spürt Detlef ihre Anwesenheit und dreht sich um. »Wie lange warten Sie schon dort?«

»Nicht lange«, entgegnet sie. Es ist ihr peinlich, bei derlei Träumereien ertappt worden zu sein.

Detlef steht auf, klopft sich die Hose ab und geht auf sie zu. »Kommen Sie doch herein! Es ist keine Sünde, die Nichtchristen in eine Andachtstätte zu lassen.«

»Wenn Sie nichts dagegen haben, möchte ich lieber nicht.«

Er tritt zu ihr in den Säulengang und fröstelt in der Kühle des Morgengrauens. »Und, Fräulein, lebt der Prinz?«

»Im Augenblick ja.« Ruth, die ihm keine unbegründeten Hoffnungen machen möchte, bemerkt, wie die Anspannung aus dem Gesicht des Kanonikers weicht.

»Gott sei Dank!«

»Sie haben gebetet?«

»Die ganze Nacht.«

»Dann beten Sie weiter, denn ich werde erst morgen bei Sonnenaufgang sagen können, ob er durchkommt.«

Ihre Stimme ist tonlos vor Erschöpfung. Todmüde stolpert sie zu ihrem Schlafquartier.

Weil er nicht wusste, wie er die Hebamme unterbringen sollte, und einen Skandal fürchtete, hat der Graf Ruth das Zimmer der Lieblingszofe seiner Mutter gegeben, einer alten Frau, die erst einen Monat zuvor gestorben ist. Die kleine Kammer, kaum mehr als ein Verschlag unter dem Dach, geht von einem Flur ab, der in den Irrgarten aus Korridoren mit abblätterndem Putz und schiefen Wänden führt, wo die restlichen Dienstboten untergebracht sind. Nachts verwandelt sich dieses Labyrinth in ein unheimliches Wirrwarr aus geflüsterten Koseworten und Schatten, die kreuz und quer über die Holzwände huschen, und offenbart ein ganzes Geflecht aus Liebschaften.

In einer Ecke des Raumes steht ein Bett mit einer Strohmatratze und einem alten Überwurf darauf, den die arme Frau, wie Ruth annimmt, von ihrer Mutter bekam, bevor sie als kleines Kind in Stellung gegeben wurde. Auf der Decke, die liebevoll von einer sich um die Sicherheit ihrer Erstgeborenen sorgenden Mutter bestickt wurde, sind die vierzehn Stationen des Kreuzweges dargestellt. Über dem Bett hängt eine kleine Marienfigur. An der gegenüberliegenden Wand stehen eine Wasserkanne aus Zinn und ein Holzkübel – Utensilien, an denen man eine ordentliche und saubere Christin erkennt. Ruths Reisegepäck, ein spanischer Lederkoffer, den sie von ihrer Mutter geerbt hat, steht an der weiß getünchten Wand.

Ruth ist froh, endlich allein zu sein. Zwar hat die ruhige Kammer keine Fenster, vermittelt aber den Eindruck, sicher in den Schoß des Jagdschlosses eingebettet zu sein, denn ringsum sind Geräusche von geschäftigem Treiben zu hören. Ruth legt ihren feuchten Samtumhang ab und breitet ihn ordentlich auf einem Dachbalken aus. Dann nimmt sie die Marienfigur von der Wand. Auf der Rückseite entdeckt sie das Porträt einer jungen adeligen Frau, die mit ihrer hellen Haut und dem stolzen Zug um den Mund Detlef ähnelt. Eine verschossene blonde Haarlocke ist an der Miniatur befestigt. Es ist Detlefs Mutter!, stellt Ruth fest und ist überrascht von dem Gefühl der Vertrautheit, das sie beim Anblick des Bildes empfindet. Sie hält es unter die flackernde Kerze und erkennt in dem Gesicht der Frau ganz deutlich eine große Ernsthaftigkeit, die jedoch durch ihren humorvollen Blick gemildert wird – einen Blick, den sie bei Detlef auch schon gesehen hat.

Die Zofe muss ihre Herrin geliebt haben, denkt Ruth und lehnt die Figur vorsichtig an ihren Lederkoffer. Sie öffnet ihn und holt ein kleines Kieselglas-Amulett heraus, in das drei kabbalistische Worte eingraviert sind. Die Inschrift ist mit Blattgold ausgelegt: *Chochma*, *Bina* und *Nezach* – Weisheit, Einsicht und Dauer. Ruth murmelt ein kurzes Gebet, küsst das Amulett und steckt es unter ihr Kopfkissen.

Von draußen sind die Dorfglocken zu hören. Sie schlagen Mittag. Müde zieht Ruth ihr Kleid aus und windet sich mühsam aus dem engen Korsett. Nur mit ihrem einfachen Baumwollunterrock bekleidet, gießt sie Wasser aus der Kanne in den Kübel und wäscht sich mit einem kleinen Stück Salz. Dann lässt sie sich auf ihr Bett fallen und versinkt augenblicklich in traumlosem Schlaf.

✦ ✦ ✦

»Bitte sag mir, ob wir den Bestatter rufen müssen!«

Der Graf sitzt an dem langen Holztisch im Empfangssaal des Jagdschlosses. Neben ihm steht sein Verwalter, ein schwächlicher Mann, der seine Unbarmherzigkeit nur unzureichend hinter seinem zurückhaltenden Auftreten verbirgt.

Der Kanoniker, immer noch in derselben Kleidung wie am Vorabend, schreitet ruhelos vor dem großen Kamin aus Granit auf und ab. Der Tonfall des Grafen erinnert ihn an die abweisende Art ihres diktatorischen Vaters. Er ist verärgert, weil sein Bruder ihn vor der Dienerschaft demütigen will.

»Vor einer Stunde ist eine Brieftaube von Maximilian Heinrich eingetroffen. Der gute Erzbischof ist in heller Aufregung. Wie ich selbst fürchtet auch er den Zorn des Kaisers, sollte sein Neffe sterben.«

»Du wirst bis morgen früh warten müssen. Der Prinz lebt, aber erst dann wissen wir, wie lange.«

»Der Eingriff war erfolgreich?«

»Wie ich sagte, er atmet noch … ich habe für ihn gebetet.«

»Wenn das so ist, müssen wir wohl abwarten, wie Gott verfügt. Aber ich denke doch, mit der persönlichen Fürbitte eines Kanonikers sind wir leicht im Vorteil, oder?« Das hämische Grinsen des Grafen macht Detlef noch wütender.

Es klopft an der Tür, und ein Diener führt einen großen abgemagerten Mann herein, den Armut und Plagerei vorzeitig haben altern lassen. Stark hinkend kommt der Bauer in seinen besten, aber dennoch schmutzigen Kleidern hinter dem Diener hergeschlurft. Seine Holzschuhe klappern über den Steinboden. Vor dem Graf bleibt er stehen, knetet seine Stoffkappe in den Händen und starrt verängstigt auf seine Füße.

Weil Gerhard weiß, dass sein Bruder mit der Art und Weise, wie er Grüntal leitet, nicht einverstanden ist, verzichtet er darauf, ihn hinauszubitten. Soll er selbst sehen, mit welchen Schwierigkeiten ich jeden Tag im Umgang mit diesen ungehobelten Menschen zu kämpfen habe!, denkt der Graf und schert sich nicht um Detlefs offensichtliche Erschöpfung. So weiß er wenigstens das nächste Mal, wovon er spricht, wenn er sich in Ratschlägen ergeht!

Sein Verwalter reicht ihm eine Schriftrolle.

»Herr Braun, Sie haben die Pacht für die letzten drei Monate nicht bezahlt. Wissen Sie, was für eine Strafe darauf steht?«

»Herr, ich habe eine Kriegsverletzung, und im Winter ging es mir sehr schlecht.«

»Ist das Ihre einzige Entschuldigung?«

»Das und der Frost – er hat zwei Rübenernten zunichte gemacht, und es wird kommenden Sommer kaum Gerste geben. Aber seien Sie unbesorgt, ich werde die Pacht bezahlen, sobald ich etwas auf dem Markt verkaufen kann …«

Der Bauer tritt nervös von einem Fuß auf den anderen, sieht Detlef und den Grafen ängstlich an und lässt dann seinen Blick über die prächtigen Kandelaber und den silbernen Zierrat auf dem Tisch schweifen, dessen Bronzebeine die Form von Löwentatzen haben. Er hat das Schloss noch nie von innen gesehen und staunt über all den Prunk. Das ist ja wie im Himmel! Wenn er alles verliert, hat er zumindest dies noch gesehen. Er schaut auf zu dem Porträt von Katharina von Tennen und denkt daran, dass er seiner Frau unbedingt erzählen muss, wie engelsgleich die Herrin aussieht.

»Morgen Mittag werden Sie und Ihre Familie vertrieben, und Ihr Haus und das Land bekommt ein anderer.«

Dem Bauern bleibt der Mund offen stehen, und eine Reihe schwarzer Stummel ist zu sehen. Einen Augenblick lang kann er vor Entsetzen nicht sprechen, doch dann platzt er empört in breitem Dialekt heraus: »Aber Herr, ich habe fünf Kinder! Wir werden alle verhungern! Ich kann es Ihnen zurückzahlen, ganz bestimmt!«

Er zupft an Detlefs Robe und fällt vor ihm auf die Knie. Sogleich ergreifen ihn zwei Lakaien und schleppen ihn zur Tür.

»Halt!«, ruft Detlef.

Verunsichert halten die Diener inne und warten auf weitere Befehle. Der Kanoniker wendet sich an seinen Bruder.

»Es ist doch sicherlich angemessen, die Genesung des Prinzen zu feiern. Warum gewährst du Herrn Braun nicht, wenn Ferdinand überlebt, eine Frist von drei Monaten, damit er seine Pacht bezahlen kann? Mit dieser Geste stellst du einmal mehr deine Menschlichkeit und Großzügigkeit unter Beweis.«

»Und wenn der Prinz stirbt?«

»Dann ist Herr Braun selbstverständlich obdachlos«, antwortet Detlef. Er zählt auf die Wettbegeisterung seines Bruders, eine seiner großen Schwächen.

Amüsiert über Detlefs leicht zu durchschauende List, bespricht sich der Graf mit seinem Verwalter, der mit seiner langen schwarzen Rabenfeder einige Zahlenkolonnen hinkritzelt. Verärgert verkündet er die Gesamtsumme. Sein Herr grinst über die Entrüstung seines Bediensteten und wendet sich wieder dem Bauern zu, der immer noch mit vor Angst weit aufgerissenen Augen auf dem Boden kniet.

»So sei es.«

»Oh, vielen Dank, guter Herr. Sie sind wahrhaftig ein freundlicher Mann, vielen Dank!«

Dem Grafen, dem das unterwürfige Verhalten des Bauern lästig ist, winkt ab. Als der Verwalter wütend weiterzetert, zerreißt Gerhard seelenruhig den Räumungsbefehl und lässt die Fetzen mit einer hoheitsvollen Handbewegung auf den zitternden Leibeigenen herabflattern. Gelähmt vor Angst verharrt der Bauer auf dem Boden.

»Aber es ist auf jeden Fall klug, Herr Braun, schon einmal die Sachen zu packen«, ruft der Graf noch, bevor die Diener den Bauern auf die Beine ziehen und hinausschubsen.

Gähnend dreht Gerhard sich zu Detlef um. »Wie diese Leute der Obrigkeit gegenüberstehen, erstaunt mich immer wieder! Er wird, noch bevor der Hahn kräht, durchs Dorf lau-

fen und überall verkünden, was für ein gnädiger Mensch sein
guter Herr ist. Es ist fast schade, dass wir ihn morgen fort-
jagen.«

»Du wirst dein Wort nicht halten?«

»Doch, doch. Selbstverständlich. Aber wie wir beide wissen,
mein Bruder, wird der Prinz sterben.«

Der gut aussehende, junge Musiker mit einer modischen Perücke, die er vom französischen Königshof mitgebracht hat, verharrt in dramatischer Pose vor seinem Cembalo. Sein schlanker, muskulöser Körper zeichnet sich deutlich unter seiner kurzärmligen Tunika aus Floretseide ab, die auf einer Schulter mit einer auffälligen roten Schleife verziert ist. Bevor er sich hinsetzt, schlägt er den langen Schwalbenschwanz seiner Weste hoch, wodurch für einen Augenblick sein pralles satinumspanntes Gesäß sichtbar wird. Ein sehnsuchtsvolles Seufzen geht durch die Reihen der versammelten Damen. Geschmeichelt wirft der Musiker seine Locken zurück und legt mit einer aufreizenden Geste seine langen eleganten Finger auf die Tasten des Instruments. Er bedenkt die Zuschauerinnen in der ersten Reihe mit einem schelmischen Lächeln – wie er weiß, lässt sein glühender Blick jede Frau insgeheim auf eine Liaison hoffen. Erst dann beginnt er zu spielen.

Die wohlhabenden Gemahlinnen der Bürger, die in zwei Reihen im Halbkreis vor ihm sitzen und die Gelegenheit nutzen, mit ihrer importierten Garderobe zu protzen, plustern sich auf wie Kanarienvögel. Birgit trägt ein elegantes schwarzes Taftkleid, dessen Oberteil nach unten spitz zuläuft und unter dem ihr bestickter blauer Unterrock hervorblitzt. Ihr Dekolletee, den Hals und die Schultern hat sie mit einem feinen Spitzentuch bedeckt, das von einer Brosche aus Diamanten und Smaragden zusammengehalten wird, die ihr Gemahl kürzlich von einer Reise auf die westindischen Inseln mitgebracht hat. Von allen Anwesenden ist Birgit die unruhigste. Nicht einmal die wollüstigen Blicke des jungen Musikers – ein feuriger Franzose, der angedroht hat, alle Damen und Töchter von Köln mit seinem Privatunterricht zu begeistern – können sie in ihrem Ärger besänftigen.

Es ist einen Monat her, seit sie Detlef das letzte Mal gesehen hat. Erst vor einer Stunde hat sie sich dazu hinreißen lassen, ihren Diener in Groots schäbige Amtsstube zu schicken, um in Erfahrung zu bringen, ob der Kanoniker tatsächlich am Bett des kranken Prinzen auf Schloss Grüntal weilt. Groot hat sie mit seiner geschickten, höchst zweideutigen Antwort jedoch nur in ihrer Unruhe bestärkt. Auf dem Weg zu dem Konzert hat sie sogar in ihrer Kutsche vor Enttäuschung geweint. Aber nun trägt sie, nachdem sie weißen Bleipuder aufgelegt hat, trotz ihrer verquollenen Augen eine fröhliche Miene zur Schau – von der sich keine der Frauen ringsum täuschen lässt.

»Hübsches Schmuckstück«, bemerkt die Gattin von Klaus Schmidt, dem Meister der Fassbinderzunft, und blickt auf die Brosche an Birgits Tuch. »Sie müssen Ihren Mann sehr glücklich machen.«

Wohl zum millionsten Mal verflucht Birgit sich dafür, einen Bürger geheiratet zu haben und keinen Mann ihres Standes.

»Wenn ich glücklich bin, ist auch er glücklich.«

Aber Meisterin Schmidt, die einer anderen Frau mit einem lächerlich hohen spitzen Kopfschmuck zuzwinkert, lässt nicht locker. »In diesem Fall ist Kaufmann Ter Lahn von Lennep wohl frommer, als ich dachte, aber ich hörte, Sie selbst seien seit mehreren Wochen nicht bei der Beichte gewesen. Warum gehen Sie nicht zu einem anderen Geistlichen? Beichte ist Beichte. Obwohl der Kanoniker natürlich für seine Leidenschaftlichkeit berühmt ist und sehr geschätzt wird.«

»Ich habe keinen Bedarf. Wie ich aus berufenem Munde erfahren habe, ist der Kanoniker mit Familienangelegenheiten beschäftigt und wird zur Sommersonnenwende wieder bei uns sein.«

»Ich bin erleichtert, das zu hören, Meisterin Ter Lahn von Lennep, wie Sie sicherlich auch.«

Sie werden von den ersten Klängen eines Madrigals unterbrochen, einer fröhlichen Weise, die Birgits Stimmung nicht entspricht. Während sie zuhört, wird sie plötzlich von einer panischen Angst ergriffen. Nach fünfjähriger Liebschaft spürt sie auf einmal, dass die innere Verbindung zu ihrem Geliebten, die es ihr ermöglichte, Detlefs Bewegungen instinktiv zu erahnen, ihn in Gedanken nachts zu besuchen, um betend an seiner Seite zu knien, und ihm ganz nah zu sein, wenn er die Messe las, auf unerklärliche Weise jäh abgerissen ist.

Entsetzt beginnt sie trotz der Wärme im Raum zu zittern. Sie sehnt sich nach Bestätigung, und so ballt sie die Hände und muss all ihre Willenskraft aufbringen, um nicht hinauszulaufen und nach ihm zu suchen. Wie gern würde sie von Detlef hören, dass ihre Ängste unbegründet sind und seine Zuneigung zu ihr größer denn je ist! Aber sie schlägt den Schleier vors Gesicht und zwingt sich zu einer strengen, unbewegten Miene. Hinter dem Spitzengewebe beißt sie die Zähne zusammen und bemüht sich, der Musik zu lauschen, die ihr in diesem Augenblick wie ein disharmonisches Wirrwarr aus Klängen vorkommt.

✦ ✦ ✦

Ruth schläft. Die rechte Hand liegt mit der Innenfläche nach oben auf dem Kopfkissen. Ihre Nägel sind abgekaut. Eine schwarze Locke ringelt sich über den gelben Stoff unter der kleinen Hand hindurch, deren Finger Detlef erstaunlich lang vorkommen. Es sind arbeitende Hände. Zerkratzt und von der Kälte gerötet. Die Fingerspitzen sind rau und schwielig. Ob sie sich hart anfühlen und auf der Haut scheuern? Detlef merkt, wie sich sein Atem beschleunigt.

Er steht in Ruths Schlafkammer. Es kommt ihm vor, als sei der Raum in ein höchst eigenartiges Zwielicht getaucht, ein

Halbdunkel zwischen Wirklichkeit und Traum. Detlef weiß nicht, wie er hergekommen ist. Es war sein Instinkt, der ihn die enge Holztreppe hinauftrieb bis unter das Dach zu den Gesinderäumen, denn er wusste, irgendwo dort muss sie versteckt sein. Wie der Kern im Herzen der Rosenknospe, wie das Schimmern von Perlmutt im grünen Wasser. Und ohne ihren Namen zu rufen, ohne zu wissen, welche Tür er öffnen sollte, aber von einem sicheren Gespür geleitet, hat er sie gefunden. Zum ersten Mal in seinem Leben, so scheint es ihm, konnte er auf Überlegungen und List verzichten und auf ein in seinem tiefsten Inneren schlummerndes Wissen vertrauen.

Er hat ihre Kammer sofort gefunden, und noch bevor er Ruth erblickte, hatte er gewusst, dass sie genau so daliegen würde, wie er sie tatsächlich vorfand. Und nun steht er wie erstarrt mit der brennenden Kerze in der Hand da, zieht wegen der niedrigen Decke den Kopf ein und wagt es nicht zu atmen, noch sich zu rühren.

Wird ihm je wieder dieses Vergnügen beschieden sein? Zu beobachten, wie sich der Gesichtsausdruck der Schlafenden immer wieder verändert: in einem Augenblick ein kleines Mädchen, im nächsten eine Frau, in deren Gesicht sich der Ernst des Lebens malt und die er verschlingen könnte wie süßen Honig. Sie weiß nicht, dass er da ist. Sie ahnt nicht, dass sein Herz nur schlägt, wenn ihres es tut, und ihr mutiges Streben seinen Geist wiedererweckt hat. Er würde für sie auf den Scheiterhaufen gehen. Er würde alles opfern, Kirche, Macht und Staat, aber wie er nun vor ihr steht, ist er zu verschüchtert, um auch nur ihren Namen über die Lippen zu bringen. Töricht und sprachlos steht er da.

Gefühle und Bilder überfluten ihn, und er merkt, wie ihm die Knie zittern. Wie gern würde er sich neben sie legen und diese Hände küssen, aber er wendet sich ab und verlässt die Kammer so leise, wie er sie betreten hat.

✦ ✦ ✦

Der silbern und rubinrot schimmernde Rosenkranz liegt da wie eine glitzernde Felsenkette auf einer weiten verschneiten Ebene. Einen Augenblick lang glaubt Ferdinand, tatsächlich im Himmel gelandet zu sein. Dann, als sein Blick sich schärft und er einen dumpfen Schmerz in der Bauchgegend verspürt, wird ihm jedoch mit einer sonderbaren Mischung aus Enttäuschung und Erleichterung bewusst, dass er noch lebt. Als seine tauben Glieder wieder zu neuem Leben erwachen, merkt er, wie trocken sein Mund ist. Als er sich auf die Seite dreht, stößt er gegen den schlafenden Alphonso. Der Prinz hebt kraftlos einen Arm, der ihm bleischwer vorkommt, und lässt ihn auf den Schauspieler fallen.

»Wasser«, krächzt er matt. »Wasser!«

תפארת

– †iFERE†H –

GLEichGEwich†

DEUTZ, JUNI 1665

Lieber Benedict,
nun ist es Juni und ich bin zurück in Deutz, Gott sei Dank. Man
ließ mich gehen, nachdem es mir gelungen war, Prinz Ferdinand
von einer Geschwulst zu befreien. Mitten in der Nacht und in äu-
ßerster Heimlichkeit wurde ich hierher gebracht. All das habe ich
Domherr Detlef von Tennen zu verdanken, von dem ich schon frü-
her geschrieben habe: Er ist ein Geistlicher, der voller Widersprü-
che steckt und den ich seit meinem Aufenthalt auf Schloss Grün-
tal, dem Landsitz seines Bruders, vor gut vier Wochen nicht mehr
gesehen habe. Vielleicht sehe ich ihn nie mehr wieder, was sehr
schade wäre, denn man trifft nicht oft einen Menschen, mit dem
man die geistigen Freuden teilen kann. Aber ich schweife ab. Sag,
geht es dir gut? Hier wird viel über den schwarzen Tod in Leiden
gesprochen. Ich habe Angst um dich. Rijnsburg ist dieser großen
Stadt so nah – wäre es da nicht klug, an einen sichereren Ort um-
zuziehen? Ein großer Philosoph ist nicht gegen die Gefahren des
Sterblichenlebens gefeit, Benedict, und in diesem Sinne bitte ich
dich, vernünftig zu handeln.
In Liebe, dein Freund und Kollege
»Felix van Jos«

✦ ✦ ✦

Der Wanderbursche aus Mülheim, ein Holländer von vielleicht
sechzehn Jahren, reitet mit einem ledernen Briefbeutel über der
Schulter auf die Hütte zu.

Seine alte Stute verscheucht die Fliegen mit dem Schweif,

und ihre Flanken dampfen. Es ist heiß. Aus dem grünen Wald weiter hinten ertönt vielfältiges Vogelgezwitscher. Als der junge Mann näher kommt, regnen Apfelblüten auf ihn herab, die der Wind aus dem Obstgarten neben dem Haus der Hebamme herüberweht.

Ruth, die von Kopf bis Fuß in einen feinen Schleier eingehüllt ist, beugt sich über den Bienenkorb am Ende ihres Kräutergartens. Als sie den Ruf des Burschen hört, schließt sie den von Bienen umschwärmten Korb wieder. Sie zieht sich den Schleier vom Gesicht und läuft ans Tor, um ihn zu begrüßen. Miriam steht mit der Hacke in der Hand zwischen zwei Reihen mit Kohlköpfen und lächelt dem jungen Mann schüchtern zu, der ihr fröhlich zuwinkt.

»Spricht sie wieder?«, fragt er Ruth und sieht zu Miriam hinüber.

»Noch nicht. Aber allmählich weicht die Angst aus ihrem Blick.«

»Sie ist eine gute Frau. Jemand sollte sie heiraten – jemand von ihren Leuten, meine ich«, beeilt er sich zu sagen.

»Das sollte so sein, aber es tut keiner. Bitte, das hier ist für Holland.« Ruth reicht ihm ihren Brief und drückt ihm zwei Reichstaler in die Hand. »Gute Reise, Piet!« Sie greift in ihre Rocktasche und holt ein kleines Duftsäckchen mit Rosmarin, Weihrauch und Nelken heraus. »Und tragen Sie das gegen die Pest!«

»Machen Sie sich keine Sorgen! Mein Vater sagt immer, ich habe Pferdeblut. Die Pest wird mich nicht kriegen!«, entgegnet der Junge mit jugendlichem Wagemut und zuckt die Schultern. Das Duftsäckchen steckt er sich trotzdem in die Brusttasche.

»Sieht so aus, als bekämen Sie Besuch, Fräulein.«

Weiter unten auf der Straße kommt ein großer schlaksiger Mann in Sicht, der mit seinen Gesichtszuckungen ein wahrhaft abenteuerliches Mienenspiel zur Schau trägt. Tuvia. Er hat einen Korb dabei und schwitzt unter seinem schweren Hut und dem schwarzen Gewand, dessen Saum im Staub schleift. Ungelenk, aber entschlossen schreitet er einher. Als er spürt, dass man ihn gesehen hat, verschlimmert sich das verlegene, nervöse Gebaren des jungen Rabbis noch.

»Das ist der seltsamste Bursche, den ich je gesehen habe. Aber er ist ein eifriger Verehrer, was, Fräulein?«

Mit einem Augenzwinkern steigt der junge Mann auf sein Pferd und reitet davon.

Ruth beobachtet Tuvia. Sie könnte ihm entgegenlaufen, um ihn zu begrüßen, aber aus Sturheit bleibt sie wie angewurzelt stehen.

Endlich kommt der junge Rabbi mit vor Hitze gerötetem Gesicht am Tor an. Nun bemerkt Ruth die alberne Mohnblume, die er sich an den Hut gesteckt hat, den Veilchenstrauß in seinem Korb, den er vor dem Bauch trägt, und den werbenden Ausdruck in seinem verkrampften Gesicht.

»Guten Morgen, Schwester.«

»Guten Morgen, Rabbi Tuvia. Sie haben aber einen weiten Weg hinter sich.«

»In der Tat.«

Sie bittet ihn immer noch nicht herein, weil sie ihm keine falschen Hoffnungen machen will. Tuvia tritt unruhig von einem Bein auf das andere. Auf seiner einfachen cremefarbenen Weste zeichnen sich Schweißflecken ab.

»Ich überbringe Grüße von Ihrem Vater. Es geht ihm gut.«

»So schien es mir auch, als ich ihn gestern in der Synagoge sah. Er hat mir nicht gesagt, dass ich Besuch bekomme.«

Tuvia blickt in die dunkle Hütte, die mit ihrer Kühle höchst einladend auf ihn wirkt. »Wollen Sie mich nicht hereinbitten? Ich könnte eine Erfrischung gebrauchen.«

»Gehört sich das denn?«

Hilfe suchend sieht Tuvia sich um und entdeckt Miriam, die mit verdächtigem Eifer hackt und Unkraut jätet. »Wir sind doch nicht allein«, entgegnet er und bemüht sich, seine Nervosität zu unterdrücken.

»Wenn Sie darauf bestehen.«

»Das tue ich.«

Zu dritt setzen sie sich an den kleinen Holztisch am Küchenfenster; Miriam als Anstandsdame zwischen Ruth und Tuvia, wie es Sitte ist. Vor ihnen stehen ein Krug Milch, eine Schüssel Eier und ein Brot, und Ruth hat dem jungen Rabbi eine von Honig triefende Bienenwabe auf den Teller gelegt. Tuvia sieht sich in der Hütte um. Obwohl es recht düster ist, erkennt er die Bücher auf dem Ofensims. Verstohlen prüft er sie auf blasphemische Titel, findet jedoch zu seiner Erleichterung keine.

»Für eine Philosophin halten Sie das Haus gut in Ordnung.« Er lächelt in dem Versuch, die angespannte Situation mit Humor aufzulockern.

Ruth schenkt ihm ein Glas Milch ein. »Sie sind zwei Meilen gelaufen, um mir das zu sagen?«

»Bitte, Fräulein, Sie wissen, Ihre Hand wurde mir versprochen. Warum machen Sie es mir so schwer?«

»Weil es da dieses kleine Problem mit meinem Willen gibt.«

»Das wird sich mit der Zeit schon legen. Abgesehen davon sollten Sie mit Ihrer zweifelhaften Vergangenheit froh sein. Es gibt viele Mütter in Deutz, die mich gern zum Schwiegersohn hätten.«

»In diesem Fall haben Sie noch weniger Grund, hier bei mir zu sitzen.«

»Ruth, Ihr Vater hat mir sein Wort gegeben. Er möchte Sie versorgt und in Sicherheit wissen, genau wie ich.«

»Für meine Sicherheit sorge ich selbst.«

»Das ist mir bisher entgangen.«

Tuvia sieht Miriam an, die höflich auf eine Biene schaut, die in dem klebrigen Honig festsitzt. Ruth bemerkt seinen Blick und beugt sich vor.

»Sie können ihr vertrauen. Sie hat Ohren, aber ihre Sprache hat sie noch nicht wiedergefunden.«

»Die Männer des Erzbischofs sollten für eine solche Schandtat zur Verantwortung gezogen werden.«

»Aber das werden sie doch nie!«

»Ruth«, setzt Tuvia an und rückt näher, »ich habe aus verlässlicher Quelle erfahren, dass der Inquisitor nach Köln zurückkehren wird und entschlossen ist, Ihren Fall wiederaufzunehmen.«

»Aber ich bin freigesprochen worden.«

»Der Wind kann jederzeit die Richtung ändern ... Heiraten Sie mich, dann verkaufen wir das Haus Ihres Vaters und folgen gemeinsam mit dem guten Rabbi unserem Messias Zewi ins Heilige Land. Es wird wie ein Traum ...«

»Es *ist* ein Traum.«

Tuvia betrachtet das Profil dieser widerspenstigen Frau. Wie gern würde er sie bezwingen, um sie ergeben und gehorsam zu sehen. Er ist davon überzeugt, dass es seine Aufgabe ist, aus der eigensinnigen Tochter des alten Rabbis eine Ehefrau und Mutter zu machen. Er schuldet es ihrem Vater, der für ihn der einzige Mensch ist, dem er sich geistig unterlegen fühlt. Er wird Elazar ben Sauls Schwiegersohn werden. Ruth und er werden Messias Zewi Kinder schenken, die das neue Heilige Land besiedeln. Es ist seine religiöse Pflicht, sie zu einer ganzen Jüdin zu machen, findet er und denkt an den schändlichen Augenblick der Enthüllung, dass sie christlich getauft wurde. Ruths Gefühle sind für ihn nur ein kleines Hindernis.

»Ich habe einen längeren Atem als Sie, Fräulein. Und Sie sollten vorsichtig sein, Sie haben immer noch viele Feinde. Ich bin sicher, der Erzbischof nähme es mit Erleichterung zur Kenntnis, wenn Sie mit Ihrem umtriebigen Tun aufhören und eine ehrenwerte verheiratete Frau werden, die bald ins Heilige Land abreist.«

Ruth denkt über seine Drohung nach. Weil Detlef sie ermahnt hatte, möglichst unsichtbar zu bleiben, hat sie seit ihrer

Rückkehr nur zwei Kinder auf die Welt geholt, und das weit entfernt von Deutz und Köln. Sie fragt sich, ob Tuvia dennoch davon weiß.

»Ich werde Sie meine Antwort an Rosch ha-Schana wissen lassen.«

»Aber das ist erst in drei Monaten!«

»Ich werde Ihnen Gelegenheit geben, Ihre berühmte Hartnäckigkeit unter Beweis zu stellen, Rabbi Tuvia.«

Sie steht auf und öffnet die Tür. »Einen schönen Tag noch!«

Widerstrebend erhebt er sich. Miriam bleibt schüchtern am Tisch sitzen.

»Ihr Vater möchte Sie wieder unter seinem Dach haben. Es ist nicht sicher, wenn sie hier allein leben, und ehrenhaft ist es auch nicht. Da Sie nun wieder in die Gemeinde aufgenommen worden sind, ist es Ihre Pflicht, den anderen Frauen zu zeigen, dass sie in der Lage sind, eine gute Jüdin zu sein. Ziehen Sie wenigstens wieder bei Ihrem Vater ein!«

»Ich kann nicht so schnell aus meiner Haut, Tuvia. Aber ich werde zum Sabbatmahl zu Besuch kommen, das verspreche ich.«

Während die beiden Frauen Tuvia hinterhersehen, wie er missmutig Richtung Stadt marschiert, überlegt Ruth, wie lange sie seine Annäherungsversuche noch zurückweisen kann.

Plötzlich stößt ein Bussard vom Himmel herab und schnappt sich einen kleinen Hasen. Bei dem Anblick, wie das Tier hilflos mit den Beinen in der Luft zappelt, beschleicht Ruth eine dunkle Vorahnung.

✦ ✦ ✦

»London, Amsterdam, Leiden … es ist eine protestantische Krankheit, daran gibt es keinen Zweifel.«

»Exzellenz, die Pest macht keine Unterschiede. Sie nimmt alle: Christen wie Juden und die Mauren auch.«

»Aber hier ist sie noch nicht, und das haben wir den Heiligen Drei Königen und der heiligen Ursula zu verdanken. Köln ist eine große Pilgerstadt und wird von unserem Herrn belohnt.«

»Unser Herr hat nichts damit zu tun, es ist eher eine Frage der Zeit.«

»Ich weiß es aus zuverlässiger Quelle: Köln wird verschont.«

»Aus welcher zuverlässigen Quelle?«

»Mein Astrologe hat es mir gesagt«, antwortet der Erzbischof und sieht Detlef in die Augen. Der Kanoniker schnaubt abschätzig und kann seinen Unmut nicht verbergen.

Maximilian Heinrich, bekleidet mit seinem prächtigen grünen Wochentagsornat, sitzt umgeben von seinen Beratern am Kopf des ovalen Eichenholztischs in einem großen Saal des Rathauses. Zu seiner Linken sind die Brüder von Fürstenberg, erst Wilhelm, dann Franz; zu seiner Linken Detlef und einige ihm wohl gesonnene Bürger. Es findet die monatliche Versammlung von Vertretern der Gaffeln mit dem Klerus statt, in der städtische und Zollangelegenheiten besprochen werden.

Detlefs Gesicht wirkt eingefallen. Er spürt die wachsende Enttäuschung des Anführers der Bäckergilde, der neben ihm sitzt. »Exzellenz, dies ist eine säkulare Frage, und die Stadt muss Vorkehrungen treffen! Ich schlage vor, wir lehnen den Sommer über alle englischen und holländischen Frachtschiffe ab«, erklärt er schließlich.

Heinrich sieht seinen Cousin nachdenklich an. Mit Detlefs wachsender Aufsässigkeit und seinem Streben nach gesellschaftlichem Wandel hat er nicht gerechnet. Größeren Anlass zur Sorge gibt allerdings die wachsende Zustimmung, die Detlef unter den jüngeren Geschäftsleuten zu gewinnen scheint. Noch dazu hat der Erzbischof gerüchteweise vernommen, dass der Kanoniker die Zuneigung von Birgit Ter Lahn von Lennep zurückweist und ihr nicht mehr die Beichte abnimmt. Außerdem hat er seine luxuriösen Gemächer in Köln aufgegeben und eine einfache Kammer im Kloster St. Pantaleon bezogen. Es ist, als sei aus dem weicheren, korrumpierbaren und allzeit diplomatischen Kanoniker ein härterer, schlankerer, unbeugsamerer Mann hervorgegangen. Er sieht schon wie ein religiöser Eiferer aus, stellt Heinrich fest, mit diesen eingefallenen Wangen und den dunklen Ringen unter den Augen! Wüsste er nicht, dass Detlef gefastet hat, wäre er geneigt zu glauben, den jungen Mann fräße die Politik oder eine neue Liebschaft auf. Dennoch ist Vorsicht im Umgang mit dem neu entflammten inneren Feuer seines Cousins geboten.

»Domherr von Tennen, wenn wir diesen Schiffen die Einfahrt verweigern, verhungern wir alle, bevor die Pest uns töten kann. Köln ist eine Handelsstadt, wir können uns keine geschäftlichen Einbußen leisten«, erwidert einer der Bürger.

»Mir ist die Tragweite einer solchen Entscheidung durchaus bewusst, aber wir tun gut daran, mit Bedacht vorzugehen. Über zehntausend Menschen sind vergangenen Monat allein in Leiden gestorben, und wie man hört, soll es in London eine neue Sterbewelle geben. Stellen wir die Schiffe zumindest unter Quarantäne«, entgegnet Detlef.

Am Tisch bricht eine lebhafte Diskussion aus. Der Erzbischof hat nicht vor, den Pilgern, die wegen der Gebeine der Heiligen Drei Könige und wegen der heiligen Ursula und den elftausend getöteten Jungfrauen nach Köln kommen, den Zutritt zur Stadt zu verweigern, denn diese Besuche sind die Haupteinnahmequelle des Doms. Die Kaufleute wiederum sind entschlossen, die Ausfuhr ihrer Waren aus der Stadt sicherzustellen. Schließlich haut Heinrich mit der Faust auf den Tisch. Sofort sind alle still.

»Die Sache ist klar. Die Pilger werden weiter in die Stadt kommen und die Händler ebenfalls. Und wir sind in der Zwischenzeit doppelt wachsam und halten nach Anzeichen für die Pest Ausschau. Das ist das letzte Wort des Hohen Doms zu Köln in dieser Angelegenheit.«

Detlef stürmt empört aus dem Saal. Alle drehen sich zu

Heinrich um, der trotz dieser Beleidigung seiner Person eine unbewegte, gelassene Miene zur Schau trägt.

Wilhelm Egon von Fürstenberg beugt sich zu ihm und flüstert ihm auf Latein ins Ohr: »Denkt daran, wir haben immer noch den spanischen Trumpf im Ärmel, falls das ungezogene Kind den Vater weiter derart beleidigt.«

Aber Heinrich ist höchst besorgt und findet die Bemerkung überhaupt nicht komisch.

Detlef marschiert mit wütenden Schritten durch die belebte Judengasse und hält auf ein Kaffeehaus an der Ecke des Marktplatzes zu. Unterwegs kauft er sich ein Nachrichtenblatt von einem Kriegsversehrten.

Der junge Kanoniker hat den Erzbischof noch nie derart beleidigt, aber in diesem Augenblick sorgt er sich nicht um die Konsequenzen seines Verhaltens, sondern vielmehr um die Kurzsichtigkeit der Stadtväter. Mit ihrer Gier bringen sie die Bevölkerung in Gefahr, denkt er und sieht sich unter denen um, die als Erste sterben würden: die Armen, die Halbverhungerten, die Waisen und die Alten. Hier eine Bettlerin mit vor Pein verzerrtem Gesicht, in dem ein zahnloser Mund klafft. Verhärmt sitzt sie an einem Baum und bittet mit schmutzigen Klauen um Almosen. Dort in der Gosse ein kleiner Junge von höchstens drei Jahren, dessen nacktes Gesäß aus seinem zerlumpten Kittel herausschaut. Er ist zu erschöpft, um zu betteln, zu erschöpft sogar zum Weinen, wie er da hockt und zu den vorbeieilenden Leuten aufschaut.

Als Kind erlebte Detlef, wie die Pest ein ganzes Dorf dahinraffte und seine Mutter einen langsamen qualvollen Tod starb, weil sie sich bei dem Versuch, das Leid ihrer Bauern zu lindern, mit der Krankheit angesteckt hatte. Wie gern würde er seine Sorgen mit jemandem teilen! Gibt es denn keinen aufgeklärten Geist in seiner Nähe? Nein, es fällt ihm niemand ein, mit dem er reden könnte. Einzig Ruth käme dafür in Frage.

Eine Frau mit langem schwarzem Haar kommt um die Ecke, und Detlef wird sogleich von Erinnerungen an die Hebamme überflutet: ihre Gesten, ihre eigentümliche Art, mit den Händen zu sprechen. Seit über einem Monat, seit sie den Landsitz seines Bruders mit der Kutsche verließ, hat er sie nicht mehr gesehen. Sie verabschiedeten sich voneinander, nachdem er sie gewarnt hatte, dass ihr Freispruch keine ewige Gültigkeit haben muss. Angesichts der Launenhaftigkeit des Kaisers und des Ehrgeizes des Inquisitors hatte Detlef der Hebamme nahegelegt, Deutz so rasch wie möglich zu verlassen und sich weiter entfernt, vielleicht sogar in Holland niederzulassen. Aber Ruth versprach nichts und hatte nur bemerkt, sie wolle die letzten Tage ihres Vaters an seiner Seite verbringen, nun, da sie endlich wieder vereint waren.

Die Frau mit den schwarzen Locken ist nicht mehr zu sehen, und Detlef fällt ein, dass er nicht einmal weiß, ob die Hebamme noch in Deutz wohnt oder ob sie überhaupt an ihn denkt. Wie er zu seiner Schande eingestehen muss, konnten weder seine Meditationen und das Fasten noch die Peitschenhiebe, mit denen er sich geißelte, die Gedanken an Ruth vertreiben. Ganz im Gegenteil: Sein Zustand hat sich verschlechtert. Wie geisterhafte Erscheinungen verfolgen ihn die Erinnerungen an ihr Gesicht, ihre Stimme und ihren Duft.

Es vergeht keine Stunde, ohne dass er an sie denkt: an ihre klare, logische Denkweise, ihre weiße Haut und die hohen Wangenknochen. Sie schleicht sich überall ein – in seine Gebete, in die Gesichter der hoffnungsvollen Pilger in den Kirchenbänken, in die Schriften, die er studiert. Ruth, Ruth, Ruth. Um sich von seiner Besessenheit zu befreien, nimmt er Baldrian zum Schlafen ein und trinkt Rotwein zur Beruhigung. Groot, der bereits vor der Mittagsmesse Alkohol im Atem des Kanonikers bemerkt hat, beginnt sich zu fragen, von welchem Dämon sein Herr nun wieder besessen sein mag.

Detlef betritt durch die niedrige Rundbogentür das Kaffeehaus, und sofort steigt ihm das angenehme Aroma des neuen Getränks in die Nase, das mit dem Schiff aus Amerika gekommen ist. Dicke Schwaden Tabakrauch hängen in der Luft. Das frische Gebäck auf dem marmornen Ladentisch verströmt den Duft von Ingwer und Zimt. Dienstmädchen mit weißen Hauben und gestärkten Schürzen bringen Kannen mit dampfendem Kaffee an die voll besetzten Tische. Einige Kaufleute und ihre Sekretäre sehen von ihren Berechnungen auf, widmen sich jedoch gleich wieder ihren Geschäften, weil sie sehen, dass es sich bei dem Neuankömmling um einen Geistlichen und nicht um einen Kollegen handelt. Die Ernsthaftigkeit, mit der die Bürger zu Werke gehen, macht Detlef neugierig, und er wählt einen kleinen Tisch am Fenster in ihrer Nähe. Dann bestellt er sich eine Tasse von dem heißen braunen Getränk und eine Pfeife. Im gedämpften Licht, das durch die kleinen Scheiben in den verrauchten Raum fällt, beginnt er die Überschriften des Nachrichtenblattes zu lesen.

Die tödliche Geißel fordert immer mehr Opfer in den Niederlanden, die jüngsten Schätzungen stehen bei zehntausend. Leiden schließt seine Tore …

Der italienische Astronom Giovanni Cassini beobachtet die himmlischen Pfade des Königsplaneten Jupiter und seiner Königin Venus …

Der Kanoniker liest weiter und versucht sich auf das Weltgeschehen zu konzentrieren, aber die beunruhigenden Berichte sind ihm keine Hilfe.

»Bitte, Herr Kanoniker, meine gute Herrin wartet dort draußen und bittet um eine Audienz bei Ihnen.«

Ein kleiner Diener mit grünem Turban, dessen Jacke und Hose ebenfalls in den Farben des Hauses des Kaufmanns Ter Lahn von Lennep gehalten sind, steht vor ihm. Detlef hat den außergewöhnlichen Mohren noch nie gesehen; vermutlich ist er das neuste Spielzeug, das der häufig abwesende Kaufmann seiner sündigen Gemahlin geschenkt hat. Er späht durch das trübe Fenster.

Birgit wartet in ihrer Kutsche auf der anderen Straßenseite. Sie blickt zu dem Kaffeehaus, sieht ihn aber nicht. In ihrem grünen Satinkleid, den Kopf mit einer schlichten Spitzenhaube bedeckt, ist sie ein Anblick von unglaublicher Schönheit zwischen all den schmutzigen Hausierern, die um die Kutsche lungern.

»Sagen Sie Ihrer geschätzten Herrin, wenn sie mich sprechen will, soll sie selbst kommen«, entgegnet er schließlich und schaut wieder auf sein Nachrichtenblatt.

Der Junge scharrt verwirrt mit den Füßen. »Bitte, Herr, eine Dame kann ein solches Haus nicht betreten.«

»Wenn es gut genug für einen Kanoniker des Hohen Doms ist, dann ist es auch gut genug für die Gattin eines Kaufmanns«, entgegnet Detlef knapp.

Der Diener verbeugt sich und verschwindet. Detlef beobachtet, wie er seiner Herrin Bericht erstattet. Einen Augenblick lang scheint Birgit zu zögern, aber dann steigt sie aus der Kutsche und kommt entschlossenen Schrittes auf das Kaffeehaus zu.

»Du hast mich genötigt, mich zu erniedrigen. Dies ist kein Ort für eine anständige Christin.«

Wütend baut sie sich vor ihm auf. Die anderen Gäste sehen neugierig von ihren Lagerlisten und Rechnungen auf. Detlef erhebt sich und bietet Birgit einen Platz an.

»Sorge dich nicht, sie werden denken, du bist hier, um für deinen Gemahl, den guten Kaufmann, einzutreten, der auf irgendeine Weise moralisch in Verruf gekommen sein muss, Gott möge seine Seele segnen.«

»Du machst dich über meinen Kummer lustig! Warum weigerst du dich, mich zu sehen, Detlef? Nicht einmal die Beichte willst du mir abnehmen.«

Einige Bürger, die erstaunt mitbekommen, wie sie ihn mit dem Vornamen anspricht, recken wieder die Hälse. Der Kanoniker spürt ihre neugierigen Blicke, führt Birgit aus dem Kaffeehaus und zieht sich mit ihr in die Nische unter einem Balkon zurück.

»Es ist gefährlich, so wenig Diskretion zu üben.«

»Ich habe keine andere Wahl. Du antwortest nicht auf meine Briefe, und ich bin Groots Ausreden leid. Fünf Sommer und fünf Winter haben wir miteinander verbracht, und nun schmerzt es dich plötzlich, mich zu sehen?«

Detlef möchte ihr ins Gesicht blicken, aber er kann es nicht. Wenn er den Kummer in ihrer unbewegten würdevollen Miene und den verwunderten Augen sieht, ist seine Entschlossenheit dahin. Also senkt er den Blick und schaut auf ihre Handschuhe. Nervös zupft Birgit an ihrem gestreiften Taschentuch.

»Birgit, ich kann mit dieser Betrügerei nicht weitermachen. Ich habe mich verändert. Es wäre Heuchelei, wenn ich mich dir weiterhin nähere. Das ist der Grund für mein Fernbleiben.«

»Bist du mir nicht mehr zugetan?«

Birgits Gesicht erstarrt zu einer verzerren Grimasse, weil sie sich bemüht, nicht die Fassung zu verlieren. Detlef stellt einmal mehr fest, wie ähnlich sie ihm mit ihrem glühenden Stolz ist, und ergreift ihre Hand.

»Doch, das werde ich immer sein.«

»Dann beweise es. Nimm mich jetzt!«

Sie schiebt Detlefs Hand in ihr Mieder. Schon finden sich seine Finger an ihrer Brust wieder, und er spürt, wie sich die harte Brustwarze gegen seine Handfläche drückt. Der Diener sieht peinlich berührt zur Seite.

Birgit zieht ihn an sich und küsst ihn gierig und fordernd. Das wochenlang unterdrückte Verlangen überflutet hemmungslos seinen Körper – eine Ewigkeit der Enthaltsamkeit, die ihm zur Hölle gemacht wurde durch das sonderbare Vergnügen, das er bei der Selbstgeißelung empfand; durch den gierige Schlund der

Lust, der sich trotz aller Gebete stets von Neuem auftat, und durch seine Träume, in denen er von zuckenden nackten Gestalten heimgesucht wurde, von denen viele wie Birgit aussahen. Er will sie auf der Stelle. Er sehnt sich nach Erlösung, will seinen Körper durch ungestüme Sinnesfreuden reinigen.

»Wenn es das ist, was du wünschst.«

Damit nimmt er sie grob bei der Hand. Birgit wendet sich an ihren Diener: »Achmed, bring die Kutsche nach Hause. Sag, ich bin zur Beichte und komme bei Einbruch der Dunkelheit zurück.«

Der kleine Junge klettert mit wippendem grünem Turban neben den Kutscher, und Detlef eilt mit Birgit auf das »Schwert des Orion« zu, dem einzigen ihm bekannten Haus, in dem man keine Fragen stellt.

Die Kammer ist kaum größer als ein Wandschrank und es riecht darin nach körperlicher Liebe. Detlef dreht Birgit mit dem Rücken zu sich. Sie stützt sich mit den Händen an der dünnen Wand ab. Von der anderen Seite dringen die Schreie einer Hure und das schneller werdende Keuchen und Ächzen ihres Kerls herüber. Wortlos zieht Detlef Birgits Röcke hoch. Ihre prallen Gesäßbacken über dem Seidensaum der schwarzen Strümpfen sind ein herrlicher Anblick. Kniend ergreift er sie, und Birgit schnappt nach Luft, als er ihre privateste Körperöffnung berührt.

Seine Finger gleiten nach vorn und liebkosen sie, während er sein Gesicht in ihren Backen vergräbt und ihren After mit der Zunge befeuchtet. Trotz ihrer wachsenden Bedenken wegen der ungeheuerlichen Blasphemie, die Detlef beabsichtigt, ist Birgit erregt. Er steht auf, holt sein steifes Glied aus der Hose und bringt Birgit mit einem groben Stoß dazu, sich vorzubeugen. Sie ist rot von den Wangen bis zur Brust und fühlt sich durch ihre heftige Erregung doppelt gedemütigt. Detlef umfasst ihr Gesäß, spreizt die Backen mit zorniger Hast, und seine Finger graben sich gierig in das weiche Fleisch. Er hält kurz inne und schmiegt sich an sie, bevor er in sie eindringt. Birgit schreit laut auf, und Detlef schiebt ihr seine noch feuchten Finger in den Mund, um sie zum Schweigen zu bringen, und stößt immer weiter. Als die Schmerzen langsam vergehen und sich in Verzückung wandeln, greift Birgit nach unten und liebkost sich selbst, bis sie spürt, wie Detlef erzittert, und sie beide laut schreiend kommen.

Einen Augenblick später verspürt Birgit jedoch großes Unbehagen. Sie rückt von Detlef ab und bemüht sich, ihre zitternden Beine ruhigzuhalten.

»Wegen so etwas könnten wir beide hingerichtet werden«, murmelt Detlef reuevoll in ihr Haar, denn er wird von heftigen Schuldgefühlen heimgesucht. »Ich bedaure zutiefst, dich dem ausgesetzt zu haben.« Beschämt zieht er die Hose hoch.

Birgit ordnet ihre Röcke und dreht sich mit zerzaustem Haar und geröteten Wangen zu ihm um. »Achtest du mich noch?«

»Das werde ich immer«, entgegnet er und gibt ihr einen Kuss auf die Stirn. »Aber bitte verstehe, wir können nicht länger Geliebte sein, nur gute Freunde.« Er nimmt förmlich ihren Arm. »Ich werde dich nach Hause bringen.«

Angewidert von seinem gönnerhaften Tonfall, macht Birgit sich von ihm los. »Weißt du überhaupt, wie leicht es ist, die Freundschaft zwischen dir und Meister Ter Lahn von Lennep zu zerstören? Er war höchst aufgebracht, als sein guter Freund Voss verbrannt wurde. Die Kaufleute beobachten dich und den Erzbischof sehr genau. Eine Anklage wegen unmoralischen Verhaltens käme ihnen mehr als gelegen.«

»Birgit, bitte, ich kann weder dich noch mich betrügen. Lass uns Freunde sein!«

»Wir waren niemals Freunde«, schleudert Birgit ihm entgegen und stürmt wütend hinaus.

Der Rabbi hält das goldgelb gebackene Sabbatbrot über die Kerzen und ergreift mit sanfter Stimme das Wort.

»Baruch ata, adonai eloheinu,
mäläch haolam, ha mozi lächäm min ha'aretz.«

Nach Beendigung des Gebets bricht Elazar ein Stück von dem knusprigen Brot ab und reicht es Tuvia, der es wiederum an Ruth weitergibt. Es ist Sabbat, und der Tisch ist zur Feier des Wochenendes mit Gaben beladen: in der Mitte eine Schüssel Sauerkraut, angerichtet mit Mohn und Zucker, ein Teller mit gebratenem eingesalzenem Fleisch, dazu eingelegte Gurken. Der alte Rabbi reibt sich zufrieden die Hände. Endlich sitzt seine geliebte Tochter mit ihm am Tisch der Familie.

Es hat Wochen gedauert, die Gemeindeältesten davon zu überzeugen, Ruth wieder aufzunehmen. Viele werfen ihr immer noch vor, die Aufmerksamkeit Kölns auf die kleine Siedlung gelenkt zu haben. Ihre Verhaftung hat alte Ängste wachgerufen. Was, wenn sie noch mehr Schwierigkeiten verursacht? Ist sie wirklich eine Jüdin, nachdem sie doch getauft wurde? Sogar die Frauen sind bereit, auf sie als Hebamme zu verzichten, wenn damit neuerliche Katastrophen abgewendet werden. Die Leute ließen sich erst besänftigen, als Elazar den Doktor Isaak Schlam und den Sprecher der Gemeinde Hirz Überrhein bat, eine öffentliche Versammlung in der Synagoge abzuhalten und zu erklären, dass Ruth die christliche Taufe für sich nicht anerkennt, sie ihre Tätigkeit nicht mehr ausüben wird und noch im Laufe des Jahres mit dem ihr versprochenen Rabbi Tuvia ins Heilige Land abreist.

Der Alte fragt sich, ob Ruth klar ist, dass ihre Zeit abläuft.

»Ruth, schenk doch bitte dem armen Tuvia etwas Wein ein. Er braucht weibliche Unterstützung.«

Der alte Mann lächelt. Die silbernen Kerzenständer und das Besteck, das nur an hohen Feiertagen verwendet wird, glänzen im Kerzenlicht, das sich auch in seinen leuchtenden Augen spiegelt.

Widerstrebend steht Ruth auf und tritt an Tuvias Seite, um den vor ihm stehenden Kelch zu füllen, der mit Motiven des Auszugs aus Ägypten geschmückt ist. Tuvia, der sich ihrer Nähe schmerzlich bewusst ist, schließt kurz die Augen und atmet ihren Duft ein. Ruth bemerkt es und verspürt Mitgefühl, aber aus Angst, ihm unabsichtlich Hoffnungen zu machen, tritt sie rasch zurück. Sie macht einen großen Bogen um ihn und nimmt wieder am Tisch Platz.

Elazar ergreift ihre Hand. »Meine Tochter, ich möchte die Gelegenheit ergreifen, um mich für meine Weigerung zu entschuldigen, dich wieder in diesem Haus aufzunehmen. Es war falsch, und nun weiß ich es«, erklärt der alte Rabbi ernst und wischt sich mit dem Ärmel eine Träne aus dem Augenwinkel.

»Jetzt bin ich ja hier, Abba, alles andere spielt keine Rolle.« Ruth drückt die trockene, runzlige Hand ihres Vaters.

»Das ist wahr, und es ist mir eine große Freude, dich unter meinem Dach zu haben, wo du hingehörst. Komm zurück, Ruth! Du weißt, Tuvia wird dich heiraten, und das ist bei allem, was ans Tageslicht kam, eine großzügige Geste. Mach mich glücklich!«

»Abba, wir haben vereinbart, nicht darüber zu sprechen.«

Rosa kommt aus der Küche geeilt, um ein köstliches sephardisches Gericht zu servieren, das sie immer für den Freitagabend zubereitet: große Zwiebeln, die mit Reis und Gehacktem gefüllt und mit Tomatensoße, Zimt, Granatapfelsaft, Pfeffer und Salz gewürzt werden. Es ist Rosas Lieblingsgericht und erinnert sie an die alten Zeiten in Saragossa, als sie noch ein junges Dienstmädchen bei den Navarros war.

»Rabbi, Ihre Tochter hat gesagt, sie wird an Rosch Ha-Schana ihre Antwort geben – nicht wahr, Tuvia?«, unterbricht die alte Frau resolut.

»Rosa, du hast ein loses Mundwerk«, bemerkt Ruth trocken, als der Rabbi den jungen Mann ansieht.

»Ich bin mit Geduld gesegnet, Rabbi. Ich kann auf die Antwort Ihrer Tochter warten«, entgegnet Tuvia rasch, bevor Rosa ihn noch mehr in Verlegenheit bringen kann.

»Dann sind Sie ein besserer Mann als ich«, sagt Elazar und wendet sich an seine Tochter. »Ich werde nicht jünger und hätte gern noch Enkel, bevor ich sterbe.«

»Ich habe nur um drei Monate gebeten«, erwidert Ruth und ist bemüht, sich ihren Widerwillen nicht anmerken zu lassen.

Elazar erhebt sein Glas. »Dann also in drei Monaten!«

Ruth und Tuvia stoßen betreten an, während Rosa den Hauptgang aufträgt. Einige der vielen Köstlichkeiten auf dem Tisch sind Sabbatgaben der Gemeinde an den Rabbi: ein Fasan, den der Metzger gefangen und gerupft hat; ein gebratenes Hähnchen von der Frau des Gemeindedieners, rote Bete und Rüben aus dem Garten des Bestatters und natürlich Rosas berühmte Zwiebeln.

»Seht euch dieses Festmahl an, meine Kinder!« Elazar strahlt übers ganze Gesicht. »Sind wir nicht gesegnet? Wie sagte der alte sephardische Arzt Israelicus? Nahrung muss wirklich köstlich sein, wenn sie Gemüt und Körper gleichermaßen Gutes tun soll. Nicht wahr, meine Tochter?«

Ruth muss lächeln. »In der Tat: Man ist, was man isst. In diesem Fall bin ich eine Zwiebel.« Sie nimmt sich eine von Rosas Leckereien. »Viele Häute, leicht säuerlich und treibt einem garantiert das Wasser in die Augen.«

Tuvia erhebt lachend sein Glas. »Darauf trinke ich.«

Zufrieden lehnt sich Tuvia zurück. »Ich fahre am Montag nach Maastricht zu einer Beschneidungsfeier.«

»Wütet denn nicht die Pest in Maastricht?«

»Die Familie lebt vor den Toren der Stadt, dort bin ich sicher.« Tuvia deutet Ruths Besorgnis als Hinweis auf verborgene Gefühle und lächelt sie an.

Ruth betrachtet ihn: die langen weißen Hände, in denen er das Besteck hält; die schmalen, gebeugten Schultern unter der schwarzen Robe, die dünnen Lippen und die großen traurigen Augen ohne jede Sinnlichkeit. Nichts an ihm bewegt sie. Aber da sie um die Zuneigung Tuvias zu ihrem Vater weiß, fragt sie sich, ob sie die Vorstellung von romantischer Leidenschaft nicht vergessen und sich zu einer Ehe ohne Liebe bereit erklären soll, um dem alten Mann eine letzte Freude zu machen.

✦ ✦ ✦

Detlef steht vor dem kleinen gewölbten Spiegel, den er normalerweise in einer Truhe versteckt. Er zeugt von seiner jugendlichen Eitelkeit aus der Zeit, als er noch Soldat war. Es ist spät, lange nach der Abendmesse. Er hört, wie die anderen Mönche über den Korridor huschen und sich zur Nachtruhe in die umliegenden Kammern zurückziehen. Der Kanoniker hat gar nicht gemerkt, wie lange er so vor dem Spiegel gestanden hat. Er weiß nur, es war lange genug, um zu spüren, wie aus seiner Entscheidung Wirklichkeit wird.

Sein Spiegelbild, das ihm von der polierten Metallfläche entgegenschaut, ist ihm fremd. Er trägt einen schmutzigen kurzen Umhang, zerrissene Kniehosen und eine Weste mit Fettflecken. Diese Kleidungsstücke hat er einem Wanderarbeiter abgekauft, der ihn wohl für verrückt hielt, weil er ihm drei Reichstaler dafür gab. In dieser Verkleidung ist Detlef nicht zu erkennen.

Der Ritterhut ist mit einer lächerlichen lädierten Pfauenfeder geschmückt, aber dennoch sehr nützlich, denn Detlef kann ihn sich tief in die Stirn ziehen. Darunter hat er eine alte Perücke, die er jahrelang nicht getragen hat, mit einem schulterlangen braunen Zopf und einer Samtschleife daran. Sein Gesicht hat er sich mit Ruß beschmiert, um ungewaschen und heruntergekommen auszusehen wie jeder andere Wanderarbeiter, und das ist ihm gelungen.

Draußen ist alles ruhig, nachdem sich auch der letzte Mönch in seine karge Zelle zurückgezogen hat. Detlef legt die linke Hand zuerst auf sein Herz, dann auf das Herz seines Spiegelbildes. Er kann nicht beten. Er kann nicht denken. Er *darf* gar nicht über das nachdenken, was er zu tun beabsichtigt, denn es entspringt seinem tiefsten Innern, seinen Trieben, und lässt sich weder verhindern noch steuern. Er weiß nur, er wird einen weiteren Tag der Tatenlosigkeit nicht überleben.

Er öffnet langsam die schwere Holztür seiner Zelle und gibt Acht, dass sie nicht quietscht. Die meisten Kerzen an den Wänden im Korridor sind bereits erloschen, die letzten gehen flackernd aus. Es ist Zeit zu gehen.

Der Fährmann sagt nichts, als Detlef ihm das Bestechungsgeld für die nächtliche Fahrt über den Rhein gibt. Der alte Seemann hält ihn wegen seiner ärmlichen Kleidung für einen der vielen heimatlosen Wandergesellen aus dem Norden. Nur die weichen, blassen Hände des Mannes überraschen ihn; die Hände der Armen und Arbeiter sehen anders aus. Als er in das schmutzige Gesicht blickt und die langen verklebten Haarsträhnen unter dem ramponierten Hut bemerkt, denkt er jedoch, dass er sich geirrt haben muss. Der Fremde setzt sich hinten auf den Kahn und betrachtet die schattenhafte Silhouette von Köln, die nur hier und da von einer brennenden Fackel erhellt wird, und den abgewinkelten Baukran auf dem zur Hälfte fertiggestellten Dom, der aussieht wie ein Hexenfinger, der den tief stehenden Mond aufzuspießen droht. Der Fährmann wundert sich über das niedergeschlagene Schweigen des Gesellen, das auf großes Leid schließen lässt. Der erschreckende Gedanke, es könne sich um einen verkappten Aussätzigen handeln, kommt ihm in den Sinn, aber dafür scheint ihm der Mann zu kräftig und gesund. Nein, wahrscheinlich ist er ein Adeliger, der heimlich fliehen muss, denkt der alte Seemann zu guter Letzt und verflucht sich dafür, nicht mehr Geld verlangt zu haben.

Nach etwa einem Drittel des Weges erreichen sie den ersten der auf dem Fluss vertäuten Nachen. Als der Fremde den zweiten Nachen betritt, der sanft auf dem Wasser schaukelt, fallen dem Fährmann die teuren Lederstiefel auf, die der Mann unter den zerrissenen Hosen trägt.

»Ich werde Sie für Ihre zukünftige Hilfe reich entlohnen … und für Ihre Verschwiegenheit«, erklärt der Fremde, als er seinen neugierigen Blick bemerkt. Sein kehliger Akzent verwirrt den Fährmann nur noch mehr. Irgendwo auf dem Wasser schreit plötzlich ein Schwan.

»In diesem Fall können Sie sich meines Dienstes und meines Schweigens sicher sein«, entgegnet der Seemann förmlich, um zu zeigen, dass er sich über den wahren Stand seines Passagiers im Klaren ist. Er hat eine Grenze übertreten, wird Detlef in diesem Augenblick bewusst. Eine Grenze, von der er nie geglaubt hätte, dass er sie einmal anfechten würde.

Eine Ewigkeit scheint zu vergehen, bevor er begreift, dass er durch *ihre* Straßen läuft. Die hohen schmalen Häuser könnten in jeder kleinen Stadt im Rheinland stehen; das einzig Auffällige an ihnen sind die kleinen Mesusas aus Holz an den Türpfosten. Es ist nach Mitternacht, und das Städtchen schläft.

Ein Ausrufer taucht am anderen Ende der Straße auf. Detlef versteckt sich rasch in einem Hauseingang. Er war bisher nur ein einziges Mal in diesen Straßen: bei Ruths Festnahme. Da saß er auf dem Pferd, und ihm war das Schicksal dieser fremdländischen Gemeinde egal gewesen. Nun ist er zu Fuß und versucht sich verzweifelt an den Weg zu erinnern, der zu der kleinen Hütte führt, die seiner Erinnerung nach am Ufer eines kleinen Flusslaufs am Rand der Felder liegt. Als er der einzigen größeren Straße folgt, die aus dem Städtchen zu führen scheint, hört er Frösche quaken. Wasser! Fluss! Ruth!

Detlef überquert eine schmale Brücke und erinnert sich daran, wie die Pferdehufe über die Holzplanken donnerten. Der süße Duft von Heu und Apfelblüten weht über das Wasser. Da steht das kleine Häuschen mit dem gepflegten Garten und den Obstbäumen, weiter entfernt ist der Wald zu sehen. Hinter dem beschlagenen Fenster brennt Licht.

Detlef bleibt wie angewurzelt stehen und starrt hinüber. Er schwebt zwischen Traum und Wirklichkeit. Aus den Augenwinkeln bemerkt er eine Bewegung. Erschreckt sieht er sich um und erblickt einen Fuchs, der hinter einem Baum hervorschaut. Das Tier läuft nicht weg, sondern scheint ihn freundlich zu beobachten. Es ist, als halte der ganze Garten den Atem an, während sich der Eindringling geräuschlos auf die Tür zubewegt.

Detlef hat das Gefühl, über das taunasse Gras hinwegzuschweben. Nicht einmal die Gänseblümchen scheinen unter seinen Stiefeln einzuknicken. Er wird von einer Kraft getrieben, die stärker ist als Vernunft und Selbsterhaltung, von einer Kraft, die jenseits seines Einflusses liegt. Er ist sich seines Tuns kaum bewusst, aber er weiß, dass er zum ersten Mal in seinem Leben aus einem Gefühl heraus handelt, das erhabener ist als die Eigenliebe.

Er öffnet die Tür der Hütte; der vordere Raum ist leer. Eine Kerze brennt auf dem Tisch, und in dem großen Kamin glimmt noch Feuer. Ein halb gegessener Apfel liegt neben der Kerze. Detlef hat das Gefühl, gar nicht wirklich dort zu sein. Er kommt sich wie ein unsichtbarer Beobachter vor, ein Geist, der sich ungesehen mit dem Wind hereinschleicht. Alles wirkt, als sei es lebendig. Jede Einzelheit erscheint Detlef vergrößert. Er sieht die Bissspuren in dem Apfel, er nimmt die feine Wolke aus Geruch, Wärme und feinem Staub wahr, die Ruth im Raum zurückgelassen hat. Ihn überkommt ein großes Verlangen, das jedoch von einer gewissen Bekümmerung gebremst wird, als sei er nicht in der Lage, sich noch einen Schritt auf das zuzubewegen, was ganz ohne Zweifel sein Schicksal sein wird.

Ruth ist in ihrer Bettnische. Auf dem Boden steht ein Holzeimer mit Wasser, das sie auf dem Feuer erhitzt hat. Mit nacktem Oberkörper beugt sie sich vor, um sich mit einem Lappen zu waschen. Als sie sich Hals und Brüste abreibt, denkt sie unvermittelt an den Kanoniker und das Schweigen auf der langen Kutschfahrt. Vieles lässt sich ohne Worte übermitteln, denkt sie; es ist möglich, mit einem Mann Gedanken auszutauschen, mit dem sie nichts gemein zu haben glaubte. Sie versucht, nicht an sein gutes Aussehen zu denken. Sie versucht, ihn nicht als Mann zu sehen. Sie möchte sich nicht von Gefühlen ablenken lassen, die es nicht einmal in der Vorstellung oder als unausgesprochene Sehnsucht geben darf. Es ist ein unmögliches Verlangen. Eine unwahrscheinliche Liebe. Seufzend wischt Ruth die letzten Seifenreste weg, und auf einmal bemerkt sie, dass sie beobachtet wird.

Der Mann steht mitten im vorderen Raum. Er wirkt vertraut und gleichzeitig fremd auf sie. Nichts an seinem Gesicht und seiner Tracht kommt ihr bekannt vor, aber da ist etwas in seiner Haltung, seinem Körperbau, das sie einen Augenblick stutzen lässt. Dann bedeckt sie sich und schreit auf.

Bevor sie weglaufen kann, ist er schon da, packt sie und hält ihr fest den Mund zu. »Ruth! Hör auf, bitte! Ich bin es, Detlef«, flüstert er und drückt sie an sich. Es sind die ersten Worte, die er seit über fünf Stunden spricht. Aus Ruths Blick spricht panische Angst, und sie scheint ihn überhaupt nicht zu hören.

»Ich bin es, Detlef! Detlef!«, murmelt er immer wieder und erkennt sich selbst nicht mehr, weil das, was er getan hat, seinem Wesen so wenig entspricht. Im selben Augenblick hört Ruth, was er sagt, und hört auf, sich zu wehren.

Wie erstarrt stehen sie da: die halb nackte Frau in den Armen des verkleideten Mannes. Dann wecken seine Nähe, seine Männlichkeit, sein Geruch und der salzige, erdige Geschmack der langen Finger an ihrem Mund zu ihrer Überraschung ein lange unterdrücktes Verlangen, und sie verliert die Beherrschung. Zitternd umschlingt sie ihn, drängt sich gegen sein hart werdendes Gemächt, ihre Hände suchen nach seiner Haut und reißen an seinem vergilbten Spitzenkragen. Detlef kann sich nicht länger zurückhalten. Er hebt sie auf seine Hüften, Hut und Perücke fallen zu Boden und die Feder taucht in den Wassereimer, als er mit geschickter Zunge ihre wilden Küsse bändigt.

Er fällt auf die Knie, und sein Mund wandert hinunter zu ihrer rechten Brust, während er die linke liebkost. Ihr Körper versetzt ihn in Staunen. Sie ist nicht mager, wie er annahm, sondern schlank und hat volle Brüste mit großen dunklen Brustwarzen und breite Hüften. Er ist ergriffen von der Zartheit ihrer Haut. Elfenbeinfarben, der feine Flaum darauf pechschwarz. Sie schmeckt nach Zimt, an ihrem Bauch haftet schwacher Zitronenduft. Sie ist klein; so klein, dass er, obwohl er kniet, ihre Brust in Augenhöhe hat. Er lässt seine Hände nach unten wandern, streichelt ihr festes Gesäß, spürt, wie sie zittert, und vergräbt sein Gesicht in ihrem weichen Schoß. Ihr Duft ist unglaublich süß. Behutsam gleitet er mit den Fingern in ihre Scham und spürt die Mitte auf, eine kleine zuckende Perle unter seinen Lippen. Er hört Ruth stöhnen und spürt, wie sie ihm ins Haar greift, um ihn auf die Beine zu ziehen.

»Bitte«, sagt sie leise, »bitte, ich schäme mich.«

Aber er fährt fort und seine Erregung wächst mit ihrer, bis ihm der Hosenladen so anschwillt, dass er befürchtet, seinen Samen zu vergießen. Schließlich erhebt er sich und steht keuchend vor ihr, während sie an seinen Hosenbund greift, um ihn von dem groben Stoff zu befreien.

»Aber du bist noch Jungfrau!«

Er hält sie an den Handgelenken fest und versucht seine Gedanken zu sammeln. Statt zu antworten schmiegt sie sich an ihn und vergräbt ihr Gesicht an seiner Brust.

Leise stöhnend lässt er ihre Hände fallen und erlaubt ihr, seine Hose zu öffnen. Einen Augenblick blickt sie staunend auf sein Gemächt. Sie vergisst, wer und was sie ist, fällt auf die Knie und streichelt die samtige Kuppe, die so hübsch in ihrer Einfassung sitzt wie eine Perle. Sie streichelt und liebkost ihn geschickt. Detlef kann nicht glauben, dass es ihre Hände sind, die ihn umfassen; ihre Augen, die zu ihm aufsehen und beobachten, wie er sich ihr hingibt. Als sich sein Höhepunkt ankündigt, ein herrliches Gefühl, das zwischen seinen Lenden aufsteigt, wirft er Ruth zu Boden und schiebt die Hand zwischen ihre Beine. Sie ist feucht, und so zieht er sie an sich und dringt mit einem festen Stoß in sie ein. Sie schreit auf und vergräbt ihr Gesicht tief in den hingeworfenen Kleidern, während er überwältigt von der Enge in ihr wieder und wieder in sie eindringt, bis sie beide schreiend den Höhepunkt der Lust erreichen.

Sie liegt in seinen Armen, ihr Kopf ruht an seiner Brust. Sie liegen schon seit Stunden so da. Ruth will nicht schlafen, aus Angst, vielleicht beim Erwachen festzustellen, dass sie geträumt hat. Während er ihr zärtlich das Blut von den Schenkeln wusch und sie immer wieder zwischen den Beinen küsste, bis die Lust erneut in ihrem Schoß aufwallte, hörte sie nicht auf zu staunen, wie eng körperliche Liebe mit der Liebe des Herzens verbunden sein kann. Das eben Erlebte hat ihr den Verstand geraubt, und ihr erscheint eine Zukunft ohne ihn plötzlich bedeutungslos. Wie hat sie je für sich ein Leben ohne dieses zutiefst menschliche Tun in Betracht ziehen können, durch das sie unversehens mit neuem Glauben erfüllt wurde.

»Als deine neueste Beute bin ich dann selbst dabei mit meiner frischen Wunde und trage die ungewohnten Fesseln mit Ergebenheit. Mitgeführt werden auch, die Hände auf den Rücken gebunden, der gesunde Menschenverstand, die Sittsamkeit und was sonst sich Amors Heer entgegenstellt«, flüstert sie leise auf Latein.

»Ovid, aus den Liebesgedichten?«

Ruth nickt und lächelt leise.

»Wo hast du als Frau denn Ovid gelesen? Er ist kein Dichter für keusche Frauen, nicht einmal für Philosophinnen, wie du eine bist.«

»Spinoza hat immer gesagt, ich sollte weder heiraten noch Kinder bekommen, denn in meinem Körper sei der Geist eines Mannes gefangen.«

»Sind die Geschlechter denn so unterschiedlich, Ruth? Ich für meinen Teil halte deinen Ehrgeiz und Mut nicht für unweiblich.«

Ruth gräbt ihre Finger in sein Haar. Sie hat das Gefühl, ihr Körper singe, wie er es noch nie getan hat. Um ihre Mundwinkel spielt ein Lächeln. »Das wird unser beider Ruin sein«, flüstert sie und hofft, er hört sie nicht.

Aber Detlef, der den sanften Druck ihres Körpers auf dem seinen und die herrliche Erleichterung in seinen Lenden genießt, hört alles. Er hebt den Kopf und sieht sie an. »Ruiniert sind wir schon, ich habe dich zerstört und du mich.«

»Bin ich deine erste Frau?«, fragt Ruth mit einem verschmitzten Lächeln.

»Auf unergründliche Weise ja.«

»Wir werden von unseren Gemeinden verdammt; von allen, die uns regieren ...«

Er betrachtet sie und versucht zu deuten, was hinter diesen tiefen grünen Seen vorgeht, in die er blickt. »Ruth, wenn du wünschst, schließ die Augen und ich werde gehen. Es wird sein, als wäre nichts geschehen. Als wäre ich ein Geist, der die Schwelle übertreten hat.«

Sie beugt sich über ihn, und ihre Brüste schmiegen sich sanft an seine Rippen. »Nein, das will ich nicht.«

»Dann lass mich dich beschützen. Denn ich fürchte, der Inquisitor findet einen Weg, sich zu rächen.«

»Ich kann meinen Vater nicht verlassen.«

»Ich bitte dich ...«

»Lass davon ab! Wir haben den Augenblick, lass ihn uns nicht mit nutzlosen Hirngespinsten verschwenden.«

Und sie nimmt ihn in die Arme, als wolle sie mit ihrem zierlichen Körper ihn und sich vor der Außenwelt beschützen.

Als Detlef sie später beim Schlafen beobachtet, stellt er fest, dass seine Welt aus den Fugen geraten ist, wie er es niemals für möglich gehalten hat. Es ist, als hätte endlich ein riesiger Schmelzofen den Käfig zum Einsturz gebracht, den er aufgestellt hatte, um sein Herz, seine Seele und seine Glaubenstreue zu schützen. Ruth fasziniert ihn über alle Maßen; es sind einfache, kleine Dinge: wie sich ihre Brust mit jedem Atemzug hebt; ihr ungewöhnlich dichtes, üppiges Schamhaar, das sich den gewölbten Bauch hinaufringelt, den er sich zu seiner Überraschung mit Leben zu füllen wünscht; ihr Geschmack und ihr Geschmack und ihr Geschmack.

Ein blassblauer Lichtstreif schleicht sich langsam über den gescheuerten Steinboden. Die ersten Rauchschwaden der frühmorgendlichen Feuer liegt in der Luft, und er weiß, es wird Zeit zu gehen.

Mit tief ins Gesicht gezogenem Hut wandert Detlef über die Brücke auf die Stadt zu. Diesmal hat er daran gedacht, seine Stiefel mit Dreck zu beschmieren, und er bemüht sich, erschöpft und gebeugt zu gehen wie ein obdachloser Wanderer.

Am Himmel zeigen sich rote Streifen, und das Licht der aufgehenden Sonne kämpft sich durch die Wolken. In der Ferne treibt ein junger Ziegenhirte mit dem Stock seine unwillige Herde vorwärts, die meckernd und mit Glockengebimmel zu ihrem Weideplatz unterwegs ist. Detlef wandert in das bald erwachende Städtchen. Er wagt es nicht, zu den jungen Frauen aufzusehen, die sich beim Wäscheaufhängen von Balkon zu Balkon unterhalten. Ein übelriechender Karren kommt langsam die Straße herunter und der Latrinenmann – ein Zwerg in einer behelfsmäßigen Uniform aus dunkelvioletten Kniehosen und einem schwarzen Überzieher – läuft von Haus zu Haus, um die stinkenden Eimer einzusammeln. Er eilt an Detlef vorbei, ohne ihn überhaupt wahrzunehmen.

Detlef empfindet den Anblick dieser Alltagsszenen als tröstlich. Hier kam Ruth zur Welt, hier wuchs sie auf. Es fällt ihm schwer zu glauben, dass er Gefahr läuft, verhaftet zu werden – nur weil er als Katholik mit einer Jüdin körperlichen Verkehr hatte. Ebenso wenig kann er glauben, dass er widerrechtlich handelt, wenn er durch diese Straßen geht. In seinem großen Glück erscheint es ihm ausgeschlossen, sich in Gefahr zu befinden. Und so nimmt er auch kaum den ernst dreinblickenden jungen Rabbi wahr, der mit einer Tasche auf dem Rücken aus dem Haus neben der Synagoge kommt.

Als Tuvia in die Morgenkutsche nach Maastricht steigt, bemerkt er den Fremden natürlich gleich. Sein eleganter Gang und die edlen Gesichtszüge kommen dem jungen, von Natur aus misstrauischen Rabbi merkwürdig vor. Der Mann ist eindeutig kein Jude. Und was macht er dann um fünf Uhr in der Frühe mitten im Deutz?

Beunruhigt beobachtet Tuvia durch das Rückfenster der Kutsche, wie der Fremde in Richtung Rhein verschwindet.

✦ ✦ ✦

Meine teuerste Ruth,
was mit uns geschehen ist, ist ebenso wenig rückgängig zu machen
wie die Morgendämmerung, die uns als Abtrünnige aus Liebe zu
entlarven droht, während ich dies schreibe. Wenn du dich nicht

unter meinen Schutz begeben willst, werde ich mein Bestes tun,
um dich von Köln aus zu beschützen. Aber, mein liebstes Herz,
ich fürchte, viel kann ich nicht tun. Der Inquisitor wird schließ-
lich einen Weg finden, dich erneut anzuklagen, und Maximilian
Heinrich wird gezwungen sein, dein Leben zu opfern. Ich glaube,
es ist nur eine Frage der Zeit, und ich bitte dich, deine Entschei-
dung noch einmal zu überdenken.

Vertraue darauf, dass ich dich bewache, wenn du schläfst. Ich
lasse die Hälfte meiner Seele hier in dieser Hütte. Unsere Verbin-
dung wird nicht unter Einschränkungen, Unkenntnis und Gren-
zen leiden. Ich habe keine Ahnung, wie ich ohne dich zurück
zum Rhein wandern soll, und ich schwöre, ich werde mich durch
nichts – weder das Gesetz, noch die Armee, noch den Glauben –
von dir trennen lassen.

In Liebe und Bewunderung
Detlef von Tennen

Ruth liegt regungslos da und drückt sich seinen Brief aufs Gesicht. Durch das dünne Pergament schimmert das Tageslicht.
Sie sollte aufstehen. Die schwere Holztür öffnen. Den kalten
Steinboden von der Morgensonne aufwärmen lassen. Die Gänse füttern, Wasser holen. Aber sie bleibt einfach liegen und
schwelgt in dem Gefühl, ihn noch auf ihrer Haut zu spüren, in
ihren Lenden. Sein Geschmack und sein Geruch sind noch bei
ihr. Sie dreht sich um und legt die Hand auf die kleine Kuhle
neben ihr in der Matratze, die noch warm ist. Sie drückt ihr Gesicht auf die Stelle, an der er gelegen hat, und atmet seinen Geruch tief ein.

Sie kann gar nicht glauben, dass es geschehen ist. Dass er den
herrschenden Sitten, der Tyrannei und der großen Gefahr zum
Trotz den weiten Weg auf sich genommen hat und zu ihr gekommen ist. Es fällt ihr schwer zu verstehen, wie ein Gefühl,
das sie zuvor nicht einmal definieren konnte, nun so klar und
so überwältigend sein kann und alles andere beiseite fegt.

Sie hört Miriams Klopfen an der Tür. Rasch schiebt sie Detlefs Brief zwischen Matratze und Bettrahmen und springt rasch auf, weil sie befürchtet, ihre junge Gehilfin könne den wahren Grund für die auf dem Boden verstreuten Kleidungsstücke erraten. Da erblickt sie ihren nackten Körper im Spiegel. Zu ihrem Erstaunen sieht er noch genauso aus wie am Vortag. Hatte sie etwa erwartet, der Verlust der Jungfräulichkeit sei ihr anzusehen? Angesichts dieses absurden Gedankens muss sie herzlich lachen, bevor sie sich rasch etwas überzieht.

Carlos schiebt sich tapfer einen Bissen von dem gefüllten Schweinedarm in den Mund und bemüht sich, nicht zu würgen. Steif lächelnd spült er ihn mit dem guten Wein vom Mittelmeer hinunter.

»Wie ich sehe, hat der gute Geistliche Schwierigkeiten mit unseren deutschen Eigentümlichkeiten?«

Wilhelm Egon von Fürstenberg lächelt. Als er bemerkt, wie der Inquisitor stockend kaut, schenkt er ihm noch ein Glas ein.

»Es ist wahr, uns fehlen die Gewürze und Aromen des Südens, und wir neigen zu einer gewissen Starrheit, was die Wahl des Gemüses angeht. Aber es gibt schließlich viele Möglichkeiten, wie man Kohl zubereiten kann, nicht wahr, Monsignore?«

Carlos sieht den stämmigen Minister an, dessen untertäniges Geschwafel ihn verärgert. Ihm vertraut er noch weniger als dem Kanoniker, dessen Ansichten wenigstens stets offensichtlich sind. Aber dieser Wilhelm Egon von Fürstenberg muss der heimliche Strippenzieher sein. Da er großen Einfluss auf den Erzbischof hat, sind die Beziehungen zu den Franzosen wohl auch durch seine Bemühungen zustande gekommen, vermutet der Inquisitor und wundert sich, warum von Fürstenberg ihn zum Essen in diesen Palast eingeladen hat, in das luxuriöse Haus am Rand der Stadt unweit des Flusses, das seiner Geliebten gehört, der wohlhabenden verwitweten Gräfin von Marck.

Von Fürstenberg ist bestimmt auf einen Handel aus. Aber auf was für einen? Die innenpolitischen Machenschaften dieser hinterwäldlerischen Stadt ärgern den Dominikaner allmählich gewaltig. Er unterdrückt einen Rülpser. Die Verurteilung von Ruth bas Elazar Saul wurde ihm gleich von zwei Seiten verwehrt – von diesem Trottel, dem Kaiser, und Maximilian Heinrich. Die Reise in die Weinberge war ein Fehler gewesen; er hat sich durch den billigen Trick des Erzbischofs verleiten lassen, wo er doch in der Stadt hätte bleiben sollen, um sich diese Farce von einer Verhandlung anzusehen. Aber er ist unvermindert entschlossen, die Jüdin schuldig zu sprechen, auch wenn er dafür noch länger die schmachvolle deutsche Gastfreundschaft ertragen muss. Es geht schließlich um etwas Größeres: die Auslöschung des Unchristlichen, die Entfernung einer bösen Saat, die andernfalls das ganze Volk verderben könnte.

»Der Kohl ist eine wertvolle Pflanze, während das Schwein …« Carlos geht auf von Fürstenbergs Anspielung ein, um Hinweise auf sein undurchsichtiges Anliegen zu erhalten.

»Ein Schwein kann auf vielerlei Weisen geschlachtet werden.« Von Fürstenberg klingt plötzlich sehr ernst. »Ein wilder Keiler ist besonders schmackhaft, weil man ihn jagen muss und er sich, da er ein schlaues Tier ist, gut zu verbergen versteht. Sie sind natürlich durch die Wendung der Ereignisse entmutigt, Monsignore.«

Unsicher, ob das Gespräch in einen Hinterhalt führt, zögert Carlos und nimmt noch einen Schluck Wein. Feinde vereinen sich am besten wegen eines anderen Widersachers, überlegt er, bevor er antwortet. »Natürlich.«

»Ich denke, wir können uns vielleicht gegenseitig einen Dienst erweisen. Der Cousin des Erzbischofs hat sich auf recht unerfreuliche Weise verändert. Seit seiner Begegnung mit der jüdischen Hexe ist er ein richtiger Eiferer geworden. Seine neuerliche Begeisterung für die Bürger und sogar die Leibeigenen machen dem Erzbischof und mir Sorgen.«

»Große Sorgen?«

»Niemand würde den Kanoniker und die Hebamme vermissen, wenn sie auf geheimnisvolle Weise verschwänden. Die Juden im Rheinland haben, wie Sie vielleicht verstehen, eine gewisse wirtschaftliche Bedeutung, und unsere Gemeinden stehen in einem delikaten Verhältnis zueinander, das leicht aus dem Gleichgewicht geraten kann. Sie legen genauso wenig Wert auf Schwierigkeiten wie wir ...«

»Aber was ist mit dem kaiserlichen Freispruch?«

»Da der Prinz nun geheilt und gesund wieder in Wien angekommen ist, wird der Kaiser sich kaum mehr erinnern, wie der Name Ruth bas Elazar Saul ausgesprochen wird – falls er es je gewusst hat. Der Freispruch ist nur durch das Eingreifen von Samuel Oppenheimer zustande gekommen.«

»Es ist wahr, der Hofjude hat großen Einfluss.«

»Aber nicht genug. Und er liebt seine Stellung viel zu sehr, als dass er wegen eines kleinen Fisches hohe Wellen schlagen würde.«

»Der Oberste Rat der Inquisition wäre den Hütern der Gebeine der Heiligen Drei Könige für eine solche Gefälligkeit höchst dankbar.«

»Und was Aragon gefällt, gefällt auch Köln. Aber sagen Sie mir, interessiert der Fall den Inquisitionsrat wirklich so sehr, oder ist es eher eine persönliche Sache, Signor?«

Carlos' Schweigen bestätigt von Fürstenbergs Verdacht.

»Sie dürfen sich meines Mitgefühls gewiss sein, Monsignore. Ich weiß, wie es ist, wenn einem immer wieder Steine in den Weg gelegt werden.«

»Natürlich, wir wissen alle, wie blind Familienbande machen. Sogar der Erzbischof mit seiner großen Weisheit scheint eher auf Blut zu setzen als auf Begabung«, entgegnet Carlos mit starrer Miene.

»Heinrich ist entgegen seinem Auftreten ein rührseliger Mann, aber seine Liebe zu seinem Cousin wird durch dessen Verhalten auf eine harte Probe gestellt.«

»Was sich langfristig als günstig für andere mögliche Nachfolger erweisen könnte – für Sie zum Beispiel?«

»In der Tat.«

»Ich bin neugierig: Wer hofiert König Ludwig wirklich, der Erzbischof oder Sie selbst?«

Der gefüllte Schweinedarm wird weggeräumt, und es kommt eine gebackene Gans auf den Tisch, die mit Kirschgelee überzogen ist. Von Fürstenberg schiebt Carlos die Platte zu. »Sie müssen die Gans probieren, es ist ein Rezept vom französischen Hof.«

Nach dieser indirekten Antwort auf seine Frage lehnt der Mönch sich zurück. Da er ansonsten sehr genügsam lebt, überfordert ihn das üppige Mahl. Er hat immer noch Zweifel an den Beweggründen des Deutschen.

»Ich glaube, die Hebamme ist nach Deutz zurückgekehrt.« Von Fürstenberg beißt in eine Keule, und der Bratensaft läuft ihm übers Kinn.

»Übt sie immer noch ihre Teufelskunst aus?«

»Sie meinen die Geburtshilfe?«

»Sie ist keine Hebamme. Sie ist eine Hexe, vertrauen Sie mir!«

Die eiserne Überzeugung in der Stimme des Inquisitors lässt von Fürstenberg trotz seines Zynismus innerlich erzittern.

Der schlimmste Feind ist der, dessen Doktrinen auf Hass begründet und daher über jede Diskussion erhaben sind, stellt der Minister trocken fest. Der Mönch hat kein Herz, und herzlose Menschen sind die bösesten überhaupt.

Carlos reißt sich mit seiner Reisegabel einen Flügel von der Gans ab, denn in seiner Pingeligkeit verabscheut er es, Nahrung anzufassen.

»Seit ihrer Freilassung hat man sie außer im Haus ihres Vaters nirgends gesehen«, äußert von Fürstenberg vorsichtig.

»Um sie zu kriegen, müssen wir ihren Befreier in Verruf bringen.«

»Das kann gelingen. Die Gräfin von Marck ist eng mit Meisterin Birgit Ter Lahn von Lennep befreundet, von der unserer Kollege von Tennen einst sehr angetan war.«

»Und jetzt?«

»In seinem neuen Eifer weigert er sich, ihr die Beichte abzunehmen. Natürlich freue ich mich, sie trösten zu können.«

»Und in der Zwischenzeit?«

»In der Zwischenzeit warten wir ab und beobachten. Mit Geduld fängt man Mäuse.«

»In der Tat«, entgegnet Carlos vorsichtig, »aber seien Sie gewarnt, mein Herr, ich bin nicht der Geduldigste.«

»Nehmen Sie doch die Brust, das ist das beste Stück des Vogels, Monsignore!«

Von Fürstenberg ergreift die knusprige Gans mit den Händen, reißt das fettige Fleischteil ab und hält es dem Spanier hin. Carlos nimmt es mit einer heroischen Geste der Brüderlichkeit in die Finger und knabbert vorsichtig daran.

✦ ✦ ✦

Elazar sitzt vor dem Feuer und hat sich die Hosen bis zu den Knien hochgerollt. Rosa steht hinter ihm, die Hände beschmiert mit einer stechend riechenden Salbe aus Hühnerfett, Mandelöl und gemahlenen Nelken, und massiert ihm die Schultern. Ruth steht am Tisch und bereitet mit Stößel und Mörser die Paste für neue Umschläge vor.

»Gute Frau, ich bin kein Stück altes Leder!«

»Nein, Sie sind ein gichtgeplagtes Stück altes Leder mit religiösem Ehrgeiz«, entgegnet Rosa und knetet mit ihren dicken Fingern das angeschwollene Gewebe.

»Abba, du darfst nicht mehr so fett essen.«

»Es hat nichts mit dem Essen zu tun. Dein Großvater hatte schon Gicht und sein Vater ebenfalls. Es liegt in der Familie!«

»Aber die Umschläge helfen?«

»Sie lindern die Schmerzen. Du vollbringst wahre Wunder, meine Tochter.«

Plötzlich klopft es an der Tür. Das Schlimmste befürchtend, erstarren die drei.

»Ich werde gehen«, sagt der Rabbi schließlich und erhebt sich mühsam.

»Nein, das wirst du nicht.« Ruth wischt sich die Hände ab und geht zur Tür. Draußen steht ein aufgeregter kleiner Junge, dem rote Stirnlocken vor den Ohren baumeln.

»Bitte, Fräulein! Meine Mutter braucht eine Hebamme. Bitte, es geht ihr schlecht! Bitte kommen Sie!«

»Nein, Ruth!« Der Rabbi stützt sich gegen den Türpfosten. Mit seinem ernsten Gesicht ist er der Inbegriff uneingeschränkter Autorität. »Ich verbiete es.« Dann wendet er sich an den Jungen. »Sag deiner Mutter, die Hebamme steht nicht zur Verfügung.«

Das Kind ist eingeschüchtert und den Tränen nahe, will sich aber nicht abweisen lassen. »Rabbi, sie wird sterben! Sie schreit schon ...«

Ohne ein weiteres Wort will Elazar die Tür schließen. Ruth huscht an ihm vorbei.

»Komm!«, sagt sie zu dem Jungen, nimmt ihn an die Hand und läuft mit ihm die Straße hinunter. Elazar ist wie erstarrt vor Zorn. Er wagt es nicht, den Namen seiner Tochter zu rufen.

✦ ✦ ✦

Mein Herzallerliebster, mein Geliebter,
ich sitze an dem Flüsschen, das an meinem Obstgarten vorbei-
fließt. Es ist spät, wie spät, weiß ich nicht. Ich habe heute mein
Versprechen gebrochen und bei einer Entbindung geholfen. Die ra-
chitische Frau ist zu eng in den Hüften und wäre ohne meine Hil-
fe gestorben. Sie hat einen Jungen zur Welt gebracht, es ist das
zweite Kind von Herrn und Frau Rechtschild. Der Vater ist unser
Schneider, und ich ließ ihn schwören, dass er niemandem von mei-
nen Diensten erzählt, und habe mich nicht bezahlen lassen. Es ist

mir ein Herzensbedürfnis, diesen Frauen zu helfen. So viele sind unnötig gestorben – meine Mutter zum Beispiel –, weil sie durch ungeschickte Geburtshilfe falsch behandelt wurden und unnötige Schmerzen erleiden mussten. Und wenn ich damit das Risiko eingehe, gerichtlich belangt zu werden, dann tue ich das mit Freude.

Venus, der erste Stern, ist nun zu sehen, ein Kind wurde geboren, und der Fluss plätschert weiter. Wasser muss ein Element des Himmels sein, denn es trägt keine Spuren der Zeit und der Geschichte und ist so beständig, wie es die Gezeiten des Meeres und der Wechsel des Mondes sind. Ich sehne mich nach einer solchen Beständigkeit, im Leben wie in der Kameradschaft. Die Erinnerung ist eine große Betrügerin: Sie schönt alles, und nur Herrlichkeit und Freude bleiben bestehen. Haben wir wirklich beieinander gelegen? War es wirklich deine Stimme, die von großer Zuneigung sprach? Warst du es, der von einer Zukunft träumte, die nicht sein kann?

Ich habe eine edle Gesinnung, Detlef, aber ich will leben. Sag mir, wie und für wen ich leben soll. Ich fürchte, ich könnte mich der Liebe zu sehr hingeben und es später bereuen …

Sie hat die nackten Füße unter ihrem langen schmutzigen Rock versteckt. Es ist kaum eine Stunde her, seit sie sich aus dem kleinen Haus des Schneiders geschlichen hat, versteckt unter einem alten geflickten Umhang, den ein Kunde bei ihm liegen ließ. Herr Rechtschild führte sie in großer Dankbarkeit durch eine schmale Gasse voller Abwasser, in die sich nur die Ziegen und Hühner hineinwagen. Er hatte darauf bestanden, ihr statt einer Bezahlung einen Monat lang all ihre Tücher auszubessern. Wenn jemand fragt, will er sagen, dass es zu den Vorbereitungen ihrer Hochzeit mit Tuvia gehört. Ruth war zu erschöpft, um ihm zu widersprechen, und seine unverhohlene Freude über die angebliche Verbindung entsetzte sie zutiefst. Wie Fangarme schließen sich die Erwartungen der kleinen Gemeinde allmählich um sie. Ein altes, vertrautes Gefühl steigt in ihr auf: panische Angst; der Wunsch fortzugehen, sich zu befreien.

Durch die Gasse gelangten sie zu einem Schleusentor, hinter dem sich das Feld auftat, das an ihr Grundstück grenzt. Als der Schneider das Tor öffnete, ließ sie ihn schwören, niemandem von ihrem Besuch zu erzählen. Sobald sie außer Sicht war, lief sie durch das hohe Gras auf ihr Häuschen zu und hoffte gegen jede Vernunft, Detlef dort vorzufinden – als könne er auf wundersame Weise ihren Tagträumen entsteigen.

Als sie zu Hause ankam, hatten sie die Gedanken an die Konsequenzen ihres Handelns völlig ernüchtert. Aber die Sehnsucht, mit ihrem Geliebten zu reden, ihn zu berühren, den Tag mit ihm zu verbringen, war überwältigend groß.

Hinter ihr schleicht sich die Nacht heran, und die ersten Mücken tanzen über dem Wasser. Ruth blickt auf das Stück Pergament mit ihrem hastig und mit Leidenschaft hingeworfenen Gekrakel, das völlig unleserlich ist. Wie soll sie den Brief überhaupt schicken? Ein Bote wäre zu gefährlich. Sie könnte einen Wandergesellen bestechen, aber wenn er erwischt wird, bedeutet das für mindestens einen der Beteiligten Unehre und Tod. Kann sie Detlef vertrauen? Ist sie fähig, zwischen körperlichem Vergnügen und Herzenstreue zu unterscheiden?

Verunsichert reißt sie das Pergament in kleine Stücke und verstreut sie über dem Wasser.

✦ ✦ ✦

Detlef steht am Weihwasserbecken. Hinter ihm verklingen die letzten Mittagsgebete. Er sieht, wie sich seine Finger im Wasser spiegeln, bevor er sie eintaucht und sich bekreuzigt. Er denkt nicht nach, er wagt es nicht. Er kennt sich selbst nicht mehr, denn die Triebhaftigkeit eines verliebten Mannes war ihm bisher fremd.

Vor vier Nächten war er bei der Hebamme, und seit dieser

alles verändernden Begegnung ist sein kirchliches Leben mit den strengen Ritualen und den veralteten Traditionen bedeutungslos für ihn geworden. Durch die Aussicht, sie zu lieben, allein durch die Kühnheit dieses Gedankens, haben sich ihm eine Vielzahl unterschiedlicher Möglichkeiten für die Zukunft eröffnet. Es ist, als teile sich der Weg, den er gewählt hat, plötzlich in unendlich viele Pfade. Seine Arbeit für den Hohen Dom erscheint ihm vergeblich, sinnlos gar.

Er fragt sich, wie er mit den alltäglichen Gepflogenheiten seines Geistlichenlebens zurechtkommen soll: mit den Abendandachten, den Beichten und der Armenfürsorge. Wie soll er weitermachen wie bisher, als ehrgeiziger junger Kanoniker, der ein Bischofsamt anstrebt? Kann er ohne sie überhaupt weiterleben?

Er kniet vor dem prunkvollen Altar nieder. Das barocke Standbild der heiligen Ursula besticht durch seine Lebendigkeit: Die Jungfrau hat rote Wangen und große traurige Augen, das Kleid ist zerrissen, der Körper von Pfeilen durchbohrt, und zu ihren blutenden Füßen liegen einige ihrer geschändeten Anhängerinnen. Hier eine blonde Maid, die von einem großen dunkelhaarigen Briten vergewaltigt wird, dessen aufgequollenes Gesicht verzerrt vor Erregung ist; dort eine blasse Gestalt, der von einem rothaarigen Seemann das Kleid vom Körper gerissen wird. Die Heilige scheint Detlef anzusehen. Je länger er sie anstarrt, desto überzeugter ist er, dass sie ihn strafend anblickt.

Er schließt die Augen zum Gebet, aber da geistert Ruth auch schon nackt in seinem Kopf herum: Verführerische Erinnerungsfetzen – die Linie ihres Kinns, ein schüchternes Lächeln, vor Aufregung gerötete Wangen, eine aufgerichtete Brustwarze – überfluten ihn und schwächen seine Entschlossenheit. Jede Fürbitte, die seinen Gedanken entspringt, endet mit demselben Wort: Ruth.

Als ihm jemand auf die Schulter klopft, ist er ruckartig wieder auf dem Boden der Tatsachen. Groot zupft an seiner Robe und winkt ihn nach draußen, um ungestört mit ihm zu reden.

Sie gehen durch einen Säulengang in einen Hof hinter dem Dom, in dem die Dienerschaft des Erzbischofs Kräuter und Gemüse für die Küche anbaut. Die Mittagssonne brennt ihnen in den Nacken, und die Haut über dem groben Leinenkragen rötet sich. Ein Diener sitzt auf einer Steintreppe und repariert mit lautem Hämmern seine Stiefelsohlen. Groot tritt dicht an Detlef heran.

»Kanoniker, ich habe Neuigkeiten von einem kleinen, aber uns wohl gesonnenen Vögelchen erfahren. Von Fürstenberg hat gemeinsam mit dem Spanier Wasser gelassen, und wir wissen beide, wie sehr ihre Pisse stinken muss. Sie haben fröhlich gefeiert, und ich fürchte, Sie sind der Betrogene. Sie müssen sich einen Tanzlehrer suchen, denn wenn Sie nur einen Fehler machen, werden die beiden Vorteil daraus ziehen.«

Detlef ärgert sich über Groots dramatische und unverständliche Sinnbilder und vermag nicht abzuschätzen, wie viel sein Sekretär wirklich weiß. Daher beschließt er, Unwissenheit vorzutäuschen. »Groot, Sie wissen doch, dass ich hervorragend tanzen kann.«

Der Geistliche rückt mit seinem pockennarbigen Gesicht, das an eine Mondlandschaft erinnert, noch näher. »Offen gesagt werden Sie beobachtet, Herr, und zwar ganz genau.«

Detlef bleibt fast das Herz stehen. Kann Groot von der Hebamme wissen, obwohl er so vorsichtig war?

Der Sekretär genießt den Anblick seines erbleichenden Herrn und erklärt: »Von Fürstenberg will sich beim Erzbischof beliebt machen, und die beiden sind in Sorge wegen Ihrer wachsenden Sympathie.«

Er bemerkt die plötzliche Stille gar nicht. Der Diener hat mit dem Gehämmer aufgehört und spitzt die Ohren, als zum zweiten Mal von Fürstenbergs Name fällt, weil er denkt, dass er sich vielleicht durch Lauschen einen Reichstaler dazuverdienen kann.

»Sympathie …?«

»Für diejenigen, die etwas dagegen haben, wie gewisse Personen von den Bürgermeistern begünstigt werden. Sogar in den Gaffeln macht man sich Sorgen, und jeder weiß, dass Sie Meisterin Ter Lahn von Lennep zwei Monate lang nicht die Beichte abgenommen haben.« Groot lächelt anzüglich. »Man könnte Sie regelrecht als keusch bezeichnen.«

»Keusch, ganz genau«, entgegnet Detlef bestimmt, aber die Angst sitzt ihm im Nacken.

Ein Stück weiter fragt sich der lauschende Diener, warum der gut aussehende junge Kanoniker nach dem Gespräch mit seinem Sekretär so betroffen dreinblickt.

✦ ✦ ✦

Aus der eleganten Teekanne aus chinesischem Porzellan steigt das Aroma von Holunderblüten und Ingwer auf. Birgit, schlicht, aber elegant gekleidet in malvenfarbenem Damast, gießt den Tee in zwei unglaublich zerbrechliche Tässchen.

»Mein Gemahl hat sie auf einem holländischen Schiff einem chinesischen Händler abgekauft. Sie sollen über hundert Jahre alt sein.«

Sie reicht Wilhelm Egon von Fürstenberg eine Tasse, der sie in seine Wurstfinger nimmt und über seinen großen gerüschten Kragen hebt. Birgit beobachtet, wie er mit überraschender Behutsamkeit an dem Tee nippt.

»Aber Sie sind nicht gekommen, um Tee zu probieren, Herr von Fürstenberg, oder?«

»Nein, ich bin wegen einer ernsteren Angelegenheit hier.«

Birgit sieht sich den korpulenten Mann genau an, der nervös an der Goldkette auf seiner Brust fingert. Viele Male hat sie mit Detlef über den ehrgeizigen Minister gewitzelt, und sie hat ihn häufig wegen von Fürstenbergs berüchtigter Neigung zum Verrat gewarnt. Und nun sitzt er in Birgits Salon wie eine große Spinne und überlegt, von welcher Seite er am besten sein gefährliches klebriges Netz über sie wirft.

»Es geht um die Rettung Ihres Seelenheils, Frau Ter Lahn von Lennep.«

»Mein Seelenheil?« Um Birgits Mund spielt ein boshaftes Lächeln. »Ich wüsste nicht, dass meine Seele der Rettung bedürfte, aber ich beuge mich natürlich Ihrer fachmännischen Einschätzung.«

Verärgert über seine Dreistigkeit, greift sie nach ihrer Teetasse. Ihre Hände zittern nicht, denn sie hat gelernt, sich ihre Gefühle nicht anmerken zu lassen.

»Sie haben seit über zwei Monaten nicht mehr gebeichtet. Ich verstehe natürlich, warum Sie auf Ihren ... Lieblingskanoniker Wert legen. Aber er zieht in letzter Zeit seinen religiösen Pflichten die Beschäftigung mit weltlichen Fragen vor, und es ist doch nicht richtig, dass Sie der Möglichkeit beraubt sind, Ihre Seele durch regelmäßige Beichte zu reinigen.«

»Wollen Sie sich mir etwa anbieten?«, fragt Birgit mit eisiger Stimme und sieht ihm in die Augen. Von Fürstenberg weicht ihrem Blick weder aus, noch errötet er. Einzig das leichte Zucken eines Augenlids verrät ihn, das so unvermittelt auftaucht, als hätte Birgit es in sein Gesicht gezaubert.

»Ich fürchte, ich habe andere Verpflichtungen, Madame, aber sonst wäre es mir eine große Ehre, einer so frommen Katholikin zu Diensten zu stehen. Ich kenne keine andere Dame Ihres Ranges, die so viele Jahre bei demselben Priester zur Beichte gegangen ist. Es muss ein großer Verlust sein, wenn einem plötzlich der Beichtvater abhanden kommt.«

Das zarte Teetässchen zerspringt unter dem Druck von Birgits Fingern. Sofort kommt das Dienstmädchen aus einer Ecke gesprungen und wischt den verschütteten Tee mit der Schürze auf. Birgit bemüht sich, die Selbstbeherrschung wiederzufinden, und sammelt die Porzellanscherben auf. Kleine Blutstropfen quellen aus ihrem Daumen.

Von Fürstenberg nutzt die Gelegenheit, um näher an sie heranzurücken. »Das Verhalten des Kanonikers droht die Einigkeit des Rats des Hohen Doms zu gefährden. Der Erzbischof zeigt sich höchst ungehalten. Bei einer Anklage wegen unsittlichen Verhaltens, Madame, würde Detlef von Tennen exkommuniziert und aus Köln verbannt.«

Birgit beobachtet, wie der Minister vor Aufregung rote Flecken im Gesicht bekommt. Angewidert von seiner offensichtlichen Schadenfreude, fragt sie sich, wie viel er über ihr Verhältnis zu Detlef weiß. Sind sie vielleicht an jenem verhängnisvollen Tag in der unseligen Absteige beobachtet worden? Sicherlich nicht. Während Birgit überlegt, bildet sie sich ein zu sehen, wie schattenhaft ein schlankerer, noch bösartigerer Mann aus von Fürstenbergs rundlichem Körper hervorgeht. Sie fühlt sich an ein abscheuliches Insekt erinnert, das aus seiner Hülle krabbelt.

»Sie könnten ihn vernichten«, flüstert er ihr verführerisch zu, und sein schlechter Atem weht ihr entgegen. Ein Speicheltröpfchen trifft sie an der Wange.

Birgit starrt ihn voller Entsetzen an. Seine Bösartigkeit, sein rotes Gesicht und sein hasserfüllter, stechender Blick sind ihr zuwider.

»Zwischen mir und dem guten Kanoniker ist nie etwas Unsittliches vorgefallen, Herr von Fürstenberg. Jede gegenteilige Andeutung wäre eine üble Unterstellung. Es ist nichts Unchristliches an unserer Beziehung. Die Nächsten zu lieben bedeutet Gott zu lieben, nicht wahr?«, erklärt sie kalt und erhebt sich. »Guten Tag, mein Herr!«

Hochnäsig über ihre Zurückweisung lächelnd, verbeugt sich der Minister und greift nach seinem Hut. »Wenn Sie Ihre Meinung ändern, Madame, stehe ich stets zu Ihren Diensten«, verabschiedet er sich ungerührt.

Birgit tritt ans Fenster und beobachtet, wie von Fürstenberg in seine Kutsche steigt. Nachdem er abgefahren ist, geht sie an den Tisch und taucht ihren verletzten Daumen in die noch zur Hälfte gefüllte Teetasse des Ministers. Das austretende Blut zeichnet rote Schlieren in das blassgelbe Getränk.

Ruth und Detlef liegen im Heu. Schweigend. Seite an Seite. Durch die Dachluke ist der sichelförmige Mond zu sehen, der tief am sternengeschmückten Himmelszelt steht. Wieder ist Detlef heimlich über Schleichwege zu ihr gekommen. Ruth hatte gerade mit mehlbestäubten Händen einen Teig geknetet, als sie mit feuriger Gewissheit sein Herannahen spürte. Ihr ganzer Körper begann zu glühen, und ihre Knie hörten erst auf zu zittern, als sie ihren Geliebten endlich am Rand des Feldes hinter dem Haus erblickte.

Worte waren nicht nötig gewesen. Sie nahm ihn einfach bei der Hand und führte ihn in den Stall und hinauf auf den Heuboden, das beste Versteck, das ihr einfiel, und diesmal hielten sie sich lange in den Armen, bevor sie sich liebten.

Ruth fasst sich zwischen die Schenkel, die feucht von Detlefs Samen sind, und hält die benetzten Finger ins hereinfallende Mondlicht, das den Heuhaufen in ein geheimnisvolles Nest aus Grau- und Weißschattierungen verwandelt.

»*Poriut* ... Fruchtbarkeit«, murmelt sie und betrachtet Detlef von der Seite, der durch die kleine Dachluke in den Himmel schaut.

»Noch mehr Zauberei?« Er lächelt in der Dunkelheit und greift nach ihrer Hand, um sie zu küssen.

Auch Ruth sieht wieder nach draußen und beobachtet, wie der Mond gemächlich seinen Aufstieg fortsetzt. »Saturn, Jupiter, Mars.« Sie zeigt nach oben. »Die Himmelskörper, die von eigenen Monden umkreist werden.«

»Dank Galileo sind wir nicht mehr der Mittelpunkt des Universums.«

»Das stimmt, obwohl man manchmal dazu neigt, es zu vergessen. Benedict hat mir einmal mit Hilfe eines wunderbaren Teleskops, für das er selbst die Linse geschliffen hat, die Jupitermonde gezeigt. Er sagte: ›Siehst du, Felix, Gott hat uns die Wissenschaft zum Geschenk gemacht, damit wir sein Werk betrachten können, und er hat uns den Verstand gegeben, damit wir keine Sklaven unseres Schicksals sind!‹«

»Felix?«

»So nannte ich mich, als ich in Amsterdam als junger Mann verkleidet war.«

»Wusste Spinoza denn nicht, dass du eine Frau bist?«

»Zum Schluss hat er es erfahren, aber ich war ein Paradox für ihn, mit dem er nicht zurechtkam.«

»Für mich kannst du beides sein, Ruth *und* Felix: eine starke Frau und ein hingebungsvoller Mann.«

Er zieht sie an sich, und in der Dunkelheit stoßen sie mit den Nasen aneinander. Lachend sucht sie seinen Mund und küsst ihn, und diesmal siegt die Zärtlichkeit über die Leidenschaft. Aber hinterher, als sie nebeneinander liegen, beschleicht Detlef ein ungutes Gefühl. Er weiß, diese heimlichen Treffen werden nie genug sein. Er wird sein Verlangen nicht verdrängen und in Schach halten können, wie er es bei Birgit gekonnt hatte, denn Ruth ist längst ein Teil von ihm geworden, eingeweiht in seine geheimsten Wünsche und Ängste.

»Ruth, wir müssen reden. Wir müssen uns ernsthaft mit dem befassen, was vor uns liegt, und dürfen nicht nur an die Freuden des Augenblicks denken.«

»Aber wozu? Du weißt, diese Liebe kann nicht sein. Denk daran, wer du bist und wer ich bin«, antwortet sie, denn sie will sich keine Hoffnungen machen, weil ihre Ängste sie davor warnen, sich hinzugeben, wie wohl sie sich auch in seinen Armen fühlt.

»Ich will dich nicht verlieren.« Seine Worte klingen wie ein Schwur. »Obwohl alles gegen uns spricht, will ich dich nicht verlieren.«

✦ ✦ ✦

Tuvia hat eine trockene Kehle. Sechs Stunden sitzt er nun schon in der Kutsche und hält sich die ganze Zeit fest, damit er nicht hin- und hergeworfen wird wie ein Hering im Fischernetz. Zu seinen Füßen steht die Tasche mit seinem Tallit, den Gebetsriemen und dem Beschneidungszubehör. Die Reise war trotz der beschwerlichen Umwege, die sie hatten machen müssen, um die von der Pest heimgesuchten Orte hinter der Grenze zu umfahren, erfolgreich verlaufen. Tuvia war in einem orthodoxen Haushalt zu Gast gewesen, wie er ihn sich auch für Ruth und sich vorstellt: ein hübsches Zuhause mit einer bescheidenen Frau, einem liebenden Mann, Brot auf dem Tisch und gepökeltem Fleisch in der Speisekammer; ein Ort der Zuflucht in einer feindseligen Welt. Die Beschneidungszeremonie war rundum gelungen. Der Säugling erfreute sich bester Gesundheit, und der Vater war stolz darauf, dass sein erstes Kind ein Junge war. Aber gleich darauf hatte Tuvia eine Vision: In feurigen Buchstaben tanzte das Tetragrammaton, die vier Konsonanten des geheimen Namens Gottes, über dem Bettchen. Tuvia, dem derartige Erscheinungen nicht fremd sind, versuchte die Zukunft des Neugeborenen aus den züngelnden Flammen zu lesen, wie es Sitte ist, aber sie verhießen nichts Gutes. Und so belog er den Vater und sagte ihm, dem Kind stehe eine große Zukunft bevor, vielleicht sogar als Staatsmann im Dienste seines Volkes. Aber das Erlebnis machte Tuvia Angst und verdarb ihm die Vorfreude, die er wegen seiner bevorstehenden Rückkehr nach Deutz verspürte.

Erschöpft sinkt er in sich zusammen. Der Anblick der schaukelnden Hinterteile der Zugpferde und das Gerumpel der Kutsche haben eine einschläfernde Wirkung, und er schließt die Augen. Der Schrei eines Fasans, der von einer Stechpalme aufflattert, lässt ihn aufschrecken. Als er weiter vorn die kleine Holzbrücke erkennt, fällt alle Müdigkeit von ihm ab, und er beginnt am ganzen Körper zu zittern, so sehr freut er sich darauf, Ruth wiederzusehen.

Das Geklapper der Hufe klingt hohl, als die Kutsche die Brücke überquert. Als Ruths Häuschen in Sicht kommt, duckt sich Tuvia. Er will sie überraschen. Er möchte seinen Traum, wie sie ihm fröhlich entgegenläuft, wahr werden sehen. In seiner Tasche hat er ein mit Goldfäden besticktes Bruststück für ein Kleid, das er bei einer Näherin in Maastricht gekauft hat. Es ist aus rötlichbraunem Samt, den er gewählt hat, weil die Farbe so gut zu Ruths schwarzem Haar passt. Sie wird es zu seinem Wohlgefallen tragen, das ist für ihn so sicher wie der allmorgendliche Sonnenaufgang.

In diesem Augenblick entdeckt er den Eindringling; den Deutschen, den er am Morgen seiner Abreise in Deutz gesehen hat. Der große Mann tritt aus der Hintertür des Häuschens und entfernt sich geduckt im Schutz der Bäume, als wolle er nicht entdeckt werden. Aber zu spät: Tuvia hat den Mann mit der unverwechselbaren Gangart trotz seines alten Umhangs und der zerschlissenen Arbeiterhosen bereits erkannt, denn diesmal trägt er keine Kopfbedeckung. Es ist Detlef von Tennen, der Kanoniker. Tuvia hat ihn gesehen, als er mit den Soldaten kam, um die Verhaftungen durchzuführen. Damals hatte er vor Hochmut nur so gestrotzt und mit aristokratischer Überheblichkeit auf seinem Ross gethront. Nun ist er ein verdächtiger Fremder an der Tür der Frau, die Tuvia liebt. Aber warum ist er bei ihr? Tuvia erstarrt vor Angst und macht sich schreckliche Sorgen um Ruth. Aber da beobachtet er, wie die Hebamme hinter dem christlichen Geistlichen auftaucht. Sie schlingt zärtlich die Arme um ihn und zieht ihn zurück ins Haus. Schlagartig wird Tuvia speiübel, er lehnt sich aus der Kutsche und übergibt sich in die Gosse.

Rosa steht am Fenster und schreit entsetzt auf, als sie den jungen Rabbi mit hochrotem Gesicht taumelnd aus der Kutsche klettern sieht. Sie rennt aus dem Haus, Rübenschalen fliegen aus ihrer langen Schürze, und sie kommt gerade noch rechtzeitig, um den hageren jungen Mann aufzufangen, als er zusammenbricht.

»Tuvia, Tuvia, was ist los? Sie glühen ja vor Fieber! Mein Gott!«

»Was ich gesehen habe, würde jeden Mann zur Raserei bringen! Es ist unverzeihlich! Sie muss brennen! Brennen muss sie!«

Rosa sieht sich ängstlich um und hält ihm den Mund zu. Dann legt sie Tuvias dünnen Arm um ihre kräftige Schulter.

»Schweigen Sie doch, Tuvia! Ihnen sitzt ein Dybbuk auf der Zunge!«

Sie schleppt ihn ins Haus, und nachdem sie ihn ins Bett gesteckt hat, läuft sie rasch wieder zur Tür und schiebt den Riegel vor.

✦ ✦ ✦

Unter Schmerzen humpelt Elazar von der Schule über die Straße nach Hause. Er denkt noch über den Vortrag nach, den er seinen fleißigen Schülern gehalten hat – eine Predigt über die Geschichte von Esther, die ihr Leben für ihr Volk gab. Es ist sein Lieblingsbeispiel zum Thema Selbstaufopferung. Aber ihm ist die Unruhe unter seinen Schülern, einem bunt gemischten

Haufen kluger Jungen zwischen fünf und zwölf Jahren, nicht entgangen, und er fragt sich, ob er dabei ist, seine rednerischen Fähigkeiten zu verlieren. Es hatte Zeiten gegeben, da konnte er eine ganze Klasse mit seinen Geschichten fesseln, mit biblischen Gleichnissen, die er mit selbst erdachten Sprüchen und kleinen Erklärungen unter Zuhilfenahme des regionalen Brauchtums ausschmückte. So war aus Josef Jupp geworden und aus dem Schilf ein Seitenarm des Rheins, und Elazar hatte es verstanden, humorvoll die Persönlichkeit eines jeden pedantischen Teilnehmers der Rabbinerdebatten über die Thora zu beschreiben. Aber in jüngster Zeit ist sich der Rabbi seiner zunehmenden Kurzatmigkeit schmerzlich bewusst geworden, und ihm entgehen auch die glasigen Augen seiner Schüler nicht, die ihm verraten, dass er eine Allegorie wortwörtlich wiederholt hat, ohne es zu merken.

Er muss Tuvia unbedingt einige seiner Tricks beibringen. Aus ihm wird ein guter Lehrer, auch wenn er ein wenig übereifrig ist. In dieser Hinsicht ist Strenge geboten – Tuvia darf den Klassenraum nicht zur Verbreitung seiner fanatischen Ansichten missbrauchen, denkt der alte Mann und macht einen Bogen um eine Ziege, die sich störrisch mitten auf der schmalen Straße aufgepflanzt hat.

Als der Rabbi zu Hause ankommt, findet er die Tür verriegelt vor. Er klopft mit dem Stock ans Fenster, aber niemand kommt, um ihm zu öffnen. Verärgert, weil er sich auf seinen alten Beinen zur Hintertür schleppen muss, tritt er ungeduldig nach einem Stein.

»Rosa! Rosa!«, ruft er, als er endlich in der Küche angekommen ist. Auf dem Tisch liegt eine zur Hälfte gehackte Zwiebel, daneben steht eine Schüssel mit Molke, die mit einem Tuch abgedeckt ist. Elazar legt den Kopf schräg und lauscht. Da bemerkt er Tuvias Reisetasche in der Ecke, aus der sein Tallit herauslugt. Der Schreck fährt dem Alten in die Glieder, und es läuft ihm kalt über den Rücken.

Tuvia liegt auf dem Bett. Sein Atem geht unruhig, sein Gesicht ist aschfahl. Seltsamerweise hält er ein besticktes rotbraunes Bruststück für ein Frauenkleid umklammert. Neben ihm auf dem Boden steht ein Krug mit kaltem Wasser und Pfefferminzblättern. Rosa hockt zusammengesunken auf einem Stuhl und schnarcht.

Als sich Elazar über ihn beugt, beginnt Tuvia mit fiebriger Stimme vor sich hin zu murmeln, und seine Stimme klingt so bösartig, dass sich der alte Rabbi fragt, ob der junge Mann vielleicht besessen ist. »Er war bei ihr, bei meiner Liebe ... sie haben beieinander gelegen, sie und der Deutsche ... der aus dem Dom. Ich werde ihn umbringen! Ja, umbringen!«

Als er sich hin- und herwirft, rutscht sein Nachthemd hoch, und Elazar entdeckt hässliche kreisrunde Wundmale auf seiner Haut, die wie Stigmata hervorsprießen. Diese Male hat er erst einmal in seinem Leben gesehen, aber sie sind unverkennbar. Vorsichtig hebt er Tuvias schwarze Locken an und sieht unterhalb seines Ohrs eine scheußlich aufgeschwollene, eitrige Pustel.

»Er ist ihm Fieberwahn«, bemerkt Rosa von hinten und reckt sich schläfrig. »Und er redet Unsinn ... gefährlichen Unsinn.«

Rasch zieht Elazar Tuvias Nachthemd wieder herunter, damit Rosa die Male nicht sieht. »Es ist nicht der Unsinn, der ihn umbringen wird.«

Der scharfe Ton des Rabbis lässt Rosa auffahren. Noch nie hat sie ihn so ernst gesehen.

»Schließ die Fensterläden und schicke einen Jungen nach Isaak Schlam und nach meiner Tochter! Sofort!«

»Aber Elazar, sie hat doch gar nichts getan. Tuvia spricht nur seine Befürchtungen aus ...«

»Ich mache mir keine Sorgen um das, was er sagt, sondern um das, woran er sterben wird.«

»Sterben? Morgen geht es ihm wieder gut.«

»Rosa, das ist kein normales Fieber. Geh jetzt, geh!«

Als sie weg ist, rührt sich Tuvia wieder. »Wasser … Wasser …«

Elazar füllt ein Glas und hält es ihm an die Lippen. Nachdem Tuvia getrunken hat, lässt er sich kraftlos in sein Kissen fallen und umklammert Elazars Hand. Trotz seiner großen Angst lässt Elazar zu, dass Tuvia ihn ganz dicht an seine magere, schweißbedeckte Brust zieht.

»Ich habe sie gesehen, Rabbi, sie waren zusammen.«

»Wer, mein Sohn?«

»Ruth und der Geistliche, der deutsche Geistliche … sie haben beieinander gelegen …«

»Das sind Täuschungen des Teufels, Tuvia. Du musst dich ihnen widersetzen. Und du musst dich ausruhen.«

Als Tuvia wieder in der Bewusstlosigkeit versinkt, legt sich der alte Mann seinen Tallit um. Er bindet sich die Gebetsriemen um den Kopf und beginnt Gott für seine Ungerechtigkeit zu schelten.

Die scharfe Klinge schneidet in die angeschwollene Wunde und zieht eine rote Linie. Der faulige Gestank des herausfließenden grüngelben Eiters breitet sich im ganzen Raum aus. Mit flinken Handgriffen trocknet Ruth die Pustel aus und wischt Tuvias zitternden Oberkörper ab. Der magere Brustkorb mit den vorstehenden Rippen ist ein Mitleid erregender Anblick.

»Hast du es den Ältesten gesagt?« Sie wagt es nicht, ihren Vater anzusehen, der gramgebeugt am Fußende des Bettes sitzt.

»Wir haben es gemeldet. Die Tür ist verriegelt, das Schild wurde aufgehängt.« Er ist nicht in der Lage, seiner Tochter in die Augen zu sehen.

»Wir müssen die Kranken absondern, wenn es sich ausbreitet.« Isaak Schlam, in dessen Gesicht sich die nackte Angst malt, klingt resigniert. »Was können wir sonst schon tun?«, fährt er fort und reicht Ruth ein Zugpflaster, das sie vorsichtig auf die Schnittstelle legt.

»Beten«, entgegnet Elazar.

Plötzlich schlägt Tuvia die Augen auf; blassblau leuchten sie in seinem grauen Gesicht, und seine Pupillen gleichen wirr umhertanzenden schwarzen Perlen. Er setzt sich ruckartig im Bett auf und zeigt immer wieder zur Tür.

»Der Messias ist da! Rabbi Zewi, ich grüße dich!«, ruft er.

Sofort ist der alte Rabbi an seiner Seite. »Tuvia, du musst still liegen. Ruhe dich aus, mein Sohn.«

»Aber Zewi ist hier, mit dem brennenden Streitwagen! Er hat meine Gebete erhört, die Engel sind bei ihm. Sie sind hier, um mich ins Heilige Land mitzunehmen!« Er bäumt sich auf und ruft: »Willkommen!«

»Lieg still, vergeude nicht deine Kräfte!«

Aber Tuvia hört nicht auf ihn und starrt mit weit aufgerissenen Augen in die Ferne. »Der brennende Wagen ist so wunderschön, Rabbi Saul, seine Herrlichkeit versengt mich fast, und die Engel sind riesengroß und könnten auf ihren Armen ein ganzes Volk tragen. Adiriron, Zoharariel, Zavodiel und Ta'zash mit seinem langen schwarzen Bart – sie sind zu uns gekommen! Um uns endlich zu befreien! Nehmt mich mit! Nehmt mich mit!«

Mit letzter Kraft bäumt er sich auf und streckt sich seiner Vision entgegen, die Augen fest gerichtet auf nichts anderes als die abendlichen Schatten, dann bricht er tot zusammen.

✦ ✦ ✦

Die Vorrichtung aus hellem Holz mit einem Überzug aus schwarzem Wollstoff und Lederriemen, die auf dem Tisch liegt, sieht aus wie ein künstlicher Ersatz für einen verloren gegangenen Körperteil. Der kräftige Geruch von Kräutern – Rosmarin, Nelken und Anis – und durchdringender Zibetduft hängen im Raum. Detlef steht im Morgenmantel dicht am Fenster und hält die Nase so gut es geht in den schwachen Luftstrom, der von draußen hereinweht. Heinrich betritt eilenden Schrittes den Raum, gefolgt von zwei Kammerdienern und einem finster dreinblickenden Mann, offenbar einem Arzt.

Heinrich geht sofort zu dem Tisch. »Ist es das?«

Der Arzt nimmt die Vorrichtung zur Hand, und nun erkennt Detlef, dass es sich um eine Art Maske in Form eines langen Schnabels handelt, die man mit den Lederriemen am Kopf befestigt.

»Ja, Exzellenz, gefertigt nach der neusten Londoner Mode. Die Hersteller schwören, der Träger bleibt unberührt vom Gestank und von den Sporen der Pest.«

Der Erzbischof schnippt mit den Fingern, und zwei Kammerdiener treten vor. Sie nehmen die Maske und setzen sie Heinrich vorsichtig auf. In seinem langen grünen Gewand sieht er aus wie eine irrwitzige Kreuzung aus einem Papagei und einer dämonischen Saatkrähe.

»Bei welchem Ball willst du diese Maske denn tragen, Heinrich?«, fragt Detlef und tritt amüsiert vor.

Heinrich dreht sich zu seinem Cousin um und köpft dabei um ein Haar mit seinem langen Schnabel einen seiner leidgeprüften Kammerdiener. Man hört seine erstickte Stimme, aber als er merkt, dass man ihn nicht versteht, schiebt er sich den Schnabel auf die Stirn, von der er aufragt wie ein Hahnenkamm.

»Beim Totenball, mein Cousin. Wo hast du überhaupt gesteckt? Ganz offensichtlich hast du heute Morgen die Ausrufer nicht gehört. Es wurde in der ganzen Stadt verkündet.«

»Was denn?«

»Die Pest! Das erste Haus ist verriegelt und mit einem roten Kreuz gekennzeichnet worden.« Er dreht sich zu seinem Diener um. »Haltet das Datum fest: 29. August im Jahre 1665 unseres Herrn.«

Entsetzt läuft Detlef zur Tür. »Wir müssen uns beeilen, es gibt viel zu tun: das Pesthaus einrichten, die Kranken einsammeln, Pestbefehle ausgeben und so weiter. Hunde und Katzen müssen getötet werden, und es muss alles getan werden, damit sich die ansteckende Krankheit nicht ausbreitet ...«

»Du wirst nirgendwohin gehen, Detlef! Als Wittelsbacher hast du zuallererst die Aufgabe, dich und dein Adelsgeschlecht zu schützen. Zieh dich sofort aufs Land zurück, das ist mein Rat. Ich selbst bin schon so gut wie unterwegs nach Bonn.«

»Du glaubst, du kannst der Krankheit entkommen, wenn du wegläufst?«

»Ganz genau, mit Hilfe dieser wundersamen Maske, die ich die ganze Zeit in meiner geschlossenen Kutsche tragen werde, wenn ich die Stadt verlasse. Ich habe Wilhelm Egon von Fürstenberg und dem Rest der Ratsversammlung Befehle erteilt, wie die laufenden Geschäfte in meiner Abwesenheit zu führen sind, und ein Pesthaus gibt es bereits – es hat übrigens schon angefangen zu stinken.«

»Bei allem Respekt, Exzellenz, Ihr müsst verstehen, dass die Stadt ihren obersten Hirten in dieser dunklen Stunde braucht ...«

»Und als ihr Hirte habe ich die feste Absicht, hinterher da zu sein, wenn die Krankheit die Stadt verlassen hat und wir uns um die Genesenden und den Wiederaufbau der Familien kümmern müssen.«

»Aber sogar der Erzbischof von London ist bei seinen Schäfchen geblieben ...«

»Was kümmert mich das? Der Schutz meiner Gesundheit ist viel wichtiger, damit ich mich der Hinterbliebenen annehmen kann, wenn der schwarze Tod die Stadt verlassen hat. Mit anderen Worten: Ich habe vor zu überleben, Detlef. Und nun spute dich!«

Maximilian Heinrich zieht sich die Maske wieder vors Gesicht und fegt mit seinen Begleitern aus dem Raum.

✦ ✦ ✦

Lieber Benedict,

jetzt ist die Pest über uns gekommen. Viele Menschen sind in Köln gestorben; man sagt, fast ein Viertel der Bevölkerung sei ausgelöscht. Hier in Deutz haben wir einige Verluste zu beklagen, jedoch nicht in so großer Zahl. Miriam und ich helfen dem guten Doktor Schlam, der sich Tag und Nacht um die Sterbenden kümmert. Die haben wir von den Gesunden abgesondert, und ich glaube, durch diese Trennung und die Sitte des täglichen Waschens wurden viele gerettet. Aber ein Toter ist ein Toter, und wir haben es immer schwerer, seit Köln die Tore geschlossen hat und die Versorgung mit Getreide und anderen Lebensmitteln von der gegenüberliegenden Rheinseite unterbrochen ist, von der wir abhängig sind.

Tuvia ben Ibrahim, der Assistent meines Vaters, ist als einer der Ersten gestorben. Sein Tod hat meinem Vater arg zugesetzt. Es ist, als sei mit Tuvias Tod auch der letzte Hoffnungsfunke meines Vaters verloschen. Der Rabbi spricht kein Wort mehr und verbringt viele Stunden allein in der Synagoge. Dort betet er nicht, sondern flüstert zu den Geistern. Ich fürchte um seine geistige Gesundheit, habe aber nicht die Kraft, ihn zu umsorgen, wie es sich für eine gute Tochter gehört. Stattdessen suche ich wie viele andere, wenn ich mich nicht gerade um die Kranken kümmere, im Wald nach Pilzen, sammle Löwenzahn und jage Vögel, um die hungrigen Mägen zu füllen. Ich habe Hunger für zwei, aber darüber kann ich nicht sprechen.

Wenn du einen tröstenden Rat oder ein Wort der Weisheit in diesen dunklen Zeiten für mich hast, dann schreib mir bitte; an deinen Gedanken kann ich mich viele Tage lang laben.

In Freundschaft
»Felix van Jos«

Sie hat nichts, womit sie den Brief versiegeln könnte, und sie kann ihn auch nicht losschicken, denn zwischen dem Rheinland und den Niederlanden ist jeder Verkehr zum Erliegen gekommen. Sie streicht staunend über ihre ordentliche Schrift. Wie kann ihre Hand nach den vergangenen vier Monaten noch so ruhig sein? Auch wenn sie ihn nicht abschicken kann, spendet ihr der Brief Trost. Er erinnert sie an ihr früheres Leben und kommt einem Ritual gleich, das ihr die Kraft gibt, in einer aus den Fugen geratenen Welt zu bestehen, über die das Chaos hereingebrochen ist und alles zerstört hat. Fast alles.

Ruth nimmt einen kleinen Stein vom Tisch und lutscht daran, denn das hilft gegen den Übelkeit erregenden Hunger, der sie ständig quält. Die Flamme des billigen Talglichts, das fast ganz geschmolzen ist, zuckt, und eine beißende Rauchwolke steigt unter die verrußte Decke. Ihr Häuschen ist kaum wiederzuerkennen, so groß ist die Unordnung: Kräuterbündel liegen auf dem Boden, deren Stiele abgepflückt und mehrmals ausgekocht sind; ein fast vollständig abgenagtes Kaninchenskelett hängt am Trockenspieß. Eine Baumwurzel, an der noch Erde klebt, liegt wie ein Tier vor dem großen Ofen, in dem kein Feuer mehr brennt. Auf dem Tisch, an dem sie sitzt, liegen ein paar Löwenzahnblätter und ein Sträußchen hochgeschossener Nesseln. Nur direkt vor sich hat sie ein bisschen Platz gemacht; ein kleines Königreich, in dem ein einzelnes Pergamentblatt regiert.

Von draußen sind die Glocken des Bestatters zu hören, der mit seinem Wagen unterwegs ist, um den nächsten Toten abzuholen. Sie verbietet sich, darüber nachzudenken, wer es sein könnte. Seit Tuvias Tod ist alles Denken zum Erliegen gekommen; dazu fehlte die Zeit, denn die Eindämmung der Krankheit hat all ihre wachen Stunden in Anspruch genommen und sie sämtlicher Träume beraubt.

Bis zu diesem Tag; zwanzig Tote und vier volle Monate später. Sie war in das Haus des Schneiders gerufen worden, dessen Sohn sie nach ihrer ersten Nacht mit Detlef auf die Welt geholt hatte. Als sie den bleichen Herrn Rechtschild mit dem gequälten Gesicht und den verräterischen Beulen sah, die wie giftige

Beeren unterhalb seines Halses wucherten, musste sie an die Nacht der Entbindung denken, als sie Detlefs Berührungen noch auf ihrer Haut spürte. Bis zu diesem Augenblick hat sich Ruth weder den Erinnerungen noch der Hoffnung hingegeben. Seit die Stadttore geschlossen wurden, gibt es keine Möglichkeit mehr, Nachrichten nach oder aus Köln zu schicken. Ruth weiß nicht, ob Detlef dort ist und ob er überhaupt noch lebt.

Mit einem letzten Zischen verlöscht das Talglicht. Nun ist sie auf das schummrige Abendlicht angewiesen, das durch die verstaubten Fenster hereinfällt. Erschöpft steht Ruth auf und blickt auf ihr zerlumptes Kleid herab, das völlig schmutzig und verschwitzt ist. Sie kann gar nicht glauben, dass sie je von einem Mann geliebt wurde und die leidenden Schlafwandler, die nun in den Straßen herumstreunen, einst Menschen waren und in ihrer Menschlichkeit ebenfalls geliebt wurden.

Sie zieht sich das Kleid über den Kopf und wirft es zu Boden, dann steigt sie aus ihrem schmutzigen Unterrock. Nackt steht sie da, mit vollen Brüsten, von denen sich die Brustwarzen dunkelrot abheben. Sie schließt die Augen und legt die Hände auf ihren anschwellenden Bauch, um nach dem neuen Leben zu tasten, das in ihr heranwächst.

In dem feuchtwarmen Pesthaus läuft das Wasser an den graugrünen Mauern herunter. Zwischen den Dachsparren arbeitet eine Schwalbe an ihrem Nest aus Lehm. Sie ahnt nichts von dem menschlichen Leid tief unter ihr, wo die Kranken in langen Reihen auf schmutzigem Stroh nebeneinander liegen. Ihre Gesichter sind schmerzverzerrt, und in ihrem Delirium gleichen sie den Opfern eines schrecklichen Schiffsunglücks, denn in ihren Blicken liegt die Resignation der Ertrinkenden. Nonnen in brauner Ordenstracht huschen zwischen ihren Patienten hin und her und tragen eimerweise die kranken Absonderungen nach draußen. Viele tragen mit Kräutern gefüllte Masken aus Baumwollstoff vor dem Gesicht, um sich wenigstens notdürftig vor dem furchtbaren Gestank zu schützen.

Mitten in diesem Chaos kniet Detlef. Sein Gesicht ist ausgemergelt, und auf seinen eingefallenen Wangen sprießen blonde Bartstoppeln. In all dem Durcheinander wirkt er merkwürdig ruhig, und sein Gewand ist außergewöhnlich sauber, als bemühe er sich, trotz allem einen Hauch von Würde aufrechtzuerhalten. In der Hand hält er ein Fläschchen mit geweihtem Öl, um das arme Geschöpf zu salben, das vor ihm liegt. Der junge Mann, kaum zwanzig Jahre alt, ist ein Jurastudent. Detlef erinnert sich, dass er ihn vor Jahren als Schuljungen kennen gelernt hat. Sein ehemals hübsches Gesicht ist von schrecklichen eitrigen Pusteln und Geschwüren verunstaltet und erstarrt zu einer wächsernen Maske, als er den Kanoniker aus blutunterlaufenen grünen Augen anfunkelt. Er ist wütend, weil er sterben muss.

Insgeheim bestürzt über die Sinnlosigkeit des Sakraments, beschließt Detlef, seine Aufgabe mit größtmöglicher Würde zu erfüllen. Er überwindet seinen Ekel und ergreift die mit Eiterbeulen bedeckte Hand des Kranken.

»Mein Sohn, möge Gott dir in dieser dunklen Stunde beistehen, er möge dir deinen Weg leuchten und dein Herz mit Liebe erfüllen.« Aus Angst, der junge Mann könne seine Gedanken erraten, weicht Detlef seinem grimmigen Blick aus, während er weiterbetet.

Ein junger Mann, bekleidet mit der schwarzen Robe der Universitätsstudenten, betritt den Saal. Als ihm der Gestank entgegenschlägt, muss er würgen und drückt sich ein Kräutersäckchen unter die Nase, während er zwischen den Kranken und Sterbenden hindurchstolpert. Als er näher kommt, bemerkt Detlef, wie ähnlich er dem Jungen sieht, der vor ihm auf dem Boden liegt. Kaum erblickt der Student den Kanoniker, bleibt er stehen. Sein Blick ist kalt: Das ist der dritte Bruder, den er sterben sieht; mehr Geschwister hat er nicht.

Er kniet sich neben ihn, als Detlef mit der Letzten Ölung beginnt, der Salbung des Sterbenden. Er fasst ihm auf die Stirn, verstreicht das Duftöl unter den geschwollenen Augen, dann salbt er Nase, Mund und Ohren des Kranken. Er hält einen Augenblick inne, weil er nicht weiß, ob der Junge noch bei Bewusstsein ist. Aber da flattert ein Augenlid, und Detlef fährt fort.

»Möge Gott dir deine Sünden vergeben …«

Aber der Bruder redet einfach dazwischen: »Die Juden sind schuld, Stefan. Sie haben die Brunnen vergiftet. Sie haben diese stinkende Pest in unsere schöne Stadt gebracht. Ich werde deinen Tod rächen, Stefan. Ich schwöre es dir auf deinem Sterbebett, dass diese Heiden, diese Ungläubigen, schon bei Einbruch der Dunkelheit in ihren Häusern brennen werden …«

Detlef unterbricht sein Gebet. Der Student wundert sich über das plötzliche Schweigen des Kanonikers und sieht auf.

»Was ist? Sehen Sie nicht, dass er stirbt? Bringen Sie die Letzte Ölung zu Ende, denn ich will verdammt sein, wenn ich meinen Bruder nicht als guten Katholiken sterben sehe.«

»Wird es etwa ein Schülergeleif geben?«

»Was geht Sie das an? Diese Leute sind der Antichrist. Sie sehen es doch: Sie vergiften unser ganzes Volk!«

»Die Pest kommt nicht von den Juden.«

»Denken Sie, was Sie wollen – nichts wird uns davon abhalten, den Rhein zu überqueren.«

»Aber eine solche Tat verstößt gegen die christlichen Prinzipien.«

»Waren es denn nicht die Juden, die unseren Herrn Jesus getötet haben? Und jetzt töten sie uns alle! Sehen Sie sich doch um! All diese Menschen sollen wenigstens nicht umsonst sterben!«

»Aus deinen Worten sprechen Kummer und Schmerz. Aber auch die Juden sterben an der Pest.«

Der Sterbende stöhnt und will etwas sagen, aber seine Kehle und seine Zunge, ein schwarz angelaufener Klumpen, der ihm am Gaumen klebt, versagen ihren Dienst. Er klammert sich an seinen Bruder und verdreht die Augen.

»Genug! Beenden Sie das Sakrament, Kanoniker, wenn Sie das Herz eines Christen haben.« Verzweifelt sieht der Student seinen sterbenden Bruder an.

Aber Detlef hat sich bereits erhoben. Er zittert vor Wut, als er zur Tür marschiert. Der junge Student läuft hinter ihm her. »Beenden Sie die Letzte Ölung!«

Einige Nonnen sehen auf. Groot, der bei einem anderen Kranken saß, kommt auf den Kanoniker zu. Bevor der Student Detlef zu fassen kriegt, ist Groot an seiner Seite und schiebt den jungen Mann weg. »Obacht, mein Junge!«

Detlef stellt sich zwischen die beiden. »Der gute Pater Groot wird die Letzte Ölung vornehmen«, sagt er ruhig und verlässt dann im Laufschritt das Gebäude.

Der Student sieht ihm entgeistert nach, spuckt angewidert

auf den Boden und dreht sich zu Groot um. »Ihr Geistlichen seid doch alle gleich – was nicht glänzt wie Gold, interessiert euch nicht!«

✦ ✦ ✦

Eine kleine Gruppe junger Männer hat sich an der Anlegestelle versammelt. Der leere Hafen wirkt unheimlich; sämtliche umherstreunenden Hunde und Katzen und anderes Getier sind verschwunden. Am anderen Ende der hölzernen Landungsbrücke liegt ein Fischernetz, in dem ein ganzer Fang verrottet. Seit der Hafen wegen der Pest gesperrt wurde, ist hier kein Schiff mehr eingelaufen. Nur ein einzelnes Frachtschiff schaukelt im flachen Wasser, die norwegische Flagge flattert auf Halbmast. Es steht unter Quarantäne und darf weder auslaufen, noch darf die Besatzung es verlassen. Die Schreie der an Bord verhungernden Tiere, die über das Wasser hallen, verstärken den Eindruck, dass an diesem Ort die Zeit stehen geblieben ist.

In seiner zerschlissenen Verkleidung bahnt sich Detlef unerkannt einen Weg durch die lärmende Menge. In der Mitte steht der Anführer, ein Student, auf einem Karren und stachelt die umstehenden Studenten, Lehrjungen und Enteigneten auf. Ein anderer junger Mann verteilt Waffen aller Art: Hacken, Spieße, alte Schwerter und sogar Äxte.

»Hier, Kamerad!« Der Junge drückt Detlef eine Hacke in die Hand. »Nimm das, um die Ungläubigen niederzuschlagen!«

Entsetzt reicht Detlef die Hacke weiter, als wäre sie glühend heiß.

Eine Gruppe von Geißlern, deren Rücken voller offener Wunden und blutiger Striemen sind, nähert sich dem Hafen. Sie geißeln sich auf ihrem Marsch mit Lederriemen, die mit kleinen Nägeln besetzt sind. Die klagenden Gläubigen – Frauen mittleren Alters mit wirrem grauem Haar, Geistliche mit glühenden Augen, Bauern, die durch die Krankheit von ihrem

Land vertrieben wurden – haben sich in einem Bestreben vereint: Sie wollen den Zorn Gottes auf sich laden, der beschlossen hat, ein solches Leid über die Menschen zu bringen.

Der Studentenanführer hält eine Stoffpuppe hoch, die an einen Holzstock gebunden ist.

»Juda verrecke! Juda verrecke!«

Wüste Drohungen ausstoßend hält er eine brennende Fackel an die Vogelscheuche, und die Menge jubelt, als sie in Flammen aufgeht.

Detlef beobachtet das Geschehen mit Entsetzen, bevor er sich unauffällig zu einem herrenlosen Ruderboot schleicht, das er entdeckt hat.

✦ ✦ ✦

Elazar steht in seinen Begräbnisschal gehüllt auf dem hölzernen Podest in der Mitte der kleinen Synagoge. Über ihm wacht der Löwe von Juda. Entlang den Wänden stehen nur leere Stühle, und auch auf der Frauengalerie hat sich niemand eingefunden. Dennoch hat der Rabbi die goldenen Türen des großen Schreins geöffnet und die schweren Thorarollen herausgeholt.

Elazar verbeugt sich vor der nicht anwesenden Gemeinde und breitet die Hände aus. Er malt sich aus, wie Tuvia die Menschen auf seine unverkennbare, unbeholfene Art begrüßt. Rechts von ihm steht Sara und schenkt Elazar durch ihren Brautschleier ein geheimnisvolles Lächeln. Und da ist sein Neffe Aaron, in dem Alter, in dem Elazar ihn am meisten liebte, kurz vor seiner Bar-Mizwa nämlich, als er im Stimmbruch war und sich der erste Flaum auf seiner Oberlippe zeigte. Elazars Bruder Samuel steht neben ihm und hat stolz die Hand auf die Schulter seines Sohnes gelegt. Er ist zwanzig, wie damals, als er mit Elazar zum ersten Mal den Ehestifter aufsuchte. Hinter ihm stehen die Eltern, der Vater mit dem langen weißen Bart, der ihm bis auf die Brust reicht, die Mutter mit stolzerfülltem Blick, als sie zu dem Rabbi aufsieht. Es ist eine Versammlung von Geistern, aber das kümmert Elazar nicht. Es sind seine nächsten Angehörigen, und so perlen die Liebe und die Erinnerung wie glitzernde Tautropfen über den Boden und die Wände der Synagoge und lassen den alten Mann vergessen, dass die Umstehenden nicht mehr unter den Lebenden weilen.

»Ich werde aus der Thora lesen. Ich habe die Stelle gewählt, in der von Josefs Mut berichtet wird, als er dem ägyptischen Pharao von seinen Prophezeiungen berichtete. ›Und siehe, ich habe geträumt und Gott hat durch mich gesprochen ...‹«

Plötzlich bemerkt der alte Mann jedoch ein feuriges Leuchten, das ein kleines Loch in die zweite Rolle brennt, die noch in dem geöffneten Thoraschrein liegt. Das Leuchten wird stärker, und auf dem seidigen Pergament erscheint in Goldbuchstaben ein Wort. Elazar merkt, wie Kleider rascheln und ein leises Seufzen ertönt, als die Geister sehen, wie das wundersame Licht seine Botschaft schreibt.

»*Adonaj* ...«, liest Elazar laut und spricht das Unaussprechliche aus: den heiligen Namen Gottes. »*Adonaj*«, wiederholt er.

In diesem Augenblick fliegt ein Stein durchs Fenster, und die Scheibe zerspringt klirrend in tausende bunte Scherben.

✦ ✦ ✦

Kleine Kieselsteine drücken sich zwischen ihre Zehen und weiße Schlammwolken wirbeln um ihre nackten Beine. Entschlossen rafft Ruth ihre Röcke und watet immer tiefer in den Fluss. Miriam folgt ihr zögernd und setzt auf den glitschigen Steinen, die sie nicht sehen kann, vorsichtig einen Fuß vor den anderen.

Ruth reicht das Wasser bis zu den Oberschenkeln, als sie ihrer zaudernden Gehilfin ein Ende des selbst geknüpften Netzes zuwirft. Miriam fängt es auf und stürzt fast dabei. Nachdem sie das Netz in der Strömung straff gespannt haben, gehen sie langsam vorwärts. Ruth spürt, wie sich etwas im Netz verfängt, und späht in das schlammige Wasser. Aber bevor sie erkennen kann, ob es sich um einen Fisch oder ein Stück Schilfrohr handelt, gibt das Netz plötzlich nach. Wütend sieht sie zu Miriam hinüber und will sie schon schelten, aber das Mädchen starrt entgeistert Richtung Deutz.

Eine Rauchsäule steigt hoch über dem Wald auf, der zwischen ihnen und dem Städtchen liegt. Wortlos lassen die beiden Frauen das Netz fallen und waten so schnell sie können ans Ufer zurück. Hinter ihnen wickelt sich das im Wasser strudelnde Netz um einen Hecht, der neugierig an die Oberfläche gekommen ist.

✦ ✦ ✦

Der Lärm ist in Deutz zu hören, lange bevor die Horde eintrifft. Wie eine übel riechende Brise kommt das Getöse von Osten herüber. Trommelschläge, Stiefelabsätze auf Kopfsteinpflaster, Geklapper von Stöcken – all das donnert von der Anlegestelle herauf und geht denen, die es hören, durch Mark und Bein.

In der Talmudschule fahren die Jungen erschreckt auf, der Lehrer bricht mitten im Satz ab. Bäcker Schmul, dessen geliebte Frau Vida an der Pest gestorben ist, denkt, die Soldaten kämen, und lässt in seiner Angst das Sabbatbrot verbrennen. Ringsum in den kleinen Häuschen und den überfüllten Notquartieren werfen Mütter und Töchter ihre Handarbeiten hin und laufen zu ihren Söhnen und Brüdern.

»*Hep! Hep!*«, schreien sie. Ein Jahrhunderte alter Ruf.

Als die Horde brüllender junger Männer den Marktplatz erreicht, sind die meisten Gemeindemitglieder geflohen. Nur ein kleiner Junge hockt verloren neben dem Brunnen. Er heult vor Angst und sieht sich Hilfe suchend um. Da flitzt direkt vor den Marschierenden ein Talmudschüler über den Platz und rettet das verängstigte Kind. Er nimmt es auf den Arm und rennt auf eine offene Tür zu, hinter der die entsetzte Mutter wartet. Die

Tür fällt krachend ins Schloss, als der Anführer der Horde auf die Schultern eines kräftigen blonden Kerls gehoben wird.

»Verbrennt sie!«, schreit er. »Sperrt sie in ihren Häusern ein und verbrennt sie!«

Sofort beginnt ein Dutzend Studenten einen alten Karren auseinander zu nehmen. Die herausgerissenen Bretter werfen sie ihren Kameraden zu, die mit Hämmern und Nägeln ausgerüstet sind.

»Haltet ein!« Eine laute Stimme schallt über den Platz. Der Anführer dreht sich erstaunt um.

Vor der Talmudschule stehen die Gemeindeältesten. Hirz Überrhein, der Vorsteher, ein stattlicher Mann um die Fünfzig, tritt vor. »Ich bin der Bürgermeister von Deutz. Welche Beschwerden haben Sie vorzubringen?«

Einen Augenblick lang lässt sich die Meute von der Würde des Mannes und den ernsten Mienen der Alten hinter ihm beeindrucken. Dann schreit einer: »Ihr habt unsere Brunnen vergiftet und den schwarzen Tod in unsere Stadt gebracht!«

»Wir haben auch Tote zu beklagen!«, erwidert Hirz, dann geht er hastig in Deckung, denn es fliegt der erste Stein. Ihm folgt ein zweiter und noch einer. Einer der alten Männer stürzt blutend zu Boden; die anderen ziehen sich unter dem Hagel der Wurfgeschosse verängstigt in das Schulgebäude zurück. Hirz hebt den Verletzten auf und läuft mit ihm zum Eingang.

Plötzlich tauchen einige jüdische Jungen hinter Karren und Mauern auf. Sie haben sich mit abgebrochenen Ästen und aus dem Boden gerissenen Zaunpfählen bewaffnet. Langsam gehen sie auf die Eindringlinge zu. »Lasst uns in Ruhe!«, ruft der Älteste von ihnen; höchstens vierzehn ist er.

»Wo sind denn eure Waffen?«, spottet einer aus der Horde, denn wie alle wissen, dürfen jüdische Männer keine Waffen tragen.

»Ja, zeigt uns euer Schwert!«, ruft ein anderer.

Der Junge mit den Stirnlocken tritt vor und droht mit seinem

Knüppel. Die Menge lacht, und kurz darauf liegt der Junge bereits auf dem Boden. Er rollt sich zusammen, während Tritte und Schläge auf ihn einprasseln. Eine wüste Schlägerei bricht aus, als seine Freunde versuchen, ihm zu helfen.

Sie endet genauso schnell, wie sie begann. Während der Junge regungslos liegen bleibt, werden die anderen halb bewusstlos in die Schule geschleppt. Die Tür wird geschlossen, und einer von der Bande beginnt ein Brett quer über die Tür zu nageln, andere tun es ihm eilends nach. Das Gehämmer schallt über den Marktplatz, und eine Tür nach der anderen wird mit Brettern vernagelt, während die Bewohner mit angstverzerrten Gesichtern aus den Fenstern starren.

Der Anführer tritt mit einer brennenden Fackel vor und schleudert sie auf das erste Haus.

✦ ✦ ✦

Detlef rennt die Straße hinunter. Seine Kapuze ist ihm heruntergerutscht, und sein Gesicht ist schmutz- und schweißverschmiert. Obwohl ihm die Beine vor Erschöpfung wehtun, läuft er, so schnell er kann. Aus der Ferne sind die Schreie und Rufe des Schülergeleif zu hören.

»Bitte lass sie zu Hause sein, bitte!«, betet er zu dem Gott, von dem er fürchtet, verlassen worden zu sein. Er ist fast irr vor Sorge und der Verzweiflung nahe. Der Schweiß brennt ihm in den Augen, und er kann kaum noch etwas sehen. Nun ist er bereits auf der kleinen Brücke und läuft auf ihr Haus zu. Aber aus dem Schornstein kommt kein Rauch. Detlef schlägt das Herz bis zum Halse. Bisher hat er die Möglichkeit verdrängt, dass sie tot sein könnte. Aber nun, als er auf das Häuschen zuläuft, wird ihm plötzlich speiübel bei der Vorstellung, sie jämmerlich verendet auf dem Boden liegend oder am Herd zusammengebrochen vorzufinden, entstellt durch den schwarzen Tod wie die vielen anderen, die er schon gesehen hat.

Er hastet über den Gartenweg und stolpert über einen Melkeimer und verstreut herumliegende Gerätschaften. Brombeerdornen zerkratzen ihm die Beine. Nun ist er an der Tür. Sie steht offen. Weit offen.

Bitte, lieber Herr Jesus, verschone sie! Nimm mein Leben, wenn es sein muss, aber nicht ihres! Bitte!

Er stürmt ins Haus und rutscht fast auf dem schmutzigen Boden aus.

»Ruth! Ruth!«

Seine Stimme hallt durch die leeren Räume. Er stößt die Tür zum Schlafzimmer auf, aber das Bett in der Ecke ist leer. Daneben steht eine Schüssel mit Wasser. Detlef ist zwischen Erleichterung und Enttäuschung hin- und hergerissen.

Durchs Fenster erkennt er die hinter dem Wald aufsteigenden Rauchsäulen. Rasch läuft er wieder vors Haus, lehnt sich jedoch für einen Augenblick nach Atem ringend an eine Steinbank, bevor er in Richtung des brennenden Gettos losrennt.

✦ ✦ ✦

Auf dem Balkon steht eine Frau. Ihr Gesichtsschleier, der von ihrer Haube herabfällt, bläht sich im Wind. Sie drückt ihren in Windeln gewickelten Säugling an sich und starrt hinunter in die johlende Menge. Ihr Gesicht ist so weiß wie die Rauchwolken hinter ihr. Eine Flamme schießt auf den Balkon, und der Schleier der Frau fängt Feuer. Ohne einen Schrei auszustoßen, springt sie, die Flammen umzüngeln ihren Kopf wie ein Heiligenschein. Sie schlägt mit dem Kopf auf dem Pflaster auf und bleibt wie eine kaputte Puppe liegen. Der Säugling rollt aus ihren Armen direkt zwischen die Beine der gewalttätigen jungen Männer.

Ruth steht auf der anderen Seite des Marktplatzes, hinter dem Pulk der Eindringlinge – es sind junge Männer, Studenten, Handwerker; allesamt Christen. Sie schreit laut auf, aber ihr

Klageruf geht in dem prasselnden Feuer und dem Gebrüll der Meute unter. Der Schrei leert ihr Bewusstsein und ihren Körper; alles weicht aus ihrem Inneren bis auf Schmerz und Angst. Einen Augenblick später wird sie zu Boden geworfen.

»Nicht bewegen!«, flüstert Miriam ihr zu und hält sie fest. »Sonst sehen sie uns.«

Wie ein Kind, das glaubt, nicht gesehen zu werden, wenn es selbst nichts sieht, breitet die Gehilfin mit vor Aufregung weit aufgerissenen Augen ihren Umhang über sich und die Hebamme aus. Ruth ist völlig verblüfft.

»Du hast gesprochen! Miriam, du hast gesprochen!«

»Hier entlang!«, erklärt Miriam mit Kleinmädchenstimme. »Da werden sie uns nicht kriegen, aber wenn doch, dann töten sie uns«, sagt sie kichernd.

Sie hat den Verstand verloren!, denkt Ruth. Nun liegt mein Leben in den Händen einer Verrückten. Sie bekommt es mit der Angst zu tun und versucht unter dem Umhang hervorzukrabbeln.

Plötzlich werden die beiden Frauen ruckartig auf die Beine gezogen. Ruth schlägt blindlings um sich, bis sie Detlefs Stimme hört.

»Hör auf! Ruth, ich bin es, Detlef!« Er lüftet kurz seine Kapuze und schubst die Frauen hinter einen umgekippten Milchwagen. »Wir müssen weg, bevor es zu spät ist«, flüstert er Ruth ins Ohr.

»Aber mein Vater ...«

Sie dreht sich um und sieht, wie die Flammen vom Dach des Hauses des Rabbis auf die Synagoge überspringen. Einen Augenblick lang taucht Rosas Gesicht im oberen Fenster auf. Ihr Mund ist zu einem stummen Schrei geöffnet, und sie trommelt verzweifelt gegen die Scheibe, bevor das Haus lichterloh in Flammen aufgeht.

»Rosa!«, schreit Ruth und wehrt sich gegen Detlef, der ihr sofort den Mund zuhält.

Plötzlich sehen sie, wie Miriam davonläuft.

»Lass sie laufen! Wir bleiben hier.« Detlef drückt Ruth fest an sich und versucht sie zu beruhigen. »Wir müssen uns ganz still verhalten.«

Zitternd vor Wut und Angst blickt Ruth in sein eingefallenes Gesicht und spürt, wie seine starken Arme in ihr erneut die Hoffnung auf Überleben wecken.

»Ruth!«

Elazars Stimme lässt die beiden auffahren. Der alte Mann steht mit zerzaustem Haar und seinem beschmutzten, zerrissenen Begräbnisschal auf den Schultern hinter ihnen. Sofort zieht Detlef ihn in den Schutz des Karrens.

»Abba! Ich dachte, du bist in der Synagoge!« Ruth weint vor Erleichterung.

»Das war ich auch, aber dann hagelte es Steine, und die Kunde vom Feuer ließ uns an den Fluss fliehen. Deine Mutter ist noch dort; sie wäscht ihre Füße, ihre wunderschönen Füße«, erklärt Elazar ernst. Sein Blick ist glasig.

»Was ist das für ein Geruch? Den kenne ich.« Er dreht sich zu den brennenden Häusern um. »Ich muss zurück in die Synagoge. Die Laternen für Jom Kipur, den Tag der Buße, sind schon angezündet, und die Gemeinde erwartet mich.«

»Aber Rabbi, dort drüben tobt der Mob. Ihre Leute werden abgeschlachtet, Sie können nicht gehen!«

»Tochter, wer ist dieser Mann? Er ist keiner von uns, ich kenne ihn nicht.« Und als Detlef ihn zurückhalten will, schlägt Elazar mit seinem Krückstock nach ihm.

Ruth hält ihn fest. »Abba! Sie werden dich umbringen!«

Hinter ihm lodert ein rotes Flammenmeer, aber Elazar lächelt und wirkt völlig gelassen. »Unsinn, mein Kind. Ich muss bei meinen Leuten sein. Das brennende Wort ruft mich.«

Bevor Detlef ihn in den Schutz des Karrens ziehen kann, dreht sich einer aus der Meute der Gewalttäter um, der den Rabbi gehört hat.

»Seht nur! Da ist noch einer! Einer von diesen Teufelsanbetern!«

Auch andere drehen sich um und blicken verblüfft auf den alten Rabbi, der langsam den Begräbnisschal über seinen Kopf hebt und mit aufrechtem Gang auf die Horde zugeht.

»Seht den Zorn Moses, denn er wird über euch kommen und all diejenigen vernichten, an deren Hände das Blut der Kinder Israels klebt ...«

»Gewiss doch, alter Mann! Wir weichen vor dir auseinander wie das Rote Meer!«, ruft einer, und die Menge teilt sich, um den Weg zur brennenden Synagoge freizugeben.

»Eure Söhne und deren Söhne werden den Zorn der Israeliten auf der Stirn tragen. Es wird ein für alle sichtbares Brandmal sein!«, fährt Elazar fort, während er furchtlos durch die Gasse schreitet, in der Glasscherben, verschmorte Kleiderfetzen und verkohlte Holzscheite verstreut liegen.

Als er die alte Eichentür erreicht, stößt er sie mit einer Hand auf. Sie reißt aus den Angeln und kippt in die Synagoge. Schweigen breitet sich auf dem Platz aus, als der Rabbi auf die brennende Tür tritt, die wie eine Brücke in das Gotteshaus führt.

Er dreht sich noch einmal um. »Höre, oh Israel! Der Herr, unser Gott, ist Ein Gott! Meine Kinder sind die Kinder Gottes und sie werden aus den Trümmern wiederauferstehen und mit dem Wind singen. Und es wird ein Paradies geben, in dem wir in Freiheit leben werden!«

Einige der jungen Männer wenden sich vor seinen feurigen Blicken ab. Einer bekreuzigt sich, ein anderer fällt auf die Knie. Elazar streckt die Arme aus und steht wie ein Kreuz vor dem Flammenmeer. Dann setzt er zu einem Kaddisch an und geht in die brennende Synagoge.

Sie haben Zuflucht in einem Graben gesucht, einem ausgetrockneten Bachlauf. Über ihnen hebt sich ein Dach aus Ästen von dem schwarzen Himmel ab. Ein schwacher Wind trägt Hundegebell aus der Ferne herüber, aber weder Glockengeläut, noch der Ausrufer, noch die Nachtvögel sind zu hören, nicht einmal die Eulen. Ruth liegt neben Detlef; ihr Körper ist starr, ihr Gesicht schmutzverschmiert, und sie starrt hinauf zu den Sternen. Seit Stunden hat sie sich nicht bewegt.

»Ruth«, flüstert er. »Ruth...«

Er sieht in ihr Gesicht, auf dem sich im Mondlicht die Schatten der Äste malen. Sie blinzelt.

»Komm zu mir zurück!«

Er blickt in die Richtung, in die sie schaut, und fragt sich, ob in diesem zerrütteten Häufchen Angst und Knochen noch etwas von der Frau geblieben ist, die er liebt. Hier, zwischen Zweigen und sandigem Boden, spürt er, wie sie beide ins Nichts fallen. Zwei kleine Gestalten ohne Rang und Namen, die von der Oberfläche einer einstürzenden Welt in den großen Abgrund gerissen werden.

Ruths unbewegte Miene schmerzt ihn, und er fragt sich, ob sie je wieder miteinander reden werden. Zitternd zieht er ihren steifen Körper an sich. Als er fast eingeschlafen ist, spürt er, wie sie die Hand ausstreckt und seine Wangen berührt, seine Nase und seine Lippen. Wie eine Blinde. Wie eine Frau, die nach langer Trennung fasziniert das Gesicht ihres Geliebten mit den Fingerspitzen wiederentdeckt. Und dann legt sich diese schweigende Frau, diese gebrochene, zusammengefallene geisterhafte Kreatur, die er kaum erkennt, auf ihn und fährt mit der Zunge über seine Augenlider, als versuche sie, die Bilder dieses schrecklichen Tages wegzuwischen. Detlef wagt nicht zu atmen und bleibt reglos liegen wie ein Kind. Abwartend.

Sie nimmt seine Hände und legt sie unter dem rauen Stoff ihres Kleides auf ihre warmen Brüste. Überrascht von ihrer Fülle schiebt er ihr das Kleid von den Schultern und fasst sie erneut mit Staunen an. Die Brustwarzen sind viel größer und dunkler als früher. Ruth führt seine großen Hände über ihren Bauch bis an ihre Leisten, dann wieder nach oben. Verblüfft setzt er sich auf und legt sie behutsam auf den Rücken, um sie ganz genau zu betrachten.

»Du erwartest ein Kind?«

Sie nickt.

Erstaunt birgt er sein Gesicht in ihrem weichen Schoß. An seinem heißen Ohr wirkt ihre Haut kühl. Inmitten der ganzen Zerstörung ein neues Leben, entstanden aus seinem Samen. Er presst seine Lippen auf den gewölbten Leib und zeichnet mit der Hand den feinen schwarzen Flaum unterhalb ihres Nabels nach. Ihre Schamlippen schwellen unter seiner Berührung an, und die Perle in ihrer Mitte wird hart und drückt sich gegen seine Finger. Er spreizt ihre Beine und senkt den Kopf, hält jedoch staunend inne und sieht zu ihrem prallen Leib auf, der sich vor ihm erhebt. Langsam lässt er seine Hände darüber gleiten und liebkost sie, bis er sie stöhnen hört. Dann küsst und streichelt er sie und dringt schließlich mit den Fingern in sie ein. Erst als sich ihre Hüften unter seinen Händen aufbäumen, kommt er über sie und nimmt sie. Immer wieder dringt er in sie ein, immer schneller, bis ihre Schreie die Sterne und die Schmerzen und den beißenden Rauch verschlingen und sie für einen kurzen Augenblick ihre Sterblichkeit und alles vergessen, was gewesen ist.

נצח

– ΠEZACH –

Daver

WOLKENHAUS,
SPÄTWINTER 1666

Ruth sitzt am Tafelklavier und spürt die Musik durch ihre Finger pulsieren. Ihre Füße wippen im Takt, und die leise Melodie versucht den Raum zu erfüllen. Sie trägt ein besticktes Tuch um die Schultern, das ihr bis über den Bauch reicht, der sich prall unter ihrem schwarzen Baumwollrock wölbt. Sie spielt ein romantisches Stück aus der Parthenia-Sammlung und entsinnt sich, wie ihre Mutter eine bestimmte Passage immer wieder spielte. Die Erinnerungen sind so lebendig, dass sie vor sich sieht, wie Sara im Salon in Deutz sitzt, mit aufrechter Haltung und hochschwanger. Es ist, als sei das Bewusstsein, ein Kind auszutragen, verknüpft mit Erinnerungen, die weit in die Vergangenheit zurückreichen und Tochter und Mutter miteinander verbinden.

Fasziniert von diesen Gedanken, spielt Ruth weiter. E, G, Cis, F. Die Musik lenkt sie ab, und Ablenkung hat sie in diesen endlosen Herbst- und Wintermonaten bitter nötig, seit sie auf Detlefs Landsitz lebt. Er hat sie für eine lange Woche verlassen und ist nach Köln gefahren, um seinen Pflichten nachzukommen. Diese Trennungen sind für Ruth immer schwerer auszuhalten.

Sie wechselt über zu einer beschwingteren Weise. Stille kann sie nicht ertragen, genauso wenig wie Nachdenken. Wenn sie nachdenkt, begibt sie sich auf ein karges Terrain: eine Landschaft, in der einst die Hoffnung blühte und die nun zu einem Friedhof schwelender Stümpfe, ohne Verstand, Glauben und Menschlichkeit geworden ist.

Nachts hält Ruth sich stundenlang umschlungen und wiegt sich hin und her, um den großen Kummer zurückzudrängen, der sie zu überwältigen droht, und es gibt nichts, was Detlef tun oder sagen könnte, um ihr zu helfen. Manchmal fühlt sie sich wie ein in Bernstein eingeschlossenes Insekt. Erstarrt und gefühllos aus dem dicken goldgelben Harz aufblickend, während das Herz ihres ungeborenen Kindes unaufhörlich weiterschlägt.

Sie legt die Hände auf ihren Bauch. Das Kind, denkt sie, unser Kind, empfangen in Liebe; ein Wunder, wenn auch ein ganz alltägliches. Du wirst alles für mich sein, sagt sie zu dem Kind in ihrem Bauch, die Auskristallisierung ihres Vaters, der lebendige Beweis für ihre Liebe zu Detlef. Die einzige Zukunft, die ihnen geblieben ist.

Fröstelnd zieht sie ihr Tuch fester um die Schultern.

»Hasenklein mit gedünstetem Kohl!«

Hanna kommt in den Salon und stellt einen voll beladenen Teller auf den kleinen Tisch.

»Sie haben seit gestern nichts gegessen. Das ist nicht gut, Sie sollten für zwei essen!«

Ruth steht lächelnd auf und legt den Arm um die breite Taille der Haushälterin. »Hanna, was Sie mir geben, reicht für Zwillinge.«

»So Gott will.« Die Haushälterin klopft auf ihre Kitteltasche. »Essen Sie den Teller leer, dann gibt es eine Überraschung.«

»Kommt Detlef bald zurück?«

»Das weiß ich nicht, aber ich habe andere Neuigkeiten. Aus Holland ...«

Ruth will nicht warten. Rasch greift sie in Hannas Tasche und holt einen Brief heraus. Als sie das Pergament aufgerollt hat, sieht ihr die Haushälterin über die Schulter.

»Gibt es Neuigkeiten über den Krieg mit den Engländern? Ich habe einen Cousin auf einem holländischen Kriegsschiff.«

»Nein, den Krieg erwähnt er nur am Rande.«

»Er? Es ist doch wohl kein Nebenbuhler, Fräulein Saul, denn wenn doch und der Herr findet es heraus, dann werde ich nicht mehr lange in diesem Haus sein.«

»Nein, dieser Mann ist überhaupt kein Nebenbuhler. Er ist ein großer Prophet und, wie Sie wissen, sind Propheten über die Schwächen des Fleisches erhaben.«

»So einen Mann gibt es? Das glaube ich nicht!« Hanna schnaubt und marschiert mit klappernden Holzschuhen wieder nach draußen.

Lächelnd überlegt Ruth, was Spinoza wohl von den praktischen Lebensweisheiten der stoischen Haushälterin halten würde. Dann reckt sie sich, denn von dem Gewicht ihres Bauches schmerzt ihr der Rücken. Sie blickt hinaus in die ersten Sonnenstrahlen, die den bläulichen Morgen durchdringen, und kommt zu dem Schluss, dass ein wenig frische Luft ihr mehr Gutes tun wird als das Hasenklein.

Draußen setzt sie sich auf eine Steinbank, deren Sockel mit Moos bewachsen ist. Gespannt nimmt sie sich den Brief vor und achtet kaum auf den lauen Hauch in der Luft und den tauenden Schnee, der langsam die glänzenden Grashalme darunter zum Vorschein kommen lässt.

Rijnsburg, Januar 1666

Lieber »Felix«,
Verzeih mir mein langes Schweigen. Auch hier wütete die Pest, und sie hielt mich ebenso wie der lange Krieg gegen die Engländer vom Schreiben ab.

Dein Leiden bereitet mir großen Kummer. Auch mir ist die Verzweiflung nicht fremd, die du jetzt empfinden musst. Ich habe in diesem Winter viele gute Freunde verloren – darunter Pieter Balling, ein zutiefst schmerzlicher Verlust –, und trotz der vielen Pesttoten auf beiden Seiten der Nordsee hören die Engländer nicht auf, unsere Flotte anzugreifen. Es sind unberechenbare Zeiten, und mit

dieser Ungewissheit geht die heimtückischste aller Gemütsbewe-
gungen einher: die Angst. Die Holländer wenden sich den Sicher-
heiten der Vergangenheit zu, und Jan de Witt und seine Repu-
blikaner verlieren täglich mehr Anhänger. Für die aufgeklärten
Philosophen, die meine Arbeit unterstützen, wird das Leben im-
mer gefährlicher. Sogar an der Universität von Leiden sind einige
schwer bestraft worden, weil sie aus meinen Schriften zitiert ha-
ben. Es besteht die Notwendigkeit, dass wir uns gut schützen, mein
lieber, ernster kleiner Felix, denn gerade in diesen dunklen Zeiten
werden diejenigen gebraucht, die in der Lage sind, über den hun-
gernden Magen, das Pestkreuz an den Türen und die Priester, die
Buße und Hostien anbieten, hinauszublicken.

Pass gut auf dich auf und sei wie der Wind: unsichtbar, aber
weit reichend.

Dein Benedict Spinoza

Seine Worte scheinen aus einem anderen Universum zu kommen, einem derart weit entfernten, dass es Ruth nun wie eine
Scheinwelt vorkommt, in der sie seinerzeit mit großer Einfalt
und voller wunderbarer Hoffnung lebte. Eine Welt, zu der sie
keine Beziehung mehr hat. Mit einem traurigen Lächeln auf
den Lippen faltet sie den Brief und versteckt ihn in ihrem Mieder.

Lieber Gott, gib mir die Kraft, meine Zweifel zu bekämpfen
und an meine Liebe zu glauben!, betet sie und sehnt sich Detlef herbei, denn in seiner Anwesenheit gelingt es ihr, den Geist
ihres brennenden Vaters, Rosas gequältes Gesicht hinter dem
Fenster und die schrecklichen Schuldgefühle zu verdrängen,
von denen sie als Überlebende geplagt wird.

»Wie ich hörte, wird nächste Woche amtlich das Ende der Pest-welle erklärt. Ein gutes Drittel der Stadtbevölkerung ist umge-kommen, aber letzte Woche gab es nur noch zehn neue Todes-fälle. Leider war die Schwester von Birgit Ter Lahn von Lennep unter ihnen. Wir sind gesegnet, Ruth, dass wir all dem entkom-men sind.«

Detlef steht nackt in einem großen Pferdetrog neben der al-ten Scheune. Als er sich eiskaltes Wasser über die Brust gießt, verschlägt es ihm den Atem und seine Haut rötet sich. Rasch schrubbt er sich mit einem nassen Lappen und einem Stück Salz ab. Ruth, die mit frischen Kleidern für ihn daneben steht, frös-telt bei diesem Anblick, obwohl sie sich ein warmes Wolltuch um die Schultern geschlungen hat. Detlefs Pferd ist ein Stück weiter an einen Pfosten angebunden, scharrt unruhig nach dem langen Ritt von Köln mit den Hufen und frisst Hafer aus einem Eimer.

»Der Erzbischof kehrt erst zurück, wenn wir die letzten To-ten begraben haben. Ich nehme an, er drückt sich vor den Be-erdigungen, aber seine Abwesenheit war mir sehr dienlich.«

Nachdem er sich noch einmal mit Wasser abgespült hat, klet-tert Detlef aus dem Trog.

»Ich habe gehört, du trittst für einen jungen Mann aus der Bandmacherzunft ein, Nikolaus Gülich«, sagt Ruth und reicht ihm ein Tuch aus grobem Rupfen zum Abtrocknen. Detlef reibt sich damit ab, bis seine Haut ganz rot ist.

»Wer hat dir das erzählt?«

»Hanna.«

»Er stellt den Stadtrat infrage und bittet mich und Maximilian Heinrich um Unterstützung. Es geht um einen alten Streit, aber seine Forderung ist heute überzeugender denn je: Diejenigen, die fleißig und ehrlich arbeiten, sollen auch für ihre Mühen belohnt werden. Die Zeiten sind vorbei, in denen ein Familienname genügte, um einen Sitz im Stadtrat zu bekommen.«

»Was ist mit deinen Feinden, Detlef? Du weißt, du wirst sehr genau beobachtet.«

»Oh, ich erwarte natürlich, dass Heinrich und von Fürstenberg versuchen werden, mich zu behindern, wo sie nur können.«

Ruth hält ihm eine saubere Kniehose aus Serge hin. Detlef zieht sie über seine Baumwollunterhose und schlüpft mit den Füßen in ein Paar Holzschuhe.

»Aber es wäre doch eine wunderbare Sache, wenn ein Mensch allein nach seinen Verdiensten beurteilt würde, nicht wahr? Ein kleiner Schritt in Richtung einer echten Demokratie, Ruth!«

Er streicht ihr übers Haar. In den zwei Wochen seiner Abwesenheit ist ihr Bauch um einiges dicker geworden, stellt er fest, und ihre Gesichtszüge weicher, trotz der Gram, die noch aus ihren Augen spricht. Wenn es nur einen Weg gäbe, dieses Schreckgespenst zu vertreiben, von dem sie verfolgt wird, und ihre seelische Heilung zu beschleunigen! Detlef hat nach dem Krieg erlebt, wie Männer von entsetzlichen Erinnerungen zu Krüppeln gemacht wurden, und damals verspürte er dieselbe Hilflosigkeit wie in diesem Augenblick. Seit dem Überfall auf Deutz hat er sich so oft danach gesehnt, Ruth wieder lachen zu sehen. Er hat versucht, mit ihr über ihre Familie zu reden, aber die Erinnerung brachte nur neuen Kummer, und so beschloss er, es der Zeit zu überlassen, die Wunden zu heilen. Er ist sich allerdings des Misstrauens schmerzlich bewusst, das in ihr gewachsen ist und gegen das sie machtlos zu sein scheint. Weil er nichts für sie tun kann, bleibt ihm nur zu hoffen, dass Ruth nach der Geburt ihres Kindes wieder ganz zu ihm zurückkehren wird. Er lässt sich seine Besorgnis nicht anmerken und küsst sie zärtlich auf die Stirn.

»Wir werden die Architekten der Veränderung sein, du und ich.«

»Das klingt gefährlich!«

Als sie ihn ansieht, spürt sie, dass sie nicht in der Lage ist, ihn anzufassen, obwohl sie sich im Grunde danach sehnt. Detlef bemerkt ihr Zögern und versucht es mit Humor.

»Zu spät, mein Schatz, du hast mich mit deinen Philosophien verdorben, und jetzt kann ich nicht mehr zurück!«

Er küsst sie auf den Mund und führt sie in die Küche. Dort lässt er sie Platz nehmen und füllt zwei Schüsseln mit Gemüsesuppe aus dem großen Kessel über dem Feuer. Ruth beobachtet ihn beim Essen und wartet, bis sich ihre Übelkeit wegen des fettigen Geruchs der Suppe gelegt hat, bevor sie selbst zum Löffel greift.

Auch nach drei Monaten des Zusammenlebens betrachtet sie Detlef immer noch mit Verwunderung. Sie staunt darüber, dass sie wie ein Ehepaar leben, wenn auch in vollkommener Heimlichkeit. Aber vieles an ihm bleibt rätselhaft; bei jeder Heimkehr ist er wieder ein Fremder, und sie muss ihn neu entdecken.

Ruth tröstet sich mit der Überlegung, dass dies vielleicht das Wesen der Liebe ist. Eine Leidenschaft so unbeständig wie das Meer; voller Gewissheit, wenn das Objekt der Begierde abwesend ist, und dann wieder voller Zweifel, wenn der Geliebte da ist. Diese zwiespältigen Gefühle kann sie verdrängen, wenn sie sich lieben oder Detlef sie wieder einmal mit seiner Klugheit begeistert und eine glänzende Bemerkung macht, die er nur ihr anvertrauen kann. Detlefs Hingabe ihr gegenüber ist jedoch, wie sie weiß, bedingungslos und beständig. Sie ist das feste Fundament, das Ruths Zweifeln gegenübersteht: Wenn er so überzeugt ist, warum kann sie es dann nicht auch sein? Vielleicht entspricht es einfach nicht ihrem Wesen, sich vollkommen hinzugeben.

»Ruth, du bist sehr still.«

»Was gibt es Neues von dem Inquisitor?«

Detlef bricht sich ein Stück Schwarzbrot ab und tunkt es in die Suppe, bevor er es hungrig verschlingt.

»Detlef, die Geister in meinem Kopf flüstern von Gefahr. Ich weiß, es sind nur meine inneren Ängste, aber ich bin voller beunruhigender Vorahnungen.«

»An solche Dinge solltest du gar nicht denken. Das ist nicht gut für das Kind.«

»Wie kann ich es verhindern, wo ich doch außer Hanna und den Tieren niemanden zum Reden habe? Mein Geist wird träge. Ich fürchte, ich verliere den Verstand und meine Fähigkeiten.«

»Angeblich soll Solitario aus Wien nach Köln zurückkehren, wenn die Straßen wieder offen sind. Wilhelm Egon von Fürstenberg ist der Meinung, der Inquisitor werde für die Wiederbelebung des katholischen Glaubens benötigt, der stark unter der Pest gelitten hat. Gleichzeitig beobachtet er mich und zählt darauf, dass ich mich beim Adel unbeliebt mache, wenn ich die Kölner Vetternwirtschaft anfechte. Er hat sogar das Gerücht verbreiten lassen, ich hätte den Verstand verloren, weil ich im Pesthaus den Sterbenden Beistand geleistet habe.«

»Detlef, wir sollten von hier weggehen …«

»Noch nicht. Erst wenn das Kind geboren und das Reisen wieder sicher ist.«

Verärgert, weil er ihre Besorgnis nicht teilt, steht Ruth auf und geht zu dem Tisch mit der rissigen Marmorplatte, auf dem ein Stück Käse, ein geräucherter Schinken und ein Glas eingelegte Rote Bete stehen. Sie nimmt das lange Jagdmesser vom Haken und schneidet drei dicke Scheiben Schinken und eine Scheibe Käse für ihren Geliebten ab.

Merkt er denn nicht, dass unsere Uhr abläuft?, denkt sie beunruhigt über seine scheinbare Sorglosigkeit. Wie stellt er sich die Zukunft vor? Sie kann sich nicht ewig im Wolkenhaus verstecken, schon gar nicht mit einem Kind.

Wie es die Reinheitsgebote ihres Glaubens verlangen, holt sie ein sauberes Messer, um Käse für sich abzuschneiden – den Schinken rührt sie nicht an –, und trägt die beiden Teller an den Esstisch. Sie ist entschlossen, sich ihre zwiespältigen Gefühle nicht anmerken zu lassen. Detlef schenkt sich ein Glas Wein ein.

»Hast du die geschätzte Meisterin Ter Lahn von Lennep wegen ihres schmerzlichen Verlustes aufgesucht?«, fragt sie, bedauert ihre Worte aber sogleich wieder.

Detlef hält mit dem Schinken in der Hand inne. Es gibt vieles, das er ihr nicht anvertraut hat, und dennoch bleibt seiner Geliebten nur wenig verborgen. Er fragt sich, wie viel Hanna ihr wohl erzählt hat.

»Ich habe sie seit vielen Monaten nicht gesehen«, antwortet er vorsichtig. »Ich habe ihr früher die Beichte abgenommen.«

»Dann besteht jetzt sicherlich umso mehr die Notwendigkeit, sie zu besuchen?«

Detlef ist verunsichert. Was beabsichtigt Ruth mit ihren Fragen? Aus ihrem Tonfall schließt er, dass sie von seinem ehemaligen Verhältnis zu Birgit weiß, und überlegt, ob Ruth seine Zuneigung zu ihr auf die Probe stellen will.

»Du meinst, ich soll ihr die Beichte abnehmen?«, fragt er ungläubig.

»Ich meine, dass wir alles in unserer Macht Stehende tun sollten, um keinen Argwohn zu erregen.«

»Natürlich, aber ich kann nicht tun, was du vorschlägst, aus Achtung vor Frau Ter Lahn von Lennep und vor mir selbst. Ich lasse mich nun nicht mehr ausschließlich von meinen körperlichen Begierden lenken.«

Ruth wendet sich ab, um ihre Bestürzung über die Bestätigung ihres Verdachts zu verbergen, und ärgert sich, ihn überhaupt zu diesem Geständnis bewegt zu haben. Er ist ein Mann, denkt sie, natürlich hat er vor mir andere Frauen gehabt. Erneut versucht sie, Spinozas Grundsatz zu beherzigen, sich durch die Beherrschung der Gefühle zu befreien.

Sie sieht das Gesicht des Philosophen vor sich. »*Wenn du dich von der Diktatur der Gefühle befreien kannst, dann ist alles, was geschieht, keine bloße Reaktion auf die Außenwelt mehr, sondern entspringt deinem wahren inneren Wesen, dem Göttlichen in dir.*«

Die Erinnerung an seine Worte spendet Ruth Trost und gibt ihr Halt. Sie tadelt sich dafür, dass sie ihre Zufriedenheit von Detlefs Zuneigung abhängig macht, und nimmt sich vor, zukünftig mehr auf das innere Glück zu bauen: auf die innere Stärke und Würde des Menschen, unabhängig und eins mit der Natur. Und dennoch, sie liebt ihn. Allein Gott weiß, wie sehr sie ihn liebt.

Detlef beobachtet, wie sie mit gesenktem Blick die Ameisenstraße am Tischbein betrachtet, über die gerade ein Käsekrümel nach unten transportiert wird. Es ist die Vielschichtigkeit ihres Wesens, wegen der er sie liebt und unter der er zugleich leidet. Sie hat etwas Geheimnisvolles an sich, das einerseits verführerisch ist und ihn andererseits rasend macht. Sie ist, fürchtet er, für ihn eine Art *terra incognita*, die jeden Tag aufs Neue von ihm erobert sein will.

»Bist du unglücklich?«

»Ich bin nicht unglücklich. Ich bin nur in einen tiefen Schlaf gefallen, und es dauert eine ganze Weile, bis meine Leidenschaft und meine Freude wachgerüttelt sind«, antwortet sie leise und hofft, er versteht ihren bittenden Blick.

Detlef trinkt seinen Wein aus und greift nach seinem ledernen Reisebeutel, der an einer Stuhllehne hängt. Er holt ein kleines rotes Säckchen aus Seide heraus.

»Ich habe eine Kuriosität für dich erworben. Von Adolf Bescher von der Uhrmachergilde.« Er legt ihr den weichen Beutel in die Hand. »Ich hoffe, du hast Vergnügen daran.«

Sie öffnet den Beutel: Eine geschliffene Linse fällt auf den Tisch. Mit einem Freudenschrei hält sie das Vergrößerungsglas über die Ameisen und blickt hindurch.

»Nun werden wir Riesen sein, die über das Schicksal anderer entscheiden und auch die kleinsten Schöpfungen Gottes bestaunen.«

Sie legt den Ameisen eine Gabel in den Weg und beobachtet durch die Linse, wie eins der Tiere, ein Atlas mit seiner riesigen Weltkugel aus Käse auf dem Rücken, tapfer den massiven Zinngriff zu erklimmen beginnt.

»Lass uns gütige Riesen sein, Ruth, falls unsere Taten von weniger großzügigen Riesen beurteilt werden, die über uns stehen, denn Toleranz ist der einzige Weg.«

»Die ist mir in den vergangenen Monaten kaum begegnet.«

»Das stimmt, aber der Glaube hilft den Menschen, sich zu bessern. Wir dürfen unsere Seele nicht von Hass vergiften lassen.«

Unvermittelt ergreift sie seine Hand. »Versprich mir, niemals ohne Waffe zu reisen. Schwöre, dass du dich verteidigen wirst, wenn man dich angreift.«

»Du vergisst, dass ich ein ausgebildeter Soldat war, bevor ich Geistlicher wurde.«

Aber Ruth ist seine Antwort kein Trost. Sie legt die Arme um ihren Bauch und wiegt sich sachte hin und her.

✦ ✦ ✦

Der schwere Duft von Rosen und Fieberstrauch hängt im Raum. Auf dem kleinen Walnusstisch steht in einer Messingvase ein Strauß aus den gelben und weinroten Blumen, von denen bereits einige Blütenblätter abgefallen sind. Das Fenster steht offen, und in seinen Scheiben spiegelt sich das Mondlicht. Ein dickes Buch, dessen vergilbte Seiten leicht im Luftstrom rascheln, steht aufgeschlagen auf einem Leseständer neben einem silbernen Kerzenhalter mit dem Wappen der Familie von Tennen.

Das mit Schnitzereien verzierte Gestell des Betts ist schon über hundert Jahre alt. Ruth und Detlef haben sich die bestickte Decke über die Beine gezogen. Er hält sie umschlungen und bestaunt einmal mehr ihren Bauch; eine glänzende, weiße Kugel. Die Straffheit ihres Körpers fasziniert ihn; ihre Brüste sehen wie reife Früchte aus. Er vergräbt sein Gesicht in ihrem Haar und atmet ihren Duft ein. Er hat sich nie zuvor friedvoller gefühlt, war Gott noch nie näher. Plötzlich spürt er, wie das Kind in Ruths Bauch strampelt.

Ruth wird wach. »Er wird genauso kräftige Beine haben wie sein Vater«, murmelt sie und zieht sich die Decke bis ans Kinn.

»Sie wird eigensinnig wie ihre Mutter«, antwortet Detlef und lächelt, als er wieder eine Bewegung spürt.

»Es ist ein Junge.«

»Woher willst du das wissen?«

»Ich habe ihn im Traum gesehen, und er sitzt auch ziemlich weit oben in meinem Bauch.«

Sie kuschelt sich in die Kissen und schläft wieder ein. Detlef versucht sich den Sohn vorzustellen, den er sich immer gewünscht hat. Wird er gesund sein? Klug und kräftig? Wie können sie ihn schützen, diesen Mischling, der zur Hälfte Jude und zur Hälfte Christ ist?

Irgendwo in der Ferne heult ein Wolf. Detlef kann nicht schlafen und steht auf, um Wasser zu lassen. Während er vor dem Nachttopf steht, bemerkt er plötzlich einen Brief, der aus Ruths abgelegtem Mieder herausschaut. Das holländische Siegel ist unverkennbar.

»Ruth!« Er weckt sie sanft und hält ihr den Brief hin. »Von wem ist dieser Brief? Du weißt, wie gefährlich es ist, hierher Post zu bekommen!«

»Er ist von Benedict Spinoza. Ich habe ihn um ein paar tröstende Worte gebeten, und er hat geantwortet.«

»Das war unvernünftig.«

»Bitte, Detlef, ich muss schlafen.«

»Verstehst du nicht, in was für einer Gefahr wir hier leben? Es genügt ein Bauer, irgendjemand, dem mein Bruder etwas angetan hat und der auf Rache aus ist, und dann sind wir verloren.«

Verschlafen setzt Ruth sich auf.

»Wer war der Bote?«

»Hannas Bruder, ihm kann man vertrauen.«

»Ich kenne ihn, aber vertrauen kann man niemandem. Im ganzen Land herrscht großer Hunger, und man würde uns für einen Reichstaler verraten.«

»Er wusste nicht, was für einen Brief er überbrachte. Er dachte, es sind Nachrichten von Hanna an ihren Cousin in Holland.«

»Das muss aufhören, verstehst du? Wir müssen noch eine Weile vorsichtig sein, bis das Kind geboren ist.«

»Und was dann?«

»Ich habe einen Plan.«

»Was für einen Plan?«

Detlef verfällt in Schweigen. In Wahrheit hat er sich noch nicht gestattet, weiterzudenken – über diese geheime Parallelwelt hinaus, diese einfache Zuflucht, in der sie auf ihn wartet und die einem Paradies weit weg von seinem anderen Leben gleicht.

»Ich nehme an, ich werde immer deine Geliebte bleiben, ein Spielzeug, das du in deinem Schrank aufbewahrst, um es herauszuholen, wenn es dir beliebt«, sagt sie, und aus ihrer Stimme spricht Bitterkeit.

»Ruth, bitte, lass uns nicht streiten! Bitte vertrau mir!«

Ruth antwortet nicht gleich. In der Stille ertönt der Schrei einer Eule.

»Vergib mir meinen Leichtsinn, aber ich brauchte etwas Trost; ein paar weise Worte, die mir durch diese dunkle Zeit helfen.« Sie streichelt seine Hand.

Detlef betrachtet den Brief: Die auffällige Schrift kündet von einem Reich, das weit über die Grenzen der Orthodoxie hinausgeht; von einem Ort, an dem Menschen von Demokratie träumen können, und von einem Glauben, in dem Gott überall zu finden ist – in dem Ruf der Eule draußen, in der Unergründlichkeit seiner Geliebten –; von einem Glauben, nach dem der menschliche Körper als äußeres Erscheinungsbild der Seele dient.

Er sieht Ruth an. Ihr ist die Ehre zuteil geworden, mit einem Mann in Austausch zu stehen, der ihn ungeheuer interessiert. Sie ist der Schlüssel zu einer Welt, in der er sich über alle Einschränkungen erheben könnte, die ihm durch seine Herkunft und seine Berufung auferlegt sind. Er verzeiht ihr und beginnt den Brief zu lesen.

»Wie viele Verordnungen, Gesetze und Erklärungen muss ich denn noch unterschreiben? Nimmt es denn gar kein Ende mehr? Was haben du und der undurchsichtige Herr von Fürstenberg in den vergangenen Monaten eigentlich getrieben? Die Wunder der Heiligen Drei Könige überwacht?«

Maximilian Heinrich sitzt in einem prachtvollen neuen Talar, der eigens für den Tag seiner Rückkehr angefertigt wurde, an einem großen Schreibtisch. Um ihn sind mehrere Geistliche, die Brüder von Fürstenberg, Detlef und Groot versammelt. In Erwartung der üblichen Heiterkeitsausbrüche sieht der Erzbischof gespannt seine Gefolgsleute an – deren Zahl wegen der Pest deutlich geschrumpft ist –, aber die jungen ausgemergelten Geistlichen bleiben stumm, manche blicken zu Boden. Krankheit und Elend haben sie schwer mitgenommen, bemerkt der Erzbischof nicht ohne Mitgefühl.

»Wenn es je eine Zeit gegeben hat, in der Köln Wunder gebraucht hätte, dann war es diese. Leider haben die Beerdigungen einen Großteil unserer Zeit in Anspruch genommen, Exzellenz. Und dann gab es natürlich noch die ungeheure Zahl von Letzten Ölungen, die wir durchzuführen hatten, zehntausend bei der letzten Zählung«, antwortet Detlef und sieht von dem Buch auf, das aufgeschlagen vor ihm liegt. Empört über die Verspätung, mit der sein Cousin in der Stadt eingetroffen ist, nachdem sie für pestfrei erklärt worden war, fällt es ihm schwer, höflich zu bleiben.

Heinrich sinnt über eine Antwort nach und beobachtet, wie

einige der Geistlichen den leidenschaftlichen Kanoniker mit bewundernden Blicken bedenken. Detlef wird allmählich wirklich zur Belastung, denkt der Erzbischof, letztendlich muss ich doch noch Wilhelm den Vorzug geben.

»In der Tat, es war eine schwere Zeit. Eine Zeit der Introspektion, eine Herausforderung für den Glauben. Und genau aus diesem Grund brauchen wir ein großes Fest, um all diejenigen zu feiern, die überlebt haben.« Mit einem falschen Lächeln auf den Lippen dreht er sich zu seinem korpulenten Minister um. »Findest du nicht auch, Wilhelm?«

Von Fürstenberg, der den Großteil des Pestsommers im Haus der Gräfin von Marck dreißig Meilen von Köln entfernt verbracht hat, nickt ernst. »Ganz genau. Die Menschen müssen daran erinnert werden, wie wunderbar es ist, einen Erzbischof hier in einer der wichtigsten Städte des Heiligen Reiches zu haben. Ich schlage eine Prozession vor, eine Massensegnung und dann eine Predigt zum Thema Auferstehung – eine höchst passende Allegorie.«

»Ein ausgezeichneter Vorschlag! Ich werde die Predigt halten. Die Nonnen von St. Ursula werden mit Palmwedeln die Prozession anführen, gefolgt von den Chorjungen von St. Severin in Begleitung von Flöten, und dann kommen als Nachhut die Domwachen zu Pferde. Das Ganze soll am Tag des heiligen Severin stattfinden. Es ist doch angemessen, am Tag eines Stadtpatrons zu feiern, dass wir die Pest überstanden haben. Alle herrschenden Familien sollen daran teilnehmen. Wo steckt Prinz Ferdinand eigentlich? Ist er noch in der Region?«

»Ich denke schon.«

»Dann sorge dafür, dass er als Abgesandter des Kaisers kommt. Ich werde den Feiertag in der Sonntagspredigt ankündigen.«

Der Minister raschelt um Aufmerksamkeit heischend mit seinen Papieren. »Monsignor Solitario würde sich ebenfalls über eine Einladung freuen. Es stünde Köln gut an, der Inquisition mit größter Höflichkeit entgegenzutreten, besonders nach den Peinlichkeiten, die der letzte Prozess nach sich zog«, erklärt von Fürstenberg und sieht Detlef prüfend an. »Ich glaube, die Hexe ist im Zuge des Schülergeleifs umgekommen – ist das richtig, Domherr von Tennen?«, fährt er furchtlos fort.

Detlef erwidert von Fürstenbergs Blick ungerührt. »Die gesamte Familie der Hebamme einschließlich des obersten Rabbis ist in ihrem eigenen Haus verbrannt.« Aus Detlefs leiser Stimme spricht großer Hass.

Heinrich, der einen Streit befürchtet, schaltet sich ein: »Ja, gewiss, der Tod des obersten Rabbis ist natürlich höchst bedauerlich. Wir alle wissen, dass die Anwesenheit der Juden eine ärgerliche Sache ist, aber es lohnt sich einfach nicht, einen treuen Hund totzuschlagen, wenn er einem doch nur dienen will. Stimmst du mir zu, Detlef?«

Heinrich blinzelt seinem Cousin zu, um ihn zu beschwichtigen. Detlef, dem sich vor Abscheu der Magen umdreht, zwingt sich zu einem Lächeln. Zufrieden fährt der Erzbischof fort.

»Es wäre von großem Nutzen, den Obersten Rat der Inquisition zu besänftigen, indem wir ihren getreuen Diener wieder in unsere schöne Stadt einladen. Schickt sofort einen Boten los! Und nun, denke ich, ist es an der Zeit für das Sext-Gebet und das Essen.« Heinrich erhebt sich und reibt sich die Hände.

Da wegen der Pest alle Handelswege gesperrt waren, hatte Mangel an importierten Waren geherrscht, und es gab lange Zeit keine Gewürze, keinen Käse und kein gepökeltes oder geräuchertes Fleisch. Nun, nach Öffnung der Straßen, wird die Stadt regelrecht überflutet mit Leckereien, und die lange vermissten Tafelfreuden sind dem Erzbischof und vielen anderen eine willkommene Gelegenheit zur Wirklichkeitsflucht.

Essen ist gut gegen Kummer und Gram, denkt der Erzbischof in einem Anfall von Selbstgerechtigkeit. Es ist ein gottgefälliges Ritual, mit dem wir untermauern, dass es uns wieder gut geht und wir überlebt haben, findet er, und ihm läuft bereits vor Vorfreude das Wasser im Munde zusammen.

»Es gibt noch etwas, das wir besprechen müssen.« Detlef bleibt sitzen, ein deutliche Beleidigung der erzbischöflichen Autorität. Heinrich, der eigentlich keine Lust auf weitere Streitereien hat, streicht sich über den knurrenden Magen und setzt sich wieder. Die anderen Geistlichen folgen seinem Beispiel.

»Klüngel und Vetternwirtschaft«, erklärt Detlef bestimmt.

Heinrich starrt ihn an, und als er begreift, dass es dem Kanoniker ernst ist, bricht er in lautes Lachen aus.

»Cousin, die Günstlingswirtschaft hat in Köln Tradition. Und wir alle wissen, dass die Kölner große Traditionalisten sind.«

»Mag sein, aber es kündigen sich neue Traditionen und Einflüsse an. Es wäre leichtsinnig, ihnen keine Beachtung zu schenken. Laut Verfassung haben nur Stadtbewohner mit Titel das Recht zu wählen – also nur ein Zehntel der Bevölkerung –, und sie dürfen nur für Leute innerhalb ihres privilegierten Kreises stimmen. Die Gaffeln dürfen trotz ihrer zweiundzwanzig Unterabteilungen nur vier Ratsherren stellen. Dieses Prinzip ist der beste Nährboden für die Vetternwirtschaft. Die Mehrzahl der Menschen hat kein Stimmrecht: Tagelöhner, Leibeigene, Wandergesellen, Geistliche, Frauen und Juden – sie alle sind ohne Einfluss, leisten aber ihren Beitrag für die städtische Wirtschaft.«

»Das geht die Kirche nichts an und dich auch nicht, es sei denn, Kanoniker wäre plötzlich ein politisches Amt geworden. Denk daran, wir sind nur hier, weil die Bürger damit einverstanden sind. Muss ich dich an die Ereignisse von 1396 erinnern, als die Kaufleute und Bürger alle Adeligen aus Köln verjagt haben? Auch deine Familie, Detlef!«

»Aber es wird uns etwas angehen, wenn die Bürger sich erneut erheben. Der Familienname allein wird zukünftig nicht mehr genügen, damit man einen Sitz im Stadtrat bekommt. Es gibt gute Handwerker, die zu Recht die Anerkennung ihrer Leistung fordern.«

»Euer Cousin ist ein Idealist, vielleicht sogar ein heimlicher Republikaner.« Wilhelm Egon von Fürstenberg, der sich an Detlefs deplatziertem Wagemut erfreut, knallt ein dickes Rechnungsbuch zu, als wolle er seine Behauptung unterstreichen.

»Was sagst du zu Wilhelms Vorwurf?«, fragt Heinrich schelmisch.

»Ich sage Folgendes: Es steht ein Umbruch bevor, und wer die Zeichen der Zeit nicht beachtet, wird ihn nicht überstehen – das gilt auch für Köln. Die Tradition war dem Handel noch nie zuträglich.«

Stirnrunzelnd dreht der Erzbischof an seinem Ring; ein Hinweis darauf, dass er verstimmt ist. Detlef hat Recht, das weiß er: Die Unzufriedenheit der Bürger wächst; umso mehr, nachdem während der Pestmonate viele der Privilegierten die Stadt verlassen haben. Doch der Unmut bestand bereits vorher, geschürt durch den Einfluss der steigenden Zahl begabter Handwerker, die aus der Bauernklasse aufgestiegen sind und nun ihre Vertretung im Stadtrat fordern.

»Aber, lieber Cousin, welche Rolle soll der Klerus dabei spielen? Ich bin der Hirte der Seelen, nicht der Hirte der Geldbeutel«, entgegnet Heinrich mit gespielter Unschuld.

Detlef lässt sich jedoch nicht beirren. »Ein junger Mann hat mich aufgesucht. Er stammt aus einer armen Familie, aber er hat es geschafft, eine Lehre zu machen und sich etwas aufzubauen. Aber weil er keinen guten Namen hat, werden ihm gewisse Steuererleichterungen und sogar der Zugang zu einigen Anlegestellen verwehrt. Er ist verärgert und hat bereits viele Gleichgesinnte in der Bandmacherzunft gefunden.«

»Nikolaus Gülich?«, wirft von Fürstenberg mit einem spöttischen Grinsen ein.

»Sie kennen den Herrn?«

»Den Herrn? Das ist kein Herr, sondern ein lästiger Emporkömmling, der unter den einfachen Leuten Unzufriedenheit schürt, um daraus Vorteil zu ziehen.«

»Ich erlaube mir, anderer Meinung zu sein. Meister Gülich will gegen die Vetternwirtschaft angehen, und ich denke, er wird Erfolg haben.«

Heinrich ist sich des lebhaften Interesses, mit dem die jüngeren Geistlichen dem Kanoniker lauschen, nur allzu bewusst. Er weiß, er muss Detlefs Kühnheit ertragen – schlimmer noch, er muss so tun, als unterstütze er ihn, denn Nikolaus Gülich steht mit seinen Forderungen nicht allein und ist nicht der Einzige, der in den unteren Ständen Begeisterung weckt.

»Als neutraler Beobachter kann die Kirche eine diplomatische Brücke zwischen den Handwerkern und dem Stadtrat schlagen. Exzellenz, es ist unsere Pflicht, einen Weg zur Befriedung zu finden. Wir müssen dafür Sorge tragen, dass ein paar Männer in den Stadtrat kommen, die ihren Einfluss durch ihre Arbeit erworben haben und nicht durch ihre Herkunft«, fährt Detlef fort.

»Cousin, diejenigen, die die Macht haben, werden sie nicht freiwillig hergeben!«

»Die Unzufriedenheit schwillt an wie die Nordsee, und eines Tages werden die Dämme brechen. Ich würde gerne mit den Bürgermeistern sprechen, um für Gülich einzutreten ...«

»Gar nichts wirst du! Als Domherr steht es dir nicht zu, dich in Bürgerrechtsfragen einzumischen! Schluss jetzt, wir müssen zum Gebet!«

Heinrich steht auf und fegt aus dem Raum, die Geistlichen folgen ihm. Detlef bleibt sitzen und starrt in das vor ihm liegende Buch, als könnten ihm die Aufzeichnungen helfen, seiner Enttäuschung Herr zu werden.

Der Erzbischof stürmt wütend den Säulengang hinunter und dreht sich zu seinem schnaufenden Minister um, der große Mühe hat, mit ihm Schritt zu halten.

»Mein lieber von Fürstenberg, ich denke, es ist an der Zeit, dass ich meine Schwäche für Familienbande ablege. Ich überlasse es Ihnen, wie Sie das Problem beseitigen.«

Der kleine, aber prächtige Bankettsaal trägt noch Spuren früherer Glanzzeiten: An den Wänden hängen kostbare Wandteppiche, auf denen die Triumphe der Handelsgilden und einige siegreiche Schlachten aus dem Dreißigjährigen Krieg dargestellt sind, und in den Ecken stehen orientalische Statuen – Beutestücke aus den Kreuzzügen. Ein kleines Ensemble, bestehend aus einem Flötisten, einem Lautenspieler und einem Cembalisten, spielt auf einer Empore, unter der an die zwanzig Gäste an einem langen Ebenholztisch versammelt sind. Man tafelt bereits eine ganze Weile. Am einen Tischende thront ein Spanferkel, während am anderen ein gefüllter Schwan mit einer kleinen Flotte gebratener Enten den Vorsitz hat.

Das Banner der Tuchmacher – ein in Viertel aufgeteilter Schild, in denen abwechselnd ein dreistöckiger Turm und eine Eiche dargestellt sind – hängt von der Balustrade. Peter Ter Lahn von Lennep steht mit einem Glas Wein in der Hand am Kopfende des Tisches.

»Es ist mir eine Ehre, als Vorsitzender der Gilde unseren 150. Geburtstag auszurufen! Möge die Gilde zu unserem Nutzen noch viele Jahrhunderte lang fortbestehen!«

Der Kaufmann nimmt Platz, während die Umsitzenden, seine Kollegen und ihre Gattinnen, anerkennend mit ihren Weingläsern auf den Tisch klopfen. Detlef, dessen Priestergewand sich deutlich von den bunten Gewändern der Frauen und den teuren, bestickten Samtwesten und breiten Rüschenkragen der Männer abhebt, sitzt rechts neben dem Kaufmann. Ihm gegenüber sitzt Birgit, die aus Trauer um ihre tote Schwester ein schwarzes Taftkleid trägt.

Es liegt ein Hauch von Spott in seinem Blick, als sich Peter Ter Lahn von Lennep an Detlef wendet. »Vier Einladungen, Kanoniker, und Sie sind keiner gefolgt. Stehen wir nicht mehr in Ihrer Gunst?«

»Verzeihen Sie mir, ich war anderweitig in Anspruch genommen.«

Der Kaufmann wirft einen Blick auf seine Frau. Ihm ist eine gewisse Verstimmung zwischen Birgit und ihrem Beichtvater aufgefallen, und er fragt sich, worin sie begründet sein mag. Zum Teufel mit Birgits Vergrämtheit! Er hat Geschäftliches mit dem Mann zu klären, ob es seiner Frau nun passt oder nicht, denkt der pragmatische Kaufmann und lässt sich seine Verärgerung nicht anmerken.

»In diesem Fall fühlen wir uns geehrt, einen so viel beschäftigten Geistlichen an unserer Tafel zu haben. Aber bitte, klären Sie mich auf: Ich habe gehört, Ihre Interessen sind neuerdings säkularer Art.«

Entsetzt sieht Detlef Birgit an – kann sie etwas ahnen? Seine Veränderung muss ihm so deutlich anzusehen sein, als trüge er ein Stigma auf der Stirn. Aber Birgit hält ihren Blick auf den Teller gerichtet und sieht nicht auf. Erneut fragt der Kaufmann sich, warum sich seine Frau so kühl verhält.

»Sie setzen sich für einen gewissen Bandmacher ein?«

In seiner Erleichterung antwortet Detlef überstürzt und ohne nachzudenken. »Nikolaus Gülich hat ernst zu nehmende Beschwerden.«

»Wenn er Beschwerden hat, sollte er sich an den Stadtrat wenden und nicht an die Kirche. Oder haben Sie vor, den geistlichen Stand zu verlassen?«

»Dies ist nicht meine Absicht.«

»Das war ein Scherz! Jedenfalls missfällt es mir sehr, dass Sie sich mit den belanglosen Beschwerden von Gülich beschäftigen. Viele in der Stadt haben dem jungen Mann zu Erfolg verholfen – sein Vater war ein einfacher Wandergeselle; man sagt, er war nicht einmal Kölner. Er wird mit seinen Beschwerden keinen Erfolg haben, und das dank einer Ordnung, die viele Jahrhunderte lang sehr gut funktioniert hat.«

»Was ist mit dem Weberaufstand und der Bürgerrevolte von 1482? Die Geschichte dieser Stadt gründet auf dem Kampf gegen die Vetternwirtschaft.«

Einige der Kaufleute drehen sich zu Detlef um. Ter Lahn von Lennep gibt den Musikern verlegen das Zeichen, mit der Quadrille zu beginnen, als Birgit zum ersten Mal an diesem Abend den Blick hebt.

»Der Kanoniker ist ein leidenschaftlicher Mann. Diese Schwäche musst du ihm verzeihen, lieber Gatte.«

»Wenn er leidenschaftlich ist, dann muss er auch etwas für Treue übrig haben. Er hat zu viele Feinde und kann es sich nicht leisten, seine Freunde zu vergrätzen.«

Ein Schatten fällt über das freundliche Gesicht des Kaufmanns. Er schubst eine Kugel aus Brotteig hin und her, dann zerdrückt er sie zwischen den Fingern.

»Tanzen Sie mit meiner Frau, Kanoniker. Sie ist zwar in Trauer, aber ein Tanz mit ihrem Beichtvater wäre durchaus schicklich.«

Widerstrebend bietet Detlef Birgit seinen Arm. Ihr Handgelenk unter dem schwarzen Stoff wirkt zerbrechlich. Vermutlich hat sie durch die Trauer an Gewicht verloren. »Madame, mein aufrichtiges Beileid zum Tod Ihrer Schwester.«

»Es ist schwer, aber es gibt viele, die noch viel mehr verloren haben«, erklärt Birgit auf dem Weg zur Tanzfläche. »Was ist mir dir, Detlef, was hast du verloren? Ich könnte schwören, du hast dich verändert, aber aus deinem Verhalten spricht weder Schmerz noch Verlust.«

Sie verbeugen sich und beginnen mit den förmlichen Tanzschritten.

»Mich hat die Arbeit im Pesthaus sehr ernüchtert. Es ist schwer, an Gott zu glauben, wenn man so viele Unschuldige leiden sieht.«

»In der Tat. Dann erkläre mir doch bitte, warum aus deinem Gesicht und deinem Verhalten eine so große Zuversicht spricht. Wenn ich nicht wüsste, dass du kein Herz hast, würde ich sagen, es ist eine Herzensangelegenheit.«

Er dreht sie im Kreis, und ihr Duft erinnert ihn an die gemeinsam verbrachten Stunden.

»Birgit, ich bedaure zutiefst, welchen Kummer ich dir bereitet habe, aber es war ein gefährliches Spiel, mit dem wir schon viel zu weit gegangen sind.«

Seine Zurückweisung schmerzt, und Birgit ist froh, dass er ihr Gesicht nicht sieht. Sie sammelt sich, und als sie sich anmutig wieder zu ihm umdreht, ist ihr Gesicht maskengleich. »Wir waren einander immer ebenbürtig, im Taktieren ebenso wie in der Liebe, Detlef. Aber sei gewarnt: Du bist ein Einfaltspinsel, wenn du denkst, das Spiel wäre schon zu Ende.«

Detlef sieht jedoch nur ihr Lächeln und weigert sich, ihre Warnung ernst zu nehmen. Er zieht es vor, sich der Täuschung hinzugeben, sie wären immer noch Freunde.

Der Kanoniker geht mit eiligen Schritten dicht an den dunklen Mauern der Häuser entlang, die beidseitig die Straße säumen. Weil es schon zu spät war, um ins Kloster zurückzukehren, ist er unterwegs zu Groots Quartier, einem Zimmer, das dieser verbotenerweise bei einer nachsichtigen Wirtin gemietet hat, die bereitwillig gelten lässt, dass ein Mann ein Mann ist, ob er nun einen Talar trägt oder nicht. In letzter Zeit ist Groot zwar der Einzige, dem Detlef vertraut, aber auch ihm hat er nichts von der Hebamme gesagt und erst recht nichts von dem Kind, das sie austrägt.

Seit einer Weile hat der Kanoniker das Gefühl, verfolgt zu werden. Die Schritte verklingen jedes Mal, wenn er stehen bleibt. Aus Angst vor einem Angriff hat er seinen Dolch gezückt und hält ihn versteckt unter seinem kurzen Umhang in der Hand. Seit er den Bankettsaal verlassen hat, fühlt er sich bedroht. Vielleicht liegt es an den verlassenen Gebäuden, die seit der Pest leer stehen und wie zerbrochene Zähne in einem aufgerissenen Mund aussehen. Vielleicht liegt es an dem Gefühl, die Stadt sei voller Geister, die weiter unbeirrt ihrer Wege gehen: alte Männer, die durch die Gosse schlurfen, die an den Straßenecken bettelnden Obdachlosen, fröhlich hüpfende Kinder, die zum Puppentheater unterwegs sind, gesetzt wirkende junge Frauen auf dem Weg zur Kirche – Phantome, die sich nicht bewusst sind, dass sie gar nicht mehr leben.

Detlef wirbelt um die eigene Achse; ein Schatten zieht sich blitzartig an die alte römische Mauer zurück. Ein Angreifer hätte sich schon längst auf ihn gestürzt, denkt Detlef und verflucht sich dafür, keine Kutsche genommen zu haben. Sicherheitshalber verlässt er die enge Gasse und biegt in eine breitere Straße ab, die heller ist. Das Haus, in dem Groot wohnt, steht an der nächsten Ecke. Detlef ist froh, in einem Fenster im ersten Stock noch eine Kerze brennen zu sehen. Er wirft einen kleinen Kieselstein gegen die Scheibe und wartet unruhig, bis Groot am Fenster auftaucht und hinunter in die dunkle Straße späht.

»Ich bin es«, flüstert Detlef heiser auf Latein.

Sein Sekretär verschwindet hinter einem Vorhang. Einen Augenblick später geht die Tür auf, und Detlef schlüpft ins Haus.

✦ ✦ ✦

»Es ist mir ein großes Vergnügen, Sie wieder bei uns zu haben, Monsignor Solitario. Ich hoffe, Sie hatten eine gute Reise.«

Wilhelm Egon von Fürstenberg hält den schweren Vorhang auf, mit dem ein kleiner Raum von Kaffeehaus abgetrennt ist, eine beleuchtete Nische mit einem Tisch und Stühlen.

»Wenn man die Widrigkeiten bedenkt, mit denen unser geschätzter Kaiser immer noch zu kämpfen hat, kann ich mich nicht beklagen.«

Der Inquisitor hat Wien erst zwei Tage zuvor verlassen, aber er vermisst bereits die prunkvolle Architektur der Habsburger und die Gasthäuser. Dieses Kaffeehaus ist, auch wenn es die Einheimischen als das Neueste vom Neuen betrachten, nicht mehr als eine bessere Schankstube, bemerkt Carlos bitter. Er verzieht das Gesicht und tritt in die stickige Nische, um am Tisch Platz zu nehmen.

»Frönen Sie auch dieser neuen Droge?« Von Fürstenberg quetscht sich neben den Inquisitor.

»Kaffee gibt es in Wien schon seit fünf Jahren. Ich habe ihn probiert, aber ich halte ihn für eine Blasphemie.«

»In diesem Fall nehmen Sie doch einen Tee, während ich sündige.«

Ein Mann von höchstens einem Meter fünfzig mit pockennarbigem Gesicht und einem ansonsten so unauffälligen Erscheinungsbild, dass es schwer ist, ihm eine bestimmte Volkszugehörigkeit zuzuschreiben, tippt sich an den Hut und setzt sich neben von Fürstenberg.

»Das ist mein Diener, Monsieur Georges. Er ist im Grunde meine unsichtbare rechte Hand. Wie ich mit Freude berichten kann, hat er früher für die Spanier spioniert und auch für die Franzosen gearbeitet. Georges versteht es, sich regelrecht unsichtbar zu machen, und die einzige Treue, die er kennt, ist die zu seinem Geldbeutel. In jüngster Zeit hat er sich ein wenig um unseren gemeinsamen Freund Detlef von Tennen gekümmert.«

Der Inquisitor sieht nicht auf und blickt in die Teetasse, die ihm ein junges Dienstmädchen gebracht hat. Der erfahrene Spion erkennt in seinem wortkargen Gegenüber einen Menschenfeind, wie er selbst einer ist, und schweigt. Er wartet auf ein Zeichen seines Herrn, bevor er seine Informationen preisgibt.

Lächelnd legt von Fürstenberg eine Hand auf die Faust des Inquisitors, der seine Handschuhe noch nicht abgelegt hat.

»Sie können ganz sicher sein, dass wir in dieser Angelegenheit Bundesgenossen sind, und nun haben wir auch den Segen des Erzbischofs. Unser geschätzter Freund, der Kanoniker, entwickelt neuerdings großen Ehrgeiz auf dem Gebiet der weltlichen Politik, und sowohl die Adeligen als auch die Bürger befürchten, er könne den Status quo gefährden. Wenn es nur eine rechtmäßige Möglichkeit gäbe, ihn zu verhaften ...«

Carlos hebt langsam dem Kopf. »Der Erzbischof hat endlich Vernunft angenommen? Das kann ich kaum glauben.«

»Glauben Sie es ruhig. Ich habe eine schriftliche Vollmacht.«

Von Fürstenberg holt eine lange Tonpfeife hervor und stopft sie mit Tabak. Dann nimmt er die Kerze vom Tisch und zündet sich die Pfeife an, um den Spanier sogleich in eine dicke Rauchwolke einzuhüllen.

»Ich habe schon immer viel davon gehalten, den Gegner aus unterschiedlichen Richtungen anzugreifen, wie beim Damespiel. Ich dachte, wir gehen die Sache am besten mit einer Anklage wegen unsittlichen Verhaltens an.«

Carlos sieht ihn überrascht an.

»Ich habe Beweise dafür, dass von Tennen über viele Jahre hinweg ein Verhältnis zu Birgit Ter Lahn von Lennep unterhielt. Kürzlich haben sie sich zerstritten. Um den Zorn der gekränkten Frau auszunutzen, habe ich sie aufgesucht. Aber leider war sie unerschütterlich in ihren Ansichten. Ich war bereits der Verzweiflung nahe, als Georges mir eine wichtige Information brachte.«

Der Spion räuspert sich und spuckt noch einmal zu Boden. »Ich verfolge den guten Kanoniker nun schon seit einigen Tagen und habe nichts beobachtet, woran man eine Klage wegen unsittlichen oder unzüchtigen Verhaltens festmachen könnte, mein Herr. Ich wusste nicht mehr weiter, aber da beschloss ich, mir einmal seine jüngste Vergangenheit anzusehen, also seine Beziehungen. Als ich davon hörte, wie er die Jüdin beschützt hat, bin ich auf die andere Rheinseite gefahren, um mir das Getto von Deutz anzusehen – jedenfalls das, was davon übrig ist. Ich verkleidete mich als Jude und behauptete, ich käme aus Buda und spräche nur schlecht Deutsch, und da hörte ich eine höchst seltsame Geschichte: Während des Schülergeleifs wurden mehrere Häuser mitsamt ihren Bewohnern verbrannt, darunter das Haus des Rabbis, des Vaters der Hebamme. Aber die Hütte der Hebamme wurde nicht zerstört, und man hat die Frau seither nicht mehr gesehen. Auch ihre Leiche wurde nirgends gefunden. Was mich zu der Überlegung brachte, dass vielleicht unser geschätzter Kanoniker die Hexe versteckt. Wenn wir sie zusammen erwischen, können Sie einen ordentlichen Prozess durchführen und eine Hinrichtung, die dem Volk gefallen wird.«

»Glauben Sie, er war mit ihr im Bett?« Erregt durch diesen Gedanken, spürt Carlos, wie seine Narbe verräterisch zu pochen beginnt.

»Auch wenn nicht, wäre es leicht, einen solchen Verdacht zu erwecken. Überlassen Sie das alles mir. Wir müssen sie nur zur selben Zeit am selben Ort auffinden«, schließt der Spion mit einem schiefen Grinsen im Gesicht.

Von Fürstenberg hat seine Pfeife zu Ende geraucht und klopft sie aus. Glut und Asche fallen auf die Marmorplatte des Tisches.

»Der gute Kanoniker verlässt neuerdings die Stadt viel häufiger als früher. Anfänglich, als die Pest noch wütete, nahm ich an, er reise aus Sorge um seinen Bruder Graf Gerhard von Tennen aufs Land, aber mittlerweile habe ich da so meine Zweifel.«

»Ich bin in Begleitung meines Sekretärs Juan und eines Schergen gekommen, dazu habe ich zehn Soldaten des Kaisers. Ich bin sicher, der Graf wird uns freundlich empfangen, wenn wir ihn besuchen.« Zum ersten Mal an diesem Tag lächelt Carlos.

Ein junges Dienstmädchen späht durch den Vorhang und macht dem Minister ein Zeichen. Er winkt sie herein, und sie flüstert ihm etwas ins Ohr.

440

»Entschuldigen Sie, meine Herren, aber wir bekommen möglicherweise unerwartete Unterstützung.«

Einen Augenblick später wird Birgit Ter Lahn von Lennep hereingeführt. Sie ist gekleidet wie eine gewöhnliche Bürgersfrau und trägt eine Haube mit hoch aufgetürmten Schleifen. Von der Krempe fällt ein dunkelblauer Schleier herab, unter dem ein weißer Rüschenkragen und ein schwarzes Mieder hervorblitzen. Birgit macht einen Knicks und hält von Fürstenberg ihre Hand hin, der sie gierig ergreift und einen Kuss darauf haucht.

»Welch überraschende Ehre, Madame. Bitte, setzen Sie sich zu uns!«

Mit regennassem Umhang nimmt Birgit Platz. Ihr ist schlecht vor Aufregung, und sie muss fast würgen, als ihr das kräftige Aroma des Anregungsmittels in die Nase steigt, das ihr das Mädchen hingestellt hat.

»Gräfin von Marck hat mir gesagt, wo ich Sie finde – allerdings erst, nachdem ich ihr einiges erklären musste. Sie ist Ihnen wirklich eine gute Freundin, Herr von Fürstenberg.«

»Ich würde ihr mein Leben anvertrauen, wie ich es in der Tat gelegentlich schon tun musste. Darf ich annehmen, Sie haben Ihre Meinung geändert, Madame? Manchmal braucht es seine Zeit, bis man auf den rechten Weg findet, aber dank unseres guten Herrn tut er sich uns schließlich doch auf.«

Birgit zupft an dem spitzenbesetzten Taschentuch, das in ihrem Rockbund steckt. Nun ist sie wirklich da und sitzt vor dem Feind des Mannes, den sie immer noch liebt, aber auch zu hassen begonnen hat. In ihrem Herzen liegen Treue und Zuneigung im Widerstreit mit einem großen Zorn, der sich ihrer bemächtigt hat. Kann sie Detlef wirklich verraten? Dann würde sie ihn für immer verlieren, doch in ihrem tiefsten Innern glaubt sie im Grunde immer noch an eine gemeinsam Zukunft. Ist sie imstande, Verrat an ihren Gefühlen für ihn zu begehen, nachdem seine Zuneigung zu ihr erloschen ist? Diese und andere finstere Gedanken wirbeln in ihrem Kopf wie die Sahne in ihrem Kaffee. Sie erinnert sich daran, wie Detlef ihr beim Tanzen mit verschlossener, gleichgültiger Miene zu verstehen gegeben hatte, dass ihr Verhältnis nur ein Spiel für ihn gewesen war. Die Erinnerung an diese schreckliche Grausamkeit bringt sie dazu, das Wort zu ergreifen. Aber noch einmal zögert sie, weil sie die Hoffnung auf Versöhnung nur ungern aufgeben will.

Verärgert über ihre Zurückhaltung beugt sich von Fürstenberg vor. »Er hat Sie gekränkt, Madame, als Mann und als Beichtvater. Ich habe Grund zu der Annahme, dass er die Hebamme versteckt...«

Die Logik seiner Aussage trifft Birgit wie ein Hammerschlag. Plötzlich setzen sich viele kleine Beobachtungen zu einem vollständigen Bild zusammen, das Birgit in seiner Klarheit entsetzt: Detlefs anfängliche Ruhelosigkeit, seine moralischen Anwandlungen ... Wie konnte er nur so viel für eine unbedeutende Jüdin aufs Spiel setzen? Vermutlich hat die Verfolgung der Hebamme den Idealisten in ihm wachgerufen.

»Das ist eine Lüge!« Sie versucht vergeblich, sich ihren Zorn nicht anmerken zu lassen.

Der Minister spürt jedoch, dass ihm die Beute ins Netz gegangen ist, und fasst sie ungeduldig am Arm. »Madame, er gewährt ihr zu dieser Stunde Zuflucht auf dem Besitz seines Bruders.«

»Nein, bestimmt nicht auf Schloss Grüntal, aber nicht weit von dort entfernt. An einem Ort, den ich gut kenne ...«

»Dann werden Sie uns helfen?«

Birgit nickt und versucht ihre Tränen hinter einer würdevollen Haltung zu verbergen, aber die Männer tuscheln bereits aufgeregt miteinander.

Während sie über das weitere Vorgehen beraten, starrt Birgit auf den Kaffeesatz in ihrer Tasse. Verzweifelt fragt sie sich, was ihr das Leben ohne Detlef überhaupt noch zu bieten hat.

✦ ✦ ✦

Der Mönch und der Kanoniker sitzen nebeneinander im Athenäum. Außer ihnen ist niemand in der Bibliothek. Auf den Regalen an den Wänden stehen Bücher in vielen Sprachen: Latein, Portugiesisch, Englisch, Griechisch, Persisch und Hebräisch. Es ist mitten am Nachmittag, und der Frühlingsregen hat bereits eingesetzt.

Detlef schreibt sorgfältig und langsam, seine Schrift ist elegant, aber besonnen. Er führt Buch über die Vorgänge der letzten Monate und fasst dabei die Ereignisse eines jeden Tages in einem knappen Eintrag zusammen: *Den Säugling Hermann Kuller am selben Tag getauft, an dem ich seinen Onkel beerdigte. Die Spitzenmacherzunft legte beim Stadtrat Beschwerde gegen die Steuer auf belgische Spitzen ein. Kaufmann Knoff beschuldigt den Brauer Franz Hausen, sein Bier mit Wasser zu verdünnen.*

Wenn er eine Seite voll geschrieben hat, reicht er sie an Groot weiter, der mit seinen Tinten und Pinseln wartet. Fröhlich zeichnet der Assistent eine Abbildung zu den Eintragungen des Tages. Ein paar Pinselstriche und schon hat er einen gesunden Säugling gezeichnet, der in den Armen des Kanonikers zappelt, einer hoch aufragenden Gestalt am Taufstein mit tiefen Falten auf der Stirn.

Bei dieser Beschäftigung erreicht die symbiotische Beziehung zwischen Diener und Herr ihren Zenit: Sie erfreuen sich daran, einander zuzuarbeiten, sind ganz in ihre Arbeit vertieft und vergessen alle Politik. Bei diesen Gelegenheiten erinnert sich Groot wieder daran, warum er lieber bei Domherr von Tennen in die Lehre gehen wollte als bei einem älteren, erfahreneren Geistlichen: Detlefs unvergleichlicher Humor und seine respektlose Art im Umgang mit der Autorität hatten ihn angezogen. Kein anderer Geistlicher führt ein Tagebuch wie Detlef, und obwohl er immer wieder behauptet, es sei für die Nachwelt, vermutet Groot, dass er es zu seinem Vergnügen tut. Jammerschade, denkt er, dass sein Meister so ein großer Fachmann auf dem Gebiet der Beobachtung von Menschen ist und sich doch so schlecht aufs Taktieren versteht.

Während er Pläne schmiedet, wie er seinen beruflichen Aufstieg fördern kann, legt der Assistent das Blatt zur Seite, damit es trocknen kann, und nimmt sich ein neues. Plötzlich hüstelt jemand.

Ein junger Novize tritt aus dem Säulengang. Ihm folgt ein ärmlich gekleideter Bauer, der nach Pferd stinkt. Seinen Hut mit Federn hält er in seinen riesigen, geröteten Händen, und in seinem roten Bart sind Schlammspritzer von dem Ritt durch den Regen. Der Bauer geht auf Detlef zu.

»Bitte, Kanoniker, er hat behauptet, Sie kennen ihn«, beeilt sich der junge Geistliche zu erklären.

»Das ist wahr. Joachim!«

Die beiden Männer begrüßen sich, und die weiße Gelehrtenhand des Kanonikers verschwindet in der riesigen Pranke des Bauern.

Detlef ist fast das Herz stehen geblieben, als plötzlich Hannas Bruder auftauchte, aber da Groot ihn aufmerksam ansieht, spielt er die Rolle des großherzigen Oberherrn.

Erleichtert verschwindet der Novize wieder, und Groot fragt sich, woher Detlef wohl einen solchen Menschen kennt.

»Joachim, das ist mein Assistent, Pater Pieter Groot. Joachim ist der Bruder meiner Haushälterin auf dem Land.«

»Herr, Sie müssen rasch kommen! Hanna ließ mich schwören, dass ich Sie sofort mitbringe. Es gibt Schwierigkeiten.«

»Was für Schwierigkeiten?«

»Das hat sie mir nicht gesagt, aber Sie kennen Hanna doch. Sie würde nicht darum bitten, wenn es nicht ernst wäre. Ich bin in einem Tag durchgeritten, Herr, obwohl die Gegend ziemlich gefährlich ist.«

»Ich danke dir für deine Treue.«

»Ich bin nicht auf Dankbarkeit aus – tun Sie nur, was meine Schwester wünscht!«

Groot wartet, bis Detlef fort ist, dann nimmt er den Pinsel wieder zur Hand und malt an den Rand der Seite des Tages eine lüsterne Dämonin mit riesigen Brüsten und einem schuppigen Schwanz, mit dem sie einen kleinen Priester umschlingt, dessen Patriziernase der von Detlef auffallend ähnlich ist.

Dann erhebt er sich und macht sich nachdenklich auf den langen Weg durch die Kreuzgänge zu den Gemächern von Wilhelm Egon von Fürstenberg.

Der beißende Geruch von verbranntem Bernstein, Salpeter und Schwefel liegt in der Luft und verdrängt alle anderen Gerüche. Bei Ruth haben die Wehen eingesetzt, und aus Angst vor der Pest ließ sie Hanna das Haus und das Grundstück einräuchern. Angesichts der kurz bevorstehenden Geburt ist unvermittelt die irrationale Angst über sie gekommen, vielleicht dasselbe Schicksal wie ihre Mutter zu erleiden und bei der Geburt zu sterben. Seit zwei Tagen läuft Hanna nun schon durchs Haus und befolgt Ruths Anweisungen, um sie gegen alle möglichen Unwägbarkeiten zu schützen und vor allem Vorkehrungen gegen das Eindringen der Dämonin Lilith zu treffen.

Nun schreibt die Haushälterin mit einer dünnen, in rotes Henna getauchten Weidenrute die letzten hebräischen Buchstaben auf Ruths weißen, prallen Leib.

»Hast du die drei Namen fertig?«

Ruth hat sich das Nachthemd bis zur Brust hochgezogen und versucht, auf ihren dicken Bauch zu schauen. Hanna hockt vor ihr.

»Ich habe sie genau von Ihrer Zeichnung abgeschrieben, aber ich bin keine Könnerin.«

»Solange nur keine Fehler darin sind, wird es mich schützen.«

»Bei all der Quacksalberei kommt bald nicht einmal mehr das Tageslicht ins Haus«, bemerkt Hanna und sieht sich im Raum um. An allen vier Wänden hängen Talismane gegen Lilith und ihre Dämonen: hier der Schild Davids, dort die drei

Engel Snwy, Snsnwy und Smnglf, die von oben bis unten bedeckt mit kabbalistischen Zeichen sind. Über dem Bett ist ein hebräisches Gebet für eine gute Geburt angebracht, und Ruth trägt ein Amulett ums Handgelenk.

»Aber diesen Schutz trage ich direkt auf der Haut. Was auch immer geschieht, in meinen Bauch gelangt Lilith jedenfalls nicht«, murmelt Ruth mit zusammengebissenen Zähnen, als plötzlich wieder eine neue Wehenwelle einsetzt. Hanna legt besorgt die Hand auf die Stirn der jungen Frau: Sie ist zwar heiß, aber nicht übermäßig.

»Warum haben Sie eine solche Angst vor dem Weib des Teufels?«, fragt sie.

Stöhnend richtet sich Ruth auf. »Sie hat meine Mutter geholt, als sie ihr zweites Kind auf die Welt brachte. Beide sind gestorben.«

»Dies wird nicht Ihr Schicksal sein, Fräulein, da bin ich ganz sicher.«

Seufzend wischt sich die Haushälterin die Hände an der Schürze ab und geht zu der Schüssel, die sie in der Ecke abgestellt hat. Sie fängt an zu rühren und mischt verschiedene Kräuter zusammen: Bertramswurzel, Sanikel, Kamille, Honigklee, Melisse, Lampen-Wollkraut, Malve, Betonika, Majoran, Frauenfarn, Veilchen und Beifuß. Dazu gießt sie drei Gläser Weißwein. Sie riecht daran, verzieht das Gesicht und schüttet etwas von dem übelriechenden Gebräu in ein Glas, das sie Ruth an die Lippen hält.

»Nicht schon wieder!«, stöhnt Ruth.

»Es ist schließlich Ihr eigenes Rezept, dreimal täglich haben Sie gesagt, um die Geburt einzuleiten!«

»Meine armen Patientinnen tun mir wirklich Leid.« Ruth bringt trotz der schlimmen Krämpfe ein Lächeln zustande.

Hanna tupft ihr die Stirn ab. »Bei einer Frau im Dorf hat die Geburt vier Tage gedauert.«

»Hat sie es überlebt?«

»Sie, und das Kind auch. Riesig war es, gut drei Handbreit groß.«

»Wer war die Hebamme?«

»Man ließ eine aus Bonn holen, aber sie kam zu spät. Es war das Werk von Mutter Natur – und meiner Wenigkeit. Sie sehen, Sie müssen sich nicht fürchten!«

Ruth umklammert den kräftigen Unterarm der Haushälterin, der ganz glitschig ist von dem Veilchenöl, mit dem sie Ruth den Bauch eingerieben hat.

»Ich gebe mir Mühe, aber ich wünschte, das Kind wäre schon da.«

Für einen Augenblick bettet sie ihren Kopf an den Busen der stämmigen Bäuerin, die ihr zur Mutter und Freundin geworden ist und nun ihre Hebamme sein wird.

Die Wehen kommen seit einem Tag und einer Nacht, und Ruth erkennt an der geringen Öffnung ihres Muttermundes, dass das Kind keine Eile hat. Aber sie kann die Ängste nicht abschütteln, die sie seit dem Augenblick plagen, als die Fruchtblase platzte. Da sie wie ihre Mutter schmale Hüften hat, wird es keine leichte Geburt. Die Erinnerung an Sara, die bei der Geburt ihres toten Kindes verblutete, lässt ihr keine Ruhe. Wird dies auch ihr Schicksal sein? Oder werden die Amulette und Gebete es zu verhindern wissen? In ihrer großen Unruhe hat sie Hanna sogar bitten müssen, nach Detlef zu schicken.

»Mein Bruder ist seit zwei Sonnenaufgängen fort, sie werden noch vor Sonnenuntergang hier eintreffen«, erklärt Hanna, als habe sie Ruths Gedanken erraten. »Herr Detlef ist ein guter Mann, trotz seiner gefährlichen Ideen. Er erinnert mich sehr an meine Herrin, seine Tante, wenn er so redet und lauter abstruse Gedanken von sich gibt.«

Wieder setzt eine Wehe ein und sendet vom Ende der Wirbelsäule Schmerzwellen durch Ruths Körper. Sofort beginnt sie tief durchzuatmen.

Um sie abzulenken, tupft Hanna ihr die Stirn ab und plappert weiter. »Solche Träume sind lebensgefährlich – man denke an seine Tante! Ich sage immer: ›Herr Detlef, es ist gut, dass außer dem Wind niemand zuhört, sonst kämen wir beide an den Galgen!‹ Er war so ein süßer kleiner Junge, so hübsch! Ich habe immer gedacht, er ist viel zu schade für die Kirche.«

Sie wartet, bis Ruth wieder in ihr Kissen sinkt, und zieht ihr Nachthemd glatt.

»Das Kind wird wunderschön, auch wenn es ein armer Bastard ist.«

Ruth starrt mit weit aufgerissenen Augen an die Decke und versucht durch tiefes Atmen ihre Schmerzen zu lindern. Hanna hilft ihr, sich aufzurichten, damit sie sich mit dem Rücken an die Wand lehnen kann. Dann hält sie Ruth ein Glas Wasser an die aufgebissenen, geschwollenen Lippen.

»Trinken Sie! Sie müssen trinken!«

Erschöpft trotten die beiden Pferde in den überwucherten Hof, aber als sie den Duft der Heimatwiesen wittern, schütteln sie ungeduldig die Mähnen, während Detlef und Joachim müde absteigen. Nach dem langen Ritt schmerzen ihnen Schenkel und Gesäß. Detlef sieht zum Haus auf, und als er Licht im Schlafzimmer sieht, befürchtet er schon, zu spät gekommen zu sein.

»Ich lasse Sie jetzt allein, Herr, wie Hanna mir befohlen hat. Wenn ich noch etwas für Sie tun kann, finden Sie mich zu Hause bei meiner Frau …«

»Könntest du meine Stute mitnehmen? Da hinten bei euch gibt es bessere Wiesen, und sie hat sich ein gutes Futter verdient.«

Joachim nickt, aber Detlef läuft bereits auf das Haus zu.

Im Korridor bleibt er stehen, als er Hannas leise Stimme hört. Sie singt ein altes Volkslied. Das kräftige Aroma von Heilkräutern dringt durch den Spalt unter der Tür. Einen Augenblick lang zögert Detlef, weil er nicht weiß, ob er überhaupt eintreten darf, in dieses Reich der Frauen, aber da ruft Ruth bereits nach ihm.

✦ ✦ ✦

Die berittenen Soldaten warten im Schutz der Bäume und sind mit ihren grünen Uniformen kaum auszumachen. Auf der gegenüberliegenden Seite der Wiese vor ihnen steht das Haus. Das niedrige Gebäude ist alt und gut verborgen, und man muss schon genau hinsehen, um das dunkle strohgedeckte Dach und die grauen Mauern inmitten der Bäume zu erkennen. Nur aufgrund der Hinweise von Birgit Ter Lahn von Lennep haben sie sich dem Anwesen überhaupt aus dieser Richtung genähert. Aus jeder anderen hätten sie das Haus gar nicht bemerkt.

Carlos rutscht vorsichtig von seinem Ross. Er ist stundenlang tapfer geritten und musste sich anstrengen, um mit den Soldaten Schritt zu halten, die allesamt erfahrene Reiter sind. Schmerzgekrümmt humpelt der Inquisitor auf den Hauptmann zu, der ihm schweigend ein Fernrohr reicht. Der Mönch hat vor Aufregung einen ganz trockenen Mund, als er hindurchspäht. Seine Rückenschmerzen und die Qualen der beschwerlichen Reise sind jedoch vergessen, als er das Licht im ersten Stock des Bauernhauses sieht.

»Die Ratte ist in ihrem Bau«, flüstert er dem Hauptmann zu, der grinsend seine weißen Zähne bleckt.

»Monsignore, wir werden Ihren Schädling schon fangen. Wenn wir das Haus umstellt haben, gibt es keine Fluchtmöglichkeit mehr. Der Wald ist zu dicht, und wenn er über die offene Wiese läuft, haben wir ihn wie eine Ente vor der Flinte.«

»Ich will sie beide lebend. Ich werde ihnen den Prozess machen und ein öffentliches Exempel statuieren. Tot nützen sie mir nichts.«

Der Hauptmann nickt und gibt seinen Männern ein Zeichen. Gekonnt und lautlos wie Söldner – einige von ihnen sind tatsächlich welche – steigen die Soldaten von ihren Pferden ab und binden sie an Bäumen an. Dann legen sie ihre schweren Kettenhemden ab und breiten sie fachmännisch über den Satteln aus. Mit kurzen Schwertern bewaffnet, schleichen die Männer, deren Helme mit Federn in der Sonne glänzen und auf deren Uniformröcken der doppelköpfige Adler der Habsburger prangt, durch das hüfthohe Wiesengras. Sie sehen aus wie eine riesige smaragdgrün und silbern schimmernde Schlange, deren beweglicher Körper nur dann und wann von einem Sonnenstrahl getroffen wird. Sie bewegen sich mit kurzen Schritten vorwärts und führen die Befehle des Hauptmanns mit größter Exaktheit aus. Nach ein paar Metern bleiben die Soldaten stehen.

Carlos, der heftig unter seiner Soutane schwitzt, kauert neben einem Büschel wildem Weizen. Pollen und Samen brennen ihm in den Augen, und er muss sich sehr am Riemen reißen, um nicht zu niesen. Er spürt, dass er unter dem Stiefel etwas zerquetscht, wahrscheinlich eine Kröte. Um sich zu trösten, malt sich der Inquisitor aus, wie der deutsche Kanoniker betreten und mit hängendem Kopf vor dem großen öffentlichen Ketzergericht steht, das auf dem Marktplatz von Köln stattfinden soll.

✦ ✦ ✦

Detlef streicht Ruth über das feuchte Haar, das ihr strähnig über die Schultern fällt. Das Nachthemd klebt ihr auf der Haut, und darunter malen sich ihre schweren, geäderten Brüste und der runde Bauch ab. Sie atmet stoßweise und gräbt die Fingernägel in Detlefs Arme, als Hanna sie zwischen den geöffneten Schenkeln abtastet.

»Was fühlst du?«, keucht Ruth unter Schmerzen.

»Der Schädel steht am Beckenausgang. Es dauert nicht mehr lange.«

Hanna wäscht sich die Hände in einer kleinen Schüssel mit Wasser, das sich blutrot färbt. Unterstützt von Detlef stemmt Ruth sich hoch, um mit Hilfe des Gebärstuhls eine aufrechte Position einzunehmen.

»Geliebter, versprich mir, zuerst das Kind zu retten, falls es gefährlich wird«, flüstert Ruth, schlingt die Arme um Detlefs Hals und zieht ihn an sich.

Noch nie hat Detlef eine Frau so nackt und bloß gesehen, und zu seiner Verwunderung findet er Ruth schön, obwohl ihr Leib aufgebläht und ihr Gesicht von Schmerzen gezeichnet ist. Aber Gebären ist Frauensache, und die Befürchtungen der Hebamme schüren alte Ängste in ihm.

»Meine Liebste, so etwas darfst du nicht denken, es wird keine Gefahr geben, weder für dich noch für unser Kind.«

Bevor Ruth antworten kann, wird sie von neuerlichen Krämpfen überwältigt.

Plötzlich ertönt ein lautes Klopfen an der Haustür. Detlef erbleicht und sieht Hanna an.

»Was ist das? Hörst du es auch? Oder ist das Hämmern nur in meinem Schädel?«, murmelt Ruth.

Detlef läuft zur Zimmertür, aber die Haushälterin verstellt ihm den Weg.

»Lass mich durch!«

»Nein, es ist besser, wenn ich gehe, aber zuerst verstecken Sie sich.«

»Wo?«

»Kommen Sie, ich weiß ein Versteck.«

Rasch rafft sie ein paar Kleider und Tücher zusammen und schnappt sich den Gebärstuhl, während Detlef Ruth hochhebt, die vor Schmerzen fast von Sinnen ist. Wieder wird gegen die Tür getrommelt.

»Aufmachen! Wir kommen im Auftrag des Kaisers!«

Nach dem Ruf des Hauptmanns prasselt ein wahrer Steinhagel auf das Haus nieder, bei dem ein Fenster zu Bruch geht.

Hanna führt Detlef und Ruth im Laufschritt über den Korridor, an der Treppe und zwei leer stehenden Räumen vorbei in ihr eigenes kleines Schlafgemach unter dem Dach. Sie schiebt eine Holzplatte zur Seite, hinter der eine kleine Nische zum Vorschein kommt, und scheucht die beiden hinein. Dann schiebt sie die Holztafel wieder davor, und nachdem sie den Wandteppich ordentlich darüber drapiert hat, ist es, als gäbe es die Nische gar nicht.

Auf dem Weg nach unten sammelt sich die Haushälterin, richtet ihre Haube und wirft die blutbefleckte Schürze ab. Nachdem sie noch einmal tief durchgeatmet hat, geht sie auf die schwere Eichentür zu, die unter dem Gehämmer der Soldaten erzittert. Bevor sie den Riegel zur Seite schiebt, bekreuzigt sie sich und richtet ein Stoßgebet an die heilige Martha, die Schutzpatronin der Haushälterinnen, und an Katharina von Tennen, ihre frühere Herrin, um sich zu wappnen.

Die Haushälterin steht, die Hände in die Hüften gestemmt, breitbeinig auf der Schwelle. Sie nimmt die Soldaten, die mit gezogenen Schwertern und vor patriotischer Begeisterung schnaufend vor ihr stehen, so ungerührt ins Visier, dass Carlos schon glaubt, er sei doch das falsche Haus.

Auch der Hauptmann ist für einen Augenblick verblüfft über das Auftauchen der burschikosen Frau, die nun resolut die Arme vor dem riesigen Busen verschränkt. Er wirft einen Seitenblick auf den Mönch, der sich seine Kapuze tief ins sonnenverbrannte Gesicht gezogen hat.

»Was wollt ihr Kerle?«, fragt die Haushälterin, als hätte sie eine Gruppe Knechte vor sich und nicht die Soldaten des Kaisers.

»Dich nicht, Mütterchen!«, ruft einer frech, und die Umstehenden grinsen verlegen.

Carlos hat den Eindruck, die Dinge beschleunigen zu müssen, und tritt vor. Er schiebt sich die Kapuze vom Kopf und be-

ginnt die Anklage wegen unsittlichen Verhaltens gegen Domherr von Tennen im Namen des Heiligen Römischen Reiches
und des Obersten Inquisitionsrats vorzulesen.

Hanna hört mit ausdrucksloser Miene zu und lässt sich ihre
Angst nicht anmerken. »Guter Herr, ich verstehe die Sprache
der Geistlichen nicht. Was bedeutet das auf gut Deutsch?«

»Auf gut Deutsch, Madame, sind wir hier, um Ihren Herrn
Detlef von Tennen festzunehmen. Es liegen zwei Anklagen vor:
Verkehr mit einer Jüdin und Hexerei. Und nun treten Sie zur
Seite!«

Die Haushälterin rührt sich nicht vom Fleck. »Ich kenne diesen Herrn nicht.«

»Dann, Madame, sind Sie eine Lügnerin und Komplizin.«

Carlos nickt dem Hauptmann zu, der die Haushälterin grob
zu Boden stößt. Sie bleibt nach Atem ringend liegen, während
die Soldaten über sie hinwegsteigen und ins Haus eindringen.

Nur durch einen schmalen Spalt in der Holzvertäfelung dringt Licht in das Versteck. Von draußen ist zu hören, wie Möbel zertrümmert und Wandbehänge abgerissen werden, während die Soldaten das Haus durchsuchen.

Detlef greift nach dem Dolch, den er am Gürtel trägt. Seine Muskeln sind angespannt, und er kann seine Wut kaum beherrschen. Plötzlich ist der Soldat in ihm, der lange Zeit verschollen war, wieder in Alarmbereitschaft: Er will verteidigen, will die Eindringlinge töten, die das Leben seiner Frau und seines ungeborenen Kindes bedrohen. Er will nicht wie ein Feigling in seinem Versteck hocken und darauf warten, abgeschlachtet zu werden; lieber im Kampf sterben, als von einem Schwert durchbohrt zu werden wie eine Ratte in der Speisekammer.

Zitternd schließt er die Augen. Am liebsten würde er durch die Holzvertäfelung brechen und den Inquisitor am Hals packen. Er stellt sich vor, wie er in blinder Wut immer wieder mit dem Dolch auf ihn einsticht und das Blut gegen die Wände spritzt und über den Holzboden fließt. Detlefs sehnige Finger umklammern den Griff des Dolchs. Langsam hebt er ihn und verlagert das Gewicht, um jederzeit aus der Nische hervorspringen zu können. Neben ihm kauert Ruth und krümmt sich vor Schmerzen.

Schritte sind auf der Treppe zu hören, dann ein Aufschrei von Hanna. Detlef spürt, wie Ruth auffährt, und will schon die Holzplatte zur Seite schieben. Aber Ruth hält ihn am Handgelenk fest, während sie sich Halt suchend mit dem Rücken an die

Wand drückt. Sie beißt auf einen Lappen, damit man ihr Stöhnen nicht hört. Detlef kann ihr Gesicht kaum erkennen, aber er spürt ihren bittenden Blick. In diesem Augenblick wird ihm unvermittelt klar, dass sie genau weiß, was im Haus vor sich geht, obwohl ihr Körper von Krämpfen geschüttelt wird und sie fast besinnungslos ist vor Schmerzen. Er tastet im Dunkeln nach ihren Beinen und fühlt zwischen ihren Schenkeln nach. Die Schädeldecke des Kindes sitzt nun ganz tief, und er nickt Ruth stumm zu, damit sie anfängt zu pressen.

Mit zusammengebissenen Zähnen und vor Anstrengung gerötetem Gesicht beugt sie sich ruckartig vor, und das Neugeborene gleitet mit einem Schwall Blut und stechend riechender Käseschmiere direkt in Detlefs Arme.

Rasch wischt er den Schleim von der winzigen Nase und dem Mund und überlegt, was er mit der Nabelschnur machen soll, die sich zwischen Ruths Beinen zum Bauch des Kindes ringelt. Ruths Hände zittern, als sie danach tastet, aber dann konzentriert sie sich und es gelingt ihr, die Nabelschnur mit Fäden an zwei Stellen abzubinden. Dann greift sie nach dem Dolch. Detlef sieht mit zusammengekniffenen Augen zu, wie sie die Schnur durchschneidet. Blut strömt heraus, versiegt jedoch rasch.

Erschöpft lehnt Ruth sich an die Wand und lächelt das Neugeborene an. Draußen poltern die Soldaten mit Gebrüll die Treppe hinunter. Als Ruth merkt, dass das Kind gleich zu weinen anfängt, legt sie ihm behutsam die Hand auf den Mund, aber das Gewimmer ist trotzdem zu hören.

Zwei Zimmer weiter, im Schlafgemach, reißt Carlos die mystischen Amulette von den Wänden.

»Hexerei!«, brüllt er angeekelt.

Er zerreißt die Zeichnungen und wirft die Schnipsel in die Luft, die einem Schneetreiben gleich zu Boden flattern. Wütend starrt er auf die mit Blut befleckte Matratze und schiebt sie zur Seite. Darunter ist nichts, nur der staubige Dielenboden. Neben der Matratze ist jedoch ein schmieriger Fleck zu sehen.

»Sieh an, hier hat die Hexe mit ihrem Hexer gezaubert!«

Der Inquisitor reißt auch das Amulett ab, das über dem Bett hängt.

»Kanoniker! Wo immer Sie sich verstecken, wir werden Sie finden!«

Er erhält keine Antwort, nur das Gebell eines Hundes ist von draußen zu hören. In diesem Augenblick kommt der Hauptmann herein, dessen Gesicht mit blutigen Kratzern übersät ist.

»Wir haben das ganze Haus durchsucht, da ist niemand.«

»Haben Sie überall nachgesehen? In den Gesinderäumen? In der Scheune? Im Schweinestall? Sie müssen sich auch den kleinsten Winkel vornehmen!«

Der Hauptmann schüttelt bedächtig den Kopf und schnuppert. Dann weicht er ängstlich aus dem Raum. »Dieser Geruch … den kenne ich – das Haus wurde zum Schutz vor der Pest eingeräuchert!«

»Das ist doch nur ein Trick, Sie Narr!«

»Woher wissen Sie das?«

»Ich habe hier das Sagen! Und Sie kämmen das Haus noch vernünftig durch, und zwar sofort!«

Widerstrebend kehrt der Hauptmann an den Treppenabsatz zurück und befiehlt seinen Männern, noch einmal das obere Stockwerk zu durchsuchen. Fluchend und keuchend poltern die Soldaten erneut die Stufen hoch.

Carlos bleibt noch in dem Schlafgemach stehen und sieht sich um. Da liegen die Kämme der Hexe, in deren Elfenbeinzinken noch Haare von ihr hängen. Dort stehen die Stiefel des Kanonikers; ausgefallene französische Ware. Carlos fegt sie mit einem Tritt zur Seite: Dass ein Geistlicher so teures Schuhwerk trägt, erfüllt den genügsamen Spanier mit Abscheu. Man muss den deutschen Katholiken ihre Verdorbenheit austreiben, denkt er, kann jedoch nicht umhin, noch einen bewundernden Blick auf die langen schwarzen Haare zu werfen, die in dem kunstvollen Kamm hängen. Die Hebamme hat das Haar ihrer Mutter; es sind Hexenlocken, die sich um einen Mann schlingen und ihn ausquetschen können.

Er streicht über die Strohmatratze: Hier hat der Kanoniker mit der Hexe geschlafen, wie viele Male wohl? So viele, wie es Tage im Jahr gibt? Carlos, fasziniert und angeekelt zugleich, spürt plötzlich das dringende Bedürfnis, diese Höhle des Lasters zu verlassen.

Im Korridor muss er würgen, dann lehnt er sein glühendes Gesicht an die kühle Steinwand. In diesem Augenblick hört er es trotz des Gebrülls der Soldaten: ein leises Jammern, wie von einem Tier oder einem Säugling, das durch das Mauerwerk getragen wird.

Voller neuer Hoffnung blickt der Inquisitor in den Korridor und versucht abzuschätzen, aus welchem Raum die Laute kommen. Er geht auf die erste Tür zu und öffnet sie. Der offenbar nicht mehr genutzte Raum diente einst als Bibliothek; einige Regale sind noch voll gestapelt mit alten Schriften. Eine würdevolle Dame blickt von einem Bild über dem Schreibtisch herab. Sie hat eine leichte Ähnlichkeit mit dem Kanoniker. Carlos kann den hochnäsigen Blick der Adeligen nicht ertragen und zerstört mit seinem Jagdmesser das Gemälde. Er sticht der Porträtierten immer wieder in die Augen und in das arrogante Gesicht, bis er schließlich genug hat und zufrieden den Raum verlässt.

Im Korridor zögert er. Er hat mehrere Türen zur Auswahl: Hinter welcher verbergen sie sich wohl, hinter welcher? Verwirrung und Übelkeit steigen in ihm auf, und der beißende Schwefelgeruch sticht im in die Nase.

»Lilith«, flüstert er leise, »weise mir den Weg! Hilf deinem ergebenen Diener«, fährt er auf Aramäisch fort, damit ihn niemand versteht, der zufällig mithört. Der Rauch von dem Lagerfeuer, das die Soldaten draußen entfacht haben, dringt in Schwaden ins Treppenhaus. Carlos starrt gebannt in den Nebel und wartet auf ein Zeichen. Da erscheint ihm die Dämonin im Rauch: ein nebelartiges Phantom, das eine Hand ausstreckt und ihm den Weg weist. Carlos geht in die angezeigte Richtung und nähert sich einer Tür, die hinter einem niedrigen Balken verborgen ist. Er zieht den Kopf ein, dreht den Knauf und tritt ein.

Die Kammer ist verlassen, aber der Geruch des reinigenden Rauchs scheint hier stärker zu sein. Carlos riecht nur noch verbrannten Bernstein, Schwefel und Salpeter. In der Ecke neben dem Waschtisch liegt eine ordentlich zusammengerollte Matratze, darüber hängt ein Rosenkranz. Das kleine, in Schiefer eingefasste Fenster glänzt im Sonnenuntergang. Er ist offenbar in der Schlafkammer der Haushälterin. Der Inquisitor zündet eine Kerze an, deren Lichtschein auf die Holzvertäfelung an den Wänden fällt. Obwohl ihm nichts Besonderes auffällt, bleibt er misstrauisch stehen.

In ihrem Versteck halten Ruth und Detlef sich umschlungen und verharren reglos, während sie auf Carlos Schritte und sein erregtes Schnaufen lauschen. Der schlafende Säugling liegt an Ruths Brust. Sie hat sich zusammengeknüllte Tücher zwischen die Beine geklemmt, die schon ganz blutig und verkrustet von der Nachgeburt sind. Plötzlich bewegt sich das Kind. Detlef streckt die Hand nach ihm aus, aber Ruth hält ihn fest. Beide starren sie stumm in das zerknautschte rote Gesichtchen des Säuglings und beten, dass er nicht anfängt zu schreien. Er strampelt jedoch nur und dreht sich, um sich enger an Ruths Brust zu schmiegen. Wieder greift Detlef nach seinem Doch.

Carlos ist überzeugt, hinter der Vertäfelung etwas rascheln zu hören. Er lauscht fröstelnd und wartet darauf, dass sich seine Beute verrät. Auf der anderen Seite der Wand, nur ein kleines Stück von ihm entfernt, streicht Ruth mit den Fingern über die mit Henna geschriebene Formel auf ihrem eingefallenen Bauch und fängt an zu beten.

In diesem Augenblick wird Carlos von einem Miauen abgelenkt, und als er sich umsieht, streicht ihm auch schon ein kleines Kätzchen um die Beine. Wieder miaut es. Seine Laute sind, wie Carlos erstaunt feststellt, dem eines kleinen Kindes sehr ähnlich. Er nimmt das Tierchen auf den Arm und trägt es reuevoll aus der Kammer.

In der versteckten Nische tastet Detlef nach Ruths Gesicht. Als er spürt, wie ihr die Tränen über die Wangen laufen, schließt er sie und das Kind in die Arme. Schweigend liegen sie da, Ruths Kopf an seiner Brust, der schlafende Säugling an ihrer. Detlef kommt es vor, als liege dieses dunkle Versteck, in dem sie ausharren, jenseits aller Angst, jenseits von Zeit und Raum, ja vielleicht sogar jenseits der Sterblichkeit. Er spürt Ruths zierlichen Körper und die ungewöhnlich weiche Haut dieses kleinen Menschleins, das nun sein Kind ist, und da begreift er zum ersten Mal im Leben das wahre Wesen der Liebe; einer Liebe, wie er sie noch nie empfunden hat. Er hat das Gefühl, sein Innerstes sei durch diesen neuen Menschen auf ewig mit der Frau an seiner Seite verbunden. Einmal mehr muss er sich über die Umstände wundern, die dazu geführt haben, dass er nun diesen gefahrvollen und zugleich unglaublich hoffnungsfreudigen Augenblick erlebt.

Sich des neuen, reinen Geschöpfs bewusst, das aus ihm hervorgeht und sich vorsichtig entfaltet wie die Blüte einer Mohnblume und seine durchsichtigen feuchten Blütenblätter aus einer stacheligen Knospe des Zynismus und Unglaubens herausstreckt, ist Detlef berauscht und erschlagen zugleich von der Fülle der Möglichkeiten, die die Zukunft nun für ihn birgt. Schließlich übermannt ihn die Müdigkeit, er schließt die Augen und lehnt seinen Kopf an Ruths Schulter.

✦ ✦ ✦

Die Soldaten sitzen um das Feuer und legen immer wieder ein Stück Holz von dem großen Haufen aus zerschlagenen Tischen, Spiegeln, Gemälden und Zierrat nach, um es am Brennen zu halten. Die Gesichter der jungen Männer sind schmutzverschmiert und gerötet von dem Wein, den sie aus dem Keller geholt haben. Einer von ihnen singt eine traurige baskische Weise und wirft ein Bein des zerstörten Tafelklaviers in die Flammen. Als sie auflodern, fällt Licht auf die Vorderseite des Hauses, vor dem sich bedrohlich die Umrisse einer Gestalt abheben, die an einem Strick baumelt.

Der Inquisitor und der Hauptmann stehen ein Stück entfernt bei den Pferden.

»Monsignore, bei allem Respekt, wir haben das Haus und das Grundstück durchsucht. Ich fürchte, der Angeklagte und seine Komplizin sind vor unserer Ankunft entwischt.«

»Es ist seltsam, aber ich spüre, dass sie noch in der Nähe sind.«

»Meine Männer haben überall gesucht – in der Scheune, im Schweinestall, in den Gesinderäumen, sogar im Hühnerstall. Und aus der Haushälterin kriegen Sie jetzt nichts mehr raus.«

»Er muss auf dem Anwesen seines Bruders sein. Wie ich hörte, liegt es dreißig Meilen östlich von hier.«

»Meine Männer reiten nicht in der Nacht.«

»Das müssen und werden sie aber.«

Der Hauptmann blickt in das entschlossene Gesicht des Inquisitors. Er hat diesen Auftrag nur widerwillig angenommen; ginge es nach ihm, würde er jetzt zum Ruhme der Habsburger gegen die Türken kämpfen und nicht einem sündigen Kanoniker und seiner jüdischen Geliebten nachjagen. Aber sein Oberst hat ihm keine andere Wahl gelassen. Wenn der Spanier also vor Morgengrauen auf dem Anwesen des Grafen von Tennen sein will, dann muss es eben sein. Soll sich der Dominikaner doch mit den verstimmten Soldaten herumschlagen! Der Hauptmann spuckt in den Schlamm.

»In diesem Fall, mein guter Monsignore, ist es wohl besser, wenn Sie die Männer selbst über ihr Vorhaben aufklären. Sie sind geistig und körperlich erschöpft, aber ich vertraue darauf, dass es Ihnen mit Ihrer Redekunst bestimmt gelingt, den Männern neuen Kampfgeist einzuflößen und sie vielleicht sogar in die Sättel zu bewegen. Und wenn es mit Worten nicht gelingt, dann tut es zur Not auch der Inhalt Ihres Geldbeutels. Viel Glück, mein Herr!«

Mit einem Grinsen im Gesicht schlendert er zurück zu seinen Männern.

Eine Stunde später reitet der kleine Trupp Soldaten, erschöpft, aber gestärkt durch das Versprechen des Inquisitors, dass jeder von ihnen hundert Reichstaler zusätzlich bekommt, aus dem Hof und die schmale, von Bäumen gesäumte Straße hinunter.

Der riesengroße gelbe Mond verwandelt sie in freundliche, silbrig glänzende Geister, über deren nachdenkliches Schweigen hinweg nur das Klirren der Steigbügel und das Rascheln der Federn auf den Helmen zu hören sind. Der einzige Zeuge ihres Abzugs ist ein einsamer Bulle, den der Geruch einer vier Meilen von ihm entfernten brünstigen Kuh unruhig macht. Er scharrt mit den Hufen und bläht die Nüstern, als er die Pferde und Menschen wittert. Aber auch er bleibt stumm und hütet sich loszubrüllen.

Der schmale Lichtstreifen wird allmählich breiter. Er wandert über die rissige schmutzige Wand, und plötzlich blitzt etwas Goldenes auf, das sich, während das Licht heller wird, als blondes Haar entpuppt. Der Lichtstrahl wandert weiter über die faltige Stirn und die geschlossenen, von langen Wimpern gesäumten Augenlider, die sich öffnen und blinzeln, während sich die Pupillen, die inmitten tiefer Saphire ruhen, erweitern und scharf stellen.

Detlef blickt in den Streifen Morgenlicht, und als das Gefühl allmählich in seine tauben Glieder zurückkehrt, erinnert er sich, wo er ist. Panische Angst steigt in ihm auf: Ist sie in Sicherheit? Wo ist das Kind? Erst als er die Wärme von Ruths Körper spürt, beruhigt er sich. Sie schläft mit dem Kopf an seiner Brust. Der Säugling, in Tücher gewickelt und immer noch mit Blut und Schleim beschmiert, liegt an der nackten Brust seiner Mutter. Ein Ärmchen hat er ausgestreckt, die Hand zur Faust geballt, und seine Augen sind fest zugekniffen, die Lippen geschürzt. Detlef befürchtet schon, das Kind könne in der Nacht gestorben sein, als es plötzlich die Augen aufschlägt und ein wohlgeformter kleiner Junge mit erstauntem und furchtlosem Blick zu seinem Vater aufsieht, als wolle er ihn nach dem Grund seines Daseins fragen. Detlef, hin- und hergerissen zwischen Verwunderung und Belustigung, studiert ihn genau. Vorsichtig streichelt er über den weichen blonden Flaum auf seinem Köpfchen, das zu seinem Erstaunen so klein ist, dass er es mit einer hohlen Hand umfangen kann.

Mein Kind!, denkt er, mein eigen Fleisch und Blut! Dieser Gedanke ist eine unumstößliche Wahrheit geworden. Eine ungeheure Rührung überkommt ihn, und er wünschte, er könnte einen Schutzkreis um seine neue Familie ziehen.

In diesem Augenblick erwacht Ruth, und sofort schmiegt sich der Säugling mit geschlossenen Augen an ihre Brust.

✦ ✦ ✦

Detlef spannt den kräftigen Gaul vor den einfachen Holzwagen. Er ist besorgt wegen der Wegelagerer, die überall im Lande ihr Unwesen treiben, bemüht sich jedoch, seine Gedanken zu sammeln, denn es ist größte Eile geboten. Sie dürfen auf keinen Fall wie Adelige aussehen, nicht einmal wie wohlhabende Bürger, wenn sie die Grenze überqueren und unterwegs auf Reisen schon gar nicht. Der Karren ist zwar alt und klapprig, aber er genügt dem Zweck. Zumindest sehen sie damit wie arme Bauern aus, die es nicht wert sind, ausgeraubt zu werden. Sicherheitshalber hat Detlef jedoch einige Beutel Goldmünzen in seine Kleider eingenäht – Schutzgeld –, und hinten auf dem Wagen sind die wenigen teuren Antiquitäten verstaut, die nicht von den Soldaten zerstört wurden: eine Truhe mit Leinen, der teure französische Walnussschreibtisch seiner Tante und eine Schatulle mit Familienschmuck, den er in Amsterdam verkaufen will, damit sie Geld für die Miete einer Unterkunft haben.

»Ruth!«

Sie sieht von dem frisch geschaufelten Erdhügel auf, vor dem sie kniet. Ein aus zwei abgebrochenen Leisten zusammengenageltes Kreuz markiert ihn als Grab. Hannas Grab. Vorsichtig schiebt Ruth eine kleine Rolle mit jiddischen Schriftzeichen in die Erde. Es ist ein Frauengebet mit der Bitte um friedliche Ruhe.

»Die Gebete bringen sie auch nicht zurück!«

Hannas Bruder Joachim stemmt sich traurig und wütend gegen den Wind und zerdrückt seinen Hut in den Händen. Sein rotes Gesicht ist angespannt, und er kämpft mit den Tränen.

»Jetzt habe ich auch meine letzte Schwester verloren. Eine im Dreißigjährigen Krieg, zwei durch die Pest und nun dies! Sie ist für Sie gestorben, sie hätte alles für ihren Herrn getan.« Er spuckt in die frisch aufgeworfene Erde.

»Sie war eine gute Dienerin«, entgegnet Ruth leise. Sie möchte am liebsten die Hände des Arbeiters ergreifen, um ihm Trost zu spenden, aber damit würde sie seine Wut nur zusätzlich schüren.

»Ach herrje, so kann man es auch sagen! Sie hätte an sich denken sollen und weglaufen. Aber so was tut Hanna natürlich nicht – die Dienenden überdauern nicht.«

Er setzt sich den Hut auf und geht missmutig zu Detlef, um ihm zu helfen, die letzte Truhe auf den Wagen zu laden.

Sie hatten Hanna aufgeknüpft an der alten Linde mitten im Hof gefunden. Detlef schnitt den Strick durch und legte die übel zugerichtete Leiche vorsichtig zu Boden. Dabei redete er die ganze Zeit und versicherte ihr, dass er sich um alles kümmern werde – um das Fleischpökeln, das Äpfelpflücken und das Trocknen der Aprikosen – und jemanden suchen will, der für die Sau Brunhilde Sorge trägt. Er versprach sogar, einen Boten zu ihrem Cousin bei der holländischen Flotte zu schicken, bis ihm unvermittelt klar wurde, dass er Selbstgespräche führte. In diesem Augenblick brach er in Tränen aus und beugte sich über Hannas langes graues Haar, das zerzaust und voller Zweige und Stroh wie ein Heiligenschein um das aufgedunsene blaue Gesicht lag.

Das Kind, das in eine Decke eingewickelt neben Ruth im Gras liegt, erwacht und fängt an zu schreien.

»Ruth, wir müssen aufbrechen!«

Detlef zieht die Riemen des Pferdegeschirrs fest. Er würde Ruth gern in die Arme nehmen, um ihr zu sagen, dass das Leben wieder seinen normalen Gang gehen wird und eines Tages die sorglose Liebe wiederkehrt, aber er kann es nicht. Das geschändete, verlassene Haus ist ein Bild des Grauens, und er kann das eigene Entsetzen weder in Worte fassen noch bezwingen. Eines Tages wird er es können, das spürt er. Im Augenblick bleibt ihm nichts anderes übrig, als sich zur Flucht zu zwingen und seine Familie zu retten.

»Bitte komm, es ist zu gefährlich!«

Endlich hört Ruth auf ihn. Sie nimmt ihren Sohn auf den Arm und kommt zu dem Wagen, der sie nach Amsterdam bringen soll – in die Freiheit.

הוד

– HOD –

Herrlichkeit

AMSTERDAM-NIEUWENDIJK, FRÜHLING 1670

Müde von der nächtlichen Arbeit, bleibt die Hebamme stehen, um zu verschnaufen, nachdem sie zwei lange enge Holztreppen hinuntergestiegen ist. Das Dienstmädchen, eine üppige Blondine mit hübschem friesischem Gesicht, hält ein kleines Schild aus roter Seide, eingefasst mit Spitze, in der Hand. Lächelnd führt sie Ruth durch das Vorderhaus. Sie betreten die große Eingangsdiele mit dem blitzsauber geschrubbten schwarz-weiß gekachelten Boden, in die durch die großen Fenster die Morgensonne hereinscheint. Bis auf zwei elegante französische Stühle und einen dreibeinigen Tisch an der Wand ist der Raum leer. Eine große Mingvase thront neben einem Krug mit blühenden Tulpen auf dem Tisch.

»Wo ist der Rest der Familie? Die Nachbarn?«, fragt Ruth auf Holländisch. Sie ist überrascht, in der Diele nicht die üblichen erwartungsvollen Gesichter zu sehen.

Das Dienstmädchen hält den roten Seidenaushang mit der kleinen weißen Karte in der Mitte hoch. Nach vier Jahren in Amsterdam kennt Ruth den Sinn dieses Aushangs: Die weiße Karte bedeutet, das Neugeborene ist ein Mädchen, und die rote Seide sagt, das Kind lebt. »Sie warten, bis sie den Aushang sehen, dann kommen sie zu Besuch. Es ist das dritte Kind von Madame.«

»Aber dieses ist gesund und lebt«, entgegnet Ruth. Sie zweifelt an den Fähigkeiten der Hebamme, von der die beiden ersten Kinder auf die Welt geholt wurden; beides Totgeburten. Eine richtige Metzgerin, nach den vernarbten Schamlippen ihrer armen Patientin zu urteilen.

469

»Gelobt sei der Herr ... und Ihr Geschick.« Die Dienerin bekreuzigt sich.

Dann entriegelt sie die schwere Eichentür, die auf eine von Bäumen gesäumte Straße an einem Kanal hinausführt, den die auf der Wasseroberfläche tanzenden Sonnenstrahlen in ein glitzerndes Band verwandeln. Stolz lächelnd hängt das Mädchen das Schild an die silberne Türklinke in der Form eines Delphins.

»Wie man hört, ist Ihr Mann ein großer Prediger. Ein Protestler, der von einer Republik und einer Zukunft spricht, die wir – sogar die Arbeitenden – selbst gestalten können.«

»Er ist ein großer Denker, aber manchmal geht er unnötige Risiken ein«, antwortet Ruth vorsichtig.

»Also stimmt es, dass er aus einem Kirchenfenster klettern musste, um der Festnahme zu entgehen?«

Über die offene Bewunderung im Gesicht des jungen Mädchens lächelnd, antwortet Ruth, ohne zu überlegen. »Ja. Es war bei der Predigt, in der er davon sprach, dass die Unbefleckte Empfängnis vielleicht gar nicht so unbefleckt war, wie die Bibel sagt, und der göttliche Geist sich vielleicht durch die zutiefst menschliche Liebe zwischen Josef und Maria offenbart hat.«

»In der Tat eine gefährliche Sichtweise.«

Die Hebamme sieht das Dienstmädchen scharf an und befürchtet schon, diese unschuldig dreinblickende Magd könne eine Spionin sein. Sie hat einen nördlichen Akzent, und Ruth fragt sich, ob sie eine Anhängerin des jungen Prinz Wilhelm von Oranien ist wie die meisten im Norden und keine Unterstützerin von Jan de Witts Republik.

»Mein Mann wurde von der Obrigkeit freigesprochen.«

»Wie es sich gehört«, antwortet das Dienstmädchen und greift in ihre Tasche, um die Hebamme zu bezahlen.

Ruth kann ihren Argwohn nicht abschütteln. Sie ist schon genauso misstrauisch wie die Holländer, stellt sie fest. Sie muss sich immer wieder darüber wundern, wie die berühmte Amsterdamer Toleranz angesichts der zunehmenden wirtschaftlichen Unsicherheiten zu schwinden begonnen hat. Jan de Witt ist wegen seines Seekriegs gegen die Engländer unter Beschuss geraten, und die heimlichen Royalisten fangen an, nach der Einsetzung Prinz Wilhelms von Oranien zu schreien, der noch sehr jung ist, kaum ein Mann. Das Gesicht des Landes, das Ruth zu lieben begonnen hat, wird durch fortschrittsfeindliche Ansichten immer hässlicher. Die Furcht vor dem französischen König und seiner wachsenden Gier auf den kolonialen Reichtum Hollands ist schuld, denkt Ruth. Diese Angst bemächtigt sich zunehmend der Bürger, die sich nur noch um ihren von den Gewürzinseln stammenden Wohlstand sorgen. Diese Holländer vergessen nichts und verzeihen noch viel weniger. Mit diesen Ängsten im Nacken drohen sie de Witts herrlichen Traum von einer Republik zu zerstören.

Als Ruth zu der makellosen Hausfront aufsieht, muss sie an die Festnahme des Rechtsanwalts Adriaan Koerbagh denken. Dieser Zwischenfall entsetzte sämtliche freiheitlich gesinnte Denker in der Stadt, denn was hatte der junge Radikale schon verbrochen, außer ein enger Verbündeter von Benedict Spinoza und Ruths altem Lateinlehrer Franciscus van den Enden zu sein? Es läuft ihr kalt über den Rücken, und sie bekommt es mit der Angst zu tun. Koerbagh war ein mutiger Mann, ein Mann der Zukunft, der die Ansicht vertrat, die Bibel sei das Werk von Menschen und Jesus ein Sterblicher und kein göttliches Wesen. Noch revolutionärer war jedoch seine Erklärung, die wahre Lehre von Gott bestehe einfach nur in dem Wissen um die Existenz Gottes und in der Nächstenliebe. Und wie erging es dem guten Mann mit seinen mutigen Offenbarungen? Er bezahlte mit seinem Leben dafür. Und Detlef könnte leicht dasselbe Schicksal erleiden, wenn er mit seinen gefährlich freimütigen Reden fortfährt. Und de Witt, der Anführer, für den viele große Geister sich ausgesprochen und alles riskiert haben, was hat er für den armen Koerbagh getan? Gar nichts! Nun muss jeder Denker und Philosoph in den Niederlanden fürchten, verfolgt zu werden. Ruth macht sich Sorgen um Detlef: Seine Stimme ist zu laut; mit seinen Ansichten erzürnt er ebenso viele Menschen wie er begeistert. Aber wie sollen sie leben, wenn nicht nach ihrer Überzeugung? War dies nicht der Grund für ihre Flucht nach Holland? Wenn Jan de Witt nicht bereit ist, sich für seine Unterstützer einzusetzen, welche Hoffnung bleibt uns dann?, fragt sich Ruth.

Das Dienstmädchen erahnt ihre Gedanken.

»Seien Sie unbesorgt. Ich teile die Ansichten meines Herrn, und der Mut Ihres Mannes wird in diesem Haus sehr geschätzt. Ich würde mir gerne seine Predigten anhören.«

»Vielen Dank. Ich denke, es wird schon bald Aushänge mit der Ankündigung der nächsten Rede von Pfarrer Tennen geben«, entgegnet Ruth knapp.

Als die Hebamme davongeht, überlegt das Mädchen, was die Frau wohl verbirgt. Sie könnte doch sehr stolz sein, mit einem solchen Visionär verheiratet zu sein.

Die Herengracht ist ein breiter Kanal mit prächtigen Straßen zu beiden Seiten, in denen viele der wohlhabendsten Kaufmannsfamilien von Amsterdam leben. Die eleganten roten Backsteinhäuser stehen den ganzen Kanal entlang dicht aneinander gedrängt. Der Giebel eines jeden Hauses ist mit dem Wappen der Gilde geschmückt, deren Mitglied der Eigentümer ist. An einigen Häusern gibt es sogar Flaschenzüge, mit denen schwere Güter und Möbelstücke in die oberen Stockwerke befördert werden können.

Ruth, die einen blau-gelben Satinmantel und eine modische Haube trägt, eilt entlang den Ulmen über das Kopfsteinpflaster. Sie hält ein Boot an und bittet den Fährmann, sie in die Harlemmerstraat zu bringen.

Der Fährmann, ein großer stämmiger Kerl, dessen Gesicht eine Narbe aus dem Krieg gegen die Spanier verunziert, streckt zunächst die rechte Hand mit der Innenfläche nach oben aus.

Zwischen seinen Fingern steckt ein Strohhalm. Er betrachtet seine behelfsmäßige Sonnenuhr, ermittelt die Zeit und erklärt sich zu der Fahrt bereit. Sein Sohn stützt die Hebamme, als sie mit ihrer Instrumententasche unter dem Arm vorsichtig in das Boot klettert.

Ruth blickt über das glitzernde Wasser in die Sonne. Mit etwas Glück ist sie zu Hause, bevor Detlef mit der Morgentoilette beginnt. Als sie ging, schlief er tief und fest und hatte einen Arm durch den Vorhang gestreckt, der die Schlafnische von dem Rest ihres bescheidenen Zimmers abtrennt. Er war gerade von Rotterdam zurückgekehrt, nachdem er in den über Nordholland verstreuten Remonstranten-Einrichtungen Predigten gehalten hat.

Als Detlef beschlossen hatte, zu den Protestanten überzutreten, gab er den Remonstranten den Vorzug vor der calvinischen Glaubensrichtung, weil er sich zu dem holländischen Theologen Arminius hingezogen fühlte, ihrem Begründer, der bereits sechzig Jahre zuvor Calvins Doktrin der göttlichen Vorherbestimmung in Frage gestellt hatte. Die Remonstranten sind die freiheitlichsten und undogmatischsten unter ihren revolutionären Brüdern: Sie erkennen die Strenggläubigkeit der Calvinisten nicht an und glauben an die Willensfreiheit des Menschen statt an die göttliche Vorhersehung, an das Sühneopfer Christi als Angebot, für das man sich entscheiden muss, damit einem vergeben wird, und die Notwendigkeit der Erneuerung durch den Heiligen Geist. All dies und vieles andere mehr hat Detlef angezogen, und er fühlt sich in ihren Reihen akzeptiert, was seine Eheschließung und seine Ansichten betrifft.

Obwohl Ruth stolz auf ihn ist, macht sie sich jedes Mal Sorgen, wenn er auf Reisen geht. In ihrem tiefsten Innern wünscht sie sich manchmal, sie wären ganz unbekannte Leute geblieben. Herr und Frau Tennen, getraut von einem protestantischen Prediger in einer Waldkapelle nahe der deutschen Grenze mit Mutter Natur als einziger Zeugin. Aber nach zwei Jahren als Pfarrer

in einer kleinen Kirche in Nieuwendijk, einem armen Arbeiter-
viertel, das berühmt für seine Freudenhäuser ist, wurde Detlef
von den geistigen Strömungen der Zeit mitgerissen. In seinen
Predigten sprach er immer öfter von einer Republik, einer Demokratie, in der alle gleich sind, und von dem menschlichen
Antlitz der Bibel, weniger von ihrer Göttlichkeit. Aber erst seit
er in seinen Reden auch gegen die Sklaverei und die holländischen Sklavenhändler aussprach, hat er sich echte Feinde gemacht.

Wünschte sie, er wäre anders? Eine völlig unmögliche Vorstellung. Sie hat gesehen, wie Detlef sich von einem Mann mit
geringem Glauben an das Gute im Menschen zu einem Huma-
nisten entwickelte, der davon überzeugt ist, dass der Mensch
sich unter entsprechender Führung über seine niedere Natur erheben kann. Nun hat er, befreit von den politischen Machenschaften Kölns, im direkten Austausch mit der Kirchengemeinde seine Berufung gefunden, die seinem Leben einen neuen
Sinn gegeben hat. Wie käme sie dazu, ihn nur um der Anony-
mität willen davon loszureißen? Damit nähme sie ihm die Stellung, die er sich nun endlich mit seinen Taten erwerben konnte, ohne von seinem Geburtsrecht Gebrauch zu machen.

Der Kanal verengt sich, und die Straßen zu beiden Seiten
werden zusehends ärmlicher. Die neueren eleganten Häuser
weichen schmaleren älteren Gebäuden, die aneinander kleben
und deren obere Stockwerke über das Kopfsteinpflaster hinausragen. Hier ist es deutlich schmutziger. Ein fauliger Gestank
steigt aus dem Wasser auf, als eine tote Katze vorbeitreibt. Ruth
hält sich rasch ein Taschentuch vor die Nase.

Das Boot nähert sich der kleinen Anlegestelle am unteren
Ende ihrer Straße. In dem *musico* an der Ecke – einem nur notdürftig als Theater getarnten Bordell – sitzen einige Seeleute
und ein Ritter pfeiferauchend um einen ovalen Tisch. Sie haben
vermutlich die ganze Nacht gefeiert, denkt Ruth. Eine füllige
Dirne mit vom Bier gerötetem Gesicht sitzt rittlings auf dem

Schoß eines Mannes und entreißt einem anderen kokett die Meerschaumpfeife. Die rotgesichtigen betrunkenen Männer brüllen vor Lachen, als die Frau Rauchringe in die diesige Morgenluft pustet.

Das Boot stößt gegen die strohgefüllte Boje, und Ruth klettert, nachdem sie die Gebühr von zwei Stuivern entrichtet hat, auf den Kai und geht auf ein bescheidenes rotes Backsteinhaus mit geöffneten Fensterläden zu.

Detlef sitzt mit einem dicken Hausmantel aus blauem Serge über den Schultern an seinem Schreibtisch. In seinem blonden Haar, das ihm bis auf die Schultern reicht, zeigen sich erste graue Strähnen. Ruth beobachtet, wie er beim Schreiben die Feder über das Blatt tanzen lässt. Seine Hände wirken immer noch sehr jugendlich, auch wenn sie mittlerweile knochiger und abgearbeitet aussehen, verwundbarer als früher. Ruth tritt hinter ihn, vergräbt ihr Gesicht in seiner Halsbeuge und atmet tief ein. Zu Hause! Sein Geruch vermittelt Geborgenheit und Sicherheit.

Er lässt die Feder fallen und streckt seine Arme nach hinten, um sie zu umarmen.

»Wie war die Geburt?«

»Schwer, aber erfolgreich. Jetzt haben sie ihr erstes Kind, es ist gesund und lebt.«

»Meine Frau, die große Retterin!«

»Da eilt dein Ruf aber dem meinen voraus. Das junge Dienstmädchen war ganz begeistert von dem berüchtigten Pastor Tennen und seinen radikalen Lehren.«

»Bist du eifersüchtig?«

»Ich würde es vorziehen, wenn mein Mann keine öffentliche Person wäre, sondern ein Mensch, der die häusliche Geborgenheit vorzieht.«

»Wir sind in Sicherheit, Ruth. Das verspreche ich dir!«

Detlef dreht sich zu ihr um und schaut sie an. Die Falten in seinem Gesicht werden tiefer, und die letzten Spuren der Jugend sind verschwunden. Eine neue Reife hat die Kanten der Rauheit abgeschliffen, die ihn früher arrogant wirken ließ. Es ist, als fühle er sich endlich wohl in seiner Haut.

Mein Mann!, denkt Ruth und wundert sich einmal mehr über die Vertrautheit, die vorbehaltlose Bindung, die in den vergangenen vier Jahren zwischen ihnen entstanden ist. Es waren Jahre des Wandels, aber auch des Verlustes, denn nach Jakob konnte Ruth kein zweites Kind zur Welt bringen: Sie erlitt drei Fehlgeburten, zu denen es vermutlich kam, weil bei ihrer gefährlichen ersten Niederkunft der Gebärmutterhals gerissen ist und sie so der Möglichkeit beraubt wurde, noch einmal ein Kind auszutragen. Jeder neuerliche Verlust bereitete ihr schrecklichen Kummer, obwohl Detlef ihr immer wieder versicherte, dass ein gesundes Kind schon Segen genug ist.

Er zieht sie an sich und küsst sie, und während ihre Zungen auf Erkundung gehen, wird in ihnen beiden das vertraute Verlangen wach, das durch ihre Körper jagt und sie erzittern lässt.

Detlef nimmt ihr die Leinenhaube vom Kopf, während sie an dem Tressenbesatz seiner Kniehose nestelt. Sie will ihn nackt auf ihrer Haut spüren. Seinen Schweiß schmecken. Sie will ihn gleich. Aber er lässt sie warten und wandert mit dem Mund ihren Hals hinunter, während er den Saum ihres Kleides hochrafft und ihre Unterröcke herunterzieht. Er umfasst ihr Gesäß, vergräbt sein Gesicht zwischen ihren Brüsten und sucht nach den Brustwarzen, die sich unter ihrer seidigen Unterwäsche abmalen.

Sein Blick verweilt einen Augenblick auf den dunklen Warzenhöfen, die sich so hübsch von der weißen Haut ihrer Brüste abheben, und wundert sich wieder einmal darüber, dass seine ihm zutiefst vertraute Frau doch so unerreichbar für ihn bleibt. Wie oft er sie auch liebt, wie oft er auch die Verzückung in ihrem Gesicht sieht, bleibt ihm doch ein Teil ihres Inneren verschlossen, als hätte sie irgendwann zwischen ihrer Verhaftung und der Ermordung ihres Vaters die Fähigkeit zu vertrauen verloren und mit ihr auch die Fähigkeit, sich ganz hinzugeben.

Dieses unerreichbare Land, das er immer wieder zu erobern sucht, schürt seine Leidenschaft. Und es ist diese Rastlosigkeit des Ausgeschlossenseins, die ihn immer wieder durch die Lande ziehen lässt, als erlange er nur dann die Gewissheit, wahrhaft geliebt zu werden, wenn er seine leidenschaftlichen Reden hält und in die begeisterten Gesichter seiner Zuhörer blickt.

Eine Brustwarze kneift er, an der anderen saugt er kräftig und spürt Ruths wachsende Erregung, hin- und hergerissen zwischen Schmerz und Lust, während er ihr Geschlecht streichelt und ungestüm mit den Fingern in sie eindringt, um sie zu besitzen, sie zu erreichen, sie zum Stöhnen zu bringen.

Dann, als sie ihn an den Haaren reißt und ihre Knie zittern, verschwindet er unter ihrem Kleid und liebkost sie mit dem Mund, bis sie vor Verzückung nach Atem ringt. Erst dann schmiegt er sein dickes, hartes Glied gegen ihre angeschwollenen Schamlippen und zögert einen winzigen köstlichen Augenblick lang, um ihr in die Augen zu schauen, in denen er die Erinnerung an ihr gemeinsam verbrachtes Leben wiederfindet, die wie ein zartes Meeresgewächs inmitten eines tiefen Smaragdgrün schwebt. Er dringt so langsam in sie ein, dass Ruth schon befürchtet, sie werde wieder schreien, damit er sie ausfüllt, um alles auszulöschen bis auf das Pulsieren ihres Fleisches.

Er beginnt, an ihrer Zunge zu saugen, und dringt mit immer schnelleren Stößen in sie ein, bis sie ihre Beine hinter seinem Kopf verschränkt und er ihren ganzen Körper mit seinem umfängt und sie schließlich erzitternd beide kommen. So heftig, dass sie, kaum ist ihr Höhepunkt abgeflaut, in lautes Lachen ausbrechen.

Detlef hebt Ruth hoch und trägt sie zu ihrem Hochbett, das hinter einem Vorhang versteckt ist. Er legt sie hin und lässt sich, nachdem er sich Jacke und Hose ausgezogen hat, neben sie sinken. Kaum hat er einen Arm um ihre schmale Taille gelegt, fallen sie beide in tiefen Schlaf.

»Papa! Papa!«

Eine kleine rosige Hand schlüpft unter dem Vorhang hindurch. Detlef öffnet ein Auge, als die Hand sich zu seinem dicken Zeh vortastet und daran zieht. Ein freudiges Quietschen und Lachen ertönt, als Detlef lächelnd Ruths Kopf von seiner Schulter auf das Kissen umbettet und den Vorhang aufzieht. Jakob, nackt bis auf sein Hemdchen, hat seinen Kreisel mitgebracht und sieht mit großen Augen zu seinem Vater auf. Die blonden Locken fallen ihm auf die Schultern.

»Papa!«, fordert er, stampft mit dem Fuß und streckt die Arme nach oben, um hochgehoben zu werden. Detlef holt ihn ins Bett und legt ihn neben Ruth, die schlaftrunken ihren Sohn und ihren Mann umarmt.

Jakob zieht seinen Vater an den Ohren, und als nächstes versucht er, ihm einen Finger in die Nase zu stecken, während er ihm auf die Brust krabbelt. Der Junge ist verwöhnt, das ist Detlef klar: Seine Kollegen machen sich immer wieder über ihn lustig, weil er ein so nachsichtiger und aufmerksamer Vater ist, aber er kann nicht anders; er liebt sein einziges Kind einfach abgöttisch.

Er kann sich noch gut daran erinnern, welch ungeahntes Glücksgefühl er verspürte, als er zum ersten Mal in dieses Gesicht blickte, in dem sich so viel von ihm selbst spiegelt. Eine gewisse Nachdenklichkeit, die er im Blick des kleinen Jungen entdeckt hat; Jakobs Freude an den kleinen Dingen – Ameisen, die einen Käfer forttragen, seine ersten Schneeflocken, eine gähnende Katze. Mund und Nase des Vierjährigen und die eigentümliche Krümmung seines Zeigefingers stammen von Detlefs Familie, aber die grünen Augen und das energische Kinn sind wie seine aufbrausende Art von der Mutter.

Mit halb geöffneten Lidern betrachtet Ruth ihren Mann und ihr Kind. Wenn der Kleine bei ihm ist, ist Detlef immer so ruhig, denkt sie. Es ist erstaunlich, wie sanft er wird, sobald er Jakob in den Armen hält. Der Junge ist dem Vater sehr nah und scheint aus einem sicheren Gefühl heraus Detlefs leise, aber ernsthafte Neugier, seine plötzlich auftretende Ungeduld und seinen Sanftmut als Eigenschaften zu erkennen, die auch er besitzt. Vielleicht reden die beiden deshalb so wenig miteinander, überlegt Ruth. Zwischen Vater und Sohn scheint ein stummes Einverständnis zu herrschen; als wüssten sie genau, was im Kopf des jeweils anderen vorgeht. Ruth kann sich wahrlich glücklich schätzen, weil sie aus Liebe geheiratet hat und ihr ein Kind geschenkt wurde, in dem ihrer beider Geist weiterlebt.

»Meine Kollegen fragen sich, warum mein Sohn noch nicht getauft wurde«, sagt Detlef, als er bemerkt, dass Ruth aufgewacht ist.

»Das geht sie nichts an.«

»Die Bruderschaft der Remonstranten hat eine sehr freiheitliche Gesinnung, aber wenn einer ihrer Pastoren einen ungetauften Sohn hat und eine Frau, die nicht in die Kirche geht …«

»Mütterlicherseits ist Jakob ein Jude, er kann nicht getauft werden. Ich werde es nicht zulassen, nicht nach all dem, was mir widerfahren ist.«

»Also taufen wir ihn nicht, aber beschnitten wird er? Ruth, was ziehen wir da auf? Einen jüdischen Protestanten? Der arme Kleine ist weder Fisch noch Fleisch.«

Ruth setzt sich auf und sieht ihren Mann an; ein freches Grinsen spielt um ihre Lippen. In diesem Augenblick steckt Jakob Detlef triumphierend einen Finger in die Nase. Detlef hält seine kleine Hand fest und hebt Jakob hoch. Der Kleine quietscht vor Begeisterung und strampelt wie wild in der Luft.

»Jakob wird ein Bewohner der neuen Welt. Wenn er alt genug ist, wird er selbst wählen, welchen Glauben er annehmen will. Ich will ihm nichts aufzwingen«, entgegnet Ruth und beißt Detlef neckend in die Schulter.

Lächelnd legt er sich das jauchzende Kind auf die Brust. »Und wem vertrauen wir bis dahin die Seele unseres Kindes an?«

»Uns selbst. Als Eltern sind wir für das körperliche und seelische Wohlergehen unseres Kindes verantwortlich.«

»Ich glaube, mit diesem Argument könnte ich die Brüder überzeugen.«

»Zur Hölle mit ihnen, wenn nicht!«

»Weib, du bist immer noch eine Ketzerin, auch in dieser freien Stadt.«

»Mittlerweile eher eine Wissenssuchende als eine Ketzerin – jedenfalls so weit, wie es mir mein Geschlecht gestattet.«

»Ich werde es nicht zulassen, dass du dich wieder als Mann verkleidest. Vermutlich wäre das ein Skandal, den man selbst den Remonstranten nur schwer erklären könnte. Das Dienstmädchen sollte auch abends bei uns bleiben, damit du mehr Zeit für deine Studien hast.«

»Detlef, sie werden dich doch noch verbrennen«, murmelt Ruth lächelnd.

»Möglicherweise ja. Aber ich war noch nicht fertig mit meinem Vorschlag. Du musst mir auch einen Gefallen tun«, sagt er und kitzelt sie.

Ruth schiebt ihn fort. »Und zwar?«

»Du musst mit mir zu dem nächsten Treffen in Rijnsburg kommen, dem, wie ich gehört habe, auch ein großer Denker und Mentor beiwohnen wird.«

»Benedict Spinoza?«

»Der abtrünnige Hebräer selbst, und wenn du dabei bist, dürfte er sich höchst wohl bei uns fühlen.«

»Und als was soll ich gehen, Detlef? Als Felix van Jos, der kleine Lehrling? Als Ruth bas Elazar Saul, die ketzerische Hebamme? Oder als die gute Frau Tennen?«

»Es ist an der Zeit, dass du ihm als die schreibst, die du bist. Man sagt, Spinoza ist höchst bekümmert über Adriaan Koerbaghs Tod.«

»Das sind wir alle – es ist eine Warnung, der man Beachtung schenken sollte, Detlef.«

»Mag sein. Aber ich weigere mich, in ständiger Angst zu leben. Ich will predigen, was ich predige, und bin bereit, die Konsequenzen zu tragen.«

»Was ist mit uns, deiner Familie?«

»Ihr habt meine Liebe und meinen Schutz – immer, Ruth. Aber Schluss jetzt mit den düsteren Gedanken. Du musst mit mir zu dem Treffen kommen. Ich bin sicher, es wird Spinoza ein großer Trost sein, eine alte Verbündete zu sehen.«

»Vielleicht.«

Jakob unterbricht die beiden und verlangt, dass sie ihm noch einmal die Geschichte von der Maus erzählen, die von dem schrecklichen Storch gefangen wurde.

Leopold beugt sich über eine große blassrosafarbene Orchidee und schnuppert vorsichtig daran.

»Manche dieser Blüten haben überhaupt keinen Duft. Man fragt sich, ob sie allein aufgrund ihrer Farbe bestäubt werden wollen.«

Der Kaiser steht im Morgenrock in seinem barocken Wintergarten voller tropischer Pflanzen, die ihm von den Reichskolonien geschenkt wurden.

»Es ist eine großartige Pflanze, eine wahrhafte Meisterleistung der Schöpfung. Ein Geschenk, Eure Hoheit?«

Der Inquisitor, in dessen Gesicht die Enttäuschungen der vergangenen vier Jahre tiefe Furchen gegraben haben, schnuppert an der ihm dargebotenen Blüte und niest kräftig. Leopold muss über den offensichtlichen Mangel an Sinnesfreudigkeit des Geistlichen lächeln.

»Vom marokkanischen Herrscher – er wirbt um meine Gunst, weil er Sultan Mohammed fürchtet. Nun, Inquisitor, welche wichtigen Informationen bringen Sie mir, wenn Sie mich so früh am Morgen stören?«

Carlos tritt näher. »Ich glaube, Ihr hattet jüngst einige Schwierigkeiten mit dem ehrgeizigen Georg Friedrich von Waldeck.«

Der Kaiser sieht überrascht auf. So wenig er den Mönch eigentlich leiden kann, muss er doch seinen politischen Scharfsinn bewundern. Manchmal beneidet er den Dominikaner regelrecht um seine Spione.

»Der Anführer der Wetterau-Union ist wie viele der Wittelsbacher Fürsten im Rheinland beunruhigt wegen des Krieges der Holländer. Er befürchtet, er könne sich ausbreiten«, entgegnet Leopold vorsichtig.

»So sehr, dass er seinen Hof für seine katholischen Gegenspieler geöffnet hat … sehr ungewöhnlich für einen Protestanten.« Das Lächeln des Mönchs wird breiter.

»In der Tat.«

»Mir ist zu Ohren gekommen, unser guter Freund Graf von Tennen habe sich mit von Waldeck angefreundet. Von Tennen hat Euch in der Vergangenheit Truppen und Geld für den Krieg gegen die Türken gestellt, nicht wahr?«

»Wie viele andere Wittelsbacher auch.« Leopold greift in einen Blumentopf und zerreibt die feuchte Erde zwischen den Fingern.

»Ein treues Fürstenhaus! Sogar Maximilian Heinrich wurde in von Waldecks Begleitung gesehen. Vielleicht schließt sich Köln der Wetterau-Union an.« Aus Carlos Worten klingt beißender Spott.

Leopold sieht zur Seite und versucht das Zucken unter seinen rechten Auge abzustellen. Das ist ihm in der Tat neu: Auf die Treue und Zuverlässigkeit Gerhard von Tennens hat er sich verlassen, seit der Graf sich seinerzeit so gastfreundlich gegenüber Prinz Ferdinand gezeigt hat. Maximilian Heinrich hingegen gibt ständig Anlass zu Sorge.

»Es ist nur natürlich, dass die Mitglieder des deutschen Staatenbundes sich nicht sicher fühlen. Schließlich haben sie diesen Hanswurst de Witt im Westen, und Ludwig streckt seine gierigen Greifer von Süden her aus.«

»Selbstverständlich. Und natürlich würde es uns nicht gefallen, wenn sie plötzlich auf die Idee kämen, nach Unabhängigkeit zu streben, nicht wahr? Ich habe den Verdacht, von Waldecks Interessen sind weltlicher Art. Ehe man sich's versieht, gehen die Protestanten mit den Mohammedanern und den Katholiken ins Bett. Ehrlich gesagt, kommt mir das alles reichlich schamlos vor und blasphemisch obendrein.«

In seiner Wut knickt Leopold eine blassgelbe Lilie ab, was er gleich darauf schrecklich bedauert.

»Was wollen Sie damit sagen? Unser Gespräch neigt sich dem Ende zu.«

»Detlef von Tennen – Gerhards Bruder –, der früher Kanoniker im Kölner Dom war, ist mittlerweile ein protestantischer Pastor, der in seinen Predigten sowohl die Göttlichkeit der Bibel wie auch die Gebietsansprüche Eures Herrscherhauses, der erhabenen Habsburger, anzweifelt, Eure Hoheit.«

»Und wenn schon! Davon habe ich auch gehört. Er ist in Holland – außerhalb unserer Reichweite, mein guter Mönch. Vielleicht ist es das Klügste, sich einfach mit seinen Verwünschungen abzufinden … Es sind schließlich nur Worte.«

»Er bekommt immer mehr Unterstützung und lockt Interessierte aus Eurem Staatsgebiet an, darunter einige mächtige Verbündete der Wetterau-Union.«

»Tatsächlich?«

Der Inquisitor ergreift die Gelegenheit beim Schopf. »Detlef von Tennen ist vielleicht nicht in unserer Reichweite, aber Gerhard von Tennen schon. Ich habe einen Vorschlag, der Eurer Majestät gefallen könnte, denn er ist uns beiden nützlich. Ich wüsste, wie wir Erzbischof Maximilian Heinrich daran erinnern können, wer sein Kaiser ist, und gleichzeitig den ketzerischen Kanoniker in die Knie zwingen.«

Nachdem er sich argwöhnisch in alle Richtungen umgesehen hat, tritt der Geistliche vor und flüstert dem Kaiser ins Ohr: »Ich weiß, wo Detlef von Tennen ist, und ich denke, ich weiß, wie man ihn nach Köln locken kann, um ihm den Prozess zu machen.«

Der Kaiser wedelt mit der Hand vor seinem Gesicht, um eine Biene zu verscheuchen, und lässt sich in Erwartung der verschwörerischen Tirade des Inquisitors auf einen umgedrehten Blumentopf sinken.

✦ ✦ ✦

Maximilian Heinrich blickt hinaus in den Regen. Der Baukran auf dem zur Hälfte vollendeten Turm ragt einsam in die Höhe. Es ist dem Erzbischof immer noch nicht gelungen, die Mittel für den Weiterbau des Doms aufzubringen, und er hat die Hoffnung auf die Fertigstellung des gewaltigen gotischen Bauwerks, das über ganz Köln hinausragen soll, schon fast aufgegeben. In den vergangenen vier Jahren hat die katholische Kirche spürbar an Einfluss verloren. Detlef von Tennens schändliche Flucht nach Holland und sein öffentlicher Übertritt zu den Protestanten – auch noch zu einer dieser radikalen Varianten, die in den entarteten, freiheitlich gesinnten Niederlanden wie die Pilze aus dem Boden schießen – waren in diesem Zusammenhang nicht gerade hilfreich gewesen.

Wie hat Detlef ihn nur derart hintergehen können? Heinrich kann den Kanoniker weder verstehen, noch kann er ihm verzeihen, wie oft er auch schon über seinen Exodus nachgedacht hat. Detlef hat in mehrfacher Hinsicht Verrat begangen: erstens an dem Erzbischof als seinem geistlichen Führer, zweitens an seiner Rolle als Detlefs Mentor, der persönlich die Karriere des jungen Mannes vorangetrieben hat, und nicht zuletzt an der ganzen Adelsfamilie. Als Wittelsbacher ist Detlef eigentlich moralisch dazu verpflichtet, dem Konzept des Geburtsrechts treu zu bleiben, findet Heinrich.

Er hat uns alle gehörig beschissen, denkt er, und jetzt muss der Rest der Familie den Kopf dafür hinhalten. Konvertieren ist eine Sache, aber eine jüdische Ketzerin zu heiraten und sich mit ihr zu vermehren? Unvorstellbar! Natürlich wäre alles vergeben, wenn der Übeltäter mit seinen Predigten aufhören und in den Sümpfen von Dordrecht, Delft und Amsterdam verschwinden würde, oder wo auch immer er sich gerade herumtreibt.

Ein großer Regentropfen platscht gegen die Buntglasscheibe und läuft in eine kleine Lache, die sich unter den brennenden Füßen des heiligen Antonius gebildet hat, der zwei Teufel mit Hundeköpfen und lächerlicher, übergroßen Korkenzieher-Penissen ertränkt. Heinrich entfährt ein lauter Seufzer und dreht sich endlich zu Graf Gerhard von Tennen um, der abwartend dasteht. Um seine dünnen Lippen spielt ein unergründliches Lächeln.

Ungeduldig klatscht der Graf seine Ziegenlederhandschuhe auf seine seidenen Kniehosen. Die weihrauchschwangere Luft in dem kleinen Priesterseminar ist ihm zu stickig, und er niest laut und vernehmlich. Mitfühlend bietet Heinrich ihm seine Schnupftabakdose an. Der Graf bemerkt das kaiserliche Wappen auf dem Deckel und nimmt, da es sich um eine hervorragende Qualität handeln muss, eine große Prise.

»Ich muss dir danken, dass du eine so lange und gefährliche Reise auf dich genommen hast, Gerhard.«

»Ach was, wir wollen nicht übertreiben. Die Straße ist wieder in Ordnung und wird mittlerweile gut von Patrouillen bewacht. Abgesehen davon war dein Bote äußerst hartnäckig und zudem recht charmant.«

»In der Tat. Und wie steht es auf Schloss Grüntal?«

»Das Leben dort richtet sich ganz nach dem Lauf der Jahreszeiten und ist – anders als der Rest der uns bekannten Welt – sicher in die Vorhersagbarkeit der Natur eingebettet, Heinrich. In meinem vorgerückten Alter bin ich der Politik überdrüssig geworden.«

»Dann muss ich um Verzeihung bitten, denn ich habe dich in einer politischen Angelegenheit hergerufen.«

Ein kaum merkliches Zucken huscht über die glatten Züge des Grafen, und er presst die Lippen zusammen.

»Ich habe eine Nachricht aus Wien bekommen, vom Kaiser persönlich …« Heinrich beugt sich vor und legt eine Hand auf das bestrumpfte Knie des Grafen. »Unser junger Abtrünniger, dein geschätzter Bruder, bereitet denen in Wien Sorgen. Leopold ist auf seine unverschämten Predigten aufmerksam geworden. Detlef muss zum Schweigen gebracht werden, sonst, mein lieber alter Freund, wird, wie zu hören ist, der von Tennensche Name diskreditiert.«

»Was? Soll ich etwa für die Schandtaten meines Bruders bestraft werden?«

»Da deine Familie ursprünglich ihren Adelstitel von einem Fürsten des Heiligen Römischen Reiches erhalten hat, können dir dein Name und deine Ländereien genauso einfach wieder weggenommen werden, falls die Kirche …«

»Das würdest du nicht wagen!«

»Es geht nicht um mich, sondern um ein viel heimtückischeres und gefährlicheres Element, dem unser fehlgeleiteter Kanoniker und seine unglückselige Wahl der Ehefrau gehörig gegen den Strich gehen. Der Inquisitor kommt in zwei Wochen aus Wien hierher. Wenn ich ihn davon überzeugen kann, dass du deinen Bruder dazu bringst, in diese schöne Stadt zurückzukehren und ein vollständiges und öffentliches Geständnis seiner Verfehlungen abzugeben, dann gelingt es uns vielleicht gemeinsam, Wien, Rom und dem Dominikaner einen Strich durch die Rechnung zu machen.«

»Ich habe keinen Einfluss auf Detlef, das weißt du.«

»Wenn du deine Ländereien behalten willst, musst du dir eben etwas ausdenken, wie du Einfluss auf ihn nehmen kannst.« Der Erzbischof hält ihm einen Brief hin, auf dem das Siegel des Kaisers deutlich zu erkennen ist. »Hier sind genaue Angaben zum Aufenthaltsort deines Bruders. Heutzutage ist es unmöglich, völlig abzutauchen – sogar der Himmel hat Augen.«

»In der Tat.« Widerwillig nimmt Gerhard den Brief entgegen; schon dies kommt ihm wie ein Verrat vor und macht ihm zu schaffen. »Heinrich, du versetzt mich in Erstaunen! Wir sind immerhin Cousins.«

»Die Macht fordert viele Opfer, und Gefühlsduseleien gehören in die Zeit jugendlicher Torheiten – lass uns nicht nostalgisch werden. Abgesehen davon gibt es so etwas wie unschuldige Freundlichkeit nicht mehr, wenn man über zwanzig Jahre alt ist.«

Der Graf lacht bitter, erhebt sich und greift nach seinem Gehstock mit Elfenbeingriff. »Heinrich, du machst dir etwas vor! Im Unterschied zu Detlef haben weder du noch ich vom Zeitpunkt unserer Geburt an so etwas wie Unschuld besessen – ach, nicht einmal zum Zeitpunkt der Empfängnis! Dennoch werde ich mich bemühen, meinen Bruder von seinem augenblicklichen Irrglauben abzubringen und ihn zurück in diese Stadt zu bringen. Ich vertraue darauf, dass du bis dahin den Inquisitor im Zaum hältst.«

Mit einem knappen Nicken verlässt Gerhard von Tennen gefolgt von seinem Diener die Gemächer des Erzbischofs.

Wenig später sieht Heinrich den adretten Grafen mit schnellen Schritten durch den Hof davonschreiten und entsinnt sich einer weit zurückliegenden Zeit, zu der sich sein Herzschlag noch bei diesem Anblick beschleunigt hätte. Betrübt nimmt er wieder an seinen Schreibtisch Platz.

Mein teurer Bruder,

es mag dir merkwürdig vorkommen, nach so vielen Jahren dieses Schreiben zu erhalten, aber ich bin in meinen reiferen Jahren rührselig geworden. Ein Reisender hat uns Neuigkeiten von dir gebracht, hauptsächlich über den Respekt und die wachsende Unterstützung, die du unter den Niederländern genießt. Detlef, bitte glaube mir, wenn ich schwöre, dass ich über alle religiösen Differenzen hinwegsehen möchte. Ich möchte Versöhnung, und natürlich würde ich gern meinen Neffen kennen lernen (Du hast einen Sohn, wie ich höre?). Meine Ehe war unfruchtbar und mir blieben, wie du weißt, Kinder versagt. Es wäre mir eine große Freude, ihn zu sehen. Auch hat sich mein gesundheitlicher Zustand im letzten Jahr verschlechtert. Mein Wildhüter und Gefährte Hermann Wolf ist vor drei Jahren bei einem Jagdunfall umgekommen, und er fehlt mir sehr. Auf Schloss Grüntal herrscht eine große Leere, die ich nicht länger ertragen kann.

Ich möchte die Reise zum Amsterdamer Hafen gern wagen, und ich glaube, im Laufe der kommenden sechs Monate wird ein namhaftes Handelsschiff von hier ablegen. Bitte gibt dem Überbringer dieses Briefes deine Antwort mit; man kann ihm vertrauen, und er hat Anweisung, sofort zu mir zurückzukehren.

In geistiger und familiärer Verbundenheit,
dein Bruder Gerhard von Tennen

Das holländische Kindermädchen spielt auf dem Sofa mit Jakob und wirft einen Blick auf den gut aussehenden deutschen

Ritter, der an der Tür wartet. Auf seinem kurzen Umhang ist ein Adelswappen zu sehen, und sie fragt sich, woher die einfache Familie Tennen wohl einen solchen Mann kennt. Detlef liest den Brief von seinem Bruder am Tisch und reicht ihn wortlos an Ruth weiter.

Kurz darauf sieht Ruth ihn an. »Ich kann mir nicht helfen, Detlef, aber ich bezweifle, dass er ehrliche Absichten hat.«

»Ich habe selbst Bedenken, aber er ist mein Bruder. Ich werde seinem Besuch zustimmen.«

»Nein!«

»Ruth, ich möchte, dass er uns hier besucht. Er soll sehen, was es heißt, sich ohne Familienbesitz im Rücken durchs Leben zu schlagen. Auf diese Weise wird er Bescheidenheit und wahre Brüderlichkeit erfahren.«

»Dieser Mann hat sein Leben lang nur politisch taktiert. Was veranlasst dich zu denken, er könnte sich geändert haben?«

»Das Bewusstsein für die eigene Sterblichkeit. Wenn der Mensch seinem Lebensende entgegengeht, bleibt ihm nichts außer dem Spiegelbild seiner Taten. Abgesehen davon: Was kann er in Amsterdam schon anrichten? Wir werden geachtet und sind gut geschützt, wir haben nichts zu befürchten. Ich werde ein gepflegtes Gasthaus suchen, in dem er unterkommen kann. Und jetzt schreibe ich meine Antwort, und du solltest auf das Gute im Menschen vertrauen.«

»Da bleibt mir anscheinend keine andere Wahl.«

»Ganz genau.«

Detlef weist das Kindermädchen an, dem Boten einen Krug heißen gewürzten Wein zu bringen.

Wütend nimmt Ruth Jakob auf den Arm und geht mit ihm in die Küche. Wird er jemals auf mich hören?, denkt sie zornig, als sie die gemütliche Kammer betritt, die ihre Zuflucht geworden ist. Wie oft will Detlef noch zu jemandes Gunsten entscheiden, der sein Vertrauen gar nicht verdient? Seine Gutgläubigkeit macht ihr sehr zu schaffen.

Die Küche ist für Ruth das Herz des Hauses. Auf dem Ofen steht ein großer Kochtopf, daneben hängt die Schmorpfanne, und auf der anderen Seite steht die Torfkiste. An der weiß getünchten Wand gegenüber der Tür befindet sich ein Spülbecken aus Kupfer, in das von einer Pumpe das Wasser aus einer Zisterne geleitet wird, und daneben steht Detlefs kostbares Hochzeitsgeschenk, ein frei stehender, französischer Schrank aus Walnussholz mit einer kleinen Sammlung englischen Porzellans hinter den Glastüren. Bei seinem Anblick verspürt Ruth trotz ihrer Wut eine große Zuneigung und muss an Detlefs kindliche Begeisterung denken, als er sie mit dem Möbel überraschte. Es ist ihr liebstes Stück: ein Symbol für ihre eheliche Treue, ihren Wohlstand und die Anerkennung ihrer Verbindung durch die Holländer.

In dem großen Kochtopf brodelt eine Linsensuppe mit Fasanfleisch. Ruth rührt sie mit einer großen Kelle um, während Jakob, der ihr auf der Hüfte sitzt, mit ihren langen Haaren spielt. Für einen Augenblick fängt der große Messingspiegel an der Wand das Bild von Mutter und Kind ein – die Reflexion einer elliptischen, magischen Welt. Der Raum ist erfüllt von dem Duft der Suppe. Als Jakob zu zappeln beginnt, lässt Ruth ihn herunter.

Er läuft zu seinem Kreisel, und Ruth spürt plötzlich, wie ein altbekanntes Gefühl in ihr aufsteigt; eine Angst, die sie seit Jahren nicht erlebt hat, derer sie sich aber lebhaft erinnert, als sie so unvermittelt wieder auftaucht. Ohne nachzudenken beginnt sie, eine kabbalistische Schutzformel aufzusagen, hält jedoch inne, als ihr Sohn lachend an ihren Röcken zupft.

In der Stille des schlafenden Hauses, in der Nische unter der Treppe – die kaum größer ist als ein Schrank und von Detlef scherzhaft »Ruths Laboratorium« genannt wird – kauert die Hebamme hinter der Kommode, die sie als Schreibtisch benutzt. Die Troddel ihrer Nachthaube ist um ihren langen

schwarzen Zopf gewickelt, und sie kniet in ihrem Damast-
nachthemd mit geröteten Knien auf den kalten, harten Bodendielen.

Im Schein der Kerze blickt sie durch eine geschliffene Linse,
die mit einer Eisenklemme an einem Fuß aus Holz befestigt ist,
und untersucht einen Wassertropfen. An ihrer Seite steht eine
kleine Schüssel mit Brunnenwasser, und daneben liegt ein of-
fenes Buch mit höchst genauen, vergrößerten Abbildungen der
Körperteile von Insekten: die Fühler eines Käfers, der Tho-
rax einer Wespe. Sie beobachtet, wie unter der dicken Linse
Kleinstlebewesen die erstaunlichsten Schauspiele vorführen.
Eine Amöbe bewegt sich mit ruckartigen Sprüngen vorwärts
und trifft auf ein noch kleineres Geschöpf, eine Anhäufung wir-
belnder Punkte, während ein anderer Organismus sich gerade
teilt. Fasziniert hält Ruth die Luft an und beobachtet, wie die
beiden sackartigen Gebilde nebeneinander verharren, bis das
größere von beiden mit einer heftigen Kontraktion das kleinere
schluckt und auf die doppelte Größe anschwillt.

»Der allmächtige Finger Gottes ist auch hier in der Anatomie der Laus gegenwärtig, bei der man Wunder über Wunder
findet und einmal mehr über die Weisheit Gottes staunt, die
sich auch im kleinsten Wesen offenbart.«

Detlef ist hinter Ruth getreten und liest aus dem bebilderten
Buch vor.

Ruth lächelt ihn an. »Swammerdam hatte Recht. Durch diese Linse kann man sehen, wie alle möglichen menschlichen Torheiten und Eigenarten sich im Kleinen wiederholen. Könnte
man das, was man durch die Linse sieht, auf die Bühne bringen, wäre das Studium dieser kleinen Geschöpfe das Ende des
Theaters.«

»Es setzt auf jeden Fall deinem Schlaf ein Ende.«

»Bist du verärgert, weil ich von deiner Seite gewichen bin?«

»Nein, nur verwundert. Ich fürchte, du verbirgst irgendwelche Ängste vor mir.«

Anstatt zu antworten schiebt Ruth Detlef das behelfsmäßige Mikroskop hin. Er beugt sich vor, um durch die Linse zu schauen.

»Da ist sie, Spinozas ›Substanz‹. Das Göttliche in der Natur, im Unsichtbaren. Manchmal denke ich, dies hier ist das Äquivalent des En-Soph, der Essenz und des Lichts Gottes, aber das ist natürlich eine sehr wörtliche Auslegung.«

Sie ist glücklich darüber, sich mit Detlef über solche Dinge austauschen zu können, weil er etwas davon versteht.

Detlef betrachtet das Brunnenwasser einen Augenblick, dann sieht er auf. »Ruth, da sind wir unterschiedlicher Meinung: Du schöpfst deine Inspiration aus der *scientia nova*, während ich meine aus den Menschen schöpfe – aus der wundersamen Veränderung, die der Glaube bei ihnen bewirkt.«

»Manche wollen oder können sich nicht verändern, Detlef.«

»Du meinst meinen Bruder?«

Ruth nimmt den Deckel von einer anderen Schüssel mit Wasser. Ein strenger brackiger Geruch erfüllt die kleine Nische.

»Das hier ist fauliges, abgestandenes Wasser. Wenn ich davon einen Tropfen unter das Glas gebe, finde ich keine Zeichen von Leben. Und ich könnte ihm auch kein Leben einhauchen.«

»Ruth, in meiner Kindheit habe ich immer nach Möglichkeiten gesucht, wie ich Vater und Gerhard meinen Wert und meine Zuneigung beweisen kann. Im Krieg ist es mir nicht gelungen und mit meinem Dienst für die Kirche auch nicht. Lass es mich nun mit Vertrauen versuchen.«

Ruth schließt das Buch und deckt ihre Geräte ab. Sie weiß, es hat keinen Sinn, mit Detlef zu streiten, denn ab einem bestimmten Punkt lässt er sich nicht mehr umstimmen. Sie hat schon vor langer Zeit gelernt, sich mit seiner Sturheit abzufinden.

»Komm ins Bett, Frau. Wir wollen doch morgen nach Rijnsburg!«

Später, als sie neben ihm liegt, betrachtet sie die wenigen Dinge, die sie aus ihrem Häuschen in Deutz gerettet hat. Aarons Schwert hängt an der Wand und glänzt im Mondlicht. Darunter, auf der Truhe mit Leinen, steht die Menora, die einst ihrem Vater gehörte, und daneben liegt ein Armband aus Korallen und Perlen von ihrer Mutter. Den Sohar der Navarros jedoch bewahrt sie in einem Versteck in der Wand auf. Schläfrig fragt sie sich, wo sie heute im Verhältnis zu alldem steht.

Jakob, der in der Koje unter dem großen Bett schläft, lacht leise im Traum. Ruth wirft durch den Baumwollvorhang einen Blick auf ihren Sohn, der sein pausbäckiges Gesicht tief in das mit Federn gefüllte Kissen gekuschelt hat. In Erinnerung an den alten Aberglauben, dass ein Junge, der im Schlaf lacht, von der Dämonin Lilith besucht wird, gibt sie ihm einen zärtlichen Nasenstüber. Der Kleine dreht sich auf die Seite.

Das ist es, was ihr Leben nun bestimmt: ihr Mann und ihr Kind. Aber wie lässt sich ihre Vergangenheit mit ihrer Zukunft, den drei unterschiedlichen Leben, die sie gelebt hat – Ruth, Felix, Frau Tennen –, und letztlich mit ihrem Tod verbinden? Wer wird die Geschichte ihres Vaters dann weitertragen? Eines Tages muss sie sich die Zeit nehmen, alles für Jakob aufzuschreiben, damit er es liest, wenn er alt genug dafür ist. Dieser tröstliche Gedanke vertreibt alte Schreckgespenster, und langsam verstummen die schnatternden Stimmen der Schlaflosigkeit.

Ruth schmiegt ihre Wange an die behaarte Brust ihres Mannes und lässt sich von dem süßen Duft seines Körpers einhüllen, um endlich von einer wogenden Flut verschwommener Bilder und Träume davongetragen zu werden.

✦ ✦ ✦

Sie sitzen in einem Häuschen gleich neben der Mühle an einem kleinen Fluss. Ruth hört von draußen das gleichmäßige Mahlen der schweren Mühlsteine, die von den sich im Wasser drehenden Zahnrädern angetrieben werden. Es ist früher Abend, und durch das offene Fenster weht der Geruch von Torffeuern und Dung herein. Sie sind mittlerweile zu fünft, vier Männer und Ruth, aber es kommen noch mehr.

Ruth sitzt am einen Ende des langen, grob behauenen Tisches, dessen stolzes Alter an der von unzähligen Messern zerkratzten Platte und den vielen Wachsschichten darauf erkennbar ist. Detlef sitzt neben Ruth und hält unter dem Tisch ihre Hand fest umklammert. Er trägt Reitkleidung und einen kurzen Umhang. An seiner Wange klebt noch ein wenig Schmutz. Sie sind vier Stunden über schmale Straßen, über Brücken und Dämme an sumpfigen Feldern und Wiesen entlanggeritten, auf denen schwarz-weiße Windmühlen emporragen, die einsamen Wachtposten des weiten Landes. Als sie in Rijnsburg eintrafen, einem kleinen Dorf an einer Flussbiegung, wurden sie ohne großes Aufsehen direkt zu dem abgelegenen geduckten Häuschen geführt, in dem sie nun sitzen.

Ruth wischt Detlef rasch mit dem Ärmel den Staub aus dem Gesicht. Sie kann nicht anders; diese Geste ist ein Zeichen großer Vertrautheit und Fürsorglichkeit. Sie merkt, wie stolz sie auf ihn ist: Er ist außergewöhnlich, dieser Mann, der alles aufgegeben und aufs Spiel gesetzt hat, um sie zu lieben und ein freies Leben zu führen. Überdies hat er den Großmut bewiesen, sie so zu akzeptieren, wie sie ist. Mit vor Begeisterung leuchtenden Augen schaut Detlef sie an.

Sie sieht schüchtern weg, und ihr Blick fällt auf den großen Mann ihr gegenüber. Conrad van Beuningen. Er ist Ende vierzig und eine beeindruckende Persönlichkeit. Ruth kennt ihn nur vom Hörensagen: Früher war er der Bürgermeister von Amsterdam und ist nun Jan de Witts wichtigster Berater in der Außenpolitik. Da ein derart berühmter Mann anwesend ist, muss es sich um ein höchst wichtiges Treffen handeln. Beuningen, der ein dunkles Hemd aus teurer Wolle trägt, nickt Detlef kurz zu.

Nun kommen fünf Männer mit Hüten und langen Umhängen herein, die beim Betreten des Hauses die Köpfe einziehen und den Regen von ihrer Kleidung schütteln. In der Mitte des Schutzkreises, den vier von ihnen bilden, steht der Kleinste der Gruppe. Augenblicklich kommt Bewegung in die Versammlung, als übertrage sich die Begeisterung, die dieser ansonsten eher unscheinbare Mann ausstrahlt, auf die Anwesenden. Sein Gesicht ist blass, das schwarze Haar fällt ihm auf die Schultern, und seine großen dunklen Augen glühen unter der breiten Krempe seines verbeulten Hutes.

Als Benedict Spinoza den Hut abnimmt, hält Ruth, die wie die anderen aufgesprungen ist, die Luft an. Sie hatte vergessen, wie schön sein ausdrucksvolles Gesicht mit den hohen Wangenknochen und den feinen spanischen Zügen eigentlich ist, das umso reizvoller erscheint, da seine Gleichgültigkeit gegenüber seinem äußeren Erscheinungsbild so offenkundig ist.

Der Philosoph sieht sich im Raum um, nickt und lächelt den Versammelten freundlich zu und schüttelt ihnen der Reihe nach die Hand. Ruth, die vor Aufregung wie gelähmt ist, sagt nichts, denn sie weiß, dass er sie in der Kleidung einer Frau nicht erkannt hat. Nach einer Ewigkeit richtet er das Wort an sie.

»Wir haben seit dem Besuch der englischen Quäkerin Margaret Fell nicht mehr die Freude gehabt, eine Frau bei unseren Treffen begrüßen zu dürfen. Eigentlich habe ich die Theologie und Philosophie auch nie als weibliche Betätigungsfelder angesehen.«

»Guter Herr, Sie kennen mich nicht als Frau, sondern als Mann.«

Damit nimmt sie ihr Kopftuch ab. Spinoza sieht sie verblüfft an, dann malt sich langsam eine große Wiedersehensfreude in seinem Gesicht.

»Felix van Jos?«

»Ich bin es wirklich, Benedict, der begriffsstutzige Junge!«

Die anderen sehen verwundert zu, wie er lächelnd ihre Hände ergreift. »Ruth! Aus dem Mädchen ist eine Frau geworden!«

»Eine Frau und Mutter, aber ich übe immer noch mein Handwerk aus und bin immer noch neugierig auf die *scientia nova*.«

»Ich habe mich schon gefragt, was aus dir geworden ist. Du hast so plötzlich aufgehört, mir zu schreiben, als die Pest noch wütete. Ich befürchtete schon das Schlimmste.«

»Keine Angst, ich bin es wirklich, mit gesundem Körper und Geist! Ich lebe seit vier Jahren in Amsterdam, aber erst jetzt habe ich den Mut, dich zu sehen.«

»Aber warum denn?«

»Ich wusste doch, dass du mich für eine Laune der Natur hältst und ein anormales Wesen in mir siehst: der Geist eines Mannes gefangen im Körper einer Frau.«

»In der Tat, und ich bin immer noch der Meinung, dass Frauen und Männer nicht von Natur aus gleichberechtigt sind, weshalb es nicht sein kann, dass beide Geschlechter zu gleichen Teilen bestimmen, und schon gar nicht, dass sich Männer von Frauen anführen lassen.«

Die anderen Männer im Raum brechen amüsiert über eine derart verrückte Vorstellung in Lachen aus. Nur Detlef bleibt ernst.

Spinoza lächelt ihn nachsichtig an, bevor er fortfährt. »Daher meine ich, Frauen sollten wegen ihrer naturgegebenen Schwäche von der Regierung ausgeschlossen werden.«

Detlef kann sich nicht mehr beherrschen und unterbricht ihn. »Bei allem Respekt, meine Frau hat alle Fähigkeiten, die ich von einem Anführer erwarten würde, obwohl sie gar nicht führen will.«

»Ihre Frau?«

Spinoza sieht von Detlef zu Ruth, die zwar errötet, aber seinen Blick trotzig erwidert.

»Ich denke, du kennst meinen Mann, Detlef von Tennen?«

»Natürlich, er ist ja sehr bekannt als Prediger und Theologe, aber wie ich sehe, hat er noch andere Vorzüge.«

»Die hat er. Weißt du, mein geschätzter Mentor, ich habe mir deine Meinung zu Herzen genommen und betrachtete mich als anormales Wesen ohne jede Aussicht, um meiner selbst willen von einem Mann geliebt und akzeptiert zu werden. Aber wie du nun siehst, Benedict, haben wir uns beide geirrt.«

Schweigen breitet sich im Raum aus, und alle sehen den Philosophen an. Zuerst wirkt er verärgert, und seine Miene verfinstert sich, aber dann malen sich plötzlich Belustigung und Verblüffung in seinem Gesicht, und er reicht Detlef die Hand. »Ich gratuliere Ihnen zu Ihrer Erleuchtung, Herr Tennen, aber Sie müssen mir vergeben, wenn ich Ihnen nur auf halbem Weg entgegenkommen kann. Frauen dürfen nicht in die Regierung, dabei bleibe ich.«

»Auf halbem Wege ist immerhin schon ein Teil des Weges, da können wir uns unterschiedliche Meinungen zugestehen. Es ist mir eine Ehre, einen so großen Geist hier bei uns begrüßen zu dürfen.«

Detlefs Antwort klingt bestimmt und keine Spur unterwürfig, stellt Ruth fest. Sie und ihr Mann sind eines Sinnes, verbunden durch dieselbe Geisteshaltung, denkt sie mit neuerlichem Respekt für seinen Mut, obwohl es eigentlich die unverblümten mutigen Worte sind, die sie um seine Sicherheit fürchten lassen.

Detlefs Blick ruht auf dem Philosophen. Wenn Spinozas Verständnis der Unterschiede zwischen Männern und Frauen beschränkt ist, dann sei's drum!, denkt er. Immerhin verfügt er über eine tiefe Erkenntnis, was den Platz des Menschen innerhalb des riesigen Universums betrifft, und er lebt seine Philosophie. Es gibt keine Kluft zwischen seiner Einstellung und seinem Verhalten. Nach seiner Auffassung ist das Göttliche in allem. Er weiß, überall ringsum ist Gott. Das respektiert Detlef. Er ist innerlich in Hochstimmung und verspürt eine große

Dankbarkeit gegenüber Ruth, durch die er den großen Denker persönlich kennen lernen darf.

Der Philosoph nimmt am Kopfende des Tischs Platz. Stuhlbeine schaben über den Boden, und gedämpftes Husten ertönt, während die anderen sich ebenfalls setzen. Ruth muss an das letzte Abendmahl denken – mit dem Philosophen als Jesus, umgeben von seinen schweigenden und höchst aufmerksamen Jüngern. Wer wäre der Judas? Jeder der Anwesenden könnte die Kirchenobrigkeit über vermeintlich blasphemische Aussagen informieren. Und die Zeiten sind außergewöhnlich gefährlich. Ruth schaudert, als sie an Adriaan Koerbagh denkt, der mit am Tisch sitzen würde, wenn er nicht schon tot wäre.

Schweigen breitet sich aus, während Spinoza langsam und bedächtig eine Tonpfeife auspackt und eine dicke gebundene Schrift auf den Tisch legt. Erst nachdem er sich eine Brille mit Drahtgestell auf die Nase gesetzt hat, ergreift er das Wort.

»Zuerst möchte ich allen Anwesenden danken. Im gegenwärtigen Klima ist es alles andere als eine geringe Leistung, frei seine Meinung zum Ausdruck zu bringen, selbst unter Vertrauten und Gleichgesinnten. Auf vielfältige Weise hat mich genau diese Tatsache dazu bewogen, diese neue Abhandlung zu verfassen, die den Titel *Theologisch-politischer Traktat* trägt. Darin beschreibe ich, dass die Freiheit zu philosophieren nicht nur gewährt werden kann, ohne die Pietät und den Frieden des Gemeinwesens zu verletzen, sondern dass vielmehr der Frieden des Gemeinwesens und die Pietät gefährdet sind, wenn wir dieser Freiheit beraubt werden.

Obendrein trete ich den Beweis dafür an, dass Glauben und Philosophie zwei verschiedene Dinge sind und in einer wahrhaft demokratischen Republik nebeneinander bestehen können. Ja, ich halte es sogar für unabdingbar in einer Republik.

Die Zeiten, in denen wir leben, sind unberechenbar. Einige Freunde, die einst mit uns zusammensaßen, sind bereits den Märtyrertod gestorben. Ich möchte der Gefangenen, der Verbannten und derjenigen Menschen gedenken, die sich trotz der großen Gefahr für ihr Leben über ihre orthodoxe Erziehung erhoben haben, um durch eine Überzeugung, die aus der Lebenserfahrung selbst hervorgeht, zu Glauben und Liebe zu finden. Denn nur so können wir das Himmlische in uns wirklich erkennen«, schließt der Philosoph und sieht Detlef und Ruth dabei an.

Die Kutsche nähert sich einem schmalen roten Backsteinhaus. Der Kutscher wirft einen Blick auf die angemalte Nummer über dem Türklopfer aus Messing, schnaubt abschätzig und lässt die Pferde anhalten. Er fragt sich, was sein eleganter deutscher Fahrgast in einer so bescheidenen Hütte will. Es muss auf jeden Fall etwas Sündiges sein, denkt er und schlingt die Zügel um das Holzgeländer auf dem Kutschbock. Einmal mehr muss er sich über die Merkwürdigkeiten wundern, die einem tagtäglich in diesem unberechenbar gewordenen Holland begegnen.

Mit einer schwungvollen Bewegung öffnet er die Tür. Der Fahrgast sieht sich mit Bestürzung um und drückt sich ein parfümiertes Taschentuch vor seine Patriziernase. Er dankt dem Kutscher in schlechtem Holländisch und gibt sich, nachdem er ausgestiegen ist, alle Mühe, seine Ziegenlederstiefel nicht in der matschigen Gosse zu beschmutzen.

Der Graf betrachtet das Haus seines Bruders. Beschämt fragt er sich, wie ein von Tennen sich derart erniedrigen konnte. Daran ist nur eines tröstlich, denkt er: Einen Bettler kann man leichter kaufen als einen Herzog.

Als er das Kopfsteinpflaster überquert, bemerkt er, dass die Vorderseite des Hauses immerhin tadellos in Schuss ist. Links und rechts der Eichentür steht ein Topf mit einem Rosenbusch. Durch das große Fenster im Erdgeschoss sieht er seinen Bruder im goldenen Schein einer Lampe. Auf seinem Schoß sitzt ein blonder Junge, der genauso aussieht wie Detlef als Kind.

Rührseligkeit kann ich mir nicht leisten, ermahnt sich Gerhard. Bei diesem Kind, einem halben Juden, handelt es sich schließlich um eine Abscheulichkeit und Beschmutzung der Erblinie der von Tennens! Als er sich auf seinen Stock stützt, kommt ihm unvermittelt eine lange vergessene Szene aus der Vergangenheit in den Sinn: Detlef, wie er sich im Alter von sechs Jahren seinem Vater in seiner ersten Soldatenuniform präsentieren sollte. Das Kind war aus Furcht vor dem Vater über das kleine Schwert gestolpert, das man ihm in die Schärpe gesteckt hatte, und war dann auf das verärgerte Gebrüll des Vaters hin in Tränen ausgebrochen. Gerhard, damals ein junger Mann von achtzehn Jahren, hatte nichts getan, um den kleinen Detlef vor dem jähzornigen alten Grafen zu schützen. Dessen Wutanfälle waren, wie Gerhard später erkannte, ein Zeichen für seine Verbitterung. Er hatte mit ansehen müssen, wie ihm sein Land Stück für Stück weggenommen wurde und sein Besitz zusammenschrumpfte.

Unterschwellig hatte zwischen ihren Eltern ständig Krieg geherrscht. Gerhard hatte erlebt, wie die im Vorhinein vereinbarte Ehe der beiden langsam verkalkte und dann auch den letzten Anschein einer glücklichen Beziehung verlor, als der Graf sich ganz offen eine Geliebte in Bonn nahm, während sich seine Frau in die Religion flüchtete. Der Graf, den der Krieg und die Politik verhärtet hatten, konnte die Frömmigkeit seiner bayerischen Frau nicht ertragen, und als Detlef zunehmend unter den Einfluss seiner Mutter geriet, bestrafte ihn der Vater dafür, denn die Wesensart des kleinen Jungen und seine Ähnlichkeit mit Katharina von Tennen waren für ihn nicht auszuhalten. Es ist meine Schuld, als sein älterer Bruder hätte ich Detlef besser schützen müssen, denkt Gerhard reumütig. Er klemmt sich seinen Gehstock unter den Arm, geht die vier Stufen zur Haustür hoch und klopft energisch an.

Ruth sieht von ihrer Näharbeit auf, aber Detlef ist schon aufgesprungen. »Esther, gehst du bitte öffnen«, weist er die Magd an, denn er selbst will es nicht tun. Das Mädchen wirft Nadel und Faden hin und eilt hinaus.

»Lassen wir die Förmlichkeiten beiseite, Mädchen. Bitte mich herein, denn hier draußen auf diesen Stufen ist es zu gefährlich!«, poltert der Graf auf Deutsch.

Die Magd versteht kein Wort und tritt stumm zur Seite. Hinter ihr erklingt Detlefs unverwechselbares Lachen.

»Gerhard, vor wem hast du Angst? Vor den Taschendieben oder vor den Huren?«

»Vor beiden, du Bengel!«

Detlef kommt seinem Bruder entgegen, um ihn zu begrüßen. Die beiden umarmen sich mit aufrichtiger Zuneigung. Als Detlef ihn loslässt, taumelt der Graf einen Augenblick, so überrascht ist er von der stürmischen Versöhnung. Er hatte verdrängt, wie sehr ihm sein Bruder eigentlich fehlt.

Dann reicht Graf von Tennen dem Mädchen seinen Umhang und den Gehstock und späht in die schwach beleuchtete Eingangsdiele, die gleichzeitig als Wohnzimmer dient. Ruth, die mit dem Kind im Arm hinter Detlef steht, kann er kaum sehen. Er spürt ihre Missbilligung und verbeugt sich förmlich. »Fräulein.«

»Frau Tennen. Wir sind nun beide Protestanten und ordentlich verheiratet.«

»Das habe ich gehört. Detlef, du hättest mir Nachricht geben sollen – ich hätte Geschenke geschickt.«

»Wir kommen schon zurecht«, entgegnet Ruth, der ihre letzte Begegnung mit dem Grafen auf Schloss Grüntal, als sie an das Krankenbett des jungen Prinz Ferdinand gerufen wurde, noch lebhaft in Erinnerung ist.

Detlef bemerkt, wie alt sein Bruder geworden ist. Es liegt eine Traurigkeit in seinem Gesicht, eine neue Menschlichkeit... oder bildet er sich das nur ein?

»Esther, bring Wein für den Grafen! Nach so einer langen Reise braucht er eine Stärkung. Ich hoffe, das Gasthaus, das ich empfohlen habe, ist zufriedenstellend?«

»Es ist sehr kultiviert. Was man über die Niederlande sagt, ist wahr: Sie sind wirklich die Spitze der neuen Welt. Heute habe ich Früchte und Gewürze kennen gelernt, die ich noch nie gesehen habe. Zum Beispiel eine Frucht, die aussieht wie ein Paradiesapfel, aber eine harte Schale hat, während im Innern viele süße rote Körner versteckt sind, die Edelsteinen gleichen. Wie man mir sagte, hat Persephone diese Frucht in der Unterwelt gegessen, zur Freude ihres Mannes Hades.«

»Granatapfel, so heißt die Frucht«, wirft Ruth ein, aber noch misstraut sie der Freundlichkeit des Grafen.

»Meine Schwägerin, gebildet wie eh und je!«

Der Graf wendet sich an Detlef. »Du siehst gut aus, Bruder, das neue Leben tut dir gut.«

»Es tut jedem gut, ehrlich und nach der eigenen Moral zu leben. Aber du wirkst traurig, so kenne ich dich gar nicht.«

»Ich bin allein, Detlef. Letzten Winter habe ich meinen treuen Gefährten Hermann Wolf verloren. Meine Einsamkeit hat mir die Lust am Leben und an der Jagd geraubt, an der ich früher so große Freude hatte.«

»Es gibt nur wenig, das so anregend ist wie die Machenschaften der Mächtigen.«

»Ich dachte, du hättest die Politik verlassen, um dem zweifelhaften Vergnügen zu frönen, ein Glaubenseiferer zu sein.«

»Ein Eiferer? Nein, ich bin Remonstrant.«

»Einer von diesen neumodischen Calvinisten!«, bemerkt der Graf trocken.

»Ich werde der Versuchung widerstehen, dich zu bekehren, Gerhard. Ich fürchte, jede gute Predigt wäre die reine Verschwendung.«

»In der Tat!«

»Ich bin nur ein Diener meiner Gemeinde. Aber sag mir, wie geht es unserem lieben Cousin Maximilian Heinrich?«, fragt Detlef lächelnd.

»Er ist runder geworden und vielleicht einen Hauch rührselig. In Köln hat sich wenig verändert, obwohl wir mittlerweile eine gute holländische Garnison zu Gast haben. Wie du weißt, ist unsere schöne Stadt immer bereit gewesen, sich für einen guten Preis zu verkaufen. Dabei fällt mir ein, es gibt vielleicht doch eine interessante Neuigkeit: Birgit Ter Lahn von Lennep ist kürzlich Witwe geworden, die hübscheste und reichste der Stadt. Wenn ich mich recht erinnere, warst du viele Jahre der Beichtvater der Familie.«

Detlef wirft einen Blick zu Ruth, die einen Faden mit Staubperlen von ihrem Kleid zwischen den Fingern zwirbelt.

»Gerhard, du musst wissen, dass wir hier in Amsterdam die Tennens sind, eine einfache deutsche Einwandererfamilie. Unser Leben vorher gehört zu einer Welt, von der wir uns abgewendet haben und über die wir nicht mehr reden.«

»Das bedaure ich, Detlef. Köln vermisst dich. Es gab viele, die Achtung vor dir hatten, Adelige wie Bürger, und viele haben sie noch heute. Aber genug jetzt von Köln, zeig mir lieber meinen Neffen!«

Detlef geht in die Knie und schiebt Jakob, der sich hinter einem Stuhl versteckt hat, auf seinen Onkel zu. Der Junge bleibt schüchtern mit einem Stoffhasen im Arm vor dem Grafen stehen.

»Jakob, verbeuge dich vor deinem Onkel!«

Der Fünfjährige schlägt die Hacken zusammen und macht eine förmliche Verbeugung, eine Geste, die den Grafen überrascht. Also hat das Judenkind doch Manieren, auch wenn es alles nur wie ein schlaues Äffchen nachahmt, stellt er fest und ist insgeheim entsetzt über die offensichtliche Liebe seines Bruders zu dem gesetzlich nicht anerkannten Kind. Mit gespielter Rührung betrachtet er den Kleinen.

»Er ist hinreißend, aber liebe Schwägerin, Sie müssen mir gestatten, ihn zu einem guten holländischen Schneider mitzunehmen, damit er ein Paar Kniehosen bekommt und eine ordentliche Jacke.«

»Jakob hat genug Kleider und braucht keine Almosen.«

»Selbstverständlich. Ich würde nur gern ein Gemälde von dem Kind und mir anfertigen lassen. Ein Maler in Delft wurde mir empfohlen, Pieter de Hooch. Wie ich hörte, ist er begabt und kann ein passables Bildnis anfertigen – mit eurer Erlaubnis natürlich.«

Detlef sieht Jakob an, der ihn unschuldig anlächelt. Die Vorstellung, dass sein Sohn als Mitglied der Familie von Tennen akzeptiert wird, erfüllt ihn mit heimlicher Freude. Nachdenklich sieht er Ruth an, aber da zupft Jakob ihm am Ärmel.

»Papa, das möchte ich gern.«

Erleichtert, dass ihm die Entscheidung abgenommen wurde, klatscht Detlef in die Hände.

»Ausgezeichnet! Und jetzt wollen wir das gute deutsche Essen genießen, das uns Esther und Ruth zubereitet haben.«

»Gott sei Dank, denn schon nach einem Tag bin ich die Heringe leid!«

✦ ✦ ✦

Der Schneider misst das Bein des Jungen mit einer Schnur ab, die er dann an einen Maßstock anlegt. In dem Atelier, einem kleinen Kellerraum voller Stoffballen – Seide, Wolle und Baumwolle aus Indien – und kunstvoller Stickereien auf kleinen Holzrähmchen ist es stickig und heiß. Mitten im Raum steht Jakob ganz still mit ausgestreckten Armen da. Esther, das Dienstmädchen, spielt verträumt mit einer dicken Schleife aus Seide.

»Er ist ein guter Junge«, sagt der Schneider, ein Jude aus Lissabon, zu der Mutter. Insgeheim wundert er sich über ihr schwarzes Haar und die dunklen Augen. Die fremdländisch aussehende Frau und der ältliche Adelige sind ein merkwürdiges Gespann. Der Deutsche, der auf dem eleganten französischen Stuhl sitzt, den der Schneider seinen wohlhabenden Kunden anbietet, ist offensichtlich ein Christ und obendrein begütert. Aber die Frau …? Was kümmert's mich, denkt der Schneider, Hauptsache, sie bezahlen mich gut.

»Natürlich ist er ein guter Junge, er ist von edlem Geblüt«, entgegnet der Graf mit Bestimmtheit. Die neugierigen Blicke des Schneiders sind ihm zuwider. Aber lange wird er diese Schmach nicht mehr ertragen müssen.

Er zeigt mit seinem Gehstock auf einen Stoffballen. »Die Kniehosen müssen aus Samt sein, dunkelblau und von der besten Qualität wie die meinen, dazu ein besticktes Wams nach der französischen Mode, das in der Taille gebunden wird«, weist er an.

»Onkel, bekomme ich auch neue Stiefel?«

»Du bekommst Lackschuhe mit Knöpfen an der Seite, und du wirst zu meiner Rechten sitzen mit einem Jagdhund zu deinen Füßen.«

»Ein Hund! Esther! Mama! Ich bekomme einen Hund!«

»Nur für das Gemälde, Jakob.«

Angesichts von Jakobs Begeisterung hat Ruth Angst, der Onkel könne ihn mit seinem Reichtum verderben. Sie sieht den Grafen an, wie er mit vornehmer Haltung auf den Jungen herabblickt. Sollte es möglich sein, dass ihn das Älterwerden und der Wunsch nach Familie ruhiger und milde gemacht haben? Seit seiner Ankunft war er stets gefasst und höflich ihr gegenüber. Und was ist von seinem Kummer über die Armut seines Bruders zu halten? Ist sein Angebot einer Geldbeihilfe Ausdruck ehrlicher Sorge oder ein Versuch, Einfluss zu nehmen? Ruth ist verunsichert. Entweder ist der Graf ein Meister des Taktierens, oder er sehnt sich wahrhaftig nach Familie. War es richtig von Detlef, die Hilfe seines Bruders abzulehnen? Sie bewundert seine Entscheidung, aber andererseits hätten sie das Geld gut gebrauchen können. Sie wird der Geburtshilfe allmählich müde und befürchtet insgeheim, dass die Arbeit sie vorzeitig altern lässt. Detlefs entschiedene Antwort geht ihr durch den

Kopf: »Lass ihn sein Geld für das Kind ausgeben, aber nicht für uns. Sonst stehen wir in seiner Schuld, und ich will einfach keiner Institution verpflichtet sein, gegen die ich moralische Bedenken habe.«

Die hohe Moral ist nicht immer die günstigste Position, denkt Ruth, fragt sich jedoch, was aus ihr geworden ist, als sie sich entsinnt, wie sie früher gedacht hat. Sie schiebt ihre Gedanken beiseite, als der Schneider mit dem Maßnehmen fertig ist und zu einem Stoffballen greift.

»Wird der Hund Punti auffressen?«, fragt Jakob und hält seinen Stoffhasen hoch.

Der Graf überwindet seinen Widerwillen, lacht gekünstelt und nimmt den Jungen auf den Schoß. »Nur, wenn du es willst. Willst du, dass er ihn in Fetzen reißt?«

Jakob sieht seinen Onkel mit großen Augen an und antwortet dann zutiefst ernst: »Nein, das will ich nicht.«

Der Graf lacht. »Dann wird er es auch nicht tun. Darauf gebe ich dir mein Wort.«

Die Türglocke läutet, und ein Diener in den Farben des Hauses seines Herrn kommt hereingestürzt. »Sind Sie Mevrouw Tennen, die Hebamme?«, fragt er Ruth.

»Haben bei Mevrouw van Voorten die Wehen eingesetzt?«

»Sie schreit schon seit drei Stunden nach Ihnen!«, entgegnet der Diener aufgeregt.

Über seine Besorgnis lächelnd, legt ihm Ruth eine Hand auf den Arm. »Wenn Frauen in den Wehen liegen, schreien sie, aber keine Angst, sie ist eine starke Frau.«

»Madame, meine Herrin braucht Sie!«

Ruth sieht Gerhard und Esther widerstrebend an und zögert. Der Graf, der ihre Sorge zu erraten scheint, legt ihr eine Hand auf die Schulter.

»Machen Sie sich keine Sorgen, das Kind ist bei mir und dem Dienstmädchen in den besten Händen, das verspreche ich.«

Ruth sieht ihm in die Augen und glaubt zum ersten Mal ehrliche Zuneigung in seinem Blick zu erkennen.

Der Diener zupft sie am Ärmel. »Wir müssen uns beeilen.«

Ruth wirft sich ihren Umhang über und nimmt ihren Sohn in den Arm. Der süße Duft seines Haars umfängt sie, als sie ihn hochhebt.

»Jakob, heute Nachmittag nimmt dich der Onkel noch mit zum Maler und dann bringt er dich nach Hause. Du wirst ein artiger Junge sein, nicht wahr, und nicht nach der Mama weinen?«

Jakob schluckt und nickt tapfer.

Ruth dreht sich zu der Magd um. »Esther, bitte achte darauf, dass er seine Jacke anzieht und zwischendurch etwas isst.«

Das Mädchen nickt mit ausdrucksloser Miene. Der Graf legt die Hände auf die schmalen Schultern seines Neffen.

»Ich verspreche, ich bringe ihn vor Sonnenuntergang heil nach Hause.«

Jakob schlingt die Arme um Ruths Hals und klammert sich an sie. Sie gibt ihm einen Kuss und legt seine Hand in die des Grafen.

»Jakob, du wirst artig sein und dich gut benehmen. Wir sehen uns morgen früh wieder, und dann wirst du vergessen haben, dass ich überhaupt weg war.«

»Küss Punti!«

Jakob hält ihr seinen Hasen hin, und nachdem Ruth das zerschlissene Gesicht des einäugigen Stofftiers geküsst hat, verlässt sie mit dem Diener die Schneiderwerkstatt.

Der Graf hält die kleine Hand des Jungen fest und staunt über das blinde Vertrauen von Mutter und Kind.

Detlef spürt im Nacken den kühlen Luftzug, der durch den Schlitz unter der Tür hindurchpfeift. Er schlägt den Kragen seiner wollenen Weste hoch und versucht sich auf die vor ihm liegende Druckschrift zu konzentrieren: eine Übersetzung seiner Reden mit dem Titel »Ist der Mensch ein Sklave des Aberglaubens?«.

Irgendwo in der Straße knallt eine Tür zu. Es ist nach Mitternacht, und das Haus kommt ihm ohne seine Frau und sein Kind merkwürdig leer vor.

»Die Ansicht, dass der Glaube für den Menschen eine Notwendigkeit ist, ein natürliches Bedürfnis, legt die Vermutung nahe, die Fähigkeit zu glauben erhebe den Menschen über alle anderen Lebewesen. Aber wie soll man einen Glauben an Hexen, Kobolde, Engel und Teufel umwandeln in eine Überzeugung, die auch die *scientia nova* und die perfekte Geometrie der Natur umfasst, die in Wahrheit nur eine Manifestation des göttlichen Wesens selbst sein kann ...«

Detlef unterbricht seine Lektüre und streicht geistesabwesend mit der Hand über die Unterseite der Platte seines flämischen Schreibtischs. Als er mit den Fingern gegen etwas stößt, beugt er sich überrascht zur Seite, um nachzusehen. Ein Amulett ist an die Innenseite eines der hölzernen Tischbeine genagelt. Detlef nimmt das kleine Steintäfelchen ab und betrachtet es. Als er es ins Licht hält, sieht er, dass nur ein einzelner hebräischer Buchstabe eingeritzt ist. Eine von Ruths kabbalistischen Zaubereien, aber wozu?, überlegt er amüsiert. Schutz, Erfolg bei der Arbeit, Wohlstand? Wie er weiß, hängt seine Frau trotz ihres Glaubens an die harte Logik der stofflichen Welt immer noch heimlich an den Gebräuchen der Familie ihrer Mutter. Nachdem er zuerst Schwierigkeiten damit hatte, traf Detlef die bewusste Entscheidung, es nicht als Schwäche, sondern als Stärke anzusehen, und obwohl die Remonstranten nicht an die Vorhersehung glauben, fragt er sich insgeheim doch, ob Ruths Vertrauen in die Glücksbringer vielleicht tatsächlich den Lauf der Ereignisse beeinflussen kann.

Ruth. Er sehnt sich immer nach ihr, wenn er von ihr getrennt ist, obwohl er eine solche Schwäche niemals zugeben würde. Kann es Sünde sein, seine Frau so sehr zu lieben? Vielleicht schon, denn wenn er so sehr liebt, kann er vermutlich die vergängliche Natur des Lebens und der Liebe nicht akzeptieren. Es ist immer noch ein Wunder für ihn, dass er überhaupt lieben kann und die Liebe so spät noch gefunden hat. Es ist, als läge sein Kölner Leben unter einer dicken undurchsichtigen Glasscheibe; trüb, verschwommen und zunehmend bedeutungslos.

Es ist ein Uhr, verkündet der Ausrufer. Detlef geht ans Fenster und blickt auf den schmalen Kanal. Nebel liegt auf dem Wasser, und durch das schmutzige Weiß dringt der goldene Lichtschein aus den Fenstern der Schänke gegenüber. Wo bleibt sie nur? Und wo ist das Mädchen? Er weiß, Ruth wurde zu einer Geburt gerufen, aber dass sie das Kind mitgenommen hat … Die Vorstellung beunruhigt ihn. Jakob ist noch viel zu jung für solche Dinge. Einer Antwort auf seine bangen Fragen gleich hallt in diesem Augenblick das Geklapper von Pferdehufen durch die Straße und reißt ihn aus seinen besorgten Gedanken.

Eine kleine Kutsche hält vor dem Haus und Ruth, deren Gesicht von einer großen Kapuze verdeckt wird, steigt aus. Schon ist Detlef mit großen Sätzen die Holztreppe hinunter und reißt die Haustür auf, noch bevor die Hebamme den Schlüssel ins Schloss stecken kann.

»Ruth, du siehst ja ganz erschöpft aus! Komm schnell, im Topf ist noch Suppe. Aber wo ist der Junge? Wo ist Jakob?«

Ruth schiebt die Kapuze vom Kopf und dreht sich ruckartig um. »Was soll das heißen? Ich habe ihn bei Esther und deinem Bruder gelassen. Ist Esther nicht hier?«

»Das Haus ist leer.«

Sie sehen sich entsetzt an. In diesem Augenblick schlüpft die Magd zur Tür herein. Sie stinkt nach Bier, ihr Gesicht ist gerötet und aufgedunsen. Ruth packt das Mädchen an den Schultern und schüttelt es heftig.

»Wo ist Jakob? Du solltest doch auf ihn aufpassen!«

Verwirrt verdreht die betrunkene Magd die Augen. »Ist er nicht im Bett? Der Herr Graf hat gesagt, er wird sich um ihn kümmern.«

Wütend schiebt Detlef Ruth zur Seite. »Was sagst du da? Du hättest ihn nicht aus den Augen lassen dürfen! Wofür bezahlen wir dich denn!«

Das Mädchen bricht in Tränen aus. »Er hat gesagt, er kümmert sich um den Kleinen, und ich kann mich ruhig mit meinem Joris treffen. Ich habe ihm vertraut … er ist doch ein Familienmitglied, Mijnheer Tennen.«

Detlef lässt sie los, und sie läuft schluchzend in ihr Zimmer.

Ruth hat sich bereits wieder die Kapuze aufgesetzt und will zur Tür.

»Warte, Ruth, das muss ein Missverständnis sein. Vielleicht hat mein Bruder ihn über Nacht mit in sein Quartier genommen …«

»Was habe ich nur getan! Ich hätte mein Kind nicht allein lassen dürfen! Ich hätte bei ihm bleiben müssen!«

»Ruth, du musstest zu einer Geburt. Ich bin derjenige, den die Schuld trifft. Ich hätte Gerhard niemals vertrauen dürfen!«

Ruth reißt die Haustür auf, und die kalte Nachtluft strömt ins Haus. »Was ist mit Jakob? Was will Gerhard mit ihm anstellen?« Voller Angst sieht sie zu ihm auf.

»Wir gehen sofort zu dem Gasthaus, damit du dir keine Sorgen mehr machen musst.«

Um Ruth nicht noch mehr zu beunruhigen, wendet Detlef ihr den Rücken zu, als er sich seinen Dolch in den Gürtel schiebt.

An ihren Mann gedrängt huscht Ruth halb laufend, halb gehend über das rutschige Kopfsteinpflaster. Obwohl der Nebel bereits in einen leichten Nieselregen übergegangen ist, stehen die Händler auch zu dieser Nachtzeit noch an ihren Ständen. Die Schatten von Flammen tanzen über eine Gassenmauer, als ein Feuer in einem Eisentopf aufflackert. Ein verkrüppelter Mann röstet Kastanien darin, während sich zwei Nachtwächter an den glühenden Kohlen aufwärmen.

Unter einer Straßenlaterne taumelt ein *nagtloper*, eine Nachtschwärmerin, deren pockennarbiges Gesicht mit roter Schminke beschmiert ist, auf einen Fährmann zu, der unterwegs zur Arbeit ist. Mit einem zahnlosen Grinsen im Gesicht greift sie ihm in den Schritt. Achselzuckend schubst der junge Mann sie fort. Auf der anderen Straßenseite treibt ein Bauer ein paar Schweine zum Schlachter, vorbei an einem Fischwagen, in dem der Fang des Tages glitzert.

Detlef hält Ruths Arm fest umklammert. Viele Möglichkeiten gehen ihm durch den Kopf, und er kämpft gegen seine Ängste an. Er kann sich nicht vorstellen, dass sein Bruder das Kind entführt hat. Aus welchem Grund? Es ist von seinem Blut; weshalb sollte er ihm wehtun wollen? Sicherlich ist alles nur ein Missverständnis. Bestimmt hat er den Jungen bei sich im Gasthaus, weil er dachte, es sei zu spät, ihn nach Hause zu bringen.

Auf ihrem Weg von der Harlemmerstraat in der Nähe des Hafens im Westen der Stadt ins Zentrum überqueren die beiden eine schmale Steinbrücke. Sie kommen am Achterburgwal vorbei. Ein Wagen mit verhafteten betrunkenen Dirnen fährt vor dem hohen schmiedeeisernen Tor des *Spinhuis* vorbei. In den Fenstern der trostlosen Besserungsanstalt brennt noch Licht, und die bedauernswerten Insassinnen beenden gerade erst einen langen Tag, den sie mit Spinnen und Nähen verbracht haben. Einige der angeketteten Huren auf dem Wagen stimmen klagend die »Haagse kermis« an, als sie durch das bedrohlich wirkende Tor gefahren werden.

Ruth blickt in die Ferne und sieht das schaukelnde Schild des Gasthauses, in dem der Graf wohnt, aus dem Nebel auftauchen. Sie reißt sich von Detlef los und läuft darauf zu.

»Der vornehme deutsche Herr? Vielleicht schläft er, vielleicht auch nicht.«

Der Nachtwächter verschränkt die Arme vor seinem dicken Bauch, der ihm über den Bund seiner teuren, mittlerweile aber alten und schmutzigen Kniehose hängt. Sein Geldbeutel, prall gefüllt mit dem Bestechungsgeld, das er von dem Adeligen erhalten hat, baumelt an seiner Hüfte.

Detlef greift in die Tasche und holt fünf Stuiver heraus. »Sie bekommen noch mehr, wenn Sie uns genau sagen, wo er ist.«

Ruth drängt vorwärts. »Bitte, unser Sohn ist verschwunden, ein kleiner Junge!«

Der Nachtwächter wiegt das Geld in der Hand. Genauso viel hat ihm der betagte Adelige zuvor für sein Schweigen gegeben. Detlef versteht die Geste und gibt ihm noch eine Münze.

»Der Graf und sein Neffe sind heute Abend abgereist, ungefähr vor drei Stunden, nach Sonnenuntergang.«

»Wohin abgereist?«

»Das weiß ich nicht, aber sein Gepäck hat er auf jeden Fall mitgenommen.«

»Er ist mit Jakob abgereist?«

Ruth, die dunkle Ringe unter den Augen hat, entfährt ein qualvoller Schrei. Detlef legt ihr seinen Umhang um die Schultern. Sie stellt sich vor, wie ihr kleiner Junge in eine Kutsche verfrachtet wurde. Wird der Graf ihm auch genug zu essen geben?

Weiß er, dass Jakob Angst im Dunkeln hat und nicht allein schlafen kann? Und was ist mit Punti, seinem Hasen? Panische Angst steigt in ihr auf, und die übelsten Befürchtungen gehen ihr durch den Kopf. Sie packt Detlef am Kragen.

»Wir müssen sofort etwas tun! Jakob ist in Gefahr, ich spüre es!«

Der Nachtwächter verschließt eilends und mit schamrotem Gesicht das Tor vor dem Paar und seinen Schuldgefühlen, über die ihm nur der schwere Geldbeutel an seinem Gürtel hinweghelfen kann. Heftiger Regen setzt ein, als Detlef Ruth in den Arm nimmt und sie wiegt, während er versucht, die eigenen Ängste in den Griff zu bekommen.

»Schscht, wir werden bei de Hooch nachfragen, und dann reiten wir falls nötig noch heute Nacht nach Köln. Mit etwas Glück erwischen wir sie an der Grenze.«

✦ ✦ ✦

Das Gehämmer an der Haustür dröhnt dem jungen Lehrling in den Ohren wie ein Schwarm wahnsinniger Wespen. Verschlafen schlägt er nach den Fantasiegeschöpfen, dann setzt er sich kerzengerade auf. Hat sein neuer Meister etwa Schulden? Der Maler hatte geschworen, er habe keine, als er den Vierzehnjährigen einstellte, einen talentierten Bauernsohn aus de Hoochs Heimatstadt Delft. Zur Hölle mit den Geldeintreibern! Vielleicht haben sie ja die falsche Werkstatt.

Der Lehrling wartet einen Augenblick ab und schlüpft dann in eine alte Hose aus grobem Stoff, die ihn im Schritt kratzt. Fluchend läuft er zur Haustür. Als er die obere Hälfte öffnet, erblickt er überrascht einen Herrn, offenbar ein protestantischer Pastor, mit seiner jungen Frau, die, wie der Lehrling gleich bemerkt, sehr schön ist, obwohl sie ganz verweinte Augen hat.

»Ist mein Meister tot?«, fährt der verschlafene Junge auf, und seine Frage scheint das Paar zu verwirren.

»Ist dies das Atelier von Pieter de Hooch?«

»Und wenn ja?«, fragt der Lehrling misstrauisch. Er ist entschlossen, seinen Meister um jeden Preis zu schützen.

»Ist der Künstler anwesend?«

»Mein Meister wird noch in Delft aufgehalten, er wird nicht vor Fastnachtsdienstag zurückkehren.«

»Waren Sie gestern den ganzen Tag hier?«

»Jawohl, mein Herr, die ganze Zeit.«

»Ist vielleicht ein deutscher Herr mit einem kleinen Jungen vorbeigekommen? Mein Bruder hat ein Porträt in Auftrag gegeben, sein Name ist Graf Gerhard von Tennen.«

»Nein, Meister de Hooch hat seit über drei Monaten keinen solchen Auftrag bekommen. Sonst würde ich auch den Namen kennen.«

Ruth fasst Detlef am Arm. »Sie sind unterwegs nach Köln, ich weiß es.«

»Ist Meister de Hooch in Schwierigkeiten?«

»Nein, mein Guter, gehen Sie ruhig wieder schlafen.«

Als der verschlafene Junge die Tür schließt, läuft Ruth im strömenden Regen los und macht sich auf den Heimweg.

»Ruth, bitte! Das erfordert eine gewisse Planung. Wir wissen doch noch gar nichts!«, ruft Detlef verzweifelt und läuft ihr hinterher.

Voller Angst dreht sie sich zu ihm um. »Wir wissen, dass unser Kind entführt wurde und wahrscheinlich in großer Gefahr schwebt. Ich war eine Närrin, ich hätte bei ihm bleiben müssen! Was habe ich nur getan!«

»Was haben wir beide getan!«, antwortet Detlef verzweifelt, den ebenfalls starke Schuldgefühle plagen.

Ruth klammert sich an ihn. »Der Graf fährt noch heute Nacht ins Rheinland. Ich werde auf jeden Fall hinterherreiten und …« – sie zieht den Dolch aus Detlefs Gürtel – »ich werde mich bewaffnen. Ich werde das Schwert meines Cousins tragen!«

Detlef starrt sie an und sieht, wie die Erschöpfung ein Netz feiner Linien in ihr angespanntes Gesicht zeichnet. »Es tut mir Leid, meine Liebste, dass ich meinem Bruder so blind vertraut habe. Aber ich hoffe immer noch auf eine vernünftige Erklärung. Ich werde ihnen nachreiten. Du bist zu erschöpft, du bleibst in Amsterdam und wartest auf Nachricht von mir.«

Sie nimmt ihn bei der Hand. »Auf keinen Fall, wir reiten zusammen.«

✦ ✦ ✦

In eine Decke gewickelt schläft Jakob friedlich, obwohl die Kutsche auf der holprigen Straße heftig schaukelt. Seine Wimpern zeichnen sich dunkel von seinen Wangen ab; er hält den Stoffhasen in der einen Hand, während die andere vom Sitz baumelt.

Ihm gegenüber sitzt der Graf und schnarcht leise. Das Gesicht hat er an das Polster geschmiegt. Als die Kutsche über ein großes Schlagloch rumpelt, schlägt er mit dem Kopf gegen die Holzvertäfelung. Verwirrt erwacht er und sieht sich um. Sein Blick fällt auf den kleinen Jungen. Gott sei Dank schläft das Balg, denkt er und überlegt, was er dem Jungen in Köln zu essen geben soll. Wenn Detlef sich schon vermehren musste, warum tat er es nicht auf vernünftige Weise, mit einer Christin, um der Familie wenigstens einen Sprössling mit anständiger Abstammung zu bescheren? Verärgert schiebt der Graf den Vorhang zur Seite.

Über dem Wald draußen steht der halb volle Mond. Die Bäume mit ihren dicken, starr in den Himmel ragenden Stämmen sehen aus wie eine Versammlung von Richtern mit flatternden Roben, die ihn anstarren. Der schlammige Weg führt an einem breiten Fluss entlang, den das Mondlicht in ein silbriges Band aus glitzernden Fäden verwandelt. Der Graf nimmt an, es handelt sich um die Maas. Wie er vermutet, sind sie immer noch in Holland, und er fragt sich missmutig, wie lange er noch in der rumpelnden Kutsche sitzen muss, bevor sie endlich das rettende Rheinland erreichen.

Bald tut sich ein Feld vor dem Wald auf. Ein Bauer hat sich schon aufgemacht und erntet im trüben Schein seiner Laterne Kohlköpfe. Sein Hund sitzt geduldig abwartend neben ihm. Der Graf sieht gebannt von den gleichmäßigen Spatenstichen des Mannes zu. Ein kleiner Leibeigener, nur wenig besser als ein Tier, der tagein, tagaus dieselbe Arbeit verrichtet, denkt er. Wie kann Detlef angesichts der offendeutigen Dummheit dieser Leute nur glauben, alle Menschen seien gleich! Über welche geistigen Fähigkeiten verfügen sie, um die edlen Dinge des Lebens – die Musik, die Literatur, einen schönen Kunstgegenstand – zu schätzen zu wissen? Über keine, wie der Graf es sieht. Nein, es war richtig, das Kind mitzunehmen. Er muss Detlef vor sich selbst schützen. Diese Tat, wie verabscheuungswürdig sie auch sein mag, dient einem höheren Zweck – der Erhaltung des alten Familienbesitzes der von Tennens, einem Adelsgeschlecht, das Königen und Fürsten schon über vier Jahrhunderte gedient hat. Er kann wegen seines fehlgeleiteten Bruders nicht einfach alles opfern. Er wird nicht zulassen, dass die Kirche ihm sein Land oder seinen Titel raubt, auch wenn er dazu diesen christlich-jüdischen Mischling als Köder benutzen muss.

Seine Aufgabe besteht schließlich nur darin, Detlef zurück in die Stadt zu locken; da muss er kein schlechtes Gewissen haben. Ihm wurde versprochen, dass Detlef wieder als Kanoniker eingesetzt wird, wenn er ein umfassendes Geständnis ablegt. Sicherlich wird Detlef damit einverstanden sein. Es ist ein geringer Preis für die Erhaltung des Besitzes der Familie von Tennen. Abgesehen davon würden sie es nicht wagen, einem Wittelsbacher ernsten Schaden zuzufügen. Nein, es wird höchstens auf eine kurze Gefängnisstrafe hinauslaufen. Nachdem er sich mit diesen Gedanken getröstet hat, die allmählich von dem gleichmäßigen Knarren der Kutschenräder übertönt werden, schläft der bekümmerte Graf wieder ein.

Jakob schlägt die Augen auf. Die ersten Sonnenstrahlen fallen durch das halb zugezogene Fenster und die Löcher im Kutschendach. Er weiß nicht, wo er ist, und will anfangen zu weinen, da erinnert er sich daran, wie Ruth ihn gebeten hat, artig zu sein. Mama wäre stolz auf mich, denkt er. Er war die ganze Nacht sehr tapfer und hat nicht einmal geweint, auch nicht, als ihm Punti fast in die Gosse gefallen wäre. Der Gedanke spendet ihm Trost in der Einsamkeit, die er plötzlich verspürt.

Beruhigt durch die Erinnerung an die ausdrucksvollen Augen der Mutter, setzt sich der Kleine auf. Ihm knurrt der Magen, und er fragt sich hungrig, wann sie wohl zu Hause ankommen und ob die Magd schon Frühstück gemacht hat. Dann fällt ihm ein, dass ihm der Graf ein eigenes Pferdchen und einen kleinen Hund versprochen hat.

Ein lustiger Onkel, denkt er und betrachtet den alten Mann, der ihm gegenüber schläft. Die Perücke des Grafen ist verrutscht, und hinten in seinem geöffneten Mund sind braune, fleckige Backenzähne zu sehen. Jakob hat überhaupt keine Angst. Warum hat sich Mama nur Sorgen gemacht?

Plötzlich hält die Kutsche unvermittelt an, und der Graf kippt von der Sitzbank. Begeistert von diesem Schauspiel fängt Jakob schallend an zu lachen.

+ + +

Sie sind bereits drei Stunden geritten. Ruth, die Aarons Schwert am Gürtel trägt, presst sich fest in den Sattel. Alles in ihr ist bestimmt von einem einzigen Gedanken: Sie muss ihren Sohn retten. Detlef, der seine Reitkünste im Krieg erworben hat, galoppiert neben ihr. Sein Körper ist mit dem seines Pferdes verschmolzen; sie sind ein Wesen, ein massiver Zentaur, der von einem einzigen Wunsch getrieben gegen Wind und Zeit an-kämpft.

Mit fliegenden Hufen donnern die Pferde über die schmale Straße. Schweigend legen Detlef und Ruth Meile um Meile zu-rück, ohne anzuhalten oder auf die Landschaft zu achten. Sie reiten durch Gegenden, die sie mit Bildern der Unschuld und Reinheit verspotten wollen: hier ein kleines Häuschen mit Licht im Fenster, in dessen Mauern ein Kind friedlich schläft; dort ein kleiner Junge, der seinem Vater beim frühmorgendlichen Mel-ken hilft.

Detlef ist wütend. Mordgierig. Erstaunt über die Dreistig-keit, mit der er betrogen wurde. Er kann nicht glauben, dass ihn sein Bruder mit voller Absicht hinters Licht geführt hat. Entsetzt von der eigenen Gutgläubigkeit, versucht er sich den Vorfall zu erklären, und geht die Geschichte immer wieder in Gedanken durch. Meine neu gewonnene Überzeugung ist schuld, denkt er, meine törichte Vorstellung, dass der Mensch sich von seiner niederen Natur befreien kann und Blut stärker als Habsucht ist. Und nun kommt er fast um vor Angst. Sein neues Leben ist in seinen Grundfesten erschüttert. Welche Folgen wird dieser Ver-rat nach sich ziehen? Wird Ruth ihm je wieder vertrauen kön-nen? Und sein Sohn, was ist mit seinem geliebten Sohn?

Während sie weiter Richtung Grenze reiten, spürt Det-lef, dass sich der Idealist in ihm immer noch an die Hoffnung klammert, es möge ein Missverständnis vorliegen und sein Bru-der habe angenommen, sie wüssten von seiner Rückkehr nach Köln. Aber warum hat er das Kind überhaupt mitgenommen?

Gerhard steht am Fenster seines Kölner Hauses und dreht sich verärgert zu seinem Neffen um, der mit missmutigem, rotem Gesicht steif am Esstisch sitzt.

»Komm, Jakob, du musst dein Rehfleisch essen!«

Der Graf nimmt eine Scheibe Fleisch und hält sie Jakob unter die Nase. Das Kind schiebt seine Hand fort.

»Ich will Mama und Papa.«

»Sie kommen morgen hierher.«

»Das hast du gestern schon gesagt!«

Das junge Kindermädchen, das der Graf eingestellt hat, zuckt leicht zusammen, als der Mann das Kind an der Schulter packt. Sie hat genug Geld bekommen, um keine Fragen zu stellen, aber das offensichtliche Leid des kleinen Jungen gibt ihr zu denken. Wo sind die Eltern? Ist er wirklich ein Waisenkind, wie sein Onkel behauptet? Wenn ja, warum fragt er dann immer wieder nach seiner Mutter?

»Jakob.« Der Graf beugt sich vor und sieht dem Jungen ins Gesicht. Jakob macht einen Schmollmund und schlägt die Augen nieder, in denen Tränen schimmern.

»Vertraust du deinem Onkel etwa nicht?«

Verwirrt und betreten sieht der Junge auf. Er vertraut dem Grafen nicht, aber Detlef hat ihm gesagt, es sei unhöflich, so etwas zu sagen. Er wünschte, sein Papa wäre da. Papa würde genau wissen, was er antworten soll; ihm gelingt es immer, verärgerte Leute fröhlich zu machen. Aber eigentlich versteht Jakob gar nicht, warum sein Onkel so böse auf ihn ist. Warum hat

Mama vorher nicht mit ihm über die Reise gesprochen? Erneut schießen ihm die Tränen in die Augen, als er an seine Eltern denkt und daran, wie schön es war, als sie das letzte Mal zusammen waren, alle drei lachend auf Mamas Bett. Aus Angst, einen Fehler zu machen, beschließt er, lieber gar nichts zu sagen. Stattdessen schließt er die Augen und stellt sich vor, er sei zu Hause und spiele auf dem alten Klavichord, das ihm der Vater geschenkt hat.

»Jakob?«

Aber das Kind hat sich vollkommen in sich selbst zurückgezogen, die Augen geschlossen und das Kinn fest auf die Brust gedrückt.

Der Graf verliert die Beherrschung und schüttelt ihn heftig, aber Jakob kneift weiter die Augen zu, um unangreifbar zu sein.

»Wie du willst, junger Mann.«

Verfluchtes Balg! Wenn das Kind nicht der Köder wäre, hätte der Graf es schon im Armenhaus abgegeben. Ein nichtsnutziger ungezogener Mischling, es entspricht einfach nicht seiner Art, gefällig zu sein, denkt der Graf und starrt das schmollende Kind böse an. Dann dreht er sich zu dem Kindermädchen um, einem scheuen Wesen, selbst fast noch ein Kind, das die Szene entsetzt beobachtet hat.

»Bringen Sie ihn ins Schlafzimmer, da soll er bleiben!«

Das Mädchen nimmt Jakob auf den Arm, der sie mit den Beinen umklammert und sich mit immer noch geschlossenen Augen an ihren kleinen Busen kuschelt. Wortlos trägt sie ihn aus dem vornehmen Esszimmer.

Der Graf nimmt sich einen Happen Fleisch und zerkaut ihn langsam, während er aus dem Fenster auf das geschäftige Treiben in der Straße blickt. Warum ist Detlef noch nicht gekommen? Er muss doch völlig verzweifelt sein! Ist er vielleicht schon in der Stadt?

Unten verkauft ein Straßenhändler einem Dienstmädchen ein Bündel Reisig. Seine alte Frau steht mit gebeugtem Rücken neben ihm. Als der Händler zufällig zum Fenster aufsieht, kreuzen sich ihre Blicke. Die blauen Augen, die unter dem verbeulten Filzhut hervorschauen, kommen dem Grafen bekannt vor, aber bevor er sich recht besinnt, zieht die alte Frau den Händler fort. Der Graf wendet sich vom Fenster ab. Detlef ist bestimmt schon in Köln, redet er sich zu. Er spürt es deutlich – mit derselben Gewissheit, mit der er stets den Sieger beim Hahnenkampf vorausahnt.

Ruhelos überlegt er, ob er einen kleinen Spaziergang zum Hafen machen soll. Er könnte sich ein wenig Zerstreuung von den jungen Matrosen erkaufen. Vielleicht ist so ein Abenteuer jetzt genau das Richtige für ihn, überlegt er und fragt sich, ob er sich seine innere Unruhe mit einem leidenschaftlichen, aber geistlosen Akt der körperlichen Liebe austreiben könnte. Er sieht auf die Wiener Uhr an der Wand und beschließt widerstrebend, lieber zu Hause zu bleiben, bis sein Bruder aufgetaucht ist.

Ruth zieht Detlef ein Stück die Straße hinunter, weg vom Haus seines Bruders. »Bist du verrückt? Willst du, dass wir ins Gefängnis kommen und unser Kind für immer verlieren?«, raunt sie ihm zu und packt eilends die Reisigbündel auf den Karren, den sie zusammen mit alten Kleidern und verbeulten Hüten von einem betagten Wandergesellen erworben haben, der sein Schweigen und seine Garnitur bereitwillig für ein hübsches Sümmchen an sie verkaufte.

Detlef zittert vor Wut und zieht sich den Hut tiefer ins Gesicht. »Vergibt mir, ich habe vor Zorn den Verstand verloren.«

»Unser Kind bekommen wir nicht mit Zorn zurück, sondern mit List, das weißt du, Detlef!«

Er nickt und schmiert sich noch mehr Dreck ins Gesicht, weil er befürchtet, Gerhard könne ihn erkannt haben.

Sie sind zum zweiten Mal von dem Gasthaus im Hafenviertel, in dem sie sich eingemietet haben und wo sie niemand vermuten würde, in die Stadt gekommen. Das Gasthaus, das berüchtigt für seine Schlägereien und das schlechte Essen ist, bietet den zusätzlichen Vorteil, dass viele fremde Seeleute und Soldaten der holländischen Garnison zu den Gästen gehören, von denen sich niemand für einen ketzerischen Prediger und seine Frau interessiert. Die Verkleidung war Ruths Idee. Weil sie Angst hat, dass man sie auf der Straße erkennen könnte, und keinen Vorteil in der Konfrontation sieht, hat sie darauf bestanden, einen Plan zur Rettung ihres Kindes zu schmieden.

Der Schuss wäre fast nach hinten losgegangen, als sie am Morgen erschöpft und verängstigt in der Stadt angekommen waren und Jakob in den Armen eines Mädchens an einem der Fenster entdeckten. Ruth schlug das Herz bis zum Halse, und Detlef hatte sie davon abhalten müssen, sofort an die Haustür des Grafen zu hämmern.

Die prächtige Kutsche des Erzbischofs mit Bannern, auf denen die Heiligen Drei Könige abgebildet sind, kommt in die enge Straße gefahren. Sofort umarmt Ruth Detlef und zieht ihn an sich, damit sein Gesicht nicht zu sehen ist. Das Paar geht nur ein kleines Stückchen entfernt von Maximilian Heinrich und Monsignor Solitario in Deckung, die aus der Kutsche steigen und sich mit vorsichtigen Schritten durch die schmutzige Gosse auf den vornehmen Säuleneingang des von Tennenschen Hauses zubewegen.

Bebend vor Zorn sieht Detlef, wie sich der Erzbischof bei dem Inquisitor unterhakt. »Wir sind betrogen worden«, raunt er finster in Ruths Haar.

Ruth umklammert ihren Mann umso fester. »Wenn du jetzt losrennst, ist alles verloren.«

»Aber wir können uns doch nicht wie Hunde hier in der Gosse verkriechen.«

»Wir werden unsere Rache bekommen, das verspreche ich dir«, flüstert sie ihm zu und umklammert seine Hand, in der er mittlerweile den Dolch hält.

Während der Diener des Erzbischofs an die Tür des Grafen

klopft, sieht sich Carlos, der älter und dicker geworden ist, träge in der Straße um. Außer einem schmuddeligen Bauernpaar, das in leidenschaftlicher Umarmung neben seinem klapprigen Karren kauert, ist nichts Besonderes zu sehen.

»Die Wollust liegt im Blick des Betrachters, ganz offensichtlich«, bemerkt er, und Heinrich, der den Geistlichen insgeheim für prüde hält, lacht gekünstelt.

Im Haus wird der Graf unvermittelt von einem Diener aus seinen Träumereien gerissen. »Herr, der Erzbischof und der Inquisitor sind unten und wünschen Sie zu sprechen.«

Der Graf zieht sich die Jacke über und folgt dem Diener die stilvolle Holztreppe hinunter.

Auf der Straße beladen Ruth und Detlef rasch ihren Karren und biegen mit ihm um die nächste Ecke.

Maximilian Heinrich und sein älterer, südländisch wirkender Begleiter warten in dem prächtig geschmückten Empfangssalon. In einem Weihrauchfässchen in der Ecke brennt eine Mischung aus Alantwurzel und Storax und verbreitet einen süßlichen Duft. Heinrich betrachtet ein Gemälde, das den alten Grafen als Mars, seine Frau als Venus und die beiden Söhne als himmlische Engel darstellt, während der Inquisitor eine venezianische Vase bewundert, die mit einer recht gewalttätigen Jagdszene verziert ist.

»Ein Gemälde von Johann Rottenhammer, wenn ich mich nicht irre«, bemerkt der Erzbischof. »Eine wunderbare Arbeit. Aber ich kann mich nicht erinnern, dass dein Vater je so heldenhaft gewesen wäre.«

»Ein großer Soldat, aber kein großer Kunstkenner. Zum Glück scheint es bei mir genau umgekehrt zu sein«, entgegnet der Graf selbstgefällig und richtet das Wort an den Inquisitor, ohne die Vorstellung durch den Erzbischof abzuwarten.

»Monsignor Solitario, es ist mir ein großes Vergnügen, Sie kennen zu lernen.«

Der Inquisitor verbeugt sich steif. »Ganz meinerseits, und wie geht es Ihrem Bruder? Möge Gott seine Seele schützen.«

»Ach, welcher Gott denn, der katholische oder der protestantische?«

»Es gibt nur einen Gott, und der ist natürlich katholisch, auch im Falle Ihres abtrünnigen Bruders.«

»Natürlich. Und was meinen Bruder angeht, er lebt und ist hoffentlich schon irgendwo hier in Köln. Möchten Sie vielleicht einen guten Wein aus dem Rheinland kosten? Der Erzbischof sagte mir, er hat aus Ihnen einen richtigen Fachmann für unseren Rheinwein gemacht.«

»Er hat es erfolglos versucht«, entgegnet der Dominikaner kühl.

»Wir sind geschäftlich hier, Gerhard, aber ich denke, ein kleines Schlückchen – eine Flasche Rüdesheimer Klosterberg, um genau zu sein – könnte der Sache durchaus dienlich sein. Ich glaube, du hast einen guten Jahrgang im Keller.« Heinrich wirft seine Handschuhe auf den Tisch.

Der Graf gibt seinem Diener die entsprechende Anweisung und führt seine Gäste ins Arbeitszimmer. Die kleine Kammer mit einem Schreibtisch und einer großen Landkarte des Heiligen Römischen Reiches ist mit dickem Eichenholz vertäfelt und hat den großen Vorteil, fast vollkommen schalldicht und somit sicher vor Spionen zu sein.

»Du bist also kürzlich aus Amsterdam zurückgekehrt. Ist unser Freund bereit, seinem neuen Glauben abzuschwören und nach Westfalen zurückzukehren?« Heinrich kommt ohne Umschweife zur Sache.

»Mein lieber Erzbischof, es gibt viele Methoden der Überredung. Eine Kunst, die Monsignor Solitario meisterhaft beherrscht, wie ich hörte.«

»Vielen Dank, ich fasse das als Kompliment auf.« Der Inquisitor verneigt sich.

»In der Tat, Monsignore, Ihr Ruf eilt Ihnen voraus.«

»Genug!« Der Höflichkeitsfloskeln überdrüssig, schenkt sich der Erzbischof ein Glas Wein ein. »Frei heraus damit, denn wir haben nicht viel Zeit: Welche Methode der Überredung hast du angewendet? Sowohl Rom als auch Wien sind die Beleidigungen durch Detlef von Tennen allmählich leid.«

»Ich habe das Kind oben.«

Überrascht sehen die beiden Männer ihn an.

»Sie haben das Kind? Detlef von Tennens Sohn?«

Gerhard bemerkt den Hass in der Stimme des Geistlichen, als er den Namen ausspricht, und erkennt, dass er mit allergrößter Vorsicht vorgehen muss, wenn er Einfluss auf den Inquisitor nehmen will. Heinrich und Solitario sind wahre Fachleute, was Verrat und Taktiererei angeht. Wird der Erzbischof sein Versprechen halten, Detlef nicht zu belangen, wenn er gesteht? Plötzlich beschleichen den Grafen Zweifel, aber er überspielt sein Unbehagen und lächelt seine Gäste an.

»Ich bin überzeugt, dass seine Eltern in Kürze hier eintreffen werden. Und dann, meine Herren, bekommen Sie Ihr öffentliches Geständnis, und mein Bruder bekommt sein Kind. Ich denke, das ist ein gerechter Handel, da stimmen Sie mir bestimmt zu, Exzellenz.«

»Wirklich gerecht. Du sagst, Detlef ist bereits in der Stadt?«

»Ich glaube schon. Ich erwarte ihn jeden Augenblick. Und wenn er kommt, werde ich Sie benachrichtigen.«

»Wir werden alles genau beobachten, Gerhard, dessen kannst du dir gewiss sein.«

»Aber für sein Leben besteht keine Gefahr, nicht wahr?«

»Natürlich nicht. Detlef ist doch mein Schützling und obendrein mein Cousin und dein Bruder.«

»Und er ist ein Wittelsbacher. Ich habe also Ihr Wort?«

Der Erzbischof hält ihm seine Hand hin, und sein Ring blitzt kurz im Licht der Nachmittagssonne auf.

»Du hast mein Wort.«

»Es muss doch einen Weg geben! Ich könnte einbrechen oder ein paar Diener bestechen ...«

»Und was dann? Willst du an die Großherzigkeit deines Bruders appellieren?«

»Ich werde meine Gutgläubigkeit bis ans Ende meiner Tage bereuen.«

»Genug jetzt! Was gewesen ist, ist gewesen.«

Ruth sitzt nackt bis auf ihren Unterrock auf einem Hocker vor dem Kaminfeuer. Detlef geht ruhelos im Nachthemd auf und ab. Um die Hüfte trägt er eine blaue Seidenschärpe.

»Ich werde nicht tatenlos zusehen, wie Jakob als Köder missbraucht wird. Das ist feige, Ruth, siehst du das denn nicht ein?«

»Das ist die Falle, die dein Bruder uns gestellt hat – dir, besser gesagt.«

»Schlimmstenfalls könnten sie mich zwingen, alles zu bekennen und zu bereuen.«

»Detlef, das Verbrechen, das du begangen hast, besteht nicht nur im Glaubenswechsel. Du hast die Göttlichkeit der Bibel in Frage gestellt und die Sklavenhändler kritisiert. Hinter der Entführung stecken andere Beweggründe, politische nämlich.«

»Aber was wird aus unserem Sohn?«

Ruth sieht Detlef an und blickt zum ersten Mal in dieser Woche über ihre eigenen Qualen hinaus. Der Schlafmangel steht Detlef deutlich ins Gesicht geschrieben, und aus seinem Blick spricht großes Leid. Über den Verlust ihres Kindes hat sie ganz vergessen, dass sie einen Mann hat. Sie zieht ihn an sich, um ihn zu küssen, als wolle sie damit die Wut, die Schuldgefühle und alle Ängste wegwischen. Mit ihren Küssen überwindet sie seinen Widerstand, und zu seiner Verwunderung beginnt er unvermittelt in ihren Armen zu weinen. Er schlägt die Hände vors Gesicht und wendet sich ab.

»Verzeih mir, ich bin nicht ganz bei mir.«

Ruth nimmt ihn wortlos in die Arme, drückt seinen Kopf an ihren Busen und wiegt ihn zärtlich. Dann küsst sie ihn wieder, schmeckt Salz und Empfindsamkeit, und ihre Wangen werden nass von seinen Tränen, als ihre Küsse unvermittelt immer leidenschaftlicher werden, weil das drängende Verlangen nach Vereinigung von ihnen beiden Besitz ergreift.

Ruth gleitet mit den Händen unter sein Nachthemd und greift nach seinem Gemächt. Wie ein Unschuldiger überlässt er sich ihren Liebkosungen, als sie ihn zu Boden stößt, sein Hemd hochschiebt und seine Männlichkeit in ihrer ganzen Pracht entblößt. Er liegt da und beobachtet, wie die Frau, die er liebt, sich verwandelt. Ruth streicht mit den nackten Brüsten über seinen Oberkörper und verharrt einen aufreizenden Augenblick lang mit einer Brustwarze an seinem Glied. Erregtes Fleisch an erregtem Fleisch, und plötzlich verdrängt die blinde Lust alle Gedanken, all ihre Sorgen und Ängste. Sein Glied drängt ihren Lippen entgegen, als sie es mit ihrem Atem und ihrer Zunge reizt. Dann umschließt sie es mit dem Mund, genießt den durchdringenden Geruch seines Gemächts und umfängt sein Gesäß mit den Händen. Sein Samen beginnt bereits unter der Haut zu pulsieren, aber sie hält ihn voller Staunen fest in ihrem Mund, seine Begierde, seine Liebe, sein Vertrauen, und erst kurz bevor er sich in all seiner klebrigen Herrlichkeit zu ergießen droht, lässt sie von ihm ab und schiebt sich das harte lange Glied ihres Mannes, ihres Geliebten, ganz tief hinein. Feucht, ohne berührt worden zu sein, reitet sie ihn, und das Auge ihrer Liebe schließt sich bei jedem Stoß wie eine samtigfeste Faust. Er greift nach ihren schaukelnden Brüsten und dem fliegenden Haar. Schneller, fester. Beide kennen die wachsende Erregung des jeweils anderen wie eine Karte des Weltalls, die sogar ein Blinder lesen könnte. Unter dem Stöhnen und dem schneller werdenden Stakkato der Schreie seiner Liebsten vergisst Detlef nur allzu gern, dass sie beide nur Menschen sind und zwei voneinander getrennte Wesen.

Sie schreckt aus dem Schlaf und hat sofort das Gefühl, dass jemand Fremdes im Zimmer ist.

Blind tastet sie nach Detlef und spürt seinen warmen Körper an ihrer Seite. Gott sei Dank! Alle ihre Sinne sind in Alarmbereitschaft. Sie beschließt, Detlef schlafen zu lassen, und zündet die Kerze neben dem Bett mit einem Feuerstein an.

Als die gelbe Flamme aufflackert, erscheint der Schatten einer Frau an der Wand. Starr vor Entsetzen stellt Ruth jedoch fest, dass niemand da ist, der einen Schatten werfen könnte. Lilith! Eine panische Angst bemächtigt sich wie ein Schüttelkrampf ihres Körpers. Zitternd sieht sie zu, wie sich mitten im Raum langsam ein dünner Nebel sammelt. Immer schneller wirbelnd verdichtet er sich und formt sich zu der Gestalt einer nackten Frau, so menschlich und gewöhnlich wie Ruth selbst.

Lilith. Der Gestank der Dämonin und ihr verführerisches Gebaren wecken eine Flut von Erinnerungen. Ruth will etwas tun, um die Erscheinung zu vertreiben, kann sich jedoch nicht rühren.

Langsam dreht sich die Kreatur um, und ihr langes schwarzes Haar wallt über ihre Schultern und die schweren Brüste. Ruth sieht die Dämonin so klar und deutlich vor sich, dass sie glaubt, die Zeit sei stehen geblieben und die Planeten hätten aufgehört, sich zu drehen. Draußen flaut der heulende Wind ab, und eine unheimliche Stille breitet sich aus. Als sich Lilith auf sie zubewegt, sieht Ruth, dass die Dämonin im mittleren Alter ist, vierzig oder älter, und schon viele Kinder geboren haben muss. Darauf deuten die Schwangerschaftsstreifen auf ihrem Bauch hin. Lilith sieht Ruth unverwandt an. Dann hebt sie eine Hand, öffnet sie langsam und streckt sie Ruth entgegen. Sie ist mit schwarzem lockigem Haar bedeckt, das aussieht wie Schamhaar. Angeekelt beobachtet Ruth, wie Lilith die andere Hand hebt und auf Detlef zeigt.

»Wer hat dich heraufbeschworen? Wer?«, bringt Ruth vor Angst krächzend hervor.

»Der Spanier, der Musiker war es«, antwortet die Dämonin, und ihre Stimme umschmeichelt Ruths Gehör wie ein kühlender Balsam. Als Lilith das Entsetzen in Ruths Gesicht erkennt, lächelt sie. Es ist ein strahlendes Lächeln, das den Raum erhellt wie Sonnenlicht und ihrer nackten Gestalt eine blendenden Glanz verleiht.

Der böse Geist erhebt sich vom Boden und schwebt auf den schlafenden Mann zu. Ruth bemerkt, dass auch die verhornten Fußsohlen mit dem obszönen schwarzen Schamhaar überzogen sind. Verführerisch die Hüften schwingend, nähert sich Lilith Detlef, der sich im Schlaf auf den Rücken dreht. Er träumt, und ein unschuldiges Lächeln spielt um seinen Mund.

Lilith dreht sich zu Ruth um, die starr vor Angst neben ihrem Mann liegt. Mit einem triumphierenden Grinsen im Gesicht hebt die Dämonin ein Bein, um den Schlafenden zu besteigen. Plötzlich überkommt Ruth eine unbändige Wut.

»Nein!«

Mit aller Kraft schubst sie Lilith von ihrem Mann herunter.

»Nein!«

Schweißgebadet erwacht sie zappelnd in Detlefs Armen.

»Hör auf! Hör auf! Du hast geträumt!«

Zitternd kommt Ruth zu sich und tastet Detlef mit fahrigen Bewegungen ab, um sich zu versichern, dass ihm nichts zugestoßen ist.

»Was ist denn los, meine Liebste?«

»Lilith.«

»Ruth, ich dachte, du hättest mit diesem Unsinn aufgehört!«

»Sie wollte dich, sie war hinter dir her, der Inquisitor hat sie geschickt ...«

»Schscht, das hast du nur geträumt, weil du Angst hast.«

»Versprich mir, ein Amulett zu tragen! Versprich es mir!«

»Wie du weißt, glaube ich nicht an ein vorherbestimmtes Schicksal, sondern nur an das gesunde Urteilsvermögen und an den Weitblick. Alles wird gut, das verspreche ich dir.«

»Detlef, bitte ...«

Detlef lässt sich auf die Matratze fallen. So aufgelöst hat er Ruth nicht mehr erlebt, seit sie vor einer Ewigkeit das Wolkenhaus verlassen haben.

»Wenn es dich glücklich macht, werde ich ein Amulett tragen, aber nur unter der Kleidung.«

Sie umarmt ihn zärtlich. »Danke.«

Was kann es schon schaden, denkt er. Es ist keine Hexerei, nur ein harmloser Talisman zur Beruhigung seiner Frau. Das kann keine Sünde sein. Zärtlich wiegt er Ruth in seinen Armen, bis sie wieder einschläft. Während er sie betrachtet, fragt er sich, was aus ihnen geworden ist. Wohin verschwindet die Vernunft, wenn der Mensch mit seinen größten Ängsten konfrontiert wird?

✦ ✦ ✦

Dem kessen Mädchen reichen die roten Locken bis über die Schultern, und es trägt ein enges Korsett. Es zieht den jungen Seemann auf die Beine und beginnt mit ihm zu tanzen, wobei es die glänzenden Röcke hochwirft und wohlgeformte Schenkel entblößt.

Detlef hat Ruth allein gelassen, nachdem sie eingeschlafen war, und beobachtet mit einer langen Tonpfeife im Mund von einem Eckplatz in der Schänke aus das Geschehen. Der Seemann ist noch sehr jung. Völlig betrunken taumelt er hin und her und hält das Mädchen eng umschlungen. Ob er es aus Vergnügen tut oder sich an ihr festhält, um nicht zu stürzen, ist schwer zu sagen.

Das Mädchen, dessen ausgeprägte Gesichtszüge geschminkt sind mit einer dicken Schicht Bleipuder, zwei roten Kreisen und einer Fülle von Schönheitsflecken nach der englischen Mode – einer Milchstraße aus Herzchen und Sternen gleich – macht einen recht kräftigen Eindruck. Jedes Mal, wenn die Schwerkraft ihren Kerl unterzukriegen droht, reißt sie ihn wieder hoch. Derart angespornt geht ihr der Seemann mit der Hand zwischen die Beine, dann schreit er laut auf, als hätten ihn tausende Bienen gestochen. »Sie hat einen Schwanz!«, schreit er empört.

Die Hälfte der Gäste in der Schänke bricht in lautes Gelächter aus, während die anderen – Matrosen aus dem nördlichen Lübeck, die alle dieselben lächerlichen gestreiften Mützen mit Bommeln tragen – aufspringen und ihrem Kameraden zu Hilfe eilen, der begonnen hat, den entlarvten Mann zu verprügeln.

Wie ein verknitterter Schmetterling stürzt er mit aufgebauschten Röcken zu Boden. Aus seiner Nase quillt Blut. Statt sich zu wehren, hält er dem Seemann nach jedem Schlag sein ramponiertes Gesicht wieder hin wie ein trotziges Opferlamm und schüttelt sich vor Lachen. Von dem dumpfen Geräusch der Faustschläge wird Detlef übel.

Er staunt nicht schlecht, als dem jungen Transvestiten die rote Perücke vom Kopf fliegt und darunter kurz geschnittenes dunkles Haar zum Vorschein kommt, denn plötzlich erkennt er den Jungen. Er lässt die Pfeife fallen und stürzt sich mitten ins Kampfgetümmel.

»Alphonso!«

Als er den blutenden Schauspieler erreicht, befreit er ihn aus dem Wald prügelnder Männer, der plötzlich aus dem Boden geschossen ist, und stürmt rasch mit ihm die Treppe zu seinem Zimmer hoch.

»Das Schicksal des Schauspielers ist so launisch wie das Meer und bringt auf die eine oder andere Art unweigerlich Demütigungen mit sich.«

Alphonso, ausgezogen bis auf Pumphosen und einen kurzen Unterrock, zuckt zusammen, als Ruth ihm eine klaffende Wunde an der Stirn näht.

»Ich kann gar nicht beschreiben, was ich für eine abenteuerliche Irrfahrt hinter mir habe, ein großes Epos eines tragischen und absurden Schicksals. Ich habe mein Herz verloren«, erklärt er theatralisch.

»Ich war sehr betroffen, als ich vom Tod Prinz Ferdinands hörte«, entgegnet Detlef.

Alphonso vergisst alle Schauspielerei, und in seinem Gesicht malt sich das ganze Leid seiner jungen Jahre. »Er fiel der Machtgier seines Onkels zum Opfer und verlor sein Leben im Krieg gegen die Türken. Ich habe ihn angefleht, nicht zu gehen – er hatte ungefähr so viel Talent zum Soldaten wie ich –, aber er war entschlossen, sich diesem erbärmlichen Verwandten zu beweisen. Es war ein Komplott, das wusste ich, denn ich hatte selbst für Oppenheimer, den Hofjuden von Leopold, Informationen gesammelt. Ich habe Ferdinand gewarnt, aber er wollte nicht auf mich hören. Leopold brauchte einen Habsburger Märtyrer – ja, und nun hat dieser Mistkerl ihn auch bekommen.«

Alphonso schiebt Ruths Hand fort und versucht die Schluchzer, die aus seiner Kehle dringen, zu unterdrücken. Detlef bedauert den Schauspieler, der den jungen Prinzen so sehr geliebt hat, und legt ihm eine Hand auf die bebende Schulter. Alphonso haucht einen Kuss darauf, dann fasst er sich wieder.

»Vielen Dank für Ihre Freundlichkeit, Herr von Tennen. Bitte verzeihen Sie mir. Ich habe jeden Lebenswillen verloren, seit mein Prinz abgeschlachtet wurde. Aber vielleicht schöpfe ich wieder neuen Mut, wenn ich Ihnen aus Ihrer Notlage helfen kann. Was für einen Plan haben Sie?«

Ruth sieht Detlef an und antwortet an seiner Stelle. »Mein Mann will das Haus stürmen und unser Kind herausholen, aber ich befürchte, dann wird man ihn festnehmen.«

»Zweifelsohne.« Alphonso wendet sich an Detlef. »Weiß irgendjemand, dass Sie in Köln sind?«

»Soweit wir wissen, hat uns noch niemand gesehen. Mein Bruder rechnet allerdings minütlich mit meinem Erscheinen.«

»Dann sollten wir ihn nicht warten lassen.«

»Wie meinen Sie das?«

»Vertrauen Sie auf meine Fähigkeiten! Ich kenne das Stadthaus des Grafen so gut wie den Grafen selbst, weil ich Ferdinand bei seinen Besuchen in Köln begleitet habe. Und ich habe meine Truppe dabei. Meine Schauspielerkollegen sind in mehreren Gasthäusern dieser schönen Stadt untergebracht. Wir sind kürzlich von einer glücklosen Spielzeit beim Frühlingsmarkt in Aachen zurückgekehrt, wo wir eine wunderbare Aufführung von Euripides' *Medea* zum Besten gaben. Das Werk von hohem künstlerischen Wert kam jedoch bei dem ungebildeten Pöbel nicht an, und die Vorstellung musste unterbrochen werden, als einige meiner Kollegen mit Früchten beworfen wurden, von denen die meisten leider ungenießbar waren. Aber immerhin, unsere Kostüme und die Schminke sind uns geblieben. Ich könnte für eine überzeugende Ablenkung sorgen, damit Sie Ihren Sohn befreien und fliehen können.«

»Eine Theaterdarbietung in Verkleidung? Mein Bruder ist ein verschlagener Mann und kennt Ihr Gesicht sehr gut. Sie müssten es wirklich äußerst geschickt anstellen.«

»Es ist erstaunlich, dass der Mensch, wenn er die Wahl hat, nur das sieht, was er sehen will. Glauben Sie mir, ich habe schon meine eigene Mutter getäuscht.«

»Das glaube ich gern.«

»Sie sagten, Ihr Bruder hatte kürzlich einen schweren Verlust zu beklagen?«

»Leider ja, sein Wildhüter kam letztes Frühjahr bei einem Jagdunfall ums Leben.«

»Hermann Wolf?«

»Sie kannten ihn?«

»Ja, als der Prinz auf Schloss Grüntal weilte, bin ich ihm begegnet. Diese Tragödie könnte sich für uns als günstig erweisen. Ein trauernder Mann ist ein verwundbarer Mann. Als Erstes werde ich mir das Kindermädchen vorknöpfen ...«, erklärt der Schauspieler nachdenklich, und die Inspiration pulsiert ihm bereits durch die Adern.

✦ ✦ ✦

Ein Kelch aus edlem venezianischem Kristallglas mit Rotwein steht auf dem Tisch neben dem Himmelbett. Das von einem Baldachin aus malvenfarbener Seide eingefasste Gewölbe über dem Bett ist mit einem von Mars angeführten Reiterzug muskulöser männlicher Engel bemalt. Graf Gerhard von Tennen liegt bekleidet mit einem türkischen Gewand, einem Geschenk eines Botschafters, im Bett. Diese Stunden der Nacht, zwischen Mitternacht und zwei Uhr morgens, sind immer die einsamsten. So viele kleine Ereignisse des Tages hätte er gern mit seinem Gefährten geteilt; humorvolle Beobachtungen, Machenschaften, Debatten. Er sehnt sich nach dieser Vertrautheit, wie sie nur im Laufe vieler Jahre des Zusammenlebens entstehen kann. Die kann man weder kaufen noch ersetzen, stellt der Graf wehmütig fest, als sich der mittlerweile gewohnte Schmerz des Verlangens seines Körpers bemächtigt. Ein Jahr ist seit Hermanns Tod vergangen, aber Gerhards Sehnsucht nach ihm nimmt mit der Zeit immer mehr zu statt ab.

Der des Lebens überdrüssige Adelige tastet nach dem großen Schlüssel unter seinem Kopfkissen. Es ist der Schlüssel zu dem Schloss in der Tür, hinter der sein Neffe eingesperrt ist. Ihn zu spüren gibt ihm das beruhigende Gefühl, dass Jakob sicher verwahrt ist und Detlef unweigerlich kommen wird.

Er sieht sich um. Auf der anderen Seite des Betts sind Hermanns Nachthemd und die Mütze ordentlich aufgehängt und scheinen förmlich auf ihren Besitzer zu warten. Der Graf konnte es immer noch nicht übers Herz bringen, sie zu verbrennen. Er gräbt immer wieder seine Nase in den feinen Baumwollstoff, um tief in den verwebten Fäden den Duft seines toten Geliebten aufzuspüren.

Stöhnend greift er zu seinem Glas Madeira, das er sich jede Nacht bereitstellt. In der Hoffnung, rasch in eine Walhalla zu gelangen, in der er sich nicht länger einsam fühlt und von Schuldgefühlen geplagt wird, leert er zügig den Kelch. Früher war ihm der Wein ein Genuss, aber in seiner großen Trauer empfindet er ihn nun als fade und geschmacklos.

Hinter seinem Rücken kommt plötzlich eine Hand unter dem Bett hervor und lässt blitzschnell die Kleider des toten Wildhüters verschwinden.

Der Graf lehnt sich wieder zurück und starrt in die flackernde Flamme der Kerze, die auf der Kommode neben der Flügeltür zum Balkon steht. Von dort blickt man auf einen mit Mauern eingefassten Hof, in dem Orangenbäume aus Spanien wachsen. Jeden Tag hat er dort unten mit Hermann gefrühstückt. Wehmütig erinnert er sich an das Lachen seines Geliebten, wie es unvermittelt aus dem recht schweigsamen Mann hervorbrach. Der Graf hatte seine wortkarge Art immer als trotzig empfunden, bis ihm klar wurde, dass Hermann nicht nur mit dem Mund, sondern auch mit dem Körper und den Händen sprach. Er rang immer mit den Worten, als sei für ihn die gesprochene Sprache mit ihrer Kompliziertheit ein überflüssiges Übel. Seit dieser Erkenntnis hatte es dem Grafen genügt, wenn der Wildhüter mitten im Satz lächelnd seine riesige Bärenpranken nach ihm ausstreckte. Die Sprache ist für die Gelehrten und die weibischen Höflinge, die sonst nichts haben!, denkt der Graf und dreht sich auf die Seite, als ihn eine seltsame Schläfrigkeit überkommt. Er starrt in die Kerzenflamme. Sie zuckt, und ihr Lichtschein verwandelt sich in ein rotes pulsierendes Leuchten.

Regungslos ergibt er sich dem Gefühl, sein Körper erhebe

sich aus dem Bett. Es ist, als greife Mars mit seinen starken Armen nach ihm und ziehe ihn an seine männliche Brust. Der Graf hat den Eindruck, er müsse nur die Zunge herausstrecken, um das Salz von der braunen glänzenden Haut des Kriegsgottes lecken zu können.

»Gerhard ...«

Die Stimme seines Geliebten dringt verführerisch durch den dunklen Raum und weckt Erinnerungen.

»Hermann?«

Der Graf will sich aufsetzen, aber ihm ist, als drücke ihn ein schweres Gewicht ins Bett. Er dreht den Kopf: In der Balkontür steht ein Mann, der sich mit wallendem Haar und breiten Schultern vor dem Kölner Nachthimmel abzeichnet.

»Hermann ... bist du es etwa?«

Der Geist antwortet nicht. Ein kühler Wind weht durch die offene Tür und trägt das unverkennbare Aroma von Leder und Schweiß und einen schwachen Hundegeruch herein; den Geruch des Rudels, mit dem der Wildhüter immer loszog.

»Du bist es, Hermann! Ein Wunder!«

»Kein Wunder, mein Ritter, aber eine Erscheinung, um dir Freude zu bereiten und dich zu trösten. Aber damit ich hier bleibe, musst du die Augen schließen und deine Zweifel zum Schweigen bringen, sonst verjagst du mich. Lege dich hin und erlaube mir, dir Vergnügen zu bereiten.«

Wie gewählt und sanft Hermann spricht – nun, da er ein Engel geworden ist, wundert sich der Graf verträumt und lässt sich in die Kissen sinken. Das Herz schlägt ihm bis zum Halse, als sein Nachthemd aufgebunden wird. Die Hände seines Geliebten, deren schwielige Innenflächen sich schmerzlich vertraut anfühlen, gleiten seine nackten Beine hinauf. Die langen starken Finger massieren seine Schenkel, die zarte Haut seiner Lenden und berühren ihn überall, nur nicht an seinem Schwanz, der aufrecht steht und unter dem warmen Atem seines Geliebten erzittert.

»Hermann, Hermann«, murmelt er, »du warst mein Leben, der Grund meines Daseins.«

Als der glühende Mund seines Geliebten ihn endlich umschließt und ihn wie früher mit unerträglich langsamen Liebkosungen reizt, krallt der Graf, der sich vor Verzücken aufbäumt, die Finger in Hermanns Haar. Von Lust überwältigt bemerkt er nicht einmal, dass es nicht im Entferntesten die gleiche Beschaffenheit hat wie das Haar des verstorbenen Wildhüters.

»Langsam, langsam«, stöhnt der Graf und richtet sich auf, kneift die Augen aber fest zusammen. Unbemerkt schlüpft eine kleine Hand unter das Kopfkissen und stiehlt den großen Schlüssel.

Der Schauspieler, ein Zwerg, der von den anderen liebevoll La Grande genannt wird, nimmt den Schlüssel vorsichtig zwischen die Zähne und kriecht lautlos zur Tür. Dort dreht er sich noch einmal zu Alphonso um, der eine Pferdehaarperücke und Hermanns Nachthemd mit wattierten Schultern trägt und sich über den Grafen beugt. La Grande winkt seinem Kollegen zu und greift nach dem Türknauf.

Draußen auf dem Treppenabsatz warten Ruth und Detlef mit angehaltenem Atem. Starr wie Skulpturen aus Eis stehen sie da und wagen es nicht, sich zu rühren. Detlef trägt verborgen unter seinem Hemd Ruths Amulett um den Hals. Plötzlich geht die Tür auf. Detlef zückt seinen Dolch und holt aus. Da streckt La Grande sein vor Aufregung glühendes, missgestaltetes Gesicht heraus wie der Kasper beim Puppentheater. Mit einer anzüglichen Geste lässt er grinsend den glänzenden Schlüssel in Detlefs Hand fallen.

Zu dritt schleichen sie leise zu einer Tür am anderen Ende des Korridors. Detlef steckt den Schlüssel ins Schloss und dreht ihn. Als sich die Tür knarrend öffnet, bleiben sie wie angewurzelt stehen.

Nichts. Das ganze Haus schläft friedlich.

Jakob liegt auf einer kleinen Strohmatratze in der Ecke und hält seinen Stoffhasen umklammert. Neben dem Bett stehen eine Waschschüssel aus Porzellan, ein Krug und ein zur Hälfte geleerter Teller mit Molke.

Ruth läuft zu dem Bett und schlingt die Arme um das schlafende Kind. »Jakob? Jakob!«

Sie umarmt ihn und drückt seinen zerzausten Schopf an ihre Brust, während Detlef an ihrer Seite kniet und das Kind nach Verletzungen abtastet.

»Mama?« Jakob öffnet schlaftrunken die Augen. »Ihr habt aber lange gebraucht! Es ist schon viermal Morgen geworden, und gestern hat der Onkel mir gesagt, er hat eine Brieftaube losgeschickt. Seid ihr deshalb hier?«

»Nein, mein Kind, wir sind gekommen, um dich nach Hause zu holen. Aber du musst artig und ganz leise sein, bis wir in der Kutsche sind.«

»Aber ich war doch schon so brav. Ihr könnt stolz auf mich sein. Wo ist der Onkel?«

»Der Onkel schläft, und wir müssen ganz leise sein, damit wir nicht wecken, mein *Aizer*«, flüstert Ruth, der vor Liebe das Herz übergeht, als der warme Geruch von Jakobs Körper sie umfängt.

Detlef wickelt seinen Sohn in eine Decke und hebt ihn hoch. Dabei zerreißt der Lederriemen um seinen Hals, und Ruths Amulett fällt unbemerkt in das weiche Bett. Der Junge schlingt seine warmen Arme um den kühlen Hals des Vaters. Angeführt von La Grande, schleichen sie die Bedienstetentreppe hinunter und zur Hintertür.

Alphonso erwartet sie bereits. Sein Kostüm hat er abgelegt, die Pferdehaarperücke sitzt jedoch noch auf seinem Kopf.

»Der Graf schläft, aber der Schierlingsaft wird nicht mehr lange wirken. Ihr müsst euch beeilen, hinter dem Stadttor wartet ein Wagen.«

✦ ✦ ✦

Der magere Schauspieler streckt sich und macht in dem vergeblichen Versuch, sich aufzuwärmen, ein paar Tanzschritte. Der Strohhut rutscht ihm fast vom Kopf, und das Geklapper seiner Schuhsohlen hallt durch die leere Straße. Plötzlich hält er inne, als ihm wieder einfällt, dass er keine Aufmerksamkeit auf sich und den schäbigen Karren lenken soll. So hatten Alphonsos Anweisungen gelautet: am Stadttor auf sie warten und aussehen wie ein tumber Bauer aus dem Süden. Und wenn er bereit ist, sie zur holländischen Grenze zu bringen, sind zwanzig Reichstaler zusätzlich drin und eine bessere Rolle im nächsten Stück. Animiert durch die Hoffnung auf eine Hauptrolle, vielleicht sogar eine weibliche, nimmt der unansehnliche Schauspieler – der sich viel besser für Komödien eignet – eine vollkommen unauffällige Haltung an.

»Hugo!«

Er wirbelt um die eigene Achse; ein spindeldürrer Narr, der sich dreht wie ein Maibaum im Frühnebel.

Alphonso und La Grande, gefolgt von einer Frau und einem Mann mit einem Kind auf dem Arm, tauchen vor ihm auf. »Hat dich jemand gesehen?«, fragt der Schauspieler besorgt und späht die römische Mauer entlang, die in westlicher Richtung stadtauswärts führt.

»Niemand außer den Eulen und ein paar Betrunkenen, die mich für einen Rattenfänger hielten«, entgegnet Hugo und schneidet Grimassen für das schläfrige Kind, das nach einer Weile zum Entzücken des Spaßmachers zu lachen beginnt.

Detlef betrachtet den einfachen, mit grobem Sackleinen überdachten Karren. Er stinkt nach Schweinekot und sieht aus wie ein Viehwagen. »Damit sollen sie fahren?«

Alphonso schiebt die Leinenplane etwas zur Seite. Drinnen gibt es eine bequeme Matratze, Decken und einen Korb mit Obst und Käse.

»Der Schweinekot ist nur ein Trick, um die Neugierigen

fernzuhalten. Vertrauen Sie mir, Sie sind schon bei Einbruch der Nacht in Holland.«

»Ich nicht – nur meine Frau und mein Kind.«

Ruth kommt entsetzt näher. »Detlef, du musst mit uns kommen!«

Detlef gibt ihr den Jungen. »Nimm Jakob, ich komme später nach.«

Sie sieht ihn entgeistert an. »Das war nicht geplant.« Das schreckliche Gefühl, dasselbe schon einmal erlebt zu haben, überkommt sie, als Detlef sie ansieht. Aus seinem Blick spricht Liebe, aber auch Entschlossenheit.

»Ruth, ich muss bleiben. Ich habe einiges mit meinem Bruder zu klären.«

»Hast du den Verstand verloren? Er hat unser Kind entführt! Er darf dich nicht in die Finger kriegen. Du musst mit uns kommen, sofort!«

»Wenn ich jetzt gehe, begehe ich Verrat an allem, wofür ich gekämpft habe. Ich würde ihm die Erlösung von seiner Schuld verwehren. Er ist mein Bruder. Ich kann nicht gehen, ohne mit ihm zu sprechen. Es wird nicht lange dauern, mir aber ein Leben lang ein gutes Gefühl geben. Mir wird nichts zustoßen, Liebste. Ich werde euch in weniger als einem Tag einholen. Wartet hinter der Grenze auf mich.«

»Detlef, nein! Ich habe Angst …«

»Bitte.«

Er sucht in ihrem Gesicht nach einem Zeichen des Verständnisses. Sie muss es mir erlauben, denkt er, er braucht diese Aussprache, denn ohne Vergebung kann er seinen Glauben nicht aufrecht erhalten, und dann wäre das Leben sinnlos. Er ist ihrer Entscheidung ausgeliefert, und doch gibt es nur eine mögliche Antwort für sie, wenn ihre Verbindung Bestand haben soll.

Der Augenblick zieht sich hin, bis Ruth, die in seinem Gesicht liest, was er denkt, seine Hand ergreift. Sie haucht einen

Kuss auf die Innenfläche und schließt sie zur Faust. »Dann werden wir also gleich hinter der Grenze auf dich warten.«

Seine Liebe zu ihr ist größer denn je, als er sie inniglich küsst.

»Gibt gut auf unser Kind Acht! Ich komme nach, so schnell ich kann.«

Er geht mit ihr zum Wagen.

»Möge die Liebe dich schützen, mein Mann.«

Ohne sich noch einmal umzudrehen, lässt Ruth sich von Alphonso und La Grande in den Wagen helfen.

Spion Georges kauert drei Häuser weiter im Eingang einer Bäckerei. Was für ein Sauwetter!, denkt er. Es wird ein strenger Winter, wenn es schon im Oktober so kalt ist. Frierend überlegt er, dass er seinen Diener wohl oder übel am Morgen losschicken muss, um mehr Torf zum Heizen zu besorgen. Er zieht sich seinen Hut mit der breiten Krempe tief über die kalten Ohren. Als aus der Ferne der Schrei einer Eule erklingt, wirft er wieder einen Blick auf das Haus des Grafen.

Ein paar Schatten huschen durchs Mondlicht. Georges beugt sich angespannt vor und späht mit zusammengekniffenen Augen in die Finsternis. Die Schatten werden kürzer, als ein Rudel Hunde vor dem Haus auftaucht und um eine Ecke verschwindet.

Enttäuscht zieht sich der Spion wieder in den Eingang zurück. In diesem Augenblick wird in einem Zimmer oben im Haus eine Kerze angezündet, deren Schein die Silhouette eines großen Mannes mit Hut erkennen lässt, der am Fenster vorbeigeht. Georges bleibt, wie er sich ausrechnet, noch eine Viertelstunde. Er zieht sich die Hutkrempe tief ins Gesicht und läuft zurück zum Dom.

+ + +

Die Klinge des Messers blitzt auf, und die Spitze bohrt sich tief, jedoch ohne die Haut zu verletzen, in den weichen Hals des betäubten Mannes. An dem Punkt, wo Stahl auf Haut trifft, dehnen sich die weißen Poren und laufen rot an.

Detlef steht nun schon seit einer halben Ewigkeit über seinen Bruder gebeugt. Sein starrer Körper, reglos wie der eines Jägers, täuscht, denn in ihm tobt ein heftiger Kampf.

Er könnte ihn so leicht mit einem raschen Stich in den Hals töten; fast ohne Schmerzen. Wie gern würde er es wirklich tun! In seinem Inneren, von seinem pochenden Herzen bis zu seinem hämmernden Schädel, toben zornige Worte. Gerhard hat sein Kind entführt und hätte beinahe alles zerstört, wofür Detlef gekämpft hat. Aber wenn er ihn tötet, begeht er eine Sünde, und dann ist er weniger wert als ein Tier. Dennoch spürt er, wie ihn seine blinde Wut und Rachegelüste regelrecht dazu antreiben.

Schließlich zieht Detlef seinen Dolch zurück und richtet sich heftig zitternd auf. Er nimmt den Krug vom Waschtisch und schüttet seinem Bruder Wasser ins Gesicht. Gerhard öffnet stöhnend die Augen, dreht sich auf die Seite und übergibt sich auf den Webteppich vor dem Bett.

Eine Stimme dringt zu ihm; es ist die seines Bruders. Es fällt ihm schwer, sich an den vergangenen Abend zu erinnern, aber dann fällt ihm Hermann ein … sein Geruch, seine Berührungen, sein Mund und sein Gesicht kehren zurück. Wie ist das nur möglich? Er ist schon lange tot, du rührseliger Narr!, schilt der Graf sich. Aber ihm schwirrt der Kopf, und er kann kaum einen klaren Gedanken fassen. Da begreift er, dass man ihm offenbar ein Gift verabreicht hat.

»Gerhard!«

Benommen dreht der Graf den Kopf. Im gedämpften Licht erkennt er das Profil seines Bruders, der gerade eine Kerze anzündet. Die Flamme flackert auf, und als Detlef auf ihn zukommt, sieht der Graf, dass er einen Dolch in der Hand hält. Er versucht seine bleischweren Beine aus dem Bett zu schwingen, aber es gelingt ihm nicht.

»Willst du mich töten?« Seine genuschelten Worte scheinen einen Moment in der muffigen Luft des Zimmers zu hängen.

»Ich wollte es, aber ich konnte es nicht. Dann wäre ich genauso eine niedere Kreatur wie du.«

»Äußerst vorhersehbar, dass du dich hinter deiner moralischen Überlegenheit versteckst. Das hast du schon dein Leben lang getan, Detlef. Du hattest noch nie Gespür für die Realität, hast dich immer hinter den Röcken der Kirche versteckt und bist nur hervorgekommen, um den edlen Kreuzritter zu spielen. Nun, was für eine Moral steckt wirklich hinter deinem Handeln? Hast du deine Seele einmal genau untersucht? Du hast Verrat an deiner Familie und an deinem Adelstitel begangen.«

»Ich habe gar nichts verraten. Das Einzige, dessen ich mich schuldig gemacht habe, ist, dass ich meinem Herzen gefolgt bin.«

»Romantischer Narr! Du hast keine Ahnung, nicht wahr? Man droht damit, uns das Schloss, die Ländereien und den Titel wegzunehmen. Dreihundert Jahre Familiengeschichte werden einfach so ausgelöscht. Und nur wegen deiner Dummheit!«

»Du würdest deinen eigenen Bruder opfern?«

Der Graf rappelt sich mühsam auf. »Es gibt kein Opfer, sie wollen lediglich ein öffentliches Reuebekenntnis. Abgesehen davon ist die Familie wichtiger als deine armseligen Moralvorstellungen. Ihr Fortbestand muss gesichert werden.«

Als er den blinden Eifer im Gesicht seines Bruders erkennt, muss Detlef sich sehr beherrschen, um nicht augenblicklich auf ihn loszugehen. Zitternd atmet er tief durch. »Ich vergebe dir deine Unwissenheit und bete, dass du eines Tages Erleuchtung findest.«

Plötzlich ertönt ein lautes Klopfen von unten, dann Schritte auf der Treppe, als Soldaten das Haus stürmen. Detlef sieht Gerhard voller Verachtung an, bevor er zur Tür eilt.

✦ ✦ ✦

Die Motte, ein hartnäckiges Geschöpf mit pechschwarzen Flügeln, die sich kaum von dem Ruß abheben, der die Wände der

Gefängniszelle bedeckt, krabbelt langsam, aber mit unglaublicher Entschlossenheit durch den schmalen Spalt zwischen den Granitblöcken, um der bitteren Kälte draußen zu entfliehen. Als sie aus dem Tunnel auftaucht, streckt sie ihre Fühler in alle Richtungen aus. Erfreut, auf wärmere Luft zu stoßen, flattert sie in der Zelle umher und lässt sich einen Augenblick lang auf der schmutzigen Hand eines Mannes nieder.

Detlef schaut sie an und fragt sich, ob das zerbrechliche Wesen möglicherweise länger leben wird als er und ob es ihn nicht mit Hilfe einer wundersamen Zauberei durch den winzigen Spalt in die Freiheit bringen könnte.

Meine Liebste,
durch meine eigene Dummheit bin ich in dieser Hölle gelandet. Mein Bruder hat mich verraten und mit dieser Tat, wie ich fürchte, auch mein Leben verkauft.

Vergib mir mein ungestümes Wesen. Diese Eigenschaft hat mir schon viel Leid eingebracht, aber auch große Freude, denn ohne sie hätten wir uns nie kennen gelernt, und ich hätte nie zu meiner wahren Berufung gefunden.

Meine Teuerste, ich bete, dass du mit unserem Kind sicher in den Niederlanden angekommen bist und wir schon bald wieder zusammen sind. Ich weiß nicht, was die Zukunft bringt, aber ich beziehe Trost aus meiner Überzeugung, dass sie es nicht wagen werden, einen Wittelsbacher hinzurichten. Wovor ich mich am meisten fürchte, ist eine Zwangsbekehrung — dass sie mich zwingen, meinen neuen Glauben zu verraten. Aber es muss einen Ausweg geben ...

»Kanonikus?«

Groot späht durch die Gitterstäbe. Sein ehemaliger Herr starrt an die Wand und flüstert leise vor sich hin.

Detlef fährt herum. Trotz der langen Haare und des Bartes erkennt Groot ihn sofort wieder.

»Ich bin nun ein einfacher Pastor, Groot, Ihre Anrede ist unzutreffend.«

»Dann ist es also wahr, Sie sind nun ein Anhänger Calvins?«

»Ich bin Prediger bei den Remonstranten. Ich reise mit einer einfachen Botschaft durch die Niederlande.«

»Sie haben die Hexe geheiratet?«

In Sekundenschnelle ist Detlef an den Gitterstäben und packt Groot am Kragen. »Respekt, mein Herr! Sie ist meine Frau!«

Groot treten die Augen aus dem Kopf, als ihm Detlef mit stählernen Fingern die Luft abdrückt. »Ich bitte um Verzeihung ...«

Detlef lässt ihn los. Taumelnd lockert Groot den Kragen seiner Soutane. Detlef tritt einen Schritt zurück, um seinen ehemaligen Sekretär besser sehen zu können.

»Sie sehen gut aus, Groot. Sie sind ein stattlicher Mann geworden.«

Der Geistliche, älter und beleibter, als Detlef ihn in Erinnerung hat, erlangt seine Fassung wieder.

»Herr von Fürstenberg behandelt mich mit Respekt. Aber Ehre und Muße sind selten Bettgefährten.«

»Ich kenne diese Redensart, müsste ich jedoch wählen, wäre ich für die Ehre.«

»Mag sein, aber leider sind Sie es diesmal, der auf der falschen Seite der Gitterstäbe steht. Sie werden Sie töten, Detlef!«

»Ich bin der Cousin des Erzbischofs. Das würden sie nicht wagen.«

»Es wäre gut gewesen, wenn Sie nicht so lautstark Blasphemie betrieben hätten. Sie sind als Kritiker zu laut geworden, um unbeachtet zu bleiben.«

»Groot, helfen Sie mir ... um unserer Freundschaft willen.«

»Sie bitten mich um etwas?«

»Stolz ist hier fehl am Platze. Ich bin Vater und Ehemann. Ich will leben!«

Groot starrt ihn an und bemerkt eine neue Demut im Blick des Adeligen. »Ich werde zu *meinem* Gott für Sie beten. Vielleicht ist er nicht so nachtragend wie diejenigen, von denen Sie eingesperrt wurden.« Er dreht sich um und geht langsam den schummrigen Korridor hinunter.

»Groot! Groot!«

»Bitte sprechen Sie mich mit meinem neuen Titel an: Kanoniker Groot«, ruft der Geistliche in die Finsternis und dreht sich nicht um, damit Detlef ihn nicht weinen sieht.

✦ ✦ ✦

Carlos sitzt mit dem Erzbischof in dessen Kutsche und beobachtet, wie die engen belebten Straßen der Stadt matschigen Wegen weichen, die an ordentlich bebauten Feldern entlangführen, und das noch innerhalb der Stadtmauern: In einem gelb-grünen Karomuster wechseln sich Kohl- und Weizenfelder ab. Also gibt es hier doch schöne Landschaften, räumt Carlos widerwillig ein. Trotz der ihm eigenen Menschenfeindlichkeit verspürt er eine wachsende Begeisterung. Den abtrünnigen Prediger haben sie eingekerkert. Noch ein paar Umdrehungen der Schraube und die Hexe gehört ihm. Diese Aussicht erregt ihn bis ins Mark. Er hat dem bevorstehenden Treffen nur zugestimmt, um dem Erzbischof einen Gefallen zu tun. Wie er feststellen musste, hat er eine widerwillige Zuneigung zu dem Trunkenbold entwickelt, die natürlich enorm durch die Auslieferung des ketzerischen Kanonikers gewachsen ist. Das Treffen ist reine Formsache, sagt sich der Inquisitor. Wenn es vorbei ist, wird er den verbrecherischen Prediger befragen, und dann wird Saras Tochter endlich ihm gehören. Als der Fahrer vor einem weitläufigen, jahrhundertealten Bauernhof anhält, ist Carlos bereits in Hochstimmung.

Ein Bauer führt die beiden Geistlichen in eine alte Scheune, die mit ihrem dichten Efeubewuchs von außen täuschend harmlos wirkt. Drinnen, hinter einer Reihe von Viehständen mit unruhigen Tieren – eine bewusste Täuschung – tut sich im Scheunenboden eine Grube auf. Zu Carlos' Überraschung sind dort über hundert Männer versammelt, allesamt Spieler. In dieser Lasterhöhle soll das Treffen mit dem Grafen stattfinden.

Gerhard von Tennen drängt sich durch die Menge und hält nach dem Erzbischof und dem Inquisitor Ausschau. Ein merkwürdiger Ort für ein Treffen, denkt der Graf, aber wie er sehr gut weiß, ist er nicht in der Position, Beschwerden vorzubringen.

In der mit Stroh ausgelegten Arena hockt ein knurrender, zu Tode verängstigter Dachs, dessen lange Schnauze heftig zittert. Er ruckt hin und her und versucht zu entkommen, aber sein Schwanz ist an einer schweren Holzplanke festgenagelt.

»Zehn Reichstaler auf den Hund!«, ruft der Spielmacher und zeigt auf einen kleinen Bullterrier, der knurrend an der Leine seines Besitzers zerrt.

Gerhard schüttelt den Kopf. Als er sich umdreht, entdeckt er Maximilian Heinrich, der in seinem Kaufmannsgewand kaum unter den Zuschauern auffällt, einem bunt gemischten Haufen aus Bürgern, Studenten und Wandergesellen, die alle eines gemeinsam haben: ihre große Wettsucht.

Der Graf schleicht sich an den Erzbischof heran. »Ich war nicht sicher, ob dieses Treffen zustande kommt.«

»Gerhard, du bist mein Bluts- und Glaubensbruder! Natürlich gewähre ich dir eine Audienz.«

»In einer derart seltsamen Andachtstätte?«

»Ach, ich habe den Ort deinetwegen ausgewählt. Deine Freude am Wetten ist überall bekannt, Cousin.«

Der Bauer neben dem Erzbischof nimmt seine Kapuze ab, und das finstere Gesicht des Inquisitors kommt zum Vorschein.

»Guten Tag, mein Herr. Es wird ein spannender Kampf. Das

Tier mit dem abgerissenen Ohr hat, wie man hört, schon drei Dachspelze erobert.«

Gerhard sieht zu dem kleinen knurrenden Hund, dessen zerknautschtes Gesicht von unzähligen Kampfnarben überzogen ist. Der Hund hat die Witterung des Dachses aufgenommen und ist fast irr vor Wut. Er schnappt nach jedem, der vorbeikommt, während der Dachs, der zwar größer, aber nur dann bissig ist, wenn er in die Enge getrieben wird, sich so weit zurückgezogen hat, wie es sein blutender festgenagelter Schwanz erlaubt.

»Ich werde auf den Dachs setzen. Ich habe so ein Tier schon einmal im Kampf gesehen, man darf ihre Zähigkeit nicht unterschätzen.«

Gerhard wirft drei Goldmünzen in die Ecke des Dachses und wendet sich wieder seinen Begleitern zu.

»Aber bitte, wie geht es Detlef?«

Heinrich greift in die Tasche und holt einen Siegelring mit dem Wappen der von Tennens heraus. Der Graf hält die Luft an, als er erkennt, dass er Detlef gehört.

»Er genießt die Gastfreundschaft des Domkerkers, während er auf den Prozess wartet. Aber er ist guten Mutes, wie man hört«, erklärt der Erzbischof und bedauert die Bestürzung, die sich im Gesicht seines Cousins malt.

»Aber er bekommt eine gerechte Verhandlung?«

»Die Inquisition ist immer gerecht, denn sie handelt nach Gottes Willen«, antwortet Carlos und drängt sich zwischen die beiden Männer. Der Graf beachtet ihn jedoch nicht und richtet das Wort weiter an den Erzbischof.

»Heinrich, versprich mir, dass er nicht mehr zu erleiden hat als eine Zwangsbekehrung und ein unterschriebenes Reuebekenntnis. Das wird Rom, Wien und die Inquisition doch sicher zufrieden stellen?«

Heinrich weicht dem Blick des Grafen aus. »Ich kann nur für Wien sprechen.«

Auf ein Nicken des Inquisitors hält der Hundebesitzer das Tier hoch. Carlos befühlt fachmännisch die Vorderbeine.

»Sagen Sie mir, Graf von Tennen, was würden Sie für das Leben Ihres Bruders in die Waagschale werfen?«

»Nichts, das ich nicht schon verwettet habe.«

»Kommen Sie, ich habe gehört, Sie sind ein leidenschaftlicher Spieler.«

Der Graf sieht den Dachs an. Er ist größer als der Hund, und bei näherer Betrachtung erkennt man die Narben vorangegangener Siege auf seinem gestreiften Rücken. Einen Augenblick lang scheint das Tier den Blick des Adeligen zu erwidern, und eine überraschende Klugheit spricht aus seinen blutunterlaufenen Augen. Gerhard sieht Heinrich an. In seinem Gesicht gibt es kein Anzeichen dafür, dass es sich um ein Spiel handelt. Detlefs Leben soll nur noch den Wert eines Wetteinsatzes haben? Plötzlich wird ihm die Ungeheuerlichkeit seines Verrats bewusst. Ich bin schlimmer als Judas, denkt er, und ihn überkommt eine unerträgliche Angst.

»Du hast versprochen, als Wittelsbacher wird er begnadigt.«
Der Erzbischof wendet sich ab.

»Kommen Sie, der Kampf beginnt gleich. Schließen Sie Ihre Wette ab. Detlef von Tennens Leben, wenn der Dachs gewinnt«, schlägt Carlos mit sanfter Stimme vor, während ringsum die Spieler johlen.

Der Graf sieht den Inquisitor an; jeder Muskel seines Körpers schreit nach Rache. Soll er die Wette annehmen oder den Inquisitor einfach an Ort und Stelle erledigen? Aber was würde er damit erreichen? Detlef ist in ihrer Gewalt.

Nichtsdestotrotz erwacht der Spieler in ihm, und er verspürt eine wachsende Aufregung, die gegen seine Vernunft ankämpft. Nur ein gewonnenes Spiel, und Kirche und Staat sind geschlagen und er und sein Bruder haben die Freiheit, ein ganz neues Kapitel aufzuschlagen. Soll er spielen? Was bleibt ihm anderes übrig? Der Dachs sieht stark und kämpferisch aus; er wird den

Hund besiegen – er ist schließlich doppelt so groß! Es ist ein leichtes Spiel.

Gerhard wirft zehn Münzen in die Arena. »Weitere zehn auf den Dachs, für das Leben meines Bruders.«

Zehn Minuten später hält der Hundebesitzer unter lauten Jubel- und Buhrufen den abgetrennten Kopf des Dachses hoch, aus dem violette Adern baumeln. Dem Grafen kommt es vor, als hielte er Detlefs Kopf hoch. Starr vor Entsetzen sieht er, wie die Augen plötzlich aufklappen. Knurrend starrt ihn der Kopf an.

Das albtraumhafte Hirngespinst wird vertrieben, als ihm jemand auf die Schulter klopft. Carlos streckt grinsend die Hand aus. »Sie schulden mir einhundert Reichstaler.«

Der Graf blickt auf die Hand des Geistlichen und spuckt darauf. Wütend schiebt er sich durch die johlende Menge. Heinrich eilt ihm hinterher.

»Gerhard!«

Der Graf bleibt stehen. Ihm ist schwindelig vor Empörung und Wut. Heinrich holt ihn heftig schnaufend ein.

»Ich verspreche dir, dein Bruder wird am Leben bleiben.«

»Das Wort eines Wittelsbachers?«

»Das Wort eines Wittelsbachers.«

Detlefs Körper, nackt bis auf einen schmutzigen Lendenschurz, der ihm anstandshalber übergeworfen wurde, ist bis aufs Äußerste gestreckt. An den Gelenken zeichnen sich die Knochen deutlich unter der angespannten, fleckigen Haut ab. Er ist mit Lederriemen an die hölzernen Zahnräder der Streckbank gebunden, und seine Hand- und Fußgelenke sind bereits wund gescheuert und blutig. Ein breiter Eisenreifen liegt um seinen Kopf, der von zwei Bolzenschrauben in Schläfenhöhe seitlich der Augen festgehalten wird. Sein Gesicht ist zu einer elfenbeinfarbenen Maske der Angst erstarrt, aber sein Blick ist trotzig.

Carlos hat sich dicht vor ihm aufgebaut und betrachtet den geschundenen Körper – der, wie er sich vorgestellt hatte, auch *in extremis* immer noch schön ist. Unter großem Leidensdruck hat das Fleisch etwas Edles, das unnachahmlich ist, denkt der Inquisitor bei sich. Es ist, als trete der Geist an die Grenzen des Körpers und leuchte daraus hervor, bevor er schließlich scheidet. So muss unser Herr am Kreuz ausgesehen haben. Schönheit, Geist und Fleisch gewordene Todesangst.

Der Inquisitor legt den Finger auf Detlefs Handgelenk. Der Deutsche zuckt bei der Berührung zusammen.

»Noch eine Drehung der Schraube, und dieses Gelenk reißt auseinander. Dann die Knie, die Fußknöchel und dann reißen die Oberschenkelknochen aus dem Hüftgelenk. Natürlich nur, falls ich mich nicht dazu entschließe, Ihnen zuerst das Augenlicht zu nehmen.«

Detlef leckt sich die Lippen, aber sein Mund ist so trocken, dass er kaum sprechen kann. »Was wollen Sie von mir, Monsignor Solitario? Ein Geständnis? Buße?«

»Sagen Sie mir, wo die jüdische Hexe und Ihr Bastard sind, und dann werden Sie befreit, vielleicht sogar begnadigt. Geben Sie eine öffentliche Erklärung zu Ihren Fehlern ab, und Sie könnten als Kanoniker wiedereingesetzt werden. Ein Wort, Pastor von Tennen, und die Schmerzen werden wie von Zauberhand verschwinden. Freiheit, Ansehen … wie süß das klingen muss.«

»Niemals.« Detlefs Flüstern ist kaum zu hören.

Carlos nickt, und der Folterknecht dreht den Holzgriff langsam und liebevoll weiter. Die Zahnräder bewegen sich knarrend. Dieses Geräusch hat Detlef in den vergangenen vier Stunden hassen gelernt.

Seine Sehnen spannen sich immer straffer, bis ein lautes Knacken ertönt, als sein linkes Handgelenk auseinander reißt.

»Ahhhh!«

»Sie ist eine Hexe, ein Sukkubus, die Hure des Teufels! Ich habe den Beweis. Ihre Mutter war genauso, wie auch die ganze hebräische Brut, von der sie abstammt. Sie kennt die Kabbala, hat sie gegen die Kirche eingesetzt und sogar Sie damit verhext, mein Freund. Das Kind ist nicht Ihr Kind, Sie sind getäuscht worden. Es könnte von jedem sein. Sie war mit vielen im Bett – ich weiß es!«

»Sie ist meine Frau!«

»Sie ist eine Tochter von Lilith!«

Die Zahnräder drehen sich weiter, das andere Handgelenk reißt auseinander, und eine Kniescheibe zerspringt. Detlef ist der Ohnmacht nahe, er hört nicht einmal mehr die eigenen Schreie. Stattdessen hört er seinen Sohn einen Kinderreim singen, wieder und wieder, und seine klare, junge Stimme hallt durch den Kerker.

Als heimtückisches Flüstern dringt die verführerische Stimme des Inquisitor zu ihm. »Sprechen Sie mir nach: Ich habe mit eigenen Augen gesehen, wie Ruth von Tennen, geborene Navarro, widernatürliche Handlungen vollzog, Rituale der schwarzen Künste …«

Detlef schüttelt den Kopf. Schon diese kleine Bewegung jagt heftige Schmerzwellen über seine blutige Stirn. Carlos verliert allmählich die Geduld und tippt an den Eisenreifen um Detlefs Kopf.

»Kanoniker, Sie retten zumindest Ihr Augenlicht, wenn Sie mir sagen, wo die beiden sind.«

Wieder weigert sich Detlef. Er starrt unter die Gewölbedecke, die rußgeschwärzt ist, als hätten sich die Schreie der Sterbenden in den Stein gebrannt. Er denkt nur an Ruth … wie sie an dem Morgen, als er von ihrer Schwangerschaft erfuhr, nackt aus dem Fluss stieg. Ihr langes Haar glänzte in der Sonne, das Wasser glitzerte auf ihrer blassen Haut, und ihr Leib war deutlich gerundet. In diesem Augenblick hatte er gewusst, dass sie seine Erlösung war.

Erlösung. *Erlöse mich, meine Liebste!* Die Worte, die durch seinen Kopf schwirren, sind wie ein kühlender Balsam. Er sieht sie vor sich. Sie wirft ihr schwarzes Haar nach hinten und streckt die weißen Arme aus, um ihn an sich zu ziehen. Sie lächelt. In ihrem Blick liegt so viel Vertrautes, dass er den Eindruck hat, sein eigenes Spiegelbild zu betrachten; all seine Ziele, Träume, Hoffnungen und Freuden liegen in diesem Blick, als wohne seine Seele bereits in ihr.

Meine Lehrerin. Meine Geliebte. Meine Frau.

Und dann, über den Gestank von Kot, Blut und heißem Teer hinweg, erscheint Ruth; der Duft ihrer Haare, ihrer Haut, ihr melodisches Lachen, das wie Tautropfen über den Schreienden perlt.

Der Inquisitor bemerkt, dass Detlefs Sinne schwinden, und lockert die Schrauben an seiner Schläfe. Erschreckt beugt er sich über ihn, und kleine Speicheltropfen fliegen, als er ihn anschreit. »Hören Sie, Sie können jetzt nicht gehen! Ich bin dicht davor, auch die Letzte der Navarros zu vernichten und Sara, diese Hexe, in die Finger zu kriegen! Detlef von Tennen! Hören Sie mich? Sie dürfen jetzt nicht sterben!«

Aber Detlef, dessen erkaltender Körper in dem beißenden Rauch zuckt, hört ihn nicht mehr.

Mein Schmerz. Meine Liebste. Meine Frau. Ihr Geschmack, ihre Liebe, für die ich gekämpft habe, das neue Leben, das durch mich in ihr entstand.

Carlos sieht, wie Detlefs Augen nach innen rollen, nimmt einen Eimer und schüttet Wasser über den ausgestreckten Körper.

»Warten Sie! Sie müssen mir sagen, wo sie ist! Um Ihres Glaubens willen!«

Aber Detlef hat ihn bereits verlassen, um bei seiner Familie zu sein.

Da sitzen sie in der Küche, denkt er und sieht sie deutlich vor sich. *Ich stehe neben dem Wäscheschrank. Ich sehe Jakob, er sitzt vor dem Kamin auf dem Boden und spielt mit seinen Zinnsoldaten. Sie steht mit dem Rücken zu mir und hat mich noch nicht bemerkt. Ich gebe Jakob ein Zeichen.* »*Wir spielen deiner Mutter einen Streich*«, *flüstere ich ihm zu, trete hinter sie und halte ihr die Augen zu.*

Auf Befehl von Carlos zieht der Mann mit der schwarzen Kapuze den Eisenreifen fester. Detlefs Augäpfel treten wie gerötete Hühnereier hervor, dann platzen sie aus den Höhlen.

»Das ist Ihre letzte Möglichkeit. Sie müssen mir nur den Namen des Dorfes zuflüstern, dann sind Sie frei!«, schreit Carlos, außer sich vor Enttäuschung, dem Sterbenden ins Ohr.

Ich drehe ihr Gesicht zu mir, und sie schenkt mir ihr geheimnisvolles Lächeln. Ich küsse sie, und als sie sich meiner Umarmung hingibt, erkenne ich, dass dies der Augenblick ist, für den ich gelebt habe. Zufriedenheit. Vertrauen. Freude. Frieden. Denn ich bin heimgekehrt.

Herr, ich habe dich in dieser dunklen Stunde nicht im Stich gelassen, wie auch du mich nicht im Stich gelassen hast. Denn in Liebe gebe ich mein Leben, und in der Liebe bin ich alles und nichts. Für immer und in Ewigkeit. Amen.

Er liegt in den letzten Zügen, sein Körper erzittert heftig.

»Nein! Nein! Das können Sie mir nicht antun! Geben Sie mir die Hexe! Ich will Sara!«

Carlos hämmert mit den Fäusten auf Detlefs zitternde Brust, bis der Körper aufhört zu zucken. Erst dann kommt der Inquisitor wieder zu sich und starrt seine Hände an, an denen das Blut des toten Mannes klebt.

Er dreht sich ruckartig zu dem Wachmann um. »Holen Sie einen Priester! Sofort! Verstehen Sie nicht? Er braucht die Letzte Ölung!«

»Aber Monsignore, Sie sind Priester!«

»Nein. Ich nicht, Sie Dummkopf! Ich kann es nicht tun!«

Der Wachmann wirft einen Blick auf den geschundenen Körper auf der Streckbank; der Gefangene ist offensichtlich tot. Verwirrt sieht er wieder den Inquisitor an.

»Gehen Sie, Sie Narr! Sofort!«

Carlos schiebt den Wachmann zur Tür, aber da steht Heinrich, flankiert von zwei Geistlichen, und versperrt den Ausgang. »Was haben Sie gemacht? Er war der Cousin eines Kurfürsten! Ein Wittelsbacher!«

»Er war ein Ketzer!«

»Ketzer oder nicht, ich habe mein Wort gegeben. Diesen Tod hat er nicht verdient!«

»Der Oberste Rat der Inquisition …«

»Hinaus! Gehen Sie mir aus den Augen!«

Nachdem der Inquisitor gegangen ist, legt Heinrich zärtlich Detlefs Füße nebeneinander. Er nimmt seine gebrochenen Hände, streichelt sie und faltet sie auf der blutigen Brust, während er leise zu ihm spricht wie zu einem Kind. Zum großen Erstaunen der Wachen legt der Erzbischof sein violettes Gewand ab und breitet es sorgfältig über dem Leichnam aus. Dann, und erst dann nimmt Heinrich, der sich in seiner hellen Unterwäsche ganz dicht vor Detlefs übel zugerichtetes Gesicht kniet, die Letzte Ölung vor. Seine Tränen fallen auf den geschundenen Körper seines Cousins.

Hinter dem knienden Erzbischof platscht plötzlich etwas in dem Tauchfass. Neugierig schleicht einer der Wachmänner hin. Er blickt hinein und weicht dann entsetzt zurück, als sich drei riesige schleimige Aale aus dem Wasser winden.

Die alte Frau drückt vorsichtig die Goldmünzen in die Augenhöhlen. Die Augäpfel fehlen, aber nachdem sie Blut und Fleischfetzen von dem Gesicht gewaschen hat, erkennt sie, dass der Tote einst ein gut aussehender Mann gewesen sein muss. Auch jetzt noch strahlen seine eingefallenen Züge Würde aus. Er kommt ihr bekannt vor, aber sie hütet sich, in der Erinnerung zu kramen, denn sie ist die Leichenwäscherin, von der die heimlich Ermordeten und die zu Tode Gefolterten, die die Obrigkeit vergessen will, zur letzten Ruhe gebettet werden.

Sie arbeitet rasch und ohne nachzudenken, schlingt das Leichentuch um die schmalen Hüften und wickelt es um die Arme, damit sie fest an dem zusammengefallenen Brustkorb anliegen. Sie tritt zurück, um ihr Werk zu begutachten, und zieht dem Toten das Tuch tief ins Gesicht, um die zerstörten Augen zu verhüllen. Der Mund und die Patriziernase, die wie ein weißer Marmorsplitter aufragt, sind die einzigen sichtbaren Überbleibsel seiner Menschlichkeit.

Als die alte Frau Schritte näher kommen hört, hält sie inne. Sie befindet sich in einer Gruft unter dem Dom, einem geheimen Ort, wo die Kirche schon seit Jahrhunderten ihre Renegaten aufbahrt, bevor sie anonym in einem Armengrab beerdigt werden.

Eine Adelige in feiner Spitze, die einen Seidenschleier vor dem Gesicht trägt, erscheint mit einer Laterne in der Hand in der Tür der Gruft. Wortlos reicht sie der alten Frau einen kleinen, prall mit Gold gefüllten Beutel. Die Leichenwäscherin macht einen Knicks und geht hinaus, um diskret eine Weile vor der Tür zu warten. Diesen Dienst hat sie schon vielen toten Männern erwiesen, die einst geliebt worden waren.

Birgit Ter Lahn von Lennep schiebt ihren Schleier zurück. Ihr Gesicht, älter und voller, trägt noch Spuren seiner früheren Sinnlichkeit, aber eine neue Niedergeschlagenheit, geboren aus Gram und Unzufriedenheit, hat ein Netz feiner Linien auf die Stirn und um den Mund gezeichnet.

Sie bekreuzigt sich und geht zitternd auf die Leiche auf dem Marmortisch zu. Mit der Leichtigkeit, mit der ein Schmetterling sich auf einem Blatt niederlässt, legt sie ihre Fingerspitzen auf den kalten Mund.

»Früher einmal hätte ich geweint, dich so zu sehen, Detlef. Früher einmal wäre ich für dich gestorben. Nun gibt es keine Tränen, denn es ist vorbei, mein Edelmann. Wisse eines: Ich habe dich ehrlich geliebt für alles, was zwischen uns war, aber ich bin es schließlich gewesen, die dich in einem Augenblick der Schwäche verraten hat.«

In der nachfolgenden Stille kommt ein schreckliches Gefühl der Einsamkeit über sie, als ihr klar wird, dass das Einzige, was in ihrem Leben wichtig für sie war, die Zeit gewesen ist, die sie mit diesem Mann verbracht hat.

✦ ✦ ✦

Der Spaten sticht in den gefrorenen Boden, und ein dicker Klumpen Erde wird ausgehoben, aus dem tiefen Loch geschleudert und landet auf dem Haufen neben dem Grab. Der Totengräber singt betrunken ein bayerisches Lied, während er fröhlich im Regen schaufelt.

Detlefs starre Leiche liegt in ein Tuch gehüllt neben dem Grab auf der Wiese. Gesicht und Hände sind ganz bedeckt, der Körper ist nunmehr eine leere, zerbrochene Hülle. Alphonso kniet an seiner Seite und schiebt die Kapuze seines kurzen Umhangs zurück. Er hält sein Gesicht in den Regen und sieht in den bleiernen Himmel auf. Ein Abend wie jeder andere, wenn er nicht am Grab eines Mannes stünde, der ohne jedes Zeremoniell beerdigt werden soll.

Der Schauspieler zieht einen kurzen Dolch aus der Tasche und zerschneidet vorsichtig das durchnässte Leinentuch, um es vom Gesicht des Toten zu ziehen, das zu einer bleichen Totenmaske von überraschender Friedlichkeit erstarrt ist. Alphonso schneidet rasch eine Haarlocke ab, dann macht er einen weiteren Schnitt in das Tuch, aus dem er eine leblose Hand herauszieht. Der silberne Ehering steckt locker an dem weißen eingeschrumpften Ringfinger. Er nimmt ihn an sich und deckt die Leiche wieder ordentlich zu.

Als er sich abwendet, um wegzugehen, zögert er plötzlich. Der Totengräber singt immer noch – einen derben Kehrreim, den der Schauspieler in den Bordellen von München gehört hat. Alphonso wirft eine Münze in das offene Grab, und als der Totengräber sie aufhebt, kniet er erneut nieder und spricht auf Hebräisch ein Kaddisch für den Toten.

✦ ✦ ✦

Carlos knallt die schwere Tür seiner Kammer zu. Er lehnt sich dagegen und lauscht dem Klopfen seines Herzens.

Was will mir das Schicksal denn noch aufbürden?, fragt er sich. Er ist unglaublich müde.

Der Kehrreim eines baskischen Volksliedes, das er immer gespielt hat, kommt ihm in den Sinn, so absurd und bedeutungslos wie ein Kolibri über dem Schlachtfeld. Ist es Trauer oder Erleichterung?, fragt er sich, als ihm unvermittelt klar wird, dass sich sein großes Ziel in Luft aufgelöst hat. Nur schmerzliche Reue und das Wissen um die schreckliche Zerstörung einer unglücklichen Liebe sind ihm geblieben. Es gibt keine Erlösung, denkt er, außer dem Tod, der Frieden bringt.

Er spürt jede Minute seiner vierundsechzig Jahre in den Knochen, als er langsam zu seiner Reisetruhe geht und kniend die Schatulle herausholt, die ihm einst ein zwölfjähriges Mädchen aus unschuldiger Zuneigung geschenkt hat.

Langsam öffnet er den geschnitzten Deckel und bemerkt sofort das Fehlen des Duftes. Da ist nichts, weder das Aroma von Zedernholz noch das von Orangen oder Moschus, noch der süße scharfe Geruch seiner jugendlichen Leidenschaft – nichts außer dem beißenden Geruch von Rauch. Er sieht näher hin: Die Innenseite der Schatulle sieht verbrannt aus, kohlschwarz, als sei der zornige Geist Saras erschienen und habe die letzte Erinnerung verbrannt, die ihr Musiklehrer all die Jahre mit sich trug.

Mit großer Entschlossenheit zerschmettert Carlos die Holzschatulle auf dem Marmorboden. Er nimmt sich einen Span und zieht sich die Spitze über seine unverletzte Wange. Über die zersplitterte Schatulle gebeugt, legt er eine Hand auf seine alte Narbe, die andere auf die neue Wunde, und seine Tränen mischen sich mit seinem Blut.

Als die blutigen Tränen zu Boden fallen, kriecht unbemerkt der Finger einer Frau – lang und knochig mit einem Nagel, der aussieht wie eine Eulenkralle – aus der zerbrochenen Schatulle. Ihm folgt ein zweiter Finger, ein dritter und ein vierter, dann ein krummer Daumen, bis die ganze Hand hervorkommt und einen Augenblick lang auf der wogenden Brust des Geistlichen verharrt.

Plötzlich spreizen sich die Finger wie die stählernen Klauen einer Falle, die langen Nägel stechen in die graue Soutane und bohren sich in die Brust des Geistlichen. Vor Entsetzen bleibt dem Inquisitor der Schrei im Halse stecken, als er mit ansehen muss, wie die Hand sich um sein pumpendes Herz schließt und es ihm aus der Brust reißt. Entgeistert starrt er auf das pulsierende Organ, das von der Hand zerquetscht wird.

Der blutige Klumpen zuckt in den knochigen Fingern, bis das Herz stehen bleibt und Carlos mit Liliths Namen auf den Lippen zu Boden sinkt.

Ich warte, mein Liebster, in einem kleinen Häuschen hinter Aachen in der Nähe der Grenze. Es ist einfach, aber es genügt. Die Witwe hier war früher eine Adelige und hat im Dreißigjährigen Krieg Schlimmes erlebt. Sie ist eine wahre Gönnerin der Kunst und voller Schmeicheleien für unseren findigen Schauspieler.

Ich habe noch nichts von dir gehört, obwohl wir schon vier Tage hier sind. Ich schreibe diesen Brief in der kleinen Hoffnung, dass du ihn irgendwie bekommst, durch einen Boten oder eine Brieftaube oder auf wundersame Art durch den uns verbindenden Äther. Unserem Sohn geht es gut. Er hat sogar einen kleinen Spielkameraden gefunden, denn die Witwe hat einen Enkel von drei Jahren. Das Einzige, was er über seinen Aufenthalt in Köln sagt, ist: »Der Onkel hat mir ein Pferdchen versprochen!« Die kindliche Einfalt ist wirklich ein Segen.

Mein Mann, kehre schnell zu mir zurück, denn ich fürchte, wenn du länger in Köln verweilst, forderst du das Schicksal heraus. Es ist seltsam, heute Morgen hatte ich das Gefühl, du rufst nach mir. Ich erwachte, und einen Augenblick lang warst du an meiner Seite, spürte ich deinen Atem an meiner Wange. Aber es war nur ein grausamer Streich, den die Gewohnheit mir spielte …

In Treue,
deine dich liebende Frau Ruth

»Mama, sieh nur!«

Jakob öffnet seine Hand und zeigt Ruth eine kleine rötliche Kröte. »Die ist noch kleiner als mein Daumen!«

»Sie gehört in den Wald, Jakob. Du musst sie wieder nach Hause bringen.«

»Aber erst will ich sie noch gegen einen Käfer kämpfen lassen.«

»Jakob, es steht dem Menschen nicht zu, in die Natur einzugreifen. Du musst das Tier freilassen.«

Sie werden von dem Geräusch klappernder Hufe unterbrochen. Bevor Ruth den Jungen festhalten kann, ist er schon auf seinen kurzen stämmigen Beinchen an das kleine Gartentor gelaufen, um seinen Vater als Erster zu begrüßen.

»Ein Esel, Mama! Ein Esel mit einem lustigen kleinen Mann und daneben ein großer Mann auf einem Pferd! Aber wo bleibt Papa?«

Ruth erreicht das Tor, als Alphonso und La Grande in Sicht kommen. Sie winkt dem Schauspieler zu, aber er erwidert ihren Gruß nicht. Mit grimmiger Miene reitet er auf sie zu. Ruth klopft das Herz bis zum Halse, und sie zieht Jakob rasch vom Tor weg.

»Geh ins Haus, Jakob!«

»Aber Mama …«

»Geh!«

Ihr Tonfall macht dem Kind Angst, und es läuft ins Haus, wo es von der Witwe in die Küche gescheucht wird, die ängstlich in der Tür gewartet hat.

Alphonso springt von seinem Pferd und kommt mit unergründlicher Miene auf Ruth zu. Er sagt nichts, und sie fragt nicht. Sie weiß es schon. In der gleißenden Sonne taumelnd, lehnt sie sich an die warme Mauer. Alles tritt auf einmal ganz deutlich hervor: die Grashalme, das Vogelgezwitscher, das Summen einer vorbeifliegenden Biene.

Das ist es, denkt sie, das Paradies vor dem Sündenfall, der

Augenblick flüchtiger Hoffnung vor der Gewissheit. Detlef, mein Mann, mein Liebster, mein Leben.

Alphonso hält sie fest, als sie stolpert, und drückt ihr etwas in die Hand. Ruth starrt darauf, und dann wickelt sie Detlefs Haarlocke so fest um ihre Finger, dass Alphonso schon befürchtet, sie werde sich die Hand brechen.

יסוד

– JESSOD –

FUNDAMENT

כ

»RAMPJAAR«, DEN HAAG, WINTER 1672

Ruth gießt Wasser in die Schüssel auf dem Waschtisch in der Ecke des kargen Raumes und schrubbt sich den Schmutz der Straße von den Händen, dann sprüht sie sich etwas Jasminduft an den Hals. Die Kammer befindet sich unter dem Dach. Sie ist nur spärlich möbliert: mit einem dreibeinigen Tisch, der Truhe, die Detlef aus dem Rheinland mitgenommen hat, und der Vitrine, die er ihr zur Hochzeit geschenkt hat. Über dem nackten Kamin hängt der einzige Besitz, der Ruth ein Leben lang begleitet hat: Aarons Schwert.

Erschöpft bindet die Hebamme ihr dunkelgraues Mieder aus Serge auf und zieht den langen schwarzen Musselinrock aus. Sie hängt die Kleider über die Stuhllehne und wirft sich ein Wolltuch über die Schultern. Im Haus ist es kalt, es ist Januar. Draußen schneit es. Ruth stochert in der verlöschenden Glut im Kamin und sieht zu Jakob hinüber. Er schläft in dem Bett, das sie mit ihm teilt.

Er ist mittlerweile sechs Jahre alt. Sein Gesicht zeigt jungenhafte Züge, und sein Mund und das Kinn erinnern Ruth so sehr an Detlef, dass es sie manchmal schmerzt, ihren Sohn anzusehen. Sie geht auf Zehenspitzen zu dem schlafenden Kind, denn ihre Wirtin, eine ältere Witwe mit vier Kindern, hat einen leichten Schlaf und hört jedes noch so leise Knarren der Bodendielen. Ruth breitet eine zweite Decke über Jakob aus. Das blonde Haar fällt ihm in die Augen, und er verzieht das Gesicht wehmütig im Traum.

Zwei Jahre sind seit Detlefs Tod vergangen. Zweimal Sommer, zweimal Herbst, zweimal Winter, in denen sie nur mit halber Kraft lebte – wie die Wassergeschöpfe, die sie durch ihre Linse betrachtet und die langsam und blind durch dicken Sirup schwimmen. Die Hebamme hat nur dank der Fürsorge von Freunden überlebt, die sie und ihren Sohn fütterten und kleideten. Gäbe es Jakob nicht und wäre es keine Sünde, sich das Leben zu nehmen, hätte sie der Hölle ein Ende gemacht, die sie nach Detlefs Tod durchlitt.

Ruth beschwört das Bild ihres toten Mannes herauf und betrachtet nachdenklich ihren Sohn. Sie erinnert sich daran, wie er in den ersten Monaten nur geweint hat, jede Nacht zu ihr kam und nach seinem Vater rief; wie sie Detlefs Kleidung und seine Papiere sorgfältig zusammenlegte und in der Truhe verstaute, die zur Hüterin der Erinnerungen an ihr gemeinsames Leben geworden ist. Jeden Tag ist sie erwacht und hat einen Augenblick lang geglaubt, er sei bei ihr, sein warmer nackter Körper ausgestreckt an ihrer Seite, bevor die grausame Wirklichkeit erneut über sie hereinbrach. Jeden Tag ein ganzes Jahr lang.

Da sie nicht an sein Grab gehen kann, um seinen Tod zu betrauern – denn die Rückkehr nach Köln hätte die sichere Festnahme bedeutet –, hat Ruth einen Totenschrein errichtet. Eine Gedenkstätte mit Detlefs Locke, seinem Ehering und einem kleinen Bild von ihm, das sie selbst gemalt hat. Hier betete Ruth, und nach den Gebeten redete sie mit ihm. Flüsternd erzählte sie Detlef von häuslichen Dingen, den Geldnöten, den Niederlagen und Triumphen ihres Berufslebens, von Jakobs ersten Schreibversuchen und manchmal, spät in der Nacht, wie sehr sie sich danach sehnte, ihn zu berühren, ihn ganz und gar in sich aufzunehmen und sich endlich der Liebe hinzugeben, wie sie es in ihrem gemeinsamen Leben nie getan hat.

Allmählich fand sie wieder Gründe, für die es sich lohnte weiterzuleben: die Freude über eine erfolgreiche Geburt; ein Brief von Spinoza, in dem er sie drängt, ihre Studien fortzusetzen; ihre Forschungsarbeit, die zu einer Schrift geführt hat, für die sie nun einen Buchdrucker sucht; und vor allem natürlich ihr Sohn.

Sie hat eine lange Nacht hinter sich. Sie hat Zwillinge auf die Welt geholt, zwei gleich aussehende Jungen, aber der zweite starb bei der Geburt. Zum Teil waren die Geburtshaken schuld, mit denen sie ihn holen musste. Der ganze Körper tut ihr weh, als sie sich erhebt und in den angrenzenden Raum geht.

Es ist eine kleine Kammer mit einer Dachluke, deren ovale Metalleinfassung einen Kirchturm und den pergamentfarbenen Mond umrahmt, die sich vor dem nachtschwarzen Himmel abmalen. Der Schreibtisch mit dem Mikroskop steht direkt unter der Luke.

Ruth holt ein dickes gebundenes Notizbuch heraus und taucht die Schreibfeder in das Tintenfass. Sorgfältig zeichnet sie den Mutterleib mit den Zwillingen darin und versucht herauszufinden, wie sie gelegen haben müssen, damit eine solche Katastrophe geschehen konnte. Sie muss eine sanftere Methode finden, die Kinder zu holen! Ruth denkt über das Problem nach und greift nach einer Weile zu ihrem Skizzenbuch.

Später, als sie sich zu Jakob ins Bett kuschelt, bekommt sie einen Hustenanfall. Sie zieht sich die Decke bis ans Kinn und verflucht die Kälte.

✦ ✦ ✦

Benedict Spinoza stößt die Fensterläden auf. Die feuchtwarme Brise vom Hafen weht sofort in den Raum und trägt die Gerüche der Stadt herein.

»Hier ist schlechte Luft, Ruth, du musst den Sommer hereinlassen!«

»Ich habe Angst um meine Lunge.«

»Wir haben alle Angst um unsere Lungen. Das Leben ist voller Gefahren. Und in dem gegenwärtigen Klima mehr denn je, besonders für Republikaner.«

Er legt drei Orangen auf den Tisch. Ruth fällt auf, wie weiblich seine Hände aussehen, mit zarter olivenfarbener Haut, ohne jede Spuren körperlicher Arbeit.

»Wie man mir sagte, sind diese Früchte gut für den Körper.«

»Danke, Benedict.«

Der Philosoph setzt sich an den Tisch und betrachtet die gebeugte Frau, die sich einen langen pelzgefütterten Umhang übergeworfen hat. Verwundert stellt er fest, wie alt sie geworden ist. Es ist, als sei ihr inneres Strahlen mit dem Tod ihres Mannes erloschen. Ihr Kampfgeist jedoch scheint ungebrochen; er ist noch da, der eiserne Wille des jungen, schüchternen Felix van Jos mit dem finsteren Blick, den er einst unterrichtete. Sie ist zwar ein bemerkenswerter Mensch, denkt Benedict, aber sie muss für ihre Andersartigkeit büßen, denn ihr weiblicher Körper ist zu schwach für ihren scharfen männlichen Verstand. Das ist es, was sie krank macht; sie verbrennt von innen heraus. Ich hatte Recht, was die äußere Erscheinung des weiblichen Geistes angeht, bestätigt er sich, bewundert jedoch Ruths Mann dafür, wie sehr er sie trotzdem liebte. Lächelnd ergreift Benedict Ruths Hand und tätschelt sie väterlich.

»Ich bin nicht nur als guter Samariter gekommen, sondern auch, um dir zu sagen, dass ich wahrscheinlich einen Buchdrucker gefunden habe.«

Ruth will sich keine falschen Hoffnungen machen und weicht seinem Blick aus. Sie nimmt sich eine Orange und schält sie. »Das kann ich nicht glauben. Ich habe das Manuskript selbst schon für viel Geld an ein Dutzend Leute geschickt, sogar ins Ausland. Nicht einer hat Interesse gezeigt.«

»Jan Rieuwertsz wird es drucken. Er hat einige meiner Arbeiten veröffentlicht, zum Beispiel den *Theologisch-politischen Traktat*. Er fühlt sich der Aufklärung durch die *scientia nova* verpflichtet. Er wird es unter dem von dir gewählten Titel veröffentlichen – *Gefahren bei der Verwendung von Geburtshaken, eine Abhandlung über sanftere Methoden der Geburtshilfe* – und glaubt, dass sich die medizinischen Fakultäten von Leiden und Oxford dafür interessieren werden.«

Ruth schießen die Tränen in die Augen, und sie wendet sich ab, um in ein Taschentuch zu husten. Spinoza tut so, als bemerke er ihre Rührung nicht.

»Wie kann ich dir je dafür danken?«

»Du kannst mir danken, indem du dich besser um dein Wohlergehen kümmerst, Ruth. Du bist deinem Kind verpflichtet und deiner neuen Laufbahn als schreibender Medizinerin.«

»Ich bin kein Kind, ich bin ein Mann!«

Jakob steht mit seinem Reifen in der Hand in der Tür und starrt den kleinen, dunkelhaarigen Mann böse an, der in sein Zuhause eingedrungen ist.

»Jakob, es ist unhöflich, sich nicht zu verbeugen. Besonders, wenn so ein großer Mann wie Doktor Spinoza vor dir steht, der ein Freund deines Vaters und mir ist.«

Als der Junge den Namen Spinoza hört, legt er den Kopf schräg, und sein ernstes Gesicht leuchtet auf. Er hat schon oft gehört, wie seine Mutter diesen Namen ehrfurchtsvoll gegenüber anderen erwähnte; es ist ein Name, der aus dieser geheimnisvollen Vergangenheit stammt, an die er sich kaum noch entsinnt, aus der kleiner werdenden Glaskugel seiner Kindheit und der Erinnerung an seinen Vater.

Hustend wendet sich Ruth wieder an Spinoza. »Vergib meinem Sohn, er tritt nur für seine Mutter ein.«

»Wie es sein sollte. Komm her, mein Junge, damit ich dich bei Licht betrachten kann!«

Schlurfend geht Jakob auf den Philosophen zu, der ihm den Finger unters Kinn legt.

»Ich sehe deine Mutter und deinen Vater in dir. Ein wunderschöner, aber gefährlicher Zusammenschluss zweier Welten. Erinnerst du dich an deinen Papa?«

»Natürlich.«

»Dann wirst du dich entsinnen, dass er ein tapferer und mu-

tiger Mann war, der keine Angst hatte, für seine Meinung einzutreten.«

»Und ich werde genauso.«

»Ein bewundernswerter Vorsatz für einen Sechsjährigen.«

»Bist du der Spinoza, der bei uns im Bücherregal steht?«

Spinoza lacht und Ruth errötet. »Ich denke schon. Ich
wünschte, ich stünde in vielen Bücherregalen, aber es gibt nur
wenige, die es wagen, meine Worte zu lesen.«

»Ich werde sie lesen, wenn ich größer bin! Ich habe vor gar
nichts Angst!«

»Auch die Angst hat ihre Berechtigung, aber das wirst du zu
gegebener Zeit lernen. Und jetzt geh spielen, ich muss mit deiner Mutter unter vier Augen sprechen.«

Ruth steht langsam auf und muss vor Anstrengung erneut
husten. »Gehorche Doktor Spinoza, aber bevor es dunkel wird,
bist du wieder zu Hause!«

Jakob wirft einen letzten neugierigen Blick auf Spinoza, dann
macht er auf dem Absatz kehrt und läuft hinaus.

»Für sein Alter hat er schon sehr gesunde Ansichten«, bemerkt der Philosoph lachend.

»Ich habe versucht, ihn nach den Grundsätzen der Überzeugung zu erziehen, die mein Mann und ich teilen, aber ich fürchte, ein Kind wird mit bereits fertig ausgeformter Wesensart geboren.«

»In der Tat, aber es gibt leider ernstere Dinge zu besprechen.«

Spinoza schließt die Tür und die Fensterläden. »Wusstest du
schon, dass die Oranier Cornelius de Witt verhaftet haben?«

»Das weiß sogar eine kränkelnde Hebamme. Ich finde es
empörend; die Anschuldigungen sind doch erfunden. Cornelius würde sich nie an einer Verschwörung gegen Prinz Wilhelm
beteiligen. Plötzlich werden die Brüder de Witt dafür verantwortlich gemacht, dass die Franzosen in Utrecht eingefallen
sind. Haben die Menschen denn keinen Verstand?«

»Die Menschen haben ein schlechtes Gedächtnis, wenn sie Angst haben, sich unversehens auf der falschen Seite eines einbrechenden Dammes wiederzufinden. Nach der Ernennung Wilhelms zum Generalstatthalter wird, wie ich befürchte, der nächste Schritt die Ermordung unseres mutigen Anführers und die Verfolgung seiner Befürworter sein. Wir müssen vorsichtig sein, meine Freundin. Verstecke deine Bücher, Schriften und Ausarbeitungen. Wir müssen überleben, um weiter für unsere Überzeugung eintreten zu können, statt als zum Schweigen gebrachte Märtyrer zu sterben.«

»Ich werde vorsichtig sein.«

Erneut bekommt Ruth einen Hustenanfall, diesmal ist er noch heftiger. Ihr Taschentuch ist voller Blutflecken. Spinoza springt besorgt auf und schenkt ihr ein Glas Wasser ein.

»Hast du Medizin da?«

Ruth nickt. Ihr Gesicht ist sehr angespannt, und unter ihren Augen liegen dunkle, bläuliche Schatten.

»Ich werde gehen, damit du ruhen kannst. Ich komme noch einmal mit Jan Rieuwertsz vorbei, wenn dieser Sommersturm vorüber ist und man wieder in den Farben eines Republikaners über die Straße gehen kann.«

Als er fort ist, bricht Ruth auf ihrem Bett zusammen. Sie spürt, wie das Fieber in ihren Schläfen und den Adern an den Handgelenken pocht.

Endlich eine Veröffentlichung!, denkt sie, und ein Gefühl der Hochstimmung bemächtigt sich ihres geschwächten Körpers. Ihre Arbeit findet letztlich doch Anerkennung und wird zukünftig hunderten Frauen nützlich sein. Ein Traum wird wahr. Käme sie nur wieder zu Kräften, wenn schon nicht für sie selbst, dann für ihren Sohn! Vielleicht werden sie sich eine wärmere Bleibe leisten können, möglicherweise sogar einen Hauslehrer. Jakob muss später einen guten Beruf erlernen, um seinen Lebensunterhalt bestreiten zu können. Vielleicht kann sie aus der Veröffentlichung Kapital schlagen, sie würde gern lehren ...

Da muss sie über sich selbst lachen. Als Frau? Oder als Felix van Jos? Sie hat wieder einmal ihr Geschlecht vergessen. Sie sollte praktisch denken!

Gegen das Delirium ankämpfend, versucht sie die in ihrem Kopf kreisenden Gedanken zu bändigen; die neuen Hoffnungen, die nicht still stehen wollen und herumhüpfen wie Regentropfen, die auf eine Sonnenuhr platschen, während der Schatten des Zeigers unbeirrt weiterwandert.

✦ ✦ ✦

... Will sich das Kind nicht bewegen, sollte man es nicht zwingen. Sind die Geburtshaken aus Holz und Eisen gefertigt, läuft man Gefahr, die Gebärmutter einzureißen, und Mutter und Kind können sterben. Es gibt eine sanftere Methode, eine Schlinge aus Katzendarm, verstärkt mit Wachs ...

»Jakob, hörst du wohl mit diesen Dummheiten auf!«

Ruth sitzt mit der Feder in der Hand an ihrem kleinen Schreibtisch und hält mitten im Satz inne. Ihr blasses Gesicht glänzt vor Anstrengung. Jakob, der einen Kreisel durchs Zimmer treibt, sieht sie an, und seine Hand verharrt über dem Spielzeug.

»Du bist zu alt für solche Kindereien«, erklärt Ruth verärgert.

Jakob befördert den Kreisel schmollend mit einem Tritt in die Ecke. »Aber du hast gesagt, ich darf nicht raus zum Spielen, Mama.«

Ruth erhebt sich müde. Sie ist noch dünner geworden, die Röcke schlabbern ihr um die Hüften, und ihr Kittel fällt von knochigen Schultern über ihren hageren Brustkorb. Sie sieht ihren Sohn an: Das verdrießliche Schmollen hat er von ihr, aber Detlefs Starrsinn schwebt über dem Kind wie eine Wolke.

»Komm her, ich zeige dir etwas, das dir Spaß macht.«

»Nein! Ich habe Langeweile! Ich kann nicht die ganze Zeit drin bleiben. Rutger hat Geburtstag, und du hast gesagt, ich könnte hin!«

»Jakob, du weißt, es ist zu gefährlich.«

»Warum?«

»Weil Jan de Witt festgenommen wurde. Ich habe es dir doch schon erklärt …«

»Aber was hat das mit uns zu tun?«

»Jakob, ich bin müde. Ich versuche nur, dich zu schützen. Nun komm schon, ich zeige dir etwas Wunderbares!«

Widerwillig kommt der Junge zu ihr geschlurft. Seit einer Woche sitzen sie nun schon in ihrem kleinen Quartier fest, während draußen auf der Straße der Kampf zwischen Königstreuen und Republikanern tobt. Die Unruhen begannen, als der junge Prinz Wilhelm von Oranien gegen seinen Berater rebellierte und die Festnahme von Jan de Witt befahl, dem Ratspensionär der Republik.

Ruth zieht das Vergrößerungsglas heran, legt vorsichtig eine Blattlaus aus einem Fläschchen auf einen Glasträger und schiebt ihn unter die Linse.

Jakob klettert auf den Schoß seiner Mutter. Er ist zwar schon zu groß und schwer für sie, aber Ruth lächelt in sein Haar. Sie hat diese Augenblicke zu genießen gelernt, wenn Jakob, innerlich hin- und hergerissen zwischen dem jugendlichen Bestreben, sich zu lösen, und dem Gefühl, die Mutter zu brauchen, in sein jüngeres Ich zurückfällt.

»Sieh hier durch!«

Jakob schaut begeistert durch die Linse. »Mama! Da ist ein Drache! Oder mindestens ein großer grüner Elefant!«

»Es ist ein Insekt, das sich von den Blättern der Rose ernährt. Es ist gar kein Fleischfresser wie ein Drache.«

»Aber es ist grün und behaart! Mit komischen Dingern am Kopf.«

»Das sind Fühler.«

Jakob denkt einen Augenblick nach, dann sieht er zu ihr auf. »Hast du Papa diese Sachen gezeigt?«

»Diese und vieles mehr. Wir haben sehr viel miteinander geteilt.«

»Wie war er?«

»Das weißt du doch.«

Der Gesichtsausdruck des Jungen verändert sich, während er in der Erinnerung kramt. »Ich weiß noch, wie ich mit ihm am Kanal entlanggegangen bin. Ich erinnere mich noch an den langen schwarzen Umhang, den er überwarf, wenn er zur Kirche ging, und daran, wie er mir abends Geschichten vorgelesen hat. Aber Mama, ich fange an zu vergessen, wie er aussah.«

»Er war blond wie du und hatte dieselbe Augenform und denselben Mund wie du, aber seine Augen waren blau. Und du hast sein Wesen geerbt, Jakob.«

»Hat er auch Sachen getreten?«, quietscht der Kleine entzückt.

»Auf gewisse Weise schon. Er hat der Obrigkeit einen Tritt verpasst und alles in Frage gestellt, was andere als selbstverständlich betrachten.«

»Manchmal habe ich Angst, weil sein Gesicht allmählich aus meinen Träumen verschwindet. Bedeutet das, dass er uns verlässt?«

»Nein, Jakob, und es ist nicht schlimm, wenn du es vergisst, denn dein Papa wird immer hier sein, in dir, in deinem Wesen und in deinem Körper.«

»So leben wir ewig?«

»Daran glaube ich.« Sie lächelt ihn an und bestaunt das logische Denkvermögen ihres Sohnes, das er zu gleichen Teilen von Vater und Mutter geerbt hat.

Dem lieben Gott sei Dank für Spinoza!, denkt sie, denn der Philosoph nahm dem Buchdrucker Rieuwertsz das Versprechen ab, Jakob bei sich in die Lehre zu nehmen, falls Ruth etwas zustößt, bevor er das Erwachsenenalter erreicht. Sie betrachtet die langen schwarzen Wimpern ihres Sohnes. Ich bin eine glückliche Frau, denkt sie. Sie hat dieses Kind, diese tiefe Liebe, die ihr immer wieder Kraft gibt, wenn sie sich einsam fühlt.

Schläfrig schmiegt sich Jakob an ihre Brust und kuschelt sich an sie, wie er es als kleines Kind immer getan hat. Ruth hält ihn umschlungen, bis sie ihn ins Bett tragen muss, weil sie vor Fieber am ganzen Körper zu zittern beginnt.

Mein Liebster,
ich schreibe dir, um dir etwas Wunderbares zu erzählen. Meine
erste Abhandlung wird Ende diesen Monates unter dem Namen
Frau Ruth Tennen erscheinen. Ist das nicht eine freudige Nach-
richt? Wie lange haben wir auf diesen Augenblick gewartet! Bist
du nun froh, dass du mir die vielen Stunden des Studiums erlaubt
hast – nein, mich sogar dazu angetrieben hast?

Mein Mann, wann kommst du zurück? Es ist schon zwei Tage
her, seit ich dich zuletzt gesehen habe, und mein Körper ist des
Wartens müde …

»Dein Körper ist müde, weil du schon zwei Jahre auf mich wartest, Liebste. Aber nun bin ich zurück.«

Detlef steht vor ihr, bekleidet mit seinem alten Kanonikerge-
wand. Er sieht so jung und hübsch aus wie damals, als sie sich
zum ersten Mal in ihrem Häuschen in Deutz liebten.

»Zwei Jahre? Aber das ist doch nicht möglich! Und warum
trägst du die Soutane?«

»Ich trage sie, weil ich gekommen bin, um dir die Letzte
Ölung zu erteilen.«

Er kommt auf sie zu und nimmt ihr die goldene Schreibfeder aus der Hand. Sie blickt auf ihre Schriftrolle und sieht, dass
die Wörter zu verblassen beginnen.

»Du träumst, Liebste. Du stellst dir nur vor, dass du mir einen Brief schreibst und ich noch unter den Lebenden weile.«

Erschreckt springt sie auf und bemerkt, dass sie ihr Hoch-
zeitskleid trägt. Aber das einfache Samtkleid, das sie trug, als

sie in der kleinen calvinischen Waldkapelle bei Nijmegen vor einem Pfarrer standen, der keine Fragen stellte, ist nun auf wundersame Wiese mit Silberfäden und Perlen bestickt.

»Bin ich noch unter den Lebenden?«, flüstert sie und fürchtet die Antwort auf ihre Frage.

»Dein Geist steht vor dem Tor, aber es ist an der Zeit, dass du zu mir kommst.«

Sie blickt zu dem hohen Fenster in ihrem kleinen Arbeitszimmer. Draußen scheint hell die Sonne, und doch ist drinnen alles dunkel.

»Welche Letzte Ölung willst du mir geben, Liebster? Und welches Leben nach dem Tode versprichst du mir, wo ich doch weder an das eine noch das andere glaube?«

»Aber du vertraust mir?«

»Das habe ich immer getan, Detlef, und verzeih mir, wenn ich je an deiner Liebe gezweifelt habe, denn nun weiß ich, es war nur die Angst.«

»Ich habe dich dennoch geliebt«, entgegnet er mit derselben Scheu, wie er sie zeigte, als er zum ersten Mal diese Worte sprach.

Dann küsst sie ihn. Als die Erinnerung an ihre Liebe wach wird, packt beide das Verlangen, und sie werden eins im Geiste.

»Dies soll unsere Ewigkeit sein«, flüstert er, und seine Stimme ist wie ein heißer Luftstrom.

Ruth wirft sich schweißgebadet im Bett hin und her. Die Luft ist schlecht, das Fenster verriegelt und die Vorhänge sind zugezogen. Ein Handtuch mit Blutflecken liegt auf dem Boden neben einem Kübel mit schmutziger Bettwäsche. In der Ecke steht ein Eimer mit Erbrochenem.

Jakob liegt ausgestreckt am Fußende des Betts und hat die Arme um Aarons Schwert geschlungen. Er schläft seit Stunden, nachdem er drei Tage lang mit dem Schwert in der Hand bei seiner sterbenden Mutter Wache hielt.

Von draußen, aus Richtung des Schlosses, schallt Gebrüll herüber. Es wird lauter und scheint auf ihre Bleibe zuzukommen. Jakob erwacht und fuchtelt sofort mit dem Schwert herum, um seine Mutter zu verteidigen. Er sieht zu ihr herüber und streichelt ihr Gesicht. Sie fühlt sich kühler an, als habe das Fieber nachgelassen. Besorgt legt er die Hand auf ihre Brust ... ihr Herzschlag ist nur noch ganz schwach.

Stirb nicht, noch nicht jetzt! Nicht bevor ich groß bin und für uns beide sorgen kann, denkt Jakob und blickt in ihr graues Gesicht. Ich werde ein Haus bauen, mit einem Garten und Obstbäumen an einem Fluss, und eine Brücke. Da werden wir zusammen wohnen, im Warmen und ohne Hunger zu leiden. Wir werden Gänse im Hof haben, und im Wald gehe ich jagen. Du wirst nicht mehr arbeiten müssen und kannst jede Woche ein neues Kleid anziehen.

Der Junge schreckt aus seinen Gedanken, als das Gebrüll, die Schritte und die Trommelschläge immer lauter werden, bis sie direkt vor dem Haus sind.

Jakob öffnet die Fensterläden. Eine zerrissene Flagge der Republik, beschmiert mit menschlichen Exkrementen, schaukelt vor seinen Augen.

»Nieder mit der Republik! Die Brüder de Witt sind tot!«, schallt es von der Straße.

Der Junge lehnt sich aus dem Fenster und blickt in eine riesige, aufgeregte Menschenmenge. Viele haben Blutspritzer auf der Kleidung. In ihrem Machtrausch singen und tanzen sie ausgelassen. Frauen zeigen ihre Brüste, zerzauste betrunkene Soldaten schwenken die Fahne der Oranier, rotgesichtige Fanfarenbläser drängen mit lautem Getöse durch die Menge.

Die Horde drängt in die schmale Straße wie eine verrückt gewordene Schlange und füllt sie, bis sich keiner mehr rühren kann. Dicht gedrängt, Schulter an Schulter, verschmelzen die Menschen zu einem einzigen Wesen. Blutgetränkte Stoffstreifen werden geschwenkt, Blumen von Marktständen gerissen,

Fahnen zerfetzt und Fässer durch die wogende Menge weitergereicht, aus denen alle trinken.

An einem langen Spieß wird etwas hoch über die Leute gehoben. Mit Entsetzen stellt Jakob fest, dass es sich um einen Toten handelt. Der Bauch ist aufgeschlitzt, die Eingeweide quellen wie schaurige Schleifen heraus, die Augen weiß, der Mund aufgerissen zu einem stummen Schrei. Schon taucht eine zweite Leiche neben der ersten auf. Wie ein Puppentheater des Grauens mutet es an, als die Toten, von denen das Blut herunterspritzt, am Fenster vorbeihopsen.

»Der Ratspensionär und sein Bruder sind tot! Die de Witts sind am Ende!«, schreit jemand, und seine Worte gehen in einem lauten Jubel unter.

Ein Kratzen im Raum lässt Jakob erschreckt auffahren. In der Ecke hockt ein riesengroßer Rabe, der unter der Zimmerdecke seinen blauschwarz schimmernden Kopf einzieht. Er dreht sich, um aus einem seiner beiden glänzenden Augen einen Blick auf den Jungen zu werfen, dann streckt er eine Klaue nach der fiebernden Frau im Bett aus.

Jakob knallt die Fensterläden zu und bewegt sich mit gezogenem Schwert langsam auf den riesigen Todesvogel zu. Ein Rascheln erfüllt das Zimmer, als der Rabe ungerührt mit den Flügeln schlägt. Ruth stöhnt leise. Der gewaltige Geist legt den glänzenden Kopf schräg und setzt langsam die erhobene Klaue auf den Boden. Die langen gelben Krallen kratzen über die Holzdielen. Dann springt der große Vogel mit einem Satz auf das Bett zu.

»Du darfst sie nicht mitnehmen! Das darfst du nicht!«

Ruth öffnet die Augen und hebt kraftlos den Arm. Als Jakob sich zu ihr vorbeugt, zieht sie ihn an sich.

»Mein Kind, versprich mir, immer daran zu denken, wer deine Eltern waren... Du musst gegen die Tyrannei ankämpfen für die Freiheit des Glaubens eintreten... und für die Freiheit des Denkens. Das geben wir dir mit auf den Weg...«

Erschöpft sinkt sie wieder in ihr Kissen und schließt die Augen. Ihr Griff lockert sich, und ihre Hand fällt von Jakobs Arm.

»Mama? Mama!«, schreit er und schüttelt sie.

Der Rabe kreischt, und Jakob sieht weinend zu ihm auf. Das Tier öffnet seinen großen Schnabel, und eine überraschend rosige Höhle wird sichtbar, als er fast freundlich auf Jakob herabschaut. Er hebt eine Klaue und streckt sie nach Ruth aus. Wieder schlägt der Junge nach dem Vogel, aber sein Schwert gleitet durch den Geist hindurch, der seine langen seidigen Flügel ausbreitet. Es tost in Jakobs Ohren. Schluchzend wirft er sich auf Ruth, um sie zu beschützen, und schlingt die Arme um ihren eingefallenen Körper.

Ruth hört, wie Detlef leise die Letzte Ölung zu Ende bringt. Sie sieht auf, und da steht er neben ihr.

»Komm, die anderen warten schon!«

Er schließt sie in seine Arme, und als sie ihm ganz tief in die Augen sieht, erkennt sie die Geister aus ihrer Vergangenheit. Sie sind alle da: Sara, Rosa, Hanna, sogar Aaron mit seinem ernsten Gesicht, und als Letzter tritt Elazar vor, um sie an die Hand zu nehmen.

Jakob umklammert ihre mageren Arme, legt den Kopf auf ihre Brust und spürt den letzten zitternden Atemzug seiner Mutter, dann die jähe Stille, als ihre Seele den Körper verlässt.

מלכות

– MALCHUT –

Königreich

Im Zimmer duftet es nach Mohn. Jakob hat die Augen verbunden und betastet den Seidenstoff. Er überlegt, ob er blinzeln und schummeln soll, lässt es aber. Etwas Feines, Parfümiertes streift ihn. Stoff? Spitze? Pelz? Ein duftender Vorhang aus langem, weichem Haar fällt über sein Gesicht, dann spürt er einen Finger auf seinen Lippen. Er ist zunehmend verwirrt.

»Bist du bereit für deine Geburtstagsüberraschung?«

»Soll es ein Geschenk sein? Denn ich werde erst nach Mitternacht siebzehn.«

»Kannst du so lange warten?«

»Madame, ich glaube, ich habe lange genug gewartet.«

Ungeduldig hebt Jakob die Hände, um den Schal zu lösen, der sich in seinem langen blonden Haar verfangen hat. In seinen Lenden brennt die Erregung. Als die Augenbinde herunterfällt, sagt sie: »Und so nimmt das Verderben eines Dichters seinen Anfang.«

Sie sitzt auf einem niedrigen Sofa vor ihm, nackt bis auf ein durchscheinendes Gewand, das ihr Fleisch umschmeichelt, statt es zu verhüllen. Ihr Körper, den er bislang nur bekleidet berührt hat, ist üppig, die Brüste schneeweiß mit großen dunklen Höfen, ihr Bauch eine wohl gerundete Pracht, der Schoß voller goldener Löckchen. Sie lächelt ihn an, nicht mit der zurückhaltenden Arroganz, die er von ihr gewohnt ist, sondern mit einem scheuen, fast kindlichen fragenden Blick aus ihren großen braunen Augen. Jakob bekommt einen trockenen Mund, und sein Herz rast vor freudiger Erwartung. Sie ist fünfzehn Jahre älter als er und die erste Frau, die er nackt sieht. Für ihn ist sie die Schönheit in Person.

»Dichter kann man gar nicht verderben, denn ihr Geist wurde bereits vom Verstand eingefangen und zum Mond hinaufkatapultiert«, antwortet er mit rauer Stimme, die seine ehrfürchtige Scheu verrät.

Sie lacht und bemerkt überrascht, wie aufgeregt sie ist. »Aber was ist mit dem Körper?«

»Mit dem Körper?« Er nimmt ihre Hand und legt sie auf seinen Hosenladen, den sein steifes Glied ausbeult. »Darüber musst du dir schon selbst ein Urteil bilden.«

Kniend beginnt sie, ihm die Hose zu öffnen. »Morgen bist du nicht mehr unschuldig.«

Statt zu antworten gleitet er mit den Händen unter ihr Gewand und umfängt die warmen, üppigen Brüste. Als er die sich verhärtenden Brustwarzen spürt, überkommt ihn eine unglaubliche, kaum beherrschbare Erregung. Aus Angst, sich vorzeitig zu ergießen, lehnt er sich zurück und lässt sich von ihr ausziehen. Lächelnd streicht sie über sein Seidenhemd und beginnt mit quälender Langsamkeit, die unzähligen Perlenknöpfe zu öffnen, von unten nach oben, einen nach dem anderen. Jakob zittert, obwohl er sich bemüht, ruhig zu bleiben. Sie löst sein purpurrotes Halstuch und zieht ihm das seidene Unterhemd aus, um seine glatte, kräftige Brust zu entblößen, von der eine Linie aus feinem blonden Haar bis zu seinem Schwanz führt, der sich groß und steif an seinen flachen Bauch schmiegt.

Überrascht, dass er beschnitten ist, sieht sie zu ihm auf. Er ahnt die Frage in ihrem Blick, schweigt jedoch errötend. Wortlos nimmt sie sein Glied und umfasst es mit ihren kühlen Händen. »Du bist wunderschön«, sagt sie einfach, und in diesem Augenblick ist auch er davon überzeugt.

Seine Wangen röten sich, als er sie mit zusammengekniffenen Augen betrachtet und versucht, sich sein Erstaunen nicht anmerken zu lassen. Ihr reifer Körper bewegt ihn; er strahlt eine

Offenheit und Zugänglichkeit aus, die in ihm den Wunsch wecken, sein Gesicht in dem weichen Fleisch zu vergraben und hineinzubeißen. Ihr Duft, ein moschusartiges französisches Parfüm, unterlegt mit dem Aroma ihres Geschlechts, ist berauschend und überwältigend. Er ist kompliziert wie diese Frau selbst und die Beziehung, die sie führen, denn sie ist die verwitwete Schwester von seinem Arbeitgeber und Vormund, dem Buchdrucker Rieuwertsz. Es sind die schwierige Lage, die Gesprächslabyrinthe, die subtilen Schmeicheleien, ihre offene Begeisterung für seine Ziele und schließlich ihr schwer erkämpfter Respekt, durch die er sich verführen ließ. Er, der schon längst jedes Dienstmädchen und jede Hafenhure hätte haben können.

Jakob hebt die Hand und wandert mit dem Finger von ihrem Kinn zu ihrem Mund. Sie lutscht daran, und er zieht ihn langsam wieder fort, streicht über ihre Hüfte, berührt ihr Geschlecht, streichelt die sich verhärtende Knospe und dringt tief in sie ein. Stöhnend nimmt sie seine Hand weg und besteigt ihn, um ihn langsam und genießerisch in sich aufzunehmen. Umfangen von ihrer Enge, bestaunt er ihre Schönheit, als sie ihn hemmungslos immer schneller reitet und sich ein rasch anwachsendes Knäuel unbändiger Lust in seinen Lenden formt.

Wenn der Mensch auf diese Weise Unsterblichkeit erlangt, dann werde ich wieder und wieder danach streben, denkt Jakob und umfängt das üppig Gesäß seiner Geliebten. Und plötzlich ergießt er sich in einer Fontäne purer, blinder Freude.

»Meister Jakob! Meister Jakob!«

Jakob erwacht in den Armen seiner Geliebten. Einen Augenblick lang bleibt er verwirrt liegen, weil ihm das prachtvolle weiche Bett fremd ist.

»Meister Jakob! Ich weiß, dass Sie da drin sind!«

Der Dichter, nun vollends erwacht, wirft eine Decke über die Witwe und schleicht auf Zehenspitzen zur Tür.

Janus, sein Assistent, steht mit einem frechen Grinsen im Gesicht vor ihm.

»Du Gauner! Du weckst ja das ganze Haus auf!«

»Das ganze Haus ist schon wach. Es ist Morgen, Meister, falls Sie es nicht bemerkt haben. Aber ich habe Ihnen etwas Wichtiges mitzuteilen: In Ihrem Quartier hat ein Herr nach Ihnen gefragt. Er ist ein Deutscher, so alt wie Ägypten und trieft vor Geld.«

Jakob lässt den Jungen vor der Tür warten, während er sich anzieht.

Der geheimnisvolle Besucher versetzt ihn in Unruhe. Er zieht es vor, nicht an die Vergangenheit zu denken, für ihn ein Prisma flüchtiger Erinnerungen, das er völlig auszulöschen versucht – was ihm fast gelungen ist. Seit Ruths Tod hat Jakob sich bemüht, sich selbst neu zu erschaffen. Aber er kann nicht umhin, daran zu denken, dass es möglicherweise eine Verbindung zwischen seinem adeligen deutschen Vater und dem Fremden gibt, der auf ihn wartet.

Er betrachtet die schlafende Witwe. Sollte er sich je verlieben, wird er niemals seinen Gefühlen nachgeben, denn er hat sich geschworen, nie mehr in seinem Leben verlassen zu werden. Er ist sich selbst genug, braucht keine Gefährten, keine Familie. Ihm fehlt nichts, denn er trägt wie eine Schnecke sein Haus mit sich. Er fürchtet nichts, denn er fühlt nichts. Seine Geliebte streckt gähnend ihren sinnlichen Körper und reißt ihn aus seinen Gedanken.

»Wie geht es dem Verstand?«, flüstert sie verschlafen.

»Übertölpelt von Herz und Schwanz, wie es sein sollte«, antwortet er und gibt ihr einen Kuss.

»Für einen Siebzehnjährigen weißt du schon viel zu viel.«

»Das Wissen ist eine bessere Waffe als ein Schwert.«

»Und die Feder schneidet doppelt so tief«, antwortet seine Geliebte, die bereits den unvermeidlichen Abschied des Jungen bedauert.

Mit neu erwachter Sehnsucht in den Lenden verlässt er sie. Vor der Tür verpasst er seinem immer noch grinsenden Assistenten eine schallende Ohrfeige.

✦ ✦ ✦

Draußen auf der Straße bahnt sich Jakob einen Weg durch die Händler und Kaufleute, die zu ihren Arbeitsstätten eilen. Janus rennt neben ihm her und bemerkt eine gewisse Großspurigkeit in den Schritten seines Herrn, die blühende Farbe seiner Wangen, eine neue Sanftheit in seiner arroganten Miene, die er gewöhnlich wie eine Schutzmaske trägt, besonders Fremden gegenüber.

»Und, ist es so gut, wie man immer hört?« Der kleine Elfjährige zupft Jakob am Ärmel.

Jakob sieht den Knaben an, dessen rotes Haar zerzaust wie die Haube eins Papageien ist. Sein Kittel ist mit Druckerschwärze beschmiert und die Hose an beiden Knien geflickt. Ärger keimt in ihm auf. Die Frage des Jungen hat den Zauber des Liebesspiels gebrochen, und er fürchtet, seine Erfahrung der körperlichen Liebe schlecht zu machen, wenn er davon erzählt. Aber die verschmitzte, zugleich jedoch ehrliche Neugier in Janus' rundem Gesicht lässt ihn weich werden. Wie unnahbar Jakob sich auch gibt, gegen den Jungen ist er wehrlos. Er hat den Waisenknaben eines Nachts vor zwei Jahren schlafend an der Hintertür des Verlagshauses gefunden, und nachdem der Neunjährige ihm ernsthaft versicherte, er sei »gut im Umgang mit dem geschriebenen Wort«, ließ er sich von ihm überreden, ihn gegen Kost und Logis einzustellen. Rasch wurden die beiden unzertrennlich, und Jakob genoss insgeheim seine Rolle als Mentor, Beschützer und – was er niemals zugeben würde – als großer Bruder.

»Es ist besser«, entgegnet Jakob und zieht den Jungen neckend an den Haaren, bevor er weitermarschiert.

»Wie viel besser? Ich habe nämlich gehört, es ist besser, als durchs Himmelstor zu treten, und das kann ich mir nicht vorstellen, Sie aber wahrscheinlich schon, oder?«, hakt Janus nach und läuft dem Dichter nach.

»Ich denke, der Vergleich mit dem Phoenix wäre angemessen – man wird vom Feuer der Leidenschaft verzehrt, um sich gleich anschließend aufs Neue zu erheben«, antwortet Jakob mit einem Augenzwinkern.

»Wie oft hat sie Sie denn verzehrt?«

Jakob dreht sich lächelnd zu ihm um. Er sieht wie ein Gott aus, stellt der kleine Assistent wehmütig fest und fragt sich, ob es nicht irgendeinen magischen Zauber gibt, mit dem er sein linkisches, sommersprossiges Aussehen in eine solch edle Schönheit verwandeln könnte.

»Viermal.«

»Viermal im Himmel! Da ist es ja ein Wunder, dass Ihre Füße überhaupt noch den Boden berühren.« Janus führt ein paar Tanzschritte aus, um seine Aussage zu verdeutlichen.

Lachend knufft ihn Jakob, aber als ihm der geheimnisvolle Besucher wieder einfällt, hält er inne und seine Stirn umwölkt sich. »Erzähl mir mehr von dem Deutschen!«

»Er ist ein richtiger Adeliger, riecht wie ein Blumenladen und sitzt da, als hätte er einen Stock im Kreuz.«

Jakob beschleunigt seine Schritte. Sollte es tatsächlich der sein, den er im Verdacht hat … nach all den Jahren? Ein Schatten aus der Vergangenheit, der ihn zurückholen will? Von seinem Beschützer Rieuwertsz hat er viel über die Verdienste seiner Eltern gehört – wie sie in Verfolgung ihrer Ziele den Konventionen und der Gesellschaft den Rücken gekehrt hatten – und ist unglaublich stolz auf sie. Zugleich ist er wütend auf sie, weil er es ihnen verübelt, ihn im Stich gelassen zu haben, wie er es sieht. Er wurde als Sechsjähriger zum Vollwaisen und hat Ruth nie verziehen, dass sie gestorben ist, weil sie ihre Gesundheit vernachlässigte. Zudem ist er davon überzeugt, dass sich die Familie seines Vaters für ihn schämte und er, obwohl er sich nur dunkel an die Entführung erinnert, zum Teil mitverantwortlich für Detlefs Tod war. Zwar gab sich der Buchdrucker große Mühe, das Kind vor den negativen Aspekten des elterlichen Vermächtnisses zu bewahren, aber ganz gelang es ihm nicht, Jakob vor den bitteren Bemerkungen zu schützen, die Ruths Kollegen über die Sinnlosigkeit ihres romantisch verklärten Martyriums machten, oder vor den Kommentaren von Leuten, die sich über Detlefs Ansichten und das Ansehen ärgerten, das er genoss.

Weil Jakob all die versteckten Andeutungen und offenen Anfeindungen ertragen musste, ohne angemessen darauf reagieren zu können, weil er sich nicht ausreichend erinnerte, hat er alles darangesetzt, sich neu zu erfinden. Er hat sogar den schlichten holländischen Namen Scheems angenommen, Jakob Scheems. Ein talentierter, aufstrebender junger Dichter, ein einfacher Holländer ohne Familie und Religionszugehörigkeit. Verdammt! Was haben meine Eltern überhaupt mit meinem Leben zu tun!, denkt er und ärgert sich über die Erinnerungen und Gefühle, die durch die Ankunft des Fremden in ihm wachgerufen wurden. Seit er sich an Ruths Sterbebett schwor, nie wieder Selbstmitleid oder Angst zu haben, hat er keine Träne mehr vergossen. Ich bin ein erfolgreicher Mann!, macht er sich klar, als er am Blumenmarkt vorbeieilt und sich an der duftenden Farbenpracht erfreut. Sein erster Gedichtband ist kürzlich veröffentlicht worden, er hat seine eigene Wohnung und nun seine erste Geliebte. Er hat ein erfülltes Leben – was kann ihm der Fremde schon antun?

Trotz dieser tröstlichen Gedanken erfüllt ihn eine große Beklommenheit, als er die Treppe zu seiner Wohnung hinaufeilt.

✦ ✦ ✦

Da wartet der Greif und stützt das hübsche Adlerhaupt
auf einen dornigen Stock, aus Schmerz geschnitzt.
Er schüttelt den Löwenumhang, nass von Morgentau,
und brüllt den Torwächter an und schnaubt:
Bin weder Mensch noch Tier, bin ein edles Wesen,
in Freude und Angst aus zweien genesen,
deren Liebe die Natur zu bezwingen wusste,
den Reichsadler und den Löwen von Juda.
Als Wechselbalg bin ich den Menschen verhasst,
doch lebe ich nach der Wahrheit, nicht nach der Doktrin.
So breite ich meine Flügel über Waisen und Mutigen aus,
stoisch bin ich, auf ein Leben als Eremit gefasst.
Die spitze Feder des Wissens halte ich in der Hand,
zu Mathematik und Astronomie ich Vertrauen fand …

Das Knarren der schweren Eichentür erschreckt den alten Aristokraten. Er sieht von dem Gedicht auf, das er auf dem einfachen Holztisch vorgefunden hat, und blickt dem Verfasser entgegen.

Er ist zu einem Mann herangereift, denkt der Graf und staunt über die Eleganz und makellose Schönheit des Jungen. Er ist größer als sein Vater und hat dieselbe Augenform und Stirn wie er, aber die vollen Lippen, fast ein Schmollmund, sind von der Mutter, ebenso die dunkelgrüne Augenfarbe, das Haar wiederum genauso blond wie Detlefs. Er ist weitaus teurer gekleidet, als sein Einkommen gestattet, bemerkt der Graf. Diese Neigung zum Schick muss er von jemand anderem haben, vielleicht von mir, überlegt er amüsiert. Kurzum: Der Junge steht in der Blüte seines Lebens, ist sich jedoch seiner Stärken überhaupt nicht bewusst.

»Sie kennen mich nicht, mein Herr, da bin ich Ihnen gegenüber im Vorteil, denn ich habe Sie nun schon als Barden kennen gelernt.« Gerhard wählt die höfliche Anrede, und ein zynisches Lächeln spielt um seine dünnen Lippen.

Der Besucher trägt die schmucklose Tracht der Lutheraner,

aber die dunkle Wolle seiner Jacke ist, wie Jakob nicht entgeht, von feinster Qualität, und die weißen Spitzen an seinen Ärmeln und am Kragen stammen offenbar aus Brügge.

»Tatsächlich. Und wie schlage ich mich?«

»Sie haben Talent, aber noch spricht Unerfahrenheit aus den Reimen. Das ist jedoch das Vorrecht der Jugend.«

Jakob tritt näher, aber als er den silbernen Anhänger erblickt, den der alte Mann um seinen faltigen Hals trägt, bleibt er wie angewurzelt stehen. Das Schmuckstück ist mit einem Familienwappen verziert, das der junge Dichter sofort erkennt. Auf der Stelle reißt er dem Adeligen die Seiten aus der Hand. Gerhard zieht nicht einmal die Augenbrauen hoch, denn das Ungestüm des Jungen überrascht ihn in keinster Weise.

»Ich werde mir die Kritik nicht zu Herzen nehmen, da ich denke, es mangelt ihr an Unvoreingenommenheit.« Jakob drückt das Gedicht an seine Brust.

»Wie ich aus Ihrem Verhalten schließe, wissen Sie, wer ich bin?«

»Das tue ich, und nachdem ich nun Ihre Bekanntschaft gemacht habe, muss ich Sie bitten zu gehen.«

Graf von Tennen sieht den Siebzehnjährigen scharf an. Vermutlich hat er seine Kleider geschenkt bekommen. Wie der holländische Spion herausfand, den er anheuerte, um seinen Neffen zu finden, hat der Junge so gut wie gar kein Geld und ist vollkommen auf die Förderung durch seinen Arbeitgeber angewiesen, einen Buchdrucker mit fragwürdiger politischer Gesinnung. Offenbar gibt der Junge das, was er an Geld hat, für Bücher aus, denn das Zimmer ist regelrecht mit ihnen gepflastert. Es sind Bücher über Philosophie, Dichtung, Geschichte und die *scientia nova*: Descartes, Aristoteles, Plato, Grotius, Christiaan Huygens, Leibniz, Sir Josiah Child, *Das verlorene Paradies* von Milton und viele andere.

»Seien Sie kein Narr! Angesichts der Armut, in der Sie leben, brauchen Sie mich ebenso wie ich Sie.«

»Ich brauche niemanden, mein Herr, und ganz gewiss niemanden aus meiner Vergangenheit. Ich habe mein Leben umgeschrieben und mir etwas Eigenes ausgedacht. Und jetzt will ich nur in Frieden gelassen werden, um meine Erfindung zu leben.«

Jakob öffnet verärgert die Tür, aber der alte Mann bewegt sich nicht von der Stelle. Er umklammert seinen Gehstock so fest, dass die Handknöchel weiß hervortreten, und bleibt auf seinem Stuhl sitzen.

»Was für eine absurde Vorstellung! Niemand . . .« – in diesem Augenblick schlägt er mit dem Stock auf den Tisch, und Jakob zuckt zusammen – ». . . kann seiner Vergangenheit entkommen, nicht einmal ich, obwohl ich es mir weiß Gott oft genug gewünscht habe.«

Er beugt sich angespannt vor. »Wir sind zusammengesetzt aus unserer eigenen Geschichte und der unserer Eltern; die Gesamtsumme all dessen, das vor uns gelebt hat, sich vermählte und in einen Wandteppich eingewebt wurde, aus dem schließlich nach viel Arbeit und Stickerei dieser Augenblick geworden ist: dieser Raum, das Gesicht, mit dem Sie geboren wurden, Sie und ich, wie wir uns anstarren. Wenn man seine Vergangenheit leugnet, dann versagt man sich die Zukunft, denn man will nichts über sich erfahren. Und wenn man nichts über sich wissen will, stolpert man so verkrüppelt durchs Leben wie ein blinder Taubstummer.«

»Dann lassen Sie mich doch blind durchs Leben gehen!«

»Das werde ich nicht! Das ist das Mindeste, was ich Ihren Eltern schulde.«

»Ich habe keine Eltern; keine, die der Erinnerung oder der Vergebung wert sind.«

Das alte Mann stutzt und sieht den Jungen durchdringend an, dessen hübsches Gesicht abweisend und hart geworden ist. Hinter seiner Arroganz scheint sich ein höchst empfindsames Wesen zu verbergen.

»Oh Jakob, was haben wir dir angetan!«, flüstert er betroffen.

»Gehen Sie!«

»Erst wenn du wenigstens einmal meinen Namen ausgesprochen hast.«

»Graf Gerhard von Tennen. Bist du nun zufrieden, Onkel?«, entgegnet Jakob kalt und wünschte, der Geist des alten Mannes würde verschwinden.

Aber als sein Blick auf den Ring an der Hand des Grafen fällt, den er sofort wiedererkennt, bricht eine Flut von Bildern über ihn herein – die über das holländische Land rumpelnde Kutsche, wie er in Köln als kleiner Junge zum Essen gezwungen wurde, das zornrote Gesicht seines Onkels, als er ihn anschrie – und er spürt, wie sich eine alte Angst in seiner Magengrube ausbreitet.

»Es ist schon ziemlich dreist, einfach so hier aufzutauchen, nachdem du meiner Familie so viel Leid zugefügt hast!«

Der Graf erhebt sich schwerfällig und tritt ans Fenster. »Jakob Scheems. Klingt nicht sehr hübsch.«

»Es ist ein einfacher Name und ganz anders als von Tennen. Wie ich bereits sagte, möchte ich mich von meiner Vergangenheit lösen.«

»Der neue Name hat mir die Suche erschwert. Ich suche nun schon seit zehn langen Jahren nach dir. Weißt du, wie dich mein Spion schließlich gefunden hat?«

Der Graf dreht sich um und sucht in Jakobs verschlossenem Gesicht nach einem Zeichen dafür, dass Versöhnung vielleicht doch möglich ist. Der Junge zuckt abschätzig mit den Schultern. Seufzend greift Gerhard in seine Jackentasche und holt ein dünnes Buch heraus, das er auf den Tisch legt. Der Titel *Gefahren bei der Verwendung von Geburtshaken, eine Abhandlung über sanftere Methoden der Geburtshilfe* fällt sofort ins Auge, und an der Art des Einbands erkennt Jakob das Werk seines Arbeitgebers.

»Das Buch deiner Mutter, veröffentlicht von Rieuwertsz. Dieses Buch hat mich zu dir geführt. Du siehst also, man kann sich nie von seiner Vergangenheit lösen.«

Nach einer Weile nimmt Jakob das Buch zur Hand und gibt sich Mühe, einen Anflug von unmännlicher Rührung zu unterdrücken. Nach all den Jahren!, denkt er. Eine große Wut steigt in ihm auf, als er sich daran erinnert, wie er nach Ruths Tod zu kämpfen hatte und zunächst auf einem schmalen Regalbrett über der Druckerpresse schlafen musste. Dann, als sein literarisches Talent offenbar wurde, zog er in die Gesinderäume im Hause des Buchdruckers ein, bis er schließlich mit fünfzehn ein Gehalt bekam und sich eine eigene Wohnung mieten konnte. Es war ein schrecklich einsames Leben gewesen, und er hatte zu überleben gelernt, indem er seine Erinnerungen in zwei Teile gliederte: die Tage voller Sonnenschein und Glück vor dem Tod seines Vaters und die dunkle Irrfahrt nach Ruths Dahinscheiden. Und nun sitzt dieser Judas vor ihm. Was sonst könnte er wollen, als ihn zu zerstören?

»Warum sollte ich dir zuhören? Du ziehst mich doch nur in eine alte Geschichte hinein, mit der ich nichts zu tun haben will.«

»Du musst zuhören, um deiner Mutter willen.«

»Ist es dafür nicht ein bisschen spät? Wo warst du, als ich vor zehn Jahren verwaiste und verhungert wäre, wenn der Buchdrucker Rieuwertsz und seine freundliche Schwester nicht gewesen wären?«

»Es waren schwierige Zeiten, erst der Einmarsch der Franzosen und dann die Schlacht in Münster. Ich wäre in Holland nicht willkommen gewesen. Aber genug davon; es gibt viel zu bereden und, wie ich befürchte, haben wir nicht viel Zeit.«

»Ich wiederhole, ich muss dich bitten zu gehen.«

»Ich kann erst gehen, wenn du mir vergibst und mich von meiner Schuld erlöst.«

Mit diesen Worten fällt auch die letzte Spur Hochmut von

dem Aristokraten ab, und zu Jakobs Verwunderung zittern dem alten Mann die Hände, mit denen er seinen Gehstock umklammert. Er empfindet Mitleid, und so pustet er den Staub von einer billigen Rotweinflasche und schenkt seinem Besucher ein Glas ein. Aber als er es dem Grafen hinstellt, merkt er, dass er ihm nicht ins Gesicht sehen kann. Aufgewühlt geht er im Zimmer auf und ab.

»Vergebung und Erlösung kann nur unser Schöpfer geben, nicht ich. Du bist der Mann, der meinen Vater verraten und meine Mutter zur Witwe gemacht hat. Du bist für die Toten zuständig, nicht für die Lebenden.«

»Jakob, du musst mir glauben! Sie versprachen mir, dass dein Vater begnadigt wird und, wenn er ein Geständnis ablegt, vielleicht sogar seine Stellung im Dom zurückbekommt. Verstehe doch! Sie drohten, den Namen von Tennen zu zerstören und uns unser Land wegzunehmen. Das konnte ich nicht zulassen. Wir sind eine sehr alte Familie und …«

»Du lügst!«

»Ich habe oft in meinem Leben gelogen und so manchen Betrug begangen, und dafür habe ich gebüßt, mein Junge, mit Taten wie im Geiste. Aber in diesem Punkt lüge ich nicht. Ich ließ den Leichnam deines Vaters exhumieren. Er liegt nun in der Familienkapelle, wo er hingehört. Detlef war mein Bruder, er gehörte zur Familie, genau wie du …«

Die Stimme des Alten bricht, so bewegt ist er, als ihm klar wird, wie weit er im Laufe der Jahre gereist ist.

»Du bist mein Neffe.«

Überwältigt sinkt Jakob auf einen Stuhl. Der Graf greift in die Ledertasche zu seinen Füßen und holt eine Flasche Clos Vougeot heraus, einen teuren Jahrgang, den zu kosten bislang nur ein schöner Traum für Jakob gewesen war. Mit unerwarteter Kraft entkorkt der alte Mann die Flasche und schenkt davon, nachdem er den schalen Rotwein auf den Boden geschüttet hat, zwei Gläser ein.

Mit einer eleganten Geste, die ihn nur eine Frau mit guter Erziehung gelehrt haben kann – seine Geliebte, vermutet der Graf –, hebt Jakob das Glas an die Lippen und probiert genießerisch den edlen Tropfen. Ihm ist gar nicht klar, wie viel von Tennen in ihm steckt, bemerkt der Graf mit heimlicher Freude.

Gerhard hat Jahre gebraucht, um sich zu ändern – zuerst die heftigen Schuldgefühle wegen Detlefs Tod, dann die Erfüllung seiner Pflichten als Aufseher des Familienbesitzes und schließlich das allmähliche Verständnis für die Nöte seiner Leibeigenen – und zu der Erkenntnis zu gelangen, dass alle Menschen in ihrem Anfang und Ende gleich sind, in der Geburt, der Liebe und im Tode. Derart geläutert ist er froh, endlich mit sich ins Reine gekommen zu sein. Und wie er dafür belohnt wird! Denn obwohl der Junge auch einiges von seiner Mutter hat und zornig auf seine Eltern ist, beweist er doch die Tugenden und, wichtiger noch, die Stärke des Standes seines Vaters.

»Dein Vater ist gestorben, weil er sich weigerte, deine Mutter und dich zu verraten. Ich glaube, am Ende fand er Trost in seinem Glauben und in der Liebe zu seiner Familie.«

»Mein Vater wurde ermordet.«

»Und es freut mich, dir mitteilen zu können, dass sein Mörder, der Inquisitor Carlos Vicente Solitario, einen Tag später verstarb – ein Akt göttlicher Intervention, wie ich meine.«

Zum ersten Mal lächelt der junge Dichter. Ermutigt beugt der Graf sich vor.

»Mein Neffe, im Rheinland hat sich vieles geändert. Ich selbst bin zu den Lutheranern übergetreten und führe ein einfaches Protestantenleben. Die Heilige Freie Reichsstadt hat sich geöffnet, und viele Nichtkatholiken, sowohl Juden als auch Protestanten, können unbehelligt ihren Geschäften nachgehen. Dein Vater hat mich einst gedrängt, mir das Elend meiner Bauern zu Herzen zu nehmen, und das habe ich getan. Meine Leibeigenen haben weder mit der Pest noch mit dem Hunger zu kämpfen. All dies habe ich im Namen und im Geiste deines Vaters getan, meines lieben Bruders. Dies war meine Buße. Aber ich bin alt und werde, so Gott will, bald sterben.«

Erstaunt sieht Jakob auf. Der Graf wirkt unvermittelt sehr zerbrechlich.

»Ich war einmal verheiratet; eine lieblose vereinbarte Verbindung, die sich in jeder Hinsicht als unfruchtbar erwies. Trotz aller Gram und Entfremdung, die zwischen uns stehen, bist du mein Erbe, Jakob, der einzige, den ich habe.«

»Ich soll nach Deutschland? Den Besitz der von Tennens erben und den Titel?« Der junge Dichter sieht ihn verblüfft an.

Der Graf nickt und wartet gespannt auf Antwort. Zu seinem Entsetzen springt Jakob auf und geht zur Tür.

»Beleidige mich nicht!«

Erschreckt stößt der Graf sein Weinglas um.

»Ich bin zur Hälfte Jude, das weißt du ganz genau. Und als solcher darf ich in Deutschland keine Ländereien besitzen. Guten Tag!«

Mit einer knappen Verbeugung öffnet er die Tür.

Wütend richtet sich der Graf auf seinem Stuhl auf. »Du bist ein von Tennen! Du wirst immer ein von Tennen sein, egal, wer deine Mutter war! Ich weiß, es wird nicht leicht und es wird Widerstand gegen dich als meinen Erben geben. Aber ich will der Obrigkeit trotzen, wenn sie sich meiner Entscheidung in den Weg stellt.«

Schweigen breitet sich aus; keiner von beiden rührt sich. Dann schließt Jakob die Tür.

»Du musst verstehen, dass ich etwas erreichen will, und zwar aus eigener Kraft.«

»Aber ich kann dir helfen, und du hilfst mir. Wir sind eine Familie, Jakob. Was immer der Staat, die Krone und die Kirche denken, du bist von meinem Blut!«

Einen Augenblick lang scheint Jakob zu schwanken. Sein Blick wandert zu dem Buch seiner Mutter, und zu seiner Verwunderung denkt er plötzlich darüber nach, was seine Eltern wohl gewollt hätten. Ihm fällt ein, was seine Mutter auf dem Sterbebett zu ihm sagte: »Du musst gegen die Tyrannei ankämpfen und für die Freiheit des Glaubens eintreten und für die Freiheit des Denkens. Das geben wir dir mit auf den Weg.« Hat er sich bisher in seinem Leben daran gehalten? Welche Veränderungen kann er schon mit seinen Gedichten bewirken – die, wie er reuevoll denkt, nicht mehr sind als fantasievolle Allegorien im Stile seines Vorbilds, des englischen Dichters Milton.

Schließlich nimmt er sich einen Stuhl und setzt sich. Er denkt eine ganze Weile nach, bevor er aufsieht. »Ich werde unter folgenden Bedingungen mitkommen: Erstens muss ich die Freiheit haben, meine philosophischen und dichterischen Ziele zu verwirklichen. Zweitens wird jedem Bauern auf dem Besitz ein Stück des Landes übereignet, das er bearbeitet.« Er hält inne und legt schützend die Hand auf Ruths Buch. »Drittens soll eine Hebamme in den Methoden meiner Mutter ausgebildet werden, damit sie die Frauen in der Region versorgen kann.«

»Du bist ein harter Verhandlungspartner!«

»Wenn du dich weigerst, kehrst du ohne Erben nach Hause zurück.«

Wieder ist der Graf von der kompromisslosen Art des Jungen begeistert. Er ist schonungsloser, als es seine Eltern waren, bemerkt der Adelige. Er ist ein Überlebenskünstler! Ein tiefer Seufzer entfährt ihm, und er legt seine faltige Hand auf die seines Neffen, um die Vereinbarung zu besiegeln.

Der junge Mann kniet in der Holzbank in der Kapelle, die früher einmal katholisch war und nun durch protestantische Schlichtheit besticht. Das trübe Nachmittagslicht hat Mühe, das große sechseckige Fenster in der Wand hinter dem Altar zu durchdringen, in dem die Auferstehung Christi dargestellt ist. Jakob, dem die Knie schmerzen, sieht zu der Figur eines teutonischen Ritters in der Rüstung eines Adeligen auf, der neben dem Kreuz steht und in das Gesicht des Erlösers blickt. Welcher von Vaters Vorfahren ist das wohl?, fragt er sich.

Als er die Hand seines Onkels auf der Schulter spürt, kehrt er in die Gegenwart zurück. Er steht auf und dreht sich um. Der Pastor wartet bereits an der letzten Ruhestätte von Detlef von Tennen, und der kleine Chor setzt zu einem deutschen Kirchenlied an.

Jakob betrachtet den schmucklosen Marmorsarg, dessen Deckel zur Seite geschoben ist, und wundert sich darüber, wie ein lebendiges Wesen zu Staub und Knochen zerfallen kann. Ist es das, wohin das Leben führt, zu unbedeutender Materie? Er ist jung genug, um das zu glauben, aber als er den hohlen Schädel seines Vaters anstarrt, erinnert er sich unvermittelt daran, wie er von Detlefs riesigen Händen hochgehoben wurde und in sein Gesicht lachte, das eine große Herzlichkeit ausstrahlte. *Mein Vater. Der geheimnisvolle Mensch, dessen Tod mein Leben prägte.*

Zum ersten Mal seit seinem vierten Lebensjahr sieht er die körperliche Manifestation eines Menschen vor sich, der nach seinem Tod zum Mythos wurde. Erstaunt fragt er sich, warum ihn der Anblick nicht bewegt, und wundert sich über die Empfindungslosigkeit, die sein Herz zu lähmen scheint. Liegt es daran, dass die Situation auf gewisse Weise so alltäglich ist? Seine Knie schmerzen, es zieht ihm im Nacken, und er sieht, wie ein Käfer an Detlefs letzter Ruhestätte hochkrabbelt, dem die Umstehenden völlig gleichgültig sind.

Als ihn sein Onkel anstößt, wird er aus seinen Gedanken gerissen. Jakob nimmt die Urne mit den sterblichen Überresten seiner Mutter. Er ist verblüfft über ihr geringes Gewicht und muss plötzlich das Bedürfnis unterdrücken, laut zu lachen. Mit einem Mal kommen ihm die trauervolle Stimmung und Feierlichkeit in der Kapelle albern vor. Wer sind diese Trauergäste überhaupt? Außer seinem Onkel kannte niemand von ihnen seine Eltern, und ganz gewiss war niemand von ihnen bei ihrer Hochzeit dabei. Er war der einzige Zeuge dieser großen Liebe, aber wozu taugt eine so starke Verbindung, wenn es das ist, wo sie endet? Asche zu Asche, Staub zu Staub. Was bleibt von dem leidenschaftlichen Fleisch und dem hochfliegenden Geist?

Jakob nähert sich langsam dem Marmorsarg und verstreut Ruths Asche auf dem brüchigen Skelett, das einst Detlef von Tennen war. Ein schwacher Jasminduft weht durch die Kapelle.

Als Jakob fertig ist, tritt der Pfarrer vor.

»Vater unser, der du bist im Himmel, segne diese beiden Seelen, die im Leben voneinander getrennt wurden und nun endlich im Tode vereint sind, und gebe ihnen Frieden.« Er macht mit der Hand das Zeichen des Kreuzes, und die Anwesenden senken den Kopf zum stillen Gebet.

Als zwei kräftige Bauern den schweren Deckel auf den Sarg schieben, bemerkt Jakob, dass über dem Namen seines Vaters etwas Neues in den Marmor gemeißelt wurde. *Ruth bas Elazar Saul*, steht da in hebräischer Schrift, *die Frau von Detlef von Tennen*.

Er streckt die Hand aus und streicht über die Buchstaben. Leise flüstert er den Namen seiner Mutter. In diesem Augenblick bricht endlich seine ganze Trauer aus ihm hervor, und er fällt seinen Kummer und Schmerz hinausschreiend auf die Knie.

Der Pfarrer ist peinlich berührt von dem Anblick des schluchzenden jungen Mannes, der die Arme um den Sarg seines Vaters gelegt hat, und sieht zu Gerhard hinüber, aber der Graf beachtet ihn nicht. Er geht zu Jakob, legt seinen Stock auf den Boden und sinkt langsam neben ihm auf die Knie. Eine Hand legt er auf die bebenden Schultern seines Neffen, die andere auf das Grab seines Bruders. Bis auf das erstickte Schluchzen des Jungen ist alles still, als Gerhard seinen Bruder Detlef plötzlich mit lauter, klarer Stimme um Absolution bittet.

In seine Worte mischt sich das Gurren einer Taube, die ihr Nest hinter dem Grabaltar gebaut hat. Nachdem sie neugierig zu den Gestalten hinabgespäht hat, die um die Grabstätte stehen, fliegt sie quer durch die Kapelle hinaus in den strahlenden Sonnenschein.

HISTORISCHER HINTERGRUND

DAS DEUTSCHE REICH

Nach dem Ende des Dreißigjährigen Krieges zwischen Lutheranern und Katholiken im Jahre 1648 bestand das Deutsche Reich aus einer verwirrenden Vielzahl kleiner Fürstentümer, die sich in zwei Lager aufspalteten: das katholische und das protestantische. Bis 1665 entwickelte sich das Deutsche Reich jedoch zum Dreh- und Angelpunkt für das internationale Gleichgewicht der Mächte. Es gab zwei Hauptkräfte: im Norden herrschte von 1640 bis 1688 der Lutheraner Friedrich Wilhelm, genannt der Große Kurfürst, über Preußen, und im Süden regierte der katholische Kaiser Leopold I. aus dem Hause Habsburg von Wien aus, dessen Gerichtsbarkeit auch Köln unterstand. Beide standen im Zentrum internationaler Auseinandersetzungen, und beide verstanden es, Nutzen aus der Situation des Rivalen zu ziehen.

Zugleich traten weitere Spannungen auf: Aus dem Norden rückte Karl X. Gustav von Schweden vor, und von Süden griffen der französische König Ludwig XIV. und der türkische Sultan Mohammed IV. an.

Das Ergebnis dieser Kriege war um 1715 ein neues europäisches Staatensystem. Durch ihre Beteiligung an der politischen Neuordnung Europas wurden die deutschen Staaten davon abgehalten, sich überdies mit der Veränderung oder Stärkung der Struktur des Staatenrechts zu befassen, die im Heiligen Römischen Reich Deutscher Nation galt, zu dem auch Köln gehörte.

DIE HABSBVRGER MONARCHIE

1665 war Österreich nur noch ein Schatten der tyrannischen Großmacht, die es zuvor dargestellt hatte. Geschwächt durch den Dreißigjährigen Krieg, wurde der junge Kaiser Leopold I. von dem Sultan des Osmanischen Reiches Mohammed IV. angegriffen und zusätzlich durch die Expansionspolitik des französischen Königs Ludwig XIV. bedroht, der gegen die Habsburger um Teile der Spanischen Niederlande Krieg führte.

Da die Wittelsbacher Kurfürsten von Bayern (zu denen Maximilian Heinrich zählte) alte Verbündete Frankreichs waren, musste Leopold stets auf der Hut sein, um sicherzustellen, dass seine Macht in diesen Teilen des Heiligen Römischen Reiches nicht untergraben wurde.

DIE NIEDERLANDE

Jan de Witt war von 1653 bis 1672 Ratspensionär von Holland und stand nach dem Niederländischen Unabhängigkeitskrieg an der Spitze der Republik. Er war ein bemerkenswerter Intellektueller und der Lehrmeister vieler Philosophen und Wissenschaftler, die in den toleranten (und vergleichsweise säkularen) Niederlanden Zuflucht gesucht hatten. 1665 wurde das Land in den teuren und blutigen englisch-holländischen Seekrieg verwickelt, in dem es primär um Handelsrechte und den Besitz der Gewürzinseln ging. In der Folge wurde de Witt zunehmend von den Royalisten in seinem Land unter Druck gesetzt.

Holland war mit Frankreich verbündet, aber Ludwig XIV. brachte England und Schweden dazu, das Bündnis mit Holland zu brechen, und England schloss sich mit Frankreich zusammen, um im April 1672 die Niederlande anzugreifen. Zu dieser Zeit erfuhr der junge Prinz Wilhelm von Oranien immer größere Unterstützung, und de Witt trat als politischer Führer zurück, nachdem sein älterer Bruder Cornelius im Juli 1672 verhaftet worden war. Als de Witt seinen Bruder im Gefängnis besuchte, wurden die beiden von einer Volksmenge überfallen und ermordet. Die Niederlande kehrten zu einer royalistischen Staatsform zurück.

BIBLIOGRAFIE

Eine Auswahl der Bücher, die bei der Entstehung des Romans zu Rate gezogen wurden:

Abrahams, Beth-Zion (Übersetzer und Herausgeber), *Glückel of Hameln. The Life of Glückel of Hameln 1646–1724*, Horovitz Publishing Co., 1962

Feuer, Lewis Samuel, *Spinoza and the Rise of Liberalism*, Transaction Publishers, 1997

Israel, Jonathan I., *European Jewry in the Age of Mercantilism 1550–1750*, Littman Library of Jewish Civilization, 1997

Israel, Jonathan I., *The Dutch Republic, Ist Rise, Greatness and Fall 1477–1806*, Oxford University Press, 1998

Kamen, Henry, *The Spanish Inquisition: A Historical Revision*, Yale University Press, 1998

Nadler, Steven, *Spinoza: A Life*, Cambridge University Press, 2001

Schama, Simon, *The Embarrassment of Riches: An Interpretation of Dutch Culture in the Golden Age*, Vintage, 1997

Scholem, Gershom, *Kabbalah*, Meridian, 1978

Seward, Desmond, *Monks and Wine*, Crown Publishers, 1979

DANKSAGUNG

Ich danke folgenden Personen, die mir großzügig Zeit gewährt und ihr Wissen zur Verfügung gestellt haben: Prof. Bernard Rechter und Prof. Walter Veit von der Monash University; Henning Bochert; Volkmar Schultz, MdB; Eugene DuBow vom American Jewish Committee; Dr. Dieckhoff und Dr. Joachim Deeters vom Historischen Archiv der Stadt Köln; Carsten Schliwaki und Dr. Klaus Pabst von Universität Köln; Schwester Monika-Clare Ghosh aus Ballykileen, Irland; Gerald Asher, *Ordre du mérite agricole* und Weinredakteur des Magazins *Gourmet*; Dr. Christopher und Catherine Tuckfield; Simon Palomares; Ed Campion; Michelle Frankel; Lilian Klein; Fred und Annie Seligmann; Christelle Davis; Leo Raftos; Simon Duffy; Eva Learner; meiner australischen Agentin Rachel Skinner dafür, dass sie mein Selbstbewusstsein gestärkt hat, und für ihre astrologischen Erkenntnisse; Nicola O'Shea für ihre unerschrockene Manuskriptbearbeitung und schließlich meiner Verlegerin Linda Funnell für ihre Hartnäckigkeit, Weisheit und ihr Durchhaltevermögen.

Mein Dank gilt außerdem den Bibliotheken der UCLA, Los Angeles, und der University of Judaism, Los Angeles; State Library of New South Wales, Sydney; StadtBibliothek Köln und dem Goethe-Institut, Los Angeles.

Schließlich möchte ich meinen persönlichen Dank all jenen Freunden und Verwandten aussprechen, die mir während der Entstehung des Romans, die von widrigen persönlichen Umständen begleitet wurde, Vertrauen, Hoffnung und Glauben wiedergegeben haben: Rosslynd Piggott, Tushka Bergen,

Geoffrey Wright, Paul Schütze, Loris Alexander, Jeremy Asher, Karyn Lovegrove, Siobhan Ryan, Poppy King, Lisa Dethridge, Eva, Adam, Ruth und Danielle Learner – euch allen danke ich für euer Dasein, als plötzlich niemand da war.

Die Chronik der Unsterblichen

ISBN 3-8025-2608-2

ISBN 3-8025-2667-8

ISBN 3-8025-2771-2

ISBN 3-8025-2798-4

www.vgs.de

von Wolfgang Hohlbein

ISBN 3-8025-2934-0

ISBN 3-8025-2935-9

www.vgs.de